Die Mondia-Dilogie
Silent Secrets

Mehr Bücher der Autorin bei Planet! und Loomlight:

Two Sides of the Dark

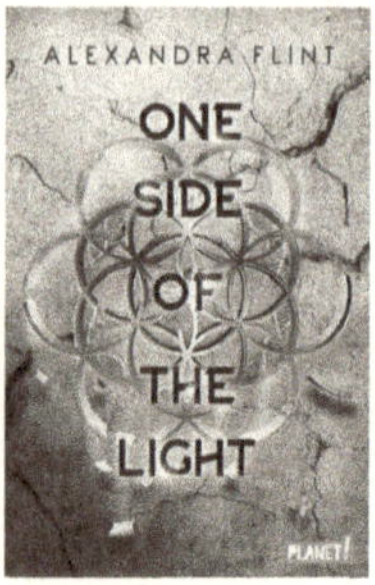

One Side of the Light

Stars Crossed

Bd. 1: Elyanor
Zwischen Licht und Finsternis

Bd. 2: Elyanor
Zwischen Eis und Feuer

Calea

ALEXANDRA FLINT

SILENT SECRETS

PLANET!

»Von allen Welten, die der Mensch erschaffen hat,
ist die der Bücher die Gewaltigste.«
Heinrich Heine

PLAYLIST

Dernière danse – Indila
Chasing Cars – Snow Patrol
Nothing Is As It Seems – Hidden Citizens, Ruelle
Je te pardonne (fest. Sia) – GIMS, Sia
Pompei MMXXIII – Bastille, Hans Zimmer
In My Blood – Tommee Profitt, Fleurie
Hungry Hearts – Declan J Donovan
Luminary – Joel Sunny
RUNNING – NF
Way Beyond – Bastille
Up In Flames – Ruelle
Got It In You – BANNERS
Supermassive Black Hole – Muse
Rolling in the Deep – Adele
Fighter – The Score
Hit Sale – Therapie TAXI, Roméo Elvis
Hurts Like Hell – Tommee Profitt, Fleurie

Für M.
Ich kann es nicht erwarten,
deine Geschichte zu lesen.

Prolog

Pyrenäen, vor 19 Jahren

Der Schnee fällt dicht und flockig aus den tiefhängenden Wolken. Wie undurchdringbare Spinnweben bedecken sie beinahe jeden Winkel des Himmels, sodass die dunkle Nacht darüber kaum erkennbar ist. Kein einziger Stern ist zu sehen, nicht einmal der sonst so helle Vollmond, und die Welt wirkt beinahe so, als würde sie den Atem anhalten, während der Schneesturm über die schroffen Hänge der Pyrenäen peitscht. Das alles scheint in meinen Augen wie eine stumme Warnung der Natur, weiterzufahren. Diesem Weg zu folgen, der uns unweigerlich zu einem Punkt führt, an dem es keine Umkehr mehr gibt. Nur diesen einen Moment, diese eine gefällte Entscheidung, die alles verändert und nichts zurücklässt.

Ich schaue auf meine kalten Hände herab. Sie zittern ein wenig, genauso wie unser viel zu kleines Auto, das immer wieder von heftigen Böen erfasst und durchgeschüttelt wird. Es ist Wahnsinn, was wir hier machen. Leichtsinn in seiner gefährlichsten Form. Unser fast fünfzehn Jahre alter Renault ist kaum für normale Langstrecken geeignet, ganz zu schweigen von der schmalen, steilen Passstraße, über die wir ihn jetzt gnadenlos treiben. Aber wir haben nur den Clio und das hier ist unsere einzige Chance.

Nervös knete ich meine Finger und blicke wieder raus in die Dunkelheit. Das gelbliche Licht der altersschwachen Scheinwerfer dringt nur spärlich durch den Schnee und die Finsternis dahinter – und nicht zum ersten Mal frage ich mich, ob das nicht alles ein riesengroßer Fehler gewesen ist. Ob ich die richtige Entscheidung getroffen habe. Für unsere Kinder. Für uns. Für *sie.*

»Jeanne.«

Mein Name aus seinem Mund, so warm und zärtlich ausgesprochen, reicht aus, um mich aus meinen verworrenen Gedanken zu holen.

Andrés braune Augen sind unverwandt auf die kurvige Straße gerichtet und doch weiß ich, dass er mich *ansieht.* Bei ihm fühle ich mich immer gesehen. Mit meinen Gedanken, meinen Ängsten. Es ist seine ganz besondere Fähigkeit fernab von all den unerklärlichen Dingen dieser Welt. Meiner alten Welt. Mein Mann *sieht* mehr, als ich vielleicht jemals begreifen werde. Deswegen hat er auch keine Fragen gestellt, als ich ihn aus dem Schlaf gerissen und zum Aufbruch gedrängt habe. Als ich hektisch ein paar Dinge in zwei große Taschen gepackt und unsere Kinder aus ihren Bettchen geholt habe. André hat keine einzige Frage gestellt, keine Erklärung gefordert, mir nur in die Augen geschaut und genickt. Weil er es gesehen hat. Die Angst in meinem Blick. Die Dringlichkeit, Paris zu verlassen. Die Antworten, die ich ihm nicht geben kann.

Mon Dieu, ich habe mich noch nie in meinem Leben so gefürchtet.

Ich denke an den Brief mit dem Zahnrad und zucke zusammen.

Ich denke an die Worte und bekomme eine Gänsehaut.

Ich denke daran, was es für mein kleines Mädchen bedeutet und spüre, wie alles in mir ganz kalt wird.

Angst.

Todesangst.

Wie von selbst gleiten meine Augen zu der alten Ledertasche, in der sich diese verbotenen Worte und das kleine, goldene Zahnrad befinden. Eine stetige Erinnerung an das, was ich getan habe. An den wohl größten Fehler, den ich jemals begangen habe. Ich würde alles dafür geben, diese eine Nacht ungeschehen zu machen und gleichzeitig möchte ich nichts daran ändern. Weil es bedeuten würde, mein kleines Mädchen aufzugeben, und das würde ich niemals tun. Nur über meine Leiche. Ich wünschte einfach, es wären andere Umstände. Eine andere Welt, in der diese Regeln, die ihren Tod bedeuten, nicht existieren.

»Jeanne«, sagt André wieder und ich schlucke.

»Es tut mir leid.«

Kopfschüttelnd umfasst er das Lenkrad fester, als die nächste Kurve kommt. »Wir müssen umdrehen. Es ist zu gefährlich bei diesem Schneesturm noch höher in die Berge zu fahren.«

Ich wandte mich nach hinten um. Zu unserem zweijährigen Sohn Clément und seiner kleinen Schwester Genevieve, die kaum ein halbes Jahr alt ist. Beide schlafen in ihren Kindersitzen, bekommen nicht mit, wie die Erde um sie herum bebt. Wie knapp unsere Flucht aus dieser verdammten Stadt gewesen ist.

Wir können nicht zurück. Nicht bei dem, was uns dort erwartet. Sie wissen von ihr und sie werden sie töten. Sie werden uns alle töten. Oder Schlimmeres.

»Wir können nicht zurück«, spreche ich meine Gedanken im nächsten Moment laut aus. Meine Stimme ist ganz rau von den ungeweinten Tränen, die mir seit Stunden die Luft zum Atmen nehmen.

André wird langsamer und mein Herz beginnt zu rasen. Dann bleibt er mitten auf der Straße mit laufendem Motor stehen, schaltet in den Leerlauf und flucht leise. Ich glaube, ich habe ihn noch nie zuvor fluchen gehört. Das passt nicht zu ihm, aber es passt zu dieser Situation. Zu dieser ganzen vermaledeiten Situation, in die ich uns gebracht habe.

»Ich liebe dich, Jeanne, das weißt du. Ich liebe dich mehr, als ich es jemals in Worte fassen könnte, und genau deswegen werde ich nicht weiterfahren. Diese Straße wird uns umbringen.«

Meine Augen beginnen zu brennen.

»Mir ist bewusst, dass ich vieles über dich und deine Vergangenheit nicht weiß. Du hast unzählige Geheimnisse vor mir und ich habe dich nie um eine Erklärung gebeten, aber hier und jetzt flehe ich dich an, Jeanne. Rede mit mir. Sag mir irgendetwas. Und wenn nicht für uns, dann für unsere Kinder.«

Ich bebe innerlich. Schneidende Furcht gräbt ihre Krallen in meine Eingeweide. »Ich kann nicht. Ich kann es dir nicht erzählen. Du … du musst mir einfach vertrauen.« Wieder wird meine Zunge zu einem harten Knoten, sobald die Sprache auf dieses Thema fällt, auf diesen Teil meines Lebens, den ich vor etwas mehr als einem Jahr hinter mir gelassen habe und der nach all der Zeit doch wieder Jagd auf mich macht. Auf meine Familie und mich. Dabei habe ich geglaubt, ihr entkommen zu können. Wie naiv ich doch gewesen bin.

»Bitte glaube mir, André, ich wünschte, ich könnte es dir sagen, aber ich …«

»Du kannst nicht.« Seine Stimme ist nicht länger warm. Kühle Resignation schwingt darin mit und lässt mich erschaudern. Plötzlich bekomme ich noch aus einem ganz anderen Grund Angst. Ich kann das nicht ohne ihn tun. Ich bin zu schwach. Bin es vielleicht schon immer gewesen.

Sei tapfer. Sei mutig. Sei unerschrocken.

»Lass uns weiterfahren. *Bitte.* Wir können im nächsten Dorf anhalten und dort die Nacht verbringen, nur … nicht zurück.«

Er sieht mich lange an, während das Stottern des alten Motors und das Rauschen des Windes außerhalb des Wagens die Stille füllen. Dann seufzt er leise. »Wir sind vor knapp einer Stunde an der letzten Siedlung vorbeigekommen. Lass uns dahin fahren und den Sturm abwarten. Danach können wir immer noch in Ruhe weitersehen.«

Allein bei dem Gedanken daran, uns Paris wieder zu nähern, zieht sich alles in mir zusammen, aber der kleine logische Teil in mir, der noch nicht vollends von meiner Panik verschlungen worden ist, weiß, dass André recht hat. Weiterzufahren wäre Selbstmord. Allein, dass wir es bis hierher geschafft haben, ohne von der Straße abzukommen, grenzt schon an ein Wunder und ich habe unser Glück schon genug herausgefordert.

Ich nicke kaum merklich und greife nach der Hand, die mir André hinhält. Unsere Finger verflechten sich wie von selbst und sofort beruhigt sich mein viel zu schnell schlagendes Herz.

»Es wird alles gut, Jeanne. Es wird alles gut, solange wir einander niemals loslassen. Erinnerst du dich?«

Seine Worte sorgen dafür, dass sich einer meiner Mundwinkel wie von selbst hebt. Er kann gar nicht anders. Ich nicke wieder. »Niemals.«

»Niemals«, wiederholt er, haucht einen Kuss auf meine kalten Fingerknöchel und greift dann nach dem Schalthebel, um uns in Sicherheit zu bringen.

Und einen Augenblick lang glaube ich wieder daran. An diese süße Illusion, dass wir gemeinsam in Sicherheit sein können. Dass es dieses *gut* irgendwo da draußen wirklich gibt. Dass André, Clément, Genevieve und ich neu anfangen können. Weit weg von Furcht und Angst, von diesen verfluchten Worten und Büchern und Geheimnissen.

Weit weg von *ihm.*

Es ist ein schöner Augenblick, ein leichter Augenblick.

Der Augenblick, den André braucht, um den Wagen zu wenden.

Der Augenblick, in dem sich mein halbes Lächeln, das André mit einem ganzen erwidert, echt anfühlt. Wärme breitet sich in meiner Brust aus. Der Druck lässt ein wenig nach.

»Ich liebe dich«, sage ich und lege ihm eine Hand auf den Oberschenkel.

André streicht federleicht über meine Haut und öffnet den Mund, doch die Silben kommen ihm nie über die Lippen. Weil dieser leichte Augenblick im nächsten Moment abrupt bricht, wie eine Schallplatte, die ihr Ende erreicht hat, und die Illusion in unzählige scharfkantige Splitter zerreißt.

Das Davor von dem Danach trennt.

Irgendetwas kracht ungebremst in unseren Wagen, ein ohrenbetäubendes, kreischendes Knallen, das meinen Kopf explodieren lässt, während sich die Welt aus Schnee und Dunkelheit und gelbem Schein um uns herum dreht. Immer und immer weiter, bis ich nicht mehr weiß, wo oben und unten ist. Bis es nur noch Rot und Schmerz und Lärm gibt. Glas knirscht, Metall kreischt. Es scheint eine Ewigkeit zu dauern. Und vielleicht auch noch eine zweite. Ich kneife die Augen zusammen und schreie. Schreie, weil ich Clément und Genevieve weinen höre. Schreie, weil André keinen einzigen Laut von sich gibt. Schreie, bis meine Stimme versagt und es endlich aufhört. Es still wird. So verflucht und endgültig still.

Ich wage kaum zu atmen, weil jeder einzelne Atemzug wie Feuer brennt und klingt, als wäre es mein letzter. Und dennoch hole ich vorsichtig Luft und öffne die Augen. *Für meine Familie.*

Das Erste, was ich bemerke, ist, dass es nicht mehr schneit. Es stürmt auch nicht mehr und die Nacht ist nicht länger finster, sondern in das sanfte Licht des Vollmonds gehüllt. Für einen Moment glaube ich, dass ich mir alles nur eingebildet habe. Die Gefahr, die vielen Überschläge, doch dann schaue ich nach links, wo André starr mit weit aufgerissenen Augen in seinem Sicherheitsgurt hängt. Ich schaue nach hinten, wo Clément reglos in seinem Kindersitz kauert. Wo Genevieve im Fußraum liegt und sich nicht mehr rührt. Ich schaue sie an, sehe das Blut, die Glassplitter, und das Leben, das längst aus ihren kleinen Körpern gewichen ist. Panisch versuche ich mich aus meinem Sitz zu stemmen, ignoriere jeden Schmerz, weil ich nur daran denken kann, zu ihnen zu gelangen, sie an mich zu drücken, doch etwas hält mich zurück. Meine Beine sind eingequetscht, ich spüre sie nicht mehr und das scharfkantige Teil, das aus meinem Oberkörper ragt … Ich schreie wieder. Lautlos dieses Mal, weil ich keine Kraft mehr habe, weil ich zu meinen Kleinen möchte und es nicht kann.

Weil ich nicht mit ihnen gestorben bin.

Kalter Wind zieht durch die gesprungenen Fenster, er riecht nach Benzin und Blut und Tod.

Meine Familie ist tot.

Ich sacke in mich zusammen, weil ich mich nicht länger aufrecht halten kann und weil ich hilflos und machtlos bin. Da ist zu viel. Viel zu viel von allem. Irgendwie hole ich ein weiteres Mal keuchend Luft und hoffe gleichzeitig, dass es das letzte Mal ist. Dass mich der Tod genauso zu sich zerrt, wie er es mit meiner Familie getan hat. Dass es schnell geht.

Alles wird gut. Ich lasse dich nicht los.

Die Gedanken klingen wie André in meinem Kopf. Als würde er direkt neben mir sitzen, als würde er noch leben. Ich schaffe es nicht, noch einmal zu ihm oder unseren Kindern zu schauen, ich schaffe es einfach nicht. Stattdessen lasse ich den Kopf auf die andere Seite fallen und erschrecke, als ich dort durch das gesplitterte Seitenfenster hindurch einen weißen Panther erblicke. Und anders als zuvor weiß ich sofort, dass ich nicht träume. Ich erkenne den Panther und ich kenne seine Bedeutung.

Ich bin immer für dich da.

Ein paar stotternde Schläge meines schwachen Herzens lang sehen wir einander an. Seine goldenen Augen sind hell und klar und beinahe schmerzhaft intelligent. Ich meine Trauer und Bedauern darin lesen zu können. Kaum merklich neigt er den Kopf, dann setzt er sich lautlos in Bewegung, schleicht um das zerbeulte Auto herum, bis er aus meinem Blickfeld verschwindet. Nur einen Sekundenbruchteil später, so kommt es mir vor, taucht er wieder an meiner Seite auf. In seiner Schnauze hängt ein lebloses Bündel. Hellbrauner Babyflaum lugt aus dem Tuch, das mit Blut befleckt ist, als hätte man grausame, rote Blumen daraufgestickt.

Genevieve.

»Nicht«, möchte ich sagen, schreien, kreischen, doch alles, was ich über die Lippen bringe, ist ein feuchtes Röcheln, in dem ich den verräterischen Geschmack von Blut erkenne. *Lass mein kleines Mädchen bei mir. Lass uns zusammen gehen. Lass –*

Der Gedanke bricht abrupt ab, als ich eine winzige Bewegung ausmache. Ein kaum merkliches Zucken zwischen den Stofflagen, eine winzige Babyhand, die sich rührt, die … *Sie lebt. Genevieve, sie …* Mein Herzschlag setzt aus, nur um im beinahe gleichen Moment wieder loszurasen.

Mein kleines Mädchen hat überlebt.

Ich schaue wieder zu dem Panther und zucke zurück, als mir der funkelnde Gegenstand auffällt, der neben dem Bündel in seinem Maul baumelt. Eine goldene Kette mit einem kleinen Zahnrad daran. Ein so winziges, scheinbar belangloses Detail, das in diesem Moment jedoch *alles* bedeutet. All das, vor dem ich Genevieve zu beschützen versucht habe. All das, was uns hierhergeführt hat. All das, was ich falsch gemacht habe.

Ich sehe dem Panther in die Augen und bringe ein schwaches Kopfschütteln zustande. *Nein. Bitte. Bitte … bring sie nicht zurück. Lass nicht zu, dass ein unschuldiges Kind in diesen Kampf gezogen wird. Bitte.* Ich weiß, dass er mich nicht hören kann, ich bin nicht wie *sie*, ich bin nicht *er*, aber ich hoffe es. Ich hoffe es mit jedem Funken Leben, den ich noch in mir trage. *Bitte, ich flehe dich an. Beschütze sie vor dieser Welt. Du weißt, dass sie darin keinen Platz finden wird.*

Noch einen Augenblick länger erwidert er meinen Blick. Der Moment dehnt sich aus, in dem ich meine Gedanken wieder und wieder in seine Richtung schreie, weil mir für laute Worte schlichtweg die Kraft fehlt.

Der Panther wird ganz ruhig, starr, beinahe wie eine *Erscheinung*, die nur in meiner Fantasie existiert. Und dieses eine Mal wünschte ich, ich wäre wirklich ein Teil *ihrer* Welt, würde dazugehören und könnte verstehen, was in seinen Gedanken vor sich geht. Doch ich gehöre nicht dazu. Habe ich nie. Und als der Panther seine klugen bernsteinfarbenen Augen abwendet, weiß ich, dass ich jetzt den Preis dafür zahlen muss. Ich folge seinem Blick, sehe den Rauch, der aus der zerbeulten Motorhaube aufsteigt. Sehe die Flammen, die bereits am Metall lecken und den alten Lack Blasen schlagen lassen.

Zu spät. Zu spät für so vieles.

Ich spüre, wie mir nutzlose Tränen über die Wangen laufen, wie die Welt vor mir verschwimmt. In Rauch und Flammen und Taubheit. Sehe, wie sich der Panther umdreht, wie seine schlanke, schneeweiße Gestalt von den Schatten verschluckt wird, bis ich ihn und meine Tochter aus den müden Augen verliere.

Bis ich allein zurückbleibe.

Alles wird gut, Jeanne, solange wir einander niemals loslassen.

Ich lächele und weine und greife nach Andrés kalter, blutverschmierter Hand, als seine Worte meine Gedanken fluten. Die einzigen Worte, die ich jemals wirklich geliebt habe.

Es wird alles gut.

Die Flammen werden gieriger, mein Herzschlag langsamer. Ich denke an Genevieve, an Clément, an André. Ich denke an sie alle, während ich immer weniger denke. Immer weniger werde. Bis es endlich aufhört und gleichzeitig neu beginnt.

Es wird alles gut.

Es wird alles gut.

Erster Teil

»Geheimnisse, die uns rufen«

Kapitel 1

7. Arrondissement, Paris

Remy

»Es wird alles gut.« Beschwichtigend hob ich die Hände und rutschte näher an meine beste Freundin heran, die in diesem Moment wirkte, als würde sie entweder gleich in Tränen ausbrechen oder explodieren. Das konnte man bei Ninette nie so genau sagen. »Es wird alles gut, Ninnie. Du wirst schon sehen.«

Zweifelnd zog sie ihre schmalen Augenbrauen hoch und schüttelte so nachdrücklich den Kopf, dass ihre schulterlangen, schwarzen Haare, deren Spitzen aktuell türkis schimmerten, in alle Richtungen flogen. »Wie soll ich das wieder geradebiegen? Mein Professor hasst mich jetzt schon und ich habe noch nicht einmal angefangen.«

»Dann ist doch nach wie vor alles offen«, hielt ich dagegen, obwohl ich wusste, dass ich längst auf verlorenem Posten kämpfte. Meine Freundin schnaubte nur, was mich unweigerlich breit grinsen ließ. Wenn Ninette sich einmal in Rage geredet hatte, dann brachte sie so schnell nichts von ihrem Standpunkt ab – einer der Gründe, warum ich sie so liebte. Ninnie machte niemals irgendwelche halben Sachen. In keiner Hinsicht. Seufzend streckte ich meine Beine auf der gepunkteten Picknickdecke, auf der wir es uns auf der weiten Grünfläche vor dem Eiffelturm gemütlich gemacht hatten, aus und wechselte die Taktik. »Du musst das ja nicht allein machen. Ich helfe dir, schon vergessen?«

Die steile Falte auf ihrer Stirn wurde etwas weicher. »Und dafür könnte ich dich küssen, aber ich kann mir nicht jedes Mal dein inneres Genie ausborgen. Das ist Schummeln.«

»Nein, das ist klug.«

»*Remy.*«

Ich zuckte mit den Achseln und fasste meine langen, hellbraunen Wellen zu einem unordentlichen Knoten zusammen. »Du hast mir auch schon oft genug den Hintern gerettet. Ist doch nichts dabei.«

»Nur, dass es dieses Mal nicht um irgendein Hausarbeitsprojekt geht, sondern um einen praktischen Lernnachweis. Vor Ort. Ich darf nichts von den Werkstücken aus dem Raum mit nach Hause nehmen und nur im Labor daran arbeiten.«

Zugegeben, das schränkte meine Rolle als geheime Unterstützerin schon gewaltig ein. »Okay, dann von vorn. Worum geht es genau?«

Ninette murmelte einen leisen Fluch und ließ sich nach hinten auf die Decke fallen, die Hände verschränkte sie vor ihrer Brust, während ihr Blick nach oben schweifte. »Irgendein intelligenter Schaltkreis. Soll am Ende ein Miniaturgewächshaus überwachen und automatisch Temperatur und Wasser regeln … was weiß ich?«

Ich schmunzelte, legte mich neben sie und starrte in den wolkenlosen babyblauen Himmel über Paris. Kondensstreifen zeichneten ein wirres Muster auf die scheinbar unendliche Leinwand. »Ich habe bei mir in der Werkstatt etwas Ähnliches rumfliegen.«

»Warum wundert mich das jetzt nicht?«

Ich stupste sie im Liegen mit dem Ellenbogen an. »Das ist auf Essies Mist gewachsen. Sie wollte ihr Blumenlager *effizienter* gestalten und die Bewässerung anpassen, aber letztlich war es ihr dann doch zu abgefahren.«

Meine ältere Schwester Esther war, was ihren Blumenladen *Bouquet de la Rose* und ihre Leidenschaft für alles Grüne betraf, schlichtweg unverbesserlich. Wahrscheinlich lief ihr Laden gerade deswegen so gut. Ihre Gestecke und Arrangements waren mittlerweile in ganz Paris gefragt und Essie konnte sich kaum vor Aufträgen retten. Auch ohne intelligente Bewässerungsanlage.

»Wir könnten es am Wochenende unter die Lupe nehmen und zerlegen, bis du die einzelnen Komponenten auswendig kannst«, bot ich an.

Ninnies Blick kribbelte auf meiner Haut. »Warum machst du das, Remy?«

»Ich mache was?«

»Das weißt du ganz genau.« Dieses Mal war sie es, die mich anstieß. »Du sabotierst dich selbst.«

»Du fängst jetzt nicht wirklich diese Diskussion an, oder?«

»Und du klingst nur so genervt dabei, weil du genau weißt, dass ich recht habe.«

Merde. Ninnie und ihre verdammte Schlagfertigkeit, die immer, wirklich ausnahmslos immer, ins Schwarze traf. »Ich dachte, wir reden über dein Projekt.«

»Was dich unweigerlich mit einschließt, *ma cocotte*. Du solltest neben mir in diesen Kursen sitzen. Du solltest sie alle mit deinem beinahe unheimlichen Talent vom Hocker reißen.«

Ich drehte den Kopf zu meiner besten Freundin seit Kindergartentagen und sah sie lange an. Ninette war ebenso wie ich in Paris geboren und aufgewachsen. Ihr Vater war ein berühmter, französischer Modedesigner, dem Ninnies Liebe für alles, was eine Platine besaß, immer etwas schwer im Magen lag. Allerdings änderte das nichts daran, dass Maurice Beauford der coolste *Papa* war, den ich kannte – meinen Vater einmal ausgenommen. Ninette hatte von klein auf bei Maurice gelebt, nachdem ihre Mutter Akane kurz nach ihrem zweiten Geburtstag als Stewardess zurück nach Japan gegangen war. Vor ein paar Jahren waren wir sogar nach Fukuoka geflogen, damit Ninnie Akane kennenlernen konnte, aber es hatte sich relativ schnell herausgestellt, dass sie außer ein paar äußerlichen Merkmalen – die schmalen, dunklen Augen, die helle Porzellanhaut und die feinen japanischen Züge – und ihrer Vorliebe für Sushi nichts verband. Eine coole Reise war es trotzdem gewesen und Ninnie ziemlich erleichtert, dass sie sich künftig nicht zwischen zwei völlig unterschiedlichen Kulturen zerreißen musste.

Ich atmete hörbar aus und verschränkte die Arme unter dem Kopf. »Du kennst meine Meinung dazu, Ninnie. Ich … ich passe da irgendwie nicht rein.«

»Inwiefern? Die *Sorbonne* ist großartig! Allein die Labore mit ihrer Ausstattung dort sind ein Paradies. Dagegen verblasst selbst deine kleine Werkstatt und du weißt, ich liebe deine Höhle heiß und innig.«

Ich verzog das Gesicht. »Das klingt ziemlich falsch.«

»Na und? Du bist genial, Remy, und du hast ein Talent, von dem andere nur träumen können. Keine Ahnung, wie du es machst, aber du knackst jede noch so komplizierte Schaltung, jedes Gerät, du … du verstehst die Technik einfach. Und du gehörst an die *Sorbonne*, verflucht.«

»Es muss dir ja mächtig wichtig sein, wenn du schon mit dem Fluchen anfängst.«

»Einer von uns muss es ja wichtig sein, was du mit deinem Leben machst, Aramena.«

Autsch. Irgendetwas an ihrem Satz hinterließ einen bitteren Nachgeschmack auf meiner Zunge. Vielleicht weil Ninette wie meine *Maman* klang. *Du solltest etwas aus dir machen,* chérie. *Du könntest Großes vollbringen, wenn du dir nur einen Ruck gibst.*

»Mir gefällt mein Leben so, wie es ist«, gab ich ein wenig schnippisch zurück und klang dabei defensiver als gewollt. »Mit Esther in ihrer Blumenboutique zu arbeiten, macht Spaß und ich habe mit den großen und kleinen Problemen der Nachbarschaft genug zu tun.« Und das war die Wahrheit. Ich liebte meine Werkstatt im Hinterzimmer von Esthers Laden, wo ich die Haushaltsgeräte aus der Gegend reparierte, wenn ich nicht gerade meiner älteren Schwester unter die Arme griff. Es war die Wahrheit und dennoch sorgten die Worte für ein kleines, unangenehmes Ziehen in meiner Mitte. *Es macht dir Spaß, aber da müsste noch mehr sein, oder? Mehr als nur dieses Gefühl, das Richtige zu tun. Eine Perspektive, für die du brennst. Ein Ziel.*

Formidable, jetzt klang meine innere Stimme auch schon wie meine Mutter.

»Du weißt, wie ich das gemeint habe. Mal ernsthaft, du kannst doch nicht wirklich zufrieden damit sein, Toaster und Wasserkocher zu reparieren.«

Ruckartig setzte ich mich auf und sah auf sie herab. »Haben dich meine Eltern auf mich angesetzt?« Ihre Wangen röteten sich merklich. Da hatte ich meine Antwort. Mit einem leisen Knurren presste ich die Lippen aufeinander. »Haben sie dich bestochen?«

Meine beste Freundin richtete sich ebenfalls auf und strich sich die dunklen Haare zurück. »Sie machen sich doch nur Sorgen und beim letzten Ratatouille-Abend …«

»Geht es hierbei um die Einladung der Uni, die ich abgelehnt habe?«

Wieder dieser schuldbewusste Blick. »Deine *Maman* hat mich

nur darum gebeten, noch einmal mit dir zu sprechen, weil … na ja, sie verstehen es nicht, Remy, und ich ehrlich gesagt auch nicht. Und dabei würde ich behaupten, dass ich dich besser kenne als jeder andere Mensch auf diesem Planeten.«

Mein Magen zog sich zu einem unangenehm harten Ball zusammen. Unwillkürlich griff ich nach dem kleinen goldenen Zahnrad, das an einer filigranen Kette um meinen Hals baumelte. Seine Kanten gruben sich seltsam tröstlich in meine Haut. Wie waren wir bitte von Ninettes anstehendem Projekt zu meiner aktuellen Lebenssituation gekommen?

»Also: Warum hast du abgesagt? Das war quasi ein Freifahrtschein direkt in eines der besten Stipendiatenprogramme für angewandte Wissenschaften in ganz Frankreich. Du liebst Technik. Du liebst es, zu tüfteln und an elektronischem Kram herumzubasteln. Das machen wir schon, seit ich denken kann und –«

»Ich gehöre da nicht hin, Ninnie, okay?!«

Perplex schaute sie mich an. »Wie kommst du denn auf diese beknackte Idee? Du gehörst da hin wie ein … ein Seitenschneider in jeden guten Werkzeugkasten.«

»Seitenschneider?«

»*Tais-toi!* – Sei still. Du weißt, dass Worte nicht unbedingt meine Stärke sind. Und darum geht es hier auch gar nicht. Was gibt dir dieses absolut deplatzierte Gefühl, die *Sorbonne* wäre nicht der passende Ort für dich, Remy? Was geht in deinem hübschen Kopf vor sich?« Ihre Stimme war sanfter geworden und ihr Blick beinahe besorgt, eindringlich, fast so, als würde sie mir direkt ins Herz schauen. Ein Blick, der mir sofort unter die Haut ging, weil er mich an all die Momente erinnerte, die ich mit schlechten Gefühlen verband. Momente, in denen ich zu Ninette gelaufen war, weil sie zwischen all den Veränderungen der letzten Jahre, zwischen Familienstreitereien, der nervigen Schulzeit und dem Erwachsenwerden schon immer mein liebstes Zuhause gewesen war. Weil sie genau dann stark war, wenn ich es nicht sein konnte. Als mich die anderen Schüler auf unserer schicken Privatschule gehänselt hatten, weil meine Familie nicht meine *richtige* Familie und Esther nicht meine *richtige* Schwester war. Als sie mir hinterhergerufen hatten, dass mich meine leiblichen Eltern anscheinend nicht genug geliebt hatten, um mich zu behalten und stattdessen als Baby zur Adoption freigegeben hatten. Und als ich wochenlang, monatelang jeden Tag und beinahe jede Nacht damit zugebracht hatte, nach meiner *echten* Familie zu suchen, um doch niemals etwas herauszufinden. Ninette war immer da gewesen. Immer an meiner Seite und immer mit diesem Blick.

Es dauerte eine ganze Weile, bis ich meine Stimme wiederfand und schließlich erwiderte: »Es fühlt sich nicht richtig an. Es fühlt sich nicht so an, als wäre das der Weg, den ich gehen sollte. Das ist … schwer zu beschreiben.«

»Komm schon, niemand ist so gut darin, komplizierte Sachen verständlich zusammenzufassen, wie du. Stell dir vor, dieses Gefühl wäre ein technisches Gerät, ein Schaltkreis. Erklär es mir, Remy.«

Meine Mundwinkel hoben sich entgegen meiner inneren Anspannung. Diese Wirkung hatte Ninette mit ihrer scheinbar grenzenlosen Empathie und ihren bunten, ein wenig abgedrehten Klamotten einfach auf mich. Sie lockte Worte aus mir heraus, von denen ich nicht einmal gewusst hatte, dass sie irgendwo tief in mir drin darauf warteten, ausgesprochen zu werden. Ich ließ das Zahnrad an meiner Kette los und zog die Beine in den Schneidersitz, ehe ich meine Wasserflasche aus dem Rucksack holte und einen Schluck nahm. Um diese Uhrzeit war der *Champ de Mars* gut besucht. Bei dem schönen Wetter war fast jeder freie Platz der großen Grasfläche von Touristen und Einheimischen gleichermaßen bevölkert, während die Junisonne den Eiffelturm wie eine Wunderkerze funkeln ließ. Viele Pariser konnten wenig mit den Orten anfangen, die Menschen aus aller Welt förmlich anzogen, aber ich liebte genau das daran. Das Gewusel, das Gefühl in der Menge irgendwie ein kleines bisschen weniger allein zu sein. *Dazuzugehören.*

Ich sah wieder zu Ninnie, die mich abwartend betrachtete und dabei die unzähligen goldenen Ringe an ihren schlanken, langen Fingern drehte. »Du hättest vielleicht doch Psychologie studieren sollen. Es ist beinahe unheimlich, wie du es jedes Mal schaffst, genau das zu sagen, was ich hören muss.« Sie lächelte leicht, doch die Runzeln auf ihrer Stirn blieben, also fuhr ich fort. Horchte in mich hinein, um etwas in Worte zu fassen, das ich selbst nicht gänzlich verstand. »Das Angebot der Universität fühlt sich nicht so an wie das Reparieren und Schrauben, Ninnie.«

»Okay.« Dieses *Okay* klang aus ihrem Mund eher wie eine Frage, der eine ganze Horde von Fragezeichen folgte.

Ich schnitt eine Grimasse. »Technischer Schnickschnack zieht mich irgendwie an, das weißt du. Als würden Geräte und ihre Fehler mit mir *sprechen* und mich zu sich locken. Es ist einfach … dieselbe Frequenz. Es fühlt sich richtig an, wie ein warmes Summen in meinem Körper.« Instinktiv legte ich mir eine Hand auf das Dekolleté, dort, wo mein Herz gerade ein wenig schneller schlug. »Wenn ich in meiner Werkstatt bin und vor mich hinarbeite, dann ist da genau dieses Summen. Und als ich diesen Brief aufgemacht habe, der mich aus meiner Werkstatt an die *Sorbonne* bringen würde, da … ist es verstummt.«

Ninette rümpfte ein wenig skeptisch ihre schmale Nase. »Das *Summen*?«

Stöhnend warf ich die Hände in die Luft. »Ich weiß, wie das klingt. *Maman* und *Papa* haben mich genauso angeschaut, als ich es ihnen zu erklären versucht habe. Keine Ahnung, was das genau ist, vielleicht habe ich einfach zu viele Dämpfe beim Löten abbekommen und längst den Verstand verloren.«

Behutsam legte mir Ninnie eine Hand auf den Unterarm und suchte meinen Blick. »Ich glaube dir ja. Das geht uns doch allen so, oder? Manches fühlt sich eben richtig an und anderes falsch, so treffen wir die meisten Entscheidungen.«

»Aber?«

»Ich habe nichts von einem Aber gesagt.«

»Und doch war da eins. Ein dickes, fettes Ninette-Aber.«

»Das deiner Einbildung entsprungen ist. Vielleicht bist du doch ein bisschen durchgeknallt.«

Ich streckte ihr die Zunge raus und dabei war es mir völlig gleich, dass ich mit meinen neunzehn Jahren vermutlich schon etwas zu alt für diese Geste war.

»Meinetwegen, hier kommt dein Aber, wenn du es denn unbedingt haben möchtest: Ich verstehe dieses Gefühl – was viele wahrscheinlich Intuition nennen würden – und deine Bedenken, Remy, wirklich, *aber* es gibt manchmal eben auch Momente, in denen dieses Bauchgefühl eher die Verlängerung einer Angst ist und man nicht darauf hören sollte. Man über seinen Schatten springen sollte.«

Ich dachte über ihre Worte nach und kam zu dem Schluss, dass ich es nicht wusste. Vielleicht fürchtete ich mich vor einer Veränderung oder davor, dass ich wieder mit Ablehnung konfrontiert werden könnte. Vielleicht zerdachte ich diese ganze Sache auch einfach.

Missmutig rupfte ich etwas Gras heraus und spielte an den einzelnen Halmen herum. »Schon möglich. Oder wir liegen beide komplett daneben.« Ich pustete mir eine lose Strähne aus der Stirn und warf das Gras zur Seite. »Ist jetzt ohnehin zu spät. Ich habe abgesagt und bleibe bei Esther. Sie braucht meine Hilfe, und unsere Nachbarschaft auch.«

»Besonders Madame Bouttoir und ihr feuerrotes Radio. Was würde sie nur ohne ihren wöchentlichen Besuch, bei dem du ihr heiß geliebtes Radio durchcheckst, machen?«

»Sie wäre vollkommen aufgeschmissen.«

»Sie und ihr Katzen-Schrägstrich-Hunde-Ersatz-Radio. Wundert mich, dass es noch keinen Namen hat.« Ninnie lachte leise.

»Kommt bestimmt noch. Ich könnte ihr einen vorschlagen, wenn sie das nächste Mal reinschneit, obwohl das Radio noch genauso einwandfrei läuft wie in der Woche zuvor.«

Immer noch grinsend zupfte meine beste Freundin an ihrem bunten Patchworkkleid herum und wurde dann wieder ernst. »Du weißt, dass deine Absage nicht endgültig sein muss.«

»Ninette …«

Nun war sie es, die abwehrend die Hände hob. »Ich meine ja nur. Lass es dir wenigstens noch einmal durch den Kopf gehen, ja?«

»Damit du *Maman* sagen kannst, du hättest es versucht? Hat sie dich mit ihren Macarons bestochen?«

»Mit ihren Macarons und den Bedenken, die wir teilen. Aber hauptsächlich ihre Macarons, ja. Es gibt niemanden auf dieser Welt, der dem Gebäck von Felicienne widerstehen kann.«

»Wusste ich es doch.«

Eine ihrer Augenbrauen wanderte in die Höhe. »Also?«

Ich seufzte und zog mein Smartphone hervor. »Das ist –« Ich unterbrach mich selbst, als mir die Uhrzeit auf dem Display ins Auge fiel, dicht gefolgt von den unzähligen Nachrichten und verpassten Anrufen von Esther. »*Putain!* Ich hätte vor zehn Minuten im Laden sein sollen.«

»Ich dachte, donnerstags ist dein freier Nachmittag.«

Fahrig stopfte ich meine Strickjacke in den Rucksack und griff nach meinen Sandalen, während ich gleichzeitig eine Nachricht zu tippen versuchte. Unnötig zu erwähnen, dass ich hoffnungslos versagte. »Normalerweise schon, aber Essie hat heute einen Termin in Versailles wegen einer großen Hochzeit und ... argh, das ist wirklich wichtig für sie. Sie wird mir den Kopf abreißen.« Fluchend stand ich auf und kramte meinen Fahrradschlüssel hervor.

Ninette kam ebenfalls auf die Beine. »Es sind nur zehn Minuten, Remy. Den Puffer hat sie vermutlich ohnehin eingeplant.«

»Trotzdem.«

»Was ist mit der Uni-Einladung?«

»Wir reden wann anders weiter, ja? Ich muss jetzt echt los. Sehen wir uns am Wochenende wegen deinem Projekt?«

Sichtlich unzufrieden mit dem abrupten Ende ihrer Mission schürzte sie die Lippen. »Sicher. Aber, Remy –«

»Ich schreibe dir«, fiel ich ihr ins Wort, drückte sie kurz an mich, wobei ich ihr jeweils ein Küsschen rechts und links auf die Wange hauchte. »Tut mir leid, Ninnie. Ich kann Essie nicht hängen lassen. Nicht heute.«

Mit einem ergebenen Seufzen ließ mich meine beste Freundin schließlich gehen. »Wir reden noch darüber, Aramena Benoit.«

»Tun wir das nicht immer?«, rief ich ihr über die Schulter zu, schon halb auf dem Weg zu meinem hellgelben Stadtfahrrad. »Und mach dir keine Gedanken, wir kriegen deinen Lernnachweis schon geschaukelt.«

Ich wartete erst gar nicht auf ihre Erwiderung, sondern lief direkt los. Mittlerweile war es deutlich voller als heute Mittag und einen Weg durch die vielen Menschen mit Kameras, Sommerhüten und Rucksäcken zu finden, wurde zu einer wahren Tortur. Immer wieder murmelte ich Entschuldigungen und schlängelte mich durch Gruppen und Pärchen, bis endlich der Fahrradständer in Sicht kam und –

Autsch.

Meine heldenhafte Sprinteinlage kam zu einem jähen Ende, als ich gegen eine warme, breite Brust prallte und im nächsten Moment rückwärtstaumelte. »*Excusez-moi*, ich …«, setzte ich an und verstummte, als mir klar wurde, dass sich die Brust, beziehungsweise der Kerl, dem besagte Brust gehörte, bereits umgedreht hatte, als hätte es den Zusammenstoß nicht gegeben. Verdutzt schaute ich ihm nach, während ich mir gedankenverloren die Schulter rieb. Dunkelbraune Haare, groß, muskulös und … *was ist das für ein weißer Hund?* Unbewusst machte ich einen Schritt in seine Richtung, um – ja was? Ihm zu folgen? –, als mir wieder in den Sinn kam, warum ich überhaupt so in Eile war, und den Blick zurück auf mein Fahrrad richtete. Mein eigentliches Ziel.

Komm schon, Remy. Essie verlässt sich auf dich.

Kaum merklich schüttelte ich den Kopf und sah ein letztes Mal zu der Stelle, an der der Kerl und sein seltsamer Hund gerade noch gestanden hatten. Die Stelle war verwaist und der junge Mann verschwunden.

Natürlich ist er das.

Meine Lippen verzogen sich zu einem leichten Lächeln, dann wandte ich mich ab und schloss endlich mein Fahrrad auf.

Kapitel 2

Fitzrovia, London

Sim

Leichter Nieselregen legte sich beinahe wie Nebel auf meine Kleidung, als ich in Fitzrovia aus der U-Bahn an die Oberfläche trat. Sofort bereute ich es, keinen Schirm mitgenommen zu haben und das nicht nur, weil sich in meinem Jutebeutel Bücher im Wert von fast dreitausend Pfund Sterling befanden, sondern auch, weil ich wusste, dass sich besagter Nieselregen innerhalb der nächsten paar Minuten in eine wahre Sintflut verwandeln würde. Und ich hasste es, nass zu werden. Jeder hasste das.

Mit einem undeutlichen Murmeln wich ich einer Touristengruppe aus und zog die Schultern hoch. Vielleicht schaffte ich es ja doch noch vor dem Wolkenbruch ins Museum. Sosehr ich London auch für seine altehrwürdigen Ecken, die architektonische Zeitlosigkeit und die Hektik liebte, der ständige Regen ging mir trotzdem auf den Wecker. Aber jeder Ort hatte seine Macken, war es nicht so?

Die einen mehr, die anderen weniger und von manchen sollte man sich lieber ganz fernhalten, nicht wahr, Kasimir?

Zähneknirschend drängte ich die Gedanken zurück, die

den vertrauten Bariton meines Vaters angenommen hatten, und schüttelte kaum merklich den Kopf. Als über mir das erste Donnern über die dunkelgrauen Wolken rollte, beschleunige ich automatisch meine Schritte, bis ich fast rannte und achtete dabei weder auf mögliche Ampeln noch auf hupende Taxis oder rote Doppeldeckerbusse. So machte man das eben als Londoner. Nur, dass ich gar kein echter Londoner war, aber das spielte keine Rolle. In meinem dünnen, dunkelblauen Mantel, den Lederschuhen, der hellen Hose und dem weißen T-Shirt fühlte ich mich jedenfalls ziemlich britisch und diese Stadt war meine Heimat, ganz gleich, was mein Ausweis sagte. London war und blieb meine Wahlheimat, bis mich irgendein neuer Auftrag, mit dem ich eigentlich nichts zu tun haben wollte, wieder an einen anderen Ort verschlug und der ganze Kram von vorne begann.

Komm schon, nur ein Tag ohne die alte Leier.

Ich zeigte meiner inneren Stimme den imaginären Mittelfinger und überquerte die letzte Querstraße, die mich noch von dem imposanten *British Museum* trennte. Ein bisschen wie aus der Zeit gefallen ragte der gewaltige Bau mit seinen ionischen Säulen samt geschwungenen Kapitellen aus hellem Sandstein vor mir auf, als ich den Vorplatz betrat. Vor dem Einlass hatte sich bereits eine beachtliche Schlange gebildet und ich war einmal mehr froh, dass ich mit meinem Universitätsausweis die Abkürzung nehmen konnte. Sonst würde ich vermutlich letzten Endes doch noch in den Geschmack des Sommerregens kommen, der sich bereits so fulminant angekündigt hatte. Eine Hand an meinem Beutel mit den kostbaren Büchern lief ich an den Wartenden vorbei und tauchte wenig später in den Säulengang ein, wo sich einer der Seiteneingänge für Mitarbeitende und – seit Neuestem – Studierende der Kulturwissenschaften befand.

»Kasimir! Du bist spät dran für deine Verhältnisse«, begrüßte mich Jefferson, einer der Securities des Geländes, und tippte sich an seine Schirmmütze. Wie immer stolperte er ein wenig über meinen Namen. »Ich habe schon vor einer halben Stunde mit dir gerechnet.«

Ich grinste schief und reichte ihm den Coffee-to-go-Becher, den ich in der anderen Hand balanciert hatte, und zuckte mit den Schultern. »Die Tube hat mal wieder Probleme gemacht. Du weißt schon.«

»Danke.« Genüsslich nahm er einen ersten Schluck und lächelte breit, sodass seine hellen Zähne zwischen seinen Lippen aufblitzten. »Ich will dich auch nicht länger aufhalten. Drinnen im Lesesaal wartet schon jemand auf dich.«

Mist. Ich hatte gehofft, ich würde es noch rechtzeitig zu meiner Verabredung mit Willow schaffen – die normalerweise mit chronischer Unpünktlichkeit glänzte. Seufzend nickte ich und wechselte den schweren Bücherbeutel von einer Seite auf die andere. »Dann beeile ich mich lieber. Hab einen guten Tag, Jeff.«

»Den wünsche ich dir ebenfalls. Und danke noch mal für den Kaffee.«

»Immer doch«, erwiderte ich, eine Hand zum Abschied gehoben, ehe ich mich durch den Zugang ins kühle Innere des British Museums schob. Noch im selben Moment überkam mich eine mir mittlerweile vertraute Ruhe. Eine Ruhe, die von den alten Mauern herrührte und sich immer weiter um mich legte, während ich den Weg zu dem gewaltigen Lesesaal des Museums mit seiner beeindruckenden Kuppel einschlug. Dieser Ort war einer der Gründe, warum ich London liebte. Ich konnte mich stunden- und tagelang in den unzähligen Räumen und Ausstellungen verlieren. Wenn ich gekonnt hätte, wäre ich für immer hiergeblieben, hätte studiert, mich durch die verschiedenen Epochen gearbeitet, immer mehr Wissen und Vergangenheit in mich aufgesogen … doch ich konnte nicht. Hatte ich nie gekonnt, weil es noch nie nach mir gegangen war. Das hier nicht meine Welt war.

Und da waren sie wieder, diese ganzen ungebetenen Gedanken, die mich seit Jahren verfolgten und die rein gar nichts brachten. Außer schlechter Laune.

Es sind noch ein paar Wochen, bis du zurückmusst, Sim. Tu dir selbst einen Gefallen und warte mit den miesen Vibes, bis es so weit ist.

Merci beaucoup.

Kopfschüttelnd stieg ich eine der vielen geschwungenen Treppen nach oben und trat wenig später durch die doppelflügelige Tür hinein in das Herzstück des Museums. Meine innere Stimme verstummte wie auf Knopfdruck und sofort hellte sich meine Stimmung wieder auf. Umgeben von beeindruckenden Bücherregalreihen, dem Rascheln von Papier und konzentrierter Geschäftigkeit blieb auch mir gar keine andere Wahl. Der Geruch von Büchern, die Nähe zu endlosen dunklen Regalböden, die Geschichten dieser und jeder anderen Zeit beheimateten, und das ganz eigene Wispern solcher Orte waren für mich der Inbegriff von *Zuhause.* Vielleicht, weil ich in einer anderen Bibliothek aufgewachsen war. In einem anderen Land, umgeben von einem ganz anderen Flüstern und Wispern, dem ich mich nicht entziehen konnte, ganz gleich, wie viele Kilometer ich auch zwischen dort und mich brachte. Ein Teil blieb immer.

Ich atmete langsam aus und setzte mich wieder in Bewegung, bevor ich noch tiefer in dieser Windung meines Kopfs verschwinden konnte. Schließlich war ich verabredet, spät dran und der Lesesaal des *British Museum* sicherlich nicht der richtige Platz, um über eines der größten und bestgehüteten Geheimnisse der Menschheit zu grübeln.

Dunkler Teppich schluckte meine Schritte, als ich zwischen

den sternförmig angeordneten Regalreihen auf das Zentrum des Saals zulief. Dort, unter der großen Kuppel, durch deren Fenster das gräuliche Licht des Sommergewitters fiel, befanden sich mehrere Tische samt Stühlen und Leselampen. Einige Studierende, aber auch ältere Museumsbesuchende hatten sich dort niedergelassen, versunken in ihren Büchern oder Laptops. Stirnrunzelnd ließ ich den Blick auf der Suche nach Willows rotem Haarschopf über die Anwesenden schweifen und stieß im nächsten Augenblick einen französischen Fluch aus, als ich statt meiner Kommilitonin ein anderes bekanntes Gesicht entdeckte. Eines, das ich hier absolut nicht erwartet hatte und das innerhalb eines Sekundenbruchteils dafür sorgte, dass meine Laune in den Keller sank.

Als hätte er meine Anwesenheit gespürt, drehte sich Ludwig in genau diesem Moment um und winkte mir so übermütig zu, als wären wir auf dem Rummel und nicht in einer der ehrwürdigsten Institutionen Londons. Und dabei interessierte es ihn nicht im Geringsten, dass ihn die anderen musterten, als hätte er den Verstand verloren – was er vermutlich auch hatte. Schon vor sehr langer Zeit.

Das kann doch verdammt noch mal nicht sein Ernst sein.

Missmutig verzog ich das Gesicht und steuerte meinen jüngeren Bruder an, der auf dem breiten Holzstuhl fläzte, als wäre der Lesesaal sein Königreich.

»Lu«, begrüßte ich ihn mit gedämpfter Stimme, als ich vor ihm zum Stehen kam.

»Bruderherz. Ich dachte wir wären schon vor einer halben Stunde verabredet gewesen?«

Fassungslos starrte ich ihn an, als mir klar wurde, was er da gerade gesagt hatte. »*Du* warst das. Willow hat mir gar keine Nachricht geschrieben. Du hast mich kontaktiert. In ihrem Namen.« Und ich Idiot hatte mich noch gewundert, warum mir

Willow ausgerechnet an einem Mittwoch schrieb, wo diese Tage zu ihren vollsten gehörten.

»Irgendwie musste ich dich ja aus deinem Schneckenhaus holen. Hätte ich mich direkt bei dir gemeldet, wärst du niemals aufgetaucht.«

Womit er absolut richtiglag, nur würde ich das ganz sicher nicht offen zugeben. Ich verschränkte die Arme vor der Brust und legte den Kopf schief. »Was willst du? Als ich zuletzt nachgesehen habe, waren es noch fünf Wochen bis Ende Juli.«

Ludwig zog ein Bein an und zupfte an seinen dunklen Hosenträgern herum, die er über einem hellblauen Hemd trug. Eigentlich hätte er damit lächerlich aussehen müssen in Kombination mit seiner braunen Chino, den Budapestern und seinen dunklen Locken, die in alle Richtungen abstanden. Doch Ludwig stand dieser schräge und etwas verstaubte Vintage-Style aus irgendeinem Grund auch noch.

»Exakt. Deswegen bin ich auch nicht hier. Vater schickt mich.«

Natürlich. Ich ließ mich auf den Stuhl neben ihn fallen, die Büchertasche auf meinen Oberschenkeln und den Blick fest auf meinen kleinen Bruder gerichtet, der die Angewohnheit hatte, immer dann aufzutauchen, wenn ich es am wenigsten gebrauchen konnte. »Vielleicht sollten wir ihm ein Buch über die Nutzung des Telefons schenken. Oder *Wie man eine Mail verfasst.*«

Ein freudloses Grinsen huschte über Lus Züge. »Wir wissen beide, dass er dich auf diesem Weg niemals erreicht hätte.«

Auch wieder wahr.

Als ich nichts erwiderte, zog Ludwig ein Bein an und legte locker die Arme darum. »Hör zu, mir gefällt es auch nicht, dich aus deiner kleinen London-Bubble zu holen, aber es gibt ein Problem. Ein wirklich ernsthaftes und damit meine ich nicht, dass sich *Papa* und Onkel Corbin wieder in die Wolle bekommen haben oder Eamon unausstehlich ist.« Eine steile Falte grub sich zwischen seine dunklen Brauen und vertrieb jeden Schalk aus seinen braunen Augen, dann sagte er: »Cassandra ist tot.«

Mein Gedankenkarussell kam mit einem Ruck zum Stehen, als mich die Wucht dieser Aussage traf. »Was!?«, rief ich und handelte mir einiges an *Psst* und *Ruhe!* ein, doch nichts davon erreichte mich wirklich. Ich sah nur Ludwig, während seine Worte wieder und wieder in meinem Schädel kreisten.

Cassandra ist tot.

Cassandra ist tot.

Cassandra ist tot.

Fassungslos fuhr ich mir durch die dunkelbraunen Haare, die schon wieder viel zu lang geworden waren, und biss die Zähne aufeinander. Das durfte nicht wahr sein, das … das war eine verdammte Katastrophe von biblischem Ausmaß.

»*Pas possible!* Wie?«, brachte ich schließlich hervor und krallte die Finger in den Stoff meines Beutels. »Wann?«

»Vor zwei Tagen. Und *Papa* … ich habe ihn noch nie so erlebt, Sim. Ich meine, wir alle wussten, dass Cassie alt ist und irgendwann sterben würde, aber ich schätze –«

»Wir haben alle gehofft, dass es noch etwas länger dauert. Dass wir mehr Zeit haben.« Dabei war es lächerlich. Alle Zeit der Welt hätte nicht gereicht, um etwas an der Tatsache zu ändern, dass Cassandra Hyde die Letzte ihrer Art gewesen war. Die letzte *Ripari*. Und dass wir ohne sie wortwörtlich vor einem unlösbaren Problem standen. Ein Problem, das nicht nur meine Familie betraf, sondern, so dramatisch es auch klingen mochte, die ganze verdammte Menschheit.

»*Merde!*« Ungehalten schlug ich mit der flachen Hand auf den Tisch und fuhr hoch. »Wieso erfahre ich erst jetzt davon?«

Lu stand ebenfalls auf, wobei er sich ebenso wenig an den

bösen Blicken der anderen störte wie ich. »Daran bist du schuld, wenn ich dich erinnern darf, Bruderherz.«

Ich machte mir erst gar nicht die Mühe, etwas darauf zu erwidern und strebte stattdessen direkt den Ausgang an, durch den ich nur wenige Minuten zuvor gekommen war. In dem Glauben, nur ein einziges Mal einfach mein Ding durchziehen zu können, Zeit zu haben. *Was für ein naiver Gedanke.*

»Warte! Sim!« Mitten auf der breiten Treppe holte mich Lu letztlich ein und brachte mich, eine Hand an meiner Schulter, zum Stehen. Seine ungewohnt ernste Miene ging mir direkt unter die Haut. Das war alles so verkehrt. So verflucht verkehrt. »Wo willst du hin?«

»Was denkst du denn? – In den Untergrund. Nach Paris. Deswegen bist du doch hier, oder nicht?«

Ludwig nickte finster und wirkte, anders als noch Minuten zuvor, älter als seine neunzehn Jahre. »Ja, aber du brauchst nicht gleich kopflos loszustürmen. Ich habe bereits einen Flug für uns beide gebucht. Er geht heute Abend nach Charles de Gaulle.«

»Wie schön ihr euch das alles zusammengeschustert habt«, unterbrach ich ihn voller Ironie.

Lu überging meinen unnötigen Einwurf geflissentlich. »Bis dahin kannst du in Ruhe zusammenpacken und dir Gedanken machen, wie du dein plötzliches Verschwinden aus deinem Doppelleben hier erklärst. Oder wolltest du einfach sang- und klanglos verschwinden? Gerade hier in *ihrer* Stadt, wo sie vermutlich alles im Blick haben? Sie warten doch nur auf einen Fehler unsererseits und ein Student, der ohne Erklärung von der Bildfläche verschwindet, ist genau so ein Fehler. Mal abgesehen davon, dass ich nicht verstehe, was du überhaupt so erstrebenswert daran findest, Nachbar zu spielen mit diesen … du weißt schon.«

Sie.

Die Erwähnung dieser Plage reichte aus, um mir eine Gänsehaut zu verursachen.

Sie, die uns seit Jahrhunderten das Leben schwer machten, uns jagten und sabotierten.

Sie, die dafür sorgten, dass solche Probleme überhaupt erst entstanden.

Und *sie*, die unsere Schwester Tabitha –

Zähneknirschend stieß ich den Atem aus und zwang mein rasendes Herz zur Ruhe. »Vater will mich aus London abziehen? Jetzt schon?«

Ludwig neigte den Kopf und klopfte mir auf die Schulter. »Durch Cassandras Tod stehen wir unmittelbar vor einer Katastrophe, Sim. Natürlich braucht er dich vor Ort. Er braucht jeden Einzelnen von uns.«

Kapitel 3

7. Arrondissement, Paris

Remy

Das *Bouquet de la Rose* lag nur etwa drei Minuten mit dem Fahrrad vom *Champ de Mars* entfernt im siebten Arrondissement von Paris. Ein kleines, schlankes Haus, so alt wie dieser Teil der französischen Hauptstadt selbst, in einer schmalen Gasse, in der ich jeden mit Vornamen kannte. Die Holzfassade war in einem hellen Mintgrün gestrichen, zwei große Schaufenster, hinter denen sich Blumen und Pflanzen aller Art tummelten, nahmen beinahe das gesamte Erdgeschoss ein und ließen gerade noch Platz für eine Eingangstür in ihrer Mitte. Vor dem Laden auf dem Bürgersteig standen kleine Tische und Wägen mit frischen Topfpflanzen und neuen Angeboten, während das goldene Schild, auf dem in verschnörkelten Buchstaben »Bouquet de la Rose« stand, die Kunden ins Innere lockte.

Direkt hinein in das grüne Wunderland meiner Schwester.

Esther hatte das Haus und damit auch den Laden von unserem Großvater übernommen, der vor drei Jahren gestorben war, und aus den leer stehenden Geschäftsräumen unten ihren Kindheitstraum von einer Blumenboutique verwirklicht, während sie sich oben eine gemütliche Wohnung eingerichtet hatte. Nach meinem Schulabschluss im letzten Sommer war ich bei Esther eingezogen und das nicht nur, weil ich mir in dem größten Hinterzimmer eine Elektrowerkstatt hatte einrichten dürfen, sondern auch weil meine Schwester im Gegensatz zu meinen Eltern nicht ständig darauf herumritt, dass ich nicht studierte oder eine Ausbildung machte. Essie hatte sich einfach gefreut, als ich vor ihrer Tür gestanden hatte. Und unsere Zusammenarbeit und Schwestern-WG funktionierte sehr gut – wenn ich nicht gerade einen ihrer wohl wichtigsten Aufträge gegen die Wand fuhr.

»Essie! Es tut mir so leid!«, rief ich außer Atem, als ich in das *La Rose* stürmte und die Tür dabei heftiger als nötig aufstieß. Die kleinen Glöckchen darüber bimmelten wie verrückt und die bunten Scheiben der alten Holztür erzitterten. Sofort hüllte mich der Geruch nach frischen Blumen ein, die hier bis unter die Decke in Regalen und Vasen standen, vermischt mit der unverkennbaren Note der Bienenwachskerzen, die Esther so liebte. Egal zu welcher Jahreszeit oder welche Temperatur draußen herrschte. Im Hintergrund lief leise französische Musik, die Lichter brannten, nur von meiner Schwester fehlte jede Spur.

»Essie?« Ich lief weiter ins Innere, wobei die alten Dielen unter meinen Schritten knarrten, und fuhr mir über die verschwitzte Stirn. »Tut mir leid, dass ich zu spät bin.«

Irgendwo rumpelte es, dann hörte ich vertraute Schritte auf der etwas verzogenen Treppe, die hinter dem schweren Vorhang in die Wohnung über dem Laden führte. Einen Herzschlag später stand Esther auch schon vor mir und wirkte alles andere als begeistert.

»Himmel, Remy. Ich habe hundertmal versucht, dich zu erreichen.«

»Ich weiß«, gab ich zerknirscht zurück. »Ich habe die Zeit vergessen.«

Meine ältere Schwester schob die filigrane Brille, deren rundes, goldenes Metallgestell im weichen Licht des Ladens funkelte, auf der Nase höher und schüttelte den Kopf. »Wie dem auch sei. Das klären wir später. Der Hochzeitsplaner wird jeden Moment hier sein und mich abholen.«

»Kann ich dir noch irgendwie helfen?«

»Ich glaube nicht, es reicht voll und ganz, dass du heute den Laden übernimmst.«

»Ist doch selbstverständlich, nächstes Mal bin ich auch pünktlich.«

Esther winkte ab. »Pass mir einfach auf unsere Rose auf und ich bin glücklich.« Sie war noch nie länger als einen Wimpernschlag lang wirklich wütend auf jemanden gewesen. Manchmal glaubte ich, dass sie dazu gar nicht in der Lage war. »Sonst sollte alles passen. Ich habe die Muster für die Hochzeitsgestecke bereits nach Versailles liefern lassen und die Listen beisammen. Denke ich.« Stirnrunzelnd zupfte sie ihren Pony zurecht und strich dann über den glatten Stoff ihres roten Etuikleides, nur um im nächsten Moment wieder an ihren Haaren herumzufummeln.

Auch wenn Esther und ich keine leiblichen Schwestern waren, waren wir uns äußerlich sehr ähnlich. Eine fast zierliche Gestalt, braune Haare, die zu Locken neigten, und helle Augen, die im herzförmigen Gesicht fast zu groß wirkten. Wir hatten die gleiche leicht gebräunte Haut und dieselbe Vorliebe für Käse und Kaffee. Doch im Gegensatz zu mir liebte es Essie, Kleider und Röcke in den schillerndsten Farben ihrer geliebten Blumen zu tragen, während ich meistens in Jeans, T-Shirt und einem von *Papas* alten Flanellhemden steckte.

Ich berührte sie am Arm und legte den Kopf leicht schief. »Ist alles in Ordnung, Essie?«

»Ja. Ja, sicher«, gab sie eine Spur zu hoch zurück, was mich unwillkürlich lächeln ließ.

»Mach dir keine Gedanken. Du wirst sie mühelos von dir überzeugen. Sei einfach du selbst.«

»Sollte ich das nicht eigentlich dir sagen, wo ich doch drei Jahre älter bin als du?«

»Dafür gibt es keine festen Regeln, Essie. Du schaffst das und ich bin immer stolz auf dich.«

Ihre Wangen röteten sich merklich, dann zog sie mich kurz in ihre Arme. »Nicht halb so stolz wie ich auf dich.«

Ein Hupen drang von der Straße in den Laden und ließ uns auseinanderfahren.

»Meine Mitfahrgelegenheit ist da.«

»Dann lass sie besser nicht warten. Bis heute Abend, Essie. Hab Spaß.«

Mit einem angespannten Lächeln schnappte sich meine Schwester ihre Tasche vom Tresen, ehe sie aus dem Blumenladen lief und wenig später in einem schwarzen Wagen davonfuhr. Ich atmete tief ein und aus und sah mich dann im Laden nach irgendwelchen Aufgaben um, aber wie so oft entdeckte ich keine. Meine Schwester war in dieser Hinsicht eine absolute Perfektionistin. Lächelnd zupfte ich an dem großen Blumenstrauß auf der Theke herum und verschwand ins Hinterzimmer – wie so oft, wenn nicht gerade Kunden hereinschneiten, die entweder nach der Blumenexpertise meiner Schwester fragten oder nach meinen Talenten, weil ihr Babyfon oder der Mixer mal wieder streikten.

Ohne dass ich etwas dagegen hätte tun können, kehrten Ninettes Worte wieder in meinen Kopf zurück. Dass ich so viel mehr aus meinem Leben machen könnte. Dass ich in meinem

Hinterzimmer nicht nur Toaster reparieren, sondern in den großen wissenschaftlichen Instituten dieser Welt an der Zukunft mitarbeiten könnte. Neue Dinge entwickeln und Probleme zusammen mit den klügsten Köpfen der Technik-Branche lösen könnte. Doch obwohl das in meinen Ohren absolut verlockend und wie ein einziger Traum klang, verspürte ich dabei keinerlei Euphorie. Keine Aufregung. Nichts. Dabei sollte ich etwas spüren, oder? Ich sollte total aus dem Häuschen sein, in die nächstbeste Métro steigen, um zur Universität zu fahren und das Angebot anzunehmen. In eine Welt der Technik abzutauchen. Das war es schließlich, was ich liebte. Was ich jeden Tag tat. Probleme lösen. Schaltkreise verstehen. Technik leben.

Stattdessen verspürte ich beinahe eine tiefe Abneigung, dort zu studieren und hatte keine Antwort darauf, warum das so war. Kopfschüttelnd fuhr ich mir durch die Haare.

Das ist doch nicht normal. Ich *bin nicht normal. Wie kann sich etwas so falsch anfühlen, obwohl es genau das ist, was ich eigentlich liebe?*

Das ergibt verdammt noch mal keinen Sinn, Remy.

Unsanft stieß ich gegen den Türrahmen und blickte auf. Hinein in meine Werkstatt, mein geordnetes Chaos aus Werkzeugen, alten Geräten, die als Ersatzteillager dienten, elektrischen Bauteilen und mehreren Werkbänken und Schränken. Auf dem ovalen Tisch in der Mitte lag noch immer das kleine kupferfarbene Kästchen, das vor ein paar Tagen seinen Weg zu mir gefunden hatte und von dem ich immer noch nicht sagen konnte, was genau sich unter seiner mit Ranken gravierten Oberfläche befand. Stundenlang hatte ich das kleine Ding bisher angestarrt, ohne hinter seine Bedeutung oder Funktionsweise zu kommen, und mir daran regelrecht die Zähne ausgebissen. Trotzdem hatte ich die Box noch nicht in den nächstbesten Elektroschrott verfrachtet, weil meine Neugier schlichtweg zu groß war. Eine Neugierde, die ich nun zur Seite schob, um mich den wichtigeren Aufgaben, wie beispielsweise der beinahe historischen Espressomaschine auf meiner Hauptwerkbank, zu widmen.

Entschlossen wandte ich dem mysteriösen Kästchen den Rücken zu und setzte mich vor das Innere der Maschine, deren abgeschraubtes Gehäuse auf dem Rollwagen daneben wartete. Ich hatte mir bereits eine grobe Skizze der einzelnen Schaltkreise im Inneren gemacht, denn eine Anleitung hatte der Besitzer nicht für mich gehabt. Einer der Gründe, warum andere Werkstätten ihn abgelehnt hatten, doch ich … ich brauchte meistens keine Anleitung. Ich brauchte nur das Gerät und dieses Summen, das ich Ninnie zu erklären versucht hatte. Wie gesagt, ich verstand es nicht, ich wusste nicht warum, aber wenn ich an einer technischen Maschine zu arbeiten begann, war es beinahe so, als würde sie mit mir sprechen.

Und ich wusste, wie verrückt das klang.

Nur war es eben so. Ich sah das Gerät, berührte es und begriff sein Inneres. Vielleicht weil ich schon unzählige Gerätschaften repariert hatte, vielleicht hatte es auch einen anderen Ursprung, aber es machte das hier so einfach. Mühelos, wie … wie atmen.

Nachdenklich betrachtete ich die Espressomaschine und zog die Unterlippe zwischen die Zähne, ehe ich sie in den Händen drehte und sofort wieder das Surren verspürte. Es lenkte mich zu einer Verkabelung im oberen Drittel, als wollte es mich auf einen Defekt aufmerksam machen. Blind griff ich nach einem der filigranen Schraubendreher, löste die kleine Abdeckung aus angelaufenem Metall und wurde tatsächlich fündig. Eine lose Leitung, deren Kontakt korrodiert war. Ein winziges Detail, das ich ohne das Summen vermutlich erst nach Stunden gefunden hätte, aber so … hatte ich es einfach gewusst.

Wie immer.

Ein ganzer Cocktail an unterschiedlichen Emotionen stieg in mir hoch, als ich routinemäßig den Kontakt aufschraubte, ersetzte und die Leitung fixierte. Handgriffe, die ich schon unzählige Male gemacht hatte und mir in Fleisch und Blut übergegangen waren. Sich richtig anfühlten.

Das sollte ausreichen, oder? Es musste nicht immer *mehr* sein. Ich musste nicht wie die anderen sein und studieren gehen.

Das Summen wurde lauter und sandte einen leichten Druck zwischen meine Schläfen. Zähneknirschend legte ich das Werkzeug beiseite und drehte mich auf dem Hocker, bis mein Blick ein weiteres Mal auf das ominöse Objekt fiel … Beinahe kam es mir so vor, als käme das Summen von dem Kästchen, als würde es die Luft mit diesem intensiven Surren aufladen und mich zu sich rufen.

C'est ridicule – das ist lächerlich.

Und trotzdem erwischte ich mich dabei, wie ich aufstand und nach der kleinen Box griff, die etwa die Größe eines Stücks Butter besaß. Sofort wurde das Summen ruhiger, gleichmäßiger, als würden wir aufeinander reagieren.

Genau das habe ich gemeint, Ninnie, murmelte ich in Gedanken und strich über das kühle, funkelnde Metall. Die Besitzerin hatte mir nicht viel dazu sagen können und trotz Summen hatte ich bisher nichts über dieses Kästchen herausgefunden. Denn wo mir dieses abgedrehte *Talent* sonst etwas über das Innere einer Maschine verriet, kam bei dem Kästchen nur undeutliches Gemurmel heraus. Um es bildlich zu beschreiben. Beinahe wie eine fremde Sprache, ein Kanal, dessen Frequenz mich nicht gänzlich erreichte. Ein weiteres Rätsel, das ich lösen würde.

Gedankenverloren drehte ich das funkelnde Kästchen in meinen Händen und hätte es beinahe fallen gelassen, als in der nächsten Sekunde die kleinen Glöckchen aus dem Verkaufsraum losbimmelten.

Merde!

»Einen Moment bitte!«, rief ich, um dem Kunden zu signalisieren, dass jemand im Laden war – der Eingang war von meiner Werkstatt aus nicht direkt einsehbar – und stellte mein neustes Rätsel ab, ehe ich mir die feuchten Hände an der beigen Leinenschürze abwischte. Hastig kam ich aus der Werkstatt, froh, meinen kreisenden Gedanken zumindest für den Augenblick entkommen zu können, und trat in den vorderen Teil des *Bouquet de la Rose*. Im Gehen schnappte ich mir etwas zum Schreiben und wandte mich dann an den Kunden.

»*Bonjour*, wie kann ich Ihnen –?« Die Worte erstarben jäh auf meinen Lippen, als ich zur Tür blickte und erkannte, wer gerade in den Laden gekommen war.

Wer oder besser gesagt *was*.

Mein kleiner Notizblock landete samt Kugelschreiber auf dem Boden, während ich unfähig war, auch nur einen Finger zu rühren.

Vor mir auf der Fußmatte des Blumenladens, mitten in Paris, saß ein schneeweißer Polarfuchs von der Größe eines ausgewachsenen Wolfes …

… und sah mir direkt in die Augen.

Kapitel 4

7. Arrondissement, Paris

Sim

Ich konnte nicht sagen, was in den letzten vierundzwanzig Stunden passiert war. Zu viel. Viel zu viel, um es in Worte zu fassen und gleichzeitig nicht annähernd genug angesichts dessen, was uns bevorstand.

Ich konnte nicht sagen, wo ich in diesem ganzen Strudel schwamm, der mich längst mit sich gerissen hatte.

Ich konnte mich nicht einmal darüber freuen, dass *Papa* und Corbin bei meiner Ankunft in Paris nicht wie üblich auf der Tatsache herumgehackt hatten, dass ich wieder in London gewesen war – der Stadt, die ihnen ein Dorn im Auge war.

Kaum dass ich *den Untergrund*, wie wir unsere eigentliche Heimat unterhalb von Paris nannten, betreten hatte, waren die Ereignisse wie eine Bombe in mir hochgegangen. Es hatte sich beinahe so angefühlt, als wäre ich nicht nur ein paar Wochen weg gewesen, sondern Jahre. Jahre, die mein Zuhause in einen fremden Ort verwandelt hatten.

Meine Familie, der ganze Clan, war kaum wiederzuerkennen gewesen. Überall nur Panik, Furcht und Ungewissheit. Ratlosigkeit, die ein klaffendes Loch in unsere Gemeinschaft brannte und das bedrückende Gefühl der Machtlosigkeit. Denn das waren wir: machtlos. Trotz der nicht enden wollenden Versammlung, in die Ludwig und ich nach unserer Ankunft geplatzt waren, waren wir kein Stück weitergekommen. Natürlich nicht, denn Cassandras Tod war nicht einfach ein Problem, für das sich eine passende Lösung finden ließ. Dieses Problem war endgültig. Wir konnten nicht das Geringste gegen das drohende Unheil unternehmen und tief in uns drin wusste das jeder Einzelne von uns. Nur änderte das nichts daran, dass mein Vater – unser Anführer – eine Krisensitzung nach der nächsten einberief, bei denen wir uns nur im Kreis drehten, bis die Lage eskalierte und entweder etwas zu Bruch ging oder wahlweise *Papa* oder sein jüngerer Bruder Corbin wutentbrannt aus dem Raum rauschte. Weil es eben keine Lösung gab und niemand bereit war, das einzusehen. Es war zermürbend gewesen und nach den knapp vierundzwanzig Stunden, die ich nun schon wieder in Paris war, wäre ich am liebsten direkt ins nächstbeste Flugzeug gestiegen. Ich verstand, dass niemand bereit war, aufzugeben – ich war das genauso wenig –, aber es gab Schlachten, die nicht gewonnen werden konnten und diese Streitereien machten in meinen Augen alles nur noch schlimmer. Sie brachten uns immer weiter auseinander, obwohl wir ohnehin schon kurz davor waren, alles zu verlieren.

Es war nicht zum Aushalten, trotzdem hatte ich mich durch acht Sitzungen gequält, ehe ich die erstbeste Gelegenheit ergriffen hatte und aus dem Untergrund geflüchtet war. Es war ein lapidarer Botengang, den jeder Frischling hätte übernehmen können, und trotzdem hatte ich meinen Vater praktisch angefleht, ihn übernehmen zu dürfen.

Papa war wenig begeistert davon gewesen, mich gehen zu lassen, aber letztlich stimmte er zu und ich konnte dem Wespennest zumindest für ein paar Stunden entfliehen.

Was für eine große Scheiße.

Blinzelnd blickte ich der heißen Junisonne entgegen, die lächerlich freundlich und strahlend vom Himmel schien, als würde unser Kosmos nicht kurz vor dem Untergang stehen. Und das war keine saloppe Redewendung, sondern der verdammte Stand der Dinge.

Cassandra war tot, die letzte Ripari, und damit war der Zusammenbruch der Welt nur noch eine Frage von Wochen. Vielleicht Tagen. Das konnte niemand mit Sicherheit sagen.

Seufzend fuhr ich mir über das Kinn und steckte die Hände in die Taschen meiner Jeans, ehe ich zu Dot blickte, der neben mir hertrottete. Es war mir ein Rätsel, wie er in der Sommerhitze der Stadt nicht vollends zerfloss, mit seinem schneeweißen, dichten Fell, von dem mir allein beim Hinschauen schon heiß wurde. Aber wahrscheinlich sollte mich das nicht wundern. Nicht bei all den Rätseln, die Dot umgaben. Schließlich war er nicht Teil der gewöhnlichen Welt und somit auch nicht an *gewöhnliche* Regeln wie Temperaturen oder Logik gebunden. Genauso wenig wie ich.

Dot war ein Silbenspringer, der die Form eines großen Polarfuchses angenommen hatte, und seit fast siebzehn Jahren mein steter Begleiter. Mitten auf seiner spitzen Schnauze saß ein perfekter schwarzer Punkt, daher der Name, und seinen bernsteinfarbenen, klugen Augen entging nichts. Was mir manchmal ziemlich gegen den Strich ging.

»Schau mich nicht so an. Ich kann dir jetzt keinen hochtrabenden Vortrag über das Chaos in meinem Schädel halten, ohne dass mich die Leute für absolut durchgeknallt halten«, murmelte ich in seine Richtung, als wir den *Champ de Mars* betraten. Denn das Ding war, außer meinen Leuten und mir konnte niemand Dot oder die anderen Silbenspringer sehen. Ein weiteres Rätsel. Niemand wusste genau, woher sie kamen, wenn sie plötzlich bei der Initiation unseres Clans auftauchten oder was sie aus den Tiefen der *Mondia* – der Weltenbibliothek und dem Zentrum meines Zuhauses – hervorlockte. Niemand von uns konnte sagen, warum mit ihnen Verbundene ihre Stimme als mentales Echo hörten, wir unsere Fragen jedoch laut aussprechen mussten. Rätsel über Rätsel und auf kaum eines gab es eine echte Antwort.

»Verrate mir lieber, wohin du mich eigentlich genau führst.«

Der Polarfuchs drehte seinen Kopf ein wenig, nur einen Moment später rauschte seine Stimme durch meine Gedanken und nahm mühelos jeden einzelnen Winkel darin ein. *»Zu dem Ort, an dem du findest, wonach du suchst.«*

Ich schnaubte und wurde schneller, als Dot das Tempo anzog, und das ausgerechnet in diesem elendigen Durcheinander aus Touristen und Einheimischen vor dem Eiffelturm. »Wie kryptisch, passt zu dir, Kumpel.«

»Du hast gefragt, ich habe geantwortet.«

»Nein, du hast eine deiner unzähligen verdrehten Weisheiten von dir gegeben. Wo ist der Duplicator, Dot? Und jetzt sag mir nicht, auf dem Eiffelturm.«

Eine ältere Dame mit klischeebehaftetem Pudel warf mir einen schrägen Blick zu, als ihr auffiel, dass ich scheinbar mit mir selbst sprach, woraufhin ich prophylaktisch meine kabellosen Kopfhörer hervorzog.

»Er ist nicht auf dem Eiffelturm, *Kasimir.«* Ich hätte schwören können, der weise Silbenspringer hatte gerade mit den Augen gerollt.

»Wie witzig.«

Statt zu antworten, beschleunigte Dot noch weiter, sodass wir nun beinahe rannten. Doch im Gegensatz zu meinem Polarfuchs hatte ich definitiv Schwierigkeiten, nicht ununterbrochen mit jemandem zusammenzustoßen. »*Zut!* Dot, nicht so schnell, verdammt!«

Ich setzte mich über ein herrenloses Skateboard hinweg und bog scharf nach links, wo ich gerade noch die weiße Schwanzspitze erblickte, als ich auch schon ungebremst in jemanden hineinlief. Ein leises Ächzen erklang und kurz war ich versucht, mich nach der anderen Person umzuschauen, doch Dot war längst in der Menge verschwunden und ich hatte damit gerade nicht wirklich Zeit für mein Hindernis. Ohne ein Wort setzte ich mich wieder in Bewegung und folgte meinem inneren Kompass, bis ich die vertraute wolfsgroße Gestalt von Dot endlich wiederfand und ihm am liebsten seinen flauschigen Hals umgedreht hätte.

»Was soll der Scheiß? Wolltest du mich etwa loswerden?«

Dot hob eine Pfote und begann sich gemächlich hinter dem Ohr zu kratzen. *»Solche Mengen machen mich immer ganz unruhig.«*

»Und hier ist es besser?«, fragte ich zweifelnd und sah mich auf der weitläufigen Fläche direkt vor dem Eiffelturm um, auf der es nur so von Menschen wimmelte.

»Es ist akzeptabel.« Er stellte das Kratzen ein und richtete sich wieder auf. *»Wir sollten weiter. Der Duplicator darf nicht länger in unbefugten Menschenhänden liegen.«*

»Manchmal raubst du mir wirklich den letzten Nerv, weißt du das eigentlich, Dottie?«

Seine kleinen, spitzen Zähne blitzten auf – Dots Art eines Grinsens –, dann machten wir uns gemeinsam wieder auf den Weg.

Silbenspringer waren eine Art wandelndes Lexikon, die einem in so gut wie jeder Hinsicht mit Rat und Wissen dienen konnten, wenn sie nicht gerade ihre fünf Minuten hatten – bei Dot waren es allerdings eher zehn oder fünfzehn. Ihr Wissen war schier grenzenlos, wie eine winzige Version der unendlichen Weltenbibliothek *Mondia*. Früher hatte es deutlich mehr von ihnen gegeben, so gut wie jeder meiner Leute hatte einen Silbenspringer an seiner Seite gehabt, doch heute … war Dot neben einem weiteren der Letzte seiner Art. Langsam, aber sicher schien das traurige Realität in meiner Welt zu werden.

»*Wir sind da, Kasimir.*« Seine warme Stimme holte mich zurück in die Wirklichkeit. Besser gesagt in eine schmale Straße vor einen … *Blumenladen*? Ein goldenes Schild verkündete in geschwungenen Lettern den Namen *Bouquet de la Rose* und selbst von der anderen Straßenseite aus meinte ich den Geruch nach frischen Blumen und Pflanzen riechen zu können. Das war definitiv der letzte Ort, an dem ich eines unserer kleinen Spielzeuge vermutet hätte.

»Was sollen wir hier? Hat dich etwa dein untrüglicher Spürsinn verlassen?«

»*Der Duplicator ist in diesem Haus. Deswegen habe ich dich hierhergeführt. Wie er hier gelandet ist, kann ich dir nicht sagen.*«

Ich strich mir ein paar dunkle Strähnen aus den Augen und lockerte meine Schultern. »Dass ich diesen Satz mal von dir höre. Spielt auch keine Rolle, gehen wir rein und holen das Ding. Es gibt schließlich wichtigere Angelegenheiten zu klären.«

Dot hatte bereits die Straße überquert und war gerade dabei, die Holztür mit der Schnauze aufzuschieben, sodass ein helles Bimmeln zu mir drang. Nur einen Sekundenbruchteil später war er verschwunden. Kurzerhand setzte ich mich ebenfalls in Bewegung, damit, wer auch immer in diesem Laden war, nicht glaubte, ein Geist wäre in das Blumenparadies spaziert. Eine Hand in der Hosentasche, die andere auf der kühlen Messingklinke, trat ich ein und blieb im nächsten Moment wie angewurzelt stehen, als ich die reglose Gestalt vor mir erblickte. Eine junge Frau mit beiger Leinenschürze und einem unordentlichen Knoten aus hellbraunen Locken stand keine zwei Meter weiter mitten im Laden. Sie war schlank, fast zierlich und ihre großen, hellen Augen waren fest auf mich gerichtet, als wäre ich besagter Geist. Ich runzelte die Stirn.

Non, sie sah nicht *mich* an, sie … ihr Blick war auf *Dot* gerichtet. Sie starrte meinen Silbenspringer an.

Den sie eigentlich gar nicht sehen sollte.

Mein Herzschlag beschleunigte sich unwillkürlich, als mir klar wurde, dass ich dafür keine Erklärung parat hatte. Zumindest keine, die mir in irgendeiner Art und Weise logisch vorkam.

Ich blinzelte und fuhr mir über den Nacken, was die Frau aus ihrer Starre riss, sodass ihre jadegrünen Augen nun direkt auf mir landeten. Außergewöhnliche Augen, die mehrere Facetten von Grün in sich trugen und mir auf irgendeine Weise seltsam vertraut vorkamen, obwohl ich hätte schwören können, die junge Frau nie zuvor gesehen zu haben.

»*Salut*«, brachte ich schließlich wenig eloquent hervor und machte einen vorsichtigen Schritt in ihre Richtung.

Sie öffnete und schloss ihren Mund ein paarmal, ehe sie ihre Sprache wiederfand. Angesichts dessen, dass ein wolfsgroßer Polarfuchs in ihrem Laden saß, war es bemerkenswert, dass sie nicht bereits schreiend davongelaufen war. Ich an ihrer Stelle wäre vermutlich vollkommen ausgeflippt. »Ist das … ein Wolf?«

»Ein Hund«, erwiderte ich und konnte Dots anklagenden Blick dabei förmlich auf mir prickeln spüren. »Seltene Rasse«, schob ich hinterher, weil sie immer noch wirkte, als wäre sie kurz davor, die Polizei zu rufen. Oder den örtlichen Tierfänger.

»Ein Hund?«

»*Oui*, ein Hund.« Ich nickte.

Ihr Atem entwich mit einem kleinen Seufzen, als sie sich sichtlich entspannte. Sie hatte die Lüge geschluckt, gut so. »Es tut mir leid, aber Tiere … aller Art müssen leider draußen bleiben. Auch seltene Hunde«, gab sie dann zurück und deutete auf die immer noch offen stehende Tür, auf der ein kleines Schild klebte, das eben jene Regel verkündete. Ich hatte den Hinweis gelesen, nur war ich davon ausgegangen, dass es für Dot nicht galt, weil ihn ohnehin niemand außer *uns* sehen konnte. Doch diese Frau war ganz offensichtlich in der Lage dazu und … *merde*, was war hier eigentlich los?

»Haben Sie mich gehört?«, erkundigte sie sich nicht unfreundlich und hob das Kinn ein wenig, sodass eine einzelne Strähne in ihre Stirn fiel.

»Ich … ja, sicher. Es tut mir leid.« Hastig schob ich ein entschuldigendes Lächeln auf meine Lippen und unterdrückte den Drang, sie an den Schultern zu packen und zu fragen, wie zum Teufel es sein konnte, dass sie einen Silbenspringer sehen konnte. Wer sie war. Woher sie kam.

»Wie interessant. Eine Frage, auf die nicht einmal ich eine Antwort habe. Ein neues Rätsel?«

Ich löste den Blick von der Frau und sah Dot warnend an. »Warte bitte draußen auf mich.« – Was so viel bedeutete wie: *Wir reden später und dann erklärst du mir, was zur Hölle hier vor sich geht!*

Dot gähnte unbeeindruckt. *»Vergiss den Duplicator nicht«*, erinnerte er mich, ehe er sich umdrehte und auf samtenen Pfoten lautlos aus dem Blumenladen schlich. Gedankenlos schloss ich die Tür hinter ihm und hatte das Gefühl, im völlig falschen Paris gelandet zu sein. In einem, in dem Cassandra nicht länger lebte, in dem gewöhnliche junge Frauen meinen Silbenspringer sahen und meine Familie kurz davor war, sich gegenseitig mitten in der wohl größten Krise an die Gurgel zu gehen. *Mon Dieu.*

»Wow. Der ist ziemlich gut erzogen.« Ihre helle Stimme ließ mich wieder aufblicken, direkt in ihr herzförmiges Gesicht, in dem eine Mischung aus Besorgnis und Skepsis stand. »Entschuldigen Sie die Frage, aber … ist alles in Ordnung bei Ihnen?«

»Sicher.«

»Okay, dann … wie kann ich Ihnen helfen?«

»Bitte?«

»Sie sind in meinen Laden gekommen, also gehe ich davon aus, dass Sie auf der Suche nach etwas Bestimmtem sind.«

Mein überforderter Verstand drängte mich, mich endlich zusammenzureißen und zu konzentrieren. Was auch immer hier gerade passiert war, ich durfte nicht unüberlegt an die Sache herangehen. Nicht, solange ich nicht wusste, was hier gespielt wurde. Wer diese junge Verkäuferin war und wo sie in diesem Chaos stand.

Hol den Duplicator. Rede mit deinem Vater und bewahre um der Mondia willen einen kühlen Kopf, Sim.

Etwas, das mir noch nie besonders leichtgefallen war.

»*Monsieur?*«

Mein Blick ruckte hoch. So viel zum Thema kühler Kopf. Ich beeilte mich zu nicken und machte einen weiteren Schritt vorwärts, wobei meine Fußspitze gegen einen funkelnden Kugelschreiber stieß. Kurzerhand ging ich in die Hocke und hob den Stift samt kleinem Block von dem dunklen Holzboden auf und reichte ihr beides. »*Pardon.* Ich suche tatsächlich etwas. Es mag merkwürdig klingen, aber –« Die Worte erstarben auf meiner Zunge, als die Frau mit einem dankbaren Lächeln nach den beiden Sachen griff und dabei meine Finger streifte. Eine leichte, kaum spürbare Berührung und doch … raste sie wie ein verfluchter Blitzschlag durch mich hindurch. Genau dorthin, wo mein Signo, das Zeichen unseres Clans, unter meiner Haut saß.

Das kann nicht sein.

Ich riss abrupt den Arm zurück und presste die Lippen aufeinander. Hinter meinen Schläfen begann es schmerzhaft zu pochen, weil sich mein Verstand ohne Vorwarnung mehrfach überschlug, sämtliches Wissen durchsuchte und doch keine Erklärung fand.

Das ist absolut unmöglich!, schrie meine innere Stimme, während das Prickeln in meinem Körper eine ganz andere Sprache sprach. Eine eindeutige Sprache, die ich sofort verstand.

Die junge Frau aus diesem winzigen Blumenladen vor mir war wie Cassandra.

Sie war eine von ihnen.

Kapitel 5

7. Arrondissement, Paris

Remy

Was ist das gerade gewesen?

Verwirrt legte ich die Stirn in Falten und rieb mir gedankenverloren über den linken Zeigefinger, der noch immer von diesem … *Stromschlag* prickelte. Ich musste mich elektrisch aufgeladen haben, vielleicht in meiner Werkstatt oder weil ich die Füße beim Gehen nicht richtig hochgenommen hatte. Oder was weiß ich.

Kopfschüttelnd steckte ich den Stift in die Spirale des Blocks und ließ beides in der Tasche meiner Schürze verschwinden. »Es tut mir leid. Ich habe mich vermutlich statisch aufgeladen«, sagte ich in die angespannte Stille hinein und sah wieder auf. Der junge Mann starrte mich noch immer mit diesem intensiven Ausdruck an, der mir sofort eine Gänsehaut über den Körper trieb. Und dabei konnte ich nicht einmal genau benennen, *was* in seinen schokoladenbraunen Augen lag, die unter ebenso dunklen Haaren hervorlugten. So etwas war noch nie meine Stärke gewesen, eher Ninnies oder die meiner Schwester. Ein weiteres Mal verfluchte ich, dass dieser seltsame Kunde ausgerechnet dann in unseren Laden spazierte, wenn Esther nicht da war. Sie hätte sofort gewusst, wie man mit diesem zugegeben sehr gut aussehenden Typen in Jeans und weißem Shirt umgehen musste.

Der Moment dehnte sich aus und ich war schon kurz davor, mich ein weiteres Mal zu entschuldigen, nur, um irgendetwas von mir zu geben, als er sich räusperte und endlich das Schweigen brach.

»Du hast etwas, das mir gehört.«

Überrumpelt von der plötzlichen Dringlichkeit in seiner tiefen Stimme – und seinem Blick – verschränkte ich abwehrend die Arme vor der Brust. »Wie bitte?«

»Einen technischen Gegenstand. Ein kleines Kästchen aus Kupfer mit einem außergewöhnlichen Symbol. Es gehört mir, ein Familienerbstück.«

Ehrlich gesagt hatte ich keine Ahnung, was mich gerade mehr überraschte: Dass dieser Kerl seine ziemlich unheimliche Starre von der einen auf die andere Sekunde wie ein zu groß gewordenes Hemd abgelegt und scheinbar mühelos zu dieser neuen, unhöflichen Form gewechselt hatte. Oder dass er die Dreistigkeit besaß, mir offen ins Gesicht zu lügen. Ich wusste, von welchem Kästchen er sprach, hatte es ja gerade selbst erst in den Händen gehalten. Und ich wusste natürlich, dass nicht er es in die Werkstatt gebracht hatte.

»Ich fürchte, ich kann dir nicht helfen«, gab ich eine Spur zu schnell zurück und wechselte ebenfalls ins Du. »Das hier ist ein Blumenladen, falls es dir noch nicht aufgefallen ist. Kein technischer Support.«

Eine seiner dunklen Brauen zuckte nach oben. »Und doch weiß ich, dass du gerade nicht die Wahrheit sagst.«

»Ach ja?«

»Allerdings.« Er kam noch einen Schritt näher und musterte mich dabei mit einer Neugierde, die dafür sorgte, dass sich mir die Härchen im Nacken aufstellten. Als wäre ich ein Insekt unter seiner Lupe. »Ich bin sehr gut darin, Lügen zu erkennen.«

Oder einfach nur eingebildet.

Ziemlich eingebildet.

Ich verlagerte das Gewicht von der einen auf die andere Seite und grub die Finger in meine Oberarme. »Dann solltest du deinen *inneren Lügendetektor* vielleicht noch einmal überprüfen. Ich habe kein kleines Kästchen aus Kupfer und wenn du keine Blumen kaufen möchtest, würde ich dich jetzt bitten, meinen Laden zu verlassen.«

Nun sprang auch seine zweite Augenbraue hoch. Ein winziges Lächeln, kaum ein solches zu nennen, zupfte an seinen Mundwinkeln. War das sein Ernst?

»Ich werde nicht gehen, ehe ich mein Eigentum zurückhabe.«

»Noch mal, dein *Eigentum* ist nicht hier. Wer hat dich überhaupt auf diesen Trichter gebracht?« Ich kam nicht umhin zu bemerken, dass sich ein leichtes Beben in meine Worte geschlichen hatte. Irgendetwas an diesem jungen Mann machte mich nervös. Noch bevor ich mich davon hätte abhalten können, schaute ich über die Schulter zum Tresen, wo sowohl mein Handy als auch das Ladentelefon lag. Zu weit weg. Viel zu weit weg. Selbst mit einem filmreifen Hechtsprung würde ich es nicht in einem Zug schaffen und die sportliche Statur, die sich unter dem weißen Shirt meines Gegenübers abzeichnete, machte mir mehr als deutlich, dass ich dieses Rennen verlieren würde.

»Ich glaube, das ist dann wohl meine Sache.«

»Nicht, wenn sie auf Diebstahl hinausläuft.«

»Diebstahl?«

Meine Wangen wurden warm. »Ich erinnere mich sehr gut an

Gesichter und kann mit absoluter Sicherheit sagen, dass jemand anderes diese kleine Box hergebracht hat.«

Als er dieses Mal grinste, blitzten seine Zähne auf und mir wurde noch im selben Moment, in dem ich es ausgesprochen hatte, klar, dass ich einen dämlichen Anfängerfehler gemacht hatte.

»Also gibst du zu, dass sie hier ist.«

»Nein, ich … *Zut, alors!*« Ich fluchte leise und löste meine verschränkten Arme. Dieses blöde Kästchen, ich hätte es erst gar nicht annehmen sollen. Aber es lag nun einmal nicht in meiner Natur, eine Reparatur auszuschlagen, schon gar nicht bei etwas, das ich nicht auf den ersten Blick verstand. Noch nicht. Etwas Vergleichbares hatte ich nie zuvor vor mir gehabt – dessen war ich mir sicher – und dabei hatte ich es bisher nicht einmal geöffnet. Aber auch ohne das Innere gesehen zu haben, konnte ich instinktiv sagen, dass das Kästchen etwas Besonderes war, dass ich hinter sein Rätsel kommen wollte und mir dieses Summen letztlich auch keine andere Wahl gelassen hatte.

Seufzend ließ ich die Schultern sinken. »Ich kann es dir nicht geben. Es gehört dir nicht.«

Der junge Mann versenkte die Hände in den Hosentaschen, ein Muskel zuckte an seinem Kiefer. »Wem gehört es dann? Wer hat es dir vorbeigebracht?«

Langsam, aber sicher beschlich mich das Gefühl, dass mir bei diesem Gespräch etwas Entscheidendes entging. »Das fällt unter unsere Geheimhaltung. Steht alles in der Police des Ladens.«

Wieder dieses Zucken. »Dann beschützt diese sogenannte Police also einen Dieb?«

»Was? Nein!« *Merde!* Dieser Kerl war auf dem besten Weg, mich auf die berühmte Palme zu bringen. Oder gleich darüber hinaus. »Hör zu, wenn dir etwas gestohlen wurde, dann würde ich vorschlagen, dass du zur Polizei gehst. Ich –« Ich bekam erst gar nicht die Gelegenheit, meinen Satz zu beenden, denn im nächsten Moment hatte sich der junge Mann auch schon an mir vorbeigeschoben.

»Hey! *Non! Stop!*«, rief ich ihm hinterher und heftete mich an seine Fersen, während er zielgerichtet die Tür ansteuerte, hinter der meine Werkstatt lag. Als wüsste er genau, wo sich dieses ominöse Kästchen befand.

»*Mince!* Du kannst da nicht einfach rein!« Ein paar Sekunden nach ihm stolperte ich in meine *Höhle*, wie Ninette sie nannte, und funkelte ihn an. »Hast du sie noch alle? Wenn du nicht sofort verschwindest, rufe ich die Polizei.«

»Das würde ich dir nicht raten«, meinte er leichthin, als würden wir uns bei *Croissant* und *Café au lait* über das Wetter unterhalten. »Denn dann müsste ich ihnen sagen, dass du mir mein Eigentum verwehrt hast.«

»Dein …« Blinzelnd starrte ich auf die kleine metallene Box in seinen Fingern, deren kupferfarbene Oberfläche im künstlichen Licht der Deckenlampe schimmerte. Wie zum Teufel hatte er das Kästchen so schnell in dem Durcheinander meiner Werkstatt finden können?

Ich wusste, dass ich es auf den Tisch in der Mitte zwischen all das andere Zeug gelegt hatte, aber er … Für ihn musste es hier aussehen, als wäre ein Tornado durchgefegt. Und trotzdem hielt er das Kästchen nun in den Händen, als hätte es ihn zu sich gerufen.

Genau wie mich.

»Wir hätten uns diese unangenehme Situation auch sparen können, hättest du mir den Duplicator einfach gegeben, weißt du?«

Ich horchte auf. »Den *Duplicator*?«

Kurz verzog er das Gesicht, als wäre nun er es gewesen, der etwas Falsches gesagt hatte, und wandte sich dann ruckartig zur Tür. Geistesgegenwärtig streckte ich einen Arm aus und blockierte den Durchgang. Keine Ahnung, wie ich ihn mit meinen einsfünfundsechzig wirklich aufhalten sollte, wo er mich um mindestens eineinhalb Köpfe überragte, aber für den Moment blieb er stehen. Und sah auf mich herab. Mit diesem intensiven Blick, der mich unweigerlich die Zähne aufeinanderbeißen ließ. Dieses Mal war es unbestreitbar Angst, die mir eiskalt das Rückgrat hinunterlief.

»Lass mich gehen«, sagte er leise. Er raunte es fast und ich musste meine volle Konzentration aufbringen, um meine Hand an Ort und Stelle zu lassen.

»Nur, wenn der … *Duplicator* hierbleibt.« Was auch immer das war. Sobald ich das hier überlebt hatte, würde ich danach googeln.

»Ich fürchte, das kann ich nicht zulassen«, warf er mir meine eigenen Worte vor die Füße. »Das Kästchen wird mich aus deinem hübschen, kleinen Laden begleiten.« In seinen braunen Augen blitzte es auf und ich war mehr als unzufrieden mit der Tatsache, dass ich den Kopf in den Nacken legen musste, um ihn direkt anschauen zu können.

»Das wird Konsequenzen haben. Erinnerst du dich? – Ich vergesse nie ein Gesicht.«

Nachdenkliche Falten erschienen auf seiner gebräunten Stirn. »Irgendetwas sagt mir, dass wir uns ohnehin wiedersehen werden, Blumenmädchen.«

Ich verzog den Mund, während mein Magen zu einem harten Knoten wurde. »Hoffentlich nicht.«

Seine Lippen zuckten. »Sei vorsichtig mit deinen Hoffnungen«, gab er leise zurück, dann tauchte er blitzschnell unter meinem

Arm hindurch und war im nächsten Moment bereits aus dem *Bouquet de la Rose* verschwunden. Mit dem Kästchen.

Perplex sah ich ihm hinterher und ließ endlich die Hand sinken.

Was in drei Teufels Namen war hier gerade passiert?

Kapitel 6

1. Arrondissement, Paris

SIM

»Hier.« Ich knallte den Duplicator auf den überfüllten Schreibtisch meines Onkels und verschränkte die Arme vor der Brust.

Corbin blickte von seinem Laptop auf und musterte mich mit gerunzelter Stirn. »Du treibst dich also lieber draußen herum, als dich mit echten Problemen zu beschäftigen.«

Ich biss die Zähne aufeinander und schluckte die scharfe Erwiderung, die mir bei seinen Worten sofort auf die Zunge getreten war, herunter. Es brachte nichts, sich jetzt mit Corbin anzulegen, die Lage war auch so schon angespannt genug und es gab Dringenderes, als sich mit alten Familienstreitereien auseinanderzusetzen.

Die Tatsache, dass ich in dem Blumenladen auf eine kleine Ripari gestoßen bin, beispielsweise.

Allein bei dem Gedanken an die junge Frau mit den grünen Augen, an diese Energie, die mich bei unserer Berührung erfasst hatte, beschleunigte sich mein Puls merklich. Stieß dieses verfluchte Gedankenkarussell an, das mich bereits auf dem Weg hierher an den Rand meiner Selbstbeherrschung gebracht hatte.

Gott, das konnte nicht sein, oder? Ich musste mich täuschen. Mit Cassandra war die letzte Ripari gestorben, ihre Familie war seit Jahren tot, es gab keine weiteren Nachfahren, die Existenz einer weiteren Ripari war schlichtweg unmöglich und trotzdem … was wäre, wenn nicht? Wenn ich mich nicht täuschte?

Das würde verflucht noch mal alles ändern.

Nur war Corbin der Letzte, dem ich meinen unausgereiften Verdacht als Erstes präsentieren sollte. »Den Duplicator in unbefugten Händen zu wissen, *war* ein echtes Problem, Onkel.«

»Dieses Gerät ist unsere geringste Sorge in Anbetracht der Tatsache, dass uns der Weltuntergang bevorsteht. Statt da oben in der Sonne herumzutollen hättest du hier sein sollen, an der Seite deines Vaters.« Wie immer schwangen unverhohlener Neid und Missgunst in seiner Stimme mit, sobald die Sprache auf meinen *Papa* fiel. Er war zwei Jahre älter und hatte deswegen die Führung unseres Clans übernommen, wohingegen Corbin als sein Stellvertreter eingesetzt worden war. Ein Umstand, den er jeden einzelnen Tag verabscheute und nur zu gerne an Ludwig und mir ausließ.

»Ich weiß, wo mein Platz ist, Corbin.«

»Bist du dir da sicher?« Seine braunen Augen wurden schmal. »Ich denke, du vergisst nur zu oft, wo du hingehörst. Schlimm genug, dass es dich immer wieder nach London treibt. In diese verfluchte Stadt, in der die größte Plage der Menschheit ihren Hauptsitz hat. Nicht einmal der Umstand, dass sie Tabitha umgebracht haben, hält dich davon ab, die dreckige Luft dort zu atmen. Es ist beschämend.«

Ich ballte die Hände zu Fäusten, als der Name meiner Schwester fiel und sich wie eine glühende Klinge in meine Brust grub. Ich konnte nicht anders, dabei kannte ich Corbins Ansichten, kannte seine Tricks und hatte sie oft genug am eigenen Leib zu spüren bekommen. Nur änderte das nichts daran, dass sie trafen. Jedes einzelne verfluchte Mal.

Du bist nicht deswegen hergekommen, Sim. Reiß dich zusammen.

Mühsam kämpfte ich um meine Beherrschung und hob das Kinn. »Weißt du, wo ich Vater finden kann? Er ist nicht in seinem Büro.«

Meinem Onkel entging weder, dass ich seine letzten Bemerkungen überging, noch, dass es mich einiges an Kraft kostete. Und der Art nach zu urteilen, wie sich seine scharfen Gesichtszüge verzogen, genoss er diesen Umstand auch noch. *Cul* – Arsch.

Corbin lehnte sich auf seinem schweren Lederstuhl zurück und faltete die Hände über dem flachen Bauch. »Valentin ist schon vor Stunden gefahren. Vermutlich in seinen kleinen Laden, um wer weiß was zu tun, während unsere Welt in Flammen steht.«

Ich runzelte die Stirn. Vater war nicht im Untergrund? Das ergab keinen Sinn, denn auch wenn ich mich lieber lebendig begraben lassen würde, als Corbin zuzustimmen, musste ich meinem Onkel nun recht geben: Mein *Papa* wurde hier gebraucht. Ich hatte eher erwartet, dass er in der Mondia war und dort jede Seite zweimal umschlug, um eine Lösung zu finden.

Es sei denn er hatte sich bereits mit unserem Schicksal abgefunden.

Geistesabwesend nickte ich. »Dann werde ich dort nach ihm suchen.«

»Ich fürchte, das musst du vorerst zurückstellen. Im Hauptsaal warten drei Wägen mit Büchern und Unterlagen darauf, ins Archiv gebracht zu werden. Es herrscht auch so schon genügend Chaos.«

Nicht sein Ernst. »Das kann jemand anderes übernehmen,

Corbin. Du hast es selbst gesagt, wir haben gerade andere Probleme. *Echte.*« Die Antwort kam mir barscher über die Lippen, als beabsichtigt.

Die Lippen meines Onkels verzogen sich zu einem rasiermesserscharfen Lächeln. »Das war keine Bitte, Kasimir. Vielleicht helfen dir ein paar Stunden Sortieren dabei, dich wieder auf deine eigentlichen Aufgaben zu besinnen.«

Ich öffnete den Mund, besann mich dann jedoch eines Besseren. Alles, was ich erwiderte, würde ihm nur eine perfide Genugtuung verschaffen, ein weiterer Moment, in dem er seine Macht ausleben konnte. Und sosehr es mir auch gegen den Strich ging, in der Befehlskette unseres Clans stand er über mir.

»Ich werde mich darum kümmern«, gab ich tonlos zurück und wandte mich ab.

Was auch immer Corbin antwortete, wurde von der dicken Holztür geschluckt, die ich nur einen Moment später lautstark hinter mir schloss, als ich sein Büro verließ. *Merde.* Ich hätte Ludwig nach unserem Vater fragen sollen, statt als Erstes zu meinem Onkel zu laufen. Die Begegnungen mit ihm glichen jedes Mal einem Tanz auf glühenden Kohlen, bei dem ich mir schon oft genug die Füße verbrannt hatte.

Kurz blickte ich zu der breiten Tür zurück, dann schüttelte ich kaum merklich den Kopf und setzte mich in Bewegung. Die Gedanken, die Corbin in mir aufgewühlt hatte, mussten warten. Zuallererst musste ich mit meinem Vater über meine Vermutung sprechen – und die Unterlagen wieder einsortieren.

Fantastisch.

Missmutig knirschte ich mit den Zähnen und folgte dem hohen, höhlenartigen Gang, von dem unzählige Türen und weitere Flure abgingen, die in den sandsteinfarbenen Fels unterhalb von Paris geschlagen worden waren. Ein weitläufiges Labyrinth, das sich hauptsächlich unter dem ersten und zweiten Arrondissement befand und von uns liebevoll *Untergrund* genannt wurde. Es gab Tausende dieser Tunnel, ein verzweigtes Netzwerk aus Gängen und Räumen und Treppen, das nicht nur unsere Heimat war, sondern auch das wohl wertvollste Geheimnis der Menschheit in ihrem Zentrum schützte: die *Mondia*. Die Weltenbibliothek. Der Grund, aus dem meine Familie und ich existierten und die nun kurz davor war, zusammenzubrechen und alles mit sich zu reißen.

»Wie ich sehe, bist du bester Laune.«

Ich blickte zu Dot, der lautlos an meine Seite getreten war. Im Gegensatz zu meinen Schritten, verursachten seine schneeweißen Pfoten dabei keinen einzigen Laut. »Was bringt dich zu dieser Annahme?«

Dot fletschte die Zähne, als er zu mir aufblickte. *»Du bist aus Corbins Büro gekommen.«* Punkt für meinen altklugen Silbenspringer. *»Hast du ihm von deiner kleinen Entdeckung erzählt?«*

»Nein.« Ich senkte die Stimme und bog an einer Kreuzung, von der fünf weitere Gänge abgingen, in den zweiten von links ab. Nur Weltenschreiber konnten sich hier unten dank ihrer inneren Karte orientieren, jeder andere wäre aufgeschmissen und würde sich jämmerlich verlaufen – eine Sicherheitsmaßnahme, die die Mondia und uns gleichermaßen schützte. »Natürlich nicht. Ich möchte zuerst mit Vater darüber sprechen und außerdem … bin ich mir nicht sicher. Es kann nicht sein, oder? Sie kann keine von ihnen sein.«

»Darauf weiß ich keine Antwort, Kasimir.«

Schnaubend blieb ich vor dem Zugang stehen, hinter dem sich der Hauptsaal befand, in dem wir bereits zahllose Sitzungen abgehalten hatten. »Wie auch immer. Ich werde mit Vater reden, vielleicht weiß er mehr, aber vorher …« Resigniert schob ich die doppelflügelige Tür auf und nickte mit dem Kinn in Richtung der übervollen Bücherwägen, »erledigen wir das hier.«

Kapitel 7

7. Arrondissement, Paris

Sim

Die *Basilique Sainte-Clotilde* schlug zehn Uhr morgens, als ich in die kleine Straße bog, in der das Antiquitätengeschäft meines Vaters lag. Es hatte beinahe die ganze Nacht gedauert, die verdammten Unterlagen zurück ins Archiv zu sortieren, sodass ich meine Unterhaltung mit *Papa* auf heute hatte verschieben müssen.

Schon jetzt stand die Hitze förmlich zwischen den alten Häuserschluchten und ich verfluchte mich im Stillen, dass ich mich für eine schwarze Jeans und ein gleichfarbiges T-Shirt entschieden hatte. Unwillkürlich beschleunigte ich meine Schritte, bis ich den Laden erreichte und die Tür aufstieß. Kühle Luft, der Geruch von Büchern, Leder und Holz umfing mich augenblicklich, als ich das *La Maison Ancienne* betrat und innerhalb weniger Sekundenbruchteile von dieser anderen Welt verschluckt wurde.

Das *Maison* war das Alibi meiner Familie. Der Deckmantel, unter dem wir verbargen, wer wir eigentlich waren. Jeder von uns hatte eine zweite *normale* Identität, die es uns ermöglichte, uns frei in der gewöhnlichen Gesellschaft zu bewegen, obwohl wir als Weltenschreiber alles andere als gewöhnlich waren. Nur machten es die äußeren Umstände und nicht zuletzt eine bestimmte Gruppe von Fanatikern erforderlich, außerhalb des Untergrunds eine Lüge zu leben. Um die Mondia zu beschützen und am Leben zu bleiben.

Viele von uns hatten sich alltägliche Jobs gesucht, um unsichtbar zu bleiben und die meisten verabscheuten ihre zweite Identität, verbrachten so wenig Zeit wie möglich außerhalb des Untergrunds und der Mondia, doch bei meinem Vater hatte ich insgeheim immer den Verdacht, dass er das *Maison* liebte. Vielleicht weil der schmale Raum mit seinen vielen Regalen und Vitrinen ein wenig wie eine Miniaturausgabe der Weltenbibliothek wirkte.

»*Papa*?«, rief ich in die Stille hinein und umrundete einen wackligen Bücherstapel. »Bist du da?«

Aufmerksam sah ich mich um – in den Wochen, seit ich zuletzt hier gewesen war, schienen sich die Gegenstände verfünffacht zu haben – und wandte mich nach links, als hinter mir ein vernehmliches Knarzen erklang.

»Sim? Was machst du denn hier?«

Ich fuhr herum und fasste meinen Vater ins Auge. Das zerknitterte Hemd und die anthrazitfarbene Hose, die er gestern schon getragen hatte, die sichtbaren Schatten auf seinen Zügen und die unordentlichen dunkelbraunen Strähnen. Schien, als wäre ich nicht der Einzige gewesen, der heute Nacht kaum geschlafen hatte.

»Du warst nicht im Untergrund«, erwiderte ich leise und räusperte mich dann. »Ich muss dringend mit dir sprechen.«

Mein Vater fuhr sich durch die eh schon verstrubbelten Haare und nickte dann. »Geht es um Corbins Vorschlag?«

»Was? Nein – Welcher Vorschlag?«

»Unwichtig.« Fahrig winkte er ab und drehte das Schild an der Tür auf *Fermé*, ehe er mich zu der kleinen Nische führte, in der sein Schreibtisch verborgen vor neugierigen Blicken stand. »Worum geht es?«

Mein erster Impuls war, sofort mit meiner Vermutung über die junge Frau aus dem Blumenladen herauszuplatzen, doch die Dokumente auf dem Tisch hielten mich davon ab. »Wonach hast du gesucht?«

Seufzend ließ er sich auf dem Stuhl nieder und faltete die Hände unter dem Kinn. »Nach der Nadel im Heuhaufen. Die es nicht gibt, wie es aussieht.«

Bei der Resignation in seinen Worten biss ich instinktiv die Zähne aufeinander. »Von welcher Nadel sprechen wir?« Ohne den Blick abzuwenden, setzte ich mich ihm gegenüber. »Du wärst in der aktuellen Situation nicht hierhergekommen, wenn du nicht irgendeinen fundierten Verdacht gehabt hättest.«

Ein schwaches Lächeln trat auf seine erschöpften Züge. Zuletzt hatte ich ihn so abgezehrt erlebt, als wir Tabitha gefunden hatten. Tot und mit einer eindeutigen Nachricht.

»Ich bin Cassandras Stammbaum gefolgt.« Mein Vater stieß hörbar den Atem aus. »Nicht mehr als die irrationale Hoffnung, ich hätte irgendeinen Hinweis auf eine vergessene Linie der Ripari übersehen. Doch nach Stunden der Suche bin ich absolut sicher, dass Cassandras Erbe mit ihr gestorben ist und das … Ich brauche dir nicht zu sagen, dass wir vor einer Katastrophe stehen, die wir nicht abwenden können, Sim. Nicht dieses Mal. Ohne eine Ripari, die sich an unserer Seite um die Mondia kümmert, wird die Weltenbibliothek in sich zusammenbrechen.«

Und damit unser ganzer Planet. Es mochte pathetisch klingen, aber ohne die Bibliothek konnte die Welt, wie wir sie kannten, nicht existieren. Chaos, Panik, Naturkatastrophen, Krankheiten, Kriege … Die Erde würde sich innerhalb kürzester Zeit selbst vernichten, sollte die Mondia ihre Aufgabe einstellen, und auch wenn wir die Hüter der Bibliothek waren, ihre wahren Meister waren die Ripari.

»Ich weiß nicht, was wir tun sollen, Kasimir, und das macht mir Angst. In den gesamten Chroniken der Weltenschreiber gibt es keine einzige Aufzeichnung darüber, was geschieht, wenn die Blutlinie der Ripari endet. Keine Lösung, weil ein solcher Fall nie hätte eintreten dürfen und ich … bin am Ende meines Lateins.« Tiefe Furchen gruben sich in seine Stirn, als er aufblickte. »Wir halten das mächtigste Werkzeug der Menschheit in den Händen und sind doch vollkommen machtlos.«

»Vielleicht nicht.« Die Silben verließen meinen Mund, ohne dass ich sie bewusst freigegeben hätte.

»Wovon sprichst du?«

Eine weitere irrationale Hoffnung. Ich schluckte gegen die plötzliche Enge in meiner Kehle an und suchte nach den richtigen Worten. Das Letzte, was ich wollte, war, wie ein naiver Idiot zu klingen oder noch weiter in der Wunde zu bohren.

»Sag schon. Wenn du irgendetwas weißt …«

»Ich kann nichts mit Sicherheit sagen«, unterbrach ich ihn und krallte die Nägel in meine Oberschenkel. »Aber es besteht die geringe Chance, dass es noch eine gibt.«

An seinem Kiefer zuckte ein Muskel. »Eine was?«

»Eine Ripari, Vater. In dem Laden, wo ich den Duplicator gefunden habe, bin ich auf eine junge Frau gestoßen und als sich unsere Finger berührt haben … *Mince*, ich weiß es nicht, aber da war dieses Gefühl. Ein Stromschlag, der sich wie … *sie* angefühlt hat. Die Mondia und Cassandra. Es war dieselbe Energie.«

Ungläubig schüttelte *Papa* den Kopf und erhob sich dann ruckartig. »Das ist unmöglich. Es gibt nur eine einzige Familie, die diese Fähigkeiten besitzt, und Cassandras Nachkommen sind alle tot.«

Ich weiß. Ich weiß das, verdammt.

»*Papa* …«

»Du musst dich irren.«

»Und wenn nicht?« Ich stand ebenfalls auf und erwiderte herausfordernd seinen Blick. »Was ist, wenn es Cassandra gewesen ist, die sich geirrt hat? Wenn es ein … uneheliches Kind gab? Irgendetwas, das wir übersehen haben? Diese junge Frau –«

»Könnte eine Falle sein, Kasimir«, fuhr mir mein Vater ungehalten ins Wort. Seine Müdigkeit war verschwunden, stattdessen standen nun Bestürzung und eine alte Furcht in seiner Miene. »Oder hast du vergessen, was das letzte Mal passiert ist, als etwas zu schön schien, um wahr zu sein? Es hat deine Schwester das Leben gekostet und ich werde dieses Risiko nicht noch einmal leichtfertig eingehen.«

Ich verstand ihn. Ich verstand den Schmerz und seine Bedenken. Tabitha fehlte mir jeden Tag und ich verabscheute diese Fanatiker, die sich selbst *Novas* nannten und über die Mondia Bescheid wussten. Hasste sie für all das, was sie meiner Familie und unseren Leuten angetan hatten. Aber es war, wie mein Vater sagte: Wir befanden uns in einer Sackgasse, es gab keinen Ausweg und uns blieb nichts anderes übrig, als nach jedem noch so dünnen Halm zu greifen.

»Wir haben keine Wahl, *Papa*, und das weißt du.«

Sein Ausdruck wurde hart. In diesem Moment wirkte er beinahe wie das genaue Abbild seines Bruders Corbin. »Ich werde nicht noch eines meiner Kinder zu Grabe tragen.«

»Stattdessen lieber die ganze Welt?«, hielt ich dagegen und

konnte nicht verhindern, dass meine Stimme immer lauter wurde. »Das kann nicht dein Ernst sein, *Papa*! Uns gehen die Optionen aus und selbst wenn es eine Falle ist … zumindest haben wir es versucht. Wir haben nichts mehr zu verlieren.«

Mein Vater sah mich einige Atemzüge lang schweigend an, dann stützte er die Hände auf den Schreibtisch und senkte den Blick. »Das ist Wahnsinn. Die Novas warten doch nur darauf, dass wir leichtsinnige Fehler begehen. Und eine Ripari, die wie aus dem Nichts plötzlich auftaucht, kurz nachdem Cassandra gestorben ist? – Kasimir, das sind zu viele Zufälle.«

Das mochte sein. Mit großer Wahrscheinlichkeit lag er richtig und es steckten wirklich die Novas dahinter. Vielleicht hatten sie einen Weg gefunden, die Energie zu simulieren. Doch solange auch nur die geringste Chance bestand, dass sie eine Ripari war … konnte ich diese Möglichkeit nicht ignorieren. Ohne den Blick abzuwenden, stützte ich mich ebenfalls auf dem Schreibtisch ab, ungeachtet der Dokumente, die dort lagen, und suchte seinen Blick. »Sie hat Dot gesehen, *Papa*. Ich …« Ich verstummte, als ihr Gesicht plötzlich vor meinem inneren Auge auftauchte. Klar und deutlich, grüne Augen, dieses unsichere schiefe Lächeln … *Was zum?* Rasch senkte ich den Kopf, als mir klar wurde, was dieses Bild ausgelöst hatte. Unter meinen Fingern lag der Stammbaum, Worte, die ich unbeabsichtigt berührte, während unzählige Emotionen *die* Gabe in mir hervorriefen, und ich deswegen … *sah*. Sie sah. Und wenn das Blumenmädchen erschien, wo ich Cassandras Stammbaum berührte, dann –

»Sim?«

Mein Kinn ruckte hoch, dann steckte ich rasch die Hände in meine Hosentaschen, als hätte ich mich an den Dokumenten verbrannt. *Dieu*, ich wusste genau, was das bedeutete. Zwar konnte ich diesen Teil meiner Gabe, von dem nur Dot wusste, nicht erklären, aber es war der Beweis, dass ich mich nicht geirrt hatte. Ich hatte die junge Frau bei der Berührung des Stammbaums vor mir gesehen, und damit war es eindeutig. Sie stand in Verbindung zu Cassandra.

»Ich bin mir sicher. Sicher *genug*, um es drauf ankommen zu lassen«, sagte ich im nächsten Moment und wünschte, ich könnte ihm zeigen, *warum* ich mir so sicher war. Doch über die Jahre hatte ich begriffen, dass kein anderer Weltenschreiber in der Lage war, Worte zu *sehen*. Dass es alles nur noch komplizierter gemacht hätte und Dot hatte mir geraten, diesen Teil für mich zu behalten. Mir erzählt, dass diese Gabe gefährlich war. Und mehr hatte ich nicht gebraucht, um dieses Geheimnis für mich zu behalten. Ich fühlte mich auch so schon oft genug fehl am Platz im Untergrund. Da brauchte ich nicht noch Gerüchte über meine durchgeknallten Fähigkeiten.

Ein undeutliches Brummen kam über *Papas* Lippen. »*Mon Dieu*.«

»Das heißt, du bist derselben Meinung? Dass wir uns das Mädchen mal ansehen sollten?«

»*Non*, das heißt, ich weiß, dass du zu ihr gehst, ganz gleich, wie meine Antwort lautet.« Ich wollte ihm widersprechen, auch wenn das eine glatte Lüge gewesen wäre, doch mein Vater fuhr ungerührt fort: »Deswegen soll es zumindest zu meinen Bedingungen ablaufen.«

Ein fairer Einwand und nachdem mein Vater nicht unbedingt dafür bekannt war, leichtfertig von seinem Standpunkt abzuweichen, beließ ich es bei einem knappen Nicken.

»Ich möchte, dass du alles über sie in Erfahrung bringst, ohne zu viel über uns preiszugeben. Es ist mir gleich, wie du das anstellst, aber sei um der Mondia willen diskret.« Mein Vater richtete sich wieder auf und sah mir direkt ins Gesicht. »Solange wir nicht wissen, wer dieses Mädchen ist, ist sie unsere Feindin. Hast du verstanden, Kasimir?«

Ich neigte abermals das Kinn. »Klar und deutlich.«

Die nächsten Stunden verbrachte ich in der Maisonette-Wohnung oberhalb des Antiquitätengeschäfts meines Vaters und recherchierte. Während *Papa* die meiste Zeit in den schier endlosen Reihen der Mondia verbrachte oder sich um die Angelegenheiten im Untergrund kümmerte, blieb meine Mutter oft tagelang in der Wohnung. *Maman* war keine geborene Weltenschreiberin, sondern durch die Hochzeit mit meinem *Papa* in diese Welt gerutscht. Pflichtbewusst war sie immer an seiner Seite geblieben und hatte ihr vorheriges Leben beinahe gänzlich für uns aufgegeben – bis zu dem Tag, an dem die Novas Tabitha umgebracht hatten. Seitdem war sie seltener im unterirdischen Labyrinth, verbrachte ihre Zeit damit, wieder mehr an ihren Romanen zu schreiben, zu malen oder wahlweise ihre Söhne zu verwöhnen, wenn wir denn mal vorbeikamen.

»Und ich kann dir sicher nichts mehr bringen, Sim?« *Maman* strich mir behutsam über die Haare, als wäre ich noch immer vier Jahre alt. »Du hast heute kaum etwas gegessen.«

»Mir war nicht danach.«

Offen gesagt hatte ich das Essen vollkommen vergessen, während ich mich durch Zeitungsartikel, Schulberichte und alles andere gequält hatte, das ich über das *Blumenmädchen* gefunden hatte. Viel mehr als ihr Name – Aramena Benoit – und die Tatsache, dass sie eine schicke Privatschule besucht und bemerkenswert gute Noten gehabt hatte, war es nicht gewesen – aber zumindest hatte ich keinen Hinweis darauf gefunden, dass sie mit den Novas in Kontakt stand. Ein kleiner Sieg und dennoch nicht mehr als ein Tropfen auf den heißen Stein.

Es sei denn, man schenkt meiner abgedrehten Gabe Glauben.

»Vielleicht solltest du für heute Schluss machen«, schlug meine Mutter sanft vor. »Du könntest hier übernachten und wir schauen gemeinsam einen Film an.«

Ich blickte zu ihr auf, zu ihren ruhigen blauen Augen, den dunkelblonden schulterlangen Haaren, die mich schmerzlich an meine Schwester erinnerten. Dann schüttelte ich seufzend den Kopf. »Ich kann nicht. Ich sollte zurück und mit Ludwig über Aramena sprechen. Bisher weiß er noch nichts von meinen Vermutungen.« Ihr Name klang fremd auf meiner Zunge und im selben Zug vertraut. Es erinnerte mich an das Gefühl, als ich ihr zum ersten Mal ins Gesicht geschaut hatte.

Lächelnd drückte sie meinen Unterarm und stand dann auf. »Es ist deine Entscheidung, aber vergiss nicht zu atmen, ja?«

»Versprochen, *Maman*.«

Meine Mutter hauchte mir einen Kuss auf die Wange und nahm die drei leeren Kaffeetassen von meinem Schreibtisch, ehe sie lautlos mein Zimmer verließ. Ein paar Atemzüge lang starrte ich auf den Computer, bis die Buchstaben darauf verschwammen und rieb mir dann über die Augen. *Fichu*, sobald ich Ludwig auf den neusten Stand gebracht hatte, musste ich dringend ins Bett. Ich brauchte einen kühlen und vor allen Dingen wachen Kopf, wenn ich der Mondia helfen wollte.

Mit ein paar Handgriffen schaltete ich den Laptop aus, räumte meine Rechercheergebnisse zusammen und verabschiedete mich von *Maman*, um in den Untergrund zurückzukehren.

Wie so oft am frühen Abend war die Grünfläche vor dem *Hôtel des Invalides* mit Studierenden und Familien besetzt, die dort picknickten, zusammensaßen und den Freitagabend ausklingen ließen. Ich kam nicht umhin, dass mich das leise Stechen von Neid erfüllte, als ich die vielen Menschen betrachtete, mir wünschte, einer von ihnen zu sein. Einfach ein unbedeutender Typ, der studierte, feierte und das Leben genoss. Vielleicht mochte das naiv klingen, aber für mich schien diese Vorstellung wie das Paradies auf Erden. Keine Mondia, keine Novas, keine Ripari.

Und trotzdem ändert es nichts daran, dass wir alle sterben werden, wenn keine Lösung für die Mondia gefunden wird.

Ich überging diesen Gedanken geflissentlich und stieg stattdessen die Stufen der Métro-Station *Invalides* nach unten, wo ich die Linie C in Richtung *Notre-Dame* nahm. Kaum dass sich die Türen hinter mir geschlossen hatten und die Wirklichkeit aussperrten, ließ der Druck in meinem Inneren ein wenig nach. Genug, um das warnende Prickeln in meinem Nacken zu bemerken.

Was zum ...?

Eine Hand an meiner ledernen Kuriertasche blickte ich instinktiv nach rechts, genau in dem Moment, in dem sich ein spitzer Gegenstand in meinen Rücken grub.

»Keine abrupten Bewegungen, Abernathy.«

Ich erkannte die kühle Frauenstimme, den britischen Singsang sofort und sie sorgte dafür, dass sich mir die Härchen aufstellten.

Zella.

Wie hatte mich die *Nova-Prinzessin* finden können?! Und warum zu Teufel hatte ich sie nicht bemerkt?

Mit aller Macht kämpfte ich darum, ruhig zu bleiben, obwohl mein Blut augenblicklich zu kochen begann. Kein guter Ausgangspunkt, wenn man bedachte, dass sich ihr Messer auf Höhe meiner Milz befand.

»Wir werden uns jetzt dort hinsetzen und bis zur nächsten Station fahren, verstanden?«

»*Ta gueule!*«, zischte ich, woraufhin sich der Druck der Klinge verstärkte.

»Überleg dir gut, was du tust. Ein Fehltritt und ich werde dich langsam verbluten lassen, kapiert?« Das Messer nach wie vor über meinem empfindlichen Organ und durch unsere Nähe vor den Blicken der Passagiere verborgen, bugsierte sie mich zu einem freien Vierer. »Und jetzt reden wir ein bisschen.«

Ich starrte sie nur hasserfüllt an. Zella war nicht viel älter als ich, aber sie stand für alles, was ich an den Novas verabscheute.

»Leck mich«, spuckte ich ihr auf Englisch entgegen. »Warum bringst du mich nicht einfach um und ersparst uns diese unangenehme Situation?«

Die Nova verzog ihre schmalen Lippen zu einem höhnischen Lächeln. »Wo bliebe da der Spaß?« Ohne Vorwarnung ritzte die Klinge durch den Stoff hindurch meine Haut. Ich spürte Blut, das mir warm über die Rippen lief und in mein schwarzes T-Shirt sickerte. Fluchend zuckte ich zusammen.

Putain de merde!

Zella mochte harmlos wirken mit ihren kurzen, dunklen Haaren, den großen hellblauen Augen und den schmalen Schultern, aber diese Frau war gnadenlos. Besaß kein Gewissen und hatte das Blut von weit mehr als einem Dutzend Menschen an den Händen. Das meiner Schwester beispielsweise. Sie war ein Monster und ich ahnungslos in ihre Falle getappt.

»Wo wolltest du hin?« Ich sah zur Seite, sie stach wieder leicht zu. »Versuchen wir es noch mal, wo wolltest du hin?«

»Warum stellst du Fragen, deren Antworten du schon kennst?«

Ihre Zähne blitzten auf, dann legte sie eine Hand in meinen Nacken und drückte zu. Spitze Nägel gruben sich in meine Haut. »Du wirst mir jetzt sagen, wo sich der nächste Zugang zu eurem Rattenloch befindet, Abernathy.«

»Fick dich, Zella.«

»Süß.« Ohne ihren Griff zu lockern, ließ sie die Klinge etwas höher wandern. »Ich habe kein Problem, dich hier abzustechen und irgendwo liegen zu lassen, Kasimir.«

Mein Puls begann zu rasen, als das Messer – noch harmlos – an meinen Rippen vorbeiglitt, immer weiter in Richtung Herz.

»Lang und gnadenlos oder kurz und schmerzlos? Es liegt in deiner Hand. – Wo ist der Zugang?«

Ich biss die Zähne zusammen und blickte abrupt auf, als drei Meter entfernt ohne Vorwarnung mehrere Hunde wie verrückt zu bellen begannen. Zella tat es mir nach, nur einen Sekundenbruchteil lang war sie abgelenkt, der Druck der Klinge ließ nach, ihr Griff lockerte sich. Doch dieser kurze Moment reichte aus, um ihr den Ellenbogen in den Magen zu rammen und aufzuspringen.

»Du verfluchter Mistkerl!« Mit einem giftigen Zischen umfasste sie ihre Mitte, wobei ihr Messer zu Boden ging, und funkelte mich todbringend an.

Einen Augenblick lang sahen wir uns an, der Hass zweier verfeindeter Familien brachte die Luft zwischen uns zum Flirren.

Dann fuhr ich herum und rannte los.

Kapitel 8

7. Arrondissement, Paris

Remy

»Und dann ist er einfach abgehauen?« Ninette sah mich vorwurfsvoll von ihrem Platz auf dem ovalen Tisch in meiner Werkstatt an. »Du hättest die Polizei rufen müssen. Das ist Diebstahl, Remy.«

Ich verschränkte die Arme vor der Brust und lehnte mich an einen der Metallschränke, die Bauteile und Werkzeug enthielten. »Um ihnen was zu sagen? Dass ein seltsamer Kerl mit einem noch viel seltsameren Hund in den Laden gekommen ist und mir ein mysteriöses Kästchen geklaut hat, über das er offensichtlich mehr weiß als ich?«

Schweigend hob sie eine Braue, ich seufzte tief und stieß mich ab, um mich dem Durcheinander auf dem Tisch zuzuwenden. Eigentlich hatten Ninnie und ich vorgehabt, den Freitagabend zu nutzen, um bei ihrem Uniprojekt voranzukommen und eine Lösung zu finden, wie ich ihr dabei helfen konnte. Doch statt uns mit einer intelligenten Miniaturgewächshausüberwachung auseinanderzusetzen, zerpflückten wir seit Stunden meine gestrige Begegnung mit dem Fremden.

Ohne erkennbaren Fortschritt bisher.

»Na ja, irgendetwas wäre dir schon eingefallen.«

»Hm«, machte ich nur, während sein Gesicht ein weiteres Mal vor meinem inneren Auge auftauchte. Dieser eindringliche Blick, die Ratlosigkeit darin. »Du hast ihn nicht gesehen, Ninnie, aber das war ... das war kein normaler Diebstahl.«

»Und das wirst du dann der eigentlichen Besitzerin dieses Kästchens sagen? Dass es nicht normal gestohlen wurde, sondern auf merkwürdige Art und Weise von einem heißen Kerl.«

Mein Kopf ruckte hoch. »Ich habe mit keiner Silbe erwähnt, dass er heiß ist.«

»Das brauchtest du auch gar nicht, *ma chérie*«, erwiderte sie grinsend und sprang vom Tisch, wobei sich ihr bunter Tüllrock für einen Moment um ihre Beine bauschte. »Irgendetwas musst du tun. Er hatte kein Recht, das Ding mitzunehmen und du wirst Fragen beantworten müssen.«

Dabei war ich mir mittlerweile gar nicht mehr so sicher, ob die Besitzerin wirklich die Besitzerin war. Wenn ich recht darüber nachdachte, dann hatte sie kaum etwas gesagt und ... nicht einmal ihren Namen hinterlassen. Aber das ergab keinen Sinn, oder?

Fichu. Von dieser Diskussion bekam ich langsam, aber sicher Kopfschmerzen. Weil Ninette recht hatte und es sich gleichzeitig richtig angefühlt hatte, ihm das Kästchen – den *Duplicator* – zu überlassen. Und wie so oft gab es keinerlei Erklärung für dieses Gefühl. Es war ... vollkommen absurd. Das alles war absurd. Nur mit Mühe unterband ich den Drang, mir die Schläfen zu massieren und nickte auf den Dokumentenstapel, den meine Freundin bei ihrer Ankunft aus ihrer Tasche gezogen hatte. »Wollen wir mit dem Gewächshaus anfangen?«

»Und diese ungeklärte Sache einfach ignorieren? Du gibst

doch sonst nicht so schnell auf, wenn es kompliziert wird.« Misstrauisch musterte Ninnie meine Züge. »Oder ist da noch mehr?«

Ich kaute unentschlossen auf meiner Unterlippe herum und griff schulterzuckend nach einem der Blätter. Die ehrliche Antwort wäre *Ja* gewesen. Da war mehr. Diese Ahnung, dass ich durch das Kästchen unwissentlich auf etwas Großes gestoßen war, das mich absolut nichts anging und dennoch nicht losließ. Das mir so sehr unter den Nägeln brannte, dass ich die halbe Nacht damit verbracht hatte, nach Antworten zu suchen, die es schlichtweg nicht gab. Dass das alles nicht zusammenpasste. Nur wusste ich nicht, wie ich das Ninette erklären sollte.

»Vielleicht treffe ich ihn ja wieder und kann die Sache klären.«

Irgendetwas sagt mir, dass wir uns ohnehin wiedersehen werden, Blumenmädchen.

Meine Freundin schien wenig überzeugt von meiner halbherzigen Antwort. »Was auch immer es ist, du weißt hoffentlich, dass du jederzeit mit mir reden kannst, Remy. Egal, wie abgedreht das auch in deinem Kopf klingen mag.«

Ich gab meinen Atem frei und neigte das Kinn. »Danke, Ninnie. Und was die Besitzerin angeht, mir wird schon etwas einfallen.« Falls sie überhaupt jemals wieder auftauchte.

»Wir könnten uns zusammen eine plausible Erklärung überlegen.«

»Oder«, setzte ich an und hielt ihr die Unterlagen zu ihrem anstehenden Lernnachweis vor die Nase, »wir lassen jetzt das Prokrastinieren und fangen hiermit an.«

Stöhnend ließ sie sich auf dem Hocker neben dem Tisch nieder. »Es war ja klar, dass wir aufhören, wenn es am spannendsten ist.«

Mitfühlend tätschelte ich ihre Schulter und schob ihr die

Papiere zu. »Das hier ist auch spannend. Und vor allen Dingen etwas, für das es eine Erklärung gibt.«

Noch einen Moment länger schmollte Ninnie, dann gab sie schließlich nach und schlug ihren Collegeblock auf, wo sie einige Stichpunkte zu dem Projekt notiert hatte. Es tat gut, sich mit ihr zurück auf bekanntes Terrain zu begeben, nachdem mich diese absurde Unterhaltung mit dem Fremden so aus der Bahn geworfen hatte. Mit jeder Minute, die wir über Regelkreise und mögliche Realisierungen sprachen, wurde der Tornado aus ungeklärten Fragen in meinem Kopf ruhiger, auch wenn er nach wie vor in meinen Gedanken lauerte und vermutlich nur auf die nächste Gelegenheit wartete, mich mit sich zu reißen.

Als ich mich um kurz vor acht von Ninette verabschiedete, hatten wir zwei verschiedene Konzepte erarbeitet und es tatsächlich geschafft, das ominöse Kästchen und den Fremden mit seinem ungewöhnlichen Hund kein einziges Mal mehr zu erwähnen. Was nicht bedeutete, dass ich nicht ein paarmal gedanklich zu den Notizen gewandert war, die ich zu der kleinen Kupferbox angefertigt hatte – und die letztlich in meine Tasche gewandert waren, als ich kurz darauf zur Métro lief, die mich zur Wohnung meiner Eltern brachte. *Maman* und *Papa* lebten im 5. Arrondissement – ironischerweise nicht weit von der *Sorbonne* entfernt – und seit ich nicht mehr bei ihnen wohnte, war es Tradition geworden, den Freitagabend gemeinsam zu verbringen. Esther war schon früher zu ihnen gefahren, weshalb ich heute anders als sonst allein in die Linie C in Richtung *Notre-Dame* stieg. Eine von Ninnies unzähligen Playlists auf den Ohren setzte ich mich in einen freien Vierer und zupfte mein hoffnungslos zerfleddertes Notizbuch hervor. Nach kurzem Blättern war ich bei dem wenigen angekommen, das ich über den *Duplicator* hatte rausfinden können. Über den ausgeklügelten Mechanismus, die feinen Zahnräder im Inneren, die perfekt ineinandergriffen und mir dennoch nicht verrieten, welchem Zweck sie dienten. Ich hatte versucht, das Gefühl zu beschreiben, das mich in Gegenwart des Kästchens befiel und ein paar Stichpunkte zu der ominösen Besitzerin hingekritzelt, aber viel war es nicht. Keine echten Erklärungen.

Grüblerisch strich ich über die Skizze, die ich angefertigt hatte. Ein Teil von mir wünschte, ich wäre hartnäckiger geblieben und hätte den Kerl gefragt, was genau das für ein Gerät war. Denn irgendetwas verriet mir, dass er der Einzige war, der mir jemals eine Antwort darauf hätte geben können.

Chance vertan, Remy.

Die Wahrscheinlichkeit, dass ich ihm durch Zufall in einer Stadt wie Paris wiederbegegnen oder er noch einmal in unseren Blumenladen spazieren würde, ging gegen null. Zumal ich mir trotz meiner brennenden Neugier nicht einmal sicher war, ob ich das wollte. Ihn wiedersehen, nachdem er … mir derart unter die Haut gegangen war. Auf eine Weise, die noch immer meinen Nacken prickeln ließ.

Ich legte die Stirn in Falten und tippte mir gegen das Kinn, als mein Handydisplay aufleuchtete.

Maman: Bist du schon auf dem Weg, mon cœur?

Lächelnd klappte ich mein Notizbuch zu und wollte gerade antworten, als mich eine plötzliche Bewegung im Augenwinkel aufblicken ließ. Dunkle Haare, breite Schultern, angespannte Gesichtszüge … *Das kann doch nicht* … Doch, das war *er*. Der

Kerl von gestern, der mein Kästchen gestohlen hatte und … Ich brachte den Gedanken erst gar nicht zu Ende, sondern stopfte meine Sachen zurück in die Tasche und war nur einen Herzschlag später aufgesprungen. Schwer zu sagen, welchem Wink des Schicksals ich es zu verdanken hatte, dass er wortwörtlich in meine Métro gestiegen war, aber ich erkannte eine Möglichkeit, wenn sie sich mir bot.

Und dieser Kerl war meine Chance auf Antworten.

Ohne noch länger zu überlegen, heftete ich mich an seine Fersen, während er durch den Waggon lief und dabei seltsam gehetzt wirkte. Als würde er vor irgendetwas davonlaufen. Vermutlich wäre es schlauer gewesen, mir Gedanken darüber zu machen, statt ihm blind hinterherzurennen, aber in diesem Moment war da schlichtweg kein Raum für Gedanken oder Überlegungen, sondern nur die Gewissheit, dass ich ihn einholen *musste.* Das mir keine andere Wahl blieb, weil … weil dieses *Summen* in mir immer lauter wurde, je näher ich ihm kam.

Himmel, ich habe wirklich den Verstand verloren.

Ich biss die Zähne zusammen und drängte die Stimme resolut zurück. Stattdessen fixierte ich seinen breiten Rücken unter dem schwarzen T-Shirt und versuchte ihn in der zunehmend voller werdenden Métro nicht aus den Augen zu verlieren. Mehrmals stieß ich gegen andere Menschen, murmelte Entschuldigungen, die ich nicht wirklich mitbekam. Mein Blickfeld war zu klein dafür, das Summen zu laut. Zwischen den anderen hindurch sah ich, wie sich der Fremde elegant durch die Abteiltüren schob und fluchte unterdrückt, als er aus meinem Sichtfeld verschwand.

Komm schon, komm schon.

Meine Tasche fest an meine Brust gepresst, setzte ich zu einem Sprint an und schlüpfte gerade noch in das nächste Abteil, ehe die Türen hinter mir zuknallen konnten. Angespannt suchte ich den

Waggon ab und drängte mich an ein paar Jugendlichen vorbei – dann sah ich ihn wieder. Ganz in Schwarz gekleidet, und alles an ihm drückte Anspannung aus. Sie strahlte förmlich in Wellen von ihm ab, beinahe wie eine stumme Warnung, ihm nicht zu nahe zu kommen. Und trotzdem streckte ich nur einen Sekundenbruchteil später die Hand nach ihm aus und erwischte ihn am Arm. Mein Puls donnerte viel zu heftig und ungleichmäßig gegen meine Rippen, als ich die Finger fester um ihn legte und ihn so dazu brachte, stehen zu bleiben.

Blitzschnell lag seine Hand auf meiner, als er abrupt herumfuhr und mich anfunkelte. »Was zum – *Du*?« Seine braunen Augen weiteten sich für einen Sekundenbruchteil, dann wurden sie ganz schmal, der Ausdruck darin kalt, finster. Als hätte ich einen folgenschweren Fehler begangen. Und hier und jetzt fühlte es sich auch genauso an.

Eilig ließ ich ihn los und umschlang meinen Oberkörper samt Tasche. »Ich … ich habe Fragen.«

Er stieß einen scharfen Fluch in einer Sprache aus, die ich nicht sofort erkannte, und blickte kurz über meine Schulter, dann nahm er wieder mich ins Visier. »Dafür habe ich jetzt keine Zeit, okay?«

Es kostete mich einige Mühe, bei der Härte in seiner Stimme nicht zusammenzuzucken. »Nimm sie dir. Du hast mich schließlich bestohlen.«

»*Mince!*«, stieß er ungehalten hervor und sah erneut an mir vorbei. Eine Vielzahl an Emotionen rauschte über sein Gesicht, unzählige Regungen, von denen ich nicht eine zu benennen vermochte, und dennoch reichte seine Unruhe aus, um meine Haut vor Nervosität kribbeln zu lassen.

Instinktiv schaute ich ebenfalls zurück und zog die Schultern höher. »Was … was ist?«

Kopfschüttelnd fuhr er sich durch die Haare, wobei mein Blick unweigerlich zu seinen nackten Unterarmen und den vielen einzelnen Tattoos dort wanderte. Gestern hatte ich nicht darauf geachtet, ich war viel zu sehr mit seinem Hund – der ihn heute offensichtlich nicht begleitete – und der Kästchensache beschäftigt gewesen, doch jetzt … fielen mir unzählige Details an ihm auf. Angefangen mit der angespannten Linie seines Kiefers, den hohen Wangenknochen und dem gefährlichen Funkeln in seinen Augen. Er wirkte vollkommen anders als gestern, düsterer. *Dieu*, das hier war eine Scheißidee gewesen.

»Bei allem Respekt, aber das geht dich nichts an, Mädchen.« Seine Worte glichen mehr einem Zischen als echten Lauten.

Fassungslos hob ich die Brauen und öffnete den Mund, doch als ich den Ausdruck bemerkte, mit dem er an mir vorbeischaute, blieb mir jede weitere Silbe im Hals stecken.

»*Putain de merde!*«

Dieses Mal fragte ich nicht nach, sondern drehte mich direkt um. Genau in dem Moment, in dem sich drei Typen, die von einer jungen Frau mit dunklem Pixiecut angeführt wurden und alle in unserem Alter waren, durch die Abteiltür drängten. Ich kannte keinen von ihnen, aber ich erkannte, was in ihren Mienen stand: alte Wut gepaart mit Rache.

Was zur Hölle ging hier vor sich?

»Wer sind –« Ich verstummte, als der Fremde ohne Vorwarnung meine Hand griff und mich mit sich riss. Perplex stolperte ich hinter ihm her und biss mir dabei schmerzhaft auf die Zunge, während ich krampfhaft versuchte zu verstehen, was gerade geschah.

»Wer sind die?«, wagte ich einen zweiten Versuch und wäre in der schmalen Métro zwischen all den Menschen beinahe über eine angeleinte Katze mit Schleife gestolpert. »Was soll das, verdammt?«

Für einen Moment wandte er sich zu mir um, ein Moment, in dem sich unsere Blicke ineinander verhakten und das Summen beinahe ohrenbetäubend wurde. Sein Griff um meine Finger war unnachgiebig, das Braun in seinen Augen dunkler und mit einem Mal war es verdammt schwer, Luft in meine brennende Lunge zu bekommen.

»Diese Leute sind die Wurzel allen Übels«, raunte er, so nah, dass sein Atem über meine Haut strich. »Und jetzt sind sie auch hinter dir her.«

Kapitel 9

7./5. Arrondissement, Paris

Remy

»Diese Leute sind die Wurzel allen Übels. Und jetzt sind sie auch hinter dir her.«

Im ersten Moment glaubte ich, mich verhört zu haben. Glaubte, meine Ohren hätten mir einen Streich gespielt. Doch letztlich blieb mir keine Zeit, nachzuhaken, denn mein Fluchtpartner drängte mich bereits weiter.

»Wir dürfen nicht stehen bleiben«, stieß er zwischen zusammengebissenen Zähnen hervor. »Komm schon.«

Wieder sah ich zurück und konnte nicht verhindern, dass mir ein Schauer über den Rücken raste, als sich die kalten, eisblauen Augen der jungen Frau auf mich richteten. *Bon sang*, wer waren die?

»Nicht langsamer werden.«

Der schraubstockartige Griff des Fremden riss mich mit sich, ohne dass ich eine Wahl gehabt hätte. Ungebremst stieß ich gegen ihn, wobei meine Hand über sein Shirt strich und auf etwas Warmes, Feuchtes traf. Blut.

»*Dieu*, du blutest.«

»Nicht wichtig.«

»Was, aber –«

»Weiter«, fiel er mir ins Wort und beschleunigte, was in dem Gedränge zunehmend schwerer wurde. Im Laufen blickte ich auf meine Fingerspitzen, rote Spuren leuchteten im grellen Licht der Métro auf. Mein Magen drehte sich um, dann schaute ich ein weiteres Mal über die Schulter. Wer auch immer diese Personen waren, sie hatten ihn verletzt und holten nun mit jedem Meter auf.

»Sie holen auf«, sprach ich meine Gedanken laut aus und konnte nicht verhindern, dass sich Angst in meine Stimme mischte.

Der Fremde mahlte mit den Kiefern. Schweiß glänzte auf seiner Stirn. »Dann müssen wir schneller werden.«

Wir erreichten das Ende des Waggons. Ungehalten hämmerte er auf den Knopf der Automatiktür und stieß einen derben Fluch aus, als er unsere Verfolger im Augenwinkel bemerkte. »Geh auf.«

Mein Herz tat die ganzen drei Sekunden über, die die Tür brauchte, um zur Seite zu gleiten, keinen einzigen Schlag. Erst, als wir wieder losliefen, begann das Donnern von Neuem und pumpte pures Adrenalin durch meinen Körper. Unsere Sneaker trommelten auf den Plastikboden des Zuges, erschrockene Gesichter folgten uns, die ich kaum wahrnahm, weil ich nur an die Sackgasse dachte, die unvermeidlich auf uns wartete.

Himmel, das durfte nicht wahr sein!

Als ich um einen Kinderwagen herumsprang, fing ich einen Blick unserer Verfolgerin auf. Nur, dass es dieses Mal nicht ihre hasserfüllten Züge waren, die mich erschaudern ließen, sondern die Klinge in ihrer zur Faust geballten Hand.

»Oh Gott, die … die hat ein Messer!«

»Die haben noch ganz andere Sachen.«

Ohne langsamer zu werden, stürmten wir durch die Menge,

während die Lautsprecher über unseren Köpfen die nächste Station verkündeten. *Saint-Michel Notre-Dame.* Ich spürte, wie der Zug bremste und der Ruck hätte mich beinahe von den Beinen gerissen, wäre da nicht der Fremde gewesen, der mich reflexartig fester packte und durch die nächste Automatiktür zog. Die Schwärze des U-Bahntunnels wich den Lichtern der Métro-Station, Wartende außerhalb wurden zu bunten Schlieren und der Kerl beschleunigte weiter.

»Was hast du vor?«

Er antwortete nicht, zerrte mich vorwärts, während sich in ein paar Metern Entfernung die Türen mit einem hohen Piepen öffneten.

»Bitte zusteigen«, flog die Ansage durch die Métro, das kleine Licht der Tür wechselte von Grün zu Rot genau in dem Augenblick, in dem wir den Zwischenbereich samt Türen erreichten.

»Raus! Jetzt sofort!«

»Was? – Nein!« Instinktiv stemmte ich die Füße in den Boden, doch gegen seine Kraft – und seine Größe – konnte ich nichts ausrichten. Er riss mich mit sich, als wäre ich nicht mehr als ein störrisches Kind, das ihn von seinem Vorhaben abhielt – und ehrlich gesagt fühlte ich mich auch genauso. Wie ein unwissendes Kind, das in etwas hineingestolpert war, von dem es keine Ahnung hatte. Das zu groß war, um es zu begreifen.

Noch ehe ich ein weiteres Mal hätte protestieren können, beförderte uns der Fremde aus der Métro in das Gewusel des Bahnhofs. Nur einen Herzschlag später schlossen sich die Türen hinter uns.

»Wo zum Teufel willst du hin?« Keuchend sah ich mich um, scannte die vielen Menschen, nur um festzustellen, dass unsere Verfolger ebenfalls rechtzeitig aus dem Zug gestiegen waren. *Merde.*

»Weg von hier.«

»Was du nicht sagst«, knurrte ich und schenkte dem Pärchen, das wir auf der Treppe nach oben so rüde anrempelten, einen entschuldigenden Blick. Im Gegensatz zu mir hielt sich der Fremde nicht mit solchen Banalitäten auf, rannte nur immer weiter auf den Ausgang zu, ohne auf die Leute um sich herum zu achten. Als wären sie ihm schlichtweg egal.

Oder als wäre seine Angst groß genug, um ihn alles andere vergessen zu lassen.

Schwer zu sagen, welche Option mich mehr beunruhigte.

Zwei Treppen und die automatischen Ticketschranken später kamen wir am *Quai Saint-Michel* an die Oberfläche und traten in das letzte Tageslicht. Kleine Buden mit Kunstdrucken von Paris und anderem Schnickschnack säumten den breiten Bürgersteig am Ufer der Seine, im Hintergrund ragte die *Île de la Cité* mit der imposanten Kathedrale *Notre-Dame* auf. Blinzelnd hob ich die freie Hand gegen die tiefstehende Sonne. Ninette und ich waren unzählige Male hier entlanggelaufen, hatten Fotos gemacht und den Anblick genossen, doch jetzt blieb mir kaum Zeit, mich richtig zu orientieren. Resolut führte mich der Fremde über die breite Straße – wobei er den roten Ampeln keinerlei Beachtung schenkte –, direkt in das *Quartier Latin* mit seinen vielen verwinkelten Sträßchen. Und damit in die entgegengesetzte Richtung der Wohnung meiner Eltern.

Stopp. – Meine Eltern.

Abrupt hielt ich an und schaffte es wie durch ein Wunder, den Typen dazu zu bringen, ebenfalls stehen zu bleiben.

»Was an *wir werden verfolgt* hast du nicht verstanden?«, ging er mich an und schob mich im selben Moment in eine schmale Gasse, in der es nach Gebäck und Abfall roch. Eine Mischung, die meinem ohnehin rumorenden Magen nicht sonderlich guttat.

»Gar nichts, okay? Ich verstehe gar nichts. Wer sind diese Leute? Was wollen die von dir und wie kommst du auf die hirnverbrannte Idee, dass die jetzt auch hinter mir her sind? *Mince*, ich kenne noch nicht einmal deinen Namen!« Ich riss mich von ihm los und presste mir eine Hand auf die Brust. Dorthin, wo mein Herz schmerzhaft gegen meinen Brustkorb schlug.

»Kasimir.« In seinen Augen blitzte irgendetwas auf. »Und diese Plage nennt sich *Novas*.«

»Novas?«

Er nickte knapp, als wäre damit alles geklärt, und lugte aus der Gasse, ehe er wieder zu mir schaute. »Ich glaube, wir haben sie abgehängt. Für den Moment.«

Kraftlos sackte ich gegen die Hauswand und fuhr mir über die verschwitzte Stirn. »Das ist doch vollkommen absurd.« Ein leicht irres Lachen brach aus mir heraus, dann schüttelte ich den Kopf. »Erst kommst du mit deinem komischen Hund in den Laden meiner Schwester, dann stiehlst du dieses Kästchen und jetzt werden wir verfolgt?«

Zwischen seinen dunklen Augenbrauen entstand eine steile Falte, während er mich eingehend musterte. »Das alles hängt zusammen. Und es gibt eine Erklärung dafür, aber das ist weder der richtige Ort noch die richtige Zeit.«

»Hast du den Satz aus einem Klischeeverzeichnis? Natürlich ist jetzt die richtige Zeit! Was ist hier los?«

Der Fremde – Kasimir – drehte sich zur Seite und legte den Kopf in den Nacken. »Das kann ich dir nicht sagen. Noch nicht.«

Perplex sah ich ihn von der Seite an und schüttelte den Kopf. »Sicher, du kannst es mir nicht sagen. Natürlich kannst du das nicht, weil du mich sonst töten müsstest, richtig?«

Seine braunen Augen, die in dem durch die Gasse gedämpften Licht dunkler wirkten, richteten sich wieder auf mich. »Die

Sache ist verflucht groß. Und gefährlich. Die Novas …« Zähneknirschend brach er ab, als hätte er bereits zu viel gesagt. »Können wir in Ruhe sprechen? Irgendwo anders?«

Ein nicht zu verachtender Teil von mir wollte sofort zustimmen, der Teil, der mich in der Métro an seine Fersen gekettet und dieses seltsame Summen ausgelöst hatte. Doch glücklicherweise hatte ich meinen Verstand noch nicht vollends eingebüßt. Ich kannte Kasimir nicht, ich wusste nicht, was hier lief und ich würde den Teufel tun und ihm weiß Gott wohin folgen, ohne auch nur einen einzigen Anhaltspunkt zu haben.

Abwehrend verschränkte ich die Arme vor der Brust und kniff die Lippen zusammen. »Vergiss es.«

»Du verhältst dich lächerlich. Warum bist du mir im Zug überhaupt gefolgt?«

»Weil du mich bestohlen hast.«

»Jetzt lass doch mal den dämlichen Duplicator außen vor. Darum geht es überhaupt nicht.« Sein Kiefer arbeitete, dann warf er die Hände in die Luft, wobei er kurz das Gesicht verzog und sich dann an die Seite fasste.

»Ist alles … in Ordnung?«

Hastig ließ er die Hand sinken. »Nur ein Kratzer. Und unabhängig davon, nein, es ist nichts in Ordnung. Du hast keinen verdammten Schimmer, in welcher Lage wir uns befinden, was hier läuft und wie –«

»Und es interessiert mich nicht.« Lüge. »Deine Probleme interessieren mich nicht. Ich will nichts damit zu tun haben.«

Kasimir drehte sich wieder zu mir um. Mit einem Mal war er so nahe, dass ich den Kopf leicht in den Nacken legen musste, um ihn anzusehen. Ein Umstand, der mir echt gegen den Strich ging.

»Das können wir uns nicht immer aussuchen«, stieß er zwischen zusammengebissenen Zähnen hervor.

»Du irrst dich. Ich kann sehr wohl entscheiden, was ich tue und was nicht. Das hier ist ein freies Land und ich bin eine freie Frau. Also lass mich in Ruhe.« Ich funkelte ihn noch einen Atemzug länger an, dann drängte ich mich an ihm vorbei. Doch Kasimir ließ das nicht zu. Sanft, aber bestimmt zog er mich zurück, bis ich wieder an der Hauswand stand, er vor mir, die Arme rechts und links von mir abgestützt.

»Du hast hierbei keine Wahl«, flüsterte er rau, »keiner von uns hat das, Aramena.«

Bei meinem Namen ging ein merklicher Ruck durch mich hindurch, während ich mir seiner Nähe mit einem Mal nur allzu bewusst wurde. Sie kribbelte auf meinem gesamten Körper, wie Strom, der über meine Haut lief.

»Woher kennst du meinen Namen?«

»Ich kann dir alles erklären«, gab er zurück, ohne mich aus den Augen zu lassen. Sein Geruch nach Papier und Sommerregen und Erde stieg mir in die Nase. »In Ruhe. Ich … ich will dir nichts Böses.«

Ich schluckte. »Ich glaube dir nicht.«

Kasimir murmelte etwas in einer fremden Sprache, dann ließ er sichtlich widerwillig die Arme sinken, gab mir etwas mehr Raum, während in seinem Gesicht mehrere Gefühle um die Vorherrschaft rangen. Einen Moment lang wagte ich es nicht, mich zu bewegen, dann machte ich zwei hastige Schritte von ihm weg, wobei ich mir die Tasche an die Brust presste. Ich musste hier weg, ich musste nach Hause und Abstand zwischen ihn und mich bringen, ich –

»*Bitte.*«

Dieses Wort durchbrach meine rasenden Gedanken mühelos. Vielleicht, weil es so geklungen hatte, als würde Kasimir es nicht oft aussprechen. Nicht oft um etwas bitten.

»Lass es mich *bitte* erklären, Aramena.«

Ich zögerte, sah ihn an und bemerkte zum ersten Mal die Verzweiflung in seinen Zügen, die Furcht. Eine Furcht, die nichts mit unserer Flucht zu tun hatte, sondern weiter reichte. Einen anderen Ursprung haben musste, der diese tiefe Spuren in seine Haut grub. Ich atmete laut aus und nickte schließlich.

»Okay.« Ich konnte nicht glauben, dass das einzelne Wort tatsächlich meine Lippen verlassen hatte.

»Okay.« Kasimir nickte ebenfalls und wischte die leichten Blutspuren an seiner Hand ab. »Schlag Ort und Zeit vor, ich werde dort sein.«

Noch immer hin- und hergerissen zwischen Misstrauen und Neugierde überlegte ich einen Augenblick, ehe ich endgültig verlor. »Sonntag, zwölf Uhr mittags im *Jardin du Luxembourg. Statue de la Liberté*.«

Um seine Mundwinkel herum zuckte es aus irgendeinem Grund. »Geschichtsträchtig.«

»*Tais-toi* – Halt die Klappe, sonst überlege ich es mir noch mal anders.« Ich überkreuzte die Arme vor der Brust und blickte zum Eingang der Gasse, als ein Lieferwagen vorbeifuhr. »Also Sonntag.«

»Sonntag.«

Kurz wartete ich, ob er etwas hinzufügen würde, dann neigte ich zum Abschied das Kinn und drehte mich um – als seine Stimme doch noch einmal die gedämpften Stadtgeräusche durchbrach.

»Aramena?«

Ich konnte nicht verhindern, dass sich bei der Art, wie er meinen Namen aussprach, die feinen Härchen in meinem Nacken aufstellten. »Ja?«

»Pass auf dich auf.«

»Du hast dir aber Zeit gelassen. Hat es mit Ninnie doch etwas länger gedauert?«, begrüßte mich *Papa*, als ich mit *Maman* ins Esszimmer kam, und stand auf, um mich in eine seiner Bärenumarmungen zu ziehen.

»Ja, kann man so sagen. Tut mir leid.« Ich drückte mich an seine feste Brust und schloss für einen Moment die Augen. Das hier war real. Meine Familie war real.

»Ach was.« Mein Vater gab mich wieder frei und deutete auf den Platz neben Esther, die gerade ihren Weißwein abstellte. »Setz dich, wir haben mit dem Essen auf dich gewartet.«

»Danke.« Lächelnd ließ ich mich neben ihr nieder, während unsere Eltern in die angrenzende Küche verschwanden.

»Alles okay, Remy?« Essie musterte mich mit ihrem typischen Große-Schwestern-Blick und rümpfte dabei ihre schmale Nase, sodass die filigrane goldene Brille ein wenig verrutschte.

Ich griff nach dem Wasserglas vor mir und nickte. »Sicher. Ninnie und ich haben uns nur verquatscht.«

Die kleine Lüge stach ein bisschen, aber ich würde ihr oder meinen Eltern ganz sicher nichts von Kasimir oder diesen Novas erzählen. Sie glaubten auch so schon, dass mir manchmal der Blick für die Realität fehlte, nicht zuletzt, weil ich lieber Haushaltsgeräte im Hinterzimmer reparierte, als die Einladung mit Schleife der *Sorbonne* anzunehmen.

Sichtlich skeptisch schob sie sich ihre Brille wieder hoch. »Wenn du meinst. Ich kann dir jedenfalls am Gesicht ablesen, dass irgendetwas nicht stimmt. Außerdem hast du gerade an die Decke geschaut, was immer ein sicheres Zeichen dafür ist, dass du lügst.«

»So ein Blödsinn.«

»Das ist eine todsichere Entlarvungsmethode.«

Ich stieß sie unterm Tisch leicht an und nahm einen Schluck von meinem Wasser. »Woher hast du das? Aus einem deiner Floristenmagazine?«

Gespielt beleidigt schnitt sie eine Grimasse. »Du würdest nicht so abfällig darüber sprechen, hättest du auch nur ein einziges davon gelesen, Remy.«

»Haha.«

»Ist doch so.«

»Wenn ich euch so reden höre, vergesse ich glatt, dass ihr inzwischen erwachsene junge Frauen seid«, kommentierte *Maman* unser liebesvolles Gezanke, die in diesem Moment mit zwei großen Tellern zurückkam. Der Geruch von gebackenem Gemüse und Kartoffeln stieg mir in die Nase.

»Manches ändert sich eben nie«, erwiderte ich und machte etwas Platz, damit sie das Essen abstellen konnte. Papa brachte nur einen Moment später die Kasserolle mit der Soße und Putenmedaillons und damit war das gemeinsame Abendessen offiziell eröffnet. Glücklicherweise wurden meine Verspätung und Essies zutreffende Vermutung danach nicht mehr erwähnt, als wir über das *Bouquet de la Rose* und Mamans neusten Geschichten aus dem Krankenhaus sprachen. Wie immer beschwerte sich unser Vater, der als Kunsthistoriker wenig mit Medizin am Hut hatte, ein wenig über die OP-Anekdoten und revanchierte sich kurz darauf mit Storys aus dem *Musée d'Orsay*, in dem er arbeitete. Während wir aßen, eine Flasche von Mamans Lieblingswein leerten und uns auf den neusten Stand brachten, rückten die Ereignisse des letzten Tages immer weiter in den Hintergrund. Als hätte es die Verfolgungsjagd in der Métro nicht gegeben, als hätte ich nicht zugestimmt, mich am Sonntag mit einem völlig Fremden im Park zu treffen.

Als wäre mir Kasimir in dieser Gasse nicht viel zu nahe gekommen.

Doch als ich später in meinem alten Kinderzimmer auf der gepolsterten Fensterbank saß und ruhelos auf das nächtliche Paris schaute, kehrten die Bilder und Gedanken mit einer Klarheit zurück, die mir jede Chance auf Schlaf raubte. Immer wieder sah ich Kasimirs braune, eindringliche Augen vor mir, die junge Frau mit dem Pixiecut und das, was in ihren Zügen gelegen hatte. Diese Wut. Rache. Hass.

Wo zur Hölle war ich da hineingeraten? Und warum hatte ich es nicht einfach gut sein lassen können? Warum hatte ich diesem Treffen zugestimmt?

Weil irgendetwas von dem, was in Kasimirs Worten gelegen hat, in mir nachhallt.

Mit einem unterdrückten Fluchen rieb ich mir über die Nasenwurzel. Vielleicht sollte ich nicht zu diesem Treffen gehen. Vielleicht war es ein Fehler, noch weiter in diese ganze Sache hineinzugeraten.

Doch was, wenn nicht?

Er kannte meinen Namen, er hatte mich angesehen, als wäre ich ihm nicht fremd, als würde … als würde er mich kennen und das fühlte sich wie eine erste Antwort an, nach der ich unbewusst seit einer Ewigkeit suchte.

Wie von selbst wanderten meine Finger zu dem kleinen goldenen Zahnrad, das an einer Kette um meinen Hals baumelte. Es war lächerlich, auch nur einen einzigen Sekundenbruchteil lang zu glauben, Kasimir hätte irgendetwas mit meiner Vergangenheit zu tun. Meiner wahren Herkunft und dennoch … bekam ich dieses Gefühl nicht mehr aus dem Kopf. Ein gefährliches Gefühl.

Hastig, als hätte ich mich an dem Zahnrad verbrannt, ließ ich es los und heftete meinen Blick auf den funkelnden Eiffelturm, den man selbst von hier aus sehen konnte. Träge drehte sich das Licht auf seiner Spitze im Kreis, beleuchtete immer nur einzelne Teile der Stadt, während andere in Dunkelheit blieben.

Ich irrte mich in Bezug auf Kasimir.

Ich musste mich irren.

Doch was, wenn nicht?

Kapitel 10

1. Arrondissement, Paris

Sim

»Das kann einem ziemlich den Morgen versauen, was?«

Ich blieb vor der Tür stehen, hinter der mein Zimmer im Untergrund lag, und wandte mich zu Ludwig um, der lässig an der unebenen Tunnelwand lehnte. »Ich war mir sicher, Corbin würde Vater jeden Moment den Hals umdrehen, als er um Geduld gebeten hat.«

»Die Chancen standen nicht schlecht.« Achselzuckend öffnete ich und ließ meinen Bruder eintreten, ehe ich die Tür hinter uns verschloss. Sofort sprang die indirekte Beleuchtung an, die in die hohe Felsdecke eingelassen worden war, und tauchte mein Zimmer in warmes, goldenes Licht. »Diese sinnlosen Versammlungen rauben uns nur wertvolle Nerven.«

»Nerven, die wir lieber in die Sache mit Aramena Benoit investieren sollten? Denn das steckt doch hinter *Papas* Worten zu Geduld, oder?« Eine Augenbraue gehoben, ließ sich Ludwig auf meinen breiten Ohrensessel fallen, der umgeben von Bücherregalen eine Ecke meines Refugiums hier unten dominierte.

Ich begann, mein Hemd aufzuknöpfen und lief zu dem großen

Kleiderschrank, der meinem breiten Bett gegenüber stand. »Wir sollten sie aus der Sache raushalten, solange wir nicht mehr über sie in Erfahrung gebracht haben. Da sind Vater und ich einer Meinung.«

»Ach komm, wir wissen beide, dass du nicht so versessen auf dieses Mädchen wärst, wenn du wirklich Zweifel an der Sache hättest.«

Zähneknirschend sah ich für einen Moment zu meinem jüngeren Bruder, der gedankenverloren in einer alten, annotierten Ausgabe von *Emma* blätterte. »Ich bin nicht versessen, Lu. Ich gehe nur jeder Möglichkeit nach, die uns den Hintern retten könnte.«

Außerdem hat mir der verborgene Teil meiner Gabe ihren Namen zugeflüstert. Dieu.

»Gesprochen wie ein wahrer Weltenschreiber.«

»*Casse-toi.*«

»Hab dich auch lieb, Bruderherz.« Ludwig formte einen Luftkuss, den ich zu meinem Bedauern noch mitbekam, bevor ich mich wieder meinem Kleiderschrank widmete. Achtlos pfefferte ich mein Hemd in das unterste Fach und zog stattdessen ein sauberes, weißes Shirt hervor. In weniger als einer Stunde würde ich mich mit Aramena im *Jardin du Luxembourg* treffen und noch hatte ich keine Ahnung, wie ich irgendwelche Informationen aus ihr herausbekommen sollte, ohne etwas über die Mondia oder uns zu verraten. Und uns lief verdammt noch mal die Zeit davon.

Hinter mir klappte Ludwig geräuschvoll das Buch zu und durchmaß den geräumigen Raum, bis er direkt neben mir stand. »Hat *Papa* dir noch irgendetwas gesagt? Darüber, wie lange wir noch haben?« Die Frage kam ihm ungewöhnlich leise über die Lippen. Lu war schon immer ein lauter Charakter gewesen, jemand, der sich gerne auflehnte und nicht darum scherte, was andere von ihm dachten. Eine Eigenschaft, die ich bewunderte.

Und die mich manchmal vergessen ließ, dass sich darunter ein sensibler und viel zu kluger Geist verbarg.

Ich schloss die Tür meines Kleiderschranks und schüttelte den Kopf. »Nein, ich weiß nicht mehr als du und der hitzigen Diskussion heute Morgen nach zu urteilen, waren *Papas* und Corbins Bemühungen, nach Antworten in den Regalreihen der Mondia zu suchen, erfolglos.«

»Ich verstehe nicht, warum uns die Bibliothek nicht hilft. Sie muss doch wissen, was ihr bevorsteht.« Tiefe Furchen durchzogen seine Stirn, als er sich gegen die Wand sinken ließ. »Sie ist das klügste Wesen dieser Welt.«

Einen Herzschlag lang sah ich ihn an, weil mir exakt diese Gedanken heute Nacht wieder und wieder durch den Kopf gegangen waren.

Die Mondia – die Weltenbibliothek – war nicht einfach nur eine wortwörtlich endlose Ansammlung von Büchern in einer weitverzweigten Höhle, deren genaue Ausmaße niemand kannte. Sie war ein lebendes, denkendes Wesen mit einem Herzen aus Zahnrädern, für das uns bis heute jedwede Erklärung fehlte. Keiner von uns wusste, wie genau die Mondia funktionierte. Niemand konnte sagen, warum die meisten Erstausgaben sämtlicher jemals erschienenen Bücher dieser Welt wie von Zauberhand in ihre Regale gelangten, während wir die übrigen aufspüren und selbst in die Mondia bringen mussten. Was wir aber mit Sicherheit wussten, war, dass die Erde auf dem Gerüst der Mondia ruhte. Dass jedes Buch an der richtigen Stelle stehen, dass sie vollständig sein musste, um das Gleichgewicht zu wahren. Und dass es für dieses Gleichgewicht mindestens eine Ripari brauchte, die das Herzstück – das Uhrwerk – im richtigen Takt hielt.

»Ich schätze, das ist eines ihrer unzähligen Mysterien.«

Ludwig gab einen abfälligen Laut von sich. »Das ist kein Mysterium, das ist schlichtweg dämlich. Die Mondia lässt freiwillig zu, dass unsere Welt den Bach runtergeht. Wo ist da der Selbsterhaltungstrieb?« Einer meiner Mundwinkel hob sich, jetzt, wo mein Bruder wieder ein wenig mehr wie er selbst klang. »Vielleicht solltest du statt *Papa* und Corbin nach Antworten suchen, Sim.«

»Wie kommst du darauf?« Ich ging zu meinem Schreibtisch und schob ein paar Sachen in meine Tasche. »Was sollte das ändern?«

»Du willst nicht wirklich, dass ich es ausspreche, oder? Dein Ego ist auch so schon groß genug«, erwiderte Ludwig, nachdem er sich auf der Kante der Tischplatte niedergelassen hatte. »Aber gut, ich sage es gerne noch einmal: Du bist einer der mächtigsten Weltenschreiber unserer Zeit. Im Gegensatz zu Vater und unserem Onkel hast du einen Silbenspringer, das ist seit Jahren nicht mehr vorgekommen, und du … du hast einfach eine andere Verbindung zur Mondia.«

Angespannt betrachtete ich meinen Bruder und konnte nicht verhindern, dass Nervosität in mir aufstieg. Hatte doch jemand von meiner Fähigkeit, Worte zu sehen, erfahren? »Was meinst du?«

»Ich habe *Papa* darüber reden hören. Dass du schon vor der offiziellen Initiation die Fähigkeiten der Weltenschreiber beherrscht hast – Lesen können, ohne es jemals lernen zu müssen, alle Sprachen sprechen, ganz gleich, ob lebendig oder ausgestorben – mal abgesehen davon, dass du die Mondia bereits öffnen konntest, als du noch kein Signo hattest.« Seine Stimme war leiser geworden, sein Blick eindringlicher. »Das muss etwas bedeuten. Du bist anders.«

Großartig, selbst unter den Ungewöhnlichen bist du der Freak.

Wie auf Knopfdruck begann mein Signo zu kribbeln; das Zeichen der Weltenschreiber, das mit schwarzer Tinte unter die Haut zwischen meine Schulterblätter gestochen worden war.

»*N'importe quoi!* – Quatsch. Wir können alle dasselbe. Keine große Sache und Dot ist nicht mehr als ein glücklicher Zufall. Du hättest genauso gut einen Silbenspringer bekommen können.«

»Habe ich aber nicht. Und wenn das alles so *gewöhnlich* ist, warum hat Vater dann etwas von einer besonderen Gabe gesagt, die er bei dir vermutet?«

Fuck, Papa *vermutet etwas?* »Besondere Gabe? Die hätte sich längst gezeigt, meinst du nicht? – Vergiss das einfach, ich bin nicht der Schlüssel zur Lösung, Lu.« Ich winkte ab und hängte mir die Tasche um. »Die Einzige, die irgendetwas verändern kann, ist Aramena. Hoffentlich.«

»Manchmal habe ich wirklich das Gefühl, dass ich der Ältere und Weisere von uns beiden bin.«

»Träum weiter.« Grinsend stieß ich meine Faust gegen seine Schulter und wandte mich dann zur Tür. Sofort kehrte die Anspannung in meine Glieder zurück. »Wünsch mir lieber Glück.«

»Wir brauchen kein Glück. Wir brauchen ein verdammtes Wunder, Sim.«

6. Arrondissement, Paris

Der Park war hoffnungslos überfüllt. Auf jeder Grünfläche saßen Freunde und Familien zusammen und genossen die Sonne. Kinderwägen wurden über die hellen Kieswege geschoben und das Stimmengewirr unzähliger Menschen lag in der heißen Luft. So viel zum Thema *ein ruhiger Platz zum Reden.* Aber vermutlich hatte Aramena den Ort gerade deswegen ausgesucht und ehrlich gesagt konnte ich ihr das nicht verdenken. Sie wusste nicht, wer ich war, sie hatte keinen Grund, mir zu vertrauen und ich hatte gesehen, wie sehr die Sache am Freitag sie mitgenommen hatte. Vermutlich konnte ich froh sein, wenn sie überhaupt auftauchte.

Ein weiteres Mal ließ ich den Blick von meiner Bank aus über die Wege schweifen und zog dann einen Fuß auf mein Knie. Aramena war bereits fünfzehn Minuten zu spät und langsam verließ mich die Hoffnung. *Merde,* vielleicht hätte ich sie am Freitag doch nicht gehen lassen sollen. Wenn sie wirklich eine Ripari war, unsere letzte Chance, dann –

»Salut.«

Ich blickte abrupt auf und hob eine Hand vor meine Augen, um Aramena gegen die Sonne zu erkennen. Sie stand einen knappen Meter von mir entfernt vor der Bank, anders als beim letzten Mal trug sie heute ein dunkelblaues T-Shirtkleid, das ihr bis zur Mitte der Oberschenkel reichte, und hatte einen dünnen gestreiften Pullover um ihre Hüfte gebunden. Ihre langen Haare, die irgendwo zwischen braun und dunkelblond changierten, fielen ihr offen über die schmalen Schultern und ich brauchte einige Sekunden, um sie mit dem aufgebrachten Mädchen aus der Métro in Einklang zu bringen.

»Du bist gekommen«, kam es mir verzögert und wenig eloquent über die Lippen, ehe ich mich an meine Manieren erinnerte und aufstand. Ein weiteres Mal fiel mir auf, dass sie mir kaum bis zum Schlüsselbein reichte.

Ihr Mund kräuselte sich leicht. »Ich kann es selbst kaum glauben.«

Da sind wir schon zu zweit. Ich räusperte mich vernehmlich und deutete dann auf die Bank. »Wollen wir uns setzen?«

Kurz zögerte Aramena, dann nickte sie und ließ sich mit mir nieder. Wir hielten Sicherheitsabstand, dennoch spürte ich ihre Anspannung wie ein elektrisches Sirren um uns herum.

»Also, ich bin hier, was … was machen wir jetzt? Wo fangen wir an?«

»Ich schulde dir einige Erklärungen, vielleicht stellst du deine Fragen und ich versuche, dir Antworten zu geben.«

Eine ihrer geschwungenen Brauen wölbte sich nach oben. »Du *versuchst*?«

Das fing ja gut an. Dabei fiel es mir auch so schon schwer genug, sie nicht einfach zu packen und in den Untergrund zu schleppen, um zu sehen, ob sie eine Ripari war oder nicht. Ob ich mich geirrt hatte. Aber mein Vater hatte recht, zuerst musste ich mehr über Aramena in Erfahrung bringen.

»Das alles ist sehr komplex und gefährlich«, begann ich, woraufhin sie erwiderte: »Ich weiß, das sagtest du bereits.«

Seufzend strich ich mir ein paar Strähnen aus der Stirn. »Was willst du wissen?«

Nachdenklich zog sie die Unterlippe zwischen die Zähne, als gäbe es zu viele Fragen, um sich für eine erste zu entscheiden, dann sackten ihre Schultern ein wenig herab. »Woher kennst du meinen Namen?«

Überrascht musterte ich sie. *Das* wollte sie als Erstes wissen? »Ich habe recherchiert und dich auf der Webseite deiner Schule und der des Blumenladens gefunden.«

»Verstehe.« Aramena schien beinahe enttäuscht, ohne dass ich hätte sagen können, warum. »Und wieso hast du recherchiert?«

Ich heftete meinen Blick auf die kleinere Version der Freiheitsstatue vor uns und drehte den filigranen silbernen Ring an meinem kleinen Finger. »Du hast mich neugierig gemacht. Wegen dem Kästchen«, schob ich eilig hinterher – nicht, dass sie mein Interesse noch falsch verstand. »Dieser Stromschlag … Ich versuche herauszufinden, was es damit auf sich hat.«

»Also hast du das auch gespürt?«

Ich nickte. »Ist dir so etwas schon einmal passiert?«

»Nein. Genauso wenig, wie ich schon mal von einer Frau mit Messer durch die Métro gejagt oder von einem Fremden in einer Gasse gegen die Wand gedrückt wurde.« *Touché.* »Du hast gesagt, das alles würde zusammenhängen – wie?«

Tja, wie sollte ich das erklären, ohne mich zu weit aus dem Fenster zu lehnen? Zumal ich noch immer nicht das Geringste über sie in Erfahrung gebracht hatte. »Diese Leute – die *Novas* – haben seit sehr langer Zeit ein Problem mit meiner Familie. Dabei sind schon Menschen umgekommen, deswegen habe ich im Zug so … rasch gehandelt.«

Ihre peridotgrünen Augen wurden groß. »So was wie die Mafia?«

»Wenn es das für dich leichter zu fassen macht, ja. Aber im Grunde geht es um etwas ganz anderes. Nur kann ich dir das nicht sagen, solange ich nicht sicher bin, wer du bist.« *Merde.* Klang das nur in meinen Ohren so dämlich?

Aramena rümpfte die Nase und zupfte am losen Ärmel ihres Pullovers herum. »Was soll das heißen?«

»Genau das, was ich gesagt habe. Ich habe … das Gefühl, dass du ein Teil davon bist.«

Wenn überhaupt möglich, wurde ihre Miene noch ungläubiger. »Weil ich dir einen Stromschlag verpasst habe?«

»*Nom de Dieu.* Nicht nur deswegen, aber auch.«

»Ich weiß nicht, ob es dir aufgefallen ist, aber das ergibt vorne und hinten keinen Sinn. Statt irgendetwas zu erklären, wirfst du mir nur noch mehr Fragen vor die Füße, Kasimir.«

»Sim«, verbesserte ich. »Meine Freunde nennen mich Sim.«

»Sind wir das denn?« Mit leicht schief gelegtem Kopf musterte sie meine Züge, als würde sie darin alle meine Geheimnisse erkennen können und dennoch nicht verstehen.

Schulterzuckend wich ich ihrem eindringlichen Blick aus, der mich aus irgendeinem Grund aus der Fassung brachte. »Das überlasse ich ganz dir.«

Ein freudloses Lachen sprudelte aus ihr heraus. »Herzlichen Dank. Also, entweder du gibst mir jetzt ein paar klare Antworten oder dieses Treffen hier ist beendet, *Sim*. In meinem Leben gibt es schon genug ungeklärte Dinge, da brauche ich nicht noch mehr Chaos.«

Ihre Worte ließen mich aufhorchen. »Was meinst du mit ungeklärten Dingen?«

»Wir kennen uns definitiv nicht gut genug, um dir mein Herz auszuschütten«, gab sie kühl zurück und ich konnte es ihr nicht einmal verübeln. Ich versagte bei dieser Mission auf ganzer Linie und ich hatte keinen blassen Schimmer, wie ich das Rad herumreißen sollte. Mir blieb keine Zeit, um ihr die Möglichkeit zu geben, mich richtig kennenzulernen, mir zu vertrauen, wir hatten verdammt noch mal keine Zeit.

»Diese Leute haben meine Schwester getötet«, sagte ich im nächsten Moment. »Deshalb habe ich dich am Freitag mitgeschleppt. Sie haben dich mit mir gesehen und das … Ich wünschte, es hätte einen anderen Weg gegeben.«

Aramena öffnete den Mund und schloss ihn wieder, ehe sie die Brauen zusammenzog. »Das mit deiner Schwester tut mir sehr leid.«

»Danke«, würgte ich hervor und senkte den Blick. »Es geht um vieles. Es geht um Dinge, die die ganze Welt betreffen und seit Hunderten von Jahren als das größte Geheimnis der Menschheit gehütet werden, deswegen … muss ich mir bei dir einfach sicher sein, Aramena.«

»Remy.«

Ich sah wieder auf.

»Meine Freunde nennen mich Remy«, präzisierte sie. Da war kein Lächeln, aber zumindest schien sich die Mauer zwischen uns ein wenig gesenkt zu haben. »Und ich … ich wurde mit einem halben Jahr adoptiert. Ich kenne meine leiblichen Eltern nicht. Das habe ich mit ungeklärten Dingen gemeint.«

Mein Herz geriet ein paarmal stolpernd aus dem Takt. *Adoptiert?* Das …

»Versteh mich nicht falsch, ich liebe meine Familie – sie ist großartig und hat mir nie das Gefühl gegeben, nicht dazuzugehören, aber … die Fragen bleiben trotzdem.«

Nachdenklich nickte ich, während sich die Schatten in ihrem Gesicht verdichteten. »Du hast keine Ahnung, woher du stammst?«, wagte ich mich vorsichtig vor, weil ich ihr nicht zu nahe treten wollte. Falls ich das nicht schon längst getan hatte.

Kopfschüttelnd fummelte sie an ihrem Ausschnitt herum und förderte eine goldene Kette zutage. Eine Kette, an der ein kleines goldenes Zahnrad hing, das kaum größer als eine Euromünze war. Und verdammt vertraut schien. Wie ein winziger Splitter meiner Welt.

»Mehr Hinweise gibt's nicht. Nur dieses nichtssagende Zahnrad, das alles bedeuten –« Remy unterbrach sich selbst, als sie meine veränderte Körperhaltung bemerkte. »Was ist?«

Wie hypnotisiert starrte ich auf den Anhänger und konnte nicht verhindern, dass sich meine Gedanken überschlugen. Dass ihre leiblichen Verwandten ihr ausgerechnet ein kleines unscheinbares Zahnrad als Kette hinterlassen hatten, konnte kein Zufall sein. Das Uhrwerk der Mondia bestand aus Zahnrädern, Zahnräder waren das Zeichen der Ripari – nur wie passte Aramena in dieses Bild?

»Sim?«

»Du weißt wirklich gar nichts über deine Eltern?«

»Nein. Absolut gar nichts.« Sie ließ die Kette wieder in ihrem Ausschnitt verschwinden. »Sag schon, was ist los?«

»Hast du … hast du schon mal etwas von der Familie Hyde gehört? Von einer Cassandra Hyde?« Ich senkte die Stimme, weil sich das Aussprechen dieser Fragen anfühlte, als würde ich gegen sämtliche Gesetze meiner Leute verstoßen. Gesetze, die es aus gutem Grund gab.

Ratlos faltete sie die Hände im Schoß. »Nein. Sollte ich?«

»Ich weiß nicht«, gab ich ehrlich zurück und stieß den Atem aus. So kamen wir nicht weiter. Ich musste Aramena in den Untergrund bringen, Risiko hin oder her.

»Sim, wenn du mir irgendetwas verschweigst – und das tust du ganz offensichtlich –, dann wäre jetzt der richtige Zeitpunkt, um mit der Sprache rauszurücken.« Ein merkliches Beben lag in ihren Worten. »Du hast mir Antworten versprochen.«

Fahrig fuhr ich mir durch die Haare, die vermutlich längst in alle Richtungen abstanden. »Ich kann im Augenblick wirklich nichts mit Sicherheit sagen, aber es gibt eine Möglichkeit … mehr herauszufinden.«

»Worüber?«

»Ob meine Vermutungen stimmen.«

»Hör endlich auf, in Halbsätzen ohne Inhalt zu antworten.«

Mince, diese Frau machte mich noch wahnsinnig und gleichzeitig kam ich nicht umhin, sie für ihre Beharrlichkeit zu bewundern. Und für ihre Stärke. Ich mochte Aramena Benoit noch nicht lange kennen, aber schon nach diesen paar Minuten mit ihr wusste ich, dass sie eine innere Kraft in sich trug, von der andere nur träumen konnten. Ich sah es in ihrer Haltung, an der Art, wie sie über die großen Fragen ihres Lebens sprach – als würde sie seit Jahren ohne Erfolg kämpfen und dennoch nicht eine Sekunde darüber nachdenken, aufzugeben. Und das war der Inbegriff von Stärke.

»Meine Vermutungen deine Herkunft betreffend, Remy. Ich kann dir nichts Genaueres sagen, aber es besteht die Chance, dass ich weiß, woher du kommst. Wer du bist.«

Die Farbe wich auf einen Schlag aus ihren Zügen. »Wie ist das möglich?«, wisperte sie.

Ich schüttelte den Kopf. »Das müssen wir erst noch herausfinden. Aber wenn du erlaubst, dann werde ich versuchen, die Sache zu klären. Es gibt einen Ort, der mehr weiß als ich. Mehr als wir alle.«

»Du sprichst in Rätseln.«

»Sie sind meine Sprache.«

Ein winziges, zaghaftes Lächeln schlich sich auf ihre Züge und ließ das Grün ihrer Augen heller erscheinen. Und irgendetwas daran machte es mir schwer, wegzuschauen. Da war ein Leuchten, das mir das Gefühl gab, ihr vertrauen zu können. Ihr meine Welt zeigen zu können.

Ein gefährliches Gefühl in Anbetracht unserer Lage.

Hastig wandte ich den Blick ab und wischte meine Hände an der Hose ab. »Dieser Ort existiert wirklich und ich kann dich hinbringen, wenn du –«

»Sim!«

Mein Name durchschnitt die Parkgeräusche um uns herum wie Stahl, nur einen Sekundenbruchteil später tauchte Ludwig vor uns auf. Rote Flecken prangten auf seinen Wangen und das hellblaue Hemd, über dem er selbstverständlich Hosenträger trug, war verschwitzt und klebte an seinem Oberkörper.

»*Putain de merde*, kannst du nicht einmal dein beschissenes Handy anlassen?!«, fuhr er mich an und hielt sich erst gar nicht mit einer Begrüßung auf.

Verständnislos sah ich ihn an und erhob mich. »Was ist los, Lu?«

»Der Teufel ist los, die Bib-« Mein Bruder geriet ins Stocken, als Aramena neben mir aufstand und ihn mit verschränkten Armen fixierte. »Du hast sie also gefunden.«

»*Bitte?* – Wer ist das, Sim?«,

Aufgebracht stieß ich den Atem aus. »Remy, das ist mein jüngerer Bruder Ludwig. Ludwig, das ist –«

»Freut mich, aber das müssen wir auf später verschieben. Wir haben gerade ein ganz anderes Problem.«

Bei der Panik in seinen Worten spannte ich mich unwillkürlich an. »Was für ein Problem?«

Ludwig ballte die Hände zu Fäusten und blickte an mir vorbei. Genau in dem Moment, in dem wie aus weiter Ferne ein dumpfer Knall ertönte.

In dem sich in meinem Inneren etwas verschob.

In dem er mit unheilvoller Stimme verkündete: »Die Mondia hat sich verschlossen, Sim. Es hat begonnen.«

Zweiter Teil

»Der Anfang vom Ende«

Kapitel 11

6./1. Arrondissement, Paris

Remy

Es war eine Kurzschlussreaktion gewesen, aber letztlich hatte mir in diesem Moment die Zeit gefehlt, wirklich nachzudenken. Ich hatte keine Zeit gehabt zu überlegen, was ich machen sollte, was Ludwigs Worte, die wie eine Zeile aus einem dystopischen Film klangen, bedeuteten. Ich hatte keine Zeit gehabt, verschiedene Optionen durchzugehen. Nur diesen einen Augenblick, in dem sich alle im Park nach Norden gedreht hatten, dorthin, wo eine gewaltige Rauchwolke in den Himmel über Paris aufgestiegen war, um eine Entscheidung zu treffen.

Reflexartig hatte ich Sims Hand, die er mir entgegengehalten hatte, ergriffen und mich von ihm aus dem *Jardin du Luxembourg* ziehen lassen, während um uns herum blanke Panik ausgebrochen war. Ludwig war vorausgerannt, hatte uns einen Weg durch die Menschen gesucht, die plötzlich alle durcheinanderrannten, und ich war zu nicht mehr imstande gewesen, als hinter ihnen herzulaufen. Während sich der Himmel weiter verdunkelte, während die Wolke immer größer wurde, während keiner wusste, was vor sich ging und die Angst dick und schwer in der Luft lag.

Ich hatte kaum mitbekommen, wie wir die *Rue d'Assas* entlanggestürmt waren, hatte mich nur darauf konzentriert, nicht zu stürzen oder Kasimirs Hand loszulassen. Und in Anbetracht der Tatsache, dass um uns herum das reinste Chaos ausgebrochen war, war mir das bereits wie ein Ding der Unmöglichkeit vorgekommen.

Erst als die Métro-Station *Port-Royal* vor uns auftauchte, kehrte ich in die Realität zurück, die in den vergangenen Minuten an mir vorbeigerauscht war.

»Falls der Zug nicht fährt, nehmen wir den Tunnel«, rief uns Ludwig über seine Schulter zu und sprang leichtfüßig über die Ticketschranke.

»Die Tunnel? Das dauert eine verfluchte Ewigkeit.« Kasimir kletterte ebenfalls über die Schranke und half mir. »So viel Zeit haben wir nicht.«

»Hast du eine bessere Idee, Sim?«

Augenscheinlich nicht, denn er kniff bloß die Lippen aufeinander und folgte seinem Bruder durch das dichter werdende Gedränge. Langsam, aber sicher begann ich die Métro wirklich zu hassen.

Wie sich herausstellte hatte es die Katastrophe, die sich oben abspielte, noch nicht bis hier runter geschafft, denn die U-Bahn fuhr genau in dem Moment ein, als wir den Bahnsteig erreichten.

»Ihr wollt wirklich in Richtung der Rauchwolke?!« Entsetzt schüttelte ich den Kopf und versuchte, meine Finger aus Sims Hand zu lösen. Keine Chance.

»Nein, *ma crevette*, nicht nur in die Richtung – wir wollen direkt dorthin.« Ludwig hatte die Nerven mir zuzuzwinkern, ehe er sich in die Bahn schwang.

»Seid ihr irre?!«

»Nicht hilfreich, Lu«, knurrte Sim und schob mich in die Métro in Richtung *Notre-Dame*, nur einen Herzschlag, bevor sich die Türen hinter uns schlossen. Eingepfercht zwischen Ludwig und Sim und all den anderen Menschen, spürte ich meinen Puls beinahe unnatürlich laut in meiner Brust.

Was ist da gerade passiert?

Was tun wir hier?

Ich biss die Zähne aufeinander und erwischte Sim dabei, wie er mich mit verkniffener Miene anschaute. Noch immer hielt er meine Hand in seiner und auch wenn ich ihn kaum kannte, gerade war ich froh darüber. Ich war froh, dass ich mich an irgendetwas festhalten konnte, während sich die Welt um mich herum drehte und ich nicht einmal sagen konnte, warum. Gehetzt sah ich mich um. Sah Menschen, die mit erstarrter Miene auf ihre Handys schauten, sah Menschen, die noch nicht wussten, was vor sich ging, sah Ludwig und Kasimir, die nicht in dieses Bild passten, in keine Schublade passten und dennoch greifbarer wirkten als alles andere.

»Was ist geschehen?«, flüsterte ich. »Was hat das alles zu bedeuten?«

Sims Kiefer spannte sich an, dann schüttelte er den Kopf. »Der Untergang der Welt hat begonnen. Und wir befinden uns mittendrin.«

»Ich habe nicht um eines deiner Rätsel gebeten.«

»Das war kein Rätsel, sondern die verdammte Wahrheit. Die Welt –«

Was auch immer Kasimir hatte antworten wollen, ging in diesem Moment in der Durchsage der U-Bahn unter: »*Unser Zug endet an der Station* Luxembourg. *Bitte steigen Sie alle aus, begeben sich zu den Ausgängen und vermeiden Sie die Umgebung Notre-Dame. Ich wiederhole …*«

»*Zut!*«, stieß Ludwig hervor, als die Métro abrupt zum Halten kam. »Ich hoffe, du hast die Karte im Kopf, Sim.«

Zu dritt stiegen wir als Teil der Masse aus und wären da nicht noch immer Kasimirs warme Finger gewesen, wäre ich schlichtweg von der Menge verschluckt worden. Ich fühlte mich, als wäre ich in einen Mahlstrom geraten, der an mir riss, mich zusammen mit meinen kreisenden Gedanken immer weiter in seinen bodenlosen Abgrund zog und das Einzige, was mich im Hier und Jetzt verankerte, war ironischerweise ein junger Mann, den ich kaum kannte.

Unwillkürlich drückte ich Sims Hand fester. »Welche Karte? Was ist mit *Notre-Dame*?«

»Sobald wir in den Tunneln sind, erkläre ich es dir«, gab Sim bemüht ruhig zurück, nur bewirkte das bei mir das exakte Gegenteil. Genau wie die Tatsache, dass wir nicht wie alle anderen zu den Ausgängen liefen, sondern uns entgegen der Menge tiefer in den Bahnhof kämpften.

»Was für Tunnel?«

Ein leicht irres Funkeln schimmerte in Ludwigs Augen, als er sich zu mir umwandte. »Ich werde das so was von genießen.«

»Halt die Klappe, Lu! – Hier links.« Kasimir stieß einen Mülleimer beiseite und zog mich mit sich zu einem Durchgang, der in die geflieste Wand eingelassen und kaum breiter als er selbst war. Es roch nach Urin und anderen Dingen, über die ich lieber nicht nachdenken wollte und mehrmals spürte ich Spinnweben auf meiner Haut.

»Hatte ganz vergessen, wie viel Spaß die unautorisierten Eingänge machen«, murmelte Ludwig, doch anders als zuvor klang er jetzt nur noch halb so amüsiert. Vielleicht, weil die Wände mit jedem Meter näher zu kommen schienen. Nach dreißig weiteren Schritten endete der stinkende Gang unvermittelt an einer verkratzten Metalltür ohne Klinke oder erkennbares Schloss. Eine Sackgasse.

»Was jetzt?« Keuchend sah ich zurück und erkannte in weiter Ferne den winzigen Lichtfleck, von wo aus wir gekommen waren.

Ludwig trat von hinten näher an mich heran, sodass seine Lippen beinahe mein Ohr streiften, als er erwiderte: »Pure Magie, *ma crevette.*«

Ich wollte ihm gerade sagen, was ich ihm antun würde, sollte er mich noch einmal *meine Garnele* nennen, als etwas anderes meine Aufmerksamkeit fesselte. Kasimir hatte meine Finger freigegeben und seine linke Hand flach auf das Metall gelegt, das nun … unter seiner Berührung zu *glühen* begann.

Was zum …?

Ein Klacken hallte durch die Stille, dann das Rattern eines komplizierten Mechanismus. Instinktiv hielt ich die Luft an, während das Glühen immer heller wurde und dann auf einen Schlag erlosch. Nur einen Sekundenbruchteil, bevor sich die Tür öffnete.

»*C'est pas possible*«, flüsterte ich und stolperte vorwärts, als mir Ludwig einen leichten Schubs verpasste.

»Und das ist erst der Anfang.«

Anders als erwartet, umfing mich hinter der Tür keine endlose Schwärze, sondern ein erleuchteter Gang, der mich an die Tunnel der Katakomben erinnerte. Der gleiche muffige Geruch, der gleiche grobe Stein, das gleiche gelbliche Licht. Ninette und ich hatten in der Schulzeit mehrere Ausflüge in die berühmten Katakomben unter Paris gemacht – ein auf morbide Art beeindruckender Ort –, doch niemals hätte ich gedacht, dass ich einmal über einen Zugang in der Métro in die unterirdischen Gänge gelangen würde.

Sprachlos sah ich mich um und versuchte auszumachen,

woher das Licht kam, konnte jedoch weder die typischen Knochenüberreste und kunstvoll angeordneten Schädel noch elektrische Beleuchtung entdecken. Für einen Moment vergaß ich, dass über uns das blanke Chaos ausgebrochen war und ich mit zwei praktisch Fremden unter der Erde von Paris festsaß. Übrig blieben nur Faszination, Neugierde und dieses seltsame Gefühl, am *richtigen* Ort zu sein, für das ich keine Erklärung besaß.

»Sind das die … Katakomben?«, sprach ich meine Gedanken aus und blickte zu den beiden Brüdern. »Gehört ihr zu den *Cathaphiles*?«

Sim kam an meine Seite und schüttelte den Kopf. »Nein, wir durchstreifen nicht illegal die Katakomben, und diese Tunnel sind streng genommen nicht mal Teil davon. Wir befinden uns in den Vorläufern des Untergrunds.«

Verständnislos sah ich ihn an. »Des Untergrunds?«

Nickend trat er noch etwas näher. »Meine Heimat. Willkommen im Labyrinth der Mondia, Remy.«

Wir liefen eine halbe Ewigkeit durch unzählige Gänge, über Treppen und durch weitere Türen, die Sim und Ludwig abwechselnd auf dieselbe mysteriöse Weise öffneten wie die erste. An den großen Kreuzungen, wo sich teilweise acht Tunnel trafen, wählten die Brüder, ohne zu zögern, die entsprechenden Abzweigungen und wurden dabei nicht einmal langsamer. Als würden sie das jeden Tag tun, als würden sie hier unten jeden Quadratzentimeter kennen. Als wäre das … als wäre das wirklich ihre Heimat, in die sie mich immer weiter hineinzogen.

Ich wusste, ich sollte Angst haben, mich fürchten, weil ich keine Ahnung hatte, wo genau ich war, was da oben vor sich ging oder wer Ludwig und Kasimir wirklich waren, aber das tat ich nicht. Aus irgendeinem Grund hatte ich keine Angst, obwohl ich mir nichts von alledem erklären konnte. Mein Herz schlug mir bis zum Hals, meine Beine zitterten vor Anstrengung und meine Hände waren feucht, aber ich hatte keine Angst.

Da war etwas in mir, das mich unentwegt vorantrieb – ob es nun an Kasimir lag oder an dem, was er über meine Familie gesagt hatte, vermochte ich nicht zu sagen –, aber es reichte aus, um sämtliche Bedenken in mir auszuschalten. Sogar zu akzeptieren, dass die Zugänge sich auf magische Weise öffneten. Und obwohl ich wusste, dass das alles andere als normal war, machte mir das keine Sorgen. Ganz im Gegenteil. Vielleicht hatte meine Familie recht und ich hatte wirklich jeden Sinn für die Realität verloren.

Meine Familie. Scheiße.

Der Gedanke raste wie ein glühender Funke durch mich hindurch und ließ mich jäh innehalten.

»Was ist? Wir haben keine Zeit zum Ausruhen!«, drängte Ludwig, seine braunen Haare klebten bereits an seiner Stirn.

»Meine Familie, Ninette, ich … ich muss wissen, ob es ihnen gut geht.« Noch während ich sprach, zog ich mein Handy hervor, nur um festzustellen, dass ich hier unten keinen Empfang hatte. *Natürlich nicht.*

Kasimir suchte meinen Blick und drückte die Hand, mit der ich mein Smartphone umklammert hielt, sanft nach unten. »Keine Sorge, es geht ihnen sicher gut. Sobald wir im eigentlichen Untergrund sind, wirst du wieder Netz haben.«

»Sim …« Ungeduldig trat Ludwig auf der Stelle. »Komm schon.«

Dieser überging seinen Bruder geflissentlich. »Okay, Remy? Es ist nicht mehr weit.«

Ich schaffte es irgendwie zu nicken, während die Angst nun doch eiskalt mein Rückgrat emporkroch. Nicht um mich, sondern um meine Liebsten, die irgendwo da oben waren. Die Klinik, in der *Maman* arbeitete, war nicht weit von der Explosion entfernt und *Papa* ... Meine Brust zog sich schmerzhaft zusammen.

»Hey, vergiss nicht zu atmen, in Ordnung?« Kasimirs Stimme drang nur gedämpft zu mir durch und erst da wurde mir bewusst, dass ich die Luft angehalten hatte.

Oh Gott, was ist, wenn ihnen etwas passiert ist?

»Sim, bitte. Vater wartet und die Mondia –«

»Geh vor. Wir kommen gleich nach.«

»Einen Teufel werde ich tun«, antwortete Ludwig und strich sich die verklebten Strähnen aus der Stirn. »Wir werden uns jetzt ganz sicher nicht trennen.«

Ich sah Kasimir grimmig nicken, ohne dass er seine braunen Augen von mir nahm. Hier unten wirkten sie beinahe wie flüssiges Gold. »Es sind nur noch ein paar Meter, Remy, und ich schwöre dir, wir finden so schnell es geht heraus, was mit deiner Familie ist. Du hast mein Wort.«

Noch einen stolpernden Herzschlag lang blieb ich reglos, dann schaffte ich es endlich, Luft in meine verkrampfte Lunge zu bekommen. »Okay.«

»Okay.«

»*Sacredieu.* Weiter geht's.« Ludwig setzte sich wieder in Bewegung und steuerte die nächste Treppe an, die uns noch weiter ins Erdreich brachte. Um nicht an meine Eltern und Ninette zu denken, zählte ich die Stufen – achtundsiebzig – und dann die Schritte, bis wir die nächste Tür erreichten – dreihundertzwölf. Eine Tür, die anders war, als die schmalen Zugänge zuvor. Auch ohne diesen Ort zu kennen, wusste ich, dass sich hinter den breiten Türflügeln aus dunklem Holz das befand, wovon Kasimir gesprochen hatte. Der Untergrund. Seine Heimat.

Als die Tür ohne Vorwarnung nach innen aufschwang, machte ich einen erschrockenen Satz nach hinten, wobei ich ungebremst gegen Sim stieß. Reflexartig legte er seine Hände auf meine Schultern und schenkte mir ein halbes Lächeln.

»Wie? Sie … hat sich von selbst geöffnet«, wisperte ich, weil ich es nicht wagte, die Stimme zu erheben.

»Und das ist noch der billigste Trick in unserem Repertoire«, ließ mich Ludwig wissen und machte eine einladende Geste. »Wenn mir die Herrschaften dann folgen würden, Vater erwartet uns bereits. Und wie gesagt, da oben ist gerade die Hölle auf Erden losgebrochen, weil wir unsere eigene Hölle nicht mehr unter Kontrolle haben. Es eilt also ein bisschen.«

»Erst gehen wir zu mir.« Kasimir ließ mich los und führte mich dann durch den breiten Zugang in einen Raum, der wie die gewaltige Eingangshalle eines Schlosses wirkte. »Ich habe es ihr versprochen.«

»Und die Mondia?!«

»Fünf Minuten, Lu. Mehr nicht.«

Was auch immer Ludwig in den Augen seines älteren Bruders sah, ließ ihn fluchend nicken. »*D'accord.* Meinetwegen. Ich gebe *Papa* Bescheid. Lasst euch nicht zu viel Zeit.« Mit diesen Worten verschwand er in einem der Flure, die von der Eingangshalle abgingen, und ließ Sim und mich allein.

»Ich glaube das alles nicht.« Fassungslos legte ich den Kopf in den Nacken und starrte an die schwindelerregend hohe Decke. »Das kann nicht real sein, oder?«

»Komm, ich bringe dich an einen ruhigen Ort, damit du deine Familie kontaktieren kannst.«

Unzählige Fragen schwirrten durch meinen Kopf, doch in

diesem Moment nickte ich nur und ließ mich von ihm in einen der Gänge führen. Es gab keinerlei Markierungen oder Wegweiser und trotzdem navigierte uns Sim, wie eben schon, problemlos durch den Untergrund, sodass wir nach ein paar Minuten einen gemütlich eingerichteten Raum betraten – sein Zimmer.

»Hier müsstest du Empfang haben. Schreib deiner Familie, aber bitte verlier kein Wort über diesen Ort.« Dringlichkeit lag in seiner Bitte.

»Das werde ich nicht, Sim.«

»Danke. Nimm dir einen Moment Zeit, ich … ich versuche etwas über die aktuelle Lage herauszufinden, in Ordnung?«

Ich setzte mich in den breiten Ohrensessel. »In Ordnung.«

Einen Augenblick lang schien es, als wollte er noch etwas anfügen, dann fuhr er sich jedoch nur über das Kinn und verließ den Raum. Die Tür fiel mit einem leisen Klicken ins Schloss und mir wurde zum ersten Mal richtig bewusst, was in den letzten Minuten passiert war.

Das Gespräch mit Kasimir, von dem ich kaum die Hälfte verstanden hatte.

Die Andeutungen, dass er etwas über meine Herkunft wisse.

Dann Ludwigs Auftauchen, die Rauchwolke über Paris, die Métrofahrt, die Tunnel … es kam mir vor, als hätte mich jemand kopfüber in ein Leben geworfen, das nicht meines war, und gleichzeitig die Vorspultaste gedrückt.

Aber es war real? Oder?

Mein Handy gab zum ersten Mal seit einer kleinen Weile ein tiefes Brummen von sich und kündigte so den versprochenen Empfang an. Mit zitternden Fingern zog ich es aus meiner Tasche und biss mir noch im selben Moment auf die Zunge. Unzählige Nachrichten und verpasste Anrufe prangten auf dem Display. Alle von meinen Eltern, Esther und Ninette.

Kurzerhand schrieb ich Ninnie eine schnelle Nachricht, dass ich okay war, und wählte dann *Mamans* Nummer. Nach nur einem Klingeln hob sie ab.

»Remy? *Mon Dieu*, bist du in Sicherheit?«

Meine Augen begannen zu brennen, als ich ihre Stimme hörte. »Ja. Ja, mir geht es gut. Was ist mit euch?«

»Ich helfe in der Notaufnahme aus, dein Vater ist auf dem Weg zu Essie. Wo bist du?«

»In Sicherheit«, wiederholte ich und ignorierte das unangenehme Gefühl, das diese kleine Lüge hinterließ. »Was ist passiert?«

Maman seufzte schwer, im Hintergrund hörte ich laute Stimmen, die im nächsten Moment leiser wurden, als vernehmlich eine Tür zuschlug. »Ich weiß nicht viel, *chérie*, nur dass einer der Türme von *Notre-Dame* ohne Vorwarnung eingestürzt ist und weitere Risse den gesamten Bau destabilisieren. Wir können von Glück reden, dass die Kirche und der Platz davor zurzeit wegen Restaurierung gesperrt sind, aber trotzdem … gibt es einige Verletzte. Und mehrere Tote. Die Bergungsarbeiten laufen noch, aber es geht nur schleppend voran.«

Mir wurde schlecht. »Wie kann das sein?«

»Das kann ich dir nicht sagen. Es ist ein Unglück, das uns unerwartet getroffen hat.«

Ein Unglück. Warum klang das nur so falsch in meinen Ohren? Ludwigs Worte kamen mir wieder in den Sinn: *Die Mondia hat sich verschlossen, Sim. Es hat begonnen.*

Was hatte begonnen? Was genau war diese Mondia? Und wie passte das alles mit dem Einsturz von *Notre-Dame* zusammen?

Ich umfasste das Handy fester und ignorierte den stechenden Schmerz, als sich seine Kanten in meine Handflächen gruben. »Mehr weißt du nicht?«

»Nein, Remy, hier und in den anderen Krankenhäusern ist der

Teufel los. Einige behaupten, es gäbe eine Bombe, andere sprechen von Sabotage und Terrorismus. Es gibt unzählige Gerüchte, dass dies nur der Anfang war, aber die Wahrheit kennt niemand.« Jemand rief *Mamans* Namen. »Remy, versprichst du mir, nach Hause zu kommen? Nimm dir ein Taxi und fahr auf direktem Weg heim.«

»*Maman* –«

»Nein, solange wir nicht wissen, was wirklich geschehen ist, müssen wir vom Schlimmsten ausgehen. Versprich es mir. Versprich mir, dass du nach Hause kommst.«

Ich schloss die Augen, während die Lüge brannte, noch bevor ich sie aussprach. »Ich verspreche es.«

»Ich liebe dich, *chérie*. Bis später.« Meine Mutter legte auf, doch das beklemmende Gefühl blieb.

Notre-Dame, eines der wichtigsten Wahrzeichen unserer Stadt, war eingestürzt, nur ein paar Augenblicke, nachdem Ludwig und Kasimir über den Beginn einer Katastrophe gesprochen hatten.

Irgendwie hing das alles mit den Brüdern zusammen.

Und jetzt auch mit mir.

Kapitel 12

1. Arrondissement, Paris

Sim

»Wo ist sie?«

Ich hatte kaum den Gang betreten, an dessen Ende sich der Hauptsaal befand, da kam mir mein Vater auch schon mit gehetztem Blick entgegen. Gefolgt von Corbin, Ludwig und meinem Cousin Eamon.

»In meinem Zimmer«, gab ich zurück und verschränkte die Arme vor der Brust. »Könnte mir jetzt bitte jemand erklären, was hier vor sich geht?«

»Du hast sie in deinem Zimmer gelassen? Allein?!« Mein Onkel stieß abfällig den Atem aus. »Solange sich diese Unbefugte in unseren Reihen befindet, wird hier gar nichts erklärt! Bring sie sofort her!«

Mein Vater legte ihm beschwichtigend eine Hand auf die Schulter. »Corbin …«

»Nein. Gott! Bin ich denn der Einzige, der sieht, was für ein leichtfertiges Risiko deine Kinder eingegangen sind?! Gerade jetzt? Du solltest sie zur Vernunft bringen, Valentin, bevor sie uns alle umbringen.«

Kopfschüttelnd trat mein Bruder an meine Seite und verengte die Augen. »Die Mondia hat sich verschlossen, sie bereitet sich auf ihren Zusammenbuch vor und wir haben keine Chance, an ihr Herz zu gelangen. Der Energiestoß, der die *Notre-Dame* zerlegt hat, ist ein erster Warnschuss. Der Anfang vom Ende. Mach die Augen auf, wir sind schon am Arsch, Onkel.«

Treffender als Ludwig hätte ich es auch nicht ausdrücken können.

Mit einem vernehmlichen Räuspern schob *Papa* die Ärmel seines Hemds hoch. »Was kannst du uns über das Mädchen sagen, Kasimir? Was hast du rausgefunden?«

»Noch nicht viel«, gab ich ehrlich zurück und wies meine wachsende Anspannung in ihre Schranken. »Aber der Untergrund hat sie reingelassen und sie meinte, sie wäre –«

»Das ist absurd. Wir wissen nicht mal, ob der Schutzmechanismus der Tunnel noch wirkt, jetzt wo die Bibliothek verschlossen ist. Dieses Mädchen könnte unser schlimmster Todfeind sein und wir würden es vermutlich nicht einmal bemerken.«

»Eine Nova«, fügte Eamon unnötigerweise an. Keine Ahnung, warum man ihn überhaupt mitreden ließ, er war noch nicht einmal volljährig und tat nicht viel mehr, als das nachzuplappern, was Corbin von sich gab.

»Wir sollten keine voreiligen Schlüsse ziehen, solange wir nicht mit dem Mädchen gesprochen haben.«

Ich wollte meinem Vater gerade zustimmen, als ich im Augenwinkel Dots geisterhafte Gestalt ausmachte. »Dot – du bist noch hier!« Obwohl das gerade alles andere als der passende Moment war, ging ich in die Hocke und schlang für einen kurzen Augenblick die Arme um seinen großen Kopf.

»Und es kostet mich enorme Kraft. Die Mondia ruft mich zu sich und es wird immer schwerer, mich ihr zu widersetzen.«

Bisher hatte ich es mir nicht erlaubt und auch schlichtweg keine Zeit gehabt, mir Gedanken darüber zu machen, was die Schließung der Bibliothek für meinen Silbenspringer bedeutete – schließlich war er eine Manifestation der Mondia. Doch ihn jetzt zu sehen, seine Stimme in meinem Kopf zu hören, nahm eine verdammt große Last von meinen Schultern.

»Hast du die kleine Ripari mitgebracht, Kasimir?«

»Ja.«

»Gut, dann lass uns beten, dass wir uns nicht in ihr getäuscht haben.«

Die anderen, die nur meinen Part der Unterhaltung mitbekommen hatten, wurden langsam, aber sicher unruhig.

»Was ist nun?« Corbin hob nachdrücklich die Augenbrauen und machte einen Schritt auf mich zu.

Ich straffte mich und nickte. »Wir können mit ihr reden, aber … sie hat keine Ahnung. Von nichts. Sie kennt unsere Welt nicht, sie weiß nichts von der Mondia oder den Fähigkeiten, die in ihr schlummern.«

»Falls sie denn welche hat«, warf Eamon ein und schnitt eine höhnische Grimasse.

Vielen Dank auch, Zwerg.

»Jetzt ist erst mal nur wichtig, herauszufinden, ob Ripariblut in ihren Adern fließt oder nicht. Alles Weitere wird sich danach ergeben.« *Papa* und seine geliebte Diplomatie. »Bring sie bitte in den Hauptsaal. Ich sorge dafür, dass wir ungestört sind. Vorerst.«

»Danke.« Ich machte auf dem Absatz kehrt und lief den Flur zurück in die Richtung, aus der ich gekommen war, Dot blieb an meiner Seite.

»Du wirkst optimistischer als heute Morgen. Geradezu aufgekratzt.«

»Ach ja?«

»Vertrau mir, wenn ich dir das sage. Ich kenne alle deine Gefühlsregungen bis ins kleinste Detail. Sie beruhen auf deiner Intuition.« Dots Stimme hallte deutlich schwächer in meinen Gedanken wider, als noch vor ein paar Stunden – alles andere als ein Grund, optimistisch zu sein.

»Dann hoffen wir mal, dass sich meine Instinkte nicht getäuscht haben.«

Als ich mein Zimmer betrat, fand ich Remy noch immer auf meinem Sessel sitzend vor. Ihr Handy hielt sie schützend an ihre Brust gedrückt und ihre Augen wirkten viel zu groß für ihr herzförmiges Gesicht. Der erste Schock, der sie hatte funktionieren lassen, schien abgeklungen zu sein und nun standen blanke Panik und Entsetzen auf ihren Zügen.

»Hey«, sagte ich leise und kam langsam auf sie zu. »Ist deine Familie okay?«

Remy neigte leicht den Kopf. »Ja, es geht ihnen gut, aber ich … ich verstehe das alles nicht, Sim. Ich verstehe es einfach nicht. *Notre-Dame* und die Tunnel und das Glühen deiner Hand und …«

»Ist schon okay. Ich verstehe auch nicht alles, aber mein Vater kann es dir erklären, wenn du das möchtest. Und ich bleibe bei dir.«

Ihr Blick wanderte an mir vorbei zur Tür, die ich achtlos offen gelassen hatte. »Dein komischer Hund ist wieder da.«

Entgegen der allgemeinen Anspannung ließ mich ihre Bemerkung grinsen. »Eigentlich ist er kein Hund, Remy.«

»Danke für die Klarstellung.«

»Das habe ich mir schon gedacht.« Mühsam kämpfte sie sich aus dem Sessel und zupfte den Saum ihres Kleids zurecht. Dann atmete sie tief ein und aus und sah mir wieder direkt ins Gesicht. »Wo finden wir deinen Vater?«

Die Gespräche verstummten abrupt, als Aramena und ich den Hauptsaal betraten. Vier Augenpaare richteten sich synchron auf uns und ich konnte spüren, dass es Remy gerade einiges abverlangte, nicht sofort auf dem Absatz umzukehren, anstatt diese Musterung über sich ergehen zu lassen. Eine Reaktion, die ich absolut nachvollziehen konnte, mir ging es schließlich jedes Mal so, wenn ich diesen verfluchten Saal betrat.

Hier hatte ich vor einer halben Ewigkeit das erste Mal von den Novas gehört.

Hier hatten sich einige der hässlichsten Streitereien unseres Clans zugetragen.

Hier hatte ich erfahren, dass Tabitha getötet worden war.

Also ja, ich verstand ihre instinktive Abneigung, nur hatten wir in diesem Fall keine echte Wahl.

»Sim, Aramena – setzt euch zu uns«, brach mein Vater das Schweigen, woraufhin ich Remy sanft anstieß.

Zögerlich setzte sie sich in Bewegung und wählte den Platz neben Ludwig, der ihr ein aufmunterndes Lächeln schenkte. Ich ließ mich auf ihrer anderen Seite nieder.

»Ich kann mir vorstellen, dass das alles gerade sehr viel und beängstigend für dich sein muss, umso mehr danke ich dir, dass du dir die Zeit nimmst, mit uns zu sprechen«, fuhr mein Vater in diesem ruhigen Tonfall fort, den er sonst nur bei *Maman* anschlug, wenn sie eine ihrer dunklen Phasen durchlebte.

Remy legte die Hände flach auf den Tisch und nickte. »In erster Linie bin ich verwirrt. Ich habe nicht den blassesten Schimmer, was hier vor sich geht. Was ich damit zu tun habe.«

Corbin stieß abfällig die Luft aus und wäre die Situation nicht ohnehin schon prekär genug, hätte ich ihm den Hals umgedreht.

Verständnisvoll neigte *Papa* das Kinn. »Das kann ich mir gut vorstellen. Nun, ich werde versuchen, etwas Licht ins Dunkel zu bringen. Angefangen mit meinem Namen. Ich bin Valentin Abernathy und leite diese Institution. Gerne werde ich dir mehr darüber erzählen, aber vorerst müssen wir wissen, wer du bist.«

Eine kleine, steile Falte grub sich zwischen Remys dunkle Brauen. »Warum?«

»Was du hier siehst, ist streng vertraulich. Nur wenige Menschen wissen vom Untergrund und seinen Geheimnissen. Aus gutem Grund. Das, was heute mit unserer ehrwürdigen *Notre-Dame* geschehen ist, ist nur ein winziger Vorgeschmack auf das, was passiert, wenn dieses Wissen in die falschen Hände gelangt.«

»Valentin, dafür haben wir keine Zeit«, drängte mein Onkel und rutschte unruhig auf seinem Stuhl herum. »Führen wir den Test durch. Versagt sie, können wir uns das hier sparen.«

»Moment.« Remy blickte zwischen den beiden Männern hin und her und ich konnte förmlich spüren, wie die Anspannung in ihr zunahm. »Was für ein Test?« Dann richteten sich ihre grünen Augen pfeilartig auf mich. »Davon hast du nichts gesagt, Sim.«

Ich bemühte mich um einen ruhigen Ausdruck. »Weil das wirklich keine große Sache ist. Mein Onkel Corbin hat das nur etwas unglücklich formuliert.« Über ihren Kopf hinweg funkelte ich Corbin warnend an.

»Aramena, ich gebe dir mein Wort, dass es weder wehtun noch lange dauern wird. Wir müssen uns nur einfach sicher sein«, nahm Vater wieder den Faden auf und überging dabei, dass wir längst in der wohl größten Katastrophe seit Menschengedenken steckten. Aber gut.

Die Skepsis blieb auf ihren Zügen, aber zumindest stand sie nicht auf und verließ fluchtartig den Raum. »Was genau ist das für ein Test?«

Valentin nickte Ludwig zu, der daraufhin an eines der hohen Regale aus dunkelbraunem Holz trat, die die Wände des weitläufigen Saals säumten. Nur einen Moment später kehrte er mit einer kleinen Schatulle aus Mahagoni zurück, deren Deckel mit filigranen Schnitzereien verziert war: Ranken, Ornamente und immer wieder Zahnräder, die ineinandergriffen und ein komplexes Gesamtbild ergaben. In meinem gesamten Leben hatte ich diese Box erst einmal gesehen. Damals war ich acht Jahre alt gewesen und ungeplant in Cassandras Zimmer geplatzt. Die alte Ripari hatte beinahe zärtlich über das Holz gestrichen, während ihre Züge von Trauer zerfurcht gewesen waren.

Was also zum Teufel war in dieser Schatulle?

»Wir vermuten, dass du Teil der Familie Hyde bist, Aramena. Diese Familie besitzt erstaunliche Fähigkeiten, die essenziell für unsere Institution und das Gleichgewicht der Welt sind. Normalerweise würde ein Mitglied dieser Familie den Test mit dir durchführen, doch da die letzte Nachfahrin vor ein paar Tagen von uns gegangen ist, werden wir das übernehmen.« Behutsam wischte mein Vater ein wenig Staub von der Schatulle, ehe er sie in Remys Richtung schob.

»Und was … was soll ich genau machen?« Ihre Stimme war merklich leiser geworden, während sie von der Box zu *Papa* schaute und zurück.

Lachfältchen breiteten sich auf dem Gesicht meines Vaters aus. »Du brauchst nichts weiter zu tun, als sie zu öffnen und das Zahnrad in der Mitte zu berühren, Aramena.«

Ich konnte mich nicht länger zurückhalten und beugte mich näher zu Remy, um endlich hinter das Geheimnis dieser Schatulle zu kommen. Wobei ich keine Ahnung hatte, was genau ich eigentlich erwartete.

»Nur öffnen und berühren? Mehr nicht?«

»Mehr nicht, Aramena«, erwiderte Vater und faltete die Hände unter seinem Kinn.

Remy tauschte einen schnellen Blick mit mir, dann atmete sie hörbar aus und legte die Hände auf das dunkle Holz. Ein leises Klacken ertönte, dann hob sie den Deckel an. Der Miene von *Papa* und Corbin nach zu schließen, war das bereits ein erster Beweis. Irgendetwas sagte mir, dass niemand anderes dazu imstande gewesen wäre, und dennoch schien Remy die allgemeine Anspannung nicht zu bemerken. Stattdessen legte sie ihren Zeigefinger auf das goldene Zahnrad, hielt sichtlich den Atem an, gebannt von dem Anblick, der sich ihr bot. Im Augenwinkel sah ich, wie nun auch Corbin und Eamon näher rückten. Mein Puls beschleunigte sich von selbst, während die vielen kleinen Zahnräder, die über den Boden des Kästchens verstreut waren, reglos dalagen. Keine Ahnung, was genau geschehen musste, um ihre Gabe als Ripari zweifelsfrei zu bestätigen, aber –

»*Merde*! Ich habe es euch doch gesagt! Reinste Zeitverschwendung, und jetzt haben wir eine Uneingeweihte, die vermutlich für die Novas spioniert und –«

»Nicht so schnell, Onkel«, fuhr Ludwig Corbin ins Wort und deutete auf Remy, die in diesem Moment scharf die Luft einsog. Weil die Zahnräder nicht länger leblos auf dem dunkelgrünen Samt ruhten. Weil jetzt ein leichtes Beben von ihnen ausging. Weil sie sich jetzt langsam auf das Zahnrad in der Mitte, auf Remys Finger, zubewegten und sich ineinander verhakten.

»Was ist …«, hauchte Remy, als sich die vielen kleinen Einzelteile zu einem Mechanismus um sie herum zusammenfügten und schließlich zum Erliegen kamen. Die Schatulle war nicht länger ein Durcheinander aus Zahnrädern, sondern glich nun dem Inneren einer Uhr.

Weil sie sich Remys Energie untergeordnet hatten.

Erschrocken hob sie den Kopf und sah uns der Reihe nach an. »Ich … ich weiß nicht …«

Mein Vater öffnete den Mund, doch ich war schneller. »Remy, das, was du da gerade getan hast … ist wertvoller, als du es dir jemals ausmalen könntest. Nur eine einzige Familie ist dazu fähig, und du, Remy, du bist ihre letzte Nachfahrin. Du bist die letzte Ripari unserer Zeit.«

Ihre Augen weiteten sich, wurden zu großen, grünen Abgründen, in denen Verwirrung und Unglaube und noch etwas anderes funkelte. »Eine Ripari? Ich habe doch gar nichts gemacht, das ist … von allein passiert.«

»Und genau deswegen wissen wir, dass du eine von ihnen bist«, erwiderte mein Vater und schenkte ihr ein offenes Lächeln. »Du kannst dir nicht vorstellen, wie erleichtert wir sind, dass es dich gibt. Wir dachten, es wäre alles verloren, doch deine Existenz –«

»Warum hat sich die Mondia dann verschlossen, wenn es noch eine Ripari gibt?« Corbin lehnte sich mit verschränkten Armen zurück und fixierte Remy, als wollte er ihr direkt in den Schädel blicken. »Das ergibt keinen Sinn! Irgendetwas stimmt hier nicht.«

»Vielleicht sollten wir uns zur Abwechslung einmal nicht auf das Schlechte, sondern auf die Tatsache konzentrieren, dass Remys Auftauchen ein verdammtes Wunder ist, Onkel.« Mein Bruder hob herausfordernd eine Braue. »Und die Bibliothek wird sich schon wieder einkriegen, sobald sie ihre Anwesenheit spürt.«

Stirnrunzelnd fuhr ich mir über das Kinn und blieb an *Papa* hängen. »Wie sieht der nächste Schritt aus?«

»Wir müssen dafür sorgen, dass Aramena so schnell wie möglich in unsere Welt eingeführt wird. Ich kann mir vorstellen, dass sich die Mondia wieder öffnet, sobald sich Aramenas Position in unseren Reihen gefestigt hat und –«

»Warten Sie.« Remy schloss lautstark die Schatulle und schüttelte den Kopf. »Ihre Reihen? Ich habe ein Leben, eine Familie, mein Platz ist nicht hier unten in den Tunneln.«

»Das hast du nicht länger zu entscheiden, Mädchen.«

»Corbin, bitte.« Vater fuhr sich über die Nasenwurzel. »Natürlich hast du ein eigenes Leben und das möchte dir niemand nehmen, aber wir stecken in einer äußerst bedrohlichen Situation. Und ich fürchte, du bist die Einzige, die das drohende Unheil abwenden kann.«

»Was für ein Unheil?«

»Den Untergang der Welt«, antwortete Eamon und drückte den Rücken durch. »Die ganze Welt geht unter. *Notre-Dame* ist nur der Anfang.«

Remy wirkte, als wäre sie kurz davor, entweder in ungläubiges Gelächter oder in fassungslose Tränen auszubrechen. »Das ist unmöglich.«

»Leider entspricht das, was mein Neffe gesagt hat, der Wahrheit. Die Zeit arbeitet gegen uns. Aus diesem Grund mussten wir auch in Bezug auf dich direkt handeln.« Ohne von Remy abzulassen, stand mein Vater auf und verschränkte die Finger hinter seinem Rücken. »Kasimir wird dir alles über die Mondia, die Weltenschreiber und Ripari erklären, Aramena. Du wirst sehen, die Dinge werden sich fügen, du wirst deinen Platz finden und die Bibliothek … wird hoffentlich zur Normalität zurückkehren.«

Sämtliche Farbe wich aus Remys Zügen und ich musste den Drang niederkämpfen, eine Hand nach ihr auszustrecken. Sie wirkte so verloren, so überfordert mit der Situation und so verflucht einsam.

»Und was wenn nicht? Wie soll ein einfaches Mädchen, das keine Ahnung von unserer Geschichte hat, in so kurzer Zeit den Umgang mit der Mondia und ihrem Uhrenwerk lernen? Das ist Wunschdenken. Nicht mehr als ein Hirngespinst.«

»Verdammt, Onkel!«, fuhr ich ihn an und stand auf. »Wir haben keine andere Wahl! Und Remy wird es verstehen, es liegt ihr im Blut.«

Corbin öffnete den Mund, doch mein Vater kam ihm zuvor: »Kasimir hat recht. Wir haben eine unglaubliche Chance bekommen. Jetzt müssen wir ihr auch die Möglichkeit geben, sich gänzlich zu entfalten.«

»Das ist Wahnsinn.«

»Was in unserer Welt ist schon normal?«, murmelte Ludwig und legte den Kopf zurück, sodass sein Nacken auf der Stuhllehne ruhte. »Alles purer Wahnsinn.«

»Warum ich?« Sämtliche Aufmerksamkeit richtete sich wieder auf Remy, die den Blick stur auf die nun geschlossene Schatulle gerichtet hielt. »Wer bin ich in diesem ganzen Chaos?«

Vater ließ sich wieder nieder und rieb sich über die Schläfe. »Ich kann es nicht mit absoluter Gewissheit sagen, aber ich vermute, dass du Cassandras Enkelin bist. Sie hatte eine Tochter – Jeanne –, die die Ripari-Fähigkeiten nicht geerbt, sie aber dennoch im Blut gehabt hatte. Manchmal werden Generationen übersprungen, musst du wissen. Und Jeanne …«

»War eine Verräterin«, spuckte Corbin aus und verzog die Lippen zu einem rasiermesserscharfen Lächeln. »Eine verfluchte Verräterin.«

Bei Gott, noch eine dieser beschissenen Bemerkungen und ich werde ihn eigenhändig erwürgen.

»Jeanne hatte jedes Recht, den Weg zu gehen, den sie gewählt hat, Bruder«, hielt *Papa* mit ungewohnter Kälte in der Stimme dagegen. »Worauf ich eigentlich hinauswollte: Jeanne war die Mutter zweier Kinder, soweit ich weiß. Ein Junge und ein kleines Mädchen, das kaum ein halbes Jahr alt gewesen war, als …«

Remys Augen hatten einen verdächtigen Schimmer angenommen, ihre Worte waren nicht mehr als ein kraftloses Wispern, als sie flüsterte: »Als was?«

»Als sie mit dem Auto in den Pyrenäen verunglückt sind. Es hat keine Überlebenden gegeben«, sagte ich in die angespannte Stille hinein. Ihre Augen richteten sich auf mich, eine einzelne Träne löste sich von ihren langen, dunklen Wimpern und mein Magen wurde zu einem harten Knoten.

»Offensichtlich haben wir uns in dieser Angelegenheit geirrt. Remy muss Jeannes Tochter sein.«

Remy schien Ludwigs Bemerkung nicht gehört zu haben, sie sah mich nur weiter mit diesem gequälten Ausdruck an, ehe sie ruckartig aufsprang und in Richtung Tür stürmte.

»Ist das ihr Ernst?!«

Ich warf Eamon einen tödlichen Blick zu und war in der nächsten Sekunde selbst aufgestanden, doch mein Vater hielt mich zurück.

»Lass sie für den Moment allein, Sim.«

»Vater …«

»Ihre gesamte Welt wurde gerade auf den Kopf gestellt, tiefe Risse sind entstanden, sie braucht ein paar Augenblicke, um sich darin wiederzufinden.«

Mit zusammengebissenen Zähnen blickte ich zu der offenen Tür und nickte, obwohl es mir unsagbar schwerfiel, an Ort und Stelle zu bleiben. Weil ich wusste, wie es war, wenn einem von der einen auf die andere Sekunde ohne Vorwarnung der Boden unter den Füßen weggerissen wurde.

Und weil ich wusste, wie verdammt schwer es war, den Weg zurück zu finden, sobald man sich einmal in der Dunkelheit verloren hatte.

Kapitel 13

1. Arrondissement, Paris

Remy

Ich hetzte immer weiter durch die Tunnel, ohne zu wissen, wohin. Ich lief, bis meine Beine zitterten, mein Gesicht vom Salz der Tränen brannte und es sich anfühlte, als hätte mein Herz sämtliche Rippen zertrümmert und nichts mehr übrig gelassen. In meinem Kopf war das Summen lauter denn je, dröhnte beinahe zwischen meinen Schläfen und trieb mich voran, als könnte ich ihm so entkommen. Ich lief, bis ich nicht mehr konnte und vor einer doppelflügeligen, dunklen Tür, die sicherlich sechs Meter in die Höhe reichte, zusammenbrach. An einem anderen Tag hätte ich vielleicht die aufwendigen Schnitzereien bewundert, die Ornamente und Verzierungen, doch jetzt reichte meine Kraft für nicht viel mehr, als mit dem Rücken am Holz hinabzurutschen und mich ganz klein zu machen.

Ich hatte das Gefühl, der Himmel wäre innerhalb kürzester Zeit über meinem Kopf zerbrochen und würde nun in scharfkantigen Splittern auf mich herabregnen. Mich schneiden und verletzen und mir keine andere Wahl lassen, als mich zu verkriechen und abzuwarten. Nur sagte mir mein Instinkt, dass es nicht einfach aufhören würde, ganz gleich, wie lange ich hier ausharrte.

Ich besaß irgendeine abgedrehte *Gabe*, war angeblich die Tochter einer Verräterin und jetzt wurde von mir erwartet, dass ich ein Wunder vollbrachte?

Mir kam es noch immer so vor, als würde ich ihre Blicke auf mir spüren, diese fremden Gesichter, die mich mit den unterschiedlichsten Emotionen konfrontiert hatten: Hoffnung und Hohn, Verwirrung und Freude, Abfälligkeit und Erleichterung. Und dazu all das, was sie gesagt hatten, was sie behaupteten – über den *Weltuntergang*.

Nom de Dieu! Entweder war ich mitten in eine fanatische Verschwörung geraten oder ich hatte bisher keine Ahnung gehabt, was für Geheimnisse unsere Welt verbarg. Welche Geheimnisse wortwörtlich unter der Erde schlummerten.

Seufzend legte ich die Stirn auf meine angezogenen Knie und versuchte, meinen rasenden Puls und das Surren unter Kontrolle zu bekommen. Wie sollte ich in diesem Durcheinander einen Anfang finden? Was sollte ich noch glauben? Und diese Zahnräder, die sich wie von selbst in meine Richtung bewegt hatten, das Gefühl, das dabei durch meinen Körper geströmt war …

Irgendetwas stupste sanft gegen mein Schienbein und ließ mich abrupt hochfahren. Vor mir stand der wolfsgroße Hund – der laut Kasimir eigentlich doch kein Hund war, also ein … Wolf? Bis auf einen schwarzen Punkt auf seiner spitzen Schnauze war sein Fell schneeweiß, seine Augen bernsteinfarben und beinahe menschlich. Als würde sich dahinter ein gewaltiges Bewusstsein verbergen. Und er war verdammt noch mal unglaublich *groß*.

Reflexartig hielt ich den Atem an, wagte es nicht, mich zu regen, während er mich nur ansah und sich dann neben mich legte. Wie ein überdimensionierter Welpe schmiegte er seinen

Kopf an meinen Oberschenkel, während ich mich noch immer bemühte, keine hektischen Bewegungen zu machen. So lange, bis er wieder zu mir aufschaute und meinen Arm mit seiner feuchten Nase berührte. Eine kleine Aufforderung und seltsam … beruhigend. Vorsichtig streckte ich eine Hand nach ihm aus und ließ sie in das Fell in seinem Nacken sinken. Meine Finger tauchten mehrere Zentimeter ein, verloren sich zwischen dem weichen Weiß, das sich beinahe wie Watte anfühlte.

»Wow, du bist wie eine lebende Wolke«, flüsterte ich und begann, den Wolf-Schrägstrich-Hund zu kraueln, was er sichtlich genoss. Mir entschlüpfte ein ungläubiges Lachen, als ich mir dieser ganzen verdrehten Situation bewusst wurde. Über mir war die Hölle losgebrochen, weil *Notre-Dame* eingestürzt war – ein Umstand, der seinen Ursprung irgendwo hier unten hatte – und nachdem man mich kopfüber in einen Topf aus neuen Wahrheiten geworfen hatte, saß ich nun irgendwo in diesem Tunnellabyrinth und kuschelte mit einem Wolf.

Gott, *Maman* und *Papa* hatten recht: ich hatte *so was von* jeden Bezug zur Realität verloren.

»Das ist total verrückt, oder?«, meinte ich und schüttelte den Kopf. »Das alles klingt wie aus einem schlechten Märchen oder einer Maya-Apokalypse. Aber weißt du, was das Verrückteste ist?«

Zu meiner Überraschung sah mich der Wolf an, als würde er sagen: *Nein, was denn?*

»Ein Teil von mir glaubt das alles, ohne zu zögern. Irgendwo hat es sich sogar richtig angefühlt, diese Sachen über die Mondia und mich zu hören, das Zahnrad zu berühren und … hier zu sein. Dabei sollte es das nicht. Ich sollte nicht hier sein. Ich sollte nichts davon wissen …«

»Eigentlich schon, Remy. Es ist dein Geburtsrecht.«

Der Wolf und ich blickten gleichzeitig zu Kasimir auf, der ein paar Meter entfernt an der rauen Wand lehnte und sich nun abstieß. »Es fühlt sich richtig an, weil es das ist. Weil du ein Teil dieser Welt bist.«

»Ein weiteres deiner Rätsel?«

»Die Wahrheit.« Langsam ließ er sich neben mir nieder und blickte zu seinem Haustier. »Danke, dass du auf sie aufgepasst hast, Dot.«

Die lebende Wolke bleckte die Zähne, was ich frei als schiefes Grinsen interpretierte.

»Er versteht dich, oder?«, fragte ich leise und spürte, dass sich der Sturm in meinem Inneren ein wenig gelegt hatte. Vielleicht wegen Dots Anwesenheit, vielleicht lag es auch an Sim und dem sanften Lächeln auf seinen Zügen.

»Er versteht eine Menge, auch wenn er manchmal den Anschein erweckt, als würde er es nicht tun. Dot ist ein … Silbenspringer. Eine Manifestation des Bewusstseins der Weltenbibliothek Mondia.«

Ich runzelte die Stirn und blickte von Dot zu Sim. »Das klingt sehr pathetisch und nach dir.«

»Das nehme ich mal als Kompliment.« Noch immer lächelnd legte Kasimir den Hinterkopf an die Holztür und blickte an die gewölbte Decke. »Stell es dir so vor: Die Bibliothek enthält das gesamte Wissen der Menschheit in Form von Erstausgaben, die alle einen ganz bestimmten Platz haben. Dot ist ein bisschen wie eine externe Festplatte, auf der ein Teil dieses Wissens gespeichert ist. Nur eben in Form eines übergroßen Polarfuchses.«

»Ein Fuchs also.« Mir fiel auf, dass es mir guttat, über etwas anderes als meine Rolle in dieser Geschichte zu sprechen. Ein bisschen so, als würden die neuen Offenbarungen über mich dadurch für den Moment in den Hintergrund rücken. Auch wenn das natürlich nichts daran änderte, dass alles, was mir Kasimir eröffnete, absolut unglaublich klang. Sprechende Polarfüchse, eine lebende Bibliothek, das klang … wie aus einem Märchenbuch. Wie *Magie.*

»Früher gab es die Silbenspringer in allen möglichen Formen und weitaus mehr als heute. Sie haben die Mondia durchstreift und uns auf unseren Missionen begleitet, aber heute … die Dinge haben sich geändert.« Ein Schatten huschte über seine Züge und das Braun seiner Augen wurde eine Spur dunkler. »Dot ist neben einem anderen seiner Art, der die Bib seit Jahren nicht mehr verlassen hat, der Letzte seiner Art.«

»Was hat dazu geführt?«

Ein schweres Seufzen kam ihm über die Lippen, dann sah er mich von der Seite an. »Das hat viele Gründe. Die meisten hängen mit den Novas zusammen. Sie arbeiten schon eine halbe Ewigkeit systematisch gegen uns und … Das ist eine lange Geschichte, die ihren Anfang zu Beginn des zwanzigsten Jahrhunderts hat, Remy. Ich kann sie dir erzählen, wenn du möchtest. Sobald wir ein wenig mehr Zeit haben vielleicht.«

Am liebsten hätte ich sofort nachgehakt, weil er so erschöpft dabei klang und gleichzeitig diese jahrhundertealte Wut durchschimmerte. Doch auch wenn ich bisher kaum einen Bruchteil seines Lebens kennengelernt hatte, war mir klar, dass gerade etwas vollkommen anderes oberste Priorität für ihn hatte. Meine Brust wurde eng.

»Was hat dein Vater damit gemeint, als er sagte, ich könnte diese … Mondia wieder öffnen?« In der Frage schwang ein hörbares Zögern mit, vermutlich, weil ich unser Gespräch eigentlich nicht wieder auf mich lenken wollte.

»Die Bibliothek braucht eine Ripari, die sich um ihr Herzstück kümmert. Wir vermuten, dass sie sich verschlossen hat, weil mit

Cassandra die Letzte ihrer Art gestorben und damit der Beginn des Endes eingeläutet worden ist.«

»Das klingt sehr dramatisch.«

»Das ist es leider auch.« Er sah mich ernst an und richtete sich wieder ein bisschen auf. »Die Mondia beinhaltet wie gesagt eine Erstausgabe jedes jemals gedruckten Buchs. Diese werden durch einen komplizierten Mechanismus – das Herzstück, das ein wenig wie ein gewaltiges Uhrwerk im Zentrum der Bibliothek sitzt – an ihren jeweiligen Platz gebracht. Die Bücher, die durch besondere Umstände nicht von diesem Mechanismus erfasst werden, werden von uns Weltenschreibern manuell in die Bibliothek gebracht.« Mit einem schnellen Blick vergewisserte er sich, ob ich ihm noch folgen konnte. Als ich nickte, fuhr er fort: »Nur wenn alle Bücher an der richtigen Stelle im Regal stehen, ist die Welt im Gleichgewicht, Remy. Nimmt man beispielsweise ein Buch aus der … sagen wir Finanzabteilung, kann es sein, dass der DAX komplett in den Keller rauscht und die Wirtschaft zusammenbricht. Fehlt ein bestimmtes Exemplar der französischen Literatur, könnte die Sprache von heute auf morgen aus dem Bewusstsein der Menschheit radiert werden. Mein Clan weiß, welches Buch welche Konsequenzen nach sich zieht, deswegen ist es so wichtig, dass jedes an Ort und Stelle ist. Die Ripari kümmern sich dabei um die reibungslose Funktion des Herzstücks und unterstützen uns Weltenschreiber mit kleinen Geräten, wie den *Locatoren* – um fehlende Erstausgaben zu orten – und *Duplicatoren*, die exakte Kopien der Bücher erstellen, sodass ihr Fehlen an der Oberfläche nicht weiter auffällt.«

Sprachlos blinzelte ich ein paarmal, ehe ich meine Stimme wiederfand. »Du willst mir erzählen, dass die Welt nur ihrem Lauf folgt, weil ihr diese Bibliothek vollständig haltet? Und die Katastrophen und Krisen sind auf fehlende Bücher zurückzuführen?«

Sim nickte, noch immer diesen ernsten Ausdruck im Gesicht. »Bücher, die größtenteils aufgrund der Novas fehlen. Wie gesagt, in ihnen haben wir einen Gegner, der leider zunehmend an Macht und Einfluss gewinnt. Sie stehlen Erstausgaben, noch bevor wir sie in die Finger bekommen, und gefährden damit die gesamte Stabilität der Erde. Seit sie vor über hundert Jahren auf der Bildfläche aufgetaucht sind, haben sie es sich zum Ziel gemacht, die Mondia zu finden und ihre Macht für sich zu nutzen. Und solange sie den Weg in die Bibliothek nicht gefunden haben, begnügen sie sich damit, Bücher zu stehlen. Und uns zu foltern und umzubringen.«

Bei der Kälte in seinen Worten lief es mir eiskalt den Rücken herunter. »Warum tun sie das?«

»Wir wissen es nicht. Es ist offensichtlich, *dass* sie einen Plan verfolgen, aber bisher sind wir nicht dahintergekommen, welchen. Und jetzt, wo sich die Mondia verschlossen hat, steht ihre Rettung an erster Stelle. Die Novas müssen warten.«

Die ganzen Informationen wirbelten ungeordnet in meinem Kopf durcheinander und verursachten einen stetig heftiger werdenden Druck zwischen meinen Schläfen. Mondia und Novas, Silbenspringer, Weltenschreiber, Ripari … und jetzt ich.

Ich unterdrückte den Drang, mir die pochenden Stellen zu massieren. »Weil ihr sonst keine fehlenden Bücher reinbringen könnt und die Welt aus dem Gleichgewicht gerät.«

Kasimir warf mir einen langen Blick zu. »Ich kann mir nicht ansatzweise vorstellen, wie das alles für dich klingen muss, aber ich werde mein Bestes geben, dir deine Fragen zu beantworten. Auch … auch wenn ich nicht viel über deine Familie weiß.«

Mir war sofort bewusst, dass Sim nicht von Esther und meinen Adoptiveltern sprach, sondern von Jeanne. Von den anderen Ripari. Wie fremd das in meinen Ohren klang, wie ungewohnt.

Wie ein großes dunkles Loch, für das es ganz einfach nicht genug Licht geben konnte, um jeden Winkel zu erleuchten.

»Ich habe Jeanne nie kennengelernt, damals war ich erst zwei Jahre alt, und sie hat sich früh aus den Angelegenheiten der Mondia herausgezogen, nachdem klar war, dass ihre Generation übersprungen worden war und sie keine Fähigkeiten besaß. Genauso wenig habe ich deinen Vater getroffen, ich weiß nur, dass er nicht aus unseren Reihen stammte. Cassandra ist die Einzige, die ich gut gekannt habe, aber –«

»Sim?«, unterbrach ich ihn und fixierte dabei den schwarzen Punkt auf Dots Schnauze.

»Ja?«

»Können wir wann anders darüber sprechen?«

Auch ohne ihn anzuschauen, konnte ich die Zerrissenheit auf seinen Zügen *sehen*, sein Zögern hören, ehe er einwilligte. »In Ordnung. Dafür bleibt … hoffentlich noch Zeit.«

Ich löste meine Hand aus Dots Fell und atmete aus. »Wie kann ich die Mondia öffnen?«

Seine Lippen wurden zu einer schmalen, farblosen Linie in seinem Gesicht. »Wir werden abwarten müssen. Die Bibliothek entscheidet, wann und ob sie ihre Türen freigibt. Eine andere Möglichkeit haben wir nicht. Warten ist unsere einzige Option, obwohl Zeit das Letzte ist, was wir im Augenblick haben.«

Wortlos streckte ich meine Beine aus, in denen sich ein unangenehmes Prickeln breitgemacht hatte, und stand dann mühsam vom Boden auf. Meine Knie fühlten sich wie Pudding an und für einen kleinen Moment drehte sich der Sandsteintunnel um mich herum, ehe alles wieder an die richtige Stelle rückte. Die überdimensionale Tür, Dot, Kasimir, der mit gerunzelter Stirn zu mir aufschaute.

»Was hast du vor?«

»Ich gehe nach Hause«, erwiderte ich und klopfte mir den Staub von der Kleidung.

»Nein, du –«

»Du hast es selbst gesagt, Sim, wir müssen warten und im Gegensatz zu dir ist mein Platz nach wie vor *da oben*. Meine Familie wartet auf mich, hat vermutlich Todesangst, weil die Welt Kopf steht. Ich kann mich nicht tagelang hier unten verkriechen.«

Die Furchen vertieften sich. »Remy, ich glaube du verstehst nicht …«

»Ich verstehe genug. Ich mag nicht alles begreifen, aber ich verstehe, dass ich euch aus unerklärlichen Gründen dabei helfen kann, die Welt zu retten. Aber bis es so weit ist, muss ich mich um meine eigene kümmern.« Ich schlang die Arme um mich, wobei meine Tasche gegen meinen Oberschenkel schlug. »Bitte, Sim, ich muss nach meinen Eltern sehen, meiner Schwester.«

Kasimir erhob sich ebenfalls und schien alles andere als zufrieden mit der Wendung, die diese Unterhaltung genommen hatte. »Die Novas sind noch da draußen und wenn sie glauben, du hättest irgendetwas mit uns zu tun, dann … Sie werden dich wie ein Tier jagen, Remy. Wir können von Glück sprechen, dass sie dich in den letzten zwei Tagen nicht entdeckt haben.«

Bei seinen Worten verknotete sich etwas in meiner Magengegend, aber dieses Gefühl war nicht stark genug, um mich von meiner Familie fernzuhalten. »Darauf muss ich es ankommen lassen. Ich werde vorsichtig sein.«

»Dann lass mich zumindest mitkommen.«

Aus irgendeinem Grund breitete sich eine kribbelnde Wärme in meiner Brust aus. »Zu mir nach Hause? Das würde nur Fragen aufwerfen – außerdem brauchen dich deine Leute hier.«

Und ich brauche einen Moment zum Durchatmen. Etwas Ruhe, um … um mit allem klarzukommen.

Als ob das möglich wäre.

»Das ist kein Spiel, Remy.« Er machte einen Schritt auf mich zu und sah leicht auf mich herab. »Diese Leute töten.«

»Dafür müssen sie mich erst einmal finden und das werden sie nicht. Ich bin unsichtbar, gehe in der Menge unter, seit ich denken kann, ich … ich bin ein Niemand, Sim. Daran hat sich in den letzten Stunden nichts geändert.«

In seinen braunen Augen blitzte etwas auf, doch es erlosch so schnell wieder, dass ich keine Chance hatte, dieses *Etwas* zu benennen. »*D'accord.* Spätestens in zwei Tagen werde ich zu dir kommen und dich wieder herbegleiten.«

»Wow, gleich zwei ganze Tage spendierst du mir?«

»Das ist mehr, als wir eigentlich haben«, gab er sichtlich verstimmt zurück. »Zwei Tage und wir bleiben in Kontakt. Die Lage ist zu angespannt, um irgendetwas dem Zufall zu überlassen.«

Ich legte den Kopf leicht schief. »Du könntest mir auch einfach eine elektronische Fußfessel anlegen oder deinen Wolf auf den Hals hetzen.«

Unbeeindruckt ging Kasimir über meinen Einwurf hinweg und bedachte mich nur weiter mit diesem eindringlichen Blick. »Versprich es. Versprich, dass du dich meldest.«

»Alle halbe Stunde? Oder immer, wenn die Kirche bei uns um die Ecke läutet?«

Er kam noch näher. »*Remy.*«

Ich schluckte. »In Ordnung, Sim. Ich verspreche es. Ich verspreche, mich zu melden.«

Und noch nie hatte ein Versprechen so schwer gewogen.

Ich hatte kaum den Schlüssel im Schloss herumgedreht, da wurde die Tür zum *Bouquet de la Rose* auch schon aufgerissen und ich an eine feste Brust gezogen. Für einen bittersüßen Moment gab es nur die Wärme meines Vaters, seinen vertrauten Geruch nach Rasierwasser und Ölfarbe, der mich einhüllte und die restliche Welt auf stumm stellte.

»*Mon Dieu*, wir haben uns solche Sorgen um dich gemacht!« *Papa* schob mich eine Unterarmlänge von sich und suchte mich nach offensichtlichen Blessuren ab. »Wo bist du gewesen?«

Hinter ihm tauchte Esther auf, ihre Augen waren gerötet und anders als sonst, steckte sie jetzt in Jogginghose und Sweatshirt.

»Bei einem alten Freund aus der Schule, er war … mit mir im *Jardin du Luxembourg*, als die Kirche …« Ich verstummte und schüttelte den Kopf. »Ist *Maman* noch im Krankenhaus?«

»Jetzt komm erst mal rein. Wir reden oben in Ruhe über alles.« Mein Vater legte mir einen Arm um die Schultern und führte mich ins Innere, während meine Schwester hinter mir abschloss.

Ein paar Minuten später saß ich – nun ebenfalls in gemütlichen Schlabberklamotten – mit *Papa* und Essie in unserer kleinen Wohnküche oberhalb des Blumenladens, weil wir hier weiter entfernt von der *Île de la Cité* und damit dem Katastrophenort *Notre-Dame* waren. Jeder von uns hatte einen großen Milchkaffee vor der Nase, im Hintergrund liefen die Nachrichten auf Essies Tablet. Bilder der zerstörten *Notre-Dame*, Aufnahmen von alarmierten Einsatzfahrzeugen und immer wieder Menschen mit leichten Verletzungen, die kurze Statements gaben. Die ganze Szenerie wirkte wie aus einem Katastrophenfilm, nur, dass sich diese Tragödie nun direkt vor unserer Haustür abspielte.

Und du bist ein Teil davon.

»Die Angst ist allgegenwärtig«, sagte Essie leise, als sie mit einem Teller Kekse an den Tisch zurückkehrte. Dabei war ich mir sicher, dass niemand von uns irgendetwas runterbekommen würde. Allein der *Café au lait* war keine gute Idee, wenn man bedachte, dass mein Puls auch ohne Koffein schon schnell genug ging.

Stirnrunzelnd blickte mein Vater wieder zum Tablet. »Natürlich haben die Menschen Angst. Der Bürgermeister hat den Ausnahmezustand ausgerufen, man bereitet sich auf weitere Anschläge wie diesen vor.«

Ich riss den Kopf hoch. »Anschläge?«

Meine Schwester nickte und zog einen Fuß auf die Sitzfläche. »Terrorismus. Warum sonst sollte jemand eines der Wahrzeichen unserer Stadt in die Luft jagen?«

Unwillkürlich umfasste ich meine Tasse fester. Man ging also wirklich davon aus, dass Terroristen dahintersteckten. Aber vermutlich war das die naheliegendste Erklärung, wenn man sich anschaute, was überall in der Welt vor sich ging. Und ein Anschlag – so traurig und verheerend er auch sein mochte – war greifbar. Im Gegensatz zu der eigentlichen Ursache, die mit einer verschlossenen Weltenbibliothek und fehlenden Erstausgaben zusammenhing, und die ich selbst kaum verstand. *Merde*, wie konnte sich die Welt innerhalb weniger Stunden so sehr verändert haben?

»Remy?«

Eine leichte Berührung am Arm holte mich zurück in die Realität. »Hm?«

Die Furchen auf *Papas* Stirn gruben sich noch ein wenig tiefer in seine gebräunte Haut. »Wir überlegen für die nächsten Tage, in die Normandie zu fahren. Tante Claire hat bereits angeboten, uns bei sich aufzunehmen, bis sich alles … nun ja, ein wenig beruhigt hat.«

»Ihr wollt Paris verlassen?«

»Mir wäre wohler dabei.«

»Außerdem wissen wir nicht, was möglicherweise als Nächstes passiert, Remy«, fügte meine Schwester leise hinzu. Sorge stand in ihren grünlichen Augen. »Und wir sind nicht die Einzigen. Meine Freundinnen sprechen auch darüber, mit ihren Familien aufs Land zu gehen. Zumindest für kurze Zeit.«

Ich liebte das Haus unserer Tante Claire. Umgeben von Lavendelfeldern wirkte es wie das Motiv einer Postkarte und ihr Mann besaß eine gut ausgestattete Werkstatt – aber jetzt, wo ich von der Mondia wusste … konnte ich nicht einfach gehen. Oder?

Du kannst. Das ist nicht dein Kampf.

Warum fühlte sich dieser Gedanke dann so falsch an?

»Wann wollt ihr fahren?«, fragte ich nach ein paar Minuten, in denen nur die leise Stimme der Nachrichtensprecherin die Stille gefüllt hatte. Mittlerweile waren es fast zwanzig Tote.

Seufzend lehnte sich mein Vater auf dem Stuhl zurück und fuhr sich dann über die dunklen Haare. »Eure Mutter tut sich noch ein wenig schwer mit dem Gedanken. Ihre Verpflichtung im Krankenhaus hält sie davon ab, aber wenn es nach mir geht, noch heute. Wir können nicht erst warten, bis das nächste Unglück geschieht.«

Heute? Warum passierte gerade alles so schnell? Ich hatte das Gefühl, bei meinem eigenen Leben nicht mehr mitzukommen und das war ein verflucht beängstigendes Gefühl.

»Es wäre gut, wenn ihr schon mal ein paar Sachen zusammenpacken könntet. Sobald ich alles mit Felicienne geklärt habe, brechen wir auf.«

Meine Augen weiteten sich, während Essie nur stumm nickte. Gott, das konnte doch alles nicht wirklich geschehen, oder? Wieder blickte ich zum Tablet, sah die eingestürzte *Notre-Dame*, spürte noch einmal diesen lauten Knall in mir widerhallen, als es begonnen hatte. Es kam mir vor, als wäre das Tage her, dabei konnten es höchstens ein paar Stunden sein.

»Macht euch keine Sorgen, *filles*, es kommt alles wieder in Ordnung.«

Kapitel 14

1. Arrondissement, Paris

Sim

»*Merde!*« Aufgebracht schlug ich das Buch zu und fuhr mir übers Gesicht. Meine Augen brannten, weil ich seit über vierundzwanzig Stunden auf den Beinen war und meine Laune hatte den absoluten Nullpunkt erreicht. Vierundzwanzig Stunden, Hunderte von Büchern und nicht eine einzige Antwort. Nicht einmal meine *spezielle* Fähigkeit hatte mir weiterhelfen können. Die Bilder, die mich die Worte haben *sehen* lassen, waren nichts als Schnipsel dessen, was wir längst wussten.

»Gut, dass *Papa* nicht mitgekriegt hat, wie du deinen Frust an dem kostbaren Buch ausgelassen hast, sonst wärst du jetzt einen Kopf kürzer.«

Wütend funkelte ich Ludwig über den Tisch hinweg an und griff nach meinem Wasserglas, nur um festzustellen, dass es leer war. Vermutlich schon seit Stunden, dem trockenen Kratzen in meinem Hals nach zu urteilen. Keine Ahnung, wann ich zuletzt etwas getrunken oder gegessen hatte. Mittlerweile waren wir fast dreihundert Bücher im Rückstand, die in die Regale der Bibliothek geräumt werden mussten, bevor die nächste Katastrophe passierte.

»Ich bin mir sicher, dass es Vater gerade nicht weniger interessieren könnte, was mit diesem Haufen Papier passiert«, entgegnete ich und stellte das Glas fester als nötig ab. »Solange uns das Buch nicht verrät, warum sich die verdammte Mondia nicht öffnet, ist es absolut wertlos.«

Gespielt beeindruckt hob Ludwig die Brauen und setzte sich auf dem Stuhl in den Schneidersitz. »Wow, gleich zwei blasphemische Aussagen in einem Satz. Pass auf, sonst trifft dich noch der Zorn der Weltenbibliothek.«

Ich liebte meinen Bruder, aber in Momenten wie diesem raubte er mir den bekannten letzten Nerv.

Wir wussten nun von einer neuen Ripari – Aramena –, sie hatte sogar, ohne es zu wissen, direkt vor der Bibliothek am Boden gesessen, die Tür berührt und dennoch war die Mondia nach wie vor verschlossen. Und heute Morgen hätten Vater und Onkel Corbin einander beinahe zerfleischt. Wieder einmal. Einer der Gründe, warum Lu und ich nun allein in einem der Archivräume saßen und auf eigene Faust nach Antworten suchten.

Antworten, die es nicht gab, während an der Oberfläche die Zahl der Toten und Verletzten stieg und von Terrorismus und Notstand gesprochen wurde. Wenn ich es nicht besser wüsste, würde ich sagen, dass dahinter einer der morbiden Pläne der Novas steckte – der ganze Scheiß trug ihre hässliche Handschrift. Nur, dass dieses Mal die Mondia selbst der Grund für das Chaos war, ausgerechnet der Ort, der die Welt beschützen sollte.

»Hast du noch mal was von Aramena gehört?«

Angespannt stieß ich den Atem aus. »Nein. Bis auf die kurze Nachricht gestern nichts.« Und das war noch ein Punkt, der nicht unbedingt dafür sorgte, dass sich meine Laune besserte. Bevor ich sie gestern aus dem Untergrund geführt hatte, hatten wir Handynummern ausgetauscht, für alle Fälle. Doch mehr als ein *Bin zu Hause angekommen* war bisher nicht drin gewesen. Unnötig zu erwähnen, dass mir Vater und Corbin deswegen fast den Kopf abgerissen hatten – zur Abwechslung waren sie sich bei dieser Sache einig gewesen. Dass es leichtsinnig und dumm gewesen war, Remy an die Oberfläche zu lassen. Und auch wenn ich meinen Standpunkt vehement vertreten hatte, im Stillen war ich ihrer Meinung. Remy glaubte unsichtbar und nicht in Gefahr zu sein, dabei … *Putain*, Remy hatte ja keine Ahnung, dass sie alles andere als unsichtbar war, dass sie –

Ludwig schnalzte mit der Zunge und stellte die Ellenbogen auf. »Es war richtig, sie gehen zu lassen. Das alles ist verdammt viel für sie gewesen und solange sich die Bibliothek nicht bequemt und ihre Tore öffnet, kann auch unsere wertvolle Ripari nichts tun. Außerdem holst du sie doch morgen schon zurück.«

»Das ist der Plan.« Ich massierte mir den Punkt knapp oberhalb meiner Nasenwurzel. »Es fühlt sich trotzdem nicht so an, als hätte ich die richtige Entscheidung getroffen. Keine Ahnung, vielleicht hätte ich ihr mehr über unsere Welt erzählen sollen, um es ihr leichter zu machen. Remy weiß kaum etwas und ich glaube, dass es ihr genau deswegen zu viel geworden ist. Unwissenheit ist beängstigender als Wissen.«

Ohne mich aus den Augen zu lassen, klatschte mein Bruder ironisch in die Hände. »Dafür, dass du so oft das Weite suchst, wirst du unserem Vater mit jedem Tag ähnlicher.«

»Spar dir das, Lu.«

Er tat so, als würde er mir über die Entfernung des Tischs hinweg einen Kuss geben und zog dann das nächste Buch heran. »Ich kann einfach nicht glauben, dass sich die Mondia noch nie verschlossen hat. Sie besteht seit einer Ewigkeit – wir können doch nicht die Ersten sein, die den Job an die Wand fahren.«

»Offensichtlich schon«, brummte ich und schüttelte den Kopf. »Was ist, wenn sich die Bibliothek nur öffnet, wenn sich Remy im Untergrund aufhält?«

»Ich denke nicht, dass ein paar Kilometer da einen nennenswerten Unterschied machen, Bruder«, erwiderte Lu und blätterte beinahe gelangweilt durch die Aufzeichnungen unserer Vorfahren. »Wenn Aramena wirklich der Schlüssel ist, dann wird die Mondia das akzeptieren. Und wenn nicht …«

Mein Kinn ruckte hoch. »Was soll das heißen?«

»Na ja … es ist nur ein anderer Blickwinkel. Ich meine, was ist, wenn nicht die Sache mit den Ripari das Problem ist, sondern der Ursprung an anderer Stelle liegt?«

Verständnislos betrachtete ich Ludwig und verschränkte die Arme auf dem kühlen Holz vor mir. »Du sprichst davon, dass sich die Mondia aus einem anderen Grund verschlossen hat?«

Er nickte langsam. »Die Bibliothek ist allwissend, Sim. Hätte sie dann nicht auch wissen müssen, dass mit Aramena eine Nachfahrin existiert? Warum sollte sie sich verschließen, wenn sie davon Kenntnis hat?«

Ludwigs Theorien brachten gleich mehrere Steine in meinem Schädel ins Rollen und das ohnehin verzerrte Bild, das ich von der aktuellen Situation hatte, geriet ein weiteres Mal ins Schwanken. »Wenn Remy nicht die Lösung ist …«

»Wo führt uns das hin? – Gute Frage, Sim, gute Frage.« Mein Bruder entfaltete seine angewinkelten Beine und stand schwerfällig auf – als wäre er neunzig und nicht neunzehn. »Ich wiederhole mich ja nur ungern, aber dann sind wir mal wieder am Arsch. Oder immer noch, je nachdem, wie man's auslegt.«

Schweigend sah ich ihn an und biss die Zähne aufeinander. Wenn Lu recht hatte und nicht die Existenz einer Ripari die Ursache der verschlossenen Türen war … *Mince*, dann standen wir wieder am Anfang. Ohne Anhaltspunkt, während uns die Zeit davonlief. »Wir sollten mit Vater darüber –«

Noch ehe ich den Satz hätte beenden können, öffnete sich die Tür zum Archiv und ausgerechnet Eamon erschien auf der Bildfläche.

»Was willst du, Knirps?« Lu hob eine Braue und fixierte unseren Cousin mit genervter Miene, obwohl er selbst nicht viel älter war.

»Reg dich ab, Lulu. Dad schickt mich. Er und die anderen sind im Hauptsaal.«

»Schon wieder?« Ich stand ebenfalls auf und konnte nicht verhindern, dass mein Puls in die Höhe schoss. Die Versammlung heute Morgen hatte beinahe anarchische Züge gehabt, die Stimmung war mehr als aufgeheizt gewesen und ich war ehrlich gesagt alles andere als erpicht auf eine Fortsetzung. Zumal sie mich zur aktuellen Persona non grata erklärt hatten.

Eamon zuckte mit den Schultern. »Sie hatten keine andere Wahl.«

»Warum?«, hakte ich nach, weil mich das Gefühl beschlich, etwas Wesentliches verpasst zu haben.

»Anastasya ist plötzlich aufgetaucht und hat alle ganz rasend gemacht mit ihren irren Behauptungen.« Er tippte sich gegen die Schläfe.

Ludwig und ich sahen unseren Cousin gleichermaßen fassungslos an, als er die Bombe platzen ließ. Anastasya war wach?! Hätte er mir erzählt, die Erde würde sich nun in die andere Richtung drehen, ich hätte nicht verdutzter sein können. Dabei sollten mich solche Wendungen nach den letzten Tagen eigentlich nicht mehr derart kalt erwischen. Nicht, nachdem die Welt gerade im Sekundentakt aus den Fugen geriet.

»Was für irre Behauptungen?« Sobald ich mich aus meiner

Starre gerissen hatte, machte ich einen drängenden Schritt auf ihn zu. »Was geht da vor sich, Eamon?«

»Das kannst du sie selbst fragen. Sie weigert sich nämlich, irgendetwas zu erklären, solange du und die Schwindler… Ripari nicht anwesend sind. Die Alte ist komplett durchgeknallt.«

Unter anderen Umständen hätte ich ihn wegen dem Mist, den er hier von sich gab, zurechtgewiesen, aber gerade war die Nachricht, dass Anastasya ausgerechnet mit Remy und mir sprechen wollte, drängender als Eamons Fehltritte.

Ich wechselte einen schnellen Blick mit Ludwig, dann schnappte ich mir meinen Pullover von der Stuhllehne und schob unseren Cousin rigoros aus dem Weg.

Als ich kurz vor Lu und Eamon im Hauptsaal ankam, herrschte heilloses Durcheinander, trotzdem fand ich sie sofort: Anastasya, die mit ihren über einhundert Jahren die älteste noch lebende Weltenschreiberin war und die vergangenen Monate im Wachkoma gelegen hatte. Eigens für sie hatten wir eine medizinische Station im Untergrund eingerichtet, um sie nicht an der Oberfläche in unmittelbarer Näher der Novas unterbringen zu müssen. Doch auch wenn sie hier eine sehr gute Versorgung erhalten hatte, hatten wir jeden Tag damit gerechnet, uns endgültig von ihr zu verabschieden.

Und nun saß sie neben meiner Mutter und redete mit wilder Mimik und weit ausholenden Gesten auf die Versammlung ein – und wirkte dabei lebendiger als in all den Jahren zuvor. Umgeben von ungefähr fünfzehn anderen Weltenschreibern, den schweren Bücherregalen und dem goldenen Licht der Kronleuchter, die von der gewölbten Höhlendecke herabhingen. Anastasya war wieder in unseren Reihen, dort, wo sie sein sollte.

»Kasimir, Ludwig«, begrüßte uns mein Vater, doch ich hörte ihn kaum, achtete kaum auf die anderen Mitglieder unserer

Clans, die mich mit teilweise feindseligen Mienen bedachten, weil sich in diesem Moment Anastasyas beinahe erschreckend klarer Blick auf mich richtete.

»Komm her.« Ihre Stimme war rau, leise und dennoch setzte sie sich mühelos über alle anderen hinweg. Unter der geballten Aufmerksamkeit meiner Leute durchmaß ich den Raum, bis ich den freien Platz zwischen der Ältesten und meinem Vater erreicht hatte. Kurz sah ich zu *Maman*, die mein Vater unmittelbar nach dem Anschlag in den Untergrund geholt hatte, dann ließ ich mich nieder.

»Es … es ist gut, dich zu sehen, Anastasya«, begann ich und verstummte, als sich ihre faltigen Hände um meine Finger schlossen. Ihre Berührung war wie Papier, das über meine Haut fuhr. Kühl, trocken und von seltsamem Gewicht.

»Kasimir, mein Junge. Wo hast du deine Ripari gelassen?«

Es war totenstill im Hauptsaal, jedes Gespräch war verstummt, sogar Onkel Corbin blieb zur Abwechslung ruhig.

Ich schluckte und sah in ihre wasserblauen Augen, die von unzähligen Fältchen umgeben waren, schlohweiße Haare umrahmten ihr Gesicht und dennoch wirkte sie in diesem Moment beinahe zeitlos.

»Sie ist bei ihrer Familie.«

Ihre Lippen, die ein wenig heller als ihre dunkelbraune Haut waren, zuckten. »Familie ist wichtig.«

»Warum möchtest du uns sprechen, Anastasya?«

»Ich habe Dinge gehört, viele, grausame Dinge, die nicht sein sollten.« Ihr Griff um meine Hand wurde fester. »Dinge, die uns alles nehmen werden.«

Wieder schaute ich kurz zu meiner Mutter, deren Züge hier unten zwischen all den Weltenschreibern hart und verschlossen wirkten, dann konzentrierte ich mich erneut auf Anastasya. »Du sprichst von der verschlossenen Mondia, oder? Von der ersten Warnung, die *Notre-Dame* zerstört hat.«

Die Älteste schloss kurz die Augen. »Ich spreche von allem, Kasimir, und dass es nicht sein darf. Nicht noch länger.«

»Wir haben eine neue Ripari gefunden, Anastasya. Es wird sich alles zum Guten wenden«, brachte sich mein Vater in das Gespräch ein und beugte sich über den Tisch, um zu der Weltenschreiberin schauen zu können. »Wir haben eine Lösung.«

»Das ist keine Lösung, sondern nur der Anfang.«

Bei Anastasyas Worten ballte ich meine freie Hand unter dem Tisch zur Faust. Ludwigs Worte kamen mir wieder in den Sinn: dass sich die Mondia nicht aufgrund der Ripari verschlossen hatte. Konnte es sein, dass die Älteste derselben Meinung war?

»Warum hat sich die Mondia verschlossen, Anastasya?«, fragte ich leise, wobei ich mir der verständnislosen Blicke der anderen mehr als bewusst war. »Es liegt nicht an Cassandras Tod, oder?«

»Nein. Nein. Eine Ripari repariert, sie verschließt nicht. Sie zerstört nicht. Andere tun es schon.«

Andere. Vielleicht die Novas? Ich machte mir eine gedankliche Notiz und zog die Brauen zusammen. »Wie können wir sie dann öffnen? Etwas Derartiges ist noch nie zuvor passiert, es gibt keine Aufzeichnungen, kein Wissen, auf das wir zurückgreifen können.«

Etwas, das ich nicht zu benennen vermochte, blitzte in ihren Augen auf. »So falsche Worte von einem so klugen Geist, der weit mehr sieht als alle anderen.«

Ich versteifte mich, während sich mein Vater vernehmlich räusperte. »Wovon sprichst du, Anastasya? Warum sollte Aramena nicht die Lösung sein?«

»Es ist schon einmal geschehen, richtig? Die Mondia hat sich schon einmal verschlossen«, sagte Ludwig, der an der Tür stehen geblieben war und dort am Rahmen lehnte, in diesem Moment.

»Das ist Irrsinn! Denkst du nicht, wir wüssten davon, hätten wir schon einmal vor einer solchen Katastrophe gestanden?« Onkel Corbin schüttelte ungläubig den Kopf und fasste dann Anastasya ins Auge. »Was geht hier vor sich, Älteste?«

»Ich habe nicht mit dir gesprochen, Corbin.« Ihre Nägel gruben sich in meine Haut. »Also erhebe nicht die Stimme, wenn du nichts als Unwahrheiten verbreitest.«

Wäre die Lage nicht so angespannt, hätte ich bei Corbins betäubter Miene hemmungslos gelacht und ganz offensichtlich ging es meinem Bruder nicht anders, der sich auf die Unterlippe biss. In meinem ganzen Leben hatte ich meinen Onkel noch nie derart peinlich berührt gesehen, wie in diesem Augenblick. Ein erwachsener Mann, der geglaubt hatte, ein König zu sein und dem nun vor aller Augen der Mund verboten worden war. Ich rechnete es ihm hoch an, dass er nicht geradewegs aus dem Saal stürmte, sondern nur mit brennenden Wangen den Blick senkte, während mein Vater das Wort ergriff.

»Wie kommst du darauf, Ludwig?«

»Es war nur so ein Gedanke.«

»Ein guter Gedanke«, befand Anastasya. »Ein wahrer Gedanke. Die Türen waren schon einmal geschlossen. Die Welt stand schon einmal an genau dieser Stelle. Und schon einmal hat man den richtigen Schlüssel im richtigen Moment gefunden.«

Ich konzentrierte mich wieder auf die Älteste. »Was für einen Schlüssel? Und warum haben wir nichts darüber in den Aufzeichnungen gefunden?«

Anastasya gab mich frei, wobei ihre Finger kleine, halbmondförmige Spuren auf meinem Handrücken hinterließen. »Ihr habt bisher an der falschen Stelle gesucht. Ich spreche über Wissen, von dem man nicht weiß, wo es liegt, solange einem das Wissen dazu fehlt, es zu finden. Wissen, das aus gutem Grund Wissen erfordert, um es begreifen und nutzen zu können.«

Von ihren Formulierungen bekam ich Kopfschmerzen und gleichzeitig spürte ich, wie sie neue Energie durch meinen erschöpften Körper jagten.

Keine Energie, Hoffnung.

Verdammt.

»Anastasya, wir ... wir brauchen diesen Schlüssel«, erwiderte ich möglichst ruhig. »Was kannst du uns darüber sagen?«

Ein paar Sekunden lang blieb es still, während sie blinzelte und langsam die Hände vor sich auf dem Tisch faltete. Mehrere goldene Ringe glänzten an ihren Fingern und auf ihrem Handrücken hob sich das Signo schwarz von ihrer dunklen Haut ab. Fünf Kreise, die einander überlappten und eine vierblättrige Rosette bildeten. Das Zeichen, das uns als Weltenschreiber markierte, uns Zugang zur Mondia verlieh und miteinander verband, so wie es die Kreise taten.

»Manches und gar nichts«, brach Anastasya schließlich das Schweigen. »Aber zuerst möchte ich sie sehen.«

»Wen?«, erkundigte sich *Papa*, der wirkte, als würde er jeden Moment aus der Haut fahren. Nicht verwunderlich, nachdem er gerade erst erfahren hatte, dass unser Problem an ganz anderer Stelle lag und nicht durch Remy aus der Welt geschafft werden konnte.

»Jeannes Tochter. Ich möchte Genevieve Hyde sehen.«

»Wann hattet ihr vor, mir von eurer Vermutung zu erzählen?« Vater spießte Ludwig und mich förmlich auf, kaum, dass die Tür zu seinem Büro hinter uns ins Schloss fiel. »Das ändert unsere komplette Lage und das nicht unbedingt zum Besseren!«

»Ich bin erst im Laufe der letzten Nacht draufgekommen, Sim wusste bis vor Kurzem genauso wenig wie du. Und wie gesagt, es war nur eine erste haltlose Vermutung.« Ludwig ließ sich auf einem der breiten Sessel vor *Papas* Schreibtisch nieder, ich auf dem anderen. Es hätte nicht mehr viel gefehlt und mir wäre dabei ein schweres Seufzen entwichen. Die Versammlung war noch ein gutes Stück weitergangen und danach hatte es einem Kraftakt geglichen, Anastasya wieder in ihr Bett zu bekommen. Nur dank unserer Mutter hatte die älteste Weltenschreiberin schließlich eingelenkt und sich Ruhe gegönnt, statt im Hauptsaal auf Remy zu warten.

»Eine Vermutung, die sich dank Anastasya nun bestätigt hat, nehme ich an.«

Mein Bruder nickte. »Ist es nicht krass, dass es so etwas schon mal gegeben hat und wir nichts davon wussten?«

»Es ist mehr als beunruhigend, bisher bin ich davon ausgegangen, dass unsere Aufzeichnungen vollständig sind.« Kopfschüttelnd kratzte sich Vater am Kopf und stellte dann die Ellenbogen auf dem dunklen Holz ab.

»So würde ich es nicht unbedingt ausdrücken«, hielt ich dagegen und strich nachdenklich mit den Fingern über die Hand, auf der noch immer die kleinen Halbkreise zu sehen waren. »Es zeigt uns, dass schon einmal eine Lösung gefunden wurde.«

Mein Vater schien wenig überzeugt. »Vorausgesetzt, Anastasya weiß wirklich etwas. Sie hat viel gesehen, viel erlebt in ihrer aktiven Zeit als Weltenschreiberin. Ich kenne niemanden aus unseren Reihen, der mehr verlorene Bücher zurückgebracht hat – aber das ist lange her und die vergangenen Monate haben ihr zugesetzt. Wir sollten unsere Hoffnung nicht allein auf sie bauen.«

Ohne uns aus den Augen zu lassen, strich er sich über das Kinn. »Aber natürlich werden wir jeder Option nachgehen, die uns weiterbringen könnte.«

Ich nickte. »Dann hole ich Remy ab und bringe sie wieder in den Untergrund. Schließlich ist das die Bedingung der Ältesten.«

»Angenommen, Remy lässt das mit sich machen«, warf Ludwig ein und schob die Ärmel seines mittlerweile zerknitterten weißen Leinenhemds hoch. »Du hast ihr etwas Zeit versprochen, mit all dem fertigzuwerden. Und sie nun direkt mit Anastasya und der nächsten Hiobsbotschaft zu konfrontieren, könnte komplett nach hinten losgehen.«

»Oder alles leichter machen.«

Mein Bruder zog überrascht von meiner Antwort eine Braue nach oben. »Wie sollte eine rätselhafte und teilweise wirklich unverständliche alte Weltenschreiberin irgendetwas einfacher für eine junge Frau machen, die bisher keine Ahnung von unserer Welt gehabt hat?«

»Erinnerst du dich, wie Anastasya Remy gerade im Hauptsaal genannt hat, Lu?«

»Genevieve Hyde«, erwiderte er sofort, dann flackerte Verständnis in seinem Blick auf. »Die Älteste weiß etwas über Remys Familie.«

»Mehr als ich zumindest, wenn sie sogar ihren echten Namen kennt. Remy bat mich gestern, nicht über ihre Familie zu sprechen, aber ihre Worte standen im Kontrast zu dem, was dabei in ihrer Stimme lag.« Ich dachte an den Ausdruck auf ihren Zügen, als wir vor der Mondia auf dem Boden gesessen und über die Weltenbibliothek und Ripari gesprochen hatten. An die Sehnsucht in ihrem Blick und den dunklen Schatten, der sich sofort darübergelegt hatte. Als würde sie sich diese Gedanken verbieten. »Ich kann mir nicht vorstellen, wie es ihr mit all dem gehen muss, aber wäre ich an ihrer Stelle, würde ich wissen wollen, woher ich komme. Vielleicht ist dieser Wunsch größer als ihr Misstrauen.«

Mein Bruder bedachte mich mit einem Blick, den ich nicht sofort zu deuten wusste, dann schaltete sich mein Vater wieder ein. »Hol Aramena in den Untergrund. Wir werden sehen, wie sich die Dinge entwickeln.«

»Verstanden.« Ich wollte schon aufstehen, doch *Papa* hielt mich zurück.

»Und Sim, nimm Ludwig mit. Wir dürfen kein Risiko eingehen, und die Novas kennen eure Gesichter.«

Lu und ich tauschten einen raschen Blick, dann fragte mein Bruder: »Gibt es neue Entwicklungen in Bezug auf diese Fanatiker?«

»Nicht direkt, aber ich gehe davon aus, dass die Novas die Geschehnisse rund um *Notre-Dame* dahingehend interpretiert haben, dass wir Probleme haben. Und nachdem sich nun auch Zella in der Stadt befindet … Wir müssen wachsam blieben. Und vier Augen sehen mehr als zwei.« Mir gefiel nicht, wie vage und vorsichtig sich Vater ausdrückte. Als wollte er eine entscheidende Sache um jeden Preis umschiffen. Als gäbe es eine weitere Komponente in diesem ohnehin schon verworrenen Rätsel. Als wäre da mehr.

Und wenn ich eines in den vergangenen Tagen gelernt hatte, dann dieses *Mehr* zu fürchten.

Kapitel 15

7. Arrondissement, Paris

REMY

Es war vier Uhr morgens, als ich hörte, wie sich die Wohnungstür öffnete und dann ganz leise wieder schloss. Schritte erklangen im Flur, Lichtschalter wurden betätigt, dann das vernehmliche Klicken der Badezimmertür, die abgeschlossen wurde.

Maman war zurück in Essies und meiner Wohnung, in die unsere Eltern nach den Geschehnissen vorübergehend eingezogen waren, weil sie weiter von *Notre-Dame* entfernt lag.

Ich hatte die gesamte Nacht kein Auge zugetan. Alles, was ich von Kasimir und den … Weltenschreibern erfahren hatte, hielt mich wach. Ich dachte über die zerstörte *Notre-Dame* nach, die vielen Sondersendungen in den Nachrichten gestern, an die Worte meines Vaters und von Essie. Diese ganzen Eindrücke hatten sich in meinem Kopf zu einem zerstörerischen Mahlstrom vermischt, der jeden Gedanken an Schlaf und jede Option auf Ruhe ausgelöscht hatte. Mein Herz schlug permanent viel zu schnell und unregelmäßig und ich hatte das Gefühl, je mehr Zeit verging, desto schwerer wog, was ich erfahren hatte. Die Erkenntnis, dass es den Untergrund gab, dass ich irgendwie damit verbunden war, dass die Welt aufgrund einer Bibliothek vor dem Untergang stand.

Ich presste mir eine Hand auf die Brust, spürte meinen Puls und starrte in der Dunkelheit an die Decke. Das Licht von draußen reichte aus, um den Himmel aus dunkelblauem Stoff erkennen zu können, den ich mit Essie über das Kopfteil meines Betts drapiert hatte, genauso wie die Lichterkette, die jetzt allerdings ausgeschaltet war. Alles in diesem Zimmer war vertraut – die Poster mit den wenig geistreichen Sprüchen über Elektronik und Mechanik, die Ninette aufgehängt hatte, das große Bücherregal, die Couch, auf der meine hoffnungslos verstreuten Klamotten lagen –, nur ich war es nicht. Nur ich war mir nicht mehr vertraut.

Das Wasser wurde abgestellt, wieder hörte ich es klicken, dann *Mamans* Schritte auf dem Flur. Kurzerhand schwang ich die Beine über die Bettkante und schlüpfte in einen übergroßen Wollpullover aus den Neunzigern von *Papa*, dann trat ich auf den Flur.

Und erschreckte meine Mutter zu Tode.

»*Bon sang!* – Um Himmels willen, Remy!«

»Tut mir leid, *Maman*.«

Kopfschüttelnd strich sie sich durch die noch feuchten Strähnen und zog den flauschigen Bademantel, der eigentlich Esther gehörte, enger um sich. »Kannst du nicht schlafen, *chérie*?«

»Nein, da ist zu viel, was mich wach hält«, erwiderte ich leise und tastete nach der Kette mit dem Zahnrad.

Meine Mutter bemerkte die Geste, dann legte sie mir einen Arm um die Schultern und nickte in Richtung Wohnzimmer. »Wollen wir es uns mit einem Tee gemütlich machen? Ich muss auch erst mal die Ereignisse des Tages verarbeiten.«

»Gern.«

Mit einem frischen Kräutertee und eingekuschelt in dicke,

bunte Decken machten wir es uns auf der großen Couch vor den bodentiefen Fenstern gemütlich und hingen einen Moment lang unseren Gedanken nach, ehe meine Mutter leise seufzte.

»Ich hoffe, ich bin nicht der Grund für deine aufgewühlten Gedanken.«

Stirnrunzelnd sah ich sie an. Im schwachen Licht der wenigen Kerzen, die wir angezündet hatten, wirkten ihre Haare beinahe schwarz. »Wie kommst du darauf?«

»Baptiste wird sicher mit euch über unser Telefonat vorhin gesprochen haben.«

Ich begegnete ihrem Blick über meine Tasse hinweg und nickte. *Papa* war ziemlich aufgebracht gewesen, weil unsere Mutter ihren Posten im Krankenhaus nicht verlassen wollte, um in die Normandie zu fahren. Sie war eben Ärztin durch und durch und ging besonders dann nicht, wenn es brenzlig wurde. Das hatte letztlich auch *Papa* einsehen müssen, auch wenn ihm das gegen den Strich ging und seine Pläne für uns durchkreuzte.

»Es kam für keinen von uns infrage, dich allein in Paris zurückzulassen. Wir sind eine Familie, *Maman*.«

Ihre Züge hellten sich auf, dann streckte sie eine Hand aus und strich mir federleicht über die Wange. In diesem Moment war es beinahe unvorstellbar, dass jemand anderes meine biologische Mutter sein sollte, eine Fremde, deren Namen ich gestern erst erfahren hatte – und dennoch durchfuhr mich dieser Gedanke genau jetzt.

»Was ist, Remy?«, fragte *Maman* sanft, als sie meinen inneren Umschwung bemerkte. »Ist irgendetwas passiert?«

In meinem Hals bildete sich ein dicker Kloß, trotzdem schaffte ich es, die Worte irgendwie an ihm vorbeizuquetschen. »Wisst ihr wirklich nicht mehr über meine Adoption?«

Die Augen meiner Mutter weiteten sich merklich. »Wie

kommst du denn darauf, *mon cœur*? Hat es etwas damit zu tun, was mit der *Notre-Dame* geschehen ist?«

Zu gerne hätte ich ihr von Sim erzählt, von der Mondia und allem anderen, aber dann dachte ich an die Novas, an Kasimirs Warnung, wie gefährlich sie waren. Meine Familie sollte nicht auch noch in diesen Kampf, den ich selbst nicht verstand, hineingezogen werden.

Ich senkte den Blick in meinen Tee. »Nein, ich glaube nicht. Es gibt keinen direkten Auslöser, ich … ich habe nur immer noch all diese Fragen. Das bedeutet nicht, dass ich nicht glücklich wäre. Ich liebe dich, *Maman*. Ich liebe *Papa* und Esther und bin so dankbar und froh, euch zu haben, nur …«

Meine Mutter rutschte ein wenig näher, sodass ich ihre Wärme überall am Körper spüren konnte. Ihre Nähe. »Ich kann sehr gut verstehen, dass dich das beschäftigt. Und du brauchst dich niemals deswegen zu erklären, Remy. Es ist dein gutes Recht zu wissen, woher zu kommst.«

Ich sah wieder auf und begegnete ihrem sanften Lächeln. »Es fühlt sich verboten an, darüber nachzudenken, während ich mit dir hier sitze und alles habe.«

»Ach, Remy.« *Maman* lehnte sich an mich, bis mein Kopf auf ihrer Schulter lag. »Verbiete dir keine Gedanken, die dein Herz bewegen.«

Ich atmete leise aus und schloss die Augen. »Warum gibt es nirgendwo Aufzeichnungen darüber, wer meine Eltern sind? Das ist doch bei Adoptionen normalerweise üblich.«

Meine Mutter stellte erst ihre und dann meine Tasse ab und griff nach meinen Händen. »Bei dir war es etwas anderes. Du bist wie aus dem Nichts aufgetaucht. Ein kleines Bündel, das plötzlich im Eingang der Notaufnahme lag und verletzt war. Ohne Namen, ohne Nachricht. Das Einzige, was du bei dir hattest …«

»War das Zahnrad«, flüsterte ich und bildete mir ein, wie der Anhänger auf meiner Brust zu glühen begann.

Ein zögerliches Nicken. »Du hast Hilfe gebraucht, also habe ich dich versorgt und mich … sofort in dich verliebt. Es hat einiges an Anstrengung gekostet, wir mussten abwarten, ob sich nicht doch noch jemand meldet und die Behörden können wirklich Drachen sein, aber letztlich bist du auch offiziell meine Tochter geworden, so wie du es schon an diesem einen Abend gewesen bist. Es tut mir leid, dass ich dir nicht mehr sagen kann.«

»Das braucht es nicht, *Maman*. Wirklich nicht.« Ich drehte den Kopf zu ihr und sah das Schimmern in ihren Augen. »Es spielt hier und jetzt keine Rolle, weil ich dich habe. Euch.« Und das meinte ich auch so. Was auch immer ich über Jeanne Hyde und die Ripari erfahren würde, sie würden nichts daran ändern, dass die Benoits meine Familie waren.

»Wenn du möchtest, können wir, sobald sich alles beruhigt hat, gemeinsam nachforschen. In dieser Nacht hattest du Verletzungen, die auf einen Unfall hingedeutet haben. Womöglich ein Autounfall oder Ähnliches. Vielleicht können wir etwas herausfinden, wenn wir bei Camille nachfragen. So oft, wie ich ihr schon bei ihren Ermittlungen geholfen habe, habe ich mindestens drei Gefallen bei ihr gut.«

»Und genau aus diesem Grund liebe ich dich so.« Lächelnd kuschelte ich mich an meine Mutter und spürte, wie sich mein Herzschlag ein klein wenig beruhigte. Die tiefen Risse, die die Fragen nach meiner Herkunft über die Jahre hinweg in meine Brust geschlagen hatten, waren noch da, aber im Augenblick waren die Brücken, die *Maman* und meine Familie gebaut hatten, stärker.

»Danke, *Maman*.«

Sie streichelte über meine Haare. »Wofür?«

»Dass du mich in dieser Nacht gerettet hast.«

Eine kleine Weile lang sagte meine Mutter nichts und ich spürte, wie meine Lider schwerer wurden. Warme Dunkelheit zog mich sanft zu sich, versprach Ruhe und Sicherheit und während ich langsam wegdriftete, drangen ihre Worte wie aus einer anderen Wirklichkeit zu mir.

»Nicht ich, Remy, du. Du hast uns gerettet, als du zu uns gekommen bist. Und dafür werde ich dir ewig dankbar sein.«

»Sie haben die gesamte Stadt lahmgelegt, Remy.« Ninnie rutschte näher an die Kamera heran und riss die Augen auf. »Das ist verdammt noch mal Angst einflößend. Mein Vater spricht ununterbrochen davon, dass sich ein Krieg zusammenbraut.«

Ein Krieg, der nichts mit der Welt zu tun hat, wie wir sie kennen.

Ich ließ den Schraubendreher sinken und sah wieder zu meinem Tablet, das vor mir auf der Werkbank stand. »Meine Eltern stehen hinter den Vermutungen, dass es sich um Terrorismus handelt. Obwohl es bisher keinerlei Beweise dafür gibt.«

»Seltsam, oder?« Stirnrunzelnd zupfte meine beste Freundin ihr Haargummi aus den schwarzblauen Strähnen. »Sonst gibt es doch immer Ankündigungen oder jemanden, der sich dazu bekennt, um die morbiden Lorbeeren einzuheimsen. Aber bei dieser Sache … nichts. Wenn du mich fragst, geht es hierbei um etwas ganz anderes.«

Wie von selbst glitt mein Blick zu meinem Handy zwischen dem Durcheinander aus elektronischen Bauteilen und Werkzeugen. Vor ein paar Minuten war dort eine Nachricht von Kasimir eingegangen, die ich bisher vehement ignoriert hatte.

»Nein, ziemlich sicher steckt etwas ganz anderes dahinter. Etwas, von dem wir Normalsterblichen nichts wissen, es gibt schließlich vieles, das wir nicht erklären können: Loch Ness, Kreise in Kornfeldern, Sichtungen von Ufos …«, fuhr Ninnie fort, jetzt, wo sie sich einmal in Rage und damit direkt in ihr Lieblingsthema geredet hatte. »Da musste ja früher oder später etwas Großes ans Licht kommen.«

Ich riss mich von meinem Handy los und sah wieder auf das Tablet, wo der Videocall mit Ninnie seit mittlerweile fast zwei Stunden lief. Die Regierung hatte eine weitestgehende Ausgangssperre für die französische Hauptstadt verhängt, wodurch Ninette und ich gezwungen waren, auf FaceTime zurückzugreifen, um einander auf den aktuellen Stand zu bringen und unsere Gedanken zu sortieren. Als wäre das so einfach möglich. Nicht einmal die Espressomaschine, an der ich gerade herumschraubte, schaffte es, mich zu beruhigen, und sonst war das Reparieren normalerweise mein ultimatives Mittel, um runterzukommen.

»Wenn du mich fragst, dann klingt das alles ziemlich ungewöhnlich. Ich meine, würde sich die Regierung nicht anders verhalten, wenn es sich hierbei wirklich um einen Terroranschlag handeln würde und … Erde an Remy?«

Blinzelnd riss ich mich aus dem Strudel in meinem Kopf und hätte dabei beinahe ein paar Bauteile von der Werkbank gefegt. »Äh, was?«

»Wenn du nicht darüber reden magst, ist das in Ordnung, sag es einfach. Ich kann mir vorstellen, dass du noch dem Gespräch mit deiner Mutter heute Nacht nachhängst.«

»Nein«, ich winkte ab, »das ist es nicht. Ich bin nur …« Die Worte erstarben auf meiner Zunge, als mir klar wurde, dass ich Ninnie nichts von all dem erzählen konnte. Nichts von Kasimir, nichts von den Weltenschreibern und der Mondia. Nichts von dem, was ich über meine Herkunft herausgefunden hatte. Und das wog unsagbar schwer auf meinen Schultern.

»Ich will dir nicht zu nahe treten, Remy, aber du wirkst … na ja, nicht halb so beunruhigt über den Einsturz von *Notre-Dame* wie der Rest der Bevölkerung.«

Was vermutlich daran lag, dass ich – im Gegensatz zum *Rest der Bevölkerung* – wusste, dass es sich weder um Terrorismus noch eine andere Art Verschwörung – oder *Aliens* – handelte. Sofern man die alte Fehde zwischen den Novas und Weltenschreibern einmal außen vor ließ.

»Es beunruhigt mich, Ninnie«, hielt ich nicht halb so überzeugend dagegen, wie es gebraucht hätte, um jemanden wie meine beste Freundin zu täuschen. »Mir geht nur gerade sehr viel anderes im Kopf rum.«

»Reden wir von dem geheimnisvollen Arsch, der dich letzte Woche bestohlen hat?«

»Wie zum Teufel kommst du denn jetzt darauf?«

Sie zuckte mit einer Schulter. »Intuition. Und, habe ich recht?«

»Nein.« *Doch.* Als wollte mich mein Handy Lügen strafen, leuchtete es in diesem Moment wieder auf. Eine zweite Nachricht von Kasimir.

In den braunen Augen meiner Freundin blitzte es auf. »Du solltest dein Gesicht sehen. Ehrlich, nur du schaffst es, dir in einer katastrophalen Situation wie dieser noch eine Männergeschichte aufzuhalsen.«

Meine verdammten, verräterischen Wangen begannen zu brennen und in diesem Moment verfluchte ich die helle Nachmittagssonne, die meine Werkstatt förmlich flutete. »Das ist keine Männergeschichte, Ninnie, okay?«

Ninettes Blick glitt kurz vom Bildschirm in eine andere Ecke ihres Zimmers, wo sich, wie ich wusste, die Tür befand. Eine gedämpfte Männerstimme war zu hören, dann hatte ich wieder ihre ungeteilte Aufmerksamkeit. »Hast du ein Glück, dass mich mein Vater gerade dazu verdonnert hat, das Atelier aufzuräumen, jetzt, wo die Arbeit stillsteht.«

»Puh.« Ich tat so, als würde ich mir imaginären Schweiß von der Stirn wischen, dabei war ein Teil von mir wirklich dankbar, dass sich Maurice Beaufort ausgerechnet diesen Moment ausgesucht hatte. Denn von Minute zu Minute fiel es mir schwerer, Ninnie zu belügen. Wir kannten einander beinahe unser gesamtes Leben, hatten uns nie irgendetwas verschwiegen und jetzt damit anzufangen … fühlte sich falsch an. In vielerlei Hinsicht.

»Was auch immer es ist, wir reden noch darüber, Aramena Benoit, verlass dich drauf.«

»Etwas anderes habe ich auch nicht erwartet.«

»Gut so.« Ninnie schickte mir zwei Luftküsschen. »Pass auf dich auf in dieser verrückten Zeit, schön in deiner Höhle bleiben, okay? Wir hören uns später!«

Ich nickte und erwiderte die Geste. »Und du auf dich. Hab dich lieb.«

Nachdem wir aufgelegt hatten, wurde es für einige Augenblicke still. Ich hörte das leise Ticken der alten Uhr über der Tür, die Tauben, die draußen vor dem Fenster im Innenhof saßen und gurrten, und das Blut, das viel zu schnell in meinen Ohren rauschte. Gott, ich musste mit jemandem über all das sprechen, jemandem, der nicht zu Kasimirs Leuten gehörte, um mir über meine Rolle in dieser ganzen Sache klar zu werden, nur … warum warnte mich mein Instinkt davor?

Heftiger als nötig klappte ich das Cover meines Tablets zu und wollte gerade wieder nach dem Schraubendreher greifen, als mehrere Stimmen durch die angelehnte Tür zu mir drangen. Mehr als da sein sollten, jetzt wo *Maman* wieder im Krankenhaus war. Ein

Gedanke jagte wie ein glühender Pfeil durch meinen Kopf: Was war, wenn mich die Novas doch gefunden hatten? Wenn sie es nun auf meine Familie abgesehen hatten?

Hastig stand ich auf, legte mein Tablet zur Seite und schlich aus der Werkstatt zur Treppe, die in die Wohnung führte, um mehr verstehen zu können. Mein Herz schlug mir bis zum Hals, als ich die Stufen möglichst lautlos nach oben stieg und in den Flur linste. Das waren *Papa* und Esther und noch eine andere Stimme, die ich sofort wiedererkannte: Kasimir.

Die Furcht verschwand aus meiner Brust und an ihrer statt blieb die Frage, was er hier machte. So weit ich mich erinnern konnte, hatten wir uns für morgen verabredet und …

»Remy?«, rief mein Vater in diesem Moment so unvermittelt, dass ich zusammenfuhr. »Hier ist jemand für dich.«

Reflexartig fuhr ich mir einmal durch meine langen Haare, die mir offen über die Schultern fielen, und schalt mich noch in derselben Sekunde dafür, ehe ich mich aus meinem Versteck am Treppenabsatz wagte. Essie, *Papa* und Kasimir standen im Flur nahe der Küche und drehten sich nun zu mir um. Mein Blick landete wie von selbst auf Sim, auf dessen Zügen zwar ein offenes Lächeln lag, dieses jedoch kaum über die dunklen Schatten unter seinen Augen hinwegtäuschen konnte. Hatte es schon wieder einen Zwischenfall gegeben? War er deswegen hier?

»*Salut*«, brachte ich schließlich hervor und verschränkte locker die Arme vor der Brust.

»Hallo, Remy.« Seine tiefe Stimme sorgte dafür, dass sich die Härchen auf meinen nackten Armen aufstellten. Nur mit Mühe unterdrückte ich den Drang, mir über meine Gänsehaut zu fahren.

»Was … was machst du hier? Ich dachte, wir wollten morgen … telefonieren?« *Fichu*, mit meinem Vater und Esther direkt daneben würde dieses Gespräch definitiv nicht funktionieren.

»Ich wollte nur sichergehen, dass alles in Ordnung bei dir ist.«

»Kasimir hat uns gerade erzählt, dass er als ziviler Ermittler bei der Polizei arbeitet und auf seiner Runde vorbeigekommen ist, um nach dir zu sehen«, sagte mein Vater mit einem Unterton, der einen ganzen Fragenkatalog implizierte.

Warum hast du uns nichts von deinem Polizeifreund erzählt?

Wo habt ihr euch kennengelernt?

Ist es etwas Ernstes?

Himmel.

»Wie lieb, danke, Kasimir«, wandte ich mich wieder an unseren unerwarteten Gast und versuchte, zumindest einen Mundwinkel zu heben. Polizei, ernsthaft? Das hier würde definitiv Konsequenzen haben. Für Kasimir, weil ich ihm für diesen Mist in den Hintern treten würde und für mich, weil mir ein Vater-Schwester-Verhör bevorstand.

Sim neigte leicht das Kinn, um seine Lippen herum zuckte es verdächtig. »Gerne, außerdem kann ich dir so direkt das Gerät geben, dass du dir für mich anschauen wolltest.« Kurzerhand griff er in seine lederne Kuriertasche und holte ein kupferfarbenes Kästchen hervor, das ich bereits kannte. Verständnislos blickte ich von der kleinen Box – noch ein *Duplicator?* – zu Sim und zurück. Was hatte er vor?

»Ich habe dir ein paar Notizen dazu ins Innere gepackt. Danke noch mal, dass du dich darum kümmerst.«

»Kein Problem«, gab ich halbherzig zurück und umfasste das kühle Metall fester.

»Gut, dann mache ich mich mal wieder auf den Weg, nicht, dass mich meine Kollegen noch vermissen.« Galant wandte sich Kasimir zuerst an meine Schwester und dann an *Papa*. »Hat mich gefreut, Madame, Monsieur.« Fehlte nur noch, dass er sich an einen imaginären Hut tippte.

»Ich bringe Sie noch zur Tür«, bot mein Vater eilig an und bedeutete Sim voranzugehen, während ich nur perplex dastand und den Duplicator umklammert hielt, als würde mein Leben davon abhängen.

Auf halber Höhe der Treppe drehte sich Kasimir noch einmal zu mir um und sah mir direkt in die Augen. Unzählige unausgesprochene Worte lagen in dem tiefen Braun, die ich nicht zu deuten vermochte, dann waren er und *Papa* im Erdgeschoss verschwunden.

»Interessant. Das war wirklich interessant. Vor allen Dingen, wenn man bedenkt, dass du noch nie einen Kasimir oder Polizisten erwähnt hast.«

Ruckartig sah ich zu meiner Schwester, deren knallrote Lippen zu einem schiefen Grinsen verzogen waren.

»So wie du mich gerade ansiehst ganz offensichtlich aus gutem Grund.«

Essie stieß mich leicht mit der Schulter an. »Mir hättest du ruhig sagen können, dass du einen Freund hast. Vor allen Dingen, wenn er so gut aussehend und charmant ist.«

Und wieder begann mein Gesicht zu brennen. »Er ist nicht mein Freund. Wir haben uns durch Zufall kennengelernt, er hat mir von diesem … Gerät erzählt und ich habe ihm meine Hilfe angeboten. Ende der Geschichte.«

Träumerisch tippte sie sich ans Kinn. »Schade, wenn man bedenkt, wie ihr einander gerade angeschaut habt.«

Genau. Wie zwei Menschen, die ein Geheimnis teilen, das schuld an der Ausnahmesituation in Paris ist.

Ich verzog das Gesicht. »Red' dir das nur weiter ein. Falls du mich suchst, ich bin in der Werkstatt.«

»Mach nicht zu lange. In einer Stunde kommt *Maman* aus dem Krankenhaus und dann wollen wir gemeinsam essen.«

»Ich werde dran denken.«

Irgendwie gelang es mir, mich vor einer Konfrontation mit meinem Vater zu drücken und stattdessen in das Hinterzimmer des *Bouquet de la Rose* zu flüchten. Glücklicherweise gab es in unserer Familie das ungeschriebene Gesetz, mir dort meine Ruhe zu lassen, sobald die Tür geschlossen war, sodass ich etwas Zeit zum Durchatmen gewann. Ich konnte immer noch nicht glauben, dass Kasimir einfach so bei mir zu Hause aufgetaucht war. Hatte er nicht daran gedacht, dass das Fragen aufwerfen würde? Andererseits hatte ich auf keine seiner Nachrichten geantwortet … Trotzdem hätte er ja nicht gleich aufkreuzen müssen.

Seufzend setzte ich mich an den Tisch in der Mitte der Werkstatt und machte mich daran, die obere Abdeckung des Duplicators zu öffnen. Prompt sprang mir ein mehrfach gefalteter Zettel entgegen. Vorsichtig, um den filigranen Mechanismus aus Zahnrädern und Federn im Inneren nicht zu beschädigen, zupfte ich das Papier heraus und klappte es auseinander. Mehrere Reihen Text in geschwungener schwarzer Tinte blickten mir entgegen.

Remy,
es tut mir leid, deine Ruhezeit jetzt schon zu stören, aber die Dinge haben sich geändert und wir können nicht länger warten. Das hier ist ein Locator, ich habe meine Position eingespeichert, sodass du mich problemlos finden kannst. Triff mich in zehn Minuten. Alles weitere erkläre ich dir unten.
S.

Unten? Er wollte mich jetzt mit in den Untergrund nehmen, wo in ganz Paris Ausgangssperren herrschten und meine Familie hier war? Wie stellte er sich das vor? Sie würden durchdrehen, sollte ich einfach verschwinden.

Kopfschüttelnd faltete ich den Zettel wieder zusammen und steckte ihn in meine Jeansshorts, zu der ich ein weites graues T-Shirt und eine gestreifte, oversized Strickjacke trug. Dann griff ich nach meinem Handy und scrollte zu Kasimirs Nachrichten.

Sim: Wir haben ein Problem. Melde dich.

Sim: Ich meine das ernst, sonst würde ich dich nicht damit belangen.

Nur er verwendete Ausdrücke wie *belangen* in einer WhatsApp-Message.

Ich atmete aus und fuhr mir durch die Haare. Das Problem an der Sache war, dass ich ihm glaubte. Ich hatte noch nicht viel von seiner Welt zu sehen bekommen, aber genug, um zu verstehen, dass schreckliche Dinge geschahen, wenn Kasimir von Problemen sprach. Und das wiederum bedeutete, dass ich zu ihm musste.

Kurz ging ich in mich und spielte mehrere Szenarien durch, nur um letztlich wieder bei der ersten Option zu landen. Aus einem Haufen Aufzeichnungen, die ich mir zu verschiedenen Aufträgen gemacht hatte, kramte ich einen halbwegs leeren Zettel hervor und schrieb eine knappe Notiz an meine Familie, die ich auf dem Tisch deponierte. Dann nahm ich meine Tasche, stopfte den Locator, mein Handy und den dicken Pullover meines *Papas*, der auf der Rückenlehne meines Stuhls lag, hinein, ehe ich mich lautlos aus der Werkstatt schlich. Da der Eingang zum Blumenladen allein schon aufgrund der Glöckchen wegfiel, wählte ich die Hintertür und fand mich wenige Augenblicke später in der schmalen Gasse hinter unserem Haus wieder.

Mon Dieu, es ist total dämlich, was ich hier mache.

Nur hielt mich dieser Gedanke auch nicht davon ab, den Locator aus der Tasche zu ziehen und auf die größere Straße zu biegen. Dort drängte ich mich an die Hauswand, um nicht unnötig Aufmerksamkeit auf mich zu ziehen und drehte dann ein wenig ratlos das kupferfarbene Kästchen in den Händen, das mich angeblich zu Sim führen sollte. Auf keiner der sechs Seiten war irgendetwas anderes zu sehen oder zu ertasten als schimmerndes Metall mit verschlungenen Ornamenten und … plötzlich erklang ein leises Klicken, bloß einen Moment, bevor sich eine kleine Klappe öffnete, unter der ein orangefarbenes Lämpchen saß. Das genau in diesem Moment zu blinken begann.

»Das ist doch ein Scherz«, murmelte ich und drehte den Locator versuchsweise in verschiedene Richtungen, nur um festzustellen, dass das Blinken in alle bis auf eine Himmelsrichtung schwächer wurde. Damit hatte ich wohl die Antwort auf die Wegfrage. Das Kästchen fest in den Händen folgte ich dem schmalen Bürgersteig, vorbei an geschlossenen Läden und heruntergelassenen Jalousien. Ich konnte nicht verhindern, dass sich ein unangenehmes Prickeln in meinem Nacken festbiss. Die Stadt war dank der Ausgangssperre wie ausgestorben, beinahe unheimlich, und das, was ich hier tat, absolut einfältig. Zumindest kam es mir so vor, als ich dem Blinken folgte und wenig später in eine Straße einbog, an dessen Ende gleich zwei bekannte Gesichter warteten.

Sim und Ludwig.

»Schön dich wiederzusehen, *ma crevette*«, begrüßte mich Letzterer und breitete die Arme aus. »Wir haben dich schon vermisst.«

»Lu.« Kasimir stieß seinen jüngeren Bruder an und nickte mir dann zu. »Danke, dass du gekommen bist, Remy.«

»Es klang nicht so, als hätte ich eine wirkliche Wahl.«

Mit einem ernsten Nicken nahm mir Sim den Locator ab. »Die haben wir auch nicht.«

»Das scheint euer tägliches Motto zu sein«, bemerkte ich mit einem freudlosen Lächeln und umfasste den Träger meiner Tasche fester. »Also, was ist los?«

»Nicht hier.« Sim sah über meine Schulter hinweg die schmale Straße entlang und furchte die Stirn. »Wir sollten gehen, bevor uns noch jemand sieht.«

»Gehen?«

Ludwig wackelte mit den Augenbrauen. »Von hier sind es durch die Tunnel etwas mehr als zwei Kilometer bis in den Untergrund, genügend Zeit, dich auf den neusten Stand zu bringen.«

Sie wollten allen Ernstes bis zu … diesem Labyrinth laufen? Was war mit meinen Eltern? Kopfschüttelnd überkreuzte ich die Arme vor der Brust und sah wieder zu Kasimir, dessen Stirn mit jeder Sekunde, die wir hier draußen standen, tiefere Sorgenfalten zu bekommen schien. »Ich kann nicht einfach verschwinden.«

»Remy, bitte, wenn es eine andere Möglichkeit gäbe, würde ich das nicht von dir verlangen, vertrau mir.«

Merde, ich wusste nicht, was es war, aber jedes Mal, wenn Sim diesen ruhigen, dringlichen Tonfall anschlug, wurde die protestierende kleine Stimme in meinem Inneren leiser. Bis sie schließlich ganz verstummte. Und das war absolut nicht gut.

Zwiegespalten blickte ich zwischen der Richtung, aus der ich gekommen war, und Sim hin und her.

»Außerdem«, fuhr er fort, »habe ich jemanden gefunden, der mehr über dich und deine Vergangenheit weiß.«

Ich wollte es nicht und trotzdem horchte ich sofort auf. Ich konnte nicht verhindern, dass sich ein elektrisches Surren in mir ausbreitete. »Wovon sprichst du?«

Sim trat ein wenig näher, sodass mir sein ganz persönlicher Geruch in die Nase stieg. »Von deiner Familie, Remy. Und diese Person würde dich sehr gerne kennenlernen.«

Verdammt sollte er sein, diesen wunden Punkt gegen mich zu verwenden. Und verdammt sollte ich sein, weil es funktionierte. Noch einmal blickte ich dorthin zurück, wo der Blumenladen meiner Schwester lag, dann stieß ich resigniert den Atem aus und nickte. »*D'accord.*«

»*Merci*, Remy.«

Ich warf ihm einen scharfen Blick zu. »Bedank dich nicht zu früh.«

Kapitel 16

1./6. Arrondissement, Paris

Sim

Die Ausgangssperre machte alles um ein Vielfaches komplizierter. Normalerweise nutzten wir die öffentlichen Verkehrsmittel, um in der Menge unterzutauchen und schneller zu den jeweiligen Eingängen im Untergrund zu gelangen. Doch jetzt, wo die Stadt zum Erliegen gekommen war, blieb uns nicht viel anderes übrig, als die Strecke zu Fuß zurückzulegen. Und das bedeutete ellenlange, staubige, unbeleuchtete Tunnel, die seit Jahrzehnten niemand mehr genutzt hatte, und Spinnweben im Gesicht, die für zehn Leben reichten. Zumindest behielt Ludwig recht, auf dem Weg zum eigentlichen Untergrund blieb mehr als genügend Zeit, um Aramena von Anastasya und der nach wie vor verschlossenen Mondia zu erzählen.

»Du hast doch gesagt, dass so etwas noch nie vorgekommen ist. Dass sich die Bibliothek noch nie verschlossen hat«, meinte Remy, als ich mit meinem Bericht am Ende war, und sah mich von der Seite an. Mittlerweile hatte sie sich einen übergroßen Strickpullover, der garantiert nicht aus diesem Jahrhundert stammte, übergezogen, und ertrank beinahe darin.

»Das haben wir auch gedacht, aber anscheinend ist der Vorfall damals nur ein weiteres der unzähligen Geheimnisse der Weltenschreiber.«

»Geheimnisse, die wenig hilfreich sind«, kommentierte Lu, der bewaffnet mit einer Taschenlampe vorausging.

»Und diese Anastasya möchte ausgerechnet mit mir darüber sprechen?«

Ich nickte.

»Aber warum? Ich weiß so gut wie nichts über die Mondia oder irgendwelche Schlüssel. Wie sollte ich irgendeine Hilfe sein? Wäre es so, hätte sich die Tür doch längst geöffnet, nicht? Die letzte Ripari hat eine Lücke hinterlassen, in die ich theoretisch nachgerückt bin – irgendwie jedenfalls – und das hätte was verändern müssen, oder?« Aufgebracht fuhr sie sich durch die offenen Haare.

Ein schiefes Lächeln zupfte an meinen Lippen, als sie ihre Gedanken in derartiger Geschwindigkeit abfeuerte. »So funktioniert unsere Welt nun einmal nicht. Wir folgen keiner Logik.«

»Vielleicht befindet ihr euch deswegen in der derzeitigen Lage.«

»*Touché*«, bemerkte Ludwig und drehte sich kurz um, nur um sein breites Grinsen zu zeigen.

Merci beaucoup, mon frère.

Ich vergrub die Hände in den Taschen meiner dunklen Jeans-Shorts und kickte einen kleinen Kiesel zur Seite, der ein paarmal gegen die Wände schlug. »Wir werden auf Anastasyas Erklärungen warten müssen. Aber ich bin mir sicher, dass sie uns erhellen wird. Es gibt niemanden, der so viel über die Weltenschreiber weiß wie sie.«

»Das klingt, als würdest du sie sehr gut kennen.« Remys Stimme war bei diesen Worten sanfter geworden.

Seufzend ließ ich die Schultern sinken. »Anastasya lag mehrere

Monate im Koma, davor war sie so etwas wie unsere Großmutter. Wir sind nicht wirklich miteinander verwandt, aber das hat nie einen Unterschied gemacht und als Tabitha …« Ich brach ab, als ich den bedeutungsschweren Blick meines Bruders auf mir spürte, und schüttelte den Kopf. »Nach dem Tod unserer Schwester war sie für uns da. Unsere Mutter hat sich damals sehr zurückgezogen, während *Papa* mit den Folgen des Angriffs im Clan gekämpft hat, es … es war einfach eine harte Zeit.«

Und nach all den Jahren war es immer noch genauso schwer, darüber zu sprechen.

»Ich kann mir nicht vorstellen, wie es sein muss, einen so wichtigen Menschen zu verlieren«, sagte Remy leise.

Ich schluckte trocken und nickte. »Es ist eines der schlimmsten Dinge im Leben.«

Als wir wenig später den westlichen Hauptzugang erreichten, erwarteten mein Vater, Corbin und seine Frau Aimée uns bereits. Sie alle trugen gleichermaßen angespannte Mienen, woraus ich schloss, dass unsere Lage unverändert war und sich die Mondia nicht wie durch ein Wunder doch geöffnet hatte.

»Gut, dass ihr hier seid«, sagte mein Vater und reichte Aramena dann die Hand. »Und willkommen zurück.«

»Danke.«

Als ich bemerkte, wie unruhig Remy war, trat ich unwillkürlich ein wenig näher an sie heran. »Wo ist Anastasya?«

»In ihrem Zimmer, deine Mutter ist bei ihr. Ich soll euch jedoch ausrichten, dass ihr jederzeit zu der Ältesten kommen könnt.«

Ludwig schaltete geräuschvoll die silberne Taschenlampe aus und strich sich durch die dunkelbraunen Haare, wobei Staub und kleine Steinchen zu Boden rieselten. »Dann erledigen wir das am besten sofort.«

»Kasimir und Aramena werden das übernehmen, du kommst mit mir«, wies ihn Onkel Corbin zurecht und kniff die Lippen zusammen. »Es gibt eine Angelegenheit, bei der wir jede Hilfe gebrauchen können.«

Verständnislos schaute ich von meinem Onkel zu *Papa*. »Was für eine Angelegenheit?«

Mein Vater räusperte sich, doch Aimée gab ihm keine Gelegenheit zu antworten. »Wir haben eine besorgniserregende Nachricht von unseren Leuten aus Singapur erhalten. Der Verschluss der Mondia hat dort für einen plötzlichen Erdriss mitten in der Stadt gesorgt. Wir können von Glück sprechen, dass niemand dabei verletzt worden ist.«

»*Zut, alors!*« Anklagend fasste ich meinen Vater ins Auge. »Deswegen warst du gestern so wortkarg. Warum hast du nichts gesagt?«

»Weil deine Prioritäten gerade an anderer Stelle liegen sollten, Sohn«, erwiderte er untypisch harsch und fasste sich dann an die Nasenwurzel. »Die Vorfälle häufen sich überall auf der Welt, weil die fehlenden Bücher nicht in die Mondia gelangen. Bisher sind es keine gravierenden Auswirkungen, aber das wird sich ändern, wenn noch mehr Zeit vergeht. Ich versuche, unsere Ressourcen in Anbetracht der Umstände bestmöglich aufzuteilen, Kasimir, und ich würde es sehr begrüßen, wenn du dich an die Befehle hältst.«

Ungehalten biss ich die Zähne aufeinander, um meine scharfe Antwort zurückzuhalten, und neigte den Kopf. »Natürlich.«

»Gut. Während du und Aramena mit der Ältesten sprecht, werden wir uns die weltweiten Zwischenfälle anschauen und nach möglichen Mustern suchen. Vielleicht können wir so größere Katastrophen verhindern oder zumindest vorhersagen und entsprechende Maßnahmen einleiten.« Vater ließ die Hand sinken und bedeutete Ludwig, sich ihm anzuschließen. »Wir treffen uns im Hauptsaal, sobald es neue Erkenntnisse gibt.«

Und damit war die Unterhaltung beendet.

Ungläubig sah ich den anderen hinterher, während sie in den Tunnel in Richtung Zentrale abbogen, und stieß dann vernehmlich den Atem aus. »Verdammte Scheiße.«

»Wie lange bleibt uns noch?«

Remys Frage erinnerte mich daran, dass sie die ganze Zeit über neben mir gestanden hatte und Zeugin dieses Desasters geworden war.

»Nicht lange genug, um auf ein Wunder zu warten.« Ich fuhr mir über den Nacken und sah dann zu ihr. Sorge stand in ihren peridotgrünen Augen, und hier und jetzt wünschte ich mir, sie ihr nehmen zu können. Ihr unsere Welt ohne diese ganze verfluchte Dunkelheit zeigen zu dürfen.

Ich hatte keine Ahnung, woher diese Gedanken plötzlich kamen, doch im nächsten Moment wischte ich sie resolut zur Seite und deutete nach links. »Gehen wir.«

Der Weg zu Anastasyas Zimmer war nicht weit und meine Mutter öffnete nach dem ersten Klopfen.

»Sie ist wach und wartet bereits auf euch«, ließ sie uns leise wissen und schenkte Remy ein kleines Lächeln. »Ich freue mich, dich persönlich kennenzulernen, Aramena. Ich habe schon viel von dir gehört.«

Eine leichte Röte trat auf Remys Wangen, als sie *Mamans* ausgestreckte Hand ergriff. »Danke, ich … freue mich auch.«

»Geht ruhig rein, ich werde mich derweil um etwas zu essen kümmern.« Für einen kurzen Augenblick legte sie mir eine Hand auf die Schulter und drückte sie, dann verließ sie den Raum und ließ uns allein. Ein paar Herzschläge lang füllte nur gedämpfte klassische Musik die Stille, dann erklang Anastasyas Stimme: »Ich weiß, dass ihr beide da seid, lasst eine alte Frau nicht warten.«

Entgegen der unnachgiebigen Faust, die sich über die letzten Tage hinweg immer tiefer in meinen Magen gekrallt hatte, musste ich schmunzeln. »Bereit?«, formte ich tonlos in Remys Richtung und trat dann mit ihr aus dem kleinen Flur in das eigentliche Zimmer. Es war dasselbe Appartement, in dem Anastasya gelebt hatte, bevor wir sie in das Krankenzimmer hatten verlegen müssen, und irgendwie tat es verflucht gut, sie wieder auf dem plüschigen, dunkelgrünen Samtsofa sitzen zu sehen. Als hätte sich nichts verändert.

»*Bonjour*, Anastasya«, begrüßte ich sie und schob Remy ein wenig vor mich. »Darf ich dir Aramena Benoit vorstellen?«

Kurz wirkte die Älteste verwirrt, dann breitete sich ein kleines Lächeln auf ihren Zügen aus, das ihre wässrigen Augen leuchten ließ, wie ich es schon lange nicht mehr gesehen hatte. »Aramena? Das ist ein schöner Name. Er passt sehr gut zu einer so bedeutenden Person, wie du es in diesen Tagen bist.«

»Danke, *Madame*.« Sichtlich verlegen nestelte Remy am Saum ihres Pullovers herum und schien nicht richtig zu wissen, wohin sie schauen sollte. Ein ungewohnter Anblick, wo ich sie bisher als ziemlich direkt und entschlossen erlebt hatte.

»Na, dann setzt euch mal, Josephine war so nett und hat uns Tee gemacht. Deine Mutter ist wirklich ein Schatz, Kasimir.«

»Das Gleiche sagt sie über dich, Anastasya«, gab ich zurück und ließ Remy den Vortritt, damit sie freie Platzwahl hatte. Ich konnte mir vorstellen, dass diese Situation alles andere als leicht für sie war. Erneut hatte ich sie aus ihrem Leben an einen Ort gerissen, an dem jeder von ihr erwartete, die Welt zu retten, und alle mehr über sie zu wissen glaubten als sie selbst. Allen voran die alte Weltenschreiberin vor uns, die nun interessiert verfolgte, wie sich Aramena auf dem Sessel zu ihrer Rechten niederließ.

»Ich habe Remy schon ein wenig über dich und deine Andeutungen in Bezug auf einen Schlüssel für die Mondia erzählt«, begann ich dann und nutzte den Moment, um uns allen Tee einzuschenken. Der Duft frischer Kräuter stieg als kleine Wölkchen aus der handbemalten Kanne auf.

»Danke, mein Junge.« Die alte Dame nahm die Tasse, die ich ihr reichte, entgegen und ließ sich dann ein wenig tiefer in die Kissen sinken. »Es ist gut, dass ihr hergekommen seid, die Zeit der schrecklichen Geschehnisse rückt immer näher. Unsere Welt gerät aus den Fugen und ich fürchte mich vor dem, was auf uns wartet.«

Ich fing einen fragenden Blick von Remy auf und schenkte ihr ein knappes Lächeln, ehe ich wieder zu der Weltenschreiberin sah. »Du sagtest, du würdest gerne mit Aramena über eine Lösung sprechen.«

»Es braucht eine Ripari, um den Schlüssel zu erschaffen, der den Willen der Mondia zu ihrem eigenen Wohl brechen kann. So war es schon damals und so ist es auch heute.«

Im Augenwinkel bemerkte ich, wie sich Remy augenblicklich vorbeugte. »Aber wie soll ich diesen Schlüssel herstellen? Ich weiß nicht mal, ob ich … ob ich eine Ripari bin.«

»Oh das bist du, mein Kind. Du bist Jeanne und Cassandra wie aus dem Gesicht geschnitten, und ich spüre das Summen deiner Kraft in jedem meiner alten Knochen.« Ein milder Ausdruck legte sich auf ihre faltigen Züge, als sie zu Remy schaute. »Es mag sein, dass du nicht von Beginn an unterwiesen worden bist, aber eine Kraft, wie du sie besitzt, ist instinktiv – ganz gleich welchen Weg sie gegangen ist. Das wirst du noch früh genug feststellen.«

Ich konnte sehen, wie Remy bei der Erwähnung ihrer leiblichen Mutter und Großmutter die Finger fester in den Saum des Strickpullovers krallte. »Sie kannten meine Familie?«

»Sehr gut sogar, sehr gut. Cassandra war wie eine jüngere Schwester, ihre Tochter – deine Mutter – und mein Enkel von klein auf unzertrennlich. Obwohl in unseren Adern nicht dasselbe Blut floss, waren wir Familie«, antwortete Anastasya leise, Traurigkeit schwang in jeder einzelnen Silbe mit und erinnerte mich daran, dass sie ihren Enkel Romain genauso verloren hatte wie Ludwig und ich unsere Schwester – durch die Hand der Novas. »Zumindest, bis sie sich entschied, aus unseren Reihen auszusteigen und einen Uneingeweihten zu heiraten. Deinen Vater. Ich habe seinen Namen nie erfahren, aber er muss ein guter Mann gewesen sein, wenn Jeanne ihm ihr Herz geschenkt hat.«

Wortlos nickte Remy und blickte dann auf die Spitzen ihrer schwarzen Budapester.

»Und ich bin dankbar und geehrt, dass ich dich nach all den Jahren kennenlernen darf, Aramena.« Anastasya atmete einmal tief ein und aus. »Auch wenn ich wünschte, es wäre unter anderen Umständen. Aber ich werde dir, solange mir Zeit auf dieser Erde vergönnt ist, alle deine Fragen beantworten, ganz gleich, wann du sie mir stellen magst.«

Remy hob den Kopf. »Vielen Dank, das weiß ich zu schätzen.«

Einen Moment lang wurde es still, dann stellte Anastasya unvermittelt ihre Tasse ab und erhob sich schwerfällig. »Ich möchte euch etwas zeigen, das nun vielleicht zum rechten Augenblick kommt.«

»Sprichst du von dem Schlüssel?«, erkundigte ich mich, nachdem ich in den letzten Minuten geschwiegen hatte, um den beiden genügend Raum zu lassen.

»Allerdings. Die Weltenschreiber standen wie gesagt schon

einmal vor einer ähnlichen Katastrophe – ich muss damals fünfzehn oder sechzehn Jahre alt gewesen sein.« Ein abgegriffenes, in Leder gebundenes Buch in den Händen kehrte Anastasya zurück an ihren Platz. »Zu dieser Zeit habe ich wissbegierig alles in mich aufgesogen, was ich an Wissen finden konnte, und so auch die Geschehnisse, die aus unseren Annalen getilgt worden sind.«

Nachdenklich kratzte ich mich am Ohrläppchen. »Aber warum? Wenn dieses Wissen die Mondia schon einmal vor dem Verfall geschützt hat, warum hat man die Aufzeichnungen dann vernichtet?«

»Weil dieses Wissen in den falschen Händen sehr gefährlich ist.« Die Weltenschreiberin begann, in dem Büchlein zu blättern, wobei sie sich ein paarmal über die trockenen Lippen fuhr. »Wir brauchten das Wissen, um die Bibliothek zu schützen, und um die Bibliothek zu schützen, musste das Wissen wieder in Vergessenheit geraten.«

»Inwiefern ist dieser Schlüssel gefährlich?«, erkundigte sich Remy und stützte die Ellbogen auf ihre Knie.

»Dieser Schlüssel gewährt Zugang. Für jeden, der ihn besitzt.«

Mehrere Puzzleteile rückten in meinem Kopf an die richtige Stelle. »Damit könnte jeder den Untergrund und damit die Mondia betreten, ganz gleich ob Weltenschreiber, Ripari oder Nova.« Was eine Katastrophe wäre. Unser größter Vorteil den Novas gegenüber bestand darin, dass sie keinen Zutritt in unsere heiligen Hallen hatten, aber mit diesem Schlüssel …

Anastasya murmelte einige undeutliche Worte, dann blieb sie auf einer Seite hängen. »Die damaligen Anführer haben beschlossen, den Schlüssel nach seiner Nutzung zu vernichten, sodass er neu von euch erschaffen werden muss. Ein nicht zu unterschätzendes Verfahren, besonders in Zeiten wie diesen.«

»Wie genau sieht dieses Verfahren aus, Anastasya?«, fragte ich und rutschte unruhig vor, bis ich auf der Kante des Sofas saß. Ungeduld prickelte unter meiner Haut, wie kleine Nadelstiche, die mit jeder verstrichenen Sekunde tiefer stachen. »Wir müssen diesen Schlüssel so schnell es geht erschaffen. Oder es zumindest versuchen.«

»Ich weiß, aber euch muss bewusst sein, welches Risiko die bloße Existenz des Schlüssels birgt.« Der Singsang war nun vollständig aus ihrer Stimme verschwunden.

Remy und ich wechselten einen schnellen Blick, dann deutete sie auf das Buch. »Steht darin, was wir tun müssen?«

»Oh nein. Dies sind nur die wirren Gedanken einer Sechzehnjährigen, die nicht verstand, was um sie herum geschieht. Ich war nicht dabei, als sie den Schlüssel zusammengesetzt haben. Als Frau sah mein Alltag damals anders aus und die Regeln unseres Clans waren strenger, als sie es heute sind. Aber ich habe mitbekommen, dass es eine Anleitung gibt. Und an welchem Ort sich diese befindet.«

Sie wusste nichts über die Erschaffung? Dabei sollte es mich vermutlich nicht überraschen, dass Anastasya die Bilderbuchanleitung nicht all die Jahre unter ihrem Kopfkissen versteckt hatte. Oder noch besser, gleich den fertigen Schlüssel.

»Und wo finden wir die Anleitung?«, erkundigte sich Remy an meiner Stelle und richtete sich merklich auf. »Nicht in der Mondia, oder?«

»Das wäre selbst für unsere Verhältnisse grausam.« Ein kleines Lächeln umspielte Anastasyas Lippen. »Ihr solltet wissen, dass es sich dabei nicht um eine gewöhnliche Beschreibung im eigentlichen Sinne handelt. Es ist vielmehr die Interpretation einer Anleitung und ihr findet sie in der Bibliothek der Engelsburg.«

Während Remy ratlos die Brauen zusammenzog, kam mir ein scharfer Fluch über die Lippen. »Rom?! *Pas vrai, non*, wie sollen wir bei all dem Chaos nach Rom kommen?« Das durfte doch verdammt noch mal nicht wahr sein!

Ihrem Gesichtsausdruck nach zu urteilen, dachte sich Remy exakt dasselbe. »Gibt es keine andere Beschreibung hier in Paris?«

Anastasya schloss das Buch und nahm ihre Teetasse wieder auf. »Ihr werdet dieses Wissen nur dort finden, im sichersten Bereich des *Castel Sant'Angelo*. Und ihr solltet um unser aller willen beten, dass es sich nach wie vor im markierten Fach befindet.«

»Inwiefern markiert?«

»Ihr werdet sehen, wovon ich spreche, wenn ihr dort seid.«

Falls wir es jemals dorthin schaffen.

Es kostete mich einige Kraft, mir nicht frustriert die Haare zu raufen und mich stattdessen bei Anastasya zu bedanken. Zwar waren wir einen Schritt vorwärtsgekommen und hatten einen neuen Anhaltspunkt, nur brachte uns dieser direkt an den Rand der nächsten bodenlosen Schlucht und in diesem Augenblick hatte ich keinen blassen Schimmer, wie wir diese überwinden sollten. Nicht jetzt, wo es so schien, als wären sämtliche Brücken unwiderruflich eingerissen worden.

»Sim?«

Remys leise Stimme ließ mich aufblicken, nachdem ich die Tür zu Anastasyas Zimmer geschlossen hatte.

»Ich kann nicht nach Rom reisen. Wie soll ich das meiner Familie erklären?«

Einen Moment lang sah ich sie schweigend an, dann biss ich die Zähne aufeinander und fuhr mir über den Nacken. »Ich weiß es nicht. Ich weiß nur, dass wir eine Lösung finden und diese Anleitung besorgen müssen, weil –«

»Lass mich raten: Weil wir keine andere Wahl haben?«

Ich nickte grimmig.

Remy schüttelte stöhnend den Kopf und lehnte sich dann mit verschränkten Armen gegen die Wand. »Keine Ahnung, wie es dir geht, aber langsam beginne ich, dieses Motto wirklich abgrundtief zu verabscheuen.«

Kapitel 17

1. Arrondissement, Paris

Remy

Als ich das nächste Mal auf mein Handy schaute, sprangen mir acht entgangene Anrufe und mindestens doppelt so viele Nachrichten entgegen. Und jede einzelne fühlte sich wie ein zusätzliches Gewicht an, das sich auf meine Schultern legte. Ich hasste es, etwas vor meiner Familie zu verheimlichen und ich hasste es, dass diese Lüge erst der Anfang gewesen war.

Zwar wohnte ich nicht mehr zu Hause und war erwachsen, aber in unserer Familie war Vertrauen das heiligste Gut und dieses zu brechen ein verdammt mieses Gefühl. Zumal ich keine Ahnung hatte, wie ich eine plötzliche Reise, kurz nachdem *Notre-Dame* zerstört worden war und alle glaubten, wir stünden mitten in einem terroristischen Fadenkreuz, rechtfertigen sollte.

Sacredieu.

Fluchend legte ich den Kopf in den Nacken und schloss für einen Moment die Augen. In Kasimirs Zimmer war es beinahe unheimlich still. Anders als an der Oberfläche waren hier keine Straßengeräusche zu hören, keine Stimmen aus dem Blumenladen, nichts. Nur das heftige Schlagen meines Herzens und die viel zu lauten Gedanken, die einen fiesen Schmerz hinter meiner Stirn verursachten. Ich war dankbar gewesen, dass er mir angeboten hatte, hier zu warten, während er seine Leute auf den neusten Stand brachte. Eine weitere Diskussion darüber, wie wir dieses Problem lösen sollten, hätte ich gerade nicht führen können. Auch wenn ich wusste, dass ich mich nicht ewig drücken konnte.

Wieder nahm ich mein Smartphone auf, entsperrte es und wollte gerade zu schreiben beginnen, als sich die Tür öffnete und Sim den Raum betrat.

»Konntest du alles klären?«

Achselzuckend stand ich aus dem Sessel auf und warf mein Handy zurück aufs Polster. »Nicht wirklich. Ich weiß ja nicht mal wie. Meine Eltern sind nicht begeistert, dass ich mich aus dem Haus geschlichen habe, während Paris den Notstand ausgerufen hat. Um es gelinde auszudrücken. Sie haben mir nie große Vorschriften gemacht oder waren besonders streng, aber …«

»Aber sie machen sich Sorgen.« Er sprach die Worte aus, als wäre es ganz leicht gewesen, in meine Gedanken zu schauen, zu sehen, was mich bewegte und das, obwohl wir uns erst wenige Tage kannten. Manchmal vergaß ich, dass es so war. Dass ich ihm erst vor einer knappen Woche begegnet war. Vielleicht, weil wir dieses große Geheimnis teilten, das einfach alles veränderte und vieles unbedeutend machte.

Stirnrunzelnd sah ich zu Sim und nickte. »Wie lief's bei dir?«

Sein Mund wurde zu einer schmalen Linie, dann strich er sich die etwas längeren Strähnen zurück und schüttelte den Kopf. »Wie erwartet ziemlich … intensiv. Auf der Welt häufen sich Vorfälle wie in Singapur und hier. Die fehlenden Bücher wirken sich immer heftiger auf das Gleichgewicht aus und das … können wir nicht länger zulassen.«

Ich machte ein paar Schritte in den Raum hinein und blieb vor einem der Regale stehen. Bücher reihten sich an Bücher, dazwischen entdeckte ich kleine kupfer- und goldfarbene Kästchen, die ich als Locatoren und Duplicatoren identifizierte, und ein paar gerahmte Fotos. Aufnahmen von London, von Ludwig und Paris und einer jungen Frau, die etwa in meinem Alter sein musste und die gleichen einnehmenden Augen wie Sim und Ludwig besaß.

»Die Weltenschreiber existieren nur aus einem Grund: Um die Mondia zu schützen und zu erhalten. Diese nun auseinanderbrechen zu sehen, ist, als würden wir in jeder Hinsicht versagen, Remy. Deswegen können wir nicht länger warten.«

Ich löste mich von den Bildern und drehte mich zu Kasimir um, der mit überkreuzten Armen an seinem Schreibtisch lehnte. »Du sprichst von der Reise nach Rom.«

Er nickte. »Ich würde das nicht von dir verlangen, wäre die Lage anders.«

»Ich weiß.« Langsam atmete ich aus und ließ die Schultern sinken. »Aber wie sollen wir das anstellen? Nicht nur im Hinblick auf meine Familie. Paris ist abgeriegelt und die Ausrede, dass wir die Welt retten müssen, wird vermutlich bei den Beamten nicht ziehen.«

Sim lockerte seine Haltung und hob einen Mundwinkel. »Der Notstand wird heute um Mitternacht aufgehoben.«

»Woher weißt du das?«

»Wir sind gut vernetzt, Remy, sowohl analog als auch digital und online. Anders könnten wir unseren Job überhaupt nicht machen«, entgegnete er, als würde das alles erklären. »Es wurden keinerlei Hinweise auf terroristische Aktivitäten gefunden und man kann eine Stadt wie Paris nicht tagelang isolieren.« Ohne mich aus den Augen zu lassen, stieß er sich vom Tisch ab und durchmaß das Zimmer, bis er neben mir vor dem Regal zum Stehen kam. »Wir haben bereits einen Flug für uns beide gebucht. Er geht morgen früh um halb fünf von *Charles de Gaulle*.«

Ruckartig drehte ich den Kopf. »Morgen früh? *Zut*, wie soll ich bis dahin eine wasserdichte Ausrede finden?«

»Deswegen bin ich hier, Remy. Wir machen das gemeinsam.« Als er meinen aufgewühlten Blick erwiderte, lagen in seinen Augen Aufrichtigkeit und dieselbe Anspannung, die auch unter meiner Haut vibrierte. »Ich weiß, dass das alles andere als einfach für dich ist. Dass dich alles hier womöglich erschlägt, aber die schlichte Wahrheit ist – so dramatisch sie auch klingen mag –, dass wir beide die Einzigen sind, die Schlimmeres verhindern können. Zusammen.«

Mein Hals fühlte sich mit einem Mal seltsam eng an, während es beinahe unmöglich war, nicht im tiefen Braun seiner Augen zu versinken.

»Ich kann dir nicht sagen, wie das ausgehen wird, aber ich kann dir mein Wort geben, dass ich mein Bestes tun werde, um dein Leben außerhalb des Untergrunds zu schützen, Remy. Und das schließt auch eine *wasserdichte Ausrede* für deine Familie ein.«

Ich schluckte gegen den Kloß in meiner Kehle an und zog die Brauen zusammen. »Das kommt mir immer noch wie ein Traum vor, Sim. Wie ein merkwürdiger, abgedrehter Traum.«

»Meine Welt wird weniger merkwürdig, wenn du dir selbst Zeit gibst, sie zu kennenzulernen. Ihre Geheimnisse zu verstehen.« Seine Stimme war nicht mehr als ein Flüstern zwischen uns. »Du musst ihnen nur zuhören.«

»Und wenn ich sie nicht höre? Wenn sie zu leise sind?«

»Dann erst recht, Remy. Die leisen Geheimnisse sind die größten.«

7. Arrondissement, Paris

Wir fanden eine Lösung. Sie war nicht perfekt, hatte einige Lücken, aber diese Erklärung war das Beste, was Sim und ich uns auf die Schnelle hatten ausdenken können. Und als ich nun in die Gesichter meiner Familie blickte, nachdem ich ihnen besagte Erklärung präsentiert hatte, hoffte ich, dass sie ausreichen würde.

Maman, die gerade von ihrer Schicht aus dem Krankenhaus zurückgekommen war, *Papa* und Essie saßen an dem kleinen Tisch in unserer Küche und bedachten mich mit ganz unterschiedlichen Mienen, während sich die Stille weiter ausbreitete und jeden Winkel des ohnehin kleinen Raums einnahm. Unruhig schob ich die Ärmel meiner Strickjacke hoch, nur um sie einen Moment später wieder nach unten zu zupfen, und ging in Gedanken mögliche Reaktionen durch. Unverständnis, Wut, Enttäuschung … doch was auch immer es letztlich sein würde, der Ausgang dieses Gesprächs würde nichts daran ändern, dass ich in knapp zehn Stunden in ein Flugzeug nach Rom stieg. Mit Kasimir, um die Mondia und damit die Welt vor dem Untergang zu bewahren. Ganz gleich, wie oft ich das auch in meinem Kopf durchspielte, es wurde nicht weniger bizarr.

Schließlich war es meine Mutter, die das Schweigen als Erste brach. »Warum hast du uns nicht schon früher etwas davon erzählt?«

Ich befeuchtete meine Lippen und lehnte mich an den Küchentresen. »Ich wollte abwarten, bis alles in trockenen Tüchern ist. Bis *ich* mir sicher bin.«

Die Furchen auf Essies Stirn wurden merklich tiefer. »Du hast nicht ein Mal davon gesprochen, dass du im Ausland studieren willst. Ganz im Gegenteil, *Maman* musste sogar Ninnie bestechen, um dich auf deine Absage an der *Sorbonne* anzusprechen.«

»Esther!«, rügte meine Mutter und blickte dann wieder zu mir. »Ich freue mich, dass du dich entschieden hast, einen Schritt nach vorn zu machen – aber ausgerechnet London? Und das ab morgen?«

»Es ist … erst mal nur eine Probezeit. Ich schaue mir die Universität dort an, nehme ein paar Kurse … und dann entscheide ich, ob ich das wirklich machen möchte.« Die Lüge schmeckte bitter auf meiner Zunge. »Und wäre das mit *Notre-Dame* nicht passiert, hätte ich schon früher etwas gesagt. Es tut mir leid, dass ich so plötzlich damit herausrücke, ich habe nur einfach Zeit gebraucht, um mich ganz in Ruhe mit dieser Möglichkeit auseinanderzusetzen.«

»Du bist erwachsen, Remy, es steht dir frei, dein Leben so zu gestalten, wie du es für richtig hältst«, schaltete sich *Papa* ein und fuhr sich über das glatt rasierte Kinn. »Auch, wenn ich den Augenblick in dieser unsicheren Lage etwas unklug gewählt finde. Solange der Notstand –«

»Der wird heute Nacht aufgehoben«, fiel ich ihm ins Wort, noch bevor ich mich bremsen konnte – denn eigentlich konnte ich davon gar nichts wissen, solange sie es noch nicht in den Abendnachrichten gebracht hatten.

Zu meiner Überraschung nickte *Maman* langsam. »Das ist richtig, Camille hat mir vorhin davon erzählt, aber –«

»Mein Ansprechpartner in der Universität wusste schon davon«, meinte ich hastig und hatte das Gefühl, mich jeden Moment in meinem Lügennetz zu verheddern. »Und da ich ohnehin spät dran bin, hat er mir nahegelegt, morgen den ersten Flug nach Heathrow zu nehmen.«

»Und diese Probetage dauern zwei Wochen?«, hakte mein Vater nach, die Kaffeetasse verharrte kurz vor seinen Lippen.

»Ja, zwei, vielleicht drei Wochen. Ich halte euch natürlich auf dem Laufenden.« Sim und ich hatten uns auf diese Zeitspanne geeinigt und ich hoffte, dass wir bis dahin den Schlüssel in unseren Händen halten würden, und dann wieder Ruhe einkehren würde. Ich mein altes Leben zurückbekommen würde mit den Stunden in Essies Blumenladen, den Wasserkochern und Haushaltsgeräten der Nachbarschaft und Madame Bouttoirs rotem Radio. Ich hätte nie gedacht, dass ich die geschwätzige alte Dame einmal vermissen würde, aber wie so oft wurde einem erst bewusst, wie wertvoll etwas war, wenn es zu spät war und man es bereits verloren hatte.

Eine der schmerzhaftesten Lektionen des Lebens.

Wir sprachen noch eine gute Stunde über meine plötzliche Entscheidung, nach England zu gehen und sahen uns dann gemeinsam die Nachrichten an. Die Aufhebung des Notstandes wurde verkündet, nachdem die ersten Ermittlungen weitestgehend abgeschlossen waren und man einen Terroranschlag ausgeschlossen hatte. Die internationalen Experten sprachen nun von Baufälligkeit, was die politische Lage zwar entspannte, die Diskussionen jedoch nicht weniger werden ließ. *Notre-Dame* baufällig – das war ein Affront gegen die französische Kultur, auf den mein Vater nur zu gerne einging. Leidenschaftlich und laut, sodass sich meine Mutter in die Küche verzog und ich mich entschuldigte, um zu packen.

Ich hatte keine Ahnung, was ich brauchen würde, ich hatte ja überhaupt keine Ahnung, was mich erwartete und nun, wo die Zimmertür hinter mir zugefallen war, brach diese Erkenntnis über mir herein.

Dass ich meine Familie belogen hatte.

Dass ich mehr über meine Vergangenheit herausgefunden hatte und mich dennoch so verloren wie noch nie fühlte.

Dass ich einem praktisch Fremden aus unerfindlichen Gründen vertraute.

Schwerfällig sank ich auf mein Bett und presste die Handballen gegen meine geschlossenen Augen, als es leise klopfte.

»Remy?«

Ich atmete tief ein und aus, dann ging ich zur Tür und öffnete. Essie stand davor und hielt mir einen Teller mit *Mamans* Macarons entgegen. »Ich dachte, du brauchst vielleicht etwas Hilfe beim Packen.«

»Und das hat nichts mit einem weiteren Verhör zu tun?«

Meine Schwester schloss die Tür und heftete ihren Blick auf die leere, lederne Reisetasche, die ich mit Ninette auf einem der legendären Flohmärkte gekauft hatte. »Ich bin einfach nur neugierig. Und überrascht. Ich kann verstehen, dass du *Maman* und *Papa* nichts erzählt hast, aber warum bist du damit nicht zu mir gekommen?«

Die Schuldgefühle kehrten auf einen Schlag zurück. »Du hast genug um die Ohren, Essie, und außerdem … brauchte ich etwas Luft zum Nachdenken. Allein, verstehst du?«

»Am liebsten würde ich Nein sagen, aber ja, ich verstehe es. Schließlich habe ich damals mit dem Blumenladen eine ähnlich spontane Aktion durchgezogen. Muss uns wohl im Blut liegen.« Ein schiefes Lächeln auf den Lippen warf sie die Reisetasche auf mein Bett. »Auch wenn ich wirklich nicht begreife, warum es London sein muss. Das schlechte Wetter, das schlechte Essen, das schlechte –«

»Ich hab's kapiert, Essie, danke.«

Es war Kasimirs Idee gewesen, die englische Hauptstadt zu wählen. Er kannte sich dort sehr gut aus, hatte selbst in London studiert und genügend Fotos der Stadt, die ich an meine Familie schicken konnte, um den Schein zu wahren. Die perfekte Maskerade.

»*Bien*, dann hätten wir das ja geklärt«, gab meine Schwester zurück. »Und bevor ich weiter versuche, dich davon abzuhalten, nach London zu gehen, kannst du mir lieber etwas über diesen Polizisten erzählen. *Kasimir.*«

Stöhnend fuhr ich zu ihr herum. »Ernsthaft?«

»Ja, ernsthaft. Einen Tod musst du sterben, wenn du mich schon für die Engländer verlässt.«

Ich warf ihr einen vielsagenden Blick zu und trat an meinen Kleiderschrank heran. »Ich kann nicht fassen, dass du schon wieder damit anfängst.«

»Und deine Reaktion zeigt mir, dass es durchaus begründet ist, darauf herumzuhacken.«

Wahllos zog ich zwei Sweatshirts hervor und pfefferte sie in Richtung Bett, ehe ich die T-Shirts durchging. »Ich könnte dich genauso gut darauf festnageln, dass dein Lieblingslieferant neuerdings jeden Tag einen besonders langen Stopp bei dir einlegt. Selbst dann, wenn er keine neuen Blumen für dich hat, Esther.« Ich schaute genau in dem Augenblick zu ihr, als sie ertappt ihre goldene Brille höher schob und ihre Wangen eine feine, aber durchaus verräterische Röte annahmen. Insgeheim dankte ich Ninnie dafür, dass sie mir dieses kleine Detail verraten hatte.

»Gut. Einigen wir uns auf unentschieden an dieser Front.« Meine Schwester faltete die Sweatshirts ordentlich zusammen und legte sie mit den Shirts, dem Strickpullover, den Turnschuhen, den zwei Jeans und den drei Kleidern, die mittlerweile auf dem Stapel gelandet waren, in die Tasche. »Würdest du wirklich für ein Studium gehen? Nach London, meine ich?«, fragte sie dann, die Leichtigkeit, die zuvor in ihrer Stimme mitgeschwungen hatte, war nun komplett verschwunden.

Ich drehte mich zu ihr um und legte den Kopf schief. »Das kann ich noch nicht sagen, aber … die Chancen stehen gut, dass ich nach ein paar Tagen merke, wie sehr mir hier alles fehlt. Du mir fehlst. Und deine Blumen.«

Ein kleines Lächeln zupfte an ihren geschwungenen Lippen. »Ich freue mich wirklich, dass du diesen Schritt gehst, Remy. Du bist zu klug, um in meinem Hinterzimmer zu sitzen und meine Lampen aufzuhängen. Jemand mit deinem Talent sollte jede Chance ergreifen, die sich bietet, und auch wenn ich dich nicht an London verlieren möchte, habe ich das Gefühl, dass das hier deine Chance sein könnte. Und dass du alles tun solltest, um an ihr festzuhalten.«

Bei ihren Worten zog sich unwillkürlich etwas in meiner Brust zusammen. Sie erinnerten mich sehr an das, was ich im Untergrund zu hören bekommen hatte, über dieses *bedeutungsvolle Talent*, von dem ich nicht wusste, worin genau es bestand, und dieser Möglichkeit, mehr über mich zu erfahren.

Nur hatte sich bisher niemand die Mühe gemacht, mich zu fragen, ob ich das überhaupt wollte. Alle gingen automatisch davon aus – und hier und jetzt fühlte es sich so an, als müsste ich diesem offensichtlichen Weg folgen.

Weil ich verdammt noch mal keine andere Wahl hatte.

Mince, alors.

Kapitel 18

Charles de Gaulle, Paris

Sim

Der Zeiger der großen Uhr in der Abflughalle bewegte sich unaufhörlich vorwärts in Richtung *zu spät*. Wie sinnbildlich für unsere aktuelle Situation.

»Wenn du noch länger auf die arme Uhr starrst, wird sie unter deinem Todesblick noch in Flammen aufgehen.« Ludwig trat neben mich und stellte seine Tasche lautstark auf dem Boden ab. Ich hoffte wirklich, dass sich darin keine wertvollen Bücher aus unseren Reihen befanden.

»Bedauerlicherweise zählt das nicht zu meinen Talenten, Bruder.«

»Wäre ja noch schöner bei deinem Temperament.«

»Ganz praktisch wäre es hier und da schon.« Seufzend löste ich mich von der Uhr und sah zu meinem Bruder. »Was machen wir, wenn sie nicht auftaucht?«

»*Merde*, Sim, du klingst wie ein sitzen gelassener Freund aus einem schlechten Liebesschinken. Sie wird kommen.«

Dieses Mal richtete sich mein todbringender Blick auf Ludwig, wo er wie erwartet rückstandlos abprallte und verpuffte.

»Gib ihr noch ein paar Minuten.«

Nur war jede Minute, die wir hier wie auf dem Silbertablett herumstanden, pures Risiko. Laut unserer Zentrale, wo unsere Kommunikationskanäle zusammenliefen, waren Zella und ihre Mistkerle nach wie vor in Paris und damit zu nah dran. Viel zu nah.

»Ich würde verstehen, wenn Remy es nicht tut. Ich meine, wir brauchen sie für die Öffnung der Bibliothek und das weiß sie, aber wie gesagt, ich würde es verstehen«, sagte ich leise und wischte meine Hände an meiner dunklen Jeans ab. »Mich erstickt das alles oft genug und ich bin damit aufgewachsen, wie muss es erst ihr damit gehen?«

»Ich glaube, dass wir uns ziemlich in unserer kleinen Ripari täuschen, Sim. Remy ist zäher, als es den Anschein macht. Sonst wäre sie schon längst schreiend davongelaufen und hätte nicht mehrere Stunden damit verbracht, sich ein Alibi mit dir zusammen auszudenken. Ihre Stärke ist ihr logisches Denken und Logik ist bekanntermaßen gnadenlos.«

Erstaunt zog ich die Brauen zusammen. »Gut zu wissen, dass eine drohende Katastrophe unverhoffte Weisheit aus dir hervorlockt.«

»Gewöhn dich nicht dran. Sobald dieser Zirkus vorbei ist, werde ich wieder ganz der Alte sein.«

Das hoffte ich. Ich hoffte wirklich für uns alle, dass wir danach zur Normalität zurückkehren konnten. Soweit das in unserer Welt möglich war.

»Hast du noch etwas aus Singapur gehört?«, erkundigte ich mich dann, weil wir in der *Métro* ununterbrochen von Pendlern umgeben gewesen waren, die nun, wo der Betrieb in der Stadt langsam wieder anlief, die frühen Morgenstunden beherrschten.

»Nicht mehr, als du schon weißt. Dafür hat sich die Gruppe

gemeldet, die in Buenos Aires nach einer fehlenden Erstausgabe gesucht hat – dort hat es einen verdächtigen Zwischenfall bei der Stromversorgung gegeben, den sie jetzt untersuchen. Wir können noch nicht mit Sicherheit sagen, dass es mit der Mondia zusammenhängt, aber –«

»*Je suis désolée!*«

Ludwig und ich fuhren genau in dem Moment herum, als Remy mit geröteten Wangen vor uns zum Stehen kam. Bei ihrem Anblick musste ich unwillkürlich schmunzeln.

»Ich habe meinen Zug verpasst und es war nicht so leicht, Esther davon abzuhalten, mich bis zum Security Check zu begleiten«, fuhr sie fort und rückte die große braune Reisetasche auf ihrer Schulter zurecht, die vermutlich das Doppelte von meiner wog.

»Ach was, du bist absolut pünktlich, auch wenn Sim kurz davor war, die Nerven zu verlieren«, bemerkte Ludwig mit einem Zwinkern.

»*Tais-toi*, Lu.« Im Augenwinkel bemerkte ich, wie sich Remy hastig auf die Unterlippe biss, während mein Bruder bloß grinste. Anfangs hatte ich mich dafür eingesetzt, Lu mit auf diesen Trip zu nehmen – niemand schaffte es, so absurde, aber erstaunlich effektive Ablenkungsmanöver zu vollbringen, wie er –, aber mittlerweile war ich froh, dass Vater ihn für die Analyse in Paris brauchte.

»Bist du schon eingecheckt?«, wandte ich mich dann an Remy und schaute ein weiteres Mal zur Uhr und weiter zum Haupteingang. Keine Ahnung warum, aber seit wir das Zentrum von Paris verlassen hatten, war da dieses leise Stechen in meinem Nacken, das mich langsam, aber sicher nervös machte.

»Noch nicht, gab keine Gelegenheit dazu.«

»Okay, dann erledigen wir das und sehen zu, dass wir in dieses Flugzeug kommen.«

Ludwig warf mir einen bedeutungsschweren Blick zu, vermutlich, weil er den gehetzten Unterton in meinen Worten bemerkt hatte, doch ich ging nicht darauf ein und wandte mich stattdessen den Check-in-Schaltern zu.

»Hast du Dot … zu Hause gelassen?«, erkundigte sich Remy, als die Mitarbeiterin der Airline gerade damit beschäftigt war, ihre Daten ins System einzugeben.

»Ja. Er kann sich nicht weit von *zu Hause* entfernen, gerade jetzt, wo die Tür verschlossen ist.«

Zwischen ihren dunklen Brauen erschien eine tiefe Furche. »Setzt ihm das zu?«

Ich biss die Zähne aufeinander und nickte knapp. »Es ist, als würde man ihm die Luft abschnüren – zumindest hat er es mir so erklärt.«

Mitgefühl trat auf ihre Züge, doch noch ehe sie etwas hätte erwidern können, bat die Mitarbeiterin um weitere Angaben für den bevorstehenden Flug. Ein paar Minuten später hatte Remy ihr Ticket und wir standen vor dem Durchgang des Security Checks.

»Tut mir einen Gefallen und reitet euch bitte nicht in die Scheiße, davon haben wir aktuell schon genug.« Ludwig reichte Remy ihre Tasche und versenkte dann die Hände in seiner dunkelbraunen Tweedhose. »Und falls irgendetwas ist, meldet euch. Ich weiß, was uns *Papa* über unsichere Kommunikation eingebläut hat, aber ich meine es ernst. Sollte irgendetwas sein, setze ich mich in den nächsten Flieger und rette eure hübschen Hintern.«

Ich hob eine Braue, während Remy Lu damit überraschte, dass sie unvermittelt die Arme um ihn legte. Für einen kurzen Moment drückte sie ihn an sich. »Gut zu wissen.«

Mein Bruder, den sonst absolut nichts schocken konnte – und der keinerlei Probleme hatte, seine Liebschaften, bei denen er sich noch nie festgelegt hatte, offen auszuleben –, wurde doch tatsächlich rot, als Remy ihm zum Abschied zwei Küsschen auf die Wange hauchte. Ich räusperte mich, um mein Lachen zu verbergen. »Wir halten dich auf dem Laufenden. Pass du auf, dass sich Corbin und *Papa* nicht gegenseitig umbringen, bevor wir mit der Lösung ankommen.«

»Wird gemacht.« Mit einem knappen Nicken deutete er auf die Schranke. »Und jetzt haut endlich ab, bevor ich mir noch ein Ticket besorge.«

Wir schafften es ohne Zwischenfälle ins Flugzeug und hatten sogar noch Zeit, uns etwas zu essen zu holen, bevor wir einstiegen. Remy hing die ganze Zeit über an ihrem Handy und steckte es erst weg, als sie die Stewardess ein drittes Mal darauf ansprach. Danach war sie seltsam schweigsam und blickte den Start und die erste Stunde über reglos aus dem Fenster, als würden ihre Gedanken keinen Raum für irgendetwas anderes lassen. Ich versuchte mich während dieser Zeit auf meine aktuelle Lektüre zu konzentrieren, aber mein Blick wanderte trotzdem immer wieder zu ihr. Zu ihren angespannten Schultern und der farblosen Linie, in die sich ihre Lippen verwandelt hatten. In diesem Moment wünschte ich mir, dass wir einander gut genug kennen würden, um sie darauf ansprechen zu können. Oder ihr zumindest das Gefühl zu geben, nicht allein mit diesen Gedanken sein zu müssen, denn ich wusste, wie schwer sie wiegen konnten und wie verdammt einsam man sich in diesen Augenblicken vorkam.

Während des zweistündigen Flugs nach *Rom-Fiumicino* bekamen wir irgendwo über dem Mittelmeer Wasser und eine kleine Tüte Chips serviert und als Remy sie achtlos auf den Klapptisch legte, konnte ich mich nicht länger zurückhalten.

»Ist alles in Ordnung?« Noch in derselben Sekunde hätte ich mir am liebsten einen Tritt verpasst. Ich verabscheute diese lapidare Frage, die immer genau dann gestellt wurde, wenn offensichtlich war, dass *nicht* alles in Ordnung war. Und dennoch benutzte man diese Floskel ständig.

Remys grüne Augen richteten sich auf mich, dann seufzte sie leise. »Es ist lächerlich.«

»Es scheint dich aber ziemlich zu beschäftigen. Worum geht es? – Vorausgesetzt, du möchtest darüber sprechen.«

Sichtlich hin- und hergerissen, begann sie an der Chipstüte zu knibbeln, ohne sie zu öffnen. »Wird es immer so sein? Das mit dem Lügen?«

»Du meinst, deine Familie anzulügen? Hast du vorhin mit ihnen geschrieben?«

Remy nickte. »Mit meiner Familie, meinen Freunden, ich … ich bin nicht so naiv zu glauben, dass es sich mit dieser einen Sache erledigt hat. Wenn ich wirklich die letzte … du weißt schon, die *Letzte* bin, dann gehöre ich auf eine verdrehte Art zu euch und das bedeutet, dass ich sie immer wieder belügen muss.«

Ich sah mich unauffällig um – der Platz neben mir war frei, hinter uns stritt sich eine Familie auf Italienisch über ein beachtliches Erbe und die Reihe vor uns war komplett leer, niemand, der uns belauschen oder auch nur Interesse an uns zeigen würde –, dann drehte ich mich wieder zu Remy. Meine Stimme senkte ich trotzdem. »Ich habe mir nie Gedanken darüber gemacht, weil meine gesamte Familie mit drinsteckt, aber … ja.«

Ein Schatten verdunkelte ihre Züge, als sie nickte. »Und es gibt keine Möglichkeit, das zu umgehen? Ich bin mir sicher, dass Esther und die anderen nichts verraten – sofern sie mir überhaupt glauben würden.«

»Remy, weißt du, wie die Novas entstanden sind?«

Wortlos schüttelte sie den Kopf.

»Weil jemand dieselbe Frage gestellt hat, wie du in diesem Moment.«

Ihr Mund öffnete sich, dann schüttelte sie ungläubig den Kopf. »Was ist damals passiert?«

»Einer meiner Vorfahren – Godric Abernathy – hat der falschen Person vertraut.« Ich heftete den Blick auf den Sitz vor mir und faltete locker die Hände im Schoß. »Anfang des zwanzigsten Jahrhunderts hatten unsere Leute geschäftliche Beziehungen zu den wohlhabenden Ramsays. Es ging um viel Geld, Ansehen und Macht. Im Zuge dieser langjährigen Zusammenarbeit verliebte sich Godric in die Tochter der Ramsays – Edeline. Liebe auf den ersten Blick, die nicht einmal davon getrübt wurde, dass Edeline keine Ahnung hatte, welches Geheimnis Godric hütete. Kurz vor Vertragsabschluss hielt Godric schließlich um ihre Hand an, während unsere Leute gleichzeitig den Schwur der Eingeweihten vorbereiteten, damit Godric Edeline danach alles über die Bibliothek und sein Leben erzählen konnte.« Ich unterbrach mich kurz, als die Stewardess meine leere Flasche einsammelte und lehnte dann den Hinterkopf an die Lehne. »Nur konnte Godric sich nicht zurückhalten. Sein Vertrauen und seine Liebe haben ihn blind für die Gefahr gemacht und seine Pflichten vergessen lassen. In der Nacht vor der Hochzeit erzählte er Edeline alles über uns. Über die Macht, die der Bibliothek innewohnt, über unsere Aufgaben und gesamte Geschichte. Er ließ nichts aus, obwohl ihr der Schwur noch nicht abgenommen worden war. Und darin bestand der wohl größte Fehler unseres Clans.«

Remys Augen verengten sich, ehe sie sich durch die Haare fuhr und mit dem Rücken gegen das Fenster lehnte. »Edeline hat ihn verraten?«

»Ihn und meine Leute, ja. Am nächsten Tag ist der Geschäftsdeal unabhängig von Godrics Fehler geplatzt – die anderen wussten zu diesem Zeitpunkt noch gar nichts davon – und damit wurde die Rache der Novas geboren. Ohne den Deal und die Unterstützung meiner Familie verloren die Ramsays ihren gesamten Besitz und stürzten in den Ruin. Aus Wut teilte Edeline alle Geheimnisse, die Godric ihr anvertraut hatte, mit ihrem Vater. Man hielt sie zunächst für verrückt, doch dann erkannten die Ramsays den Wert dieser Geheimnisse und schufen die *Novas*, um sich an uns zu rächen. Erst sehr viel später haben wir erfahren, dass sich Edeline umgebracht hat, weil sie nicht damit klargekommen ist, Godric zu verlieren. Wie gesagt, bis heute wissen wir nicht genau, welches Ziel die Novas verfolgen, aber was auch immer es ist, sie machen uns seit über hundert Jahren das Leben verdammt schwer.« Die letzten Worte kamen mir rauer als beabsichtigt über die Lippen. Ich dachte an Tabitha und Anastasyas Enkel, ich dachte an all die Verluste, die wir erlebt hatten und die Tatsache, dass wir bei jedem Schritt, den wir taten, einen Blick über die Schulter werfen mussten.

»Ich verstehe, warum ihr euch solche Sorgen um Mitwissende macht«, flüsterte Remy und sah mir direkt in die Augen. »Was damals geschehen ist und noch heute geschieht, ist … grausam.«

»Ich habe das nicht erzählt, um dir ein schlechtes Gefühl zu geben, Remy. Ich kann mir vorstellen, wie schwer es dir fallen muss, deine Familie zu belügen, aber … die Verantwortung, die wir tragen, ist einfach zu groß, um ein Risiko einzugehen. Besonders in Zeiten wie diesen.«

Ein paar Augenblicke lang wurde es still zwischen uns. Die Pilotin gab durch, dass wir in wenigen Minuten mit den Landevorbereitungen beginnen würden und uns in Rom strahlender Sonnenschein erwartete.

Neben mir griff Remy nun doch nach ihren Chips und öffnete

sie, ehe sie sie mir hinhielt, nachdem meine bereits leer waren. »Irgendwann werde ich eine Lösung dafür finden müssen, Sim. Ich kann sie nicht mein Leben lang belügen. Schon gar nicht Essie und Ninette – die beiden machen mir schon jetzt die Hölle heiß, weil London in ihren Augen zu plötzlich gekommen ist.«

Ich kaute und atmete dann aus, während um uns herum die Hauptlichter der Kabine zur Landung ausgeschaltet wurden. »Vielleicht können wir mit meinem Vater sprechen und den Schwur auf deine Familie ausweiten, schließlich sind es ungewöhnliche Umstände.«

»Weil ich die verloren geglaubte Tochter bin, die unerwartet wieder auf der Bildfläche aufgetaucht ist?« Bitterkeit schwang in ihren Silben mit, trotzdem meinte ich, ein kleines Lächeln aus ihren Worten heraushören zu können, und dieses war bei Weitem besser als die Stille zuvor.

»Nein, weil du … zwei Familien hast und beide gleich viel zählen.«

In ihrem Blick veränderte sich etwas, doch bevor ich es in Worte fassen konnte, hatte sie bereits den Kopf gesenkt und die nächsten Chips herausgezogen. »Ich glaube, wir landen.«

Nur einen Moment später wurde die kleine Maschine von einem Ruckeln durchgeschüttelt, als die Reifen ausgefahren wurden und die Landeklappen in Position gingen. Obwohl Remy halb vor dem ovalen Fenster saß, konnte ich die Stadt und die Landebahn immer schneller näher kommen sehen und nicht verhindern, dass die Anspannung zurückkehrte. Das war nicht die erste Mission dieser Art, mit Ludwig war ich schon in mehrere Museen und Archive eingebrochen, um fehlende Erstausgaben zu besorgen und die Mondia zu vervollständigen – und trotzdem fühlte sich das hier anders an. Vielleicht lag es an Remy, vielleicht lag es daran, dass es dieses Mal um so viel mehr ging und sich wortwörtlich die ganze Welt auf uns verließ … vielleicht verbarg sich aber auch etwas vollkommen anderes hinter diesem Gefühl.

Was auch immer es war, ich durfte mich nicht davon verrückt machen lassen, nicht jetzt, wo wir in Rom und im Begriff waren, einen großangelegten Diebstahl zu begehen.

Putain de bordel de merde.

Einen Herzschlag später setzten wir mit einem unvermittelten Ruck auf, irgendjemand klatschte – ich hatte diesen Brauch noch nie verstanden –, dann gab die Pilotin ihr fröhliches Willkommen und sämtliche Anschlussflüge in einem derart schnellen Italienisch durch, dass selbst ich Schwierigkeiten hatte, alles zu verstehen.

Ich spürte, wie sich Remys Blick auf mich heftete, ein kleines, leises Prickeln auf meiner Haut, das seinen Ursprung im hellen Grün ihrer Augen hatte.

»Wir sind da, Sim«, flüsterte sie. »Wir sind in Rom.«

Ich löste meine verkrampften Fäuste und sah zu ihr. »Ja«, gab ich genauso leise zurück, »wir sind da.«

Dritter Teil

»Die Suche«

Kapitel 19

Rom, Italien

Remy

»Okay, was ist der Plan?« Ich steckte mein Handy weg, nachdem ich meinen Eltern geschrieben hatte, dass ich gut in *London* gelandet war, und blickte zu Kasimir. Trotz der brütenden Hitze unter dem Vordach des Flughafens *Rom-Fiumicino* und der gottlosen Uhrzeit unseres Flugs wirkte er frisch und ausgeschlafen, während mir bereits der Schweiß auf der Stirn stand und nicht mehr viel fehlte, und ich im Stehen eingeschlafen wäre.

Sim deutete mit dem Kinn zu der langen Schlange von Taxis. »Wir fahren ins Zentrum, bringen unsere Sachen in die Unterkunft und statten dann der Engelsburg einen Besuch ab. Ich habe uns eine Führung für vierzehn Uhr gebucht.«

Meine Augen weiteten sich. »Du willst das direkt heute durchziehen?«

»Je früher, desto besser«, gab er zurück und ließ den Blick einmal über den überfüllten Platz schweifen, wobei sich seine Miene beunruhigend verhärtete. Diese Art der Anspannung war mir auch schon in Paris am Abflugterminal aufgefallen, nur war ich dort mit den Gedanken noch bei meiner Familie gewesen.

»Was ist?«

Ruckartig sah er wieder zu mir. »Nichts, sollen wir?« Der zuckende Muskel an seinem Kiefer strafte seine Antwort Lügen, nur gab er mir erst keine Gelegenheit nachzuhaken, sondern schnappte sich seine und meine Tasche und marschierte zielstrebig auf das vorderste Taxi zu.

Stirnrunzelnd schaute ich ihm einen Moment lang nach, dann setzte ich mich ebenfalls in Bewegung. Was auch immer es war, was ihn so beschäftigte, ich hoffte, es machte diese ganze Angelegenheit nicht noch komplizierter. Mir reichte es schon voll und ganz, dass wir nur hier waren, um während der Besichtigung eines Museums eine ominöse Anleitung zu stehlen. Unnötig zu erwähnen, dass ich nach wie vor keine Ahnung hatte, wie genau wir das durchziehen wollten – oder wie diese Anleitung überhaupt aussah, aber gut.

Ich erreichte das Taxi, als Sim gerade unsere Taschen einlud und sich dabei locker auf Italienisch mit dem Fahrer unterhielt. Seine vorherige Ruhelosigkeit war wie weggewischt und das charmante Lächeln, das ich bereits im Blumenladen zu sehen bekommen hatte, war zurück.

»*Grazie mille*«, sagte Kasimir gerade, dann hielt er mir die Tür auf. »Nach dir.«

Ich warf ihm einen schrägen Blick zu, rutschte dann jedoch auf die Rückbank des weißen Fiats. »Du sprichst italienisch?«

Sim sah kurz zu unserem Fahrer, der sich mittlerweile einen Bluetoothkopfhörer ins Ohr gesteckt hatte und nun lautstark zu telefonieren begann, ehe er langsam nickte und wieder ins Französische wechselte. »Ja, ich spreche so gut wie alle Sprachen. Alte und neue, lebendige und ausgestorbene.«

»Du nimmst mich auf den Arm.«

»Keineswegs, das gehört zur Grundausstattung meiner Familie. Wir erlangen dieses Wissen mit unserer Geburt, genauso wie ein fotografisches Gedächtnis – was sehr praktisch in unserer Branche ist.«

»Du willst mir sagen, dass du bereits alle Sprachen dieser Welt beherrscht hast, als du noch Windeln getragen hast, wohingegen Normalsterbliche – und das schließt mich ein – mühsam jahrelang Vokabeln lernen müssen, um am Ende im Ausland nach der Toilette fragen zu können?« Ungläubig starrte ich ihn an, während sich ein kleines, ziemlich selbstzufriedenes Lächeln auf seinen Lippen ausbreitete.

»Könnte man so sagen. Wobei du alles andere als *normalsterblich* bist, Remy«, merkte er mit gesenkter Stimme an und erwiderte meinen Blick. »Du hast keine Ahnung, wozu du imstande bist.«

»Und genau da liegt das Problem.« Ich hob freudlos die Mundwinkel und sah dann nach draußen. Die Landschaft veränderte sich schnell, wurde städtischer mit Häusern, die nahtlos ineinander übergingen und mehr Autos, als eigentlich auf die Straße passten. Je näher wir dem Zentrum Roms kamen, desto lauter wurde es um uns herum, Hupen erklangen pausenlos, wütendes Italienisch und dazu unser Fahrer, der ununterbrochen telefonierte, als würde er das Chaos draußen gar nicht bemerken. Ein bisschen erinnerte mich der Verkehr in Rom an das mehr oder weniger geordnete Durcheinander rund um den *Arc de Triomphe*. Keine Frage, Rom war ein einziger *Place Charles de Gaulle* – faszinierend und gleichzeitig unmöglich zu begreifen.

Schneller, als ich bei dem Verkehrsgewirr erwartet hatte, hielten wir vor einem terracottafarbenen Gebäude, das mit seinen kleinen Türmchen, den vielen Erkern und stufenförmig angeordneten Terrassen und den dunklen, geschwungenen Fensterrahmen beinahe wie ein Palazzo wirkte.

»*Grazie. Il resto è per Lei.*« Kasimir reichte dem Fahrer ein paar Euroscheine, dann stieg er aus und hielt mir die Tür auf. »Da wären wir. Unsere Unterkunft.«

»*Merci.*« Blinzelnd hob ich eine Hand gegen die strahlende Morgensonne und blickte zu der *Unterkunft*, die viel mehr ein Fünfsternehotel war, wie mir nun klar wurde. »Ist das dein Ernst?«

»Der entscheidende Vorteil solcher Einrichtungen besteht darin, dass sie diskret sind, keine Fragen stellen und man mit der richtigen Summe dafür sorgen kann, dass nicht einmal der Name eine Rolle spielt.«

»Ich kann nicht glauben, dass du das gerade wirklich gesagt hast, Sim.«

Seine Zähne blitzten auf. »Irgendeinen Vorteil muss dieses Leben ja haben.«

Kopfschüttelnd strich ich mir über die verschwitzte Stirn. »*Mon Dieu.*«

Kasimir stieß mich leicht mit der Schulter an. Kaum hatte der Taxifahrer den Kofferraum geöffnet, eilte uns auch schon ein Mitarbeiter samt makelloser Uniform und goldenem Gepäckwagen entgegen.

»Guten Morgen, Mr Jones, Miss Brown. Willkommen im *Palazzo Angelo.*«

Keine halbe Stunde später standen Sim und ich mitsamt unserem Gepäck in der luxuriösesten Suite, die ich jemals gesehen hatte. Alles war in Gold und Dunkelgrün gehalten, mit schweren Holzmöbeln und ausladenden Sofas, die wie aus einer anderen Zeit wirkten. Dazu Lüster und Kunstwerke, die sicher ein halbes Vermögen wert waren. Neben den vier überdimensionierten Schlafzimmern mit Bädern gab es noch zwei Wohnzimmer, ein Esszimmer und einen Balkon, von dem aus man einen atemberaubenden Blick über das *Castel Sant'Angelo* und den Vatikan dahinter hatte. Die rundliche Engelsburg ragte auf einem Hügel über der Stadt auf, der klare blaue Himmel spiegelte sich im Tiber, an dessen Ufer das Bauwerk stand, und selbst von hier konnte ich die vielen Engelsfiguren auf der berühmten *Ponte Sant'Angelo* erkennen. Schwer zu sagen, was ich von diesem wahnwitzigen Trip nach Rom erwartet hatte, aber das …

»*Miss Brown*?« Ich wandte mich vom Balkon ab und bedachte Kasimir mit einer gehobenen Braue.

»Die häufigsten Namen in England. Jones und Brown. Ich sagte ja, dass hier niemand Fragen stellt.« Kurz zwinkerte er mir zu, dann öffnete er seine Kuriertasche und begann, Unterlagen und einen Laptop auf dem großen Esstisch auszubreiten. In diesem Augenblick wirkte er ein wenig wie ein Spion, der sich auf den nächsten Einsatz vorbereitete, mit den hochgeschobenen Ärmeln seines weißen Leinenhemds, der dunklen Hose und dem konzentrierten Gesichtsausdruck. Ein Spion, der das nicht zum ersten Mal machte, wie mir schnell bewusst wurde. Dafür waren seine Finger zu ruhig, als er die Papiere sortierte, seine Handgriffe zu routiniert.

»Wir werden Unterstützung aus Paris bekommen, trotzdem sind wir weitestgehend auf uns gestellt.«

Hastig riss ich mich aus meiner Starre und stellte mich neben ihn. »Inwiefern?«

Kasimir blickte zu mir, wobei er mir für einen Herzschlag lang direkt in die Augen sah, dann zog er einen der Bögen hervor – der Grundriss eines großen rechteckigen Raums mit zwei Seitensälen und mehreren Zugängen. Einige Punkte innerhalb des

Plans waren mit roten Kreisen markiert worden, daneben standen Worte in einer Sprache, die ich nie zuvor gesehen hatte.

»Wir beschäftigen uns zwar in erster Linie mit Büchern, aber der Wandel der Zeit hat uns gewissermaßen gezwungen, uns anzupassen, um mithalten zu können«, meinte Kasimir und stützte sich auf dem Tisch aus glänzendem Holz ab, wobei die Muskeln und Sehnen an seinen Unterarmen hervortraten. »Wir agieren international, damit fehlende Bücher von überall auf der Erde in die Mondia gebracht werden können. Um diese Einsätze zu koordinieren, haben wir vor Jahren eine moderne Zentrale im Untergrund eingerichtet, von der aus wir auf unterschiedlichste Systeme weltweit zugreifen können.«

»Du sprichst von Hacking?«

»Unter anderem, ja. Mit den vielen Sicherheitskameras, die sich leider immer genau dort befinden, wo wertvolle Erstausgaben auf uns warten«, er unterbrach sich kurz, um auf die rot umrandeten Markierungen zu tippen, »ist es notwendig, sich gewisse Vorteile zu verschaffen. Andernfalls könnten wir unserer Aufgabe nicht nachgehen. Deswegen haben sich einige der Weltenschreiber in den letzten Jahrzehnten auf Computertechnik, Programmieren und eben auch Hacking spezialisiert. Ohne sie wären wir aufgeschmissen.«

Ich nickte nachdenklich und fasste meine Haare, die von der kurzen Zeit draußen bereits in meinem Nacken klebten, zu einem Pferdeschwanz zusammen. »Das heißt, deine Leute werden sich um die Kameras in der Engelsburg kümmern, damit wir in Ruhe diese Anleitung stehlen können, von der wir noch nicht genau wissen, wie sie aussieht?«

»Sie bauen, sobald wir ihnen das Zeichen geben, für eine begrenzte Zeit eine Endlosschleife ein. Das verschafft uns ein paar Minuten, in denen wir die Kopie mit dem Original vertauschen können. Anastasya sprach von verborgenen Fächern, als die Bibliothek noch als päpstliches Archiv und Geheimlager genutzt worden ist, darüber konnten wir jedoch im Voraus nichts in Erfahrung bringen.«

Ich überkreuzte locker die Arme vor der Brust. »Das heißt, wir wissen nicht genau, wo sich unsere Anleitung befindet?« Zu meiner großen Enttäuschung nickte Sim. Ich seufzte und konzentrierte mich wieder auf den Grundriss. »Was sind das für Notizen? Ist das eure Geheimsprache?«

»Wir haben keine Geheimsprache, Remy«, antwortete er belustigt und fuhr über eines der Worte. »Die Bemerkungen sind in der Merjanischen Sprache verfasst – sie starb etwa zwischen dem zwölften und sechzehnten Jahrhundert aus.«

»Also doch eine Geheimsprache. Ein weiteres Rätsel.« Herausfordernd hob ich eine Braue, seine Lippen zuckten. »Was steht da?«

»Lose Gedanken. Auf den Bildern im Internet waren Schaukästen in der Bibliothek zu sehen. Wenn wir Glück haben, findet sich die Anleitung in einem der Kästen – das würde die ganze Sache zumindest etwas vereinfachen.«

Nichts davon klang in irgendeiner Art und Weise *einfach* für mich und ich war mir sicher, dass es Kasimir nicht anders ging. Sonst hätten sich nicht diese tiefen Furchen knapp oberhalb seiner Nasenwurzel eingegraben, die sich dort befanden, seit wir Paris verlassen hatten. Resolut schob ich diese Gedanken zurück und fasste den Grundriss ein weiteres Mal ins Auge.

»*Alors*, wie genau ziehen wir die Sache durch?«

Mein Magen war ein einziger, harter Knoten, als wir um halb zwei aus dem Hotel ins brennende Sonnenlicht traten. Trotz der nun deutlich luftigeren Kleidung, die Sim und ich uns übergezogen hatten, war die Hitze gnadenlos und ich wünschte mir sofort die Klimaanlage unseres Zimmers zurück.

»Bist du bereit?«

»Macht es einen signifikanten Unterschied, wenn ich Nein sage?«

Seine Lippen kräuselten sich verdächtig, dann führte er mich über den Platz vor dem *Palazzo Angelo* ans Tiberufer in Richtung der Engelsbrücke. »Wir schaffen das, Remy. Nur die Ruhe.«

Ich öffnete meine verkrampften Fäuste und nickte. »Sicher, nur die Ruhe.« Als ich ihn von der Seite anschaute, stellte ich fest, dass er mich bereits ansah. Das Braun seiner Augen wirkte hier draußen heller und seltsam aufgewühlt – trotz seiner Worte.

»Was ist, wenn ich die Anleitung nicht erkenne?«, flüsterte ich am Fuß der Brücke und zog die Unterlippe zwischen die Zähne. »Was ist, wenn sich Anastasya geirrt hat? Ich meine, wir wissen noch nicht einmal, ob ich irgendwelche Fähigkeiten habe.«

»Remy, du bist eine Ripari«, sagte Sim leise und brachte mich durch eine leichte Berührung am Arm mitten auf der Brücke zum Stehen. Die Sonne stand in seinem Rücken, sodass er von innen heraus zu leuchten schien, während unzählige Engelsfiguren jeden unserer Schritte beobachteten. »Und du wirst die Anweisungen finden. Niemand außer dir kann das, vertrau darauf, *d'accord*?«

Ich stieß den Atem aus und nickte, obwohl ich nicht daran glaubte. Sim beherrschte jede nur erdenkliche Sprache und konnte Bücher in Sekundenbruchteilen durcharbeiten und gedanklich abspeichern, während ich bisher gar nichts zu bieten hatte – einmal abgesehen von einem seltsamen Summen, das ich so gut wie gar nicht zu deuten vermochte. In Anbetracht dieser Tatsache war es schwer, optimistisch zu bleiben.

Wir setzten uns wieder in Bewegung, bezahlten unsere telefonisch vorbestellten Tickets am Einlass – ebenfalls in bar, um keine Spuren zu hinterlassen – und betraten schließlich unter den wachsamen Augen des Sicherheitspersonals die Engelsburg. Kaum fünf Meter hinter dem offiziellen Einlass wurden wir durchgecheckt und unsere Taschen kontrolliert. Sim legte seine Kuriertasche mit einer bemerkenswerten Gelassenheit auf das Gepäckband und hielt sogar noch Small Talk mit der Frau hinter dem Scanner, als wären wir wirklich nur zwei harmlose Touristen in Rom. Es war beinahe absurd, und leider fehlte mir besagte Gelassenheit, um darüber lachen zu können. Ich war viel zu beschäftigt damit, nicht die ganze Zeit über auf Kasimirs Tasche zu starren, in der sich der Duplicator befand, mit dem wir eine exakte Kopie der Anleitung anfertigen würden. Das Original würden wir mitnehmen – falls wir sie denn überhaupt finden würden.

Innerlich zählte ich die Sekunden, bis die Kuriertasche aus dem Gerät kam und Sim sie mit einem Lächeln entgegennahm. Erst dann wagte ich wieder zu atmen. *Mince*, ich war definitiv nicht für so etwas gemacht.

»Der Treffpunkt für die Führung ist am *Cordonata di Paolo III*, komm.« Sim legte mir kaum merklich eine Hand an den unteren Rücken und führte mich nach rechts. Kaum dass wir die Sicherheitskontrolle verlassen hatten, fanden wir uns zwischen unzähligen anderen Menschen mit Sonnenbrillen, Kameras und Handys wieder, die zwischen den gewaltigen Steinmauern umherliefen. Ganz unterschiedliche Sprachen schlugen uns entgegen und vermischten sich mit dem viel zu schnellen Pochen in meiner Brust.

»Wie schaffst du das?«, wisperte ich und war mit einem Mal froh über Kasimirs Berührung.

»Was meinst du?«

»Nicht durchzudrehen.«

Seine Miene verfinsterte sich ein wenig. »Irgendwann, wenn man lange genug in meiner Welt lebt, bekommen Dinge ein neues Gewicht. Man beurteilt Situationen anders als zuvor, schreckliche Zwischenfälle erscheinen weniger schrecklich, weil man den wahren Grausamkeiten begegnet ist.« Obwohl seine Stimme ruhig war, schwang ein ganzes Heer an Emotionen in jeder einzelnen Silbe mit. »Die Realität verschiebt sich für einen und das nicht unbedingt zum Besseren.«

Mit einem Mal war mir trotz der drückenden Hitze zwischen den Burgmauern kalt. Ich fragte mich, von welchen Grausamkeiten Sim sprach. Ob es hierbei um den Tod seiner Schwester ging oder sich noch ganz andere Facetten hinter den Geheimnissen der Weltenschreiber verbargen.

»Wie dem auch sei«, Kasimir räusperte sich leise und ließ seine Hand von meinem Rücken gleiten, »da vorne ist unsere Gruppe. Du weißt, was zu tun ist?«

»Die Augen offen halten und auf ein *magisches* Signal warten, sobald wir die Bibliothek betreten haben.«

»Trau dir etwas mehr zu, es hat einen Grund, warum der Duplicator seinen Weg ausgerechnet in deine Werkstatt gefunden hat, Remy.«

»Es könnte ein ganz mieser Zufall gewesen sein. Schwarzer Humor des Schicksals.«

Seltsam ernst schüttelt er den Kopf und suchte meinen Blick. Zum ersten Mal fielen mir die hellen und dunklen Flecken im Braun seiner Iriden auf, die sich je nach Licht zu verändern schienen. »In unserer Welt gibt es keine Zufälle.«

Blinzelnd sah ich ihn an und öffnete erst mit einiger Verzögerung den Mund, um zu widersprechen, doch Sim hatte sich bereits der wachsenden Gruppe um unseren Guide zugewandt. Einen Moment lang blieb ich an Kasimirs Profil hängen, an der markanten Linie seiner Wangenknochen, der angespannten Stelle an seinem Kiefer und der leicht gerunzelten Stirn, dann konzentrierte ich mich ebenfalls auf den jungen Mann, der sich gerade als Elio und unser Tourführer vorstellte. Mit seinen schwarzen Locken und dem Dauergrinsen schätzte ich ihn auf nicht viel älter als Kasimir. Keine Sekunde später erzählte er auf Englisch, in dem ein starker italienischer Akzent lag, dass er Geschichte studierte und die Engelsburg seine *amore eterno* war. So viel dazu.

»Dann folgen Sie mir bitte alle, *sì?* Ich möchte Ihnen die heiligen Hallen dieses historischen Ortes nicht länger vorenthalten«, schloss Elio und machte eine ausladende Geste. »*Andiamo.*«

Innerhalb kürzester Zeit wurden wir von den gewaltigen Mauern des *Castel Sant'Angelo* verschluckt und mir kroch augenblicklich eine Gänsehaut über den Körper. Ob das am Gang lag, der in ein diffuses gelbliches Licht getaucht war, oder mit der Tatsache zusammenhing, dass wir unserem Diebstahl immer näher kamen, vermochte ich nicht zu sagen. Möglichst unauffällig fuhr ich mir über meine nackten Arme und konzentrierte mich darauf, meine Atmung zu beruhigen. Elio sprach gerade über den schneckenförmig angeordneten Tunnel und die Wehrgänge, die sowohl zur Flucht als auch Verteidigung gedacht waren und brachte die Gruppe mehrmals zum Lachen, doch ich bekam seine Worte nur am Rande mit. Das Rauschen in meinen Ohren beherrschte alles, vermischte sich mit meinen kreisenden Gedanken und diesem … Stechen, das sich zwischen meinen Schulterblättern eingenistet hatte.

Sim, der bisher einen knappen Meter vor mir gegangen war, ließ sich ein wenig zurückfallen. »Wir erreichen gleich die Bibliothek«, informierte er mich kaum hörbar und beugte sich ein Stück zu mir herunter, sodass sein warmer Atem über meine Haut fuhr. »Dann gebe ich unseren Leuten das Zeichen.«

»Okay.« Ich zwängte das Wort durch meine trockene Kehle und blickte zu der hohen, gewölbten Decke hinauf. Ein wenig erinnerte mich dieser Weg an den Untergrund in Paris, nur dass die Wände hier nicht aus grob behauenem Stein bestanden, sondern Ziegeln, die fein säuberlich aufeinandergeschichtet worden waren.

»Es läuft alles nach Plan, Remy.« Plötzlich streiften seine Finger meine, eine winzige Berührung, die wieder dieses Summen hervorrief. Ein Kribbeln, das ich im Blumenladen bei unserer ersten Begegnung verspürt hatte, das die Nähe zur Mondia in mir geweckt hatte, das … das Sim in mir auslöste. Als würde ich auf ihn reagieren.

»Kasimir, wir –«

»Und hier wären wir: Die berühmte Bibliothek des *Castel Sant'Angelo* mit seiner beeindruckenden Freskendecke, die schon so manchen Betrachter verzaubert und inspiriert hat.«

Fragend hob Sim eine Braue, doch ich winkte ab. Mir entging nicht, dass meine Finger dabei ein klein wenig bebten. »Alles gut.«

Kurz wirkte es, als würde er mir nicht glauben, dann holte er doch sein Handy hervor und tat so, als würde er Fotos machen, so wie die Touristen um uns herum. »Ich schreibe ihnen. Sieh du dich schon mal ein wenig um.«

Ich nickte knapp und folgte den anderen weiter in den gewaltigen Saal hinein. Viel hatte dieser Raum nicht mehr mit einer Bibliothek gemeinsam, es gab keine Bücherregale, nur ein paar Möbel und einen gewaltigen Kamin, aber ich verstand schnell, was Elio mit den Fresken über unseren Köpfen gemeint hatte. Einen Augenblick lang verlor ich mich in den aufwendig gestalteten Malereien und Verzierungen, während der Guide ausschweifend über die Bibliothek und ihre Nutzung berichtete, dann erinnerte ich mich an meine eigentliche Aufgabe. Aufmerksam sah ich mich um und entdeckte tatsächlich einige Schaukästen, in denen diverse Gegenstände und Bücher ausgestellt lagen. Nur mit Mühe unterband ich den Drang, einmal über die Schulter zu blicken, ehe ich an den ersten Kasten herantrat und die Exponate eingehend betrachtete. Dabei wusste ich allerdings nicht, wonach ich eigentlich genau suchen sollte. Keines der Stücke sprang mir entgegen, rief meinen Namen oder machte sich sonst irgendwie bemerkbar. Kein Signal, kein Erkennen, nur dieses unangenehme Prickeln in meinem Nacken.

Kasimir und die anderen mussten sich geirrt haben. Wäre ich wirklich eine Ripari, würde ich irgendetwas spüren, oder? Ein Zeichen, irgendetwas.

Mir kam ein lautloser Fluch über die Lippen, als ich mich abwandte und nach Kasimirs vertrauter Gestalt zwischen all den anderen Ausschau hielt und dabei an einem anderen bekannten Gesicht hängen blieb.

Kurze schwarze Haare, eisblaue Augen und schmale Lippen, die sich nun, wo sich unsere Blicke trafen, zu einem kalten Lächeln verzogen. Die junge Frau aus der Métro, die uns gejagt hatte.

Unbewusst machte ich einen Schritt rückwärts und stieß dabei gegen einen der Schaukästen. Ein scharfer Schmerz jagte durch meine Hüfte, den ich kaum wahrnahm, während ich sie nur anstarren konnte.

Sie hatten uns gefunden.

Die Novas waren hier.

Kapitel 20

Rom, Italien

Sim

Die Nachricht aus der Zentrale erreichte mich genau in der Sekunde, in der ich sie entdeckte.

Zella.

Zella Ramsay, die sich in Remys Richtung bewegte, als wäre sie auf der Jagd und hätte soeben ihre Beute ins Visier genommen. Innerhalb eines Sekundenbruchteils spannte sich jeder Muskel in mir an, mein Puls schoss in die Höhe.

Merde, das durfte doch verdammt noch mal nicht wahr sein! Wie zum Teufel hatten die uns gefunden? Und wie hatten wir das nicht bemerken können?

Dieses ungute Gefühl, das mich schon den ganzen Tag über nicht losgelassen hatte, kam mir für einen kurzen Moment in den Sinn. Ein Gefühl, dem ich nicht genügend Beachtung geschenkt hatte, wie sich jetzt herausstellte. Obwohl ich es besser hätte wissen müssen.

Ich umfasste das Handy fester, während ich gedanklich die Optionen durchging, die uns blieben. Wir mussten diese Anleitung finden, gleichzeitig durften wir nicht riskieren, dass die

Novas herausfanden, was wir suchten. Oder Wind davon bekamen, wer Remy in Wirklichkeit –

In diesem Moment hallte ein dumpfes Poltern durch die Bibliothek, als Remy gegen den Schaukasten stieß und mich aus meinen Überlegungen riss. Mit schnellen Schritten durchmaß ich den Raum und trat zu Remy, deren weit aufgerissene Augen unentwegt auf Zella gerichtet waren.

»Remy, hey, sieh mich an.« Ich stellte mich so dicht neben sie, als wollte ich sie umarmen, und suchte ihren Blick.

»Sie ist hier … und wenn sie hier ist, dann …«

»Schht, sie werden hier keine Szene machen. Nicht, solange all diese Menschen um uns herum sind.«

»Wie kannst du dir so sicher sein?« Ihre Worte waren nicht mehr als ein tonloses Zischen.

Ich schaute über ihre Schulter zu Zella, die wie erwartet stehen geblieben war und nun kaum merklich das Kinn senkte. Für einen Herzschlag lang bedachte ich sie mit einem bedeutungsschweren Blick, dann fokussierte ich mich wieder auf Remy. »Hör zu, wir fahren wie geplant fort.«

»*Was*?! – Hast du den Verstand verloren?«

»Remy, wir haben nur diese eine Chance. Sie haben uns hier entdeckt, das heißt, sie wissen, dass wir auf der Suche nach etwas sind. Wenn wir jetzt gehen, wird es unmöglich sein, noch einmal herzukommen, verstehst du?« Ich sprach so schnell, dass ich mehrmals über meine eigenen Worte stolperte.

Noch immer standen Furcht und Entsetzen auf ihren Zügen, aber ich konnte erkennen, dass sie begriff. »Wie viele von ihnen sind da?«

»Ich weiß es nicht und es spielt auch erst mal keine Rolle.« Damit würde ich mich beschäftigen, sobald wir die Anleitung gefunden hatten. »Hast du schon irgendetwas entdeckt?«

»Nein, ich … gar nichts. Kein Erkennen, nichts von dem, was Anastasya gesagt hat …« Wieder biss sie sich auf die Unterlippe und spähte an mir vorbei zu Zella. Ich konnte ihre Anspannung förmlich auf meiner Haut spüren. »Sim, ich weiß nicht …«

»Wir gehen die Schaukästen der Reihe nach durch«, unterbrach ich sie sanft, aber bestimmt. Ihr Blick heftete sich wieder auf mich. »Sobald du irgendetwas spürst, kümmere ich mich um Ablenkung – die Novas dürfen unter keinen Umständen mitbekommen, was wir vorhaben. In dieser Zeit duplizierst du, wie abgemacht, und wir verschwinden. Die Kameras sind nach wie vor auf Endlosschleife gestellt und die Bewegungssensoren ausgeschaltet. Es hat sich nichts geändert.« Eine Lüge, mit Zellas Auftauchen hatte sich *alles* geändert, aber Remy musste diese Worte in diesem Moment hören. Genau wie ich. »Welcher kommt als Nächstes?«

Remy öffnete und schloss ihre Fäuste ein paarmal, dann deutete sie mit dem Kinn kaum merklich nach links zu dem Kasten, der der Gruppe am nächsten war.

Ich ließ ihr den Vortritt und behielt Zella im Auge, während ich die Bibliothek gleichzeitig nach weiteren Mistkäfern absuchte. Die Nova war sicherlich nicht allein hier und mittlerweile hatten sich bedauerlicherweise einige ihrer Gesichter unwiderruflich in mein Gedächtnis gebrannt.

»Nichts«, flüsterte Remy neben mir und starrte die Exponate beinahe anklagend an. Es waren mehrere lose Papiere ausgestellt, die in altem Latein verfasst waren, dazu eine antike Lesebrille und zwei Bücher mit derart gebrochenen Rücken, dass die Titel darauf nicht mehr zu entziffern waren.

»Einen Schaukasten haben wir noch.« Und ich betete, dass wir dort etwas finden würden. Ich hatte gemeint, was ich gesagt hatte: Ich glaubte an Remy und ich vertraute darauf, dass sie

Ripariblut in sich trug, aber langsam wurde es immer enger für uns. Mit einem gemurmelten Fluch fuhr ich mir durch die Haare, sah einmal zu unserem Guide Elio, dann zu Zella, die sich in einiger Entfernung an die Wand gelehnt hatte und uns nun aus ihren kalten Augen heraus beobachtete. Wie ich diese Frau verabscheute. Verabscheute, wofür sie stand und was sie uns angetan hatte. Sie und ihre –

»Sim?«

Ein leichtes Zupfen an meinem hellbauen Leinenhemd, dann Remy, die mich unter zusammengezogenen Brauen musterte. Ich nickte, im nächsten Moment setzte sich die Touristengruppe in Bewegung. Weiter in den Saal hinein, in Richtung des dritten Schaukastens. Dieser hier war größer, mehr Gegenstände waren auf dem dunkelgrünen Samt verteilt und mit kleinen Schildchen versehen, und keiner davon kam einem Buch auch nur im Entferntesten nahe. Schmuckstücke, Alltagsgegenstände und Vergrößerungsgläser, aber keine einzige verdammte Seite, auf der irgendetwas geschrieben stand.

C'est pas vrai!

Zähneknirschend umfasste ich den Träger meiner Tasche fester, als mir Remys starre Haltung auffiel, der Blick, mit dem sie den Kasten betrachtete. Ein Blick, den ich nur zu gut von meinem Clan kannte, weil wir mehr sahen als das Offensichtliche, und Remy … tat das auch. Vorsichtig trat ich näher und berührte sie leicht am Arm, sie fuhr dennoch zusammen.

»Was ist, Remy?«

»Ich … spürst du das auch?«

Ich schüttelte den Kopf. »Ich bin kein Ripari, aber was auch immer es ist, es wird das sein, weswegen wir hergekommen sind.«

Remy schluckte, ich konnte den rasenden Puls an ihrem Hals

erkennen. »Das Schmuckkästchen in der Mitte mit dem verbogenen Schloss, das … ich glaube, das ist es.«

Einen weiteren Beweis als den Ausdruck in ihren Augen brauchte ich nicht, um ihr zu glauben. »Gut, sehr gut. Sobald ich für Ablenkung gesorgt habe, kümmerst du dich darum, verstanden?« Ohne sie aus den Augen zu lassen, reichte ich ihr meine Tasche. »Was auch immer passiert, diese Anleitung muss es nach Paris schaffen, hörst du?«

»Sim, was hast du vor?«

»Überlass das mir. Wir treffen uns am ausgemachten Ort.« Ich drückte ihre Hand, sie war genauso warm und feucht wie meine, dann ließ ich sie stehen und machte mich an meinen Teil des Plans. Jetzt wo die Novas hier waren, lagen die Dinge anders, aber wenn ich in einer Sache gut war, dann darin zu improvisieren. Und hoffentlich würde das reichen, um uns den Arsch zu retten.

Remys Blick kribbelte die ganze Zeit über in meinem Nacken, während ich mit großen Schritten direkt auf Zella zulief. Mein Blut rauschte heiß durch meinen Körper, mein Herz drohte mir den Brustkorb zu zertrümmern und alles in mir warnte mich vor dieser bescheuerten Idee. Trotzdem wurde ich nicht langsamer, bis ich die Nova erreicht hatte und ohne Vorwarnung ihren Unterarm packte.

»Du hättest verdammt noch mal nicht herkommen sollen«, fuhr ich sie auf Englisch an.

Einen kurzen Moment lang schien sie überrumpelt, dann kühlte das Blau ihrer Augen um weitere Grad ab. »Ich konnte nicht widerstehen. Du weißt, ich habe eine Schwäche für dich, kleiner Schreiberling.« Zella versuchte probehalber sich von mir loszumachen, doch mein Griff blieb unnachgiebig. »Sieht aus, als hättest du ein neues Spielzeug gefunden. Weiß sie schon von deinem interessanten Doppelleben?«

»Das geht dich nichts an.« Ich spannte den Kiefer an, während ihr schneidendes Lächeln noch ein wenig breiter wurde. »Verschwindet hier.«

»Nicht ohne dich, nachdem du uns in Paris entwischt bist. Kein besonders netter Zug übrigens, aber umso besser, dass sich diese wunderbare zweite Gelegenheit ergeben hat. Was dein Vater wohl tun wird, wenn wir dich erst zu uns *eingeladen* haben?«

Ich bemühte mich um eine harte Miene, trotzdem erwischten mich ihre Worte unvorbereitet. Sie wollten mich also wirklich als Geisel nehmen?

»Ich bin mir sicher, dass es dir bei uns gefallen wird.«

»*Va te faire foutre*, Zella.«

»Französisch war noch nie meine Stärke.« Das Lächeln erstarb, dann nickte sie jemandem hinter mir zu. Auch ohne mich umzudrehen, wusste ich, dass Zellas Leute mir jeden Moment auf die Pelle rücken würden, und damit schloss sich das Zeitfenster. Für Remy, für diese Mission, für mich.

»Du solltest dir die Zeit nehmen, die Bücher zu lesen, die ihr so hingebungsvoll stehlt, du wärst überrascht, welchen Unterschied Wissen machen kann«, entgegnete ich harsch und presste meine Nägel in ihren nackten Unterarm. Eine letzte Warnung. »Das verdammte Miststück hat mich beklaut!«, rief ich auf Italienisch und hatte sofort die ungeteilte Aufmerksamkeit der Touristen inklusive Tourguide. »Holt die Polizei!« Kaum dass die Worte meinen Mund verlassen hatten, brach das wortwörtliche Chaos aus.

Zellas Augen weiteten sich, wieder versuchte sie sich von mir loszureißen, aber ich gab nicht nach. Nicht einen Millimeter, bis sich schwere Hände auf meine Schultern legten und sich schmerzhaft in meine Muskeln gruben.

»Entweder du lässt sie los oder wir werden dir jeden Knochen in deinem Körper brechen, Abernathy.«

Ich sah von Zella zu einem der beiden Novas, die mich gepackt hielten. »Da hast du dir bei etwa zweihundertsechs Knochen aber eine ganze Menge vorgenommen.«

»Halt die Klappe, verfluchter –«

In dieser Sekunde erreichte uns der Tourguide. »Was ist hier los?«

Innerhalb weniger Momente hatte sich eine ganze Traube von Leuten um uns gebildet, die das Spektakel gebannt in sich aufsogen. Niemand achtete mehr auf Remy, die am Schaukasten stand, niemand bemerkte, wie sie den Deckel anhob und dem Flüstern folgte, das nur sie hören konnte.

Gut so, Remy.

Ich presste grimmig die Lippen aufeinander und wandte mich dann Elio zu, während mich die zwei Novas nach wie vor festhielten.

»Die Frau hat mich bestohlen und diese zwei gehören zu ihr. Das ist eine ganze Diebesbande!«, erklärte ich in schnellem Italienisch und gestikulierte mit den Händen. »Rufen Sie die Security.«

»Was hast du gesagt?«, fuhr mich der Nova zu meiner Linken an, wobei mir ein paar Speicheltröpfchen entgegenschlugen. Vermutlich hatte er das Wort *Security* herausgehört. »Was läuft hier?!«

»Genug!« Der Guide trat näher und fasste jeden ins Auge. »Auseinander! Wir regeln das in Ruhe.«

Nur war Ruhe das Letzte, was ich gerade gebrauchen konnte. Wenn das hier klappen sollte, musste ich Remy noch etwas Zeit verschaffen, und das bedeutete, dass ich diese Mistkäfer von hier fortlocken musste. Hektisch ging ich alle Möglichkeiten durch, die mir im Augenblick blieben, während Elio auf uns einredete, ohne dass auch nur eine Silbe davon zu mir durchdrang. Mehrmals ließ ich den Blick durch die Bibliothek schweifen, rief mir den Grundriss mit allen Fluchtrouten und Ausgängen ins Gedächtnis und blieb schließlich an Zellas Umhängetasche hängen.

Voilà!

»Sie werden sich jetzt beruhigen und ich informiere die Museumssecurity, damit dieser Fall …« Weiter kam unser Tourguide nicht, weil ich genau diesen Augenblick, in dem alle auf Elio fixiert waren, nutzte, um mich aus den Fängen der Novas zu befreien. Noch ehe sie hätten reagieren können, entriss ich Zella ihre Tasche, der dünne Träger gab mit einem vernehmlichen Ratschen nach, dann rannte ich los. Ich musste mich nicht umdrehen, um zu wissen, dass mir die Novas sofort folgten. Ihre schweren Schritte dröhnten in meinen Ohren, während wütende Worte von den Wänden widerhallten. Unwillkürlich beschleunigte ich, bis sich mein Herzschlag an mein Tempo angepasst hatte.

Die gesamte Engelsburg war wie das Innere einer großen Schnecke aufgebaut: ein langer, fensterloser Gang mit hoher gewölbter Decke, der sich in die Höhe schraubte und zu den wichtigen Räumlichkeiten sowie auf die Terrasse der Anlage führte. Eine Terrasse, die einer Sackgasse glich, also entschied ich mich an der ersten Abzweigung für den Weg nach unten in Richtung Ausgang – ohne auf die verwirrten Gesichter der anderen Touristen oder die harschen Verwünschungen der Novas zu achten.

»Bleib verdammt noch mal stehen, Abernathy!«, zischte Zella, ihr Atem kam in abgehackten Stößen. »Wir werden dich durch die ganze beschissene Stadt jagen, wenn es sein muss!«

Ich ließ ihre Drohung an mir abprallen, murmelte eine Entschuldigung, als ich eine Gruppe junger Frauen zur Seite stieß, und schlitterte um die nächste Biegung. Ehrlich gesagt hatte ich keine Ahnung, wo ich die Novas abhängen sollte, Rom war nicht meine Stadt – aber Stehenbleiben war erst recht keine Option.

Zellas Tasche noch immer fest in einer Hand schob ich mich durch Touristengruppen hindurch und dankte innerlich der glücklichen Fügung, dass es zunehmend voller wurde, je näher ich dem Ein- beziehungsweise Ausgang kam. Ein praktischer Umstand, der hoffentlich genügen würde, um meine Verfolger loszuwerden, die mit jedem Meter aufholten. Ich war schnell, hatte Jahre meines Lebens mit Training verbracht, um genau in solchen Situationen die Oberhand zu haben – doch hier und jetzt kam es mir so vor, als wäre Zella eine verdammte Marathonläuferin und das alles nur ein Witz für sie.

Fichu!

Fluchend stützte ich mich an der rauen Backsteinwand ab, als ich auf dem ausgetretenen Boden ins Rutschen geriet und fing gerade noch so meinen Sturz ab. Dann erreichte ich endlich den äußeren Hof der Burg. Unzählige Menschen standen in Gruppen zusammen und boten eine gute Tarnung, machten es jedoch gleichzeitig unmöglich, fließend vorwärtszukommen. Immer wieder schlugen mir Beschwerden in den unterschiedlichsten Sprachen entgegen, während ich mich ohne Rücksicht auf Verluste durch die Masse kämpfte. In meinen Ohren hallten die unzähligen Stimmen wider. Die Hitze lud den Raum zwischen den dicken Mauern förmlich auf, die Sonne brannte gnadenlos und innerhalb kürzester Zeit stand mir der Schweiß auf der Stirn. Es schien mit jedem Schritt schwerer, Luft in meine Lunge zu bekommen und ich hoffte, dass es reichen würde. Rastlos fuhr ich mir über die Stirn und warf einen raschen Blick über die Schulter. Sofort stach mir Zellas todbringende Miene entgegen. Sie waren verdammt noch mal zu nahe. Zu dicht auf den Fersen, um sie loswerden zu können.

Wieder sah ich mich um und erblickte den Eingang, durch den Remy und ich das *Castel Sant'Angelo* betreten hatten. Eine gewaltige Schlange hatte sich vor der Security gebildet und das Gedränge befand sich viel zu dicht an unserem Hotel. Resolut verwarf ich diesen Fluchtgedanken und rief mir die Karte in Erinnerung, die ich mir gestern eingeprägt hatte. Im Norden der Burg befand sich eine Parkanlage mit gleich mehreren Ausgängen, die mir hoffentlich genügend Raum verschaffen würden, um die Novas abzuschütteln. Also rannte ich weiter.

Ich rannte und achtete nicht auf das Wachpersonal, das mich mehrmals ermahnte.

Ich achtete nicht auf die Ellenbogen und Körper, die mich rammten.

Ich achtete nicht auf das Stechen in meinen Seiten, das jeden Schritt bei dieser sengenden Hitze unglaublich schwer machte.

Ich lief nur immer weiter, bis ich das Nordtor erreichte und im Schatten der beiden Türme *Bastione San Marco* und *San Luca* den Park betrat. Der Geruch von trockenem Gras, Sand und Holz stieg mir in die Nase, als ich den Weg verließ und in Richtung der Bäume lief. Staub wirbelte unter meinen Sneakern auf, Äste schlugen mir entgegen und ich hörte meine Widersacher noch immer hinter mir. Wurden sie denn nie müde?

Reste einer Wehranlage kamen in Sicht, der Sand unter meinen Füßen wurde zu von der Sonne verbranntem Gras, wieder drehte ich mich zu den Novas um … und prallte im nächsten Moment ungebremst gegen etwas Hartes. Sämtliche Luft wurde aus meiner Lunge gepresst, als ich kraftlos zu Boden ging. Schmerz strahlte von meiner Hüfte aus durch meinen ganzen Körper, ließ die Welt vor meinen Augen verschwimmen, während ich mich stöhnend zusammenrollte. *Merde.* Blinzelnd kämpfte ich gegen die Bewusstlosigkeit an, die an den Rändern meines Sichtfelds lauerte, und sah, wie Zella und ihre beiden Partner zu mir traten.

»Ich habe doch gesagt, dass ich dich bekomme, kleiner Schreiberling«, säuselte Zella und ging neben mir in die Hocke. In einer grotesk zärtlichen Art strich sie mir über die Wange. »Wir sind euch einen Schritt voraus. Immer.«

»Leck mich«, brachte ich tonlos hervor und verzog das Gesicht. Was auch immer ich gerammt hatte, hatte definitiv Schaden angerichtet.

»Deine Einstellung wird sich schon noch ändern, keine Sorge.«

Auf einen Wink von Zella hin rissen mich die Novas hoch, was mir ein weiteres schmerzerfülltes Stöhnen entlockte, für das ich mich selbst hasste. Jetzt erkannte ich auch, was mich erwischt hatte: ein beschissenes Metallgeländer.

»Bringen wir ihn nach London, Charles wird sich freuen«, verkündete Zella und hob ihre Tasche aus dem braunen Gras auf, die ich fallen gelassen hatte. »Wir haben schon genug Zeit vergeudet.«

Tief in mir drin wusste ich, dass ich das unter keinen Umständen zulassen durfte. Dass ich zu Remy musste und dann zurück nach Paris. Dass es mein Untergang wäre, den Novas in die Hände zu fallen.

Schwer zu sagen, welcher Gedanke den Ausschlag gegeben hatte, doch es reichte aus, um ein neues Feuer in mir zu entfachen, das den Schmerz für den Moment vertrieb. Ohne Vorwarnung bäumte ich mich in der Sekunde auf, in der sich Zella gerade abgewandt hatte und schlug mit dem Hinterkopf heftig auf die Nase des Typen rechts von mir. Ächzend ließ er mich los und fasste sich ins Gesicht, wodurch ich gegen den anderen Nova taumelte. Reflexartig schlossen sich seine Finger fester um meine Oberarme, bis ich meinen Ellenbogen zurückriss und seinen Solarplexus traf. Die ruckartigen Bewegungen ließen schwarze Flecken in meinem Blickfeld aufblühen, die meine Sicht für ein paar Herzschläge erschwerte. Lang genug, um Zella die Chance zu geben, mir ihre Faust in den Magen zu rammen und mich beim zweiten Mal an der Schläfe zu treffen.

»Das war ein Fehler, Schreiberling!«, fauchte sie und setzte zu einem dritten Schlag an, den ich wie durch ein Wunder abwehrte. In dieser Sekunde war ich meinem Onkel Corbin dankbar, dass er auf seine harten Trainingseinheiten pochte, aus denen ich nicht selten mit sichtbaren Blessuren rausging. Hier und jetzt retteten sie mir das Leben. Wie auf Autopilot parierte ich ihre Angriffe, bekam ihr Bein zu fassen und schleuderte Zella zu Boden. Schmerz schoss durch meine linke Seite, einen Moment lang glaubte ich, mich übergeben zu müssen, dann rückte alles wieder an die richtige Stelle. Geistesgegenwärtig trat ich gegen Zellas Arm, als sie nach meinem Fußgelenk greifen wollte, und sprang außer Reichweite.

»Das hier ändert nichts«, brachte sie hervor und presste eine Hand auf ihre Mitte. In ihren Augen blitzte es auf. »Gar nichts. Ich habe deine Schwester bekommen und ich werde auch dich kriegen, Kasimir Abernathy.«

Ich biss die Kiefer aufeinander, als die Wut siedend heiß durch meine Adern rauschte. Dann tauchte Remy vor meinem inneren Auge auf, unsere Mission, die Mondia. Mühsam gab ich meinen Atem frei und fischte ihre Tasche aus dem Gras. »Du irrst dich, Zella.«

Mit einem letzten Blick auf die Nova drehte ich mich um und rannte los.

Kapitel 21

Rom, Italien

Remy

Sims Tasche wog mehrere Tonnen und drohte mich zu Boden zu ziehen, als ich durch die Anlage der Engelsburg lief. Ich hatte das Gefühl, dass mir unzählige Augen folgten und mich jeden Moment jemand aufhalten würde, weil ich im Begriff war, eines der Artefakte aus dem Museum zu entwenden. Wobei *entwenden* ein wirklich netter Ausdruck dafür war, dass ich schlicht und ergreifend stahl.

Instinktiv umfasste ich die Tasche fester, in der das Schmuckkästchen mit dem verbogenen Schloss neben dem Duplicator steckte. Ich konnte immer noch nicht glauben, dass das wirklich funktioniert hatte. Dass ich dieses leise Flüstern gehört hatte, sobald Sim und ich an den Schaukasten herangetreten waren. Dass ich intuitiv sofort gewusst hatte, welches der Exponate das richtige war. Und dass der Duplicator – dieses unscheinbare kupferfarbene Kästchen – innerhalb eines Sekundenbruchteils eine exakte Kopie der Schmuckschatulle angefertigt hatte. Aus dem nichts, wie durch Zauberhand. Als wären der Duplicator und ich einfach demselben Flüstern gefolgt.

Noch immer zitterten meine Finger, Adrenalin raste ungebremst durch meinen Körper und vermischte sich mit der Angst, die mir nach wie vor in den Knochen steckte. Überall glaubte ich die Nova mit den kurzen Haaren zu sehen, ihr kaltes, berechnendes Lächeln, und es machte mich wahnsinnig nicht zu wissen, was mit Kasimir war. Ob es ihm gut ging, nachdem ihn die Novas wie ein Tier gejagt hatten. Unwillkürlich drückte ich die freie Hand auf meinen Magen, als sich Übelkeit in mir breitmachte. Ich hoffte mit jeder Faser meines Körpers, dass er am Treffpunkt auf mich warten würde und es geschafft hatte, die Novas abzuhängen. Dass ihn die drei nicht durch ihre bloße Überzahl überwältigt hatten.

Mince, wie hatten die uns überhaupt finden können?

Blinzelnd schirmte ich meine Augen gegen das grelle Sonnenlicht ab, als ich aus dem schneckenförmigen Inneren der Burg trat, und sah mich suchend um. Von Sim und den anderen fehlte jede Spur. Mein Herz schlug unkontrolliert in meiner Brust, Schweiß lief mir zwischen den Schulterblättern den Rücken hinunter und es fiel mir verdammt schwer, mich an den Plan zu halten, statt jeden Winkel des *Castel Sant'Angelo* nach Sim abzusuchen. Weil ich keine Ahnung hatte, wie ich das ohne ihn schaffen sollte.

Geh zum Treffpunkt, danach kannst du immer noch die Nerven verlieren.

Wie hilfreich.

Ich steuerte auf den Ausgang zu, durch den Kasimir und ich die Anlage betreten hatten. Niemand hielt mich auf, als ich dem Wachpersonal zunickte und ein angespanntes *Ciao* von mir gab – so viel hatte ich immerhin bei Sim aufgeschnappt. Und dann war ich draußen. Mit dem Schmuckkästchen, das in irgendeiner Art unsere Anleitung sein sollte, und ohne Sim allein in Rom. Entschlossen schob ich diesen wenig hilfreichen Gedanken zur Seite und rief mir unseren Plan ins Gedächtnis. Unser Treffpunkt – falls wir uns trennen mussten – war die Kirche *San Giovanni dei Fiorentini*, nicht weit von unserem Hotel entfernt und dennoch in genug Entfernung, um niemand auf unsere Unterkunft aufmerksam zu machen. Mit schnellen Schritten lief ich über die Engelsbrücke, auf der es nur so von Touristen und Straßenverkäufern wimmelte, und ließ den Blick aufmerksam über die Menge schweifen, bis ich das Ende erreichte und der Biegung des Tibers folgte. Nach ein paar Minuten tauchte die Kirche mit ihren breiten Stufen, den römischen Säulen samt Kapitellen und hellem Standstein vor mir auf. Noch einmal blickte ich mich auf dem kleinen Platz davor um, dann sprang ich die Treppe hoch und betrat das kühle Innere der Kirche. Nach der Hitze draußen ließ mich die kalte Luft erschaudern, während ich mit vor der Brust verschränkten Armen zögerlich tiefer in das alte Gebäude eintauchte. Bis auf eine alte Dame, die auf einer der Bänke saß und leise betete, und den gedämpften Straßenlärm war es beinahe totenstill. Sim konnte ich nirgendwo entdecken, kein Hinweis darauf, dass er hier war und –

Plötzlich schlangen sich lange Finger um mein Handgelenk und rissen mich in eine Nische neben dem Eingang. Noch bevor ich einen Laut von mir geben konnte, lag eine Hand auf meinen Lippen und erstickte jedes Wort.

»Scht, ich bin's«, raunte eine Stimme so nah an meinem Ohr, dass ich unwillkürlich eine Gänsehaut bekam.

Der Griff lockerte sich weit genug, damit ich mich in der schmalen Vertiefung zu Kasimir umdrehen konnte – und in diesem Moment war ich froh, dass seine Finger nach wie vor auf meinem Mund lagen. Andernfalls wäre mir bei seinem Anblick der nächste Schrei herausgerutscht. Eine Platzwunde prangte an seiner linken Schläfe, die Haut darum hatte sich lilablau verfärbt, seine Unterlippe war an der Seite aufgeplatzt und so, wie er sich schwerfällig gegen die Wand lehnte, musste er weitere Verletzungen haben, die ihm Schmerzen bereiteten. Sein helles Hemd war staubig, Gras hing in seinen dunklen Haaren und seine Hose war an den Knien eingerissen und blutig.

»*Dieu*, Sim, was ist passiert?«, flüsterte ich, als er mich freigab, und hob instinktiv eine Hand an sein Gesicht. Seine Haut fühlte sich heiß und feucht unter meinen Fingerspitzen an.

»Ich bin gegen einen Zaun gelaufen.«

»Verarschen kann ich mich selbst.«

»Remy …«

»Das muss sich jemand anschauen. Wo bist du noch verletzt?«, überging ich seinen Einwand und verengte die Augen. Kasimir zuckte zusammen, als ich behutsam über den Bluterguss strich.

»Wir können in keine Arztpraxis gehen, Remy, nicht jetzt. Ich werde es überleben.« Ich wollte widersprechen, doch Sim fuhr bereits fort. »Hast du es?«

Langsam nickte ich und ließ die Hand sinken. »Ja, was ist mit dir? Wo sind die Novas?«

»Die sind für den Moment hoffentlich kein Problem mehr«, erwiderte er kurz angebunden und blickte unruhig über meinen Kopf hinweg in den Kirchenraum. »Lass uns ins Hotel und dann so schnell wie möglich zurück nach Paris. Es gefällt mir nicht, mich im demselben Dunstkreis aufzuhalten wie diese Plage – und noch dazu in einer fremden Stadt.«

Ich schluckte und legte eine Hand auf seine Brust, um ihn zurückzuhalten. Der Art nach zu urteilen, wie er das Gesicht verzog, musste er dort auch etwas abbekommen haben. »Was haben sie gesagt, Sim? Irgendetwas ist doch.«

Sichtlich hin- und hergerissen murmelte er ein paar Worte in einer fremden Sprache, dann ließ er die Schultern sinken. »Sie wollten mich nicht einfach erledigen. Es ging ihnen darum, mich als Geisel zu nehmen und nach London zu verschleppen.«

»Was hat das zu bedeuten?«

»Ich weiß es nicht.« Seiner Antwort folgte ein schweres Seufzen, dann deutete er auf die Tasche in seiner Hand. »Aber vielleicht kann uns das hier ja weiterhelfen.«

Sim behielt recht, es hatte wirklich seinen Vorteil, in einem vollkommen überteuerten Nobelhotel unterzukommen, denn niemand stellte Fragen, als wir verschwitzt und mit sichtlichen Blessuren die goldene Lobby betraten und den Aufzug in unsere Suite nahmen. Die ganze Zeit über rechnete ich damit, dass uns doch noch irgendjemand aufhielt und für den Diebstahl zur Rechenschaft zog, und konnte mich nur mit Mühe davon abhalten, nicht ständig über meine Schulter zu schauen. Erst, als sich die Türen des Appartements hinter uns schlossen, wagte ich es wieder aufzuatmen und spürte zum ersten Mal, wie tief die Furcht wirklich reichte. Meine Hände bebten, mein Herz schlug unregelmäßig und in meinem Kopf herrschte das reinste Durcheinander.

Bis Sim vor mich trat, meine Finger mit seinen umschloss. »Wir haben es geschafft, Remy«, sagte er leise und suchte meinen Blick. »Du hast es geschafft.«

Ich schluckte. »Das war verdammt knapp.«

»Knapp ist okay, solange es am Ende reicht.«

Zweifelnd sah ich zu dem Bluterguss, den Wunden. Auf einmal ging mein Puls aus einem anderen Grund viel zu schnell und mir wurde klar, dass er es gewesen war. Dass ich Angst um Kasimir gehabt hatte, nicht um mich oder das Schmuckkästchen, sondern um … ihn. Hastig drehte ich den Kopf zur Seite. »Wir müssen uns trotzdem um deine Wunden kümmern, so lässt dich niemand ins Flugzeug.«

Sim trat einen Schritt zurück und neigte das Kinn. »Meinetwegen.«

Während Kasimir in das nächstgelegene Badezimmer verschwand, suchte ich das Verbandszeug zusammen, das wir bei unserer Ankunft achtlos auf die Couch geworfen hatten. Kaum zu glauben, dass es erst ein paar Stunden her war, seit wir in Rom gelandet waren. Kopfschüttelnd folgte ich Sim schließlich ins Bad, wo mein Blick einen Moment zu lang an seinem nackten Rücken hängen blieb. Leicht gebräunte Haut schmiegte sich über straffe Muskeln und Knochen, von seiner linken Seite angefangen, breitete sich ein großer Bluterguss über seine Rippen aus, der höllisch wehtun musste, und doch zog etwas gänzlich anderes meine Aufmerksamkeit auf sich. Zwischen seinen Schulterblättern saß ein schwarzes Zeichen aus fünf Ringen, das mir aus irgendeinem Grund bekannt vorkam, ohne dass ich hätte sagen können, warum. Dabei fühlte es sich so an, als sollte ich es kennen. Als wäre es tief in mir drin verankert.

»Remy?«

Ich räusperte mich, als mir bewusst wurde, dass sich Sim zu mir umgedreht hatte, und hob unnötigerweise das Verbandsmaterial hoch. »Hab alles gefunden.«

Seine Mundwinkel zuckten kurz nach oben, dann nickte er. »Ich habe doch gesagt, dass wir es brauchen werden.«

»Das ist kein Fall, in dem *Rechthaben* irgendetwas Gutes wäre«, murmelte ich und musste mich davon abhalten, ein weiteres Mal auf das Tattoo zu starren. »Darf ich?«

»Ich kann das auch allein machen, wenn du dich nicht wohlfühlst.« Seine Stimme war nicht mehr als ein leises Flüstern zwischen uns und mir wurde bewusst, wie nah wir einander wieder waren.

»Nein, ich … es ist nur … das Tattoo auf deinem Rücken …« Ich ließ den Satz unvollendet, weil ich nicht wusste, wie ich erklären sollte, dass es eine seltsame Anziehung auf mich ausübte, wohingegen mich die vielen Zeichnungen und Buchstaben aus Tinte, die an seinen Unterarmen unter seine Haut gestochen waren, kaltließen.

»Erkennst du es?«

Schulterzuckend tränkte ich etwas Gaze mit Desinfektionsmittel.

»Wir nennen es Signo. Das Zeichen ist Teil unserer Welt, *deiner* Welt, Remy.«

Ich trat zu ihm und hielt mit der Gaze ein paar Zentimeter vor seinem Gesicht inne. Sim saß auf dem Rand der großen, runden Badewannenrand und blickte zu mir, unzählige Brauntöne schimmerten in seinen Augen.

»Wie meinst du das?«

»Es ist das Symbol der Mondia, ursprünglich kommt es aus dem Druidentum, vier Kreise für die vier Elemente des Lebens und der fünfte als Versinnbildlichung des Universums, wo die Elemente miteinander im Gleichgewicht liegen. Eine Balance des Lebens, die wir durch Ordnung in der Weltenbibliothek aufrechthalten. Junge Weltenschreiber bekommen das Zeichen bei ihrer Initiation und erhalten damit Zugang zur Mondia, eine Art Schlüssel, den wir damit in uns tragen. Es verbindet uns mit der Bibliothek und erinnert uns an unsere Aufgabe.«

Wortlos musterte ich seine Züge. »Ich kann nicht glauben, dass der Rest der Menschheit nicht einmal ahnt, dass die Mondia und all diese Geheimnisse existieren. Dass die Welt nur ihrem Lauf folgt, weil ihr über die Regale der Bibliothek wacht.«

Ein kleines Lächeln erschien auf seinem Gesicht. »Ohne diese Geheimnisse würden wir längst nicht mehr leben. Manches Wissen ist zu gefährlich, um es leichtfertig preiszugeben.« Behutsam tupfte ich um die Platzwunde herum und biss mir dabei konzentriert auf die Unterlippe. Sims Blick kribbelte auf meiner Haut, doch er blieb stumm, während ich seine Wunden versorgte, und diese Stille machte diesen Moment unerwartet intim. Dabei sollte es das nicht sein, oder?

»Danke, Remy«, sagte Sim, als ich kleine Klemmpflaster auf der Wunde anbrachte und dann zurücktrat.

»Was ist mit deinen Rippen?«

»Ich denke nicht, dass sie gebrochen sind. In ein paar Tagen sollte alles wieder beim Alten sein.«

Skeptisch beäugte ich ihn und packte dann zusammen. Auch wenn es mir nicht gefiel, Kasimir hatte recht: Wir hatten nicht die Möglichkeit, einfach in ein Krankenhaus zu spazieren und ich konnte bei gebrochenen oder geprellten Rippen nicht besonders viel ausrichten.

Nachdem sich Sim wieder etwas übergezogen hatte, wobei er kategorisch so tat, als würde es ihm keine Schmerzen bereiten, setzten wir uns an den Esstisch. Die gesamte Auswahl der Snacks aus der Minibar lag vor uns ausgebreitet, genauso wie das Schmuckkästchen aus der Engelsburg und eine kleine Umhängetasche mit gerissenem Riemen.

»Ich habe sie Zella abgenommen«, meinte Sim und zog sie zu sich. »Aber viel mehr als Taschentücher, Lippenstift und ein Handy waren nicht drin. Ich habe die SIM-Karte bereits entfernt und alle Ortungsdienste ausgeschaltet, allerdings glaube ich nicht, dass es uns viel verraten wird.«

»Ein Wegwerfhandy?«

»Leider. Kaum Nachrichten oder Kommunikation. Vielleicht

können unsere Leute im Untergrund mehr herauslesen und dadurch den Standort ihres Verstecks in London finden. Irgendetwas, das uns Erkenntnisse liefert. Uns fehlen noch immer viel zu viele Anhaltspunkte, um die Motivation der Novas zu verstehen und warum sie ausgerechnet mich als Geisel nehmen wollten ...«

Ich ließ meine Cola sinken und zog die Brauen zusammen. »Warum ist das so ungewöhnlich? Gut möglich, dass es um Erpressung geht, oder nicht?«

Kopfschüttelnd ließ Kasimir die Tasche sinken. »In den letzten Jahrzehnten haben die Novas keine Gefangenen gemacht, wenn sie auf uns getroffen sind.« Schmerz, der nichts mit seinen Verletzungen zu tun hatte, sprach aus seinen Worten. »Sie haben getötet, um uns zu schwächen, zu dezimieren, mehr nicht. Es muss sich was verändert haben. Der Gedanke ist uns schon gekommen, als Zella zum ersten Mal auf der Bildfläche aufgetaucht ist.«

Fragend kräuselte ich die Lippen. »Weshalb?«

»Zella Ramsay ist Charles' Tochter. Die Tochter des Anführers dieser verfluchten Novas. Er würde sie nie leichtfertig auf die Jagd schicken, wenn es dabei nicht um etwas Großes gehen würde.«

Gedanklich speicherte ich diese neue Information ab. »Kann es sein, dass sie von der Anleitung wissen?«

»Unter keinen Umständen. Es muss etwas anderes dahinterstecken.« Sichtlich unzufrieden strich sich Sim über die Stirn und verzog kurz das Gesicht, als er dabei versehentlich seine Wunde berührte. »Und so ungerne ich das auch unbeantwortet lasse, für den Moment ist das hier wichtiger.«

Ich folgte seinem Blick zu der Schmuckschatulle, die zwischen den Snacks, Papieren und anderem Kram vollkommen fehl am Platz wirkte. »Meinst du, darin befindet sich eine Beschreibung, wie man den Schlüssel herstellt?«

»Wir werden es nur herausfinden, wenn wir nachsehen.« Sein vielsagender Blick ließ mich abrupt die Hände heben.

»Schau mich nicht so an. Das Schloss ist verbogen und ohne Werkzeug oder einen Metallschneider komme ich da nicht ran.«

»Lass die Logik einmal beiseite, Remy. Du brauchst kein Werkzeug, um die Schatulle zu öffnen. Ich vermute sogar, dass kein Werkzeug der Welt sie aufsperren könnte.« Sim hob das Kästchen auf und reichte es mir. »Die kleine Box braucht nur dich.«

Wie so oft hatte ich das Gefühl, dass Kasimir so viel mehr in mir sah, als es zu sehen gab. Zähneknirschend starrte ich auf das kühle Metall, das mit wunderschönen Ornamenten und kleinen Edelsteinen verziert war. Sie musste unglaublich kostbar sein, doch ohne eine Möglichkeit, in ihr Inneres zu blicken, war sie für uns absolut wertlos.

»Irgendetwas hat dich genau zu dieser Schatulle geführt, Remy, und dieses Etwas kann dir jetzt auch dabei helfen, sie zu öffnen.« Sims Stimme war ruhig und dennoch konnte ich den Nachdruck darin hören. Die Ungeduld, weil wir beide wussten, dass diese Anleitung nur der Anfang war und ohne sie … hatten wir gar nichts.

»Ich weiß nicht, Sim, ich … vorhin war da dieses Summen. Ein Flüstern, aber jetzt nicht mehr.« Frustriert stellte ich das Kästchen ab. »Vielleicht kann uns Anastasya helfen oder Dot, aber ich kann es nicht.«

Ich wollte mich abwenden, doch Sim hielt mich am Arm zurück. »Warum wehrst du dich so sehr dagegen?«

»Ich wehre mich nicht, Kasimir. Vertrau mir, ich fände es auch besser, wenn ich tatsächlich zu all diesen ganzen tollen Dingen, von denen ihr glaubt, ich könnte sie durch ein Fingerschnipsen vollbringen, fähig wäre. Ich wünschte, ich könnte euer Problem einfach so lösen, nur weiß ich nicht wie, okay?«

Das Braun seiner Augen verdunkelte sich, als er die Brauen zusammenzog und den Kopf schüttelte. »Du bist dazu fähig, Remy. Mehr als das.«

Schnaubend machte ich mich los. »Aber nicht auf Knopfdruck, wie es scheint. Ich bin kein dressierter Affe.«

»Remy, bitte.«

»Ich versuche es morgen in Paris noch mal«, gab ich zurück, bevor er etwas erwidern konnte, und ärgerte mich selbst darüber, dass das alles war, was ich anbieten konnte. Denn die Wahrheit war nun mal, dass ich keine Ahnung hatte, wie ich das Kästchen öffnen sollte. Ich wusste nicht, was es bedeutete, eine Ripari zu sein, und gerade wusste ich nicht einmal mehr, wer ich selbst war.

Ich blieb den gesamten Tag und Abend über in dem gigantischen wolkengleichen Bett und dachte über all das nach, was ich in den letzten Tagen erfahren hatte. Sim klopfte zweimal an meine Tür, aber ich gab keine Antwort, weil ich Zeit für mich brauchte und … weil das mit Sim noch etwas war, das ich nicht gänzlich verstand. Ich verstand nicht, dass meine Gedanken sich immer öfter um ihn drehten, ich verstand nicht, warum sich seine Nähe jedes Mal wie ein elektrisches Prickeln auf meiner Haut anfühlte, und ich verstand nicht, was im Bad und in der Nische der Kirche in seinem Blick gelegen hatte.

Was ich dabei empfunden hatte.

Irgendwann musste ich über diesen Gedanken eingeschlafen sein, denn als ich die Augen das nächste Mal öffnete, war es stockfinster um mich herum. Mein Kopf fühlte sich schwer an, mein Hals war trocken und mein Magen erinnerte mich daran, dass ich heute bis auf ein paar Snacks kaum etwas Richtiges gegessen hatte. Gähnend richtete ich mich auf und schwang die Beine über die Bettkante, als mich eine Welle des Schwindels erfasste. Stöhnend lehnte ich mich an den Pfosten und presste die Hände gegen die Schläfen, zwischen denen ein heftiger Schmerz pulsierte. Ein Schmerz, der nach und nach zu einem Summen wurde, das sich von meinem Kopf über meinen gesamten Körper ausbreitete und jede einzelne meiner Zellen zum Schwingen brachte.

Was zum …?

Langsam ließ ich die Arme sinken und horchte auf das Summen, das immer lauter wurde, sich verdichtete, bis es zu einem Flüstern wurde. Ein undeutliches Gemurmel, das in mir widerhallte, ohne dass ich auch nur ein einziges Wort hätte greifen können. Es zog mich wie magisch zu meiner Zimmertür. Meine Füße setzten sich wie von selbst in Bewegung, als hätten sie gar keine andere Wahl und *müssten* dem Flüstern folgen. Als wäre es ein Instinkt, dem ich nur nachzugeben und den ich nicht zu fürchten brauchte. Dabei fühlte sich das hier anders an als im Museum, anders als der Moment, als ich zum ersten Mal auf Sim getroffen war. Dieses Summen war so viel stärker und … mächtiger.

Lautlos öffnete ich die Tür meines Zimmers und schlüpfte in das große Esszimmer unserer Suite, wo nach wie vor unsere Sachen auf dem Tisch ausgebreitet lagen, obwohl unser Flug nach Paris um sieben Uhr morgens gehen würde. Die Uhr zeigte zwei Uhr in der Früh, von Sim war nichts zu sehen oder zu hören. Schwaches Licht fiel durch die großen Fenster ins Innere und beleuchtete den Tisch, die übrig gebliebenen Verpackungen der Snacks, Zellas ausgeräumte Tasche und das Schmuckkästchen. Mein Blick heftete sich wie von selbst auf Letzteres, im nächsten Moment stand ich davor und hob es hoch. Das Flüstern wurde lauter und mir war bewusst, dass es von der Schatulle ausging. *Sie* flüsterte mir diese Worte zu, *sie* hatte nach mir gerufen und jetzt, wo ich sie berührte ... verstand ich es auf einmal. Worte, die keiner mir bekannten Sprache angehörten, sondern viel mehr Bilder waren – eine eigene Sprache ohne Logik und Regeln. Meine Lider senkten sich wie von selbst, während ich auf das Summen lauschte, bis ich *wirklich* sah.

Vielleicht zum ersten Mal in meinem Leben.

Ich sah das Kästchen vor meinem inneren Auge, seine Beschaffenheit, seinen Aufbau als dreidimensionales Konstrukt, das ich gedanklich drehen und wenden konnte. Sah seine verschiedenen Ebenen, das verbogene Schloss, den blockierten Mechanismus dahinter. Kleine Metallstifte steckten darin, hatten sich ineinander verkantet, eine Öse war zerquetscht und zwei Zähne abgebrochen, als hätte jemand versucht, die Kiste gewaltsam zu öffnen. Dabei brauchte es keine Gewalt, kein Werkzeug. So wie Sim es gesagt hatte. Es brauchte nur jemanden, der zuhörte, der hinsah, der ... der begriff.

Eine Ripari. Es brauchte eine Ripari.

Ich hielt die Schmuckschatulle fester, bis sich das Metall unter meinen Fingern erwärmte und tat genau das. Ich hörte zu, ich sah hin, ich begriff. Und dann antwortete ich in derselben Sprache, die wir beide nun miteinander teilten.

Öffne dich.

Kapitel 22

1. Arrondissement, Paris

Sim

Edinburgh. Der erste Bestandteil des Schlüssels, der die Mondia öffnen würde, befand sich in Edinburgh, Schottland und damit einen weiteren Flug entfernt. Fluchend fuhr ich mir über das Kinn und ignorierte das Stechen, das dabei durch meine Seite raste. Es gefiel mir nicht, dass wir Paris wieder würden verlassen müssen. Die wenigen Stunden in Rom waren schon heikel genug gewesen, die Novas planten irgendetwas, von dem wir keine Ahnung hatten, und waren aus irgendeinem Grund über unsere Reise nach Italien informiert gewesen. Anders konnte ich mir nicht erklären, dass sie dort aufgetaucht waren. Nur woher? Woher konnten sie davon wissen? Was zum Teufel entging uns?

Unbeherrscht stieß ich den Stuhl, auf dem ich bis jetzt im Hauptsaal des Untergrunds gesessen hatte, zurück. Mit einem dumpfen Schlag knallte er gegen das Regal dahinter.

»Wow, immer mit der Ruhe. Woher die schlechte Laune, Bruderherz?«

Ich blickte auf und begegnete Ludwig, der gerade die Tür hinter sich schloss. »Ich wusste nicht, dass du noch hier bist.«

»War ich auch nicht, aber *Maman* hat mich gebeten, dich zu Manon zu bringen. Falls du dich weigerst, habe ich die Erlaubnis, dich an den Haaren in ihr Zimmer zu schleifen.«

Resigniert verzog ich das Gesicht. Manon war unsere Ärztin hier unten und hatte mich schon einige Male wieder zusammengeflickt. Nicht zuletzt, als es Corbin bei einer seiner Trainingseinheiten wieder übertrieben hatte. »Ich habe doch gesagt, dass es mir gut geht.«

»Ach ja?« Lu hob eine Braue und kam zu mir, ehe er mir ohne Vorwarnung einen wohlplatzierten Schlag gegen die Schulter verpasste.

»*Ça va pas la tête?* – Spinnst du?« Zischend fuhr ich mir über die Stelle und schlang einen Arm um meinen ohnehin schon pochenden Oberkörper.

»Das wollte ich dich auch gerade fragen. Wenn ihr heute Abend nach Schottland wollt, solltest du Manon aufsuchen, sonst geht deine nächste Begegnung mit den Novas vielleicht ganz anders aus.«

Augenverdrehend stieß ich ihn leicht von mir und atmete aus. Wir hatten die Stunden, seit wir wieder in Paris und dem Untergrund angekommen waren, im Hauptsaal verbracht und Bericht erstattet. Remy hatte dabei die meiste Zeit geschwiegen, dabei war es hauptsächlich ihr Verdienst, dass wir nun wussten, wo wir den ersten Baustein des Schlüssels fanden. Irgendwie war es ihr gestern Nacht gelungen, die Schmuckschatulle zu öffnen, denn als ich heute Morgen das Esszimmer unserer Suite in Rom betreten hatte, hatte Remy schlafend auf dem Boden gelegen, das offene Kästchen in den Händen. Wirklich darüber gesprochen hatten wir nicht. Weder auf dem Flug noch in der Runde vorhin. Es war hauptsächlich um die schnellstmögliche Koordinierung der Reise nach Edinburgh und die Rolle der Novas in Rom gegangen, dabei hatte ich die ganze Zeit über das Gefühl gehabt, dass wir eigentlich über etwas ganz anderes hätten sprechen sollen.

»Ich komme schon klar«, gab ich mit deutlicher Verzögerung zurück und schob den Stuhl wieder an seinen Platz.

Ludwig lehnte sich gegen die Tischplatte und sah mich forschend an. »Raus damit, was ist los? Ihr habt die Anleitung gefunden, Remy hat ihre Ripari-Superkräfte entdeckt, warum also um der Mondia willen bist du wütend? – Und sag mir nicht, dass es daran liegt, dass Zella einen oder zwei Treffer gelandet hat.«

Eigentlich waren es drei, aber gut. »Lu, hör auf mit dem Scheiß, dafür habe ich jetzt keinen Nerv. Weißt du, wo Remy ist?«

Seine Miene veränderte sich, als mir ihr Name über die Lippen kam. »Darum geht es, verstehe. Was ist in Rom passiert?«

»Ludwig.«

»Komm mir nicht mit *Ludwig*. Wir stehen mitten in der größten Katastrophe seit Weltenschreiberaufzeichnung und du verknallst dich in die letzte Ripari?«

Gegen meinen Willen stieg Hitze in mein Gesicht. »Ich habe mich nicht verknallt. *Zut*, wir haben gerade wirklich anderes, um das wir uns Gedanken machen müssen.« Ich wollte es nicht wahrhaben, aber meine Stimme klang seltsam hohl, als ich das sagte. Vermutlich, weil irgendetwas an seinen Worten dran war, ganz gleich, wie sehr ich mich auch dagegen wehrte.

Ich hatte gemeint, was ich gesagt hatte: Ich hatte mich nicht in Remy verliebt, aber ich … ich konnte aus einem mir unerfindlichen Grund nicht vergessen, wie sie mich in der Kirche angeschaut hatte, wie sich ihre Finger auf meiner Haut angefühlt hatten – und das war verflucht noch mal das Letzte, was ich gebrauchen konnte. Nicht jetzt, wo ich meinen Verstand mehr denn je benötigte, um die Mondia wiederherzustellen. Nur warum störte es mich dann so sehr, dass Remy kein Wort über das Öffnen des Kästchens verloren hatte? Und warum erschien mir diese Frage wichtiger als die Sache mit den Novas?

»Remy hat sich in eines der Gästezimmer zurückgezogen. Nach sechs Stunden Diskussionsrunde mit Vater und Onkel kann ich ihr das absolut nicht übel nehmen. Ein Wunder, dass sie Rom überhaupt so gut weggesteckt hat«, meinte Ludwig leise und zupfte sich eine Strähne aus den Augen. »Vielleicht solltest du mit ihr reden.«

»Um ihr was zu sagen?«

»Was auch immer dich dazu veranlasst, grüblerisch vor dich hinzustarren, statt endlich diesen deprimierenden Saal zu verlassen. In den nächsten Tagen werdet ihr viel Zeit miteinander verbringen, um die Teile des Schlüssels zu finden, und da sollte euch nicht noch mehr im Weg stehen als ohnehin schon.«

Ich gab es nur ungern zu, aber Ludwig hatte recht. Und vielleicht brauchte Remy ja auch jemanden, um über das zu sprechen, was gestern Nacht geschehen war.

»Du kannst mir später danken, Sim.« Lu klopfte mir auf die Schulter, was mir ein Ächzen entlockte. »Und tu uns allen den Gefallen und geh vorher zu Manon. Ich meine es ernst.«

8./16. Arrondissement, Paris

Es tat gut, der Welt *da unten* für einen Moment den Rücken zu kehren. Der Welt und den vielen negativen Nachrichten, die uns Vater und die anderen heute im Laufe des Tages eröffnet hatten. Innerhalb der letzten vierundzwanzig Stunden hatte es weltweit weitere Vorkommnisse gegeben, die direkt auf die wachsende Instabilität der Mondia zurückzuführen waren. Kleinere Erdbeben, der australische Dollarkurs ist in den Keller gerauscht und bei mehreren Vulkanen des *Ring of Fire* wurden ungewöhnlich hohe Aktivitäten verzeichnet – um nur ein paar Beispiele zu nennen. Das alles fühlte sich an, als würde mich jemand mit immer mehr Kraft zu Boden drücken und es wurde mit jeder Neuigkeit etwas schwerer, wieder aufzustehen. Mir war bewusst, dass wir an dem Schlüssel arbeiteten, dass wir auf dem richtigen Weg waren, nur schien unser Handeln viel zu langsam, in Anbetracht dessen, dass die Katastrophen minütlich zunahmen. Ein Teil von mir wollte direkt zum Flughafen fahren und nach Edinburgh fliegen, nicht erst warten, bis irgendwelche Vorbereitungen getroffen und Notfallpläne geklärt waren. Nicht länger warten, sondern handeln. Dabei sollte mir nach Rom klar sein, dass unsere Sicherheit durchaus eine Rolle spielte – ohne Remy und mich scheiterte die ganze Mission.

Und trotzdem fühlte es sich beschissen an. Auf so vielen Ebenen.

Es hatte sich beschissen angefühlt, Dot nur noch als schwaches Echo zu hören, obwohl er im Hauptversammlungssaal direkt neben mir gelegen hatte. Es hatte sich beschissen angefühlt, über die Novas zu sprechen, während andere Menschen in anderen Ländern um ihre Existenzen kämpften. Und es hatte sich beschissen angefühlt, Remy währenddessen anzuschauen und nicht zu wissen, was in ihr vorging.

Genauso wie jetzt.

Aramena lief neben mir am Ufer der Seine, ihr Gesicht war hinter den hellbraunen Strähnen, die im Sonnenlicht beinahe golden wirkten, verborgen und ihre Miene so verschlossen wie die Mondia.

Leise atmete ich aus und heftete den Blick auf eines der Hausboote, das gerade über das bräunliche Wasser des Flusses glitt und dann unter der *Pont Alexandre III* verschwand. Remy hatte sofort zugestimmt, als ich vorgeschlagen hatte, noch etwas Luft zu schnappen, bevor wir die Stadt wieder verlassen würden. Doch seit wir den Untergrund nahe des Louvres verlassen hatten, war sie in tiefes Schweigen verfallen. Zwischen ihren Brauen stand eine tiefe Falte und ich bemerkte immer wieder, wie ihr Blick unruhig über die Umgebung glitt. Es war kein Wunder, dass sie nach Rom das Gefühl hatte, verfolgt zu werden – so ging es mir bereits mein ganzes Leben –, aber es bereitete mir Sorgen, was das mit ihr machen würde.

Kurz vor der *Pont des Invalides* blieb ich deswegen unvermittelt stehen und trat an die Ufermauer.

»Alles okay?« Remy stellte sich neben mich und neigte den Kopf leicht zur Seite.

»Das wollte ich dich gerade fragen«, entgegnete ich und legte die Unterarme locker auf den Stein, der von der Junisonne gewärmt war.

Sofort kehrten die Runzeln zurück. »Es geht mir gut, Sim.«

»Ich weiß, dass wir uns noch nicht lange kennen, dass das alles verflucht viel ist, aber … du kannst mit mir reden. Egal was es ist, ich verurteile dich nicht für deine Gedanken.«

Abwartend musterte sie meine Züge und schirmte dabei ihre Augen vor der Sonne ab.

Ich seufzte. »Nur bitte schließ mich nicht aus, wenn dich offensichtlich irgendetwas beschäftigt. Dafür passiert gerade zu viel um uns herum. Ist alles zu knapp.«

»Hast du nicht gesagt, *knapp* würde reichen?«

Manchmal hasste ich mich ein kleines bisschen für meine voreiligen Sprüche, die jedes Mal wieder wie ein Bumerang zu mir zurückkamen. »Du weißt, worauf ich hinausmöchte. Remy, was in Rom passiert ist … dass plötzlich die Novas und Zella aufgetaucht sind …«

»Darum geht es nicht«, fiel sie mir leise ins Wort und blickte wieder auf den Fluss. Dahinter hob sich in einiger Entfernung das *Hôtel des Invalides* mit seiner weitläufigen Grünfläche davor ab. »Ich meine, ja, es war nervenaufreibend etwas zu stehlen, und dann warst du nicht mehr da und ich wusste nicht, ob sie dich …« Remy räusperte sich und zupfte an dem kleinen goldenen Zahnrad, das um ihren Hals hing. Ein weiteres Mal fiel mir auf, wie sehr dieser Anhänger, den sie schon vor all dem getragen hatte, zu ihrer wahren Herkunft passte. »Aber davon spreche ich nicht.«

»Was ist es dann?«

Ihre grünen Augen hefteten sich wieder auf mich, einen Moment lang blieb sie an der geklammerten Platzwunde an meiner Schläfe hängen, dann schüttelte sie kaum merklich den Kopf. »Du wirst mich für verrückt halten.«

»Remy, ich habe dir gesagt, dass ich dich nicht verurteilen werde und dazu stehe ich auch. Meine ganze Welt ist der Inbegriff von Irrsinn, glaub mir.« Sie hatte ja keine Ahnung, was sich alles hinter meinen Worten verbarg. Was ich selbst vor den Weltenschreibern geheim hielt, weil ich mich vor einem Teil meiner Gabe fürchtete.

Ein schwaches Lächeln trat auf ihre Züge, dann fielen ihre angespannten Schultern herab. »Ich habe das Gefühl, den Verstand zu verlieren, Sim.« Ihre Worte waren nicht mehr als ein raues Flüstern. »Seit ich heute Nacht das Kästchen geöffnet habe …«

»Was genau ist geschehen?«

»Ich bin von einem *Summen* aufgewacht, das war wie das elektrische Surren einer Starkstromleitung direkt in meinem Körper, und aus diesem sind … Worte geworden. Ich habe das Schmuckkästchen flüstern hören.« Resigniert stieß sie die Luft aus. »Ich weiß, wie das klingt, aber das Flüstern hat mir verraten, wie ich sie öffnen kann. Es war keine richtige Sprache, keine echten Silben, mehr … wie Bilder. Ich habe das Innere der Schatulle gesehen, den Mechanismus des Schlosses, ich konnte gedanklich durch die verschiedenen Layer scrollen und sehen, warum sie klemmt. Wo das Problem liegt und dann … habe ich sie geöffnet, indem ich ihr geantwortet habe. Das Schloss hat sich unter meinen Fingern repariert und …« Remy brach ab und drehte den Kopf zu mir. »Seitdem höre ich es ständig. Das Flüstern. Besonders im Untergrund. Ein ohrenbetäubendes Flüstern.«

Nachdenklich fuhr ich mir über das Kinn und nickte. Cassandra, unsere letzte Ripari, hatte nie besonders viel über ihre Gabe gesprochen. Ich war über die Jahre hinweg nur immer wieder Zeuge ihrer Fähigkeiten geworden, wenn sie durch bloßes Handauflegen Dinge reparierte, als würde sie zu ihnen sprechen und sie allein durch Gedanken *heilen* können. Einmal hatte ich meinen Vater danach gefragt, doch er hatte mir auch nicht viel mehr darüber sagen können, als dass Cassandra eine der stärksten Ripari war, von der er jemals gehört hatte.

»Drehe ich durch?«

»Nein, Remy«, sagte ich sofort und schob mich vor sie. »Wenn überhaupt beweist das, dass du mächtiger bist, als wir angenommen haben. Ich bin nicht in all die Geheimnisse der Ripari eingeweiht, aber ich weiß, dass das, was du geschafft hast, von großer Kraft zeugt. Bei uns Weltenschreibern ist es auf eine gewisse Art ganz ähnlich: Nach der Initiation brechen unsere Gaben zum ersten Mal durch. Es ist überwältigend, plötzlich alle Sprachen der Welt zu beherrschen, all das Wissen über die Mondia in sich zu tragen und sagen zu können, wo genau sich jedes einzelne Buch in ihren endlosen Reihen befindet, welche Auswirkungen es auf das Weltgeschehen hat. Das ist schwer zu beschreiben, aber dieses ganze Wissen ist fordernd und anstrengend und manchmal ziemlich ätzend, aber sobald man diese Gaben akzeptiert und lernt, sie bewusst ein- und auszublenden, werden sie zu einem Teil deiner selbst. So wie dein Herzschlag.« Ich schluckte, als ich ihren intensiven Blick bemerkte und dachte unwillkürlich an meine andere *Fähigkeit*, daran, Worte zu sehen, und schob sie resolut von mir. »Du sagst, im Untergrund war es besonders laut?«

Aramena neigte leicht das Kinn. »Als würde jemand in meinem Kopf schreien. Qualvoll.«

»Ich bin mir nicht ganz sicher, aber ich kann mir vorstellen, dass du das Herzstück der Mondia gehört hast. Schließlich ist sie der Ursprung deiner Gabe. Sie ruft nach dir.«

»Aber ich verstehe nicht, was sie sagt.«

»Noch nicht, Remy. Gut möglich, dass du die Bibliothek erst betreten musst, um ihre Sprache zu lernen. So ist es bei uns auch. In der Initiation übertreten wir zum ersten Mal die Schwelle der Mondia und geben ein wenig unseres Bluts in ihren Kreislauf, sodass sich beides vermischt. Eine Einheit bildet. Dann erhalten wir das Signo, das mit der Tinte aus ihrem Uhrwerk gestochen wird. Mit ihrem *Blut*. Dadurch wird ein Band geschmiedet, das uns Zutritt gewährt und ihre Geheimnisse offenbart. Eine Bindung, die ein Leben lang besteht.«

»Das klingt unglaublich.«

»Vielleicht, weil es eines der Rätsel ist, die wir bis heute noch nicht gelöst haben.« Ich hob einen Mundwinkel und stupste Remy leicht an. »Komm.«

»Zurück?« Ihre Augen weiteten sich.

»Nein, wir haben noch ein wenig Zeit und solange mein Vater und Onkel Corbin unseren Trip nicht komplett durchgeplant haben, lassen die uns ohnehin nicht nach Schottland. Außerdem tut uns die Sonne gut«, erwiderte ich in einem möglichst lapidaren Tonfall. Das Gewicht saß nach wie vor schwer auf meinen

Schultern, die Gedanken an den Zustand der Welt wogen mehrere Tonnen, aber ich hatte das Gefühl, dass wir diesen Moment brauchten. Einen Augenblick, in dem wir die Pausetaste drückten, auch wenn sich die Realität dadurch nicht änderte.

Gemeinsam liefen wir am *Grand Palais* vorbei und dann durch die kleinen Straßen des achten Arrondissements in Richtung *Arc de Triomphe*. Das gute Sommerwetter lockte unzählige Menschen nach draußen, die Cafés mit den kleinen Tischen auf dem Bürgersteig, die typischerweise zur Straße ausgerichtet waren, sodass man Passanten beobachten konnte, waren gut besucht, und neben den üblichen Touristen entdeckte ich auch immer wieder Einheimische. Je tiefer wir in das Gewusel der Stadt eintauchten, desto entspannter wirkte Remy. Sie drehte sich nicht mehr so oft um, schien weniger auf der Hut und genoss, ebenso wie ich, Teil der Menge zu sein. Sie wurde zu einer von vielen, obwohl sie alles andere als gewöhnlich war. Immer wieder erwischte ich mich dabei, wie ich ihr einen Seitenblick zuwarf, mich vergewisserte, dass sie sich nicht wieder verschlossen hatte und in ihre Gedanken abgedriftet war, doch stattdessen begegnete ich leuchtendem Grün, das die Umgebung begeistert in sich aufsog. Darin aufging. Und das machte irgendetwas mit mir.

»Ich liebe den Sommer in Paris«, sagte sie, als wir eine der Straßen wählten, an deren Ende der Triumphbogen aufragte. Gespräche lagen um uns herum in der Luft, ich erkannte auf Anhieb etwa dreiundzwanzig verschiedene Sprachen, und von irgendwo her drang leise französische Musik zu uns.

»Warum?«

Remy bedachte mich mit einer ungläubigen Miene. »Die Cafés, das Leben, das sich von drinnen nach draußen verlagert, die Blumen, das Chaos und irgendwie auch die Touristen, die unsere Stadt aus einer ganz anderen Perspektive betrachten. Ninette und ich haben einmal einen ganzen Tag damit verbracht, einem Pärchen aus Chile zu folgen, weil sie uns Paris durch ihre Brille vollkommen anders haben sehen lassen.« Bei der Erwähnung ihrer besten Freundin verdüsterten sich ihre Züge für einen Moment.

»Hast du deiner Familie geschrieben?«

»Ich habe ihnen ein paar deiner Bilder aus London geschickt, ja. Meine Eltern und Esther freuen sich, aber Ninnie … sie nimmt mir das alles echt übel. Und sie glaubt mir nicht. Das ist noch viel schlimmer.«

»Es tut mir leid, dass du sie belügen musst.«

Wir blieben an einer roten Ampel stehen und beobachteten das Durcheinander des gewaltigen Kreisverkehrs *Place de Charles de Gaulle*, in dessen Mitte der *Arc de Triomphe* stand. Ich fand es immer wieder bemerkenswert, dass hier nicht sekündlich Unfälle passierten, allein vom Zuschauen bekam man schon Zustände.

»Was ist mir dir?«, meinte Remy dann. »Wie siehst du Paris?«

Kurz überlegte ich, nicht auf ihren abrupten Themenwechsel einzugehen, aber letztlich war es Remys Sache. Sie entschied, worüber sie sprechen wollte und ihre Familie war privat. Gemeinsam überquerten wir die Straße und entschieden uns dann für das ruhigere 16. Arrondissement.

»Ich bin hier geboren, habe die meiste Zeit in der Stadt verbracht, aber irgendwie hat es mich immer an andere Orte gezogen.«

Ein wissendes Lächeln kräuselte ihre Lippen. »London?«

»Unter anderem, ja. Wobei mein Clan es nicht gerne sieht, dass ich so viel Zeit in der englischen Hauptstadt verbringe, nachdem dort die Novas ihr Nest haben. Aber London ist einfach … ich kann es nicht mal beschreiben. Im Laufe unserer Ausbildung als Weltenschreiber bereisen wir unzählige Städte, begleiten andere auf Missionen, um fehlende Bücher in die Mondia zu bringen, und sehen so viele verschiedene Plätze dieser Welt. Doch bei London ist es anders gewesen. Es hat sich nicht wie eine Zwischenstation angefühlt.«

»Vielleicht komme ich ja irgendwann wirklich einmal nach London und nicht nur als Fake-Alibi, um die Welt zu retten.« Leise Bitterkeit sprach aus ihren Worten, doch ich hörte auch die Belustigung darin.

»Weißt du, Edinburgh ist auch nicht übel. Und wer weiß, vielleicht geht es danach ja nach London.«

»Das werden wir wohl erst erfahren, wenn wir diese ominöse Feder gefunden haben«, gab Remy zurück und wich einem Fahrradfahrer aus, der sich für den Bürgersteig entschieden hatte.

Stumm stimmte ich ihr zu. Wie sich herausgestellt hatte, war die Anleitung selbst ein Rätsel, das nur so viel preisgab, wie für den Augenblick erforderlich war. In unserem Fall bedeutete das, dass wir unser nächstes Ziel kannten – Edinburgh – und wussten, was wir dort besorgen mussten: die Schreibfeder eines berühmten Schriftstellers.

Die Anleitung, die wir in Rom *sichergestellt* hatten – ich bestand darauf, nicht von Diebstahl zu sprechen, auch wenn Remy nicht meiner Meinung war –, war keine Auflistung von Anweisungen im normalen Sinne. Anders als erwartet hatte in der Schmuckschatulle kein gefalteter Zettel gelegen, sondern ein unbeschriebener Würfel, der mit einer Art Pergament überzogen war. Und kaum, dass Remy ihn das erste Mal berührt hatte, waren wie von Zauberhand schnörkelige Buchstaben aufgetaucht, die uns spärliche Informationen zum ersten Bestandteil des Schlüssels lieferten. Als hätte eine unsichtbare Hand sie direkt vor unseren Augen auf das Pergament geschrieben. Mein Vater vermutete, dass sich in dem Würfel ein Mechanismus befand, der verschiedene Informationen freischaltete, sobald der entsprechende Gegenstand in seine Nähe gebracht wurde. Dank Aramenas *Gabe*, die sie mir gegenüber als Fluch titulierte, wussten wir, dass er recht hatte. Remy hatte uns das Innere des unscheinbaren Zauberwürfels als komplexes Schaltwerk beschrieben, das aus verschiedenen Stufen bestand, die aktiviert werden mussten. Wie genau das geschehen sollte, hatte sie nicht darin gesehen. Ganz gleich, wie oft sie den Würfel in den Händen auch gedreht und angestarrt hatte.

Ich wusste, dass es sie frustrierte, aber gerade zählte erst einmal nur, dass wir alle Informationen bekommen hatten, die wir brauchten: Der erste Bestandteil des Schlüssels war eine Schreibfeder mit Kiel des bedeutenden Dichters und Schriftstellers Duncan Ban MacIntyre, der auf dem *Greyfriars Kirkyard* begraben lag.

Was danach kam, blieb für den Moment noch verborgen. Ein weiteres Geheimnis, das ich insgeheim verfluchte. Ich kannte diese Art von Aufzeichnungen, sie trug die Schrift der Weltenschreiber, und ich wusste leider, dass sich dieses Rätsel nicht umgehen ließ. Nicht einmal meine abgedrehte Gabe hatte mir mehr verraten können, als ich die geschriebenen Worte der *Anleitung*, die vielmehr ein Würfel mit verborgenen Seiten war, berührt hatte. Keine aufkeimenden Bilder, keine weiteren Erklärungen.

Neben mir erklang ein leises Brummen, woraufhin Remy sich peinlich berührt eine Hand auf den Magen legte. »*Pardon*, ich … ich habe heute noch nicht viel runterbekommen.«

Das war mir in Rom bereits aufgefallen. Obwohl wir beim Roomservice ein beachtliches Frühstück bestellt hatten, war Remy bei ihrem Kaffee und einem angeknabberten Brötchen geblieben.

»Liegt es an dem Flüstern?«

»Irgendwie schon.«

»Hörst du es jetzt auch?«

Remy sah auf die Spitzen ihrer schwarzen Lederschuhe. »Leiser als im Untergrund, aber ja. Und sobald ich mich drauf konzentriere, verstehe ich es.«

»Erklärst du es mir?« Unsere Blicke begegneten sich, dann nickte sie nachdenklich.

»Es fühlt sich ein bisschen so an, als hätte jedes Gerät, jedes Schloss und jeder Mechanismus um uns herum eine eigene Frequenz. Wie bei einem Radio, aber es klingt, als würden alle Sender zur gleichen Zeit spielen. Davon kann man Kopfschmerzen bekommen.« Ich berührte sie leicht am Arm, um sie in eine andere Richtung zu lenken, dann fuhr sie fort. »Vielleicht kann ich es irgendwann steuern, aber gerade ist es das reinste Kauderwelsch, es sei denn, ich picke mir eine Frequenz raus. Meistens entgleitet sie mir sofort, aber manchmal bleibt sie lange genug, um sie zu verstehen. Dann werden aus dem Geflüster Bilder. Wie bei dem Auto da vorne beispielsweise.« Sie deutete auf einen blauen Peugeot, der gerade um den *Place de Mexico* fuhr. »Ich glaube, bei dem geht demnächst die Kontrollleuchte an, weil einer der Riemen im Motor kurz davor ist zu reißen.«

Erstaunt sah ich sie an. »Das hast du *gehört*?«

»Glaub mir, dieselbe Frage stelle ich mir auch.« Seufzend strich sie sich ein paar Strähnen aus dem Gesicht. »Es fühlt sich wirklich so an, als würde ich durchdrehen. Mit all diesen Stimmen, die nicht mal echte Stimmen sind und nur in meinem Kopf existieren. Ich wünschte … ich könnte jemanden danach fragen. Jemanden, der so ist wie ich.«

Aus einem Impuls heraus griff ich nach ihrem Handgelenk und brachte sie so dazu, auf halbem Weg zum *Place de Trocadéro* stehen zu bleiben. »Wir finden Antworten darauf, Remy. In der Mondia gibt es unzählige Aufzeichnungen über die Ripari.

Sobald wir einen Weg hinein gefunden haben, werden wir alle deine Fragen klären.«

»Das sind eine ganze Menge, sei vorsichtig mit dem, was du versprichst, Sim.«

»Ich habe ein fotografisches Gedächtnis, schon vergessen? Die Weltenbibliothek ist meine Westentasche. Wir finden deine Antworten, Remy, jede einzelne«, wiederholte ich und sah ihr fest in die Augen.

Eine leichte Röte trat auf ihre Wangen, dann kehrte das kleine, halbe Lächeln zurück. »Danke.«

Noch einen Herzschlag länger fesselten mich ihre Züge, und das, was darin stand, dann wandte ich mich schnell ab und deutete auf den Platz vor uns, von dem aus man einen guten Blick auf den Eiffelturm hatte.

»Und jetzt besorgen wir dir etwas Ordentliches zu essen, bevor wir das nächste Rätsel lösen.«

»In einem der touristischsten und überfülltesten Cafés der Stadt?«

Ich drehte mich im Gehen zu ihr um und hob einen Mundwinkel. »Gerade deswegen sind wir hier.«

Kapitel 23

Old Town, Edinburgh

Remy

Die schottische Hauptstadt war das komplette Gegenteil vom Pariser Sommer. Fünfzehn Grad, Nieselregen, verhangener Himmel und trotzdem liefen die Menschen in kurzer Hose, T-Shirt und teilweise sogar Sommerkleidern durch die abendlichen Straßen der Altstadt Edinburghs. Ich war niemand, der besonders schnell fror, trotzdem ließen mich die zwanzig Grad Temperaturunterschied frösteln, als wir aus dem Hotel unweit des Edinburgh Castle traten. Kasimir, der sich in Jeans und T-Shirt perfekt in das Stadtbild einfügte, schien das kühle Wetter nicht im Geringsten zu stören.

»Dieses Mal sollte es leichter werden als in Rom«, sagte er, als er die Zimmerkarte in seiner Hosentasche verstaute, und sah dann zu mir. »Kein Einbruch.«

Ich verschränkte die Arme vor der Brust und unterdrückte ein Schaudern. Unter dem Stoff meines dunkelblauen Sweaters hatte sich eine Gänsehaut ausgebreitet. »Warum nur habe ich das Gefühl, dass da noch ein *Aber* kommt?«

»Kein *Aber*, Remy. Die Feder befindet sich auf einem Friedhof.«

»Ein Friedhof? Bitte sag mir nicht, dass wir die Totenstille stören und ein Grab öffnen müssen.«

Kasimirs Zähne blitzten auf. »Nicht, wenn es nach mir geht.«

»Wie beruhigend. Ich hoffe wirklich, dass wir diese Feder an anderer Stelle finden als zwischen den verrotteten Knochen von MacIntyre.« Unüberhörbare Skepsis schwang in meiner Stimme mit, als ich von der Feder sprach. Vermutlich, weil ich nicht wusste, wie daraus jemals ein Schlüssel werden sollte, aber ich setzte darauf, dass sich das klären würde, sobald wir alle Bauteile beisammenhatten. Und die Hoffnung starb ja bekanntlich zuletzt.

»Wenn nicht wir, wer dann? – Gerade findet in der Kirche noch ein später Gottesdienst statt, ich denke, wir sollten dort erst aufkreuzen, wenn das Gelände so weit verlassen ist.«

»Am besten um Mitternacht, sonst fehlt dem Ganzen die gewisse Dramatik, findest du nicht?«

Sim grinste. »Sarkasmus steht dir nicht, Aramena Benoit.«

Ich schnitt eine Grimasse, die mir jedoch im nächsten Moment entgleiste, als wir die *High Street* der Altstadt betraten. Paris war eine einzige Ansammlung von historischen Bauwerken und denkmalgeschützter Bauten, doch das hier fühlte sich an, als wäre man nicht nur ein paar Jahrhunderte in die Vergangenheit, sondern gleich in eine ganz andere Welt gereist. Der dunkelbraune Stein der alten Häuser, die ausgetretenen Pflastersteine, die alten Kirchen, die sich zwischen kleine Läden und Denkmäler quetschten, dazu die tiefhängenden Wolken, die beinahe an die vielen Türmchen und verschnörkelten Erker reichten, und der leichte Wind, der die Flaggen an den Häusern wehen ließ. Von irgendwoher kamen die Klänge eines Dudelsacks und untermalten diese Eindrücke, bis ein einziges gewaltiges Gesamtbild entstand.

»Es ist wunderschön.« Ich drehte mich mitten auf der *High Street* einmal um die eigene Achse und vergaß für einen Moment, warum wir hier waren. »Die ganze Stadt sieht wie eine einzige Burg aus.«

Sim legte seine Hände auf meine Schultern und schob mich sanft in die entgegengesetzte Richtung. »Dabei hast du das Beste noch gar nicht gesehen. »Da vorne liegt das *Edinburgh Castle*, von dort hat man einen guten Blick über die Stadt und den *Arthur's Seat*, das ist ein bisschen wie der Hausberg von Edinburgh. Außerdem gibt es in der ganzen Stadt unzählige kleine Gassen, verwinkelte Ecken und unterirdische Tunnel.«

»Warum wundert es mich nicht, dass es dir ausgerechnet die Tunnel angetan haben?«

»Mein natürlicher Lebensraum. Bei meinem ersten Besuch sind Ludwig und ich stundenlang durch den Untergrund Edinburghs gelaufen.« Kasimir wirkte jünger, als er über diese Erinnerung sprach, unbekümmerter, wo er sonst älter als seine einundzwanzig Jahre schien. Er ließ es sich nur selten anmerken, aber genauso wie mich gerade vieles umtrieb und mir den Schlaf raubte, gab es auch Dinge, die schwer auf Sim lasteten. Ich hatte es gemerkt, als wir vorhin durch Paris gelaufen waren, auch wenn er sich alle Mühe gegeben hatte, mir ein Gefühl von Sicherheit und Ruhe zu geben. Ehe ich länger darüber nachdenken konnte, holte mich Sims Stimme wieder zurück.

»Was hältst du davon, wenn wir noch etwas essen und dann auf den Friedhof gehen? Im Augenblick können wir ohnehin nicht viel mehr tun, als auf den richtigen Moment zu warten.«

Gemeinsam gingen wir in Richtung *Edinburgh Castle* und bogen kurz vor der Burg in eine schmalere Seitenstraße ein. Zielstrebig führte mich Kasimir zu einem Haus, das mindestens drei Jahrhunderte auf dem Buckel haben musste und dessen Erdgeschoss mit rotem Holz verkleidet war. Goldene, leicht angelaufene Lettern verkündeten den Namen des Pubs: *The Old Rock.*

»Das ist ein sehr … interessanter Name.«

Kasimir hob warnend eine Braue, als hätte ich ihn damit persönlich angegriffen. »Sie führen das beste Haggis in ganz Schottland, außerdem ist der Besitzer ein alter Bekannter, der uns schon mal geholfen hat.«

Während ich noch darüber nachdachte, was Haggis eigentlich genau war, öffnete Sim bereits die Tür und führte mich in den alten Pub. Tiefbraunes Holz, wohin man auch sah, Sitznischen aus dunklem Leder und ein Kamin, vor dem karierte Sessel standen. Mehrere alte Fässer waren zu Stehtischen umfunktioniert worden, an denen sich kleine Grüppchen aufhielten. Über der Bar, die in demselben Holz gehalten und mit einigen goldenen Details verziert worden war, hing eine schottische Flagge, darunter eine Vielzahl bauchiger Flaschen, mehr als ich auf Anhieb hätte zählen können. Stimmen lagen in der Luft, der Geruch von gebratenem Fleisch und Bier und auch hier meinte ich, die Klänge eines Dudelsacks ausmachen zu können.

»Na, Kulturschock?«

»Bist du beleidigt, wenn ich Ja sage? – Aber auf eine gute Weise. Es ist ziemlich … einzigartig«, gab ich zurück, ohne den Blick von der Szenerie abzuwenden. »Nur die Schottenröcke fehlen.«

»Du bekommst deine Klischees schon noch, *Frenchie.*« Sim ging an mir vorbei in den Schankraum, wobei seine Finger meine streiften, und hielt direkt auf die Bar zu. Ein bärtiger Mann, den ich auf irgendetwas zwischen fünfzig und sechzig schätzte, wandte sich sofort zu Kasimir um und brach dann in schallendes Gelächter aus.

»Dass ich dich hier noch mal auf meine alten Tage sehe!«, rief der Bartender auf Englisch, ehe er weitere Worte in einer raueren Sprache anfügte. Es wunderte mich wenig, dass Kasimir sofort in derselben Sprache antwortete, ehe er mir eine Hand auf die Schulter legte und wieder ins Englische wechselte. »Adair, darf ich dir Remy vorstellen?«

Noch bevor ich hätte reagieren können, hatte Adair auch schon über die Theke hinweg nach meinen Fingern gegriffen und umschloss sie mit seinen großen, schwieligen Pranken. »Freut mich. Kasimirs Freunde sind auch meine Freunde.«

»Danke, mich auch«, erwiderte ich, wobei mein französischer Akzent ungewohnt stark hervortrat. Ganz im Gegensatz zu Sim, dessen Englisch – und vermutlich auch jede andere Sprache, die er so mühelos beherrschte – akzentfrei war.

»Setzt euch an meinen besten Platz, ich bringe euch gleich etwas zu essen und zu trinken.«

Damit meinte Adair offensichtlich die große Sitznische am Fenster mit karierten Kissen und einem ungehinderten Blick auf das Treiben der Straße.

Sim nickte ihm zu. »Klingt gut. Remy, gehst du schon vor? Ich verschwinde noch einmal kurz.«

Nachdem Kasimir sich verabschiedet hatte, bezog ich direkt am Fenster Stellung und blickte für ein, zwei Augenblicke nach draußen. Die Straßenlaternen verströmten ein goldenes Licht, das vom dünnen Nebel reflektiert wurde, Menschen waren mit Einkaufstüten unterwegs oder führten ihren Hund spazieren, jeder von ihnen ging seinem Leben nach – ohne zu ahnen, was uns allen bevorstand, wenn Sim und ich versagten. Manchmal konnte Unwissenheit wirklich ein Segen sein.

Kopfschüttelnd zog ich mein Handy hervor, um das Bild mit den bunten Ladenfronten, dem Pärchen, das durch die Gasse lief und den geschwungenen Laternen festzuhalten, als mir eine neue

Nachricht ins Auge fiel. Von Ninnie. Sofort zog sich meine Brust zusammen.

Ninnie: Ich möchte mich nicht mit dir streiten, aber ich verstehe immer noch nicht, warum du mir nichts gesagt hast, Remy. Wir reden doch sonst über alles und London passt einfach nicht in mein Remy-Bild. Wieso habe ich das Gefühl, dass sich mehr dahinter verbirgt? Und warum gehst du nicht an dein Handy?

Ich biss mir von innen auf die Wange, während sich die Buchstaben in meine Netzhaut brannten. Telefonieren war nicht drin, solange jedes Geräusch um mich herum verraten könnte, dass ich mich eben nicht in England befand und außerdem … wusste ich nicht, ob ich es schaffen würde, meine älteste und beste Freundin weiter zu belügen, wenn ich ihre Stimme hören würde. Also entschied ich mich für die feige Variante.

Remy: Ich kann dir nur immer wieder sagen, dass es mir leidtut. Lass uns in Ruhe reden, wenn ich wieder da bin. Bitte. Ich kann dir alles erklären.

Nur das Wie musste ich erst noch herausfinden. Seufzend sperrte ich mein Telefon und blickte auf. Der Pub war in den letzten Minuten voller geworden, vermutlich, weil sich der Nieselregen draußen in stärker werdenden Regen verwandelt hatte, und die Luft summte von den Gesprächen der Besucher. Eine angenehme Abwechslung zum Surren der Mechanismen um mich herum. Kurz blieb ich an Adair hängen, der gerade mit zwei Männern scherzte, und wandte dann den Blick nach links, als ich eine Bewegung im Augenwinkel bemerkte.

Eine Frau mit kurzen Haaren, eisblauen Augen und scharfen Zügen, die problemlos durch Stein schneiden könnten. Ich fuhr zusammen.

Zella Ramsay.

Das Handy glitt mir aus den Fingern, landete mit einem dumpfen Aufprall auf dem Boden. Ich rührte mich keinen Zoll. Starrte sie nur an, während sie mich anstarrte, kalt lächelte und ich verflucht noch mal keinen blassen Schimmer hatte, was ich tun sollte.

Wo zum Teufel war Kasimir?

Bebend zwang ich mich einzuatmen und bückte mich für einen Sekundenbruchteil nach meinem Handy, als ich wieder aufschaute, war sie verschwunden. Und aus irgendeinem Grund war das bei Weitem schlimmer.

Hektisch sah ich mich im Pub um und stieß einen gedämpften Schrei aus, als sich plötzlich eine Hand auf meine Schulter legte. »*Merde!*«

»Remy, ich bin's.«

Ich brauchte einen weiteren Moment, um zu verstehen, dass es Sim war und nicht einer der Novas.

Kasimir legte die Stirn in Falten und ließ sich mir gegenüber nieder. »Alles okay? Du siehst aus, als hättest du ein Gespenst gesehen.«

»Ich …« Meine Stimme versagte, als ich wieder an Sim vorbeisah. Kurze Haare, blaue Augen, scharfe Züge, aber … *Mince*, das war gar nicht Zella. Ich blinzelte ein paarmal, aber die junge Frau, die in diesem Moment eine Brünette umarmte und dann küsste, war nicht Zella. Sie sah ihr ähnlich, nur fielen mir jetzt, wo ich genauer hinschaute, die vielen Unterschiede auf.

»Remy, was ist?«

»Ich dachte, ich hätte jemanden gesehen«, murmelte ich und legte das Handy neben den Besteckkrug. »Falscher Alarm.«

Die Schatten auf Sims Zügen blieben. »Novas?«

Achselzuckend lehnte ich mich zurück. »Ja, aber ich habe mich getäuscht. *Zut*, ich werde noch komplett paranoid.«

Kasimirs Lippen zuckten. »Das ist keine Paranoia, sondern gesunder Lebenswille. Sei nicht so streng mit dir, du hast in kurzer Zeit sehr viel durchgemacht und nach … nach Tabithas Tod ging es mir ähnlich.«

»So etwas ist unvorstellbar. Dass man gejagt wird, ständig über die Schulter schauen muss. Vielleicht in Romanen oder Filmen, aber in der Realität?«

»Wer sagt, dass Romane nicht auch einen Funken Realität in sich tragen. Die Wirklichkeit lebt im Auge des Betrachters.«

Ein paar Augenblicke lang dachte ich über seine Worte nach, das nächste Rätsel, das er mir aufgegeben hatte, dann beugte ich mich weiter vor und legte die Hände flach auf den rauen Holztisch. »Ich hoffe, dass das hier nicht für immer unsere Realität sein wird, Sim.«

»Das liegt allein bei uns.«

Als wir das *The Old Rock* verließen, war es kurz vor halb elf abends. Adair hatte uns neben Haggis – das ich definitiv nicht noch einmal probieren musste – noch andere schottische Gerichte serviert. Darunter *Cullen Skink*, eine Fischsuppe, die besser war, als ich bei ihrem Anblick vermutet hatte, *Scotch Pie* und das Dessert *Cranachan*. Die Zeit war schneller verflogen, als ich es für möglich gehalten hatte und mit ihr auch das ungute Gefühl, das sich nach der Verwechselung in meiner Magengegend festgesetzt hatte.

»Der Friedhof ist die Straße runter und sollte jetzt verlassen sein.« Kasimir warf einen Blick auf seine Uhr und zog sich dann seinen dünnen dunkelblauen Wollpullover über.

Mittlerweile regnete es nicht mehr, doch die unebenen Straßen waren mit Pfützen übersät, in denen sich die Lichter der Stadt spiegelten.

»Wo genau soll diese Feder auf dem Friedhof sein?« Fröstelnd kuschelte ich mich tiefer in meine Jeansjacke, die ich glücklicherweise noch mitgenommen hatte. »Oder ist *Feder* auch wieder ein sehr weit gefasster Begriff und dahinter verbirgt sich wie bei dem Schmuckkästchen und der Anleitung etwas vollkommen anderes?«

»Ich fürchte, das werden wir erst noch herausfinden müssen.«

Wir erreichten die *Candlemaker Row* und damit den *Greyfriars Kirkyard*, der sich auf der einen Straßenseite erstreckte und von einer Mauer umgeben war. Eine schlichte, aber dadurch nicht weniger beeindruckende Kirche erhob sich am hinteren Ende des Friedhofs, der in absoluter Finsternis lag.

»Das Tor ist verschlossen.« Ich deutete auf die schwere Eisenkette samt Schloss, die das Tor aus schwarzen Gitterstreben zusammenhielt. »Oder gibt es einen unterirdischen Eingang durch deine geliebten Tunnel?«

»Das nicht, aber einen Hintereingang, der schlecht einsehbar ist.«

»Und für den hast du einen Schlüssel?«

Seine braunen Augen, die im dämmrigen Licht beinahe schwarz wirkten, richteten sich auf mich. »Viel besser.«

Kasimir führte mich fast einmal um den ganzen Friedhof herum, an dunklen Gebäuden, in denen kaum Licht brannte, und der Kirche vorbei bis zu einem schmalen Durchgang zwischen zwei Häusern. Aber auch wenn wir hier vor neugierigen Blicken geschützt waren, standen wir nun wieder vor einem verschlossenen Tor.

»Verrätst du mir deinen Zaubertrick, Sim?«

»Ich habe dich.« In dem winzigen Gang war er mir so nahe,

dass ich die Wärme spüren konnte, die sein Körper abstrahlte. »Du hast von dem Flüstern gesprochen, das dich umgibt.« Ich nickte zögerlich. »Also müsstest du auch das Summen dieses Schlosses hören.«

»Sim, ich …«, setzte ich an, ehe ich begriff, dass er recht hatte. Seit wir in Edinburgh gelandet waren, war das Flüstern zwar leiser geworden – vermutlich, weil wir einen guten Abstand zwischen die Mondia und uns gebracht hatten –, doch nun, wo Sim mich darauf hinwies und ich mich darauf konzentrierte, wurde es wieder deutlicher. Dieses Surren, das mich seit Neuestem ständig umgab. Hervorgerufen durch Mechanismen und Maschinen in der Nähe … und nicht zuletzt auch durch das schwere Schloss vor uns.

»Versuch es einfach, Remy«, raunte Kasimir mit warmer Stimme, die sich mit dem Summen vermischte.

Meine Hände begannen zu kribbeln, während ich ihn noch einen Atemzug länger ansah, dann wandte ich mich dem Vorhängeschloss zu. Seltsamerweise fiel es mir nun, wo alles durch den Abstand zur Mondia ein wenig gedämpfter schien, leichter, die Frequenz des Schlosses herauszufiltern. Als würde es heller aus all den anderen Geräuschen hervorstechen. Aus einem Impuls heraus legte ich die Hände auf das kühle Metall und lauschte auf das Flüstern, die verworrenen Laute und Worte, das Zischen, bis aus dem Säuseln Bilder vor meinem inneren Auge wurden und ich in das Schloss *hineinsehen* konnte. Ich erkannte den Mechanismus, der den Bügel im Schloss hielt, ich erkannte die Stifte, die die Verankerungen bildeten und den Schlüsselspalt, um die Sicherung zu lösen. Unwillkürlich hielt ich den Atem an, als ich das Schloss mit meiner neuen Fähigkeit von allen Seiten begutachtete und drehte und mich schließlich auf die Stifte konzentrierte. Wie von weit weg spürte ich, wie Sim näher trat, als ich nach dem Summen griff und in derselben Sprache antwortete.

Geh auf.

Ein Klirren war zu hören, etwas Metallenes fiel zu Boden, dann öffnete ich die Augen. Das Schloss samt Kette lag auf dem dunklen Stein zu unseren Füßen und das Tor war nicht länger unser Gegner.

»Remy, du bist erstaunlich.«

Ich drehte den Kopf zu Sim, auf dessen Zügen ein kleines Lächeln lag. »Das ist … ziemlich praktisch. Unheimlich, aber praktisch.«

Kasimir schob die Kette zur Seite und drückte den Torflügel gerade so weit auf, dass wir beide hindurchschlüpfen konnten. Ein Tor, das ich geknackt hatte, weil ich ein seltsames Summen hörte. *Mince*, es würde noch eine halbe Ewigkeit dauern, bis ich das verarbeitet hatte.

»Da wären wir. Einer der bedeutendsten Friedhöfe Edinburghs mit zahlreichen Gräbern, die zu Pilgerstätten für Touristen geworden sind«, murmelte Sim neben mir.

Kaum, dass ich das Kinn hob und mich umsah, verschwanden alle Gedanken an das Schloss oder irgendwelches Flüstern, denn mit einem Mal wurde mir klar, dass wir mitten in der Nacht auf einem verlassenen, stockdunklen Friedhof standen. Ich war niemand, der Angst vor Finsternis oder den Toten hatte, die hier ruhten, aber auch ohne Geisterstunde spürte ich, wie es mir eiskalt den Rücken herunterlief. Das Gras raschelte leicht unter unseren Füßen, Wind ließ die schweren Äste der Bäume um uns herum ächzen und irgendwo bellte ein Hund. Die perfekte Szenerie aus einem Gruselfilm, in dem die Hauptfiguren jeden Moment in ihr Verderben stolperten.

Entschlossen schob ich diese Gedanken beiseite. Stattdessen wandte ich mich an Kasimir: »Wo müssen wir genau hin?« Meine Stimme war nicht mehr als ein Wispern, das es kaum über die Nachtgeräusche hinwegschaffte.

»Das Grab von MacIntyre liegt dahinten.« Sim deutete hinein in das scheinbar grenzenlose Schwarz, das sich vor uns ausdehnte. In dem spärlichen Licht konnte ich nur schwache Schemen ausmachen: Bäume, Mausoleen und verwitterte Grabsteine. Mir ein Rätsel, wie er irgendetwas erkennen konnte.

Schweigend setzten wir unseren Weg fort, wobei ich nicht verhindern konnte, dass ich mich immer wieder umschaute. Auf meinen Armen hatte sich eine Gänsehaut gebildet und ich wurde das Gefühl nicht los, von unzähligen Augenpaaren aus den Schatten heraus beobachtet zu werden.

»Ich fand die Engelsburg in Rom weniger schlimm, nur damit es einmal gesagt wurde.«

»Ich wusste gar nicht, dass du dich vor den Toten fürchtest.«

»Das tue ich nicht«, flüsterte ich und gab dann ein leises *Uff* von mir, als Kasimir ohne Vorwarnung stehen blieb und ich ungebremst in ihn hineinlief. Reflexartig streckte er die Arme aus, um mich an Ort und Stelle zu halten, und suchte dann meinen Blick.

»Alles gut?«

»*Oui.* Hab dich nur nicht gesehen.«

Seine Zähne blitzten in der Dunkelheit auf, dann wandte er sich dem beeindruckenden Grabstein vor uns zu. Ein hoch aufragender Quader, darauf ein kleiner Obelisk, der nach oben hin spitz zulief. Mehr konnte ich nicht erkennen.

»Das ist es?«

»Ja, die Daten und Inschriften stimmen überein.«

Fragend hob ich eine Braue und verschränkte die Arme vor der Brust. »Sag mir nicht, zum Repertoire eines Weltenschreibers gehört Nachtsicht.«

Sein schiefes Grinsen war Antwort genug. »Bevor es elektrischen Strom gab, mussten wir uns auch im Untergrund zurechtfinden können und offenes Feuer war zu riskant an einem Ort, der gänzlich aus Papier besteht und über keine wirkliche Lüftung verfügt. Heute haben wir in Beleuchtung investiert, aber nötig wäre sie für uns nicht.« Sim griff in seine Hosentasche und förderte eine Klinge hervor, die im dämmrigen Licht schimmerte. »Suchen wir den Stein nach der Feder ab.«

Ich atmete aus und nickte, auch wenn mir bei seiner Erklärung direkt ein halbes Dutzend neuer Fragen in den Sinn gekommen waren. Gemeinsam begannen wir, das Grabmal abzutasten und kleine Vertiefungen nachzufahren. Der Stein war kühl unter meinen Fingerspitzen, an manchen Stellen feucht und mit einem Mal war ich froh, nicht über die Fähigkeit von Sim zu verfügen, denn ich wollte gar nicht so genau wissen, in was ich da hineinfasste. Sim fuhr die Konturen mit der Klinge ab, probierte immer mal wieder über Ritzen etwas aufzuhebeln und gab schließlich einen frustrierten Laut von sich.

»Der Stein ist sauber.«

»Dann haben wir uns geirrt?« Ich stieg von der Stufe des Grabs dahinter runter und trat neben Sim. »Was stand noch mal genau auf dem Würfel?«

»*Schriftsteller erbauen unsere Welt mit ihren Visionen. Ihre Worte sind unsere Macht, ihre Werkzeuge der Beginn des Schlüssels zu den ewigen Hallen. Findest du Duncan Ban MacIntyre, findest du mit roter Tinte die Feder, findest du den Anfang*«, rezitierte Kasimir, ohne auch nur eine Sekunde zu zögern. »Wir sprechen von Schreibwerkzeugen, also wird es sich um eine Schreibfeder mit Kiel handeln. Nehme ich an.«

Ich nickte und ging ein weiteres Mal um das Grabmal herum. »Was ist, wenn das nur eine Metapher ist? So wie die Anleitung, die keine wirkliche Anleitung gewesen ist? Wir also nicht nach einem Geheimfach mit einer echten Feder suchen müssen.«

»Ich kenne viele Metaphern, aber *Feder*?«

Schulterzuckend wischte ich mir die Hände ab und ging dann vor der Inschrift in die Knie. Selbst von so Nahem konnte ich die Worte kaum lesen, und ehrlich gesagt wusste ich auch nicht, was … Mein Kopf ruckte hoch, als ich plötzlich ein schwaches Summen spürte. Ein Summen, das … aus dem Stein selbst kam. Instinktiv rutschte ich weiter heran, bis ich seine Kälte auf meinem Gesicht spüren konnte. Anders als zuvor, bekam ich das Flüstern nicht zu fassen, weil es zu leise war, zu schwach – doch es war unverkennbar da und wies auf einen Mechanismus hin. Und jeder Mechanismus hatte einen Auslöser, der irgendwo für uns zugänglich verborgen sein musste.

In der Inschrift.

Mein Puls beschleunigte sich. »Sim? Lässt sich aus den einzelnen Buchstaben der Begriff *Feder* bilden?«

Kasimir hockte sich neben mich. »Auf etwa fünf verschiedene Weisen, vorausgesetzt, wir lesen von links nach rechts. Wie kommst du darauf?«

»Ich glaube, in dem Grabstein ist eine Art … Schaltwerk. Mit mehreren Triggern. Ich kann es nicht genau erklären, aber …«

»Das brauchst du nicht, Remy. Sag mir einfach, was ich tun soll.«

Langsam atmete ich aus, dann fokussierte ich mich wieder auf den Stein. »Die rote Tinte.«

»Blut.«

Ich nickte. »Bei Dan Brown muss oft irgendetwas mit Blut in Verbindung kommen. Das könnte hier genauso sein. Vielleicht braucht der Mechanismus also Blut als Auslöser.«

»Dan Brown?«

»Du weißt schon, der berühmte Autor?«

»Ich weiß, wer Dan Brown ist, Remy, ich könnte dir jedes seiner Bücher vollständig zitieren.«

Darauf antwortete ich erst gar nicht.

»Browns Talent für fantasievolle Rätsel einmal außen vor gelassen, meinst du wirklich, dass uns das weiterhilft?«

»Ein Versuch ist es wert. Oder fürchtest du dich etwa vor Blut, Kasimir Abernathy?«

Statt etwas zu erwidern, stach er sich ungerührt mit der Messerspitze in den Zeigefinger, wobei er ein unterdrücktes Fluchen von sich gab. »Das ist selbst für meine Verhältnisse abgedreht.«

»Hast du nicht gesagt, deine Welt würde sich nicht mit Logik aufhalten?«

»Touché.« Auch wenn ich es nicht sah, spürte ich sein Lächeln überall und konnte nicht verhindern, dass es die Kälte für einen Moment aus meinen Knochen vertrieb.

»Gut, legen wir los.«

Der Reihe nach presste Sim seinen blutigen Finger auf die einzelnen Buchstaben des Grabsteins und ging dabei die ersten Möglichkeiten durch. Nach jedem *R* hielten wir inne, lauschten, doch die Nacht blieb unverändert still. Als sich auch bei Versuch vier und fünf nichts tat, verpuffte meine anfängliche Hoffnung innerhalb eines Wimpernschlags.

»*Putain*«, zischte ich und grub die Finger in das kühle Gras.

»Es war eine gute Idee, Remy.«

»Aber das hat nicht gereicht, irgendetwas übersehen wir.«

Kasimir ließ das Messer sinken und zog nachdenklich die Brauen zusammen, wobei er den Kopf in den Nacken legte und nur einen Sekundenbruchteil später aus der Hocke hochfuhr. »Remy.«

»Was?« Ich folgte seinem Blick den Grabstein nach oben und

verengte die Augen, um mehr zu erkennen – dann fiel mir das kleine schwarze Loch ins Auge, das vorher noch nicht dort gewesen war. »Ist es das?«

Mit seinen über einsneunzig schaffte es Sim mühelos, in die Öffnung zu greifen und hielt mir dann einen länglichen Gegenstand entgegen, der sich dunkel von seiner Haut abhob. »Unsere Feder.«

»Das soll eine Feder –« Meine restlichen Worte wurden von Kasimirs Hand erstickt, die plötzlich fest auf meinen Lippen lag. Alarmiert blickte ich zu ihm auf, doch sein wachsamer Blick ruhte auf unserer Umgebung.

»Wir sind nicht allein.«

Kapitel 24

Old Town, Edinburgh

Sim

Meine Muskeln verkrampften sich, als ich die dunkle Gestalt bemerkte, die hinter einem der größeren Mausoleen verschwand. Zu schnell, als dass ich Genaueres hätte erkennen können. Trotz meiner Fähigkeit, im Dunkeln zu sehen.

»Verschwinden wir«, raunte ich Remy zu, ehe ich sie freigab und die Schreibfeder in meine Hosentasche steckte. Dann griff ich nach ihrer Hand und zog sie ohne ein weiteres Wort über den Friedhof in Richtung des Tores, durch das wir gekommen waren.

Unsere Schritte waren unnatürlich laut in der Stille der Nacht und vermischten sich mit meinem donnernden Herzschlag. Immer wieder blickte ich über die Schulter zurück, versuchte etwas auszumachen – doch wer auch immer uns beobachtet hatte, blieb in Deckung. Die einzigen Geräusche waren unsere Füße auf dem Gras, das Säuseln des Windes und das entfernte Rauschen vereinzelter Autos.

Putain de merde.

»Novas?« Remy stieß das eine Wort zwischen zwei keuchenden Atemzügen hervor und das, was darin mitschwang, bereitete mir Übelkeit.

»Ich weiß es nicht.« Und ich hatte nicht vor zu bleiben, um es herauszufinden. Ohne langsamer zu werden, ließen wir den nächtlichen Friedhof hinter uns und traten auf die *Candlemaker Row*. Es war zu riskant, direkt zum Hotel zu gehen, doch ich wollte uns auch nicht in eine Falle führen, falls die Person Komplizen bei sich hatte. Novas hatten die ätzende Angewohnheit, immer in kleinen Gruppen aufzutauchen.

»Was ist, wenn das doch Zella gewesen ist? Wenn ich mich im Pub nicht geirrt habe?« Remy presste eine Hand gegen ihre Seite, hielt jedoch mit meinem Tempo Schritt.

»Dann müssen wir dringend herausfinden, wie sie von Edinburgh erfahren konnten. Aber nicht jetzt.« Gedanklich ging ich die verschiedenen Pläne der Altstadt und mögliche Fluchtrouten durch, die uns über Umwege ins Hotel brachten, und bog ohne Vorwarnung in eine kaum einen Meter schmale Gasse ein, die in einen verwinkelten Hinterhof führte. Seit meinem letzten Besuch hatte sich hier nichts verändert, sodass ich die unscheinbare Tür aus schiefen Brettern sofort fand. Wortlos führte ich Remy zum Eingang. »Kannst du das Schloss knacken? Wir haben keine Zeit für meine Dietriche.«

»Was ist mit deinen magischen Leuchthänden aus dem Labyrinth?« Jede ihrer Silben wurde von einem merklichen Beben begleitet.

»Die funktionieren nur im Pariser Untergrund. Bekommst du das hin?« Ich bemühte mich um einen ruhigen Tonfall, um Remy nicht unter Druck zu setzen, doch es gelang mir nicht. Selbst ich konnte die Anspannung aus meinen Worten heraushören.

Zu meiner Überraschung nickte sie nur knapp und legte ihre Hände auf den Knauf. Einen Moment lang blieb ich an ihrer konzentrierten Miene hängen und konnte nicht verhindern, dass mich der Anblick in seinen Bann zog. Ich war immer wieder Zeuge von Cassandras Fähigkeiten geworden, doch Remy ... bei Remy war es anders. Vielleicht weil sie es nicht von klein auf gelernt hatte und sich gänzlich auf ihre Instinkte verließ. Aber auch ohne es genau in Worte fassen zu können, wusste ich, dass dies nur ein Bruchteil ihrer Gabe war und da noch so viel mehr in ihr schlummerte.

Das du niemals zu sehen bekommen wirst, wenn euch die Novas vorher in Stücke reißen.

Der Gedanke war wie ein Eimer eiskaltes Wasser. Entschlossen löste ich mich von Remys Anblick und musterte jeden Winkel des Hinterhofs. Bisher war alles ruhig, keine Schritte, keine Stimmen, kein warnendes Prickeln im Nacken. Wenn diese Person auf dem Friedhof wirklich ein Nova gewesen war, warum hatte sie dann nicht angegriffen? Genügend Chancen hätte es gegeben, wir waren abgelenkt gewesen und trotzdem hatte sie sich, anders als in Rom, im Hintergrund gehalten. Das ergab keinen Sinn.

Ein leises Klicken war zu hören, dann Remys gedämpfte Stimme. »Sesam öffne dich.«

Trotz meiner inneren Anspannung musste ich lächeln. »Langsam hast du den Bogen raus.«

»Anfängerglück.«

Ich sah sie nur vielsagend an und drückte dann die Tür auf. Mit einem letzten prüfenden Blick über meine Schulter schloss ich den Zugang hinter uns und sperrte damit jede Lichtquelle aus. Das mitternächtliche Schlagen der *Greyfriars Church* wurde zu einem dumpfen Donnern in der Ferne.

»Halt dich an mich, Remy«, murmelte ich und wartete, bis sie meine Hand gefunden hatte. Kühle, schlanke Finger, die sich zwischen meine schoben und mein Herz für einen kurzen Moment stolpern ließen. *Herrgott, Sim.* »Die Tunnel führen über ein paar Abzweigungen zur St. Giles' Cathedral in der High Street. Ohne Karte ist das der reinste Irrgarten, wir sollten die Person also mühelos abhängen können.«

»Aber du kennst den Weg?«

Zur Bestätigung drückte ich kurz ihre Finger und setzte mich in Bewegung. »Wie gesagt, der Untergrund ist mein natürlicher Lebensraum.«

Charles de Gaulle/1. Arrondissement, Paris

Am nächsten Tag nahmen wir den ersten Flug nach Paris. Ursprünglich war es nicht geplant gewesen, die Stadt so überhastet zu verlassen, weil jeder spontan umgebuchte Flug die Novas auf unsere Fährte bringen konnte. Aber mein Bauchgefühl sagte mir, dass sie uns ohnehin längst auf dem Radar hatten und jede Stunde, die wir länger in Edinburgh verbrachten, ein weiteres Risiko darstellte. Wir hatten, weshalb wir hergekommen waren, jetzt mussten wir die *Feder* schleunigst in den Untergrund bringen, um den zweiten Bestandteil des Schlüssels *freizuschalten*, wie Remy es ausdrückte.

Unser Flugzeug landete um kurz vor fünf Uhr morgens in *Charles de Gaulle* und als wir durch die Schiebetüren ins Terminal traten, war ich kurz davor, im Stehen einzuschlafen. Ich hatte die ganze Nacht kein Auge zugetan. Das Wissen, dass uns jemand verfolgte, hatte mich wach gehalten, doch allmählich brachen die Ereignisse der letzten Tage über mir zusammen. Keine Ahnung, wann ich das letzte Mal mehr als ein paar Stunden am Stück geschlafen hatte.

»Langsam wird das unsere Zeit, was?« Remy hielt sich eine

Hand vor den Mund, um ihr Gähnen zu verbergen und schob die Träger ihrer Reisetasche wieder höher. »Wenn das so weitergeht, werde ich noch zum frühen Vogel. Meine Familie wird mich nicht wiedererkennen.«

Ich schenkte ihr ein schiefes Grinsen und zog überrascht die Brauen hoch, als ich im allgemeinen Gewusel des Ankunftsterminals ein bekanntes Gesicht entdeckte. »Scheint, als hätten wir eine Mitfahrgelegenheit.«

Remy folgte meinem Blick zu Ludwig, der sogar ein selbst gebasteltes Schild hochhielt, auf dem *Team Literatur* stand. Dieser Kerl machte mich wahnsinnig.

»Ich mag ihn.« Ihre Worte wurden von einem schlecht unterdrückten Prusten untermalt.

»Lass ihn das bloß nicht wissen.« Ich bedeutete ihr vorzugehen und schlüpfte dann selbst hindurch. Nur einen Moment später hatte uns mein Bruder bereits in Beschlag genommen.

»*Dieu*, Sim, du siehst echt scheiße aus.«

»Danke. Genau die Aufmunterung, die ich gebraucht habe.«

»Ich kenne dich eben.« Lu zog Remy in eine kurze Umarmung und hielt ihr die Autotür auf. Zumindest hatte er seine Manieren noch nicht in jeder Hinsicht eingebüßt. *Maman* wäre stolz auf ihn. »Dann bringen wir euch Vögelchen mal zurück ins Nest, ihr werdet schon heiß und innig erwartet.«

Wie durch ein Wunder schafften wir es noch vor der Rushhour ins Zentrum. Den Wagen stellten wir vor *Papas* Antiquitätengeschäft ab und stiegen dann auf die *Métro* um, die uns ins erste Arrondissement brachte, wo sich der eigentliche Kern der Unterwelt rund um die Mondia befand.

»Und ihr habt wirklich keine Ahnung, wer das gewesen sein könnte? Zella hätte euch doch auffallen müssen.« Stirnrunzelnd betrachtete mich Ludwig von der Seite, ehe er seine Handfläche auf das Portal legte, hinter dem sich das Herzstück des Untergrunds befand.

»Die Vorgehensweise hat nicht zu den Novas gepasst. Warum sollten sie eine Chance verstreichen lassen, uns anzugreifen? Remy und ich waren auf dem Friedhof leichte Beute.«

»Wir suchen in der Zentrale gerade nach Material, um euren Verfolger zu identifizieren, aber bisher haben wir nichts gefunden.«

Was zu erwarten gewesen war. Die Novas waren keine Anfänger. »Für den Moment zählt nur, dass wir die Feder haben.«

»Die keine echte Feder ist«, fügte Remy an und trat zwischen Ludwig und mich. »Wie soll daraus überhaupt ein Schlüssel werden?« Demonstrativ streckte sie uns die metallene Feder entgegen, die etwa sieben Zentimeter lang war und mehr wie ein Souvenir, als ein wichtiges Schlüsselelement wirkte.

»Das wird uns hoffentlich der magische Würfel verraten, sobald wir alles beisammenhaben.« In einer fließenden Bewegung schnappte sich Lu die Feder aus Remys Handfläche und bedeutete uns dann, ihm zu folgen. »Vater hat dieses Mal für eine kleine Runde gesorgt. Nur du, Remy, Vater und meine Wenigkeit.«

Musik in meinen Ohren. Ich hätte für nichts garantieren können, hätte ich mich bei meinem jetzigen Zustand in eine Diskussion mit Corbin stürzen müssen.

Zwei Abzweigungen und eine weitere Holztür später betraten wir das Geschäftszimmer meines Vaters. Wir nahmen an dem kleinen runden Tisch im hinteren Teil Patz. Dot hatte es sich daneben auf einem dicken, hellen Teppich bequem gemacht und schnarchte leise. Frischer Kaffee, Croissants und Pains au Chocolat, die die Handschrift meiner Mutter trugen, warteten auf dem Tisch und ich war zu hungrig, um mich zurückzuhalten. Der Geschwindigkeit nach zu urteilen, mit der Remy ihr Croissant vernichtete, ging es ihr nicht anders.

»Ich freue mich, dass ihr es wohlbehalten zurück geschafft habt«, sagte mein Vater schließlich und faltete die Hände unter dem Kinn. »Und dass eure Reise erfolgreich gewesen ist.«

Ich schluckte meinen Bissen herunter und nickte. »Dieses Mal lief es deutlich reibungsloser. Gibt es Neuigkeiten von den Teams im Ausland?«

»Nicht mehr, als du bereits weißt. Die Umstände machen allen zu schaffen, aber das ist nichts Neues.« Resigniert atmete Vater aus und fasste dann Remy ins Auge, die nun wieder stiller geworden war. Vermutlich weil das Flüstern, wie sie es nannte, im Untergrund deutlich intensiver war. »Und wie ich gehört habe, hast du einen Zugang zu deinen Fähigkeiten gefunden. Das ist sehr erfreulich.«

Kurz sah mich Remy überrascht an, dann nickte sie mit leicht geröteten Wangen. »Ich habe ein paar Schlösser … geknackt.«

Im Augenwinkel bemerkte ich eine Bewegung, als Dot schläfrig den Kopf hob. *»Also schlummert in ihr doch eine mächtige Ripari.«*

Es gefiel mir nicht, wie schwach das Echo seiner Stimme in meinen Gedanken klang. Und noch viel weniger gefiel mir, dass der Polarfuchs beinahe noch im selben Moment wieder die Augen schloss und einschlief. Als Manifestation der Mondia spiegelten Silbenspringer den Zustand der Weltenbibliothek wider und ihn so zu sehen … fühlte sich an, als hätten wir längst versagt.

»Kasimir sprach in seinem nächtlichen Bericht von weitaus mehr als ein paar lapidaren Schlössern.« Ein sanftes Lächeln teilte *Papas* Lippen, dann räusperte er sich vernehmlich und holte mich aus meinen Gedanken zurück an den Tisch. »Wie dem auch sei, darf ich die Feder sehen?«

Mein Bruder legte die Schreibfeder aus Metall in die Tischmitte und schob seine Ärmel hoch. »Es scheint einfach nur eine Kupferlegierung zu sein.«

»Ich habe dich besser erzogen, als nur das Offensichtliche zu sehen, Ludwig, oder nicht? – Wir werden schon noch erfahren, welchem Zweck die Feder dient, aber vorerst genügt es, dass sie den nächsten Bestandteil des Rätsels für uns entschlüsselt.« Vater fuhr sich über die Nasenwurzel und stand dann auf, um die Anleitung von seinem Schreibtisch zu holen. Kaum dass der Würfel in die Nähe des Schreibutensils gelangte, begann sich die Feder auszurichten. Beinahe wie eine Kompassnadel, die nicht nach Norden, sondern auf den Würfel ausgerichtet war.

»Das Summen wird wieder lauter«, sagte Remy leise und ballte die Hände zu Fäusten, wobei sich ihre Miene fast schmerzerfüllt verzog. »Und das Schaltwerk im Würfel arbeitet.«

Mein Vater bedachte Remy mit einem neugierigen Ausdruck, dann senkte er den Blick auf den Würfel, auf dessen einer Seite die Anweisungen zu Edinburgh standen und nun verblassten … bis neue Worte daraus wurden. Wie flüssige Tinte, die sich in Wasser löste, glitten tiefschwarze Schwaden über die helle Oberfläche und bildeten nacheinander Buchstaben, die zu Sätzen wurden. Neben mir beugte sich Ludwig unwillkürlich weiter über den Tisch und auch Remy gab ihre starre Haltung auf.

»Was steht da?«

Ich zog den Würfel näher zu mir und runzelte die Stirn. »*Erst der Druck macht Gedanken für das Auge sichtbar. Begibst du dich einmal zum Ursprung des gedruckten Buchs, zum Ursprung unserer Lettern, steht dir der Weg in jede von Menschen geschaffene Welt offen.*«

»Es geht doch nichts über ein gut formuliertes Rätsel.« Schnaubend warf Lu die Hände in die Luft und lehnte sich dann auf seinem Stuhl zurück. »Warum nicht einfach Stichpunkte oder am besten gleich Koordinaten, das würde es um ein Vielfaches leichter machen.«

Unter dem Tisch stieß ich meinen Bruder an und hob den Würfel hoch. »Die Angaben sind präzise genug. Zwar gibt es bis heute mehrere Auslegungen der Anfänge des Buchdrucks, aber die meisten laufen auf Gutenberg hinaus.«

»Die alte Bibel?«, riet Remy, woraufhin mein Vater das Kinn neigte.

»Kasimir hat recht. Ich denke, die Anleitung zielt auf den Druck nach Gutenberg ab, also Mainz als Zielort, und der Ursprung der Lettern …«

»Das Alphabet gab es schon vor Gutenberg und ich denke nicht, dass sich dieses unnötige Rätsel auf den Herstellungsprozess der beweglichen Lettern der Druckerpresse bezieht.« Ludwig nahm mir den Würfel aus den Händen und warf ihn in die Luft, als wäre es ein Ball und kein kostbares Artefakt, von dem unser Leben im wahrsten Sinne des Wortes abhing. »Was sollt ihr also dann aus Mainz mitgehen lassen?«

»Das werden wir herausfinden müssen, bevor wir in das nächste Flugzeug steigen«, entgegnete ich und fing das Artefakt in der Luft auf. »Würdest du das bitte unterlassen?«

»Würdest du bitte nicht so unerträglich ernst sein?«

Seufzend fuhr sich *Papa* durch die Haare. »Ich werde mit den anderen über den Auftrag sprechen, vielleicht können sie einen Zusammenhang herstellen, der uns zum eigentlichen Gegenstand führt.«

»In Ordnung.« Mit einem knappen Nicken stellte ich den Würfel wieder in die Mitte. »Was sollen wir solange machen?«

Vater erhob sich abermals, sein Stuhl kratzte über den rauen Boden und ließ Dot träge blinzeln. »Ihr ruht euch aus. Ihr beide seht aus, als würdet ihr jeden Augenblick einschlafen.« Ich wollte protestieren, doch das Oberhaupt der Weltenschreiber war noch nicht fertig. »Danach möchte ich, dass du in unsere Wohnung fährst und ein paar Sachen für *Maman* aus dem Antiquitätengeschäft holst. Ich stelle dir eine Liste zusammen.«

»Warum kann das nicht Ludwig übernehmen?«

»Weil Ludwig«, setzte mein Bruder an, »aktuell jede freie Minute in der Zentrale verbringt. Ohne mich und meine herausragenden Talente sind die dort vollkommen aufgeschmissen.«

Mein Vater gestattete sich ein kurzes Lächeln, ehe er wieder ernst wurde. »Wir versuchen händeringend das Leck in unserem System zu finden, das die Novas auf eure Spur führt. Corbin ist der festen Annahme, dass sie etwas Großes planen und mittlerweile bin ich geneigt, ihm zu glauben.«

»Also war Zella doch in Edinburgh?«, mischte sich Remy ein, die bis jetzt wie hypnotisiert auf den Würfel gestarrt hatte.

»Davon müssen wir ausgehen, aber lasst das vorerst unsere Sorge sein. Ruht euch aus, in ein paar Stunden wissen wir hoffentlich mehr.«

Es fiel mir schwer, Vaters Büro zu verlassen, aber letztlich hatte er recht. Mein Kopf war zu voll, meine Gedanken zu träge und um das Rätsel knacken zu können, brauchte ich einen kühlen und vor allen Dingen wachen Verstand.

»Ich bin todmüde, aber ich habe keine Ahnung, wie ich jetzt schlafen soll«, sagte Remy leise, als wir auf den breiten Gang traten.

»Geht mir ähnlich.« Stirnrunzelnd blickte ich zu Dot, der humpelnd an meine Seite trat. »Es fühlt sich falsch an, an Ruhe zu denken, wenn die Welt um uns herum mit jeder Sekunde, die verstreicht, etwas mehr verblasst. Beinahe verboten.«

Remy schaute mitfühlend zu meinem Silbenspringer, als würde sie spüren, wie sehr mir sein Zustand zu schaffen machte. »Bloß bis wir das Rätsel gelöst haben, Sim. Keinen Moment länger.«

Nur fühlten sich selbst ein paar Momente gerade wie eine verfluchte Ewigkeit an.

Kapitel 25

7. Arrondissement, Paris

Remy

Das Antiquitätengeschäft, über dem sich die Wohnung von Kasimirs Familie befand, war nicht weit von Esthers Blumenladen entfernt, und dennoch hatte ich Sim angefleht, mich mitzunehmen. Ich wusste, wie riskant es war, sich in der Nähe meiner Schwester aufzuhalten, aber im Untergrund zu bleiben, war keine Option gewesen. Nicht, wo sich das Flüstern dort als dröhnender Schmerz zwischen meinen Schläfen festgesetzt hatte und ich das Gefühl bekam, kaum noch meine eigenen Gedanken hören zu können.

Schließlich hatte Kasimir eingewilligt, mich einige Stunden nach dem Gespräch mit seinem Vater, mit an die Oberfläche zu nehmen, um Valentins Liste abzuarbeiten. Den dunklen Schatten auf seinen Zügen nach zu urteilen, hatte Sim in der Zeit dazwischen genauso wenig Ruhe gefunden wie ich, und ehrlich gesagt wunderte mich das kaum. Gedanken waren mächtige kleine Biester, die genau dann zuschlugen, wenn man ohnehin schon am Boden lag.

»Wir holen nur kurz die Sachen und fahren dann auf direktem

Weg zurück«, ließ mich Sim wissen, als er den Schlüssel aus seiner Hosentasche kramte und die Tür zum Antiquitätengeschäft aufschloss. Drinnen roch es nach Papier und Staub, nach Druckerschwärze und Holz, und aus irgendeinem Grund fühlte ich mich in dem verwinkelten, heillos überfüllten Raum sofort wohl.

»Wenn du willst, kannst du hier unten bleiben, dann besorge ich schnell die Dinge aus der Wohnung.«

»In Ordnung«, gab ich zurück und schloss die Tür hinter mir. Während Sim in den Tiefen des Ladens verschwand, begann ich mich in dem Durcheinander aus Büchern, Regalen, Globen und Antiquitäten umzusehen. Keine Ahnung, wie Kasimirs Vater hier drin nicht den Überblick verlor, aber vermutlich spielte ihm sein fotografisches Gedächtnis dabei durchaus in die Hände. Langsam schlich ich durch den Raum, strich über Buchrücken, die ich kaum entziffern konnte und blieb an einem Gemälde hängen, das eine gewaltige Bibliothek zeigte. In der Malerei war kein Ende der hohen Regalreihen erkennbar, keine Barrieren oder Abgrenzungen, die die Bibliothek definierten. Nichts als Bücher, die umgeben von dunklem Holz auf mehreren Ebenen in die Höhe und Breite wuchsen. Bisher hatte ich keinen Blick in die Mondia werfen können, aber tief in mir drin stellte ich sie mir genau so vor. Ein unendliches Konstrukt, das sich nicht mit den Banalitäten von Logik aufhielt, keine Grenzen besaß, sondern einfach *war.*

Instinktiv streckte ich eine Hand nach dem Ölgemälde aus, das sicherlich drei Meter breit sein musste, und zuckte zusammen, als plötzlich ein lautes Klopfen erklang. Erschrocken fuhr ich zu dem großen Schaufenster herum und starrte direkt in Ninettes weit aufgerissene Augen.

Putain de merde.

Ein paar Herzschläge lang sahen wir einander bloß an, dann deutete Ninnie herausfordernd auf die Tür. Und in diesem

Moment wusste ich, dass mir keine andere Wahl blieb, als sie in diesen Teil meines Lebens hineinzulassen.

Zu sagen, meine beste Freundin wäre außer sich, hätte sich in die Untertreibungen unseres Jahrtausends einreihen können. Ninette Beauford wirkte wie ein brodelnder Vulkan kurz vor dem Ausbruch, als sie in das Antiquitätengeschäft stürmte, kaum dass ich geöffnet hatte, und mich dabei beinahe zu Boden warf.

»Warum zum Teufel bist du hier und nicht in London?!«

»Ninnie –«

»Komm mir nicht mit *Ninnie*. Was ist hier los, Aramena? Wieso steckst du in einem verstaubten alten Laden und –«

»Ninnie«, fuhr ich ihr mühsam beherrscht ins Wort. »*Mince*, ich erkläre es dir, aber dafür musst du mir auch die Chance geben, etwas zu sagen.«

Abwehrend verschränkte sie die Arme vor der Brust. »Hast du es denn verdient, dass ich dir diese Chance gebe?« Enttäuschung schwang in ihrer Stimme mit, aber auch etwas vollkommen anderes: Vertrauen, das einen heftigen Dämpfer erlitten hatte.

Mein Magen wurde zu einem harten Knoten. »Bitte, ich habe mir das nicht ausgesucht und die Sache ist unglaublich kompliziert und … gefährlich.«

Abfällig verdrehte sie die Augen. »Gefährlich? Fang jetzt bloß nicht mit *Ich habe dir nichts gesagt, um dich zu schützen* an – mach die Augen auf, das hier ist ausnahmsweise mal keine meiner verrückten Theorien, sondern die Realität.«

Beinahe hätte ich gelacht, weil es mir nicht anders gegangen war, als Sim das erste Mal von der Mondia gesprochen hatte. »Glaub mir, es gibt so viel mehr als –«

»Remy?!« Kasimirs alarmierte Stimme hallte durch das Antiquitätengeschäft und schnitt mir mitten im Satz das Wort ab. Im nächsten Moment platzte er in den Raum. »Remy, wir müssen hier sofort – Was ist hier los? Wer ist das?«

Ich öffnete den Mund, doch Ninette war schneller. »Was zum Teufel geht hier eigentlich ab?!«

Zwei Augenpaare richteten sich gleichermaßen eindringlich auf mich, während sich meine Kehle zuschnürte und ich nicht viel mehr als ein *Ich kann das erklären* zustande brachte.

Rastlos fuhr sich Sim durch die dunklen Haare. »Dafür haben wir keine Zeit. Wir müssen verschwinden, Remy. *Sofort.*«

»Wohin verschwinden?«

»Was ist passiert?«, überging ich meine beste Freundin und trat zu Kasimir. Seine Schultern waren verspannt und mittlerweile kannte ich den Ausdruck auf seinen Zügen.

Zähneknirschend schüttelte er den Kopf. »Nicht vor ihr.«

»*Sie* hat auch einen Namen. Ist das der unfreundliche Typ aus dem Blumenladen, der dich bestohlen hat?« Ninnie schob sich zwischen Sim und mich. »Worum geht es hierbei? Hat er etwas gegen dich in der Hand?!«

»*Non*, Ninnie. Nein, aber –« Hilfe suchend sah ich zu Kasimir. Sichtlich hin- und hergerissen griff er sich in einer hilflosen Geste in den Nacken und ließ dann den Arm kraftlos wieder fallen. »Sie haben einen von uns erwischt, Remy. Er ist tot und wenn wir nicht aufpassen, sind wir die nächsten.«

Mir wurde schlagartig eiskalt, Säure stieg ätzend in mir auf. »Wo?«, flüsterte ich.

»Hier in Paris. Ich weiß nicht viel, aber sie sind hinter seine Deckung gekommen und vielleicht beobachten sie uns in diesem Augenblick und warten nur darauf, uns auszulöschen.«

»Was meint er mit *tot*, Remy?«

Ich antwortete nicht, sondern drehte instinktiv den Kopf zum Schaufenster. Wenn Ninnie mich hatte sehen können, dann konnte es jeder. Jeder Pariser. Jeder Nova. Panik drohte mich plötzlich zu lähmen.

»Wir können Ninnie nicht hierlassen, Sim«, ich sprach die Worte aus, ohne dass ich sie bewusst geformt hätte.

»Das kann nicht dein Ernst sein. Ich habe dir doch von Edeline erzählt …«

Abrupt sah ich wieder zu ihm und funkelte ihn an. »Wenn sie sie mit uns gesehen haben, steht sie genauso auf der Liste. Sie geht mit uns.«

Seine Miene verhärtete sich, dann warf er fluchend die Hände in die Luft. »*Bon sang!* Remy, die anderen werden mich umbringen. Sie hat keinen Schwur geleistet und der Untergrund –«

»Könnt ihr endlich aufhören so zu tun, als würde ich nicht direkt neben euch stehen?« Entrüstet sah Ninette zwischen uns hin und her.

»Dann finden wir eine Lösung dafür. Sim, sie dürfen sie nicht bekommen. *Bitte.*« Ich sagte dieses eine Wort in demselben Tonfall, den Kasimir in der Gasse im *Quartier Latin* angeschlagen hatte, um mich zum Zuhören zu bewegen und ich wusste, ich traf damit den richtigen Nerv.

»*Eh bien, soit.*«

Ich nickte ihm dankbar zu, unsere Blicke verhakten sich für einen Moment ineinander, der sich ausdehnte und unzählige unausgesprochene Gedanken beinhaltete, dann wandte ich mich an Ninette: »Hör zu, ich weiß, du hast keinen Grund, mir zu glauben, aber es ist wichtig, dass du mir jetzt vertraust.«

»Ich weiß nicht, ob –«

»Ich meine es ernst. Du bekommst Antworten, ich werde dir alles bis ins kleinste Detail erklären, du hast mein Wort – aber nicht hier.« Wieder schaute ich kurz nach draußen. »Kannst du das? Kannst du mir vertrauen?«

Das Braun ihrer Augen verdunkelte sich, dann seufzte sie schwer. »Ich vertraue dir mit meinem Leben, das weißt du. Und daran ändert sich so schnell auch nichts.«

Mein Atem, den ich unbewusst angehalten hatte, entwich leise, dann griff ich nach ihrer Hand, bis sich unsere Finger miteinander verflochten. »Mehr brauche ich nicht zu wissen.«

1. Arrondissement, Paris

Der Untergrund war in Aufruhr und wir platzten unangekündigt mitten in dieses Wespennest. Den ganzen Weg über hatte ich das Gefühl gehabt, beobachtet und verfolgt zu werden und selbst als sich die schweren Türen im Untergrund hinter uns schlossen, blieb dieses Gefühl. Es stach und brannte, biss sich in meinem Nacken fest, als wollte es mich daran erinnern, dass das nun meine Realität war. Ständig auf der Hut vor Menschen zu sein, die uns jagten.

Und nun töteten.

Wieder.

»Könnte mir bitte jemand erklären, was hier los ist? Wer ist das?« Bisher war Valentin Abernathy als ruhiger und unerschütterlicher Anführer aufgetreten, doch nun schäumte er förmlich vor Wut, als er uns in dem breiten Hauptgang entgegenkam. »Kasimir?«

»Vater, das ist –«

»Sie ist wegen mir hier. Wir hatten keine andere Wahl.« Jetzt berief ich mich schon selbst auf dieses Motto, *Dieu.*

Valentin verengte die Augen und musterte Ninnie, die ungewöhnlich still geworden war, wie eine potenzielle Todfeindin. »Das beantwortet meine Frage in keinster Weise.«

»Remy und ich haben den starken Verdacht, dass die Novas Ninette Beauford mit uns gesehen haben, wir konnten nicht zulassen, dass sie sie ins Visier nehmen und zu einem Druckmittel machen.«

»Sie ist eine Zivilistin!«

»Das hat diese Fanatiker in der Vergangenheit auch nicht davon abgehalten zu morden.« Sims Stimme donnerte durch den Tunnel, hallte von der hohen gewölbten Decke wider. »Willst du wirklich riskieren, dass sie sie als Geisel nehmen? Ich musste eine schnelle Entscheidung auf Basis der spärlichen Informationen fällen, die ich über Hugos Tod erhalten habe, und habe mich dafür entschieden, die Zivilistin aus der Schusslinie zu ziehen. Du sprichst doch immer davon, große Entscheidungen in prekären Situationen zu treffen, Vater.«

Erstaunt sah ich Sim von der Seite an. Ich hatte nicht erwartet, dass er vor seinen Leuten derart Position für Ninnie und mich beziehen würde und das … löste ein prickelndes Gefühl in meiner Brust aus, das hier absolut nichts verloren hatte.

»Herrgott, Kasimir, ich habe gerade genug, um das ich mir Gedanken machen muss.«

»Überlass das mir. Ich kümmere mich darum, ich … ich bürge für sie.«

Valentins Lippen wurden zu einer schmalen, farblosen Linie. »Ich nehme dich beim Wort.«

Sim verschränkte die Arme vor der Brust und neigte knapp das Kinn. »Gibt es Neuigkeiten im Hinblick auf den zweiten Gegenstand?«

»Bisher nicht. Hugos Tod … ich weiß nicht, wo ich anfangen soll. Wie das passieren konnte.« An seinem Kiefer zuckte ein

Muskel, dann räusperte er sich vernehmlich. Mehr durfte er sich als Anführer offensichtlich nicht erlauben. »Wir müssen herausfinden, um welchen Gegenstand es sich bei dem Rätsel handelt. So schnell wie möglich.«

»Das könnten wir übernehmen«, wagte ich mich vor und zwang mich, meine verspannte Haltung aufzugeben. »Es sei denn, Sie brauchen uns an anderer Stelle.«

Valentin fuhr sich über den Nacken und schüttelte den Kopf. »Nein. Kümmert euch darum. Der Mord an Hugo ändert nichts an der drohenden Katastrophe in Bezug auf die Mondia und dass ihre Öffnung oberste Priorität hat. Ich gebe euch Bescheid, sobald es Updates gibt. Bis dahin bleiben wir im Untergrund, niemand verlässt die Tunnel. Das ist ein Befehl und ich hoffe, dass sich zur Abwechslung einmal jeder daran hält.«

In diesem Moment hätte ich Valentin am liebsten all die Fragen gestellt, die mir auf der Zunge brannten.

Was genau war mit Hugo geschehen?

Warum hatten die Novas einen Weltenschreiber mitten in Paris getötet?

Wie sollten wir den Rätselwürfel unter diesen Umständen knacken?

Doch ich spürte Ninnies wachsende Anspannung, Kasimirs drängenden Blick und wusste, dass jetzt nicht der richtige Zeitpunkt war.

»Danke«, sagte ich leise an Sim gewandt, nachdem wir uns von Valentin verabschiedet hatten und nun eines der Besprechungszimmer nahe des Hauptsaals ansteuerten.

Kurz zögerte er, dann atmete er gepresst aus. »Ich hoffe, die Geschichte wird sich nicht wiederholen.«

»Ninnie ist nicht Edeline.«

»Und *Ninnie* läuft nur etwa dreißig Zentimeter hinter euch

und hört jedes Wort«, meinte meine beste Freundin und klang schon wieder ein bisschen mehr wie sie selbst, auch wenn ich ihre Furcht heraushörte. Ich konnte mir nur zu gut vorstellen, wie sie sich fühlen musste, schließlich war es bei mir ebenfalls noch nicht lange her, dass man mich kopfüber in diese Welt geschubst hatte.

Im Gehen drehte ich mich zu ihr um. »Tut mir leid, Ninnie.«

»Ist wirklich jemand getötet worden? Und von was für einem Rätsel habt ihr gesprochen?«

Ich ließ mich zu meiner besten Freundin zurückfallen. »Vielleicht sollten wir von vorne beginnen.«

Es dauerte knapp zwei Stunden, Ninette Beauford all das zu erzählen, was ich über die Weltenschreiber, Novas, Ripari und die Mondia wusste. Die ganze Zeit über hatte Ninnie kein einziges Wort gesagt, sich kaum gerührt, während ihre Miene nichts über ihre Gedanken preisgegeben hatte. Und auch wenn mich ihre Starre verunsichert hatte, war ich ihr dankbar gewesen, dass sie mich nicht unterbrochen und mir die Zeit gegeben hatte, die richtigen Worte zu finden. Kasimir war ähnlich schweigsam gewesen, seine Miene hinter massiven Türen verschlossen und ich wusste, dass es ihm nicht gefiel, einer Uneingeweihten eines der größten Geheimnisse der Menschheit zu offenbaren – ohne dass sie den bindenden Schwur geleistet hatte. Trotzdem war er mir an einigen Stellen zu Hilfe gekommen, wenn mir passende Erklärungen gefehlt hatten.

»Unser momentaner Stand ist, dass wir nicht wissen, was genau die Novas vorhaben. Zella hat mir gegenüber zugegeben, dass geplant gewesen ist, mich als Geisel zu Charles Ramsay zu bringen, aber das passt nicht zu unseren Vermutungen, dass sie uns in Edinburgh nur aufgelauert haben oder der Tatsache, dass Hugo durch ihre Hand gestorben ist. Ludwig hat am Telefon gesagt, dass sie Hugo in der Nähe von *Sacré-Cœur* abgefangen und mit einem Messer angegriffen haben, er konnte sich noch in den ersten Abschnitt eines Tunnelzugangs flüchten und der Zentrale einen kurzen Bericht erstatten, bevor er verblutet ist.«

Ich schluckte hart gegen die Enge in meiner Kehle. »Das ist grausam. Sie haben ihn zum Sterben auf der Straße liegen gelassen?«

»Vielleicht war etwas anderes für Hugo geplant gewesen, zu dem die Novas nach seiner Flucht nicht mehr gekommen sind.« Sim stand auf und fuhr sich aufgebracht durch die Haare. »Aber ich weiß es nicht mit Sicherheit, ich weiß nur, dass wir erst Antworten auf die Motive der Novas erhalten, wenn wir die Mondia öffnen und dafür …«

»Müsst ihr das zweite Rätsel lösen – sofern ich das richtig verstanden habe«, meldete sich Ninnie zum ersten Mal zu Wort, seit wir den Besprechungsraum betreten hatten.

»Richtig. – Was denkst du über all das?«

Meine beste Freundin zuckte mit den Schultern, als hätten wir in den letzten Stunden nur Small Talk über das Wetter abgehalten. »Es ist, wie dein Dieb gesagt hat, man darf das alles nicht auf Basis von Logik betrachten und dann ergibt es Sinn.«

Mein Mund öffnete sich, ohne dass ein einziger Laut herauskam. Dabei sollte es mich nicht wundern, dass Ninnie so reagierte. Sie hatte schon immer eine Schwäche für Verschwörungstheorien und Übernatürliches gehabt. Keine Ahnung, wie oft ich mir hatte anhören müssen, dass Vampire wirklich existierten oder dass es in manchen Teilen von Paris spukte. Von den Gerüchten und Mythen, die sich um die Katakomben rankten, ganz zu schweigen.

»Und es passt zu dir. Dass mit dem Reparieren, dass du nie etwas über deine leibliche Familie herausgefunden hast und dein Gefühl, nirgendwo richtig dazuzugehören. Alles Indizien dafür, dass du Teil dieser zweiten Welt bist.«

Kasimir hüstelte vernehmlich und drehte sich rasch um, um das Zucken seiner Lippen zu verbergen.

Ich hatte es trotzdem gesehen und warf seinem Rücken nun einen tödlichen Blick zu.

»Nur über das mit dem Schwur müssen wir noch sprechen. Ich will nicht, dass mein Gehirn geröstet wird, nur weil ich aus Versehen das Wort *Bibliothek* in den Mund nehme. Oder meine, etwas sei sehr *mondän*.«

»Das wird nicht passieren, Ninette«, gab Sim trocken zurück.

Ich massierte mir die Nasenwurzel und stellte dann die Ellenbogen auf den Tisch. »Es tut mir leid, dass ich dir nicht schon früher davon erzählt habe.«

»Ich kann nicht glauben, dass ich das sage, aber ich verstehe es. Es ist nicht nur dein Geheimnis, Remy, sondern auch das von ihnen.« Ninnie sah zu Sim, der sich auf die Lehne des Holzstuhls stützte und mit gerunzelter Stirn das Chaos auf dem Tisch musterte. »Es war nicht allein an dir, darüber zu entscheiden.«

Einer meiner Mundwinkel hob sich. »Wer bist du und was hast du mit meiner besten Freundin gemacht?«

»Das bleibt dann wohl mein Geheimnis.« Kurz spiegelte sich auf ihren Zügen mein halbes Lächeln, dann kehrten die Schatten zurück. »Wie genau soll euch die Bibliothek dabei helfen, diese Novas aufzuhalten?«

»Beides hängt indirekt miteinander zusammen. Die Öffnung der Bibliothek hat oberste Priorität und solange können wir uns nicht auf die Novas konzentrieren. Außerdem gibt es nirgendwo eine größere Ansammlung von Wissen auf dieser Welt, ich bin sicher, dass wir in der Mondia Aufzeichnungen finden können, die uns weiterbringen.«

Ninette fuhr sich angespannt durch ihre Haare. »Was genau ist das für ein Rätsel?«

Kurz blickte Kasimir zu mir, dann reichte er Ninette den Würfel, der in der Tischmitte gelegen hatte.

»*Erst der Druck macht Gedanken für das Auge sichtbar. Begibst du dich einmal zum Ursprung des gedruckten Buchs, zum Ursprung unserer Lettern, steht dir der Weg in jede von Menschen geschaffene Welt offen*«, murmelte sie und fuhr mit den Fingern über die geschwungenen dunklen Buchstaben. »Wir sprechen von Gutenberg und Mainz richtig?«

»Richtig.« Ich rutschte näher an sie heran. »Uns fehlt der konkrete Gegenstand. Das Gegenstück zur Feder in Edinburgh.«

»Hm-m. *Ursprung der Lettern* … es gibt so einen Reim über das E: *Ich bin der Beginn der Ewigkeit, komme vor in Vers und Reim, ich bin das Ende vom Ende, stehe doppelt in geheim* … die Lösung ist das E. Vielleicht meint der *Ursprung der Lettern* das L. Mal so ins Blaue geraten.«

Aus irgendeinem Grund begann mein Herz schneller zu schlagen. Ich erinnerte mich an dieses Kinderrätsel, das uns ihr Vater aufgegeben hatte, als wir noch in der Grundschule gewesen waren. »Ninnie, das … das könnte passen. Was meinst du, Sim?«

Er nickte langsam. »In die Richtung haben wir bisher nicht gedacht. Dabei ist es durchaus möglich, dass sich der Würfel auf die einzelnen Buchstaben bezieht – aus dem Setzkasten einer Druckerpresse beispielsweise, wenn wir wieder zum Buchdruck zurückkehren.«

Ich ließ mir seine Worte durch den Kopf gehen. »Oder wir sprechen vom A.«

»A?« Fragend kräuselte Ninette die Stirn.

»Der Ursprung der Lettern«, erklärte ich, »der Anfang des Alphabets. Das A.«

Genau diesen Moment suchte sich Ludwig aus, um ohne Vorwarnung in den Raum zu platzen. Seine Wangen waren gerötet und selbst für seine Verhältnisse wirkte er aufgekratzt.

Sim stieß sich vom Stuhl ab und fasste seinen jüngeren Bruder ins Auge. »Bitte sag mir, dass es keinen weiteren Zwischenfall gegeben hat.«

Ludwig biss die Zähne aufeinander. »Es geht nicht um die Novas, sondern die weiteren Auswirkungen der verschlossenen Mondia auf die Welt.« Sein Adamsapfel sprang hoch. »In Island sind auf einen Schlag vier Vulkane ausgebrochen, wir konnten Lücken in mehreren Wissensbereichen feststellen und … es gab drei Meldungen zu versiegten Trinkwasserquellen in Südamerika, an denen Millionen von Menschenleben hängen – um nur die Spitze des Eisbergs zu nennen.«

»*Fichu*. Wir haben zu lange mit dem Rätsel gebraucht, verdammt«, fuhr Sim auf und griff nach dem Würfel. »Das muss aufhören. Keine Abstecher mehr nach Paris. Wir nehmen diesen beschissenen Würfel mit und bringen es zu Ende, bevor noch mehr Menschen zu Schaden kommen.«

»Vater wird nicht begeistert davon sein, dass die Anleitung unsere heiligen Hallen verlässt.«

»Er wird dieses Risiko eingehen müssen«, hielt Kasimir heftig dagegen. »Oder das Blut unzähliger Menschenleben wird an seinen Händen kleben. An unseren.«

Ludwig murmelte etwas Unverständliches, neigte jedoch zustimmend das Kinn. Auf seinen Zügen stand dieselbe Sorge, die auch in meinem Magen rumorte. All diese Menschen … und das nur wegen einer Bibliothek, die uns Mysterien aufgab.

»Wir brechen sofort auf«, erklärte Sim und ließ dabei keinen Raum für Widersprüche. »Ohne Umwege, und wenn es sein muss, werden wir jedes verfluchte A und L aus dem Gutenberg-Museum stehlen. Wir können nicht noch mehr Menschen sterben lassen.«

Bei seiner lauten Stimme zuckte ich unwillkürlich zusammen, auch wenn er recht hatte. Uns blieb keine Zeit mehr. Ich presste grimmig die Lippen aufeinander und sah zu Ludwig, der mit einem Mal nervös auf seiner Unterlippe kaute. »Lu?«

»Da ist noch etwas.« Ludwigs Augen wurden stumpf, dann blickte er seinen Bruder direkt ins Gesicht. »Sim, es … es geht um Dot.«

Die Knöchel an Kasimirs Hand traten weiß hervor. »Was ist mit ihm? Was ist mit Dot?«

»Er existiert nicht länger.«

Kapitel 26

Mainz, Deutschland

Sim

Schwere Regentropfen schlugen gegen die Taxischeiben, während wir durch die Mainzer Altstadt fuhren. Das Wetter passte so lächerlich gut zu meiner Stimmung, dass es mir beinahe so vorkam, als hätte jemand die grauen Wolken einzig aus diesem Grund da oben platziert. Um die ganze verfluchte Szene zu vervollständigen. Die Lichter der Autos, die uns entgegenkamen, wurden zu verschwommenen Lichtflecken im Regen, die Stadt zu dunklen Schlieren, von denen ich kaum etwas mitbekam. Vor einiger Zeit war ich schon einmal mit Ludwig in Mainz gewesen, um eine fehlende Erstausgabe zu besorgen und in die Mondia zu bringen. Damals hatte ich die alten Gebäude bewundert, die Architektur mit ihren Fachwerkhäusern und kleinen Gassen, doch heute sah ich nichts. Ich war schlichtweg blind für die Außenwelt, weil mein Inneres zu laut war. Immer wieder hörte ich Lus Worte. Sie hallten in mir wider und machten alles andere zunichte, ohne dass ich sie wirklich begriff.

Er existiert nicht länger.

Die Mondia hatte Dot aus unserer Welt gelöscht, weil sie

nicht länger die Präsenz besaß, um Manifestationen ihres Wissens aufrechtzuerhalten – das *begriff* ich. Aber nicht, dass es Dot nicht länger in meinem Leben gab. Seit ich vier Jahre alt war, war dieser manchmal sehr nervtötende Polarfuchs an meiner Seite gewesen, er hatte alles leichter gemacht, mir das Gefühl gegeben, einen Platz in den Reihen der Weltenschreiber zu haben, obwohl es mir oft nicht so vorkam. Er hatte mir geholfen, bei der Entdeckung meiner abgedrehten Gabe nicht den Verstand zu verlieren, mich in jeder Lebenslage unterstützt, und diesen ganzen Wahnsinn jetzt ohne ihn durchziehen zu müssen, ohne ihn weitermachen zu müssen … war einfach nicht richtig. Ich biss die Zähne aufeinander und umfasste den Würfel fester. Seine Kanten schnitten in meine Handflächen und der Schmerz brachte mich zurück auf die Rückbank des Taxis, während ich gleichzeitig immer tiefer fiel.

Zu viel.

Das war zu viel in zu kurzer Zeit und ich hatte keinen blassen Schimmer, wie wir das aufhalten sollten. Ein Weltenschreiber, der das Gefühl hatte, nicht dazuzugehören, und eine Ripari, die kaum einen Bruchteil ihrer Bestimmung kannte. Wie zum Teufel sollten ausgerechnet wir irgendetwas ausrichten? Wir wussten nichts über die Motive der Novas, jagten nur Rätseln nach, ohne jemals das große Ganze gesehen zu haben und …

Warme Finger legten sich auf meine verkrampfte Hand und durchbrachen den Sturm an Gedanken innerhalb eines Sekundenbruchteils. Ruckartig blickte ich auf und begegnete Remys grünen Augen, die in diesem Augenblick ungewöhnlich ruhig wirkten. Kein Vergleich zu der aufgewühlten See, die darin getobt hatte, als wir meinem Vater vorhin unseren Entschluss mitgeteilt hatten.

»Es tut mir leid«, flüsterte sie und hörte dabei nicht auf, mit ihrem Daumen Kreise auf meinen Handrücken zu zeichnen. »Dot, Hugo … ich wünschte, wir hätten das verhindern können.«

Ich schluckte und senkte dann den Blick auf ihren kreisenden Finger. »*Non, c'est pas vrai.* Ich muss mich bei dir entschuldigen, Remy.« Auch, wenn ich sie nicht ansah, konnte ich spüren, wie sich ihre Brauen fragend hoben. »Ich hätte dich im Flugzeug nicht so anfahren dürfen. Für dich ist das alles genauso beschissen wie für mich.«

»Wenn man es genau nimmt, dann bist du mich eigentlich nicht angegangen, sondern hast das genaue Gegenteil gemacht und mich angeschwiegen.«

Nun schaute ich doch wieder auf. »Das läuft aufs Gleiche hinaus. Ich kann mir vorstellen, dass *Papas* Worte hart für dich waren, genauso wie deine Freundin in Paris zurückzulassen. Der Druck, die Erwartungen, das ist selbst für mich zu viel.«

Ihre Miene verfinsterte sich ein wenig, als würde sie mit den Schatten des im Dunklen liegenden Taxis verschwimmen. »Dein Vater hat nur seine Meinung gesagt und damit auch recht. Es ist riskant, den Würfel mitzunehmen und es ist riskant, die Gegenstände nicht direkt in Sicherheit zu bringen. Aber genauso haben wir recht mit unseren Bedenken. Uns läuft die Zeit davon und jede Sekunde, die verstreicht, kostet Menschenleben. Wir alle haben auf unsere Art recht, aber es musste eine Entscheidung getroffen werden und ich glaube«, Remy unterbrach sich kurz und atmete leise aus, »ich glaube, wir haben die richtige Option gewählt.«

Schweigend musterte ich Aramena und versuchte sie mit der jungen Frau in Einklang zu bringen, der ich vor nicht mehr als einer Woche begegnet war. Es gelang mir nicht und aus irgendeinem Grund setzte sich diese Erkenntnis wie ein schwerer Stein in meinem Magen fest. Meine Welt hatte sie innerhalb kürzester Zeit verändert, ihr die Unbeschwertheit genommen, und ein Teil von mir fühlte sich schuldig deswegen. Fühlte sich schuldig, weil Remy nun immer misstrauisch über ihre Schulter blickte, immerzu nachzudenken schien und die Realität nicht länger wie alle anderen betrachten konnte, sondern sie nun als die sah, die sie wirklich war. Eine verdammt schwere Bürde.

Ich schluckte und schüttelte dann den Kopf. »Es tut mir trotzdem leid.«

»Entschuldigung angenommen, Sim. Auch wenn sie nicht nötig gewesen ist – nur fürs Protokoll.«

»Ist notiert.« Wieder blickte ich auf ihren Daumen, der noch immer diese kleinen kreisenden Bewegungen vollführte, die sich meinem schnellen Puls anpassten, und nun abrupt abbrachen, als Remy ihre Hand zurückzog.

Kurz wurde es still, bis auf das Rauschen des Verkehrs und das leise Gespräch, das der Taxifahrer auf Türkisch mit seiner Frau führte, dann fragte Remy leise: »Kanntest du Hugo gut?«

»So gut wie alle anderen im Untergrund. Wir verbringen fast unser ganzes Leben miteinander, teilen dieselben Geheimnisse und dank der … Novas sind nicht mehr viele von uns übrig. Jemanden aus dem Clan zu verlieren, ist, wie einen Teil seiner selbst einzubüßen, ein weiteres Stück, das unangekündigt wegbricht und ein klaffendes Loch hinterlässt, das nicht gestopft werden kann. Besonders, weil Hugo einer der engsten Berater meines Onkels gewesen ist.« Die Worte kamen mir seltsam tonlos über die Lippen. Vielleicht weil in den vergangenen Monaten einfach schon zu viele getötet worden waren und diese Leere, die Gewissheit, dass es nicht aufhörte, zu einem traurigen Begleiter geworden war.

»Ich hoffe, dass wir Antworten auf ihre Motive finden – ob

nun in der Bibliothek, wenn wir sie geöffnet haben, oder an anderer Stelle – und das irgendwie beenden können.«

Das hoffte ich auch.

Knappe fünf Minuten später hielt der Taxifahrer, der sein Telefonat mittlerweile beendet hatte, vor dem rötlichen Gebäude, das zusammen mit einem modernen Bau aus Glas und Metall das Gutenberg-Museum bildete. Das dunkle Kopfsteinpflaster glänzte vom Regen, vereinzelt lagen Ahornblätter auf dem Boden und zwischen den Baumkronen ragte der Mainzer Dom in den grauen Himmel.

»Das macht elf Euro sechzig.«

Ich bezahlte, während Remy bereits ausstieg, und folgte ihr dann. Auf dem Platz war nicht besonders viel los, zwei weiße Lieferwagen parkten vor dem Museum und auf einer Bank schlief ein Obdachloser. Keine Spur der Novas, keine Zella und trotzdem ließ das Brennen zwischen meinen Schulterblättern nicht nach. Remy, die nervös den großen Rucksack – das einzige Gepäckstück, das wir dieses Mal mitgenommen hatten – an ihre Brust presste, schien es nicht anders zu gehen.

»Sie stellen aktuell nur eine Rekonstruktion der ersten Druckerpresse aus«, meinte ich leise und trat an ihre Seite. »Das Original, mit dem die Gutenbergbibel gedruckt worden ist, befindet sich im Keller und wird derzeit von mehreren Spezialisten aus sechs Ländern restauriert.«

Remy sah mich von der Seite an. »Ist das gut oder schlecht für unser Vorhaben?«

Entgegen der Anspannung in meiner Brust zupfte ein kleines Lächeln an meinen Mundwinkeln. »Das müssen wir erst noch herausfinden.«

»Wie beruhigend.«

»Wir haben schon Rom und Edinburgh geschafft, dann bekommen wir auch Mainz geregelt.«

»Du meinst, weil wir langsam Übung darin haben in dieser Konstellation«, sie zeigte erst auf mich und dann auf sich, »einen Raub zu verüben?«

Ich nahm ihr den Rucksack ab und hängte ihn mir locker über eine Schulter. »Es ist kein echter Diebstahl, wenn es so aussieht, als hätte man nichts entwendet.«

Ein kleines Funkeln trat in ihre Augen und vertrieb für einen Moment die Furcht. »Du hast auch auf alles eine schlaue Antwort, oder?«

»Es muss ja einen Vorteil haben, sich jedes jemals gelesene Wort merken zu können.« Ich stupste sie leicht an und deutete dann auf den Haupteingang. »Ludwig hat mir die genauen Grundrisse und Lagepläne möglicher Fluchtrouten geschickt. Außerdem koordiniert er die Abschaltung der Kameras und hält uns den Rücken frei.«

»Allein das Wort *Fluchtrouten* verursacht mir eine Gänsehaut.«

»Hey.« Langsam trat ich vor sie und suchte ihren Blick. »Das ist nur eine Absicherung, wir werden nicht fliehen müssen. Nicht dieses Mal.«

Ihre Lippen kräuselten sich, dann seufzte sie leise. »Und ich habe meinen Eltern geschrieben, ich würde heute eine Tea-Tour auf der Themse machen.«

»Ist doch fast das Gleiche.«

Schnaubend schüttelte sie den Kopf, dann liefen wir in Richtung Haupteingang. Kaum dass wir an zwei uniformierten Mitarbeitenden vorbei das Museum betreten hatten, kehrte die Anspannung zurück. Ich spürte sie förmlich in Wellen von Remy abstrahlen und konnte nicht verhindern, dass sie sich auf mich übertrug. Keine Frage, ganz gleich, wie oft ich schon in Museen und Häusern eingebrochen war, um Erstausgaben für die Weltenschreiber zu stehlen, der rasende Herzschlag blieb. Das Zucken der Nerven, die Gedanken, die viel zu schnell durch den Kopf schossen und einem das Gefühl gaben, jeden Moment durchzudrehen. Daran änderte keine Übung der Welt etwas.

Und dennoch gab ich mir alle Mühe, ruhig zu wirken. Für Remy, für diese Mission und für den Kerl der Security, der uns meiner Meinung nach zu genau musterte.

Unwillkürlich griff ich kurz nach Aramenas Hand und war nicht überrascht, ihren Puls genauso heftig unter ihrer Haut spüren zu können. Merkwürdigerweise beruhigte mich das. »Da vorne gibt es die Tickets, sobald wir die haben, stürzen wir uns direkt in die Ausstellung.«

Remy nickte. »Klingt plausibel.«

Klang eher, als würden wir ein schlechtes Skript aufsagen, aber gut. Ich besorgte uns zwei Eintrittskarten, die alle für Touristen zugänglichen Bereiche einschloss, und schrieb dann meinem Bruder, während Remy an der Garderobe das Gepäck abgab.

Sim: Sind drin. Kann losgehen.

Lu: 5 sur 5 – alles klar – ich mache euch unsichtbar.

Sim: Danke. Was Neues von den Novas?

Lu: Bisher nicht. Weder in Paris noch sonst wo. Anscheinend haben sich die Ratten verkrochen.

Wenig erleichternd, aber zumindest bedeutete das vorerst keine weiteren Zwischenfälle. Hoffentlich.

Sim: Okay. Halt mich auf dem Laufenden.

Lu: Bonne chance. Viel Glück. Und Grüße von Ninette, die neben mir hockt und alles besser weiß.

Dieu. Das Handy noch in den Händen blickte ich auf, als Remy wieder zu mir trat. »Der Rucksack ist abgegeben. Bis auf … na ja, das hier.«

Ich nahm ihr den *Duplicator* ab und steckte ihn zum Würfel in die Hosentasche. »*Merci*. Bist du bereit?«

»Ich denke nicht, dass man dafür bereit sein kann.«

Angespannt zwinkerte ich ihr zu. »Das muss als Antwort genügen.«

Augenrollend verschränkte Remy die Arme vor der Brust, ehe wir der Beschilderung zum Startpunkt des Rundgangs folgten. Um diese Zeit, eine knappe Dreiviertelstunde vor Schließung, war wenig los, was uns in die Karten spielte. In den ersten Räumen begegneten uns kaum drei Besucher und die Mitarbeitenden waren bereits damit beschäftigt, aufzuräumen und die Spuren der Gäste zu beseitigen. Remy ging dicht neben mir und sah sich im Vorbeigehen einzelne Ausstellungsstücke und Bilder zur Geschichte des Buchdrucks an, während ich gedanklich der Route in meinem Kopf folgte. Zwei weitere Zimmer, die den Anfängen der Druckkunst gewidmet waren, dann ein Gang, in dem eine breite Tür zu einem Flur führte, in dem sich neben Toiletten auch einer der Zugänge zum verwinkelten Untergeschoss des Museums befand.

»Da vorne ist es«, ließ ich Remy leise wissen und beugte mich etwas näher zu ihr, sodass mir ihr Geruch in die Nase stieg. Die süße Note ihres Shampoos, gemischt mit Sommer und frischen

Blumen. Schwer zu sagen, warum mir das genau jetzt auffiel, aber es reichte aus, um die Welt für einen Moment auf stumm zu stellen. Einen Moment, der ausreichte, um Remys Antwort zu verpassen.

»Bitte?« Rasch richtete ich mich wieder auf und strich dabei über den Würfel in meiner Hosentasche.

Irritiert hob sie eine Braue. »Ich habe gefragt, ob das der beste Zugang ist.«

Mince, alors, konzentrier dich, Sim. »Ja, laut Plan ja.«

Sie sah mich noch einen Herzschlag länger an, dann stieß sie die Tür zum Toilettengang auf. So viel zum Thema Fokus. Kopfschüttelnd folgte ich ihr.

Der breite Flur war bis auf die fünf Kameras, die knapp unterhalb der Decke angebracht waren, leer. Entschlossen steuerte ich die Kellertür an und drehte mich dann zu Remy um. »Meinst du, du bekommst die auf?«

»Mit meinen unheimlichen, aber praktischen Schlossknackerfähigkeiten?« Ihr Blick zuckte von den Kameras zurück zu mir. »Ihr Summen ist jedenfalls laut genug, aber … uns beobachtet sicher niemand?«

»Unsere Leute haben sich drum gekümmert, Remy.« Das zumindest war eine Sache, der ich mir absolut sicher war.

Aramena nickte zögerlich und wischte sich dann die Handflächen an ihrer dünnen, hellen Hose ab, wobei sich die Furchen auf ihrer Stirn vertieften. Nur einen Augenblick später legte sie die Hände auf das Metall. »Sie klingt … anders als die Schlösser in Edinburgh.«

Ich lehnte mich neben der Tür gegen die Wand, um ihr ein wenig Raum zu lassen und gleichzeitig den Zugang zum Flur im Auge zu behalten. »Vielleicht, weil sie elektrisch gesichert ist.« Mit dem Kinn deutete ich auf das Pad, das vermutlich für eine

Schlüsselkarte gedacht war, doch Remy bekam meine Worte gar nicht richtig mit. Mit gesenkten Lidern stand sie da, die Finger auf der glänzenden Oberfläche und schien … zu lauschen. In dieser Sekunde wünschte ich mir, in ihren Kopf schauen zu können, ihre Gedanken sehen zu können, wie ich geschriebene Worte sah, um zu verstehen, was in ihr vorging. In meinem Leben hatte ich schon unzählige Geheimnisse gelüftet, mehr Wissen gesammelt und Bücher verschlungen, als die meisten Menschen jemals lesen werden, und dennoch blieben manche Rätsel auch für mich unlösbar.

Und Remy, ihre Gabe, war eines davon.

Ein leises Klicken riss mich aus meinen Überlegungen, dann begegnete ich einem überraschend schiefen Grinsen.

»Ich glaube, ich habe es geschafft.«

Einen Moment länger als nötig blieb ich an ihren geröteten Wangen hängen, dann sah ich zu der nun offenen Tür und lächelte ebenfalls. »Das hast du.« Kurz drückte ich ihre Schulter, ehe wir über die Schwelle traten und uns kühle Luft entgegenschlug. In unserem Rücken fiel die Tür mit einem gedämpften Laut zurück ins Schloss und ließ uns in vollkommender Dunkelheit zurück. Dank meiner Fähigkeiten gewöhnten sich meine Augen sofort an die Finsternis und gaben die Treppe vor uns preis, die nach unten führte.

»Sim?«

»Ein paar Meter weiter ist ein Bewegungsmelder, der sollte uns gleich erfassen«, gab ich genauso leise zurück und nahm ihre Hand, die Remy instinktiv ausgestreckt hatte. »Bleib einfach dicht bei mir, wir stehen direkt vor einer langen Treppe.«

Ihr Griff wurde fester und ich konnte sie nicken sehen, dann setzte ich mich vorsichtig mit Remy in Bewegung. Keine drei Stufen später sprang das Licht ohne Vorwarnung um uns herum an.

Fluchend blinzelte ich ein paarmal und drehte mich zu Aramena um, die eine Stufe über mir stand und eine Hand gegen die plötzliche Helligkeit erhoben hatte.

»Alles klar?«

»Ja. Bis auf die Lichtpunkte, sie sich in meine Netzhaut gebrannt haben«, murmelte sie und ließ den Arm sinken. »Hoffentlich hat das niemand mitbekommen.«

»Wir sollten nicht warten, um es herauszufinden.«

Eilig folgten wir den vielen Stufen ins Untergeschoss und horchten auf andere Schritte oder Stimmen, doch es blieb still. Bis wir das Ende der Treppe erreichten und gedämpfte Worte zu uns drangen, die jedoch zu weit weg waren, um sie verstehen zu können. Stumm legte ich einen Finger an meine Lippen und bedeutete Remy, keinen Ton von sich zu geben. Dann ging ich lautlos weiter. Das Untergeschoss des Museums stand der Verzweigung unseres Untergrunds in Paris in nichts nach, sodass es gar nicht so leicht war, die genaue Richtung auszumachen, aus der die Stimmen kamen. Konzentriert kniff ich die Augen zusammen und versuchte, das Donnern meines Herzens auszublenden, als mich Remy am Arm berührte.

»Sim, ich glaube da kommt –«

Harsche deutsche Worte gaben ihr keine Gelegenheit, ihren Satz zu Ende zu bringen. *»Was habt ihr hier zu suchen?«*

Reflexartig zog ich Remy hinter mich und wirbelte zu dem jungen Wachmann herum, der uns mit strengem Blick fixierte. *Merde*, wie hatte ich ihn nicht rechtzeitig bemerken können?

»Ihr werdet mich jetzt sofort nach oben begleiten und dann werden wir das mit der Polizei klären, die –«

Ohne erst auf das Ende seiner Aussage zu warten, umfasste ich Remys Unterarm und flüchtete mit ihr in das Labyrinth des Untergeschosses. Hinter uns hörte ich den Wachmann fluchen, dann seine schweren Schritte, die uns nachkamen. Und unerwartet schnell aufholten.

»Wo willst du hin?«, stieß Remy hervor und warf mir einen hastigen Blick zu, als ich sie um eine Ecke zog und an der Abzweigung gezielt den dritten Flur wählte. Um uns herum sprangen die Lampen dank der Bewegungsmelder an und tauchten das Kellersystem in grelles, kaltes Licht, das in den Augen stach.

»Zum Restaurationsraum – über Umwege.«

Das Rauschen eines Funkgeräts erklang, vermutlich rief der Security in diesem Moment Verstärkung, was die ganze Sache komplizierter gestaltete. Kurzerhand wählte ich eine andere Route, die uns schneller ans Ziel bringen würde. Ganz sicher würde ich nicht zulassen, dass uns die Polizei in Mainz in die Hände bekam und uns damit den Novas auf dem Silbertablett servierten.

Entschieden beschleunigte ich und hielt Remys Hand fester, die sich regelmäßig nach unserem Verfolger umdrehte.

»Er fällt zurück. Ich sehe ihn nicht mehr.«

Ich nickte grimmig und öffnete die Tür vor uns, die glücklicherweise nicht verschlossen war. »Für den Moment.«

»Dein Optimismus ist wirklich liebenswert.«

Ein fragwürdiges Grinsen schob sich auf meine Lippen, dann fokussierte ich mich wieder auf unsere Umgebung. »Hinter dem Durchgang dort liegt die Museumswerkstatt. Dort sollte die Druckerpresse samt originalem Setzkasten stehen. Wir nehmen das A und das L und verschwinden.«

»Ich hatte nicht vor, Wurzeln zu schlagen, Kasimir.«

Jetzt, wo uns der Wachmann nicht länger direkt im Nacken saß, bremste ich uns ein wenig aus und lauschte, ob sich jemand im Restaurationsraum befand. Doch welche Stimmen auch immer ich zuvor gehört hatte, sie waren verstummt. Und ohne sagen zu können, warum, machte mich das nervöser, als es das stetige Murmeln der arbeitenden Spezialisten getan hätte.

»Was ist?«, wisperte Remy, als ich an der angelehnten Tür zur Werkstatt stehen blieb. »Hörst du was?«

»Nein.«

»Worauf warten wir dann noch?«

Angespannt stieß ich den Atem aus und schluckte das Gefühl von Enge herunter. »Auf gar nichts.« Ich löste mich von Remy, drückte die Tür weiter auf … und konnte im nächsten Moment nur mit Mühe einen scharfen Fluch zurückhalten.

»Sim, warum bleibst du –«

»Nicht.« Ruckartig packte ich Aramena an der Taille, als sie sich an mir vorbeidrängte, und wollte sie von dem Raum wegziehen, doch Remy war schneller. Und hatte das grausame Bild, das sich uns bot, innerhalb eines Sekundenbruchteils erfasst.

»Oh mein Gott.« Mit geweiteten Augen schlug sie sich eine Hand vor den Mund und stolperte rückwärts gegen mich. Reflexartig legte ich meine Hände an ihre Schultern und hielt sie, während ich selbst unfähig war, den Blick von dem Massaker zu lösen. Von den sieben Frauen und Männern, die am Boden lagen, ihre Kittel blutverschmiert, ihre starren Mienen leer. Und in ihrer Mitte ragte unheilvoll die Druckerpresse auf, ein Ungetüm aus dunklem Holz, an dessen oberster Strebe ein Zettel befestigt worden war.

Das sollte es leichter für euch machen.

Mein Griff um Remy wurde fester, als sich die Worte in mein Gedächtnis brannten.

Novas. Das war das Werk der Novas. Ich erkannte ihre brutale Art zu töten und ich erkannte die Handschrift. Zella war hier gewesen und der Tatsache nach zu urteilen, dass das frische Blut noch aus den tiefen Schnittwunden der Opfer lief, war ihr Besuch nicht lange her. Ein paar Minuten vielleicht.

Und das bedeutete, dass sie noch hier waren.

Kapitel 27

Mainz, Deutschland

Remy

Ich hatte das Gefühl, kaum atmen zu können. Als hätte man sämtlichen Sauerstoff aus dem weitläufigen Raum absorbiert, zusammen mit dem Leben der Menschen, die nun tot vor uns lagen.

Gott.

Die Novas waren hier gewesen. Diese Nachricht, Sims Reaktion, es mussten die Novas gewesen sein. Sie hatten diese Leute umgebracht und wir … Unvermittelt fuhr ich in Kasimirs festem Griff zu ihm herum.

»Sie müssen noch hier sein, Sim.« Panik durchbrach meine innere Starre und vermischte sich mit der Übelkeit, die meinen Magen zerquetschte. »Wir müssen weg. Sofort.«

Sim nickte kaum merklich, sah mich jedoch nicht an. Sein Blick lag unverwandt auf den Opfern, dem Blut, das schwer in der Luft hing, und der Ausdruck auf seinen Zügen war pure, ungezügelte Wut. Dann ließ er mich los und machte ein paar Schritte in die Werkstatt hinein, wobei er sorgsam über das Blut und die Leichen hinwegstieg.

»Sim …«

»Nicht ohne die Lettern.« Seine Worte waren tonlos und verursachten mir einen Schauder.

Wieder sah ich zu den Toten – die Frau, die mir am nächsten war, konnte nicht viel älter sein als ich – und ich hatte das Gefühl, mich jeden Moment übergeben zu müssen.

»Spürst du etwas, Remy? Ein Summen? Irgendetwas, das uns verrät, dass wir richtig sind?«

»Nein, ich …« Hastig riss ich mich von der Toten los und schaute zu Kasimir, der an die Druckerpresse herangetreten war und nun den Zettel abriss. Das Geräusch schien mir viel zu laut für die dröhnende Stille des Todes. Ungehalten ballte er die Hand um das Papier. Finstere Schatten flogen dabei über seine Züge, als wäre er gezwungen, die Morde mit ansehen zu müssen. Wieder und wieder.

Das sollte es leichter für euch machen.

Sie wollten, dass wir weitermachen, das war ihr Plan. Sie hatten gewusst, dass wir herkommen würden, vielleicht sogar, wonach wir suchten …

»Wir müssen die Lettern finden, Remy«, sagte er wieder.

»Das wollen sie doch nur.«

»Vielleicht, vielleicht auch nicht. Wir wissen nichts darüber und wir haben keine Zeit, jetzt nach Antworten zu suchen.«

Kopfschüttelnd schlang ich die Arme um meinen Oberkörper. Ich wusste, dass Sim nichts hiervon kaltließ, ganz im Gegenteil, dass er nur an das Wohl der Menschheit dachte und deswegen weitermachte, weil so viel mehr davon abhing. Doch in diesem Moment hätte ich ihn am liebsten angeschrien und unsere Mission zum Teufel gewünscht.

Das war absoluter Wahnsinn und wir mittendrin.

»*Remy.*« Seine braunen Augen hefteten sich gequält auf mich und gaben mir keine Gelegenheit auszuweichen. »Wir dürfen nicht versagen. Sonst sind diese Menschen umsonst gestorben. Und es werden noch weitaus mehr sein.« Schmerz stand auf seinen Zügen, während er händeringend um seine Beherrschung kämpfte. »Ich weiß, es ist unmöglich, aber du musst dich konzentrieren. Wir brauchen deinen Kontakt zu den Bestandteilen und haben nicht die Zeit, die ganze Werkstatt absuchen.«

Zähneknirschend grub ich die Nägel in meine Haut und schaffte es irgendwie zu nicken. Mein Herz donnerte beinahe schmerzhaft gegen seinen Käfig aus Rippen, jeder Schlag eine Warnung, dass wir nicht hier sein sollten, dass wir die Nächsten sein würden. Doch Kasimirs Blick machte es unmöglich, mich abzuwenden.

Ein Anker, der bebte, aber hielt.

Ich holte zitternd Luft, dann wagte ich mich vorwärts. Ein paar Meter, die mir, umgeben von dem Blut und den Toten, wie Kilometer vorkamen.

»Sieh mich an, Remy. Nur mich.«

»Ich glaube, dafür ist es zu spät«, würgte ich hervor und legte den Kopf leicht in den Nacken, weil wir einander so nahe waren.

Kasimir nickte ernst. »Dann schließ die Augen. Für den Moment. Das Summen ist noch da, die Furcht hat es nur überlagert.«

»Woher willst du das wissen?«

An seinem Kiefer zuckte ein Muskel. »Weil es mir genauso geht. Meine Angst ist gerade so ohrenbetäubend laut, dass ich kaum meine eigenen Worte verstehe.« Sein Flüstern glitt wie ein Lufthauch über meine nackten Arme. »Aber ich versuche nicht hinzuhören, weil ich andernfalls gar nichts mehr höre.«

Schweigend betrachtete ich Sim, der sich unbewusst näher zu mir gebeugt hatte, dann senkte ich die Lider. In der Dunkelheit wurde meine Furcht intensiver, ich konnte sie beinahe auf der Zunge schmecken – bitter und schwer – und ihre Konturen erkennen. Konturen, die ich packen und zurückdrängen konnte. Immer weiter, Zentimeter für Zentimeter, bis ich endlich Luft in meine verkrampfte Lunge bekam.

Und das schwache Summen darunter hörte.

Warme Hände legten sich an meine Oberarme, als ich mir auf die Unterlippe biss und nach diesem leisen Flüstern griff. Es war ein vollkommen anderes als in der Engelsburg, es klang höher als die Feder auf dem Friedhof in Edinburgh, beinahe wie eine neue Sprache, die ich noch nicht kannte. Erst lernen musste.

Dafür haben wir keine Zeit, wir haben verflucht noch mal keine Zeit.

Irgendwo außerhalb des Flüsterns erklang ein dumpfes Knallen, das mich zusammenzucken ließ. Der Druck auf meine Arme wurde fester, eine stumme Mahnung, nicht aufzugeben, weiterzumachen, und daran hielt ich mich fest.

»Komm schon, Remy.«

Ich drängte die heraufziehende Furcht zurück und nickte, innerlich wie äußerlich, dann horchte ich wieder auf das Summen der Lettern, die mich zu sich riefen, weil sie den Würfel erkannten. Weil sie uns erkannten.

Als ich es dieses Mal fand, packte ich es, riss es an mich, bis das Flüstern beinahe ohrenbetäubend wurde. Jeden Winkel meiner Gedanken, jeden Winkel von *mir* einnahm.

Und ich endlich verstand.

Ich erinnerte mich kaum an den Weg aus dem Keller heraus. Die Minuten, nachdem ich die zwei goldenen Lettern aus dem

Setzkasten genommen und Sim Duplikationen davon zurückgelassen hatte, waren eine verschwommene Aneinanderreihung von einzelnen Momentaufnahmen. Die leeren Blicke der Leichen, Blut, das mein Sichtfeld rot färbte, mein rasender Puls und Kasimirs Hand, die mich nicht eine Sekunde losließ. Wir waren denselben Gängen gefolgt wie zuvor, und ein weiteres Mal auf den Wachmann gestoßen. Nur, dass er dieses Mal tot auf dem Boden gelegen hatte. Die gleichen Schnittwunden, der gleiche metallische Geruch, der den Flur geschwängert hatte und die Antwort darauf, warum die Werkstatt nicht von einem Verstärkungstrupp gestürmt worden war.

Die Novas waren ihm zuvorgekommen, sie waren hier.

Sie waren verdammt noch mal hier. In der Stadt. In diesem Gebäude.

»Hey. Remy.«

Erschrocken blickte ich auf und begegnete Sims warmen Iriden. Erst jetzt fiel mir auf, dass wir nicht länger im Museum waren. Oder auf dem Platz davor. Wir standen in einer schmalen Straße, die von Fachwerkhäusern und kleinen verputzten Häuschen in hellen Pastelltönen gesäumt war. Beinahe friedlich. In der Ferne schlugen die Glocken des Doms, ansonsten war es ruhig, keine Autos, keine anderen Menschen. *Zut*, wie lange war ich abwesend gewesen?

Kasimir trat vor mich, noch immer hielt er meine kalten Finger zwischen seinen. »Remy, wir sind raus. Wir haben es geschafft.«

Das hatten wir, tief in mir drin wusste ich das, weil es mir die Lettern verraten hatten, doch nichts von alldem fühlte sich wie ein Sieg an. Ganz im Gegenteil. Menschen waren gestorben, wegen einer Sache, von der sie nicht das Geringste ahnten und dieser Zettel, die Tatsache, dass uns die Novas den Weg bereitet hatten? Unwillkürlich erschauderte ich und schüttelte den Kopf.

»Warum?« Mehr brachte ich nicht hervor, doch ich konnte sehen, dass Sim auch ohne weitere Worte verstand, was ich meinte.

Warum hatten die Novas die Menschen umgebracht und diese Nachricht hinterlassen?

Warum hatten sie überhaupt davon gewusst?

Warum hatten sie uns nicht aufgelauert und überwältigt? Getötet wie die anderen?

Kopfschüttelnd kam Sim näher. »Nicht hier, Remy. Wir müssen an einen sicheren Ort und uns um das nächste Rätsel kümmern.«

Gerade kam es mir so vor, als gäbe es diesen sicheren Ort überhaupt nicht. Schließlich hatte nicht einmal der Untergrund in Paris etwas daran ändern können, dass die Novas von unserer Mission erfahren hatten. Trotzdem nickte ich und zwang meine Beine dazu, einen Fuß vor den anderen zu setzen.

Sim hatte dieses Mal keine Unterkunft vor der Abreise gebucht, es war uns zu riskant vorgekommen, zumal wir nicht wussten, wo sich der dritte Gegenstand befand und unser schneller Aufbruch alles andere als geplant gewesen war. Und auch wenn es mir nicht gefiel, durch die Straßen derselben Stadt zu laufen, in der sich die Novas aufhielten, war ich jetzt froh darüber, dass niemand wusste, wo wir die Nacht verbrachten. Denn all die Fragen hatten mich zu einer Vermutung geführt, bei der sich alles in mir zusammenzog.

Im Gehen schaute ich zu Kasimir, dessen Brauen eine einzige, angespannte Linie bildeten und befeuchtete meine Lippen. »Sim?«

Sofort lag sein konzentrierter Blick auf mir. »Was ist?«

»Ich glaube, wir haben einen Maulwurf.« Ich senkte meine Stimme noch weiter. »In Paris.«

Zu meiner Überraschung nickte er knapp, wobei sich seine

Miene deutlich verfinsterte. »Den Gedanken hatte ich auch schon und es macht die ganze Sache verflucht kompliziert.«

»Hast du eine Idee, wer es sein könnte?«

Kasimir fuhr sich durch die Haare und scannte dabei einmal aufmerksam unsere Umgebung. »Ich kenne diese Menschen, seit ich denken kann, Remy. Jeder von ihnen hat Verluste durch diese Fanatiker erlitten, jeder hat einen Grund, sie zu hassen.«

Ich biss mir von innen auf die Wangen. »Hass kann viele Masken tragen.«

»Und blind für das Offensichtliche machen.« Im nächsten Moment blieb Sim unvermittelt stehen und deutete auf eine schmale Tür. »Hier ist es.«

»Hier ist was?«

»Unser Safehouse. Vorerst.«

Stirnrunzelnd verfolgte ich, wie Kasimir zu der Tür trat, kurz über seine Schulter blickte und dann eine Hand auf das dunkle Holz legte. Ähnlich wie in den Tunneln unterhalb von Paris begannen seine Haut und das Holz sanft golden zu schimmern, als würden darunter unzählige Glühwürmchen zum Leben erwachen. Gebannt starrte ich auf dieses Leuchten und vergaß einen Augenblick lang, warum wir überhaupt ein *Safehouse* brauchten. Bis das Klicken eines Riegels erklang und die Tür ohne Vorwarnung von selbst aufschwang.

»Wie … du hast doch gesagt, diese Fähigkeit zeigt sich nur in Paris?«

Statt mir direkt zu antworten, führte mich Kasimir ins Innere des Hauses und schloss die Tür sorgfältig hinter uns, ehe er erklärte: »Das ist etwas anderes. Meine Leute haben einen Baustein der Mondia in das Mauerwerk eingelassen und es somit zu einem sicheren Zufluchtsort gemacht. Niemand ohne Signo kann es öffnen.«

»Nicht einmal die Novas?«

»Sie mögen eine Plage sein, aber sie sind gewöhnliche Menschen.«

»Anders als du?« Zweifelnd sah ich ihn an, als er das Licht einschaltete und den Rucksack absetzte.

»Und du. Vergiss das nicht, Remy.« Noch einen Herzschlag länger sah er mich an, dann bedeutete er mir, den ersten Raum zu betreten. Bis auf einen runden Tisch mit vier Stühlen, eine nackte Glühbirne und einen Kühlschrank war er komplett leer. Es gab nicht einmal Fenster und erst recht keinen Hinweis darauf, wem dieses Haus gehörte. Während ich mich umsah, platzierte Sim bereits den Würfel samt der Lettern auf der abgenutzten Fläche.

»Du willst direkt das nächste Rätsel freischalten?«

»Wir haben keinen Grund, es länger aufzuschieben«, gab er zurück und wartete, bis ich mich ebenfalls gesetzt hatte. »Wir öffnen die Büchse der Pandora und brechen direkt auf – ohne offiziellen Bericht an den Untergrund. Wir machen das auf eigene Faust.«

Ich stützte das Kinn in die aufgestellten Hände. »Okay, legen wir los.«

Kasimir krempelte die Ärmel seines beigen Hemds hoch, dann schob er die beiden Lettern aus dem Setzkasten der Gutenbergpresse langsam in Richtung Würfel. Mit jedem Millimeter, den sich die Gegenstände näherkamen, nahm das Summen in der Luft wieder zu. Mittlerweile hatte ich mich zumindest ein Stück weit an dieses stetige Rauschen gewöhnt, das mich beinahe ununterbrochen umgab, doch jetzt wurde aus dem Rauschen ein hohes Sirren, das mich mit den Zähnen knirschen ließ … und in einem der Lettern gipfelte.

»Es ist das A, Sim. Es … es reagiert auf den Würfel.«

Kurz musterte er mich, dann nahm er das L vom Tisch und brachte das A ohne Umschweife an den Kubus. Beinahe im selben Augenblick wichen die hohen Frequenzen einer Abfolge von Rattern, Klicken und Ticken. Dem unverkennbaren Geräusch des Schaltwerks, das sich im Inneren des Würfels in Bewegung setzte und das dritte Rätsel freigab.

Erst als der Mechanismus verstummte, wurde mir bewusst, dass ich den Atem angehalten hatte. Unbewusst lehnte ich mich weiter über den Tisch. »Hat es funktioniert?«

Kasimir griff nach dem Kubus und drehte ihn so, dass ich die neuen Worte auf einer der Seiten sehen konnte. »*Oui*, wir haben die nächste Beschreibung.«

Eine Beschreibung, für die acht Menschen einen verdammt hohen Preis gezahlt hatten. Kälte krallte sich in meine Eingeweide, trotzdem nahm ich ihm den Würfel ab und begann zu lesen: »*Das Herz braucht keine Tinte, um Worte zu spüren, das Auge, die Hand, der Verstand jedoch schon. Findest du die ersten sichtbaren Spuren, findest du den Schlüssel. Sie vereint, was du gefunden hast und vervollständigt, was du suchst.*« Ratlos blickte ich auf. »Hast du eine Idee?«

Kasimir fuhr sich über das Kinn und legte dann die Hände flach auf den Tisch. »Das Rätsel hat uns einen Teil der Antwort quasi direkt verraten.«

»Tinte?«, riet ich, weil es der einzige Begriff war, den ich wirklich fassen konnte und sich das *sie vereint* darauf zu beziehen schien.

»Genau.« Sim nickte. »Es geht um die ersten sichtbaren Spuren. Die erste Tinte.«

Ich zog die Brauen zusammen und legte den Kubus zur Seite. »Normalerweise kenne ich mich in deiner Welt nicht aus, aber als ich mit Ninnie in Japan war, haben wir in einem Museum über alte Hochkulturen gelernt, dass die ersten Anzeichen von Tinte bereits etwa dreitausend vor Christus in China und Ägypten vermutet werden. Und ich bin mir ziemlich sicher, dass sich kein Fläschchen mehr davon auftreiben lässt. Auch nicht in China oder einer der Pyramiden.«

Einen Augenblick lang sah mich Sim nur an, dann schüttelte er den Kopf. Aus einem mir unbegreiflichen Grund umspielte dabei ein kleines Lächeln seine Mundwinkel und aus einem noch viel unbegreiflicheren Grund fesselte mich diese winzige Regung. »Da stimme ich dir zu, *Frenchie*. Glücklicherweise bezieht sich der Würfel dieses Mal nicht auf die wortwörtliche erste Tinte, sondern auf einen Namen. Oder besser gesagt, einen Ort. *Die erste Tinte* ist eine Buchhandlung.«

»Eine Buchhandlung? Bist du dir sicher?«

»Dieses Mal ja. Sie befindet sich in Wien und war vor vielen Jahrzehnten Teil unserer Welt, eine Art Umschlagpunkt für Bücher. Allerdings mussten wir sie nach einem Zwischenfall mit den Novas aufgeben. Heute ist es einfach eine normale Buchhandlung.«

Verständnislos blinzelte ich ein paarmal und notierte *Wien* auf einem kleinen Notizzettel, ehe ich abrupt wieder aufsah. »Bitte sag mir, dass wir keinen ganzen Buchladen stehlen müssen, Kasimir.«

Das Lächeln wurde breiter. »Das werden wir wohl erst wissen, wenn wir dort sind.«

»War ja klar«, murmelte ich und blickte auf, als Sim unvermittelt aufstand. »Was hast du vor?«

»Telefonieren. In diesem Raum hat man keinen Empfang.«

»Ich dachte, wir liefern keinen Bericht an Paris.«

»Nur an Lu. Ich werde zumindest ihn auf den neusten Stand bringen.«

»Hältst du das in Anbetracht der Tatsache, dass wir einen Maulwurf in unseren Reihen vermuten, für klug?«

Stirnrunzelnd überkreuzte er die Arme vor der Brust. »Mein Bruder könnte mich nicht einmal belügen, wenn er es drauf anlegen würde. Sein Pokerface ist mies und ich vertraue ihm mein Leben an. Außerdem würde er nie mit den Novas zusammenarbeiten. Nicht nach dem, was sie Tabitha angetan haben.« Der mittlerweile so vertraute Schatten verdunkelte seine Miene. »Solange wir keinen Schimmer haben, wer das U-Boot ist, können wir uns nicht auf Paris verlassen, aber es ist hilfreich, wenn wir dort Augen und Ohren haben. Gut möglich, dass Lu mehr darüber weiß.«

Schweigend sah ich ihn an und atmete schließlich aus. »*D'accord.*«

»Bin gleich wieder zurück. Vielleicht finde ich ja in den Vorräten noch etwas zu essen.«

Mit gemischten Gefühlen sah ich ihm nach und griff nach dem goldenen Zahnrad, das an meiner Halskette baumelte. Mit einem Mal kam mir die plötzliche Stille in dem fensterlosen Raum beklemmend vor, nachdem ich in den vergangenen Tagen kaum eine Minute allein gewesen war. Aus einem Impuls heraus stand ich auf und ging zum Kühlschrank, nur um festzustellen, dass er abgeschaltet war und sich nichts darin befand. Seufzend schloss ich die Tür wieder, als ich Schritte hörte.

»Das ging aber schnell. Was hat Ludwig –« Die Worte erstarben auf meiner Zunge, als ich mich umdrehte und erkannte, dass nicht Kasimir in der Tür stand, sondern eine junge Frau mit kurzen Haaren und stechend blauen Augen.

Augen, die sich auf ewig in mein Gedächtnis gebrannt hatten.

»Zella«, kam es mir tonlos über die Lippen, ehe ich zurückwich und gegen den Kühlschrank knallte.

Ihre schmalen Lippen verzogen sich zu einem scharfen Lächeln. »Hallo, kleines Vögelchen.« Ihr Englisch war beinahe melodisch.

Mir stellten sich alle Haare auf, als ich das Messer an ihrer Hüfte bemerkte, ihre beinahe locker verschränkten Arme, die Selbstsicherheit, die sie ausstrahlte. Mein Puls schoss in die Höhe, während mein Blick an ihr vorbeiglitt. »Wo ist Kasimir?«

»Warum setzt du dich nicht erst mal, hm?«

»Was hast du mit ihm gemacht?«

»Das war keine Bitte.« Ihre Hand glitt zu der Waffe – ich verwettete meinen rechten Arm darauf, dass noch Blut an der Klinge klebte. »*Setz dich.*«

Ich hasste es, aber mir blieb nichts anderes übrig, als auf dem nächstbesten Stuhl Platz zu nehmen und dann zu verfolgen, wie es Zella mir gegenüber gleichtat.

»Das ist doch direkt viel gemütlicher.«

»Wo ist Kasimir?«, wiederholte ich, wobei ich Mühe hatte, die Silben an dem Kloß in meinem Hals vorbeizuquetschen. Was war, wenn sie zuerst auf Sim getroffen war? Wenn nun auch sein Blut am Messer hing?

Mir wurde übel.

»Oh, das wüsste ich auch gerne, weißt du. Aber da der Mistkerl gerade nicht hier ist, muss ich wohl mit dir vorliebnehmen.« Zella betrachtete mich eindringlich, als wäre ich ein ekliges Insekt unter ihrem Vergrößerungsglas, das sie nie zuvor gesehen hatte. »Verrate mir eins, welche Rolle spielst du in diesem ganzen Zirkus, Remy?«

Ich gab mir alle Mühe, nicht bei meinem Namen zusammenzuzucken, trotzdem konnte ich nicht verhindern, dass sich mir die Härchen aufstellten. Zella Ramsay kannte meinen Namen und das bedeutete, sie musste auch von meiner Familie wissen.

»Denn eine von denen bist du nicht, oder? Kein kleiner Schreiberling.«

Ich drängte meine wachsende Panik zurück und schob das Kinn ein wenig vor. Gott, ich durfte jetzt nicht durchdrehen. Nicht mit einer Nova vor mir, die gewissenlos tötete.

»Also, Aramena, wer bist du?«

»*Vais au diable* – fahr zur Hölle.«

Ihre weißen Zähne blitzten auf. »Charmant. Da hat sich Kasimir aber ein besonders mutiges Ding rausgesucht. Oder ein besonders dummes, je nachdem. Er ist sicher ganz vernarrt in dich. Hat er dir schon den bindenden Schwur abgenommen? Dich in Ketten gelegt?«

Meine Wangen wurden heiß. »Das geht dich einen Scheiß an.«

Zella lachte leise und zog ihr Messer. Ich hatte recht gehabt, getrocknetes Blut klebte auf dem schimmernden Metall. Mein Blick heftete sich wie von selbst darauf. »Ich frage dich noch einmal: Wie passt du in diese Geschichte?«

Trotz meiner Furcht wurde mir in diesem Moment etwas klar: Die Novas wussten anscheinend zwar, wer ich war, allerdings hatten sie keine Ahnung, *was* ich war. Oder warum ich Sim begleitete – der wie vom Erdboden verschwunden schien, vorausgesetzt, Zella hatte die Wahrheit gesagt.

»Es ist frustrierend, wenn sie nicht antworten«, meinte die Nova mehr zu sich selbst und strich beinahe zärtlich mit dem Zeigefinger über das Messer. »Glücklicherweise gibt es Methoden und Wege, das zu ändern.«

Ich schluckte. »Darauf kannst du lange warten.«

Ihr Blick glitt nach links zu dem Würfel … und dem Notizzettel, auf dem dick und fett *Wien* stand.

»Oh, ich denke, ich werde nicht mehr Zeit benötigen, als die Reise nach Wien dauert. Das ist doch euer nächstes Ziel, oder?«

Ich bemühte mich um eine ausdruckslose Miene, doch mein Pokerface war noch nie gut gewesen. Als sie meine Reaktion bemerkte, grinste sie schief. »Und damit weiß ich wieder ein bisschen mehr. Eigentlich weiß ich sogar eine ganze Menge. Im Gegensatz zu dir, Remy.«

»Ich weiß genug.«

Das Grinsen verschwand und wich einer beinahe tödlichen Maske. »Du weißt gar nichts. Plapperst nur nach, was diese verstaubten Bücherwürmer von sich geben, ohne zu ahnen, worum es wirklich geht.« Ohne Vorwarnung rammte sie das Messer in den Tisch.

Ich fuhr zusammen. »Es reicht mir zu wissen, dass du eine Mörderin bist. Das verrät mir alles, was ich über dich und deine Leute wissen muss. Ich habe gesehen, was ihr im Museum angerichtet habt.«

In Zellas Augen blitzte es auf. »Du hast wirklich keinen blassen Schimmer von unserer Welt, Vögelchen. Es gibt immer zwei Seiten, zwei Versionen derselben Geschichte.«

Auch wenn ich mich dagegen sperrte, konnte ich nicht verhindern, dass ihre Worte einen Nerv in meinem Inneren trafen. »Ach ja?«

Zella stand auf und riss das Messer wieder heraus, zurück blieb nur eine tiefe Kerbe, die sich nicht mehr auslöschen ließ. »Wie gesagt, wir werden genügend Gelegenheit haben, uns auf dem Weg zu unterhalten, Remy. – Jungs? Wir sind so weit.«

Zwei Novas, andere als die, die ich in Rom gesehen hatte, betraten den Raum und rissen mich wortlos hoch. Fluchend begann ich mich gegen ihren Griff zu wehren und gab beinahe noch im selben Moment auf, als sich unnachgiebige Hände in meine Haut krallten.

»Warum?«, fuhr ich Zella an, während meine Augen vor

Schmerz zu brennen begannen. »Warum bringst du mich nicht einfach um? So, wie du es mit den anderen acht Menschen getan hast?«

Zella kam um den Tisch herum, bis sie so nah vor mir stand, dass ich die feinen Sommersprossen auf ihrer Haut erkennen konnte. Mit der stumpfen Seite der Klinge fuhr sie sanft über meine Wange, der Geruch von Blut stieg mir in die Nase und ließ mich würgen.

»Vielleicht solltest du dich einmal fragen, wer in dieser Geschichte hier wirklich die Bösen sind, Aramena Benoit.«

Kapitel 28

Mainz, Deutschland

SIM

»Moment, Moment. Langsam, *was*?« Ludwigs Worte am anderen Ende der Leitung waren kaum lauter als ein heiseres Flüstern, trotzdem konnte ich jeder seiner Silben anhören, wie sehr ihn mein knapper Bericht aufgewühlt hatte. Selbst Ninette, die ihm laut Aussage meines Bruders seit unserer Abreise nicht von der Seite gewichen war, schwieg. »Und du sagst, ihr vermutet einen Maulwurf im Untergrund?«

»Das ist die einzige Erklärung.« Fluchend fasste ich mir an die Nasenwurzel und lehnte mich an einen der Balken, die den Dachboden durchzogen. Das oberste Zimmer war der einzige Raum im *Safehouse*, der gerade genügend Empfang bot, um telefonieren zu können und das auch nur, wenn man am richtigen Fleck stand. Oder wusste, wie man überhaupt hier raufkam. Eine weitere Sicherheitsmaßnahme, die in meiner Welt leider erforderlich war.

»*Merde*, ich kann nicht glauben, dass die Novas einfach Menschen abschlachten, die mit unserer Sache gar nichts zu tun haben. Und uns einen Schritt voraus sind. Das passt doch alles nicht zusammen.«

Bei seinen Worten kehrten unwillkürlich die Bilder zurück. Nicht der Raum, den Remy und ich betreten hatten, sondern die Szenen, die mich Zellas Brief hatte sehen lassen, als ich ihre Sätze berührt hatte. Es war grausam gewesen, sie war wie eine Furie durch die Werkstatt gerauscht und hatte diese Leute mit ihrer Klinge aufgeschlitzt, als wären sie wertlose Puppen. Und der Ausdruck, der dabei in ihren Augen gestanden hatte … *Fuck*, ich wünschte, ich hätte den Zettel nie angerührt.

»Sim?«

»*Pardon*?«

»Was ist mit Remy? Wie hat sie das Ganze aufgenommen?«

»Wie wohl, Klugscheißer?«, hörte ich Ninnie im Hintergrund murmeln, doch ihre Worte erreichten mich kaum. Stattdessen hatte ich mit einem Mal wieder Remys aufgebrachte Züge vor Augen. Ihre offene Furcht und dann die Entschlossenheit, mit der sie nach ihrem Erbe gegriffen und diese verdammten Lettern gefunden hatte. Ich war nicht so weit, mir das einzugestehen, aber in diesem Augenblick war Remy wie ein strahlendes Licht gewesen, das hell genug gewesen war, um die beschissene Dunkelheit zu durchbrechen.

Ich fuhr mir über das Gesicht. »Es wird nicht leichter. Für keinen von uns.«

»Wem sagst du das?« Lu seufzte schwer. »Gut, wir werden uns umhören und mit niemandem über euer nächstes Ziel sprechen. Sobald ihr alle Teile zusammenhabt, treffen wir uns hier und klären die Sache.«

»Danke.«

»Sim? Du glaubst doch nicht, dass *Papa* mit drinsteckt, *pas vrai?*«

Langsam ließ ich den Hinterkopf gegen das alte Holz sinken. »Nein, ich … ich denke nicht. Aber wir dürfen auf den letzten

Metern kein Risiko eingehen. Sobald wir zurück sind, können wir mit ihm sprechen, doch jetzt …«

»Jetzt geht es darum zu überleben.«

Ich verzog freudlos das Gesicht und wechselte das Telefon von der einen in die andere Hand. »Das werden wir. Dieses Mal kommen uns die Novas nicht zuvor.«

»Dein Wort in den Hallen der Mondia. Wir sollten –«

»Warte kurz, Lu«, unterbrach ich ihn, als ich ein lautes Knarzen hörte, das von unten kam. Augenblicklich spannte ich jeden Muskel an, als ich näher an die Luke trat und lauschte.

»Sim, was ist?«, fragte mein Bruder beinahe zeitgleich mit Ninette.

Ich antwortete nicht, sondern ging lautlos in die Hocke, näher an den winzigen Spalt heran … als ich es hörte.

Gedämpfte Worte. Schwere Schritte.

Remy.

Putain de merde!

Das Handy noch in der Hand riss ich die Klappe auf und kletterte so schnell ich konnte durch den schmalen Gang. Mehrmals schlug ich mir die Ellenbogen an, spürte das schmerzhafte Stechen jedoch kaum, weil ich nur *sie* hörte. Menschen, die sich entfernten. Schneller, als ich vorwärtskam.

Ungehalten stieß ich das lose Brett am Ende des Tunnels auf und stürmte durch das angrenzende Badezimmer und den Flur die Treppe runter. Zu schnell und gleichzeitig nicht annähernd schnell genug.

Auf der vorletzten Stufe blieb ich mit dem Fuß hängen, verlor das Gleichgewicht und schlug der Länge nach hart auf dem Boden auf. Irgendetwas knackte vernehmlich, die Luft wurde aus meiner Lunge gepresst und einen Moment lang wurde die Welt um mich herum schwarz. Wie aus der Ferne hörte ich bruchstückhaft Ludwigs Stimme aus dem Lautsprecher meines Handys kommen, ehe das Telefonat ganz abbrach.

Stöhnend rollte ich mich auf den Rücken, ein heftiges Brennen pulsierte dabei durch meinen Oberkörper und erinnerte mich an meine noch nicht gänzlich verheilten Rippen, die ich Zella und ihrem Schlägertrupp aus Rom zu verdanken hatte.

Verdammte Scheiße.

Mit zusammengebissenen Zähnen schaffte ich es irgendwie, mich aufzurichten und das Feuer, das dabei in meinem Körper tobte, zurückzudrängen. Das Atmen fiel mir beunruhigend schwer, etwas drückte auf meinen Brustkorb und die linke Seite meines Gesichts brannte – aber all das rückte schlagartig in den Hintergrund, als sich meine Gedanken wieder auf Remy fokussierten. Schneller, als gut für meinen lädierten Körper gewesen wäre, griff ich nach dem Handy.

Kein Empfang. Natürlich.

»*Mince*«, gab ich zischend zurück und legte einen Arm um meine Mitte. Mein Blickfeld flackerte. Das war verdammt noch mal nicht gut, nichts an dieser Situation war gut. Stolpernd kämpfte ich mich vorwärts, durch den Flur, während ich Mühe hatte, mich auf den Beinen zu halten und mich zu fokussieren.

Weil ich in dieser Sekunde den Raum erreichte, in dem ich Remy zurückgelassen hatte.

Weil ich den umgekippten Stuhl in dem verlassenen Zimmer sah.

Weil der Tisch leer war.

Leer bis auf einen Zettel, der mit einem Messer auf dem Tisch festgepinnt worden war. Auch ohne die Schrift von der Tür aus erkennen zu können, wusste ich, wer ihn verfasst hatte. Was darauf stand. Und was ich sehen würde, sollte ich Zellas Worte berühren.

Kraftlos sackte ich gegen den Türrahmen. Mein Kopf dröhnte, Wut und Verzweiflung rauschten durch mich hindurch und ließen meinen Körper noch aus einem ganz anderen Grund schmerzen.

Remy war nicht mehr hier.

Die Erkenntnis breitete sich wie ein Lauffeuer in mir aus.

Remy war nicht mehr hier, weil *sie* sie hatten.

Der Gedanke drohte mich zu lähmen, trotzdem humpelte ich schwerfällig zum Tisch und riss den Zettel ab; an der Klinge klebte getrocknetes Blut und ich hoffte, *betete*, dass es nicht von Remy stammte.

Du warst nicht hier, also habe ich mich bedient. Wir sehen uns in Wien, sechs Uhr morgen früh, Volksgarten, Theseustempel. Lass dein Vögelchen nicht warten, sonst verliert sie vielleicht mehr als nur ein paar Federn.

Aus den Sätzen wurden Bilder. Remy saß mit Zella an diesem Tisch, Todesangst glimmte in ihren Augen. Dann wurde sie brutal hochgerissen und davongeschleift.

Mince. Non. Non. Non.

Ich ließ den Zettel sinken und zerquetschte ihn in meiner geballten Faust.

Die Novas hatten Remy.

Wien, Österreich

Noch nie waren mir zwölf Stunden so lange vorgekommen. Es war beinahe, als hätte sich jede Sekunde zu einer Minute und jede Minute zu einer Stunde ausgedehnt, während ich in diesem beschissenen Zug gesessen und mit mir gerungen hatte. Ich hätte sie verdammt noch mal nicht allein lassen dürfen. Ich hätte nicht zulassen dürfen, dass Remy in die Schusslinie geriet. Ich hätte da sein sollen.

Sie hätten *mich* mitnehmen sollen statt ihr. Es war mein Platz, mein Kampf, nicht ihrer und … Scheiße, ich wusste nicht, was ich tun würde, sollte ihr etwas zustoßen. Sollte ihr bereits etwas zugestoßen sein. Denn ich wusste nicht, ob die Novas Remy wirklich mit nach Wien genommen hatten, ich konnte nicht sagen, ob sie sie nicht längst umgebracht und irgendwo in Mainz zurückgelassen hatten.

Alles, was ich hatte, waren Zellas Worte, die kurze Szene und diese verfluchte Angst, die ihre Krallen tief in mein Fleisch trieben.

Remy musste ganz einfach leben.

Die Zugfahrt war die Hölle gewesen. Immer wieder hatte ich Blicke auf mir gespürt, vermutlich weil ich aussah, als hätte ich eine Begegnung mit einem Bulldozer gehabt und dabei den Kürzeren gezogen. Vielleicht lag es aber auch an meinem todbringenden Ausdruck, mit dem ich alles und jeden bedachte. Zellas Messer steckte in meinem Stiefel und ein Teil von mir, der masochistische Teil, der längst durchgedreht und von Rache und Wut zerfressen war, wünschte sich beinahe, dass es bei unserer Begegnung zu einem Kampf kam.

In Wien stieg ich zusammen mit den anderen Fahrgästen aus und hielt mich weder mit den öffentlichen Verkehrsmitteln noch den Taxis auf. Von hier bis zur Hofburg, wo sich der Volksgarten befand, waren es etwa vierzig Minuten Fußweg, etwas weniger, wenn ich schnell ging, und ich wollte den Treffpunkt zu meinen Bedingungen erreichen. Kampfwunsch hin oder her, ich war nicht lebensmüde und zu Fuß hatte ich die Gelegenheit, die Umgebung und den Tempel auszuspähen, statt direkt in die nächste Falle zu laufen.

Um vier Uhr am Morgen war die Hauptstadt Österreichs seltsam ruhig. Die Sonne war noch nicht aufgegangen, die Straßen verlassen und voller Schatten, die genügend Deckung boten, um Passanten aus dem Weg zu gehen. Ich hielt mich bewusst in den dunkelsten Ecken auf, da ich nicht auf Laternenlicht angewiesen war, und checkte immer wieder meine Umgebung. Zellas Messer drückte dabei beinahe beruhigend gegen meinen Knöchel, während das Stechen in meinem Oberkörper eine ganz andere Sprache sprach. Lu hatte mich für verrückt erklärt, das hier verletzt und im Alleingang durchziehen zu wollen, aber ich konnte mir jetzt keinen Fehltritt erlauben. Ich durfte keinen Vorteil leichtfertig an den Maulwurf und damit die Novas verschenken. Nicht, wo es um so viel ging.

Nicht, wo es um Remy geht.

Es sollte nicht so sein, doch die Tatsache, dass ihr Leben auf dem Spiel stand, hallte lauter in mir wider als es meine Weltenschreiberpflichten der Mondia gegenüber taten. Und dabei ging es nicht nur um ihre Rolle als Ripari, sondern vielmehr um Remy selbst. Um diese bemerkenswerte Frau, die mir innerhalb kürzester Zeit unter die Haut gegangen war. Gefährlich tief.

Aufgebracht fuhr ich mir durch die Haare und zog mein Handy hervor. Das Bild meines Vaters prangte auf dem Display, dank Lu wusste ich, dass der Untergrund mich nicht länger orten konnte, trotzdem zog sich mein Magen bei seinem Anblick zusammen. Entschlossen drückte ich ihn weg. Einmal, zweimal, bis er aufgab und sein Foto durch Ludwigs Nummer ersetzt wurde.

»Lu?«

»*Papa* dreht durch. Alle drehen durch, Sim.« Mein Bruder sprach so schnell, dass er mehrmals über seine eigenen Worte stolperte. »Es gibt Gerüchte. Manche sagen, dass du dich in London den Novas angeschlossen hast und desertiert bist. Und da du dich nicht mehr meldest –«

»Darum können wir uns jetzt nicht kümmern«, ging ich leise dazwischen und drängte mich an eine Hauswand, als ich auf der gegenüberliegenden Straßenseite zwei massige Gestalten entdeckte.

Mich trennten nur noch etwa fünf Minuten von der Hofburg und das bedeutete, dass jeder verdammte Mensch einer von *ihnen* sein könnte.

»Sim, wir *müssen* uns aber darum kümmern. Sonst ist nichts mehr übrig, wenn du mit dem heiligen Gral zurückkommst. Onkel Corbin …«

»Vermutlich ist er der Maulwurf.«

»Das wissen wir nicht.«

»Ist doch gerade scheißegal, Lu. Es ist meine Schuld, dass sie bei diesen Kakerlaken ist, okay? Ich muss Remy da rausholen.«

»Remy, den Würfel und das A.«

Ich fluchte nur und setzte mich wieder in Bewegung. Vor mir tauchte der Burggarten auf, den ich jedoch mied und stattdessen dem Burgring an der Hofburg vorbei folgte.

»*Merde*. Du und Remy –«

»Nicht jetzt.«

»Fall mir nicht ständig ins Wort, Kasimir.« Ich konnte Lu förmlich vor mir sehen, wie er seine freie Hand in die dunklen Locken krallte und kurz davor stand, zu explodieren. Sosehr wir uns auch voneinander unterschieden, in uns brodelte dasselbe Temperament.

»Wir bekommen das hin, Ludwig. Wir bekommen das irgendwie hin.« Ich sagte diese Worte und wünschte mir, ich könnte ihnen glauben, dabei wussten wir beide, dass sie nur hohle Floskeln waren. Denn gerade sah alles ziemlich beschissen aus. In jeder Hinsicht.

»Ich hätte mitkommen sollen.«

»Nein, ich brauche dich dort. Findet den Maulwurf, Lu. Ich melde mich, sobald ich kann.«

Lu murmelte ein paar unverständliche Worte, dann hörte ich das Zuschlagen einer Tür und Ninettes leise Stimme im Hintergrund. »Ninnie und ich geben unser Bestes. Geh nicht drauf, Bruderherz. Ich meine es ernst.«

»Das habe ich nicht vor.«

Nachdem ich das Gespräch beendet hatte, verfiel ich in ein lockeres Lauftempo. Mein Puls hämmerte in meiner brennenden Brust, mein linker Fußknöchel stach, doch ich machte mir nicht die Mühe, dem Beachtung zu schenken. Erst als ich den Volksgarten mit seinen sorgfältig in Form geschnittenen Büschen und Bäumen erreichte, wurde ich wieder langsamer und schob mich, dicht an die Bäume gedrängt, durch den schlafenden Garten. Umgeben vom Grün, das die Geräusche der Stadt schluckte, vergaß ich beinahe, wo ich war, bis ich den weißen Theseustempel in der Dunkelheit aufragen sah. Weiße Säulen mit tiefen Kanneluren stützten das Dach des rechteckigen Baus, der von grünen Parkbänken gesäumt war, und auf einem kleinen Platz inmitten des Gartens thronte. Die asphaltierte Fläche bot wenig Schutz, trotz der Dämmerung, weshalb ich hinter einer Hecke in Deckung ging. Mein Körper protestierte, als ich mich hinhockte, und ich musste mir auf die Lippe beißen, um ein Stöhnen zu unterdrücken.

Ohne den dorischen Tempel aus den Augen zu lassen, griff ich in meinen Stiefel und zog Zellas Messer hervor. Sein Gewicht lag beinahe perfekt in meiner Hand, ausbalanciert, tödlich, und allein das verursachte mir Übelkeit. Aber ich konnte nicht unbewaffnet dort aufkreuzen und mehr hatte ich nicht. Mit aufeinandergepressten Kiefern beobachtete ich den Platz vor dem Gebäude, der noch immer in absoluter Stille lag und horchte auf Geräusche, Schritte oder Stimmen. Doch es blieb ruhig. Im Osten konnte ich die noch tiefstehende Sonne als Feuerball ausmachen, in der Ferne bellte ein Hund, dann hörte ich einen herannahenden Motor. Nur einen Herzschlag später fuhr ein weißer Van ohne Kennzeichen auf den Vorplatz des Tempels. Türen wurden aufgerissen, eine Schiebetür aufgezogen, dann durchbrachen einzelne englische Wortfetzen die Stille.

Novas.

Unruhig umklammerte ich die Klinge fester und rückte näher an die Hecke heran, als ich schlurfende Schritte hinter dem Van hörte und sie schließlich sah. Zuerst Zella, die sich aufmerksam umsah, dann Remy, die von zwei männlichen Novas mitgeschleift wurde. Ihre Augen waren geschlossen, auf ihrer blassen Wange prangte ein großer Bluterguss und ihre Glieder waren schlaff, als … als wäre bereits jedes Leben aus ihr gewichen. Als wäre ich zu spät.

Alles in mir verlangte danach, mich aus dem Hinterhalt auf sie zu stürzen, die Novas für das leiden zu lassen, was sie uns angetan hatten, doch ein kläglicher Rest Vernunft hielt mich zurück. Solange Remy … bewusstlos war, hatten wir keine Chance zu fliehen. Zella würde uns beide bekommen und –

Mon cul! Scheiß drauf. Ich konnte nicht länger dabei zuschauen, wie Remy leblos in ihren Armen hing, wie ihre Füße über den Boden schleiften. Keinen Moment später war ich auch schon zurück auf die Füße gefedert und hinter der Hecke hervorgekommen. Das Messer in der einen Hand, die andere zur Faust geballt und bereit, diese Fanatiker in die Hölle zu schicken.

Nur bekam ich keine Gelegenheit dazu, denn in dieser Sekunde verschwand die Gruppe mit Remy im Inneren des Tempels. Einen Augenblick lang konnte ich sie noch sehen, ihre zusammengesunkene Gestalt, im nächsten schlossen sich die Türen hinter ihnen mit einem dumpfen Schlag.

Der sich verdammt endgültig anfühlte.

Kapitel 29

Wien, Österreich

Remy

Als ich die Augen aufschlug, fühlte sich mein Kopf an, als hätte man ihn in Watte gepackt. Geräusche drangen nur gedämpft zu mir, das Licht, das von oben auf mich herabfiel, war schwach und weich und stand im direkten Kontrast zu dem harten, kalten Boden, auf dem ich lag. Meine rechte Gesichtshälfte pochte heftig und meine Hüfte schmerzte von der unbequemen Position.

Nach und nach nahm der Raum um mich herum Gestalt an, durch meine halb gesenkten Lider konnte ich eine gewölbte, hohe Kassettendecke erkennen, hellbraune Fliesen, weiße leere Wände und mehrere Baugerüste, die über den Saal verteilt waren. Es roch nach altem Gemäuer und Farbe und ich hatte nicht die leiseste Ahnung, wo ich mich befand. Der Gedanke wirkte wie ein Schwall Eiswasser und ließ mich hochfahren, wobei ich das Gleichgewicht verlor und wieder zu Boden ging. Erst jetzt fielen mir meine mit Kabelbindern gefesselten Hände auf und die drei Personen, die sich ein paar Meter entfernt unterdrückt unterhielten.

Novas.

Ich war eine Gefangene der Novas, nachdem sie mich aus dem *Safehouse* in Mainz entführt hatten und dann … Die Erinnerungen kehrten nur bruchstückhaft zurück, aber sie reichten aus, um ein milchiges Bild der letzten Stunden zu ergeben.

Unsere Mission in Mainz und die Toten im Keller.

Zella, die plötzlich in der Tür gestanden hatte.

Der Van, in den sie mich verschleppt hatten.

Ihre harschen Worte, als ich mich wieder und wieder gewehrt und um mich getreten hatte.

Mein verzweifelter Versuch, die Tür aufzustoßen.

Der Schlag, der Aufprall an der unnachgiebigen Wand des Vans, der mich schließlich in diese bodenlose Schwärze gezogen hatte.

Gott, wie lange war ich weg gewesen? Wo waren wir? Und Sim … was hatten sie mit ihm gemacht?

Mein Herz geriet ins Stolpern, als sich die Gedanken immer schneller überschlugen und bunte Flecken in mein Sichtfeld trieben. Ich würgte trocken und legte meine gefesselten Hände an mein pochendes Gesicht. Zumindest wusste ich jetzt, woher dieser Druck in meinem Schädel kam. Vorsichtig stemmte ich mich ein zweites Mal hoch und achtete nun darauf, meine Arme richtig zu positionieren, als sich Zellas Blick unverwandt auf mich richtete.

»Das Vögelchen ist endlich wach.« Anders als gestern war sie nun vollkommen in Schwarz gekleidet und in ihrem Hosenbund … steckte eine verdammte Pistole. »Das wurde aber auch Zeit.« Zella kam um eines der Gerüste herum und ging vor mir in die Hocke, die beiden anderen Novas bezogen an der verschlossenen Tür Stellung.

»Scheint, als hätte Greg etwas zu hart zugeschlagen.«

Ich spuckte vor ihr auf den Boden. »Wo sind wir?«

»In Wien, Remy. Das habe ich dir doch gesagt. Bedauerlicherweise hatten wir durch deinen kleinen … nun ja, Zwischenfall, kaum Gelegenheit miteinander zu sprechen. Dabei war ich sehr gespannt darauf, mehr über dich zu erfahren.«

Mit Zwischenfall meinte sie dann wohl meine Bewusstlosigkeit. Langsam, aber sicher begann ich zu verstehen, warum Kasimir diese Frau so sehr verabscheute.

»Und ich fürchte, dass unsere Unterhaltung jeden Moment von deinem fehlgeleiteten Freund unterbrochen wird. – Oh, schau nicht so überrascht, natürlich ist er uns gefolgt, um dich zurückzuholen. Dich oder die kleinen Schätze, die ich habe mitgehen lassen, wir werden sehen, was ihm wichtiger ist.«

Sim war ebenfalls hier, in Wien, und würde was? – Sich gegen mich eintauschen? Gegen Zella und die beiden Typen hätte er keine Chance, ganz zu schweigen davon, dass sie bewaffnet und vollkommen durchgeknallt waren. Ich stieß bebend den Atem aus. »Warum das Ganze?«

Zella lachte trocken. »Ich bin keine dieser Amateure, die ihrem Opfer ihren ganzen Plan verraten, Remy. Zumal du hierbei nicht das Opfer bist. Zumindest nicht meins.«

Verständnislos legte ich die Stirn in Falten. Was zum Teufel meinte sie damit?

»Zella?«, rief einer der beiden Novas – vielleicht war das Greg – und zog ihre Aufmerksamkeit für einen Moment auf sich.

»Was?«

»Die Kamera im Van hat Abernathy draußen gesichtet. Er ist gerade hinter dem Gebäude verschwunden. Seinem Gang nach zu urteilen ist er verletzt.«

Verletzt?

»Umso besser.« Ihr Kiefer spannte sich an, dann nickte sie knapp. »Einer von euch geht raus und treibt ihn rein. Mir gleich, wie ihr das anstellt, wir werden hier auf ihn warten.«

Während sich der kleinere der beiden jungen Männer aus dem Saal stahl, richtete Zella ihre eisblauen Augen wieder auf mich. »Also, wo waren wir stehen geblieben?«

»Du wolltest mir gerade erzählen, warum du diese Scheiße abziehst.«

Ihr rasiermesserscharfes Lächeln kehrte zurück. »Langsam beginne ich, deine Art zu mögen. Eine Schande, dass du zu blind bist, um zu erkennen, dass du auf der falschen Seite stehst. Du nicht siehst, welche Art Menschen die Weltenschreiber wirklich sind.«

Ich schnitt eine Grimasse. »Mach dir um meine Menschenkenntnis mal keine Gedanken.« Die Worte kamen mir schroff über die Lippen, trotzdem konnte ich die blanke Angst darin hören. Wieder glitt mein Blick zu der Waffe. Himmel, das hier war kein Spiel und Zella keines der Mädchen, die mich am *Lycée* aufgezogen hatten.

Zella fuhr sich mit der Zunge über die Unterlippe und legte den Kopf leicht schief. »Was hat Kasimir Abernathy an sich, dass du ihm so bereitwillig in seine verstaubte, zum Scheitern verurteilte Welt folgst?«

»Was macht dich so sicher, dass wir scheitern werden?«

Ihr Mund öffnete sich, doch noch bevor sie mir hätte antworten können, erklang von draußen ein Knall. Mein Puls geriet ins Stocken, Adrenalin flutete meinen Körper und brachte mich dazu, ruckartig auf die Beine zu kommen. Der Raum drehte sich um mich, doch die Kälte, die sich in mir ausbreitete, war stärker. Ich hatte genug Krimiserien mit Essie geschaut, um zu wissen, wie sich eine abgefeuerte Pistole anhörte, wie viel Schaden sie anrichten konnte.

Und ich wusste, dass es nicht Sim gewesen war, der geschossen hatte.

Tränen brannten in meinen Augen, während ich auf die geschlossene Tür starrte und alles in mir zum Erliegen kam. Das durfte nicht passiert sein. Es konnte nicht Sim getroffen haben.

Sim, der ohnehin schon verletzt gewesen ist …

»Das, Remy, das macht mich so sicher«, hörte ich Zella hinter mir sagen, dann stieß sie mich grob zurück in Richtung Boden, ehe sie zu dem zweiten Nova lief. »Was geht da vor sich, Finlay?«

»Die Kamera hat nichts aufgenommen, sie müssen sich in einem toten Winkel oder hinter dem Tempel befinden.«

»Treib die beiden auf«, wies Zella ihn harsch an und zog ihre eigene Waffe. »Und hört um Himmels willen damit auf, herumzuballern! Wir brauchen keine ungebetenen Gäste und Abernathy lebend, ist das klar?!«

Verschwommen nahm ich wahr, wie der Kerl verschwand, während Zella ihre Pistole entsicherte. Ein leises Klicken, das laut in mir widerhallte. Jeden Moment rechnete ich damit, dass sie einen leblosen Kasimir hereinschleppten. Oder Schlimmeres. Und es brachte mich beinahe um.

Nicht, weil ich Angst um mein eigenes Leben hatte. Nicht, wegen Zella oder weil ich dann allein auf mich gestellt wäre, sondern wegen … ihm. Wegen Sim.

Ich ballte meine gefesselten Hände zu kraftlosen Fäusten und funkelte Zella finster an. »Ihr seid nichts als Monster.«

»Du solltest dir genau überlegen, wie du mit mir sprichst. Im Gegensatz zu dem Schreiberling bist du ersetzbar. Ein Niemand«, gab sie kalt zurück und wandte sich mit gezogener Waffe zu mir um, als sich die Tür öffnete.

Und eine einzelne Gestalt im Rahmen erschien.

Zella hatte gerade noch genügend Zeit, sich umzudrehen, als sich Kasimir auch schon auf sie stürzte. Ihre Pistole schlitterte über die glänzenden Fliesen, als beide zu Boden gingen und sich ineinander verkeilten. Einige Momente lang war ich wie erstarrt, während sich Zella und Sim in einen Knoten aus Armen und Beinen verwandelten und versuchten, den jeweils anderen handlungsunfähig zu machen. Ihre Schläge und Griffe waren schwindelerregend schnell und brutal, Ächzen und Keuchen füllte die Stille, und es war unmöglich zu sagen, wer die Oberhand hatte. Kein Zweifel, beide waren verflucht gut trainiert und –

»Remy! Hau ab! *Tout de suite!*«, rief mir Sim auf Französisch zu, nur einen Sekundenbruchteil bevor Zellas Faust sein Gesicht traf.

Ich unterdrückte einen Aufschrei und kämpfte mich stattdessen ein drittes Mal auf die Beine. Wackelig stolperte ich nach hinten und stieß gegen das Baugerüst, was Sim für einen Augenblick ablenkte. Wieder gelang Zella ein Treffer.

»Ich hatte eigentlich gehofft, in Ruhe mit dir sprechen zu können, das letzte Mal ist viel zu lange her, mein Hübscher.«

»*Va te faire foutre*, Zella.«

»Du wiederholst dich.« Wieder ein Schlag, dieses Mal konnte Sim ausweichen.

»Remy! Verschwinde!«

Das konnte er vergessen. So tief mir diese Scheiße auch in den Knochen saß, ich würde Kasimir nicht noch einmal allein lassen. Schon gar nicht, wenn er sichtbar mit seinen Verletzungen zu kämpfen hatte und Zella drauf und dran war, ihn umzubringen.

Kaum merklich schüttelte ich den Kopf und blickte nach links, wo die Waffe der Nova noch immer am Boden lag. Ohne lange darüber nachzudenken, durchmaß ich den Raum und hob die schwarze Pistole vom Boden auf. Sie lag schwer und kalt in meinen Fingern und ich verabscheute das trügerische Gefühl von Sicherheit, das mich sofort erfasste, als ich sie auf Zella richtete.

»Weg von ihm!«, brüllte ich und erkannte meine eigene Stimme nicht wieder.

Zellas Augen weiteten sich, als sie zu mir blickte, dann lachte sie. »Du solltest lieber die Finger davon lassen.«

»Zurück habe ich gesagt!«

»Remy, nicht –« Kasimir fuhr sich über die blutende Lippe, die erneut aufgeplatzt war, und dann passierten unzählige Dinge gleichzeitig.

Irgendetwas rammte mich von hinten, sodass mir die Waffe aus den Händen glitt.

Kasimir stieß Zella von sich, wobei er schmerzerfüllt das Gesicht verzog.

Ich schlug abermals auf den kalten Fliesen auf und verdrehte mir dabei meine immer noch gefesselten Hände.

Im nächsten Moment ragte die große Gestalt von Finlay über mir auf und riss mich grob am Nacken hoch. »Einen Punkt gibt's für deinen hirnlosen Mut, Mädchen.«

Außer mir vor Wut und Frust trat ich nach seinen Beinen, erwischte irgendetwas von ihm, erreichte jedoch nur, dass sich sein Griff schmerzhaft festigte.

»Leck mich!«, zischte ich und wollte einen weiteren Versuch starten, als Finlays Hand in meinem Nacken plötzlich verschwand. Eine Millisekunde später hörte ich seinen Körper hinter mir zusammensacken.

»Was …?« Ich fuhr herum und fand mich Sim gegenüber, der ein Messer verkehrt herum in der Hand hielt und aussah, als hätte er mehrere Kämpfe mit einem Haufen Pitbulls verloren.

»Du hättest einfach abhauen sollen. *Mince.*« Hastig schnitt er den Kabelbinder an meinen Handgelenken durch und wollte nach meinen Fingern greifen, als ich ohne Umschweife die Arme um ihn schlang.

»Ich dachte, sie hätten dich erwischt«, murmelte ich an seiner Halsbeuge und schloss die Augen. Horchte auf seinen rasenden Puls, das schnelle Heben und Senken seiner Brust. Einen Moment lang erwiderte er meine Umarmung genauso heftig und … verzweifelt. Dann schob er mich sanft von sich und strich behutsam über die brennende Stelle in meinem Gesicht. Wut blitzte dabei in seinen braunen Augen auf.

»Wir müssen hier weg, Remy. Das wird ihn nicht lange aufhalten.«

Ich sah an Sim vorbei zu Finlay, der stöhnend am Boden lag und sich den Kopf hielt, dann scannte ich den Raum nach Zella ab. Sie war nirgendwo zu sehen. »Nicht ohne den Würfel und das A. Sie haben –«

»Ich weiß. Ich habe Greg beides abgenommen.« Kasimir streckte seine freie Hand nach mir aus und verflocht seine Finger mit meinen.

»Und Zella?«

»Spielt keine Rolle. Verschwinden wir.«

Ich warf einen letzten Blick auf Finlay, dann rannten wir los.

Ich war nie zuvor in Wien gewesen, aber die Entfernungen kamen mir wie eine halbe Weltreise vor.

Es dauerte ewig, bis wir aus dem Park herauskamen, in dem der Tempel stand. Es dauerte ewig, bis wir eine ruhige Straße erreichten. Und es dauerte ewig, bis Sim uns erlaubte, endlich stehen zu bleiben.

Sein Atem ging schwerfällig, als würde ihm jeder Zug Schmerzen bereiten, seine Haut war dort, wo sie nicht von Dreck, Blut oder Ergüssen verunstaltet war, beunruhigend blass, und auch wenn er das Tempo beinahe den ganzen Weg über gehalten hatte, war ihm anzusehen, wie viel ihm die Bewegung abverlangte.

Vielleicht zu viel.

Besorgt blickte ich an der hellen Fassade der Kirche empor und dann wieder zu Kasimir. »Was wollen wir hier?«

»Da drin gibt es einen Unterschlupf. Für den Moment.«

Als ich seine erschöpfte Stimme hörte, hielt ich seine Hand unwillkürlich fester. »Du brauchst keinen Unterschlupf, sondern einen Arzt, Sim.«

»Willst du diese Diskussion ein zweites Mal mit mir führen?«

»Und wenn es sein muss auch noch ein drittes und viertes und fünftes Mal, du Esel.«

Kasimir sah mich nur schweigend an, dann stieß er die Seitentür der Kirche auf. Drinnen war es einige Grad kühler als draußen. Fröstelnd schlang ich einen Arm um meinen Körper.

»Die St. Peter Kirche ist Teil der alten Handelsroute der Weltenschreiber«, flüsterte Sim und zog mich sanft nach links. »Als die Buchhandlung noch in unseren Händen war und wir auf Kutschen und Pferde angewiesen waren.«

Ich warf ihm einen raschen Seitenblick zu. »So interessant eure Geschichte auch ist, gerade ist nicht der richtige Zeitpunkt für eine Demonstration deines grenzenlosen Wissens. Du brauchst medizinische Versorgung.«

Seine Mundwinkel zuckten leicht, doch das Lächeln schaffte es kaum über seine aufgerissenen Lippen hinaus. »Auf diesen Routen haben wir kleine Depots für Notfälle eingerichtet. Und Menschen, die sie bewachen.« Bei seinen letzten Worten deutete er mit dem Kinn in Richtung eines Seitenaltars, wo ein Pater gerade dabei war, die Marienfigur mit einem Swiffer abzustauben.

Angespannt drückte ich seine Finger, doch Sim schien zum

ersten Mal, seit wir aus dem Tempel geflüchtet waren, ruhig und fast schon gelassen.

»Hallo, Laurent.«

Der Pater fuhr erschrocken herum und stieß nur einen Herzschlag später einen bemerkenswert unchristlichen Fluch aus. »Kasimir, du … es war ja nur eine Frage der Zeit, bis der Ärger an meine Tür klopft.«

Sim verzog das Gesicht und machte einen Schritt in seine Richtung. »Es tut mir leid, aber wir brauchen deine Hilfe.«

Ein paar Minuten später saßen wir in einem angrenzenden Raum vor zwei Tassen Kaffee und Keksen und wäre Laurent nicht damit beschäftigt gewesen, Kasimirs Wunden zu versorgen, konnte man fast meinen, es hätte die vergangenen Stunden nicht gegeben. Nur hatten die Ereignisse Spuren hinterlassen, sichtbare wie unsichtbare, die sich tief in uns hineingegraben hatten. Nach dem knappen Gespräch, in dem er Lu und Ninnie auf den neusten Stand gebracht hatte, nun umso mehr.

»Charles Ramsay schickt seine Tochter höchstpersönlich, um euch zu jagen?«, wiederholte der Pater, der nun Jeans und einen dunklen Pullover trug und damit trotz ergrauter Haare deutlich jünger wirkte als zuvor. »Dann muss es um etwas Großes gehen.«

»Wir wissen es nicht«, erwiderte Sim und verzog das Gesicht, als Laurent den fußballgroßen Bluterguss abtastete, der sich über Sims nackten, trainierten Oberkörper zog. Mit brennenden Wangen senkte ich den Blick und starrte in meinen Kaffee.

»Und das grenzenlose Wissen steht aktuell nicht zur Verfügung, ich verstehe. Das ist ein gottloses Debakel, ich habe mir schon gedacht, dass mehr hinter den weltweiten Katastrophen steckt, die sich in den letzten Tagen häufen, aber das … man könnte fast meinen, wir stehen vor der Apokalypse.«

»Es tut mir leid, dass wir dich damit ohne Vorwarnung überfallen haben.« Es war bereits das dritte Mal, dass sich Sim für unser Kommen entschuldigte. »Nachdem Bernadette –«

»Der Tod meiner Frau ändert nichts an meiner Loyalität. Ich mag nicht mehr in die Tunnel gehören, aber ich kenne meinen Platz in unserem Gefüge.« Kasimir nickte knapp und damit war das Thema augenscheinlich erledigt. »Ich nehme an, die junge Dame an deiner Seite spielt ebenfalls eine Rolle in dem Ganzen? Hast du sie als Gefährtin für den Schwur gewählt?«

Farbe kehrte auf Sims blasse Züge zurück und färbte sie leuchtend rot. »Nein, ich … wir sind Freunde und Remy ist …«, sagte er im selben Moment, wie ich meinte: »*Gefährtin?* Nein, Sim hat bloß –«

Der Pater schmunzelte und griff nach einer Rolle Mull, ehe er Kasimirs Oberkörper straff zu verbinden begann. »Ich sehe schon. Es geht mich auch nichts an.«

Mit einem vernehmlichen Räuspern strich sich Sim die Haare aus der Stirn und verzog dabei das Gesicht. »Aramena ist Cassandras Enkelin, Laurent. Eine Ripari.«

Seine grauen Augen richteten sich abrupt auf mich, Neugier blitzte jetzt darin auf. »Eine Ripari?«

Ich umschloss die Kaffeetasse fester. »In Ausbildung.«

Sim lächelte leicht, was ihm jedoch sofort verging, als Laurent den Verband festzog. »*Zut*, ich habe vergessen, dass du deine medizinischen Erfahrungen beim Militär gemacht hast.«

»Du hast gesagt, ihr habt keine Zeit zu verlieren, nun, ich habe keine zu verschenken. Das sollte dich zumindest für ein paar Stunden zusammenflicken, auch wenn mir deine Rippen Sorgen machen. Ich kann ohne entsprechendes Equipment keine inneren

Schäden ausschließen«, gab der Pater zurück und warf ihm dann einen der dünnen Pullover aus unserem Rucksack zu.

»Damit werde ich leben müssen. Danke, Laurent.«

»Das kommt wenig überraschend. Also, wie lautet euer Plan?«

»*Die erste Tinte*. Wir statten dem Laden einen Besuch ab, holen den dritten Gegenstand und hoffen, dass der Würfel endlich den Schlüssel ausspuckt. Vorausgesetzt, wir brauchen nicht noch mehr Puzzleteile.«

Ich biss mir auf die Unterlippe und blickte zu dem Würfel, der neben mir auf dem Tisch lag. Sim hatte recht, wir wussten nicht, wie viele Gegenstände das verfluchte Ding noch fordern würde.

»Ihr wollt da einfach am helllichten Tag reinspazieren, während Zella frei draußen herumläuft?« Damit sprach mir Laurent direkt aus der Seele. Allein der Gedanke, noch einmal auf sie und die beiden anderen zu treffen, bereitete mir Magenschmerzen.

Kasimir stand schwerfällig auf und zog sich den Pullover über – und auch wenn ich mir alle Mühe gab, konnte ich nicht verhindern, dass sich mein Blick verselbstständigte und auf seiner nackten Haut landete. Seinem Signo, den Tattoos an seinen Unterarmen. *Dieu.*

»Je länger wir warten, desto mehr Zeit geben wir den Novas, sich neu zu formieren. Außerdem verlässt sich die ganze Welt auf uns – und das nicht nur metaphorisch gesprochen.« Mit grimmiger Entschlossenheit griff Sim nach dem Messer und steckte es in seinen Schuh. »Außerdem habe ich kein Problem damit, Zella noch einmal fertigzumachen.«

»Das ist genau die Art jugendlicher Leichtsinn, die Menschen wie dich ins Grab bringen wird, Kasimir Abernathy.«

Unbeeindruckt zuckte Sim mit einer Schulter. »Sie hat es schon öfter versucht, als ich zählen kann, auf ein weiteres Mal kommt es nicht an.«

Ich stellte meine Tasse ab und suchte seinen Blick. »Zella hat eine *Waffe*, Sim. Das haben sie alle.«

»Diese Fanatiker bekommen uns nicht in die Finger und im Tageslicht, umgeben von unzähligen Passanten, nützen ihnen die Pistolen auch nichts.«

»Dein Wort in Gottes Ohr«, murmelte Laurent und blickte für einen Moment in Richtung Himmel. »*Bon sang.* Du bist genau wie dein Vater in deinem Alter. Es grenzt beinahe an ein Wunder, dass er noch lebt.«

Ich presste die Lippen aufeinander, um mir ein schiefes Grinsen zu verkneifen, doch Sims Blick nach zu urteilen, mit dem er mich nun bedachte, sah er es dennoch. Ohne mich aus den Augen zu lassen, zupfte er sein Oberteil zurecht und erwiderte dann: »Keine Sorge, Laurent, wir Abernathys sind nicht so leicht zu töten, schon gar nicht mit einer begabten Ripari an unserer Seite.«

Kapitel 30

Wien, Österreich

Sim

Mein Körper protestierte bei jedem einzelnen Schritt, trotzdem gab ich mir alle Mühe, mir nichts vor Remy anmerken zu lassen. Allerdings vermutete ich, dass sie meinen Bluff trotz Theater durchschaute. Innerhalb kürzester Zeit schien sie ein beinahe unheimliches Talent dafür entwickelt zu haben, als könnte sie in mich hineinsehen, wie in eines der komplizierten Schlösser, und seltsamerweise fühlte ich mich dabei nicht unangenehm berührt oder entblößt. Ganz im Gegenteil.

Glücklicherweise riss mich Remy im nächsten Moment aus meinen Gedanken, bevor ich mir noch weiter unpassenderweise den Kopf über die Bedeutung dieser Erkenntnis zerbrechen konnte.

»Ich finde, Laurent hat recht, wir hätten noch warten sollen. Du bist nicht fit und ich kann nicht kämpfen. Sollten wir noch einmal auf Zella und ihren Schlägertrupp treffen, sind wir tot.«

Ich löste meine verkrampften Finger von den Trägern meines Rucksacks und blickte zu dem strahlend blauen Himmel über Wien auf. »Hab ein bisschen Vertrauen, Remy. Und was das

Kämpfen angeht, wir könnten etwas daran ändern. Wenn wir wieder in Paris sind, meine ich.«

»Du willst mit mir trainieren?«

»Warum nicht?«, stellte ich die Gegenfrage, um die Situation ein wenig aufzulockern.

»Ich weiß nicht … wie soll ich es meinen Eltern und vor allen Dingen Essie erklären, wenn ich immer wieder mit neuen blauen Flecken auftauche?«

»Kampfsport? Rugby?«

Ihren skeptischen Blick spürte ich, auch ohne sie anzusehen. Genauso wie den Augenblick, in dem ihre Anspannung zurückkehrte. »Was ist draußen vor dem Tempel passiert, Sim? Ich habe einen Schuss gehört und dachte …«

Unvermittelt blieb ich stehen und schaute ihr direkt ins Gesicht. »Es geht mir gut, Remy. Es geht uns beiden gut. Greg hat mich verfehlt und ich konnte ihn überwältigen. Der Typ mag kräftig sein, aber ich habe auch so meine Tricks. – Hör zu, ich kann mir vorstellen, dass das keine leichte Situation für dich ist, aber ich …« Ich seufzte und fuhr mir über den Nacken, was unangenehm in meiner Rippenregion zog. »Ich habe so etwas nicht zum ersten Mal erlebt. Und vermutlich wird es nicht das letzte Mal gewesen sein. Es tut mir leid, dass du da hineingeraten bist.«

Remy kräuselte die Stirn, dann nickte sie langsam. »Ich habe dir schon mal gesagt, dass du dich dafür nicht zu entschuldigen brauchst. Ich habe mir zwar fast in die Hose gemacht, aber … ich halte mehr aus, als du denkst, Sim. Ich bin stärker, als ich aussehe.«

»Daran habe ich keinen Zweifel.«

Das Grün ihrer Iriden wurde intensiver und mit einem Mal war es verdammt schwer, an etwas anderes zu denken, als daran, sie an mich zu ziehen, über ihre Haut zu fahren, sie … sie zu küssen.

Merde.

Hastig biss ich die Zähne aufeinander und wich ein wenig zurück. Wir waren in Wien, in derselben Stadt, in der sich auch Zella Ramsay aufhielt und Jagd auf uns machte. Vor weniger als vier Stunden hatten die Chancen gutgestanden, dass wir das hier nicht überleben würden – was zum Teufel lief also schief bei mir?

Remy schob sich eine Strähne hinters Ohr und sah dann zum Stephansdom, der am Ende der Gasse, in der wir standen, in der frühen Mittagssonne funkelte. »Die Buchhandlung ist in der Nähe des Doms, richtig?«

Dankbar für den Themenwechsel nickte ich. »Ja, in der Blutgasse.«

»Wie passend.«

»Hoffen wir, dass es nicht wieder Programm wird.«

»Für Galgenhumor ist es definitiv zu früh, Abernathy«, gab sie freudlos zurück und sah sich ein weiteres Mal um, wobei ihre Finger zu der Zahnradkette glitten. »Hast du noch einmal mit Ludwig gesprochen?«

Ich nickte, dann setzten wir uns wieder in Bewegung. »Ninette und er haben sich umgehört, aber bislang sind sie erfolglos gewesen. Keine Informationen zu einem potenziellen Maulwurf und auch in Bezug auf die Mondia hat sich nichts verändert. Wir arbeiten nach wie vor gegen die Zeit.«

Nachdenklich kräuselte Remy die Nase. »Und gegen eine Gruppe von ziemlich entschlossenen Menschen, deren Motive wir nicht kennen.«

Zwei Fronten – und in den dunkelsten Momenten fühlte es sich so an, als würden wir an beiden verlieren. Kurz nachdem Laurent uns in sein Hinterzimmer geführt hatte, hatte er uns dazu genötigt, zumindest für eine Stunde Ruhe zu finden. Eine lächerliche Anweisung, wenn man bedachte, dass meine Gedanken das reinste Schlachtfeld waren. Sie kreisten um die Mondia, um Dot, um meine Leute und den Verräter, um die Novas und warum sie mich so händeringend als Geisel nehmen wollten und … Remy. Mehr, als sie sollten.

»Ich verstehe immer noch nicht, wie sie ins *Safehouse* in Mainz gekommen sind«, meinte sie dann und ließ ihre Kette los. »Du hast doch gesagt, ohne dieses besondere Zeichen auf der Haut hat man keinen Zugang.«

Ich stieß den Atem aus und führte Remy um eine der vielen Kutschen herum, die über die Domstraßen verteilt auf Kundschaft warteten. Pferdegeruch lag in der Luft und vermischte sich mit der Süße der gebrannten Mandeln eines kleinen Stands.

»Entweder haben sie den Baustein entfernt, was ich mir schwer vorstellen kann, oder der Verräter hat ihnen Zutritt verschafft. Eine andere Erklärung gibt es nicht.«

»Warum sollte der Maulwurf seine Deckung verlassen? Das hätte Ludwig doch sicher mitbekommen.« Skeptisch blickte sie an dem gewaltigen Sakralbau empor und schirmte ihre Augen dabei gegen die Sonne ab. Das farbenfrohe Dach des Doms funkelte wie eine Schatzkiste aus bunten Diamanten, umgeben von dem hellen Gemäuer.

Ich ließ mir Remys Einwand durch den Kopf gehen und entschied dann, dass es keinen Sinn machte, sich jetzt den Kopf darüber zu zerbrechen.

»Da vorne ist es«, ließ ich Remy nach einer kleinen Pause wissen und bog mit ihr in die Blutgasse ein. »Das Blutgassenviertel ist eines der ältesten Stadtteile von Wien und für seine vielen Innenhöfe und die Architektur bekannt.«

»Hast du vorher einen Reiseführer studiert?«

»Ist schon eine Weile her«, gab ich zurück und zuckte mit den Schultern.

»Ach ja, fotografisches Gedächtnis und so.« Sie lächelte schief und sah sich in der schmalen Gasse, die von hellen zweistöckigen Häuschen gesäumt wurde, um. Bis auf eine vierköpfige Familie in ein paar Metern Entfernung waren wir die einzigen Besucher. »Die Location passt zu der ganzen Geheimniskrämerei.«

»Vermutlich haben meine Vorfahren sie nur aus diesem Grund gewählt.«

Die Buchhandlung *Die Erste Tinte* lag in einem kleinen Innenhof, der durch einen Durchgang zwischen zwei gedrungenen Häusern erreichbar war. Nach wenigen Augenblicken hatte ich das bronzene Schild mit entsprechendem Pfeil, das gut und gerne auch an einer Taverne im Mittelalter hätte hängen können, gefunden und damit den Zugang zum Atrium. Ich zupfte leicht an Remys Ärmel und nickte in Richtung des Wegweisers. »Bereit, ein paar Bücher durchzublättern?«

»Weil wir immer noch nicht wissen, wonach wir eigentlich suchen?«

»Wir werden es wissen, sobald wir dort sind. Du wirst es wissen.«

Zweifelnd hob sie eine Braue und öffnete dann die breite Holztür, die in einen Freiluftgang mit Kopfsteinpflaster führte. Laternen waren in die Wände eingelassen und nur wenig später löste der von der Sonne geflutete, weitläufige Innenhof das dämmrige Licht ab. Bäume standen über den Hof verteilt, in den Häusern befanden sich mehrere kleine Läden die den Hof gleich mit als Ausstellungsfläche nutzten, und auf einer der verspielten Bänke saß eine junge Violinistin und spielte *Eine kleine Nachtmusik* von Mozart.

»Da ist sie: *Die erste Tinte.*« Remy sah kurz zu mir, dann

steuerte sie zielstrebig auf die Buchhandlung zu, die sich zwischen ein Dekogeschäft und eine kleine Boutique quetschte. Mein letzter Besuch war sicher ein paar Jahre her, doch sobald ich den Laden betrat, schien es, als wäre nicht ein Tag seitdem vergangen. Derselbe überfüllte schmale Verkaufsraum, von dem zwischen deckenhohen dunklen Regalen weitere Nischen und Zimmer abgingen. Dieselbe verschnörkelte Wendeltreppe aus schwarzem Eisen, die auf die niedrige Empore führte, dieselben Bücherstapel, die überall an den Wänden und auf den vielen Perserteppichen standen und dieselbe schummrige Beleuchtung, die einem das Gefühl gab, eine andere Welt betreten zu haben.

Keine Frage, das hier war einer dieser Orte, an denen die Zeit stillzustehen schien.

»Ich verstehe, warum deine Vorfahren ausgerechnet diese Buchhandlung als Umschlagpunkt gewählt haben. Man fühlt sich fast, als wäre man in einem Tunnel aus Büchern irgendwo weit unter der Erde ohne Tageslicht. Ganz wie zu Hause, was?«

»Wir sind keine Wühlmäuse, Remy.«

»Bist du dir da sicher? Du hast doch von deinem *natürlichen Lebensraum* gesprochen.« Einen Herzschlag lang blitzte der Schalk in ihrem Blick auf, dann kehrte die Wachsamkeit zurück. Zusammen mit diesem Ausdruck, den ich mittlerweile zu deuten wusste.

»Du spürst etwas.«

Remy nickte. »Allerdings ist es schwer, es hier drinnen einzugrenzen … scheint alles irgendwie zu flüstern.«

»Vermutlich ist das der Würfel.«

»Oder wir verlieren langsam den Verstand«, erwiderte sie und drehte sich einmal um ihre eigene Achse, wobei sich ihre Augen sichtlich weiteten. *Die erste Tinte* war ein beeindruckender Ort, keine Frage, aber im Vergleich zur Mondia war sie nur ein Splitter dessen, was möglich war. In diesem Moment konnte ich es nicht erwarten, Remy die Weltenbibliothek zu zeigen, ihren Gesichtsausdruck zu beobachten, wenn sie die ewige Weite das erste Mal sah. Der Gedanke ließ mich lächeln und gleichzeitig verursachte er ein unangenehmes Brennen in meiner Brust.

Vorausgesetzt, wir bekommen den Schlüssel rechtzeitig zusammen, bevor alles in sich zusammenstürzt.

Vermutlich wären wir schon ein gutes Stück weiter, wenn ich mir nicht ständig das Gehirn über unwichtige Dinge zermartern würde.

»Guten Tag, kann ich Ihnen behilflich sein?«

Dankbar für die Ablenkung wandte ich mich dem älteren Herrn zu, der letztes Mal noch nicht hier gearbeitet hatte. Mit seinem Cordhemd und dem gestreiften Pullunder, der kleinen runden Brille und den ergrauten Haaren passte er jedenfalls perfekt ins Gesamtbild der Buchhandlung.

»Guten Tag, danke, wir sehen uns nur um«, erwiderte ich auf Deutsch und zwang ein möglichst freundliches und überzeugendes Lächeln auf meine Züge, das ihn hoffentlich über die sichtbaren Blessuren in Remys und meinem Gesicht hinwegsehen ließ.

Der Verkäufer schien kurz zu zögern, dann nickte er. »Geben Sie mir einfach Bescheid, wenn Sie etwas benötigen.«

»Danke«, sagte ich erneut, ehe ich mit Remy an anderen Kunden vorbei weiter in den Tiefen des Ladens verschwand.

»Kam es nur mir so vor oder stand das Misstrauen quasi in Neonschrift auf seine Stirn geschrieben?«

Ich stimmte Remy zu. »Wundert mich kaum, wenn man bedenkt, wie wir aussehen.«

Remy trat an eines der Regale und ließ die Finger über die vielen, ganz unterschiedlichen Buchrücken gleiten. Manche waren neu und ungebrochen, andere in Leder oder Stoff gebunden und wirkten wie aus einem anderen Jahrtausend. Und ich kannte sie ausnahmslos alle. Ohne den Blick abzuwenden, lehnte ich mich an die Bretter in meinem Rücken und verschränkte locker die Arme vor der Brust.

»Du hast mir bisher kaum etwas darüber verraten, wie deine *Magie* wirklich funktioniert«, wisperte Remy in die Stille hinein und wandte sich zu mir um. »Einmal abgesehen davon, dass du alle Sprachen der Welt sprichst und quasi jedes Buch auswendig kennst.«

»Wie kommst du jetzt darauf?«

»Weiß nicht, umgeben von Büchern veränderst du dich irgendwie. Das ist schwer zu beschreiben, Worte waren noch nie meine Stärke.«

Ich hob einen Mundwinkel und zog eines der Bücher neben mir aus dem Regal. »Das liegt vermutlich daran, dass sie nicht wirklich greifbar ist. Ich kann keine Gegenstände durch die Luft fliegen lassen oder durch Wände gehen, aber ...« Mein Herz begann zu rasen, als mir klar wurde, in welche Richtung meine Gedanken gerade wanderten. Zu meiner Gabe, von der bisher kaum jemand wusste. Diesem einen Geheimnis, das ich mit keiner Menschenseele geteilt hatte und ich jetzt Remy aus irgendeinem Grund anvertrauen wollte. Vielleicht, weil sie mir in den vergangenen Tagen so viel von sich gezeigt hatte. Vielleicht, weil ich nicht wusste, wohin unsere Mission führen würde und dieses Rätsel nicht länger für mich behalten wollte. Vielleicht ... vielleicht, weil es sich anfühlte, als könnte ich Remy vertrauen.

Ich atmete tief ein und legte das geschlossene Buch – *Die unendliche Geschichte* – flach auf meine Handfläche, die andere auf den Buchdeckel. »Leg deine Hand auf meine, Remy.«

Langsam kam sie näher und sah mich forschend an. »Warum?«

»Ich möchte … ich möchte dir etwas zeigen. Es lässt sich schwer erklären, selbst für mich, aber ich … ich kann es dich sehen lassen. Wie es funktioniert.« Meine Worte waren nicht mehr als kaum hörbare, vibrierende Silben zwischen uns. »Vertrau mir. Und schließ die Augen.«

Noch einen Herzschlag länger fand ich mich ihren einnehmenden, peridotgrünen Iriden gegenüber, dann senkte sie die Lider und positionierte ihre kühlen Finger auf meinen.

Ich lächelte angespannt, dann schloss ich ebenfalls die Augen und überließ dem Buch, der Geschichte darin, die Kontrolle. Es war, wie ich es gesagt hatte. Nichts davon ließ sich einfach in Sätze oder Erklärungen packen, man musste es sehen, spüren, um es zu begreifen. Seit ich denken konnte, zerbrach ich mir den Kopf über diese Gabe. Darüber, dass mich Dot davor gewarnt hatte, sie jemandem zu zeigen. Dass ich vermutlich der einzige Weltenschreiber mit diesem Talent war. Zermürbende Gedanken, die mich nicht selten auffraßen, und trotzdem hatte mich diese Fähigkeit immer auf ihre Art fasziniert. Weil sie mir grenzenlose Welten eröffnete, sobald ich geschriebene Worte berührte. Wie Träumen ohne erst Einschlafen zu müssen.

»Siehst du es?«, flüsterte ich und strich federleicht mit dem Daumen an ihrer Handkante entlang.

Obwohl meine Lider geschlossen waren, spürte ich ihr Nicken, ihr Lächeln, und erlaubte mir selbst für einen kurzen Moment, darin zu versinken. Vor meinen Augen breitete sich die Welt der unendlichen Geschichte aus. *Phantásien* in all seiner Pracht mit dem Elfenbeinturm, den unendlichen Weiten und Landschaften, die diesen von Michael Ende erschaffenen Kosmos ausmachten. Es war, als würde das Buch zum Leben erwachen und wir mitten im Geschehen sein, während sich um uns herum die Handlung abspielte. Mit den Jahren hatte ich gelernt, dass ich diese *Meta-*

reise, wie ich es getauft hatte, steuern konnte. Ich konnte mittels meiner Gedanken an verschiedene Zeitpunkte der Geschichte reisen, sie verfolgen und ihre Handlung auf diese Weise erleben – solange sie aufgeschrieben worden war. Zwar war ich nicht in der Lage dazu, in den Verlauf einzugreifen oder daran teilzunehmen, aber durch diese Fähigkeit konnte ich Worte *sehen* und sie *erleben*, ich konnte sehen, hören, spüren was sie in sich trugen und so in Texte jeder Art reisen. Als Kind hatte ich unzählige Stunden damit verbracht, auf diese Weise zu *lesen*. Später hatte ich die Gabe genutzt, um Wissen sichtbar zu machen. Ich las einen Artikel über ein neues Element und hatte es in der nächsten Sekunde geistig vor mir. Ich studierte eine Beschreibung über einen gesuchten Menschen und hatte im nächsten Augenblick sein Foto im Gedächtnis. Selbst bei Handy-Nachrichten glaubte ich manchmal, die Person dahinter sehen zu können, zu *sehen*, wie sie sich fühlte. Nicht, dass ich Gedanken lesen konnte, aber manchmal … manchmal kam es mir beinahe so vor. Als würden mir Worte mehr verraten als ihre bloße Bedeutung.

»Sim, das … das ist fantastisch.« Remys Stimme hallte in der Welt, die zwischen uns entstanden war, wider und berührte einen Punkt tief in mir drin. »Ich habe nicht gewusst, dass so etwas überhaupt möglich ist.«

»Es ist eines meiner Geheimnisse … und jetzt ist es unseres.«

»Geheimnis?«

»Ich habe das bisher niemandem gezeigt, weil diese Gabe gefährlich ist. Dot hat mich davor gewarnt, dass sie Chaos stiften könnte und unter den Weltenschreibern … bin ich der Einzige mit dieser Gabe.« Umgeben von der Fantasiewelt der *Unendlichen Geschichte* fiel es mir leichter, das zu sagen. Zuzugeben, dass ich mich dadurch immer anders gefühlt hatte.

»Danke, dass du es mit mir geteilt hast.«

Langsam ließ ich das Buch sinken, sodass sich unsere Hände vom Buchdeckel lösten und *Phantásien* verblasste, bis die Buchhandlung um uns herum wieder Gestalt annahm.

Remy öffnete blinzelnd die Augen und musterte mich. Unsere Blicke verhakten sich ineinander, während das Gesagte und Gesehene noch zwischen uns in der Luft hing, dann ging ein kleiner Ruck durch Aramena.

»Remy, was ist?«

»Ich …« Sie fuhr sich über die linke Schläfe und machte einen Schritt rückwärts. »Ich glaube, ich weiß, was wir suchen.«

Hastig stellte ich das Buch zurück ins Regal und hob den Rucksack, den ich abgestellt hatte, hoch. »Wie?«

»Es mag verrückt klingen, aber als du mir gerade diese … Welt gezeigt hast, war da ein Gegenstand, der nicht reingepasst hat. Wie ein Fremdkörper, der aus dem einheitlichen Bild herausgestochen ist.«

Nichts daran klang verrückt, nicht in Anbetracht dessen, was ich ihr gerade offenbart hatte. »Was ist es?«

»Eine Buchstütze. Eine geschwungene kupferfarbene Buchstütze, deren oberste Kante abgestoßen ist.« Mit ihren Händen beschrieb sie einen Kreis, der immer enger wurde. »Keine Ahnung, wie das zu unserem Schlüssel passt, oder wie wir das Ding hier drin finden sollen – es gibt unzählige Buchstützen im Laden –, aber ich glaube, das ist es.«

»Wir –« Ich unterbrach mich selbst, als mir ein Gedanke kam. Eilig öffnete ich den Rucksack und zog mein Notizbuch samt Kugelschreiber hervor. »Schreib es auf, Remy.«

»Bitte?«

»Die Buchstütze. Schreib sie auf … damit ich sie *sehen* kann.« Meine Wangen wurden warm.

Fragend legte sie die Stirn in Falten, dann nickte sie und kritzelte ein paar schnelle Worte quer über die Seite. Dabei bemühte sie sich nicht gerade um Schönschrift, was mich unweigerlich die Zähne zusammenbeißen ließ, aber letztlich blieb die Form belanglos. Worte waren Worte.

Stumm reichte sie mir das Notizbuch und sah mich dann abwartend an. Dieses Mal hielt ich mich nicht mit Erklärungen auf, sondern berührte die kurzen Sätze mit meinen Fingerspitzen … und *sah*, was Remy gesehen hatte. Eine Buchstütze, die mich an die verworrenen Ornamente der Mondia erinnerte, ohne festes Muster, mitten in der Bewegung erstarrt und mit abgeschlagener Kante, wie sie gesagt hatte.

Kaum, dass das Bild klar genug war, schlug ich die Notizen zu und verstaute sie samt Stift im Rucksack. »Alles klar, ich weiß, welche du meinst.«

»Und das hat dir meine Schrift verraten?«

»Es ist wie mit der *Unendlichen Geschichte*. Ich habe deine Worte gesehen, Remy. Solange sie handgeschrieben sind, kann ich sie greifen.« Ich lächelte leicht und fuhr dann fort: »Am besten teilen wir uns auf und suchen getrennt.«

Remy schien der Vorschlag nicht zu behagen, trotzdem nickte sie und deutete mit dem Kinn nach rechts. »Ich übernehme die Räume da drüben. Wer was findet, schreit.«

Schmunzelnd nickte ich und zog mir die Rucksackträger über die Schultern. »Bis gleich.«

Während Remy in die eine Richtung verschwand, nahm ich mir dieses Zimmer vor. Systematisch ging ich die Regalbretter durch und blieb an jedem kupferfarbenem Gegenstand hängen. Ein altes Miniatur-U-Boot, ein Feldstecher, eine Sanduhr … aber keine Buchstütze, die Remys Worten entsprach. Schweigend wanderte ich von einem Raum zum nächsten, als ich einen Ausruf hörte.

Remy hatte das mit dem *Schreien* wirklich ernst gemeint.

Belustigt schüttelte ich den Kopf und schlenderte zurück in den Hauptraum, wo ich sie mit der gesuchten Buchstütze in den Händen fand.

»Das ging schnell, wo hast du –« Ich brachte die Frage nicht mehr zu Ende, als ich ihre geweiteten Pupillen bemerkte, die farblose Linie, zu der ihre Lippen geworden waren. »*Remy.*«

»Sie sind alle weg«, flüsterte sie. »Der Verkäufer, die anderen Kunden, selbst der Innenhof ist verlassen, Sim. Irgendetwas stimmt nicht.«

Ich mahlte mit den Kiefern und nahm ihr die Buchstütze ab, um sie im Rucksack zu verstauen, dann griff ich nach ihrer Hand. »Gehen wir.«

Aramena hatte recht. Wo es gerade noch von Menschen gewimmelt hatte, war es nun beinahe unheimlich still. Der blaue Himmel hatte sich zugezogen und der Geruch von Regen lag in der Luft. Die Novas hatten zwar nicht die Fähigkeit, das Wetter zu beeinflussen, aber das änderte nichts an dem warnenden Prickeln in meinem Nacken. Und ich war zu oft in prekären Lagen gewesen, um solche Zeichen leichtfertig zu ignorieren.

»Zurück nach Paris?«

Ich nickte und führte uns durch denselben Gang, durch den wir in den Innenhof gelangt waren. »Je früher wir dort sind, desto besser.«

Die Blutgasse war ebenfalls komplett verwaist, normalerweise tummelten sich hier mit voranschreitender Tageszeit Touristen und Einheimische gleichermaßen, denn neben den vielen Läden gab es auch Restaurants und Cafés – doch nun fühlte es sich mitten in Wien an, als wäre wir in eine Geisterstadt geraten.

»Mir gefällt das nicht«, sagte Remy leise neben mir, als wir die Gasse entlanggingen.

»Ich weiß, was du meinst.« Die feinen Härchen in meinem Nacken hatten sich aufgestellt und ich kam nicht umhin zu bemerken, dass sich mein Puls unseren immer schneller werdenden Schritten angepasst hatte.

Wir bogen in die Domgasse ab, hielten uns links … und kamen beinahe noch in derselben Sekunde zum Stehen. Am Ende der schmalen Straße stand eine einzelne weibliche Gestalt in gestohlener Polizeiuniform mit einem beinahe mörderischen Ausdruck auf den feinen Zügen und einer verfluchten Waffe in der Hand.

»*Arrière toute,* Remy! – Zurück!«

Das musste ich nicht zweimal sagen. Ohne Umschweife packte ich ihre Hand fester, ehe wir auf dem Absatz herumwirbelten und in die entgegengesetzte Richtung rannten. Ich musste mich nicht umdrehen, um zu wissen, dass Zella uns folgte.

Ein stechender Schmerz jagte durch meinen Körper, als wir abrupt nach rechts abbogen und dabei auf dem Kopfsteinpflaster ins Rutschen gerieten.

»Wie konnten sie von der Buchhandlung wissen?!«

»Ich habe keine Ahnung«, erwiderte ich und biss die Zähne zusammen. Das ergab verdammt noch mal keinen Sinn. Bis auf Laurent und Ludwig hatte niemand von unserem Vorhaben mit der Buchhandlung gewusst, und für die beiden würde ich, ohne zu zögern, die Hand ins Feuer legen.

Meine kreisenden Gedanken kamen jedoch nur einen Sekundenbruchteil später zum Erliegen, als Remy an meiner Hand riss und mich nach links drängte.

»Sim!«

Ich folgte ihrem Blick und entdeckte Greg, der uns das Ende der Gasse versperrte. Ebenfalls sichtlich angepisst, in Polizeiuniform und bewaffnet. Kein Wunder, dass sich sämtliche Zivilisten verzogen hatten, wo sich die Novas als Cops ausgaben und mit gezückten Pistolen herumliefen.

Kurzerhand wählte ich die nächstbeste Abzweigung und ging gleichzeitig in Gedanken den Stadtplan Wiens durch.

»Der dritte muss hier auch noch irgendwo sein – Finlay.« Jedes ihrer Worte war von einem leisen Keuchen begleitet. »Wo willst du hin?«

»U-Bahn.«

»Bitte?«

Ich brachte uns aus den engen Gassen auf eine etwas breitere Straße nach Norden, weg vom Dom und meinem eigentlichen Plan. »Ähnlich wie in Paris sind auch in Wien die U-Bahntunnel weiter verzweigt als das, was der gewöhnliche Bürger zu sehen bekommt. Das können wir zu unserem Vorteil nutzen.«

Remy verzog verzweifelt das Gesicht, drückte jedoch meine Hand, was ich als stumme Zustimmung wertete. Mittlerweile hatte sich ihr locker geflochtener Zopf gelöst, ihre langen hellbraunen Haare wehten wild um ihren Kopf herum und ihre Wangen waren gerötet. Und obwohl es unmöglich war, meinte ich, ihren Herzschlag genauso galoppieren zu hören, wie es mein eigener tat.

Die nächstgelegene U-Bahnstation, das *Stubentor*, war nicht meine erste Wahl, um auf das unterirdische Netz zuzugreifen, aber im Augenblick ließen uns die Novas hinter uns keine andere Wahl. Also rannten wir. Nach und nach stießen wir wieder auf Passanten, die uns erschrocken aus dem Weg sprangen, als wir – verfolgt von zwei uniformierten Gesetzeshütern – ohne Rücksicht auf Verluste durch sie hindurchpreschten.

»Wo ist Finlay?«, rief Remy, ohne langsamer zu werden und zog mich gerade noch rechtzeitig zur Seite, um nicht von einem Lieferwagen überfahren zu werden.

Fluchend sprang ich aus dem Weg und warf dabei einen Blick über die Schulter. Ich sah Zella und Greg, die sich genau in dieser Sekunde aufteilten, dann wieder nach vorne – und lief direkt in einen Polizisten mit breiten Schultern und vertrauten Gesichtszügen hinein.

Finlay.

»Hallo, Abernathy.« Seine Hand schoss vor und packte brutal nach meinem Arm. Die ruckartige Bewegung trieb mir die Tränen in die Augen, dann spürte ich seine Waffe in meinem Rücken. »Endstation.«

Noch ehe ich etwas hätte erwidern können, tauchten auch schon Zella und Greg auf, die nach Remy griffen und sie ebenfalls fixierten.

»Haben wir euch elendige Diebe«, verkündete Zella für die Schaulustigen auf Deutsch mit einem deutlich britischen Akzent, und schenkte mir ein triumphierendes Lächeln, das ich ihr am liebsten aus dem verdammten Gesicht geschnitten hätte.

»Das ist ein Fehler«, zischte ich hasserfüllt und riss an Finlays schraubstockartigem Griff, was nur dazu führte, dass mir die Schmerzen an meinen Rippen die Sicht raubten.

Zella trat vor mich und sah mir direkt in die Augen. »Nein, Kasimir, der einzige Fehler war, euch nicht schon beim letzten Mal zu töten.«

Kapitel 31

Wien, Österreich

Remy

Sie führten uns vor aller Augen ab, als wären wir Schwerverbrecher. Es war demütigend und Zellas gehässiger Maske nach zu urteilen, genoss sie jede einzelne Sekunde davon in vollen Zügen. Sie hatten gewonnen, wir hatten verloren und jeder qualvolle Schritt, bei dem ich den Lauf von Gregs Waffe in meinem Rücken spürte, erinnerte mich daran.

Die Novas brachten uns nicht direkt zu einem Wagen, sondern in ein Parkhaus, ein paar Seitengassen entfernt. Laut Beschilderung war die Garage wegen Umbaumaßnahmen geschlossen, was im Umkehrschluss bedeutete: keine anderen Menschen, keine Kameras, niemand, der sie aufhalten würde.

… der einzige Fehler war, euch nicht schon beim letzten Mal zu töten …

Dieu, sie würden uns wirklich umbringen. Warum sonst sollten sie uns an einen derart gottverlassenen Ort bringen? Immer weiter unter die Erde?

Ich sah zu Sim, der einen knappen Meter vor mir von Finlay eskortiert wurde, und konnte nicht verhindern, dass sich diese lähmende Angst wieder in mir breitmachte. Wir waren davon ausgegangen, dass sie ihn als Geisel nehmen wollten, doch jetzt … jetzt betraten wir das neunte Untergeschoss des baufälligen Parkhauses und schienen unser Todesurteil unterschrieben zu haben.

Als wir die Rampe der unterste Etage hinter uns ließen, entdeckte ich einen einzelnen schwarzen Van, der mitten auf der asphaltierten Fläche parkte. Abgedunkelte Scheiben und wieder ohne Kennzeichen.

»Das reicht. Legt das Mädchen um und dann verschwinden wir. Diese lächerliche Verfolgungsjagd hat uns schon genug Zeit gekostet.«

Mein Magen drehte sich um, als Greg mich, auf Zellas Befehl hin, an einen der breiten Pfeiler stieß und grob herumriss, sodass mein Rücken gegen den kalten Beton knallte.

Sim bäumte sich auf. »Ich schwöre dir, wenn du ihr etwas antust –«

»Spar dir deinen Atem, Kasimir. Wäre mein Vater nicht so versessen darauf, Antworten zu bekommen, würde ich dich direkt neben deine kleine Freundin stellen und dir eine Kugel in den Kopf jagen.«

Das durfte doch nicht wahr sein, das konnte gerade nicht wirklich passieren! Panisch schaute ich zu Sim und fing seinen Blick auf, in dem unzählige Emotionen miteinander stritten.

»Mach schon, Greg.«

»Nein, bitte«, brach es aus mir hervor, als der Nova ein paar Schritte zurücktrat und die Waffe auf meine Stirn richtete. Ich hasste es, dass meine Stimme dabei brach, ich hasste es, dass ich wie gelähmt war, ich hasste … ich hasste, dass ich hier sterben würde, dass Sim dabei zuschauen musste und meine Eltern nie erfahren würden, was geschehen war.

Mein Kopf begann vor lauter Angst zu dröhnen, vermischte sich mit dem allgegenwärtigen Summen der Geräte und Schaltwerke, und hatte das Gefühl, jeden Moment das Bewusstsein zu verlieren.

»Remy, Gott –« Offenes Leid trat auf Kasimirs Züge. »Zella! *Mince*, du weißt nicht, was du tust, Remy ist –«

»Halt die Klappe!«, fauchte die Nova. »Deine Liebschaften sind mir scheißegal. Sie ist mir scheißegal. Sie bedeutet nichts in unserer Welt und das weißt du.«

»Nein! Fuck, NEIN.« Wieder kämpfte Sim gegen Finlays Griff an, doch als dieser ihm einen heftigen Schlag in die Seite verpasste, gab er stöhnend auf. »Remy …«

Gequält sah ich von Sim zu Greg und hob langsam die Hände, eine Träne lief mir über die Wange, brannte in der kleinen Wunde auf meinem Gesicht. »Bitte«, wisperte ich, »bitte nicht.«

Gregs Miene blieb wie versteinert, als er einen Finger an den Abzug legte. Keine Spur der Reue, kein Mitgefühl, gar nichts. Einen Moment lang fragte ich mich, was geschehen musste, um derart gefühlskalt zu werden. Dann wurde es mir egal. Alles wurde egal, weil ich kurz davorstand, erschossen zu werden.

Die Zeit dehnte sich aus.

Ich ließ die Hände sinken und ballte sie zu Fäusten, sah Greg direkt in die dunklen Augen, während das Dröhnen hinter meiner Stirn immer lauter wurde. Beinahe so, als würde meine Angst das Summen befeuern, es nähren. Es bohrte sich in meinen Kopf, meine Gedanken, bis alles andere verschwand. Sim, der kraftlos Zella anbrüllte, Finlay, der versuchte, Kasimir an Ort und Stelle zu halten, der sich immer wieder mit schmerzerfüllter Miene wehrte, das Parkhaus … Alles bis auf das Surren.

Das Surren und seine Quelle.

Ich biss die Zähne aufeinander, als mir klar wurde, dass es

nicht der Würfel mit den Lettern und der Buchstütze war, sondern … der Van. Der Van war die Quelle. Der Van mit seinem Motor, der Lichtmaschine, den vielen kleinen Schaltkreisen erzeugte dieses Flüstern, das ich anders als in Mainz instinktiv verstand. Und nutzte.

Ich konnte nicht sagen, woher ich das Wissen nahm, aber in diesem Augenblick *wusste* ich einfach, was ich tun musste. Wie ich das Summen lenken und kontrollieren musste. Etwas in mir wurde ganz ruhig, obwohl sich mein Puls anfühlte, als würde er mir jeden Moment die Brust zertrümmern. Ich atmete langsam aus, horchte noch einmal auf das Surren, ehe ich es packte und mit aller Kraft an mich zerrte.

Ein paar Sekundenbruchteile lang schien die Zeit stillzustehen, niemand tat auch nur einen Atemzug, dann explodierte plötzlich die Welt um uns herum und riss alles mit sich. Ich wurde gegen den Pfeiler geschleudert, schlug hart gegen den unnachgiebigen Beton und ging zu Boden. Schutt und Asche füllte die Luft, die von lodernden Flammen erfüllt war. Das Parkhaus ächzte, Glas splitterte, jemand schrie. Blinzelnd fuhr ich mir über die brennenden Augen, versuchte, mehr durch den dichten Staub zu erkennen, während sich ein hohes Piepsen in meinen Ohren festgesetzt hatte. Verschwommen erkannte ich, dass das Feuer ungehindert aus dem Van schlug und auf das Baumaterial daneben übergesprungen war. Kasimir, Zella und die beiden anderen Novas konnte ich nirgendwo sehen. Kein Lebenszeichen, als hätten die Flammen sie in ihrer Gier verschluckt. Mühsam stemmte ich mich ein wenig hoch, wobei ein scharfes Stechen durch meinen linken Arm raste, und kämpfte mich mit dem Pfeiler als Stütze auf die Füße.

Als ich das gesamte Ausmaß der Explosion erkannte, stockte mir der Atem. Die Decke hatte tiefe Risse davongetragen, Gestein lag auf dem aufgebrochenen Asphalt und bis auf die groben Konturen war von dem Van nicht mehr viel übrig.

Nom de Dieu, das kann doch nicht …

Der Gedanke brach jäh ab, als ich links von dem brennenden Fahrzeug eine Regung bemerkte. Dunkle Haare, ein schwarzer Pullover … *Kasimir.*

Stolpernd setzte ich mich über das Chaos hinweg und ging im nächsten Moment neben ihm zu Boden.

»Sim! Kannst du mich hören?!«

Ihm kam ein raues Husten über die Lippen, dann öffnete er die Augen. »Remy.«

Schluchzend zog ich ihn an meine Brust und presste meine Lippen auf seine Stirn. »Ich dachte schon …«

Kasimir drückte meinen Unterarm und schüttelte den Kopf. »Ich bin okay.« Wieder hustete er und hielt sich dabei seinen Oberkörper.

»Du bist meilenweit davon entfernt, *okay* zu sein.«

»Können wir uns an einem anderen Ort darüber streiten?«

Mein Schluchzen vermischte sich mit einem Lachen. »Sicher, natürlich.«

Gemeinsam schafften wir es aufzustehen, wobei ich eine Hand um Sims Taille schlang, während er sich nach dem Rucksack bückte. »Hölle, Remy, was war das?«

Ich biss mir auf die Unterlippe und schüttelte fassungslos den Kopf. Tief in mir drin ahnte ich, was das gewesen war. Was ich getan hatte – aber ich konnte und wollte es nicht glauben. Ich konnte und wollte es nicht aussprechen. Das war … zu verrückt.

Mein Magen wurde zu einem harten Knoten.

»Lass uns das an einem anderen Ort besprechen, ja?«, wiederholte ich matt seine Worte und strich mir ein paar Haare aus der

Stirn, als ich die Hand zurücknahm, klebte Blut an meinen Fingerspitzen.

Sim zog die Brauen zusammen, nickte jedoch. Mit einem letzten Blick auf das Schlachtfeld humpelten wir in Richtung Rampe, um dieses Parkhaus, diese Stadt, endlich zu verlassen …

… als uns eine scharfe Drohung zurückhielt.

»Stehen bleiben oder ich schwöre, ich drücke ab.«

Alarmiert fuhren Kasimir und ich zu Zella herum, die inmitten der Trümmer stand. Blut lief ihr über die Schläfe, doch die schwarze Waffe in ihren Händen zitterte keinen Deut.

Behutsam schob sich Sim vor mich und verengte die Augen. »Das hast du schon einmal gesagt, Zella. Worte ohne Bedeutung verlieren irgendwann ihre Macht.«

Bei seiner Erwiderung blitzte etwas in ihren eisblauen Augen auf. Schmerz, Wut, Verbitterung. In der nächsten Sekunde war jede Regung aus ihren Zügen verschwunden, jede Menschlichkeit. Und dann betätigte sie den Abzug und schoss.

Instinktiv wollte ich ihn zur Seite stoßen, doch Sim war schneller und die Kugel fand ihr Ziel.

Kasimir gab ein schmerzerfülltes Stöhnen von sich, ging schwerfällig zu Boden, während Zella nach wie vor mit erhobener Waffe seltsam entrückt dastand.

»SIM!« Mein Schrei hallte laut und schief von den Wänden wider, als ich neben ihm niederkniete und dann zu Zella blickte. »Du Monster! Du verfluchte –!«

»Remy! Sim!«, erklang es in diesem Moment aus Richtung der Rampe. Eine Stimme, von der ich im ersten Augenblick glaubte, sie mir nur eingebildet zu haben. Bis ich durch den Rauch Ludwigs vertraute Züge erkannte. Hinter ihm waren weitere Weltenschreiber mit gezogenen Waffen und konzentrierten Mienen.

Mir kam ein Seufzer der Erleichterung über die Lippen,

als mir klar wurde, was das bedeutete. Dass wir nicht länger allein waren. Dass sie Sim helfen und wir es schaffen konnten. Unwillkürlich umfasste ich Kasimir, dessen Augen nach wie vor geschlossen waren, fester und schaute hoch. Doch dort, wo die Nova noch Sekunden zuvor gestanden hatte, befanden sich nun nur noch Schutt und Asche.

Von Zella Ramsay fehlte jede Spur.

Vierter Teil

»Durch die Tore der Mondia«

Kapitel 32

1. Arrondissement, Paris

Remy

Zwei Tage lang öffnete Kasimir Abernathy nicht die Augen. Manon, die Ärztin der Weltenschreiber, gab sich alle Mühe, doch letztlich brauchte Sim Zeit, sich zu erholen. Und niemand konnte sagen, wie lange das dauern würde. Zellas Kugel war nicht tödlich gewesen, doch sie hatte seinen linken Oberarm gestreift und eine ziemlich üble Wunde hinterlassen, wodurch er viel Blut verloren hatte. Dazu waren zwei seiner Rippen gebrochen, drei weitere geprellt und gut ein Dutzend Schnittwunden zu behandeln gewesen. Ich selbst hatte in Anbetracht dessen, was wir durchgemacht hatten, Glück gehabt. Ein paar Prellungen, mein linker Arm war verstaucht, und neben einer leichten Gehirnerschütterung hatte ich kleinere Schnitte davongetragen. Manon hatte mehrfach versucht, mich in eines der Krankenbetten zu verfrachten, aber bisher war es ihr nicht gelungen, mich von Kasimirs Seite wegzukriegen. Ich konnte ihn nicht allein lassen, nicht, nachdem ich geglaubt hatte, er wäre gestorben. Nicht, nachdem wir so viel durchgemacht hatten.

Nicht, nachdem ich schuld daran war, dass er hier lag.

Hinter mir wurde der Vorhang, der unseren Bereich abtrennte, leise aufgeschoben, dann erschien Ludwig neben mir. Dem Zustand seiner Kleidung nach zu urteilen, hatte er in den letzten Stunden genauso wenig geschlafen wie ich.

»*Salut*, Remy.«

»*Salut*.«

»Unverändert?«

Ich nickte. »Manon sagt, er ist auf einem guten Weg, aber … er hat viel abbekommen.«

Ludwig zog sich einen zweiten Hocker heran. »Sim wird wieder. Der hat schon ganz andere Sachen weggesteckt.«

Stirnrunzelnd rang ich die Hände im Schoß und schüttelte leicht den Kopf, was ein unangenehmes Pochen in meinem Schädel auslöste, das ausnahmsweise einmal nicht mit dem Summen meiner Riparigabe zusammenhing. »Ich weiß nicht, was passiert wäre, wärt ihr nicht aufgetaucht. In dem ganzen Chaos habe ich mich noch gar nicht dafür bedankt, Lu.«

»Das ist auch nicht nötig. Ist doch selbstverständlich, dass wir aufeinander aufpassen.« Ein kleines Lächeln trat auf seine Züge, was sich als schwächere Kopie auf mich übertrug.

»Wie habt ihr uns überhaupt gefunden?«

»Auf dieselbe Weise, wie euch auch die Novas finden konnten. Deine Freundin ist darauf gekommen.«

»Wo ist Ninnie überhaupt?«

Lu schenkte mir ein beruhigendes Lächeln. »In Sicherheit, bei ihrer Familie.«

Unzählige Fragen strömten gleichzeitig auf mich ein, doch ich entschied mich vorerst bei der drängendsten zu bleiben. Langsam richtete ich mich ein wenig auf. »Also war es wirklich ein Maulwurf?«

Lu winkte ab und legte seinen Fuß auf dem Knie ab. »Es gibt

keinen Maulwurf, gab es nie. Nur moderne, hinterhältige Technik. Bei meiner Recherche mit Ninette bin ich auf ein Signal gestoßen, das euren Standort in Echtzeit übertragen hat. Die Mistkerle müssen euch einen Sender untergejubelt haben.«

»Vermutlich in Rom«, überlegte ich laut und strich mir durch die noch feuchten Haare. »Und wir haben es nicht gemerkt.«

»Ihr hattet ja auch ganz andere Sorgen, Remy. Niemand hier macht euch einen Vorwurf. Ganz im Gegenteil, ihr seid die Helden der Stunde.« Das Braun seiner Augen nahm einen warmen Ton an.

»Noch ist die Mondia nicht offen«, hielt ich dagegen und sah wieder zu Sim. »Wir wissen nicht einmal, ob wir alle Teile zusammenhaben.«

Ludwig legte mir sanft eine Hand auf die Schulter. »Die Sorge kann ich dir zumindest nehmen. Es gibt kein weiteres Rätsel, alle Bauteile sind in unseren Händen und warten nur darauf, zum Einsatz zu kommen.« Ein leises Räuspern, dann: »Und vielleicht sollten wir das in Angriff nehmen, Remy. Die Welt da draußen kann nicht länger warten.«

Das wusste ich, es war eines der Gewichte, die sich in den letzten zwei Tagen auf meine Schultern gelegt und mich zu Boden gedrückt hatten, trotzdem fühlte es sich falsch an, das Ganze ohne Sim zu tun.

»Der Sender erklärt nicht, wie die Novas in das *Safehouse* in Mainz gelangen konnten«, wechselte ich das Thema, obwohl ich wusste, dass es feige und egoistisch war.

Zu meiner Überraschung gab Ludwig nach, auch wenn ihm mein Ablenkungsmanöver sichtlich missfiel. »Es gibt eine Weltenschreiberin – Dianne –, wir dachten, sie wäre schon vor einem halben Jahr bei einer Auseinandersetzung ums Leben gekommen, aber wie sich herausgestellt hat, war sie die ganze Zeit über eine

Geisel der Novas. Sie muss ihnen von dem Baustein der Mondia erzählt haben und vermutlich auch, wie man seine Wirkung deaktivieren kann.«

»Was ist aus Dianne geworden?« Ich stellte die Frage, obwohl ich die Antwort längst kannte.

»Unsere Leute haben gestern ihre Leiche gefunden, sie muss seit mehreren Tagen tot sein.«

Ich streichelte sanft über Sims leblosen Arm. Die Blutergüsse waren die einzigen brutalen Farbtupfer auf seiner blassen Haut und der weißen Bettwäsche. Um ein Haar wäre er ihr nächstes Opfer geworden.

Oder wir beide.

»Remy … ich kann mir vorstellen, dass es hart für dich ist, darüber zu sprechen, aber was ist im Parkhaus passiert?«

Abrupt fasste ich ihn wieder ins Auge. »Spricht da Valentin oder Corbin?«

Lus Züge verfinsterten sich, schuldbewusst senkte ich den Blick.

»Tut mir leid«, murmelte ich und atmete aus. Valentin hatte sofort nach unserer Ankunft im Untergrund, und sobald klar gewesen war, dass Sim wieder in Ordnung kommen würde, um einen detaillierten Bericht gebeten. Ich hatte verstanden, dass jede Wissenslücke ein Risiko darstellte, es jedoch nicht geschafft, darüber zu reden. Nicht eine einzige Frage hatte ich beantwortet, weil mir schlichtweg die Kraft gefehlt hatte.

»Remy …« Lu berührte mich sanft an meinem gesunden Arm. »Was ist so schrecklich, dass du nicht darüber sprechen kannst?«

Ich senkte die Lider. »Ich.«

»Du?«

»Ich bin es gewesen. Ich weiß nicht genau wie, es … es ist einfach passiert.«

»Was ist passiert?«

Gequält schaute ich auf und griff nach dem kleinen Zahnrad. »Die Explosion. Ich habe den Van explodieren lassen. Es ist meine Schuld, dass Sim da liegt, dass die zwei Novas tot sind und Zella fliehen konnte. Alles meine Schuld.«

Ludwigs Augen weiteten sich. »Remy, wie solltest du das gemacht haben? Nichts davon ist deine Schuld.«

»Doch.« Diese verfluchten Tränen stiegen wieder in mir hoch, ließen Kasimir und die Krankenstation verschwimmen. »Ich war es. Ich habe dieses Surren gehört, ich habe plötzlich vor mir gesehen, welche Teile des Motors und der anderen Maschinen ich wie miteinander verknüpfen muss, um das Ding hochgehen zu lassen, und als ich es mir vorgestellt habe … ist es Wirklichkeit geworden. Als hätte ich die Einzelteile durch meine Gedanken neu zusammengesetzt, aber das … *Mince*, das ist komplett unmöglich.«

Sprachlos öffnete und schloss Lu den Mund und fuhr sich dann durch die dunklen Haare. »Ich habe noch nie davon gehört, dass eine Ripari imstande ist, so etwas zu tun.«

Darauf wusste ich nichts zu erwidern, also schwieg ich, während meine Gedanken immer lauter wurden.

»Aber in unserer Welt gibt es viele Dinge, die sich nicht so einfach erklären lassen, und vielleicht ist das hier ein neues Puzzlestück. Ein weiteres Geheimnis.«

Ein Geheimnis, das Menschen getötet und verletzt hatte, etwas, das ich nie gewollt hatte.

Und ohne diese … diese Fähigkeit wärst du jetzt tot, zählt das gar nichts?

Säure stieg mir in die Speiseröhre. Dann schaffte ich es wieder, Lu in die Augen zu sehen. »Kannst du mir etwas versprechen?«

»Es ist schwer, deinen hübschen grünen Augen etwas abzuschlagen, aber in Anbetracht der Tatsache, dass wir kurz vor dem Weltuntergang stehen, würde ich sagen, das kommt drauf an.«

Ein schwaches Lächeln glitt über meine Lippen. »Kannst du das, was ich dir gerade verraten habe, noch etwas für dich behalten?«

»Das geht –«

»Bitte. Nur, bis ich selbst weiß, was das bedeutet. Ob es …«

Mitgefühl trat auf seine Züge. »Ob es wieder passiert?«

Ich nickte abgehackt und grub die Nägel in meine Handflächen. »Diese Explosion, was auch immer ich getan habe … es hätte auch ihn umbringen können, Ludwig.«

»Das kann sein«, gab er ernst zurück. »Es kann aber auch sein, dass du euch beiden dadurch das Leben gerettet hast.«

Jemand fuhr federleicht über meine Haare. Erst ganz zögerlich, dann in ruhigen, gleichmäßigen Bewegungen, die langsam durch die Dunkelheit zu mir durchdrangen. Instinktiv reckte ich mich der Berührung entgegen und seufzte leise, bis mein Bewusstsein in Gang kam und die letzten Momente, die ich noch zu fassen bekam, zusammensetzte.

Ruckartig fuhr ich hoch und stieß mir dabei heftig das Knie am Bettgestell an, ehe ich zu Kasimir schaute. Kasimir, der aufrecht in die Kissen gelehnt dasaß und mich mit einem warmen Schmunzeln bedachte.

»*Bonjour*, Remy.«

»Ich … Du bist wach!« Ohne auf eine Erwiderung zu warten, stand ich auf und schlang die Arme um ihn. Sim zuckte leicht zusammen, erwiderte die Umarmung jedoch genauso heftig und drückte mich fest an sich. Sein kräftiger Herzschlag donnerte gegen meine Brust, erinnerte mich daran, dass wir beide am Leben waren.

»Hi«, murmelte er kaum hörbar, wobei sein Atem warm über die empfindliche Haut unterhalb meines Ohrs strich.

»Hey.« Behutsam löste ich mich von ihm und fummelte dann nervös am Saum meines Shirts herum. »Wie … wie lange bist du schon wach?«

»Ungefähr eine Stunde, vielleicht etwas mehr. Manon war schon hier, aber wir wollten dich nicht wecken.«

»Was? Warum denn nicht?«

»Weil du dringend Schlaf gebraucht hast.« Er bedachte mich mit einem bedeutungsvollen Blick, der vermutlich darauf abzielte, dass ich noch immer die dreck- und blutverschmierten Sachen aus Wien trug, und sich bis auf die Pflaster und den kleinen Klammerverband an meiner Schläfe nichts an meinem Zustand geändert hatte. Aber es hatte sich falsch angefühlt, Sim allein zu lassen. »Auch wenn die Position, in der du auf meiner Bettdecke gelegen hast, alles andere als bequem sein konnte.«

Meine Wangen wurden heiß. Lu hatte mich irgendwann allein gelassen, das wusste ich noch und dann … dann war ich einfach auf ihm eingenickt? *Dieu.* »Wie lange habe ich geschlafen?«

Kasimir rutschte ein wenig hin und her, wobei er kurz das Gesicht verzog. »Laut Manon etwa vier, fünf Stunden.«

»Vier, fünf Stunden«, wiederholte ich leise, strich mir die Haare aus der Stirn und blieb dabei prompt in mehreren Knoten hängen. »Wie geht es dir?«

»Den Umständen entsprechend, ich werde wieder, mach dir keine Sorgen. Die Medikamente wirken und *Papas* Anweisungen tun den Rest.«

»Dein Vater war auch hier?« Das wurde ja immer besser. »Was hat er gesagt?«

Nachdenklich furchte er die Stirn. »Er hat sich ausführlich nach uns erkundigt und ist froh, dass es uns so weit gut geht. An erster Stelle steht natürlich, dass wir wieder auf die Beine kommen, aber ihm war auch anzusehen, dass ihn jede Stunde, die ohne Öffnung der Bibliothek verstreicht, graue Haare bereitet.«

»Lu hat etwas ganz Ähnliches gesagt«, gab ich leise zurück und dachte an unser Gespräch, an das, was ich ihm über meine Vermutung mit dem Van gesagt hatte.

Sim griff nach einer meiner kalten Hände. »Alles okay?«

Ich würde mit Kasimir darüber sprechen, keine Frage, aber Valentin und Ludwig hatten recht, wir mussten uns zuerst um die Mondia kümmern. Alles andere konnte warten. »Ja, ich denke nur auch, dass wir das mit dem Schlüssel so schnell wie möglich erledigen sollten.«

»Dein Pokerface ist genauso mies wie Lus.« Einen Moment lang bedachte er mich mit einer gespielt tadelnden Miene, dann wurde er wieder ernst. »Aber ich bin deiner Meinung. Wir sollten die Welt nicht länger warten lassen. Ehrlich gesagt, war ich überrascht, als *Papa* sagte, du hättest die Bibliothek noch nicht geöffnet.«

»Wir haben bisher alles zusammen gemacht«, meinte ich leise und wandte den Kopf zur Seite. Sims aufmerksame Musterung spürte ich trotzdem. »Ich wollte das nicht ohne dich durchziehen.«

Kasimir drückte leicht meine Finger. »Dann machen wir das jetzt gemeinsam und beenden diesen Wahnsinn.«

Langsam ließ ich meinen Atem entweichen und nickte.

Manon war nicht begeistert, als Kasimir und ich ein paar Minuten später an ihr vorbei aus dem Krankentrakt spazierten, aber sie verstand den Ernst der Lage und ließ uns – wenn auch widerwillig – ziehen. Während wir durch den breiten Tunnel aus hellem Sandstein gingen, der von indirekter Beleuchtung in gelbliches Licht getaucht wurde, hingen wir beide unseren Gedanken nach. In mir tobte das reinste Durcheinander, ein Gemisch aus Emotionen, einzelnen Bildern und einer Grundanspannung, Sim hingegen wirkte beinahe unheimlich ruhig. Einzig seine verkrampften Schultern und die zusammengebissenen Zähne verrieten, was in ihm vorgehen musste. Und dass er Schmerzen hatte, trotz der Medikamente.

Ich steckte die Hände in die Taschen meiner nun nicht mehr so hellen Leinenhose und sah Kasimir von der Seite an, nur um zu bemerken, dass sein Blick bereits auf mir lag.

»Hast du schon mit deiner Familie sprechen können?«

Ich zog meine Unterlippe zwischen die Zähne und machte eine Geste, die irgendwo zwischen Nicken und Kopfschütteln lag. »Ich habe ihnen ein paar Nachrichten geschrieben und mich erkundigt, wie es ihnen geht. Ninnie habe ich noch ein bisschen mehr erzählt, sie aber auf unser nächstes Treffen verströstet. Es schien mir zu riskant, das über einen FaceTime-Anruf zu klären.«

Einer seiner Mundwinkel wanderte in die Höhe. »Danke, dass du geblieben bist, Remy. Ich kann mir vorstellen, dass du nach den Ereignissen in Wien gerne bei deiner Familie gewesen wärst.«

Ruckartig senkte ich das Kinn und starrte auf meine sichtlich mitgenommenen Sneaker. Es war mir beinahe unangenehm, aber wenn ich ehrlich mit mir war, dann hatte ich nicht einmal daran gedacht, den Untergrund zu verlassen. Nicht, wo ich wusste, dass Ninnie, Esther und meine Eltern in Sicherheit waren, wo Sim bewusstlos gewesen war und ich nicht sagen konnte, wann und ob ich wieder eine mittelgroße Katastrophe auslösen würde. Ich fühlte mich wie eine tickende Zeitbombe – ich hatte Menschen umgebracht, das Letzte, was ich wollte, war, diese Liste um weitere Leben zu ergänzen.

»Hey, Remy. Was ist los?«

Erst als ich wieder aufsah, wurde mir bewusst, dass Kasimir ein paar Meter hinter mir stehen geblieben war.

»Rede mit mir. Irgendetwas ist doch in den letzten zwei Tagen passiert.«

»Du meinst, abgesehen davon, dass wir beide beinahe draufgegangen wären?«

Seine Miene war Antwort genug.

Ich seufzte schwer und strich mir die Haare zurück. »Meinst du nicht, dass der Schlüssel gerade wichtiger ist als mein moralisches Dilemma?«

»Sag du es mir.«

Merde, Sim konnte einen wirklich auf die Palme bringen mit seinen Gegenfragen und diesem … diesem eindringlichen und gleichzeitig verständnisvollen Ausdruck, der die harten Mauern in mir bröckeln ließ. »Ich …«

»Kasimir, Aramena!«

Sim und ich wandten uns gleichzeitig der Männerstimme zu, deren Besitzer nur ein paar Sekundenbruchteile später im Gang erschien. »Gut, euch beide wohlauf zu sehen.«

Valentin Abernathy schien in den knapp fünf Tagen, seit wir Paris verlassen hatten, um nach Mainz zu fliegen, um einige Jahre gealtert zu sein. Dunkle Schatten lagen auf seinen von Sorge zerfurchten Zügen, seine sonst so akkurate Kleidung war zerknittert und die Falte zwischen seinen Augenbrauen war zu einem festen Bestandteil seines Gesichts geworden.

»*Papa*, wir waren gerade auf dem Weg zu dir. Remy und ich sind bereit, den Schlüssel zusammenzusetzen.«

»Das sind erfreuliche Neuigkeiten«, gab der Anführer der Weltenschreiber zurück und fuhr sich übers Kinn. Ein leichter Bartschatten lag darauf. »Es gibt weltweit weitere beunruhigende Entwicklungen, die keinen Aufschub mehr erlauben.«

»Was ist mit den Novas und Zella?«

Bei Sims Frage verhärtete sich etwas in meinem Magen. Zwar hatte ich Finlay und Greg erwischt, aber Charles' Tochter war noch da draußen und dachte sich vermutlich bereits den nächsten perfiden Plan aus, um uns zu töten.

»Keine Anzeichen neuer Aktivitäten. Wir haben die beiden toten Novas untersucht, konnten aber keine Hinweise auf mögliche Vorhaben finden. In dieser Hinsicht tappen wir weiterhin im Dunkeln.« Valentin war anzusehen, wie schwer diese Tatsache auf seinen Schultern lastete.

Sim trat zu seinem Vater und drückte kurz seinen Arm. »In Kürze wird uns wieder das gesamte Wissen der Mondia zur Verfügung stehen, ich bin mir sicher, dass wir dort Antworten finden werden.«

Einige Herzschläge lang bedachte Valentin seinen Sohn mit einem Ausdruck, den ich nicht zu deuten vermochte, dann zeigte er in Richtung Zentrale. »Ich kann es nicht erwarten, die Bibliothek wieder unter den Lebenden zu wissen.«

Je näher wir dem Herzstück der unterirdischen Weltenschreiber-Anlage kamen, desto lauter wurde das allgegenwärtige Summen in der Luft. Doch anders als zuvor lähmte es mich nicht länger, war nicht länger schmerzhaft, sondern fast … angenehm.

Beruhigend. Wie ein Teil von mir, der mal präsenter, mal leiser war, aber immer dazugehörte. Und das stand im absoluten Widerspruch zu meinen letzten Erfahrungen hier unten. Zu dem Dröhnen, das kaum auszuhalten gewesen war und dem Wunsch, möglichst großen Abstand zwischen die Bibliothek und mich zu bringen. Jetzt war es beinahe so, als würde mich etwas in ihre Richtung ziehen, als wäre es der einzige Ort, an dem ich sein sollte.

An den ich hingehörte.

Ich starrte auf Kasimirs Rücken, der mit Valentin einen knappen Meter vor mir ging, während sich mein Puls merklich beschleunigte.

Was auch immer in Wien geschehen war, als ich dem Summen in der Parkgarage die Kontrolle überlassen hatte, es hatte weit mehr Auswirkungen als nur die Explosion nach sich gezogen. Und hier und jetzt hatte ich keine Ahnung, worin diese Folgen bestanden.

»Ich würde vorschlagen, ihr nutzt den kleinen Besprechungsraum direkt gegenüber der Bibliothek, um den Schlüssel zusammenzusetzen«, sagte Valentin gerade laut genug, um mich aus meinem innerlichen Sturm zu reißen.

»Klingt vernünftig«, erwiderte Kasimir und fuhr sich über den dicken Verband an seinem Arm. »Habt ihr in den letzten Tagen herausgefunden, wie das genau aussehen soll?«

»Bisher nicht, die Gegenstände scheinen keine nennenswerte Verbindung zu haben, einmal abgesehen davon, dass sie aus der literarischen Welt stammen und Teil des Rätsels waren. Wir bauen darauf, dass Aramena Licht ins Dunkel bringen wird, schließlich hast du die Bestandteile identifiziert, wie ich erfahren habe.«

Als ich meinen Namen hörte, blickte ich auf und begegnete

Valentins freundlicher Miene, der mich über seine Schulter hinweg ansah. »Ich … ja, ich hoffe, ich kann helfen.«

Und sorge dabei nicht unbeabsichtigt dafür, dass der ganze Untergrund explodiert.

Sim schien meine Bedenken zu spüren, denn als wir einen großen runden Bereich betraten, von dem mehrere Gänge abzweigten, ließ er sich zu mir nach hinten fallen.

»Zusammen finden wir das schon heraus. Letztlich ist es auch nichts weiter als das nächste Rätsel in der Reihe, das wir knacken müssen, Remy.«

Mehr als ein schwaches Lächeln brachte ich nicht zustande.

»Ich habe dafür gesorgt, dass ihr in Ruhe arbeiten könnt«, ließ uns Valentin wissen. »Ich denke, dass ist in eurem Sinne. Auch wenn das natürlich nichts daran ändert, dass wir noch einen ausführlichen Bericht erwarten.«

»Wie könnten wir das vergessen, Vater?«

Noch ehe wir das Ende des Tunnels erreichten, der eher wie eine lang gezogene Halle wirkte, wusste ich, dass sich hinter der leichten Biegung der Zugang zur Mondia befand. Ihr Flüstern vibrierte in meinen Adern, ließ mein Blut in einem Takt pulsieren, der nicht mein eigener Herzschlag war und trotzdem zu meinem wurde. Instinktiv legte ich mir eine Hand auf die Brust und sah dann zu dem großen Portal, hinter dem die Weltenbibliothek lag. Die verschlossenen, nach oben hin spitz zulaufenden Flügel aus dunklem Holz reichten bestimmt sechs Meter in die Höhe, unzählige Insignien und Intarsien schmückten die Pforte und verwandelten das Holz in verworrene Muster.

Ohne dass es eine bewusste Entscheidung gewesen wäre, trat ich zur Tür, folgte den gesäuselten Worten, dem Pulsschlag, bis ich zwei Meter davor stehen blieb und emporschaute. Die Ornamente brannten sich in meine Netzhaut, begannen sich vor meinen Augen zu bewegen, lebendig zu werden, als würden die Zahnräder und Federn, die Lilien und ineinander verschlungenen Kreise über das Holz gleiten.

Und ich war unfähig, den Blick abzuwenden.

Ich war unfähig, mich ihr zu entziehen.

Es war nicht das erste Mal, dass ich den Zugang zur Mondia zu Gesicht bekam und trotzdem hatte ich das Gefühl, erst jetzt wirklich zu *sehen*. Als wäre ich bei den letzten Malen blind für ihre wahre Beschaffenheit gewesen, für das Leben, das sie schützte.

»Remy.« Sims Finger streiften leicht meinen Arm. »Was ist?«

Ohne den Blick abzuwenden, schüttelte ich kaum merklich den Kopf. »Siehst du es?«, fragte ich ihn, so, wie er mich in *Die erste Tinte* gefragt hatte.

»Die Muster?«

»Das Leben.« Aus einem Impuls heraus verschränkte ich meine Finger mit seinen. Ein kleiner Stromschlag schoss von unserer Berührung aus durch meinen Körper und ich wusste instinktiv, dass er es auch gespürt hatte. Und nun sah, was ich sah.

»Remy …«

»Sie ist lebendig und sie wartet. Auf uns. Aus irgendeinem Grund wartet sie auf uns«, wisperte ich und folgte einer gebogenen Linie, die sich wie eine Schlange über die Tür bewegte. Vorbei an einer großen Feder mit Schreibkiel, einem stilisierten A, das von Schnörkeln umgeben war, und einer Insignie, die ich schon einmal gesehen hatte. In Wien, in der Buchhandlung.

Sim trat einen Schritt vor, sodass sich unsere Schultern berührten. Seine Wärme prickelte auf meiner Haut. »Dann sollten wir sie nicht länger warten lassen.«

Zum ersten Mal löste ich den Blick von den Torflügeln. Valentin stand einige Meter hinter uns, die Arme vor der Brust verschränkt und mit nachdenklich gerunzelter Stirn, während Sim mich abwartend ansah.

»Wir brauchen keine Anleitung, um den Schlüssel zusammenzusetzen. Sie ist die ganze Zeit direkt vor unseren Augen gewesen.«

»Wovon sprichst du?« Die helleren Flecken im Braun von Sims Augen schienen zu leuchten.

»Das Portal der Mondia ist die Anleitung«, gab ich zurück, ein kleines Lächeln zupfte an meinen Lippen, während das Flüstern lauter wurde. »Und alles, was wir tun müssen, ist ihr zuzuhören, Sim.«

Kapitel 33

1. Arrondissement, Paris

Sim

Ich hatte mein ganzes Leben hier unten verbracht. Ich war hier aufgewachsen, hatte gelernt, was es bedeutete, ein Weltenschreiber zu sein und die Geheimnisse dieser Welt studiert. Ich hatte herausgefunden, dass ich eine Gabe in mir trug, die niemand anderes zu haben schien, hatte mich deswegen wie ein Außenseiter unter Außenseitern gefühlt und Sicherheit und Zuflucht in den Ewigen Hallen der Mondia gefunden. Doch noch nie in meinen einundzwanzig Jahren hatte ich gesehen, was ich nun durch Aramenas Augen sah.

Ich wusste, dass die Bibliothek lebte, dass sie vielleicht keinen Herzschlag in unserem Sinne besaß, aber dennoch ein Herz in ihrem Inneren schlug und sie ein denkendes und fühlendes, uraltes Wesen war. Aber dieses Leben nun direkt vor mir zu sehen, zu spüren, war unbeschreiblich. Als hätte man mir nach Jahren zum ersten Mal eine Augenbinde abgenommen, von der ich nichts gewusst hatte.

»Was meinst du damit, ihr müsst nur zuhören?«, mischte sich *Papa* ein, nachdem er uns eine Weile still beobachtet hatte.

Remy ließ meine Hand los und wandte sich an meinen Vater. »Die Gegenstände, sie sind Teil der Pforte. Wie Puzzlestücke, die an die richtige Stelle gesetzt werden müssen, um das Bild zu vervollständigen.« Wo sie zuvor noch unsicher geklungen hatte, ihre Stimme belegt war von unausgesprochenen Dingen, sprachen nun Gewissheit und Selbstvertrauen aus ihren Worten. Als gäbe es nicht den geringsten Zweifel daran. »Wir müssen die Feder, das A und die Buchstütze nur herholen.«

Ich fragte sie nicht, ob sie sich sicher war, sondern straffte entschlossen die Schultern. »Ist alles im Besprechungsraum?«

Mein Vater schien skeptisch, nickte jedoch und deutete auf die angelehnte Tür. »Wir haben alles dort hingebracht und vorbereitet, um einen Schlüssel zu formen, aber … ich denke in diesem Fall sollten wir auf die Worte unserer Ripari vertrauen.«

Remy presste die Lippen aufeinander, ein kleines Lächeln umspielte ihre Mundwinkel und ihre grünen Augen wirkten lebendiger als noch Momente zuvor. Ein Funkeln stand darin, das ich bisher noch nie an ihr gesehen hatte.

»Genau das werden wir machen.«

Vater gab uns ohne große Worte den Freiraum, den wir benötigten, um unsere Mission abzuschließen und ich war ihm dankbar dafür, dass er uns vor dem Portal alleine ließ. Remy hatte konzentriert die Stirn gekräuselt und blickte von den Gegenständen, die wir auf unseren Missionen eingesammelt hatten, zu der gewaltigen Tür. Jetzt, wo ich wusste, was sie sah, konnte ich verstehen, warum diese sie so sehr in den Bann zog.

»Wie gehen wir vor?«, erkundigte ich mich leise, um sie nicht in ihrer Konzentration zu stören und ignorierte das unangenehme Jucken unter meinem Verband. Manon hatte mich gewarnt, dass die Heilung einer Schusswunde alles andere als angenehm war, und vor allen Dingen Ruhe bedurfte. Aber jetzt war sicher nicht der richtige Zeitpunkt, um in einem Krankenbett zu versauern.

Remy seufzte leise und bückte sich dann nach der gusseisernen Feder von Duncan Ban MacIntyre. »Die Feder zuerst. Frag mich nicht, woher ich das weiß.«

»Das brauche ich gar nicht.«

Kurz zuckte ihr Blick zu mir, dann trat sie näher an das Portal. Als sie ihre freie Hand auf das Holz legte, erfasste sie ein Schauer, dann huschte ein Lächeln über ihre Züge. »Sie gehört dorthin.«

Ich stellte mich neben sie und erkannte eine beinahe identische Abbildung einer Feder auf dem linken Flügel, die, anders als die anderen Ornamente nicht hervorstand, sondern nach innen gewölbt schien. Eine Vertiefung, groß genug, um die eiserne Feder in sich aufzunehmen.

»Willst du?«

»Nein, Remy. Die Mondia hat dich zu sich gerufen, es ist deine Aufgabe.« Auch wenn wir uns nicht berührten, konnte ich ihren hektischen Atem, ihren rasenden Puls spüren und den Moment, in dem sie die Luft anhielt und die Feder einsetzte.

Einen Augenblick lang geschah nichts, dann ging ein Ruck durch die Tür, ein Beben durch den gesamten Untergrund, der uns beide stolpern ließ. Geistesgegenwärtig griff ich nach Remy und überging den schmerzhaften Protest meines angeschossenen Arms geflissentlich, bis wir beide wieder sicher standen.

»Danke, Sim«, sagte Remy leise. Meine Hände lagen noch immer auf ihrer Taille und von dort aus, wo wir einander berührten, raste Hitze durch meinen Körper.

Mit einem vernehmlichen Räuspern gab ich sie frei und hob meinerseits das A aus dem Setzkasten der Gutenbergpresse auf. »Das nächste Teil.«

Wieder suchte Remy aufmerksam die aufwendig gestalteten

Türflügel ab, bis sie nach rechts deutete. Ein großes A, das sicherlich einen halben Meter maß, prangte zwischen geschwungenen Linien und war über und über mit kleineren As verziert. Jedes einzelne stach durch verschiedene Schattierungen von Braun hervor ... bis auf den Buchstaben an der Spitze. Eine weitere Vertiefung.

»Bereit?«

Ich nickte Remy zu und dieses Mal war ich es, der den Atem anhielt, als sie die Letter einfügte. Angespannt wartete ich auf den nächsten Ruck, doch dieses Mal war die Wirkung leiser, ein feines Klicken im inneren der Tür und dadurch nur umso bedeutungsvoller.

Mit geröteten Wangen sah mich Remy an. »Sie öffnet sich.«

Schmunzelnd reichte ich ihr die Buchstütze aus Wien. »Sie öffnet sich.«

Die dritte Vertiefung befand sich direkt im Zentrum des Portals. Dort, wo sich die beiden Flügel trafen und eine Einheit bildeten. Die Tür besaß keine Knäufe, kein sichtbares Schloss, doch dieses verschlungene Ornament wirkte beinahe wie eine Schlange, die den Zugang verschlossen hielt.

Bis Remy die Stütze an die Senke heranführte und sich das kupferfarbene Metall mit dem Holz verband. Gebannt verfolgten wir, wie das Portal die Buchstütze verschlang, zu einem Teil von sich selbst machte und das Bild vervollständigte, während wir ein wenig zurückwichen. Unsere Finger fanden sich wie von selbst, wir hielten einander und verfolgten, wie sich das wohl größte Geheimnis der Welt vor unseren Augen öffnete.

Im Inneren der Tür begann es zu rattern, Riegel verschoben sich, es quietschte und knarrte und brachte die Wände zum Zittern, als würde die Mondia aus einem tiefen Schlaf erwachen.

»Das Portal selbst ist ein großes Uhrwerk«, sagte Remy leise neben mir. »Ich kann es arbeiten sehen. Die vielen Zahnräder und Federn, feine Glieder, die mühelos und perfekt ineinandergreifen.«

»Ich sehe es auch«, gab ich zurück. »Dank dir. Weil du deine Gabe mit mir teilst.«

»So wie du deine mit mir geteilt hast.«

Sanft strich ich mit dem Daumen über ihren Handrücken, das Signo zwischen meinen Schulterblättern begann zu kribbeln, und ohne dass ich eine Erklärung dafür gehabt hätte oder präzise Worte, schob sich etwas in mir wieder an die richtige Stelle.

Und dann öffnete die Mondia endlich ihre Tore.

Kalte Luft, die nach Druckerschwärze und Papier, nach Holz und Leder schmeckte, strömte uns entgegen, zusammen mit der Präsenz der größten Bibliothek, die jemals auf dieser Welt existiert hat.

Um uns herum hörte ich die Schritte und Stimmen der anderen Weltenschreiber. Erstaunen und Freude und *Hoffnung* schwangen in ihren Worten mit, doch niemand machte Anstalten, die Bibliothek zu betreten. Niemand kam uns zuvor, stattdessen warteten sie ab, die Blicke auf uns gerichtet. Eine Ripari, die kaum einen Bruchteil ihrer Bestimmung kannte, und ein Weltenschreiber, der das Gefühl hatte, nicht dazuzugehören.

Und trotzdem hatten wir es geschafft.

»Sollen wir?«, raunte ich Remy kaum hörbar zu.

Ohne zu antworten, machte sie den ersten Schritt in Richtung Bibliothek, ich folgte ihr durch das große Portal und hatte das Gefühl, noch in derselben Sekunde eine fremde Welt zu betreten. Eine Welt ohne Ende und Anfang; eine Welt, die, seit ich denken konnte, meine war; eine Welt, die nun, mit Aramena an meiner Seite und nach den letzten zwei Wochen, vollkommen neu schien.

»Sim, das …«

»Ich weiß.«

Und durch Remys Augen war es so, als würde ich meine Welt zum ersten Mal sehen.

Kapitel 34

1. Arrondissement, Paris

Remy

Ich hatte keine Worte für das, was ich sah. Wann immer Kasimir von der Mondia gesprochen hatte, hatte ich mir versucht auszumalen, wie sie wohl aussah. Über ihre Größe nachgedacht, ihren Aufbau. Ich hatte Bilder der berühmten Bibliothek des Trinity Colleges in Dublin vor Augen gehabt, die alte Schlossbibliothek in Versailles, die wir mit der Schule besucht hatten, doch nichts, was ich mir zusammengereimt hatte, kam auch nur im Entferntesten an das heran, was sich nun vor mir entfaltete.

Eine endlose Bibliothek, die das Gewicht der gesamten Menschheit trug.

Die Mondia besaß kein Ende, weder nach oben noch nach vorne, rechts oder links. Ihre Korridore breiteten sich in alle Himmelsrichtungen aus, streckten ihre gewaltigen Regale, die über und über mit Büchern bestückt waren, von sich und schienen dabei keiner von Menschen geschaffenen Logik zu folgen. Dunkles Holz bildete das Fundament der Bibliothek. Der glänzende Boden, die Regale, die unzähligen Emporen über unseren Köpfen mit ihren reich verzierten Balustraden, alles war aus mahagonifarbenem Holz geschaffen und verlieh der Mondia etwas Zeitloses, etwas Gewaltiges. Es machte einem bewusst, wie groß das Universum war, in dem wir uns befanden, ohne einem das Gefühl zu geben, klein und bedeutungslos zu sein. Vielmehr wurde man, umgeben von den Büchern zu einem festen, unverzichtbaren Bestandteil. Einem von Millionen Zahnrädern, von denen jedes einzelne gebraucht wurde, um das Uhrwerk am Laufen zu halten.

Ergriffen von all diesen Eindrücken lief ich weiter in die Bibliothek hinein, sog den Anblick in mich auf. Die zahllosen Korridore, die vom Hauptgang abzweigten, die goldenen Lampen, die alles in warmes Licht tauchten, die vielen Treppen, die die Regalreihen immer wieder unterbrachen und die einzelnen Ebenen miteinander verbanden. Ebenen, die sich ebenfalls nicht an Naturgesetze hielten, sondern ihren eigenen Regeln folgten, sich ausbreiteten, mal horizontal, mal vertikal – und immer übersät mit Büchern.

Ich folgte den Linien und Formen ein zweites Mal mit meinen Augen, versuchte sie weiter zu erfassen und blieb dieses Mal an den aufgeschlagenen Büchern hängen, die verstreut auf dem funkelnden Parkett lagen, an den herausgerissenen Seiten, an den Lücken in den Regalen. Im ersten Moment war ich zu ergriffen gewesen, um das Chaos zu bemerken. Die Unregelmäßigkeiten, die umgekippten Bücherstapel, das Flackern der Lampen. Ich sah die gebrochenen Buchrücken, die verbogenen Buchdeckel, das Papier, das nun herrenlos in den Korridoren lag. Die Bibliothek war offen, aber das Chaos hatte Spuren hinterlassen und in ihrer endlosen Ordnung gewütet.

Vorsichtig trat ich über ein paar Bücher hinweg und wandte mich dann Sim zu. Auf seiner Miene standen Fassungslosigkeit und … ein tiefer Schmerz, der nichts mit seinen physischen Verletzungen zu tun hatte.

»Ich hatte gehofft, dir zeigen zu können, wie sie wirklich ist«, sagte er leise. »Alles von ihr, aber jetzt … *Mince*, so habe ich die Mondia noch nie gesehen.«

»Ich weiß zwar nicht, wie die Bibliothek davor ausgesehen hat, aber ich verspreche dir, wir werden auch das wieder hinbekommen. Und ich bin mir sicher, dass die anderen Weltenschreiber es gar nicht erwarten können, die Bücher einzusortieren und ihrer *Bestimmung* zu folgen.«

»Machst du dich etwa gerade über unsere Aufgaben lustig? Ausgerechnet an diesem Ort?«

»Wieso? Im Endeffekt seid ihr doch Bibliothekare, oder? Bibliothekare, die zufälligerweise Kameras manipulieren und kämpfen können.«

In Sims Blick blitzte etwas auf, als er herausfordernd eine Braue hob und einen Schritt auf mich zumachte. »*Remy*.«

»Gut, bedeutende Bibliothekare«, erwiderte ich und hob abwehrend die Hände. Dabei hatte ich es genau darauf angelegt, auf das Funkeln, das den Schmerz, wenn auch nur kurz, aus seiner Miene vertrieb.

Ein weiterer Schritt. »Deine Worte machen es irgendwie nicht besser.«

»*Sehr* bedeutende Kampfbibliothekare, ohne die die Welt untergehen würde?«, versuchte ich es noch einmal und presste dann die Lippen aufeinander, um mein schiefes Grinsen zu verbergen.

Kasimir schüttelte gespielt fassungslos den Kopf, dann machte er einen schnellen Satz in meine Richtung. Mir entwich ein unterdrückter Schrei, dann wirbelte ich herum und lief los. Es war irrational und dumm und vermutlich unpassend, wenn man bedachte, wo wir uns befanden, aber es tat gut. Es tat gut, von Sim durch die Gänge der Mondia gejagt zu werden und ein paar

Minuten lang nicht an das zu denken, was uns sonst bei jedem unserer Schritte belastete.

Mein *Kampfbibliothekar* brauchte nur wenige Sekunden, bis er mich eingeholt hatte – trotz seiner Verletzungen – und mit seiner gesunden Hand zu fassen bekam. Schneller, als ich hätte reagieren können, wirbelte er mich herum, sodass ich mit dem Rücken an eines der Regale gelehnt stand, er vor mir, sein unverletzter Arm neben meinem Kopf abgestützt und um uns herum nichts als Stille und Bücher und unser hämmernder Herzschlag.

Schweigend blickte ich zu ihm auf, zu den geschwungenen Lippen seines leicht geöffneten Munds, dem markanten Kiefer, der Stelle an seinem Hals, an der sein Puls donnerte, und blieb schließlich an seinen braunen Augen hängen. Augen, die mich mit einer Mischung aus Verlangen und Gier und … Zuneigung betrachteten, die in mir ihr Gegenstück fanden.

»Ich werde die Worte nicht zurücknehmen«, flüsterte ich und schluckte, als er seine andere Hand an mein Gesicht legte und über meine Haut fuhr. Kleine Stromschläge schossen durch meinen Körper, setzten ihn in Brand.

»Ich habe auch nichts anderes erwartet, Blumenmädchen.«

Der Name, den er mir bei unserer ersten Begegnung gegeben hatte, war lächerlich, und dennoch ließ er meinen verräterischen Magen nun flattern wie einen aufgeregten Kolibri.

»Ein Kampfbibliothekar und ein Blumenmädchen?«

Seine Mundwinkel zuckten. »Könnte schlimmer sein, oder?« Sein Blick heftete sich auf meine Lippen, während er quälend langsam über meinen Hals strich und eine lose Strähne hinter mein Ohr schob. Instinktiv hielt ich den Atem an und reckte mich ihm entgegen. Selbst wenn ich gewollt hätte, hätte ich nichts dagegen unternehmen können. Kasimirs Anziehung in diesem Moment war überwältigend, folgte ihrer eigenen Logik und ich war unfähig, mich dieser zu entziehen. Das, was auch immer zwischen uns entstanden war, war wie das Summen meiner Gabe, es war immer lauter geworden, immer weitergewachsen, hatte sich tief verwurzelt.

Noch ehe Sim seine Hand in meinen Nacken legen und mich zu sich ziehen konnte, hatte ich die Distanz zwischen uns bereits überwunden und küsste ihn. Flüssiges Feuer raste durch jeden Winkel meines Körpers, als sich unsere Lippen trafen und ich Kasimir auf diese Art spürte. Seinen Geruch, seinen Geschmack, sein ganz persönliches Prickeln, das sich nun mit meinem verband. Mir entwich ein leises Stöhnen, als er eine Hand an meine Taille legte und mich fester an sich zog, jeden Millimeter zwischen uns einnahm und die Welt auslöschte. Seine Zunge strich sanft über meine Unterlippe und stand im direkten Kontrast zu der Art, wie er mich hielt, wie wir einander küssten. Als würden wir ersticken und dieser Kuss wäre unser Atem, das, was uns in diesem Augenblick am Leben hielt. Ich vergrub die Finger in seinen seidigen Haaren, was ihm ein raues Knurren entlockte und die Flammen in meiner Mitte nur höher lodern ließ. Sein Kuss wurde fordernder, drängender, während ich über seinen Rücken fuhr, die Täler aus Muskeln und Knochen erkundete und mich immer weiter in Kasimir Abernathy verlor.

Dieu, wir waren wie Ertrinkende, die endlich Land gefunden hatten, nachdem wir jahrelang darum gekämpft hatten, nicht unterzugehen – und dieses Gefühl war mit nichts zu vergleichen, was ich je zuvor verspürt hatte. Das hier war nicht mein erster Kuss und trotzdem fühlte es sich genau so an. Als hätte ich bisher keine Ahnung gehabt und endlich die Antworten gefunden.

»*Sacredieu*, Remy«, murmelte Sim atemlos an meinen Lippen und hauchte einen Kuss auf meinen Mundwinkel. »Ich …«

»Ich auch«, erwiderte ich genauso leise und öffnete die Augen.

Fahrig fuhr er sich durch die Haare und strich mit seinen Lippen kaum merklich über den Bluterguss an meiner Wange. »Das wollte ich schon in Wien tun. Vielleicht sogar früher, und als dir dieser Mistkerl die Waffe vor den Kopf gehalten hat –«

Behutsam umfasste ich sein Gesicht und suchte seinen Blick. »Es ist egal, wir haben unsere Chance bekommen und nur das zählt.«

Mehrere Falten erschienen auf seiner Stirn, dann nickte er. »Danke, Remy.«

»Wofür?«

»Du hast uns das Leben gerettet. In der Tiefgarage.«

Mein Herz geriet ins Stolpern. »Nein, das …«

Kasimir lehnte seine Stirn an meine und brachte mich so zum Schweigen. »Ich bin kein Ripari und ich bin weit davon entfernt, das alles zu verstehen, aber ich habe *dich* gesehen, Remy, ich habe den Ausdruck auf deinen Zügen, das Leuchten in deinen Augen gesehen«, fuhr er leise fort. »Was auch immer du getan hast, du hast uns gerettet.«

Ich schluckte und spürte, wie sich seine Worte als warme Decke über das klaffende Loch aus Zweifeln und Schuldgefühlen legte. Die Dunkelheit verschwand nicht, die Ungewissheit und Angst blieben, aber für den Moment reichte es zu wissen, dass Sim in mir nicht das Monster sah, für das ich mich hielt.

»Komm.« Fragend blickte ich auf, als Kasimir nach meiner Hand griff und einen Schritt rückwärts machte, wobei er aufpasste, auf keines der verstreuten Bücher zu treten. »Ich möchte dir etwas zeigen.«

Wir verließen den Korridor, in den uns die kleine Verfolgungsjagd gebracht hatte, und traten zurück in den breiten Hauptgang, an dessen Ende sich das Portal befand. Im Augenwinkel bemerkte ich mehrere Weltenschreiber, die bereits damit angefangen hatten, Bücher und Seiten aufzuheben. Valentin, Corbin und Eamon waren unter ihnen und in eine angeregte Diskussion vertieft, doch Sim führte mich in die entgegengesetzte Richtung. Weg von den anderen.

Wir passierten unzählige Bücherflure und Treppen und wurden Zeugen von weiteren Schäden, die die Schließung der Mondia zur Folge gehabt hatte – doch all das rückte schlagartig in den Hintergrund, als wir um eine Biegung traten und ich erkannte, wohin mich Kasimir gebracht hatte.

Umgeben von Büchern und Holz und endlosen Gängen ragte vor uns das größte und komplexeste Uhrwerk auf, das ich jemals gesehen hatte. Ein gewaltiges Konstrukt aus Kupfer und Gold, aus Zahnrädern und Kronen und Ankern und Federn, das gut sieben Meter in die Höhe wuchs. In seinem Inneren schien alles in Bewegung zu sein, Hebel und Schwungräder, sich drehende Zahnräder und Riegel, die eine Einheit bildeten, nahtlos ineinandergriffen und … pulsierten. Das Uhrwerk pulsierte und summte in seiner eigenen Sprache, die ich, anders als zuvor, mühelos verstand.

Die Sprache der Mondia.

Kasimir trat hinter mich und legte locker die Arme um meine Taille. »Das ist das Herzstück der Bibliothek.«

»Ihr Herz?«

Ich spürte sein Nicken. »Niemand von uns kann sich erklären, wie genau es funktioniert, aber hier geschieht die … *Magie.* Über dieses Schaltwerk steuert sich die Mondia. Es sorgt dafür, dass die Erstausgaben in den Regalen erscheinen und die Stabilität aufrechterhalten bleibt.«

Den Kopf leicht in den Nacken gelegt, blickte ich zum höchsten Punkt des frei stehenden Uhrwerks, das nach oben hin immer schmaler wurde, und in einer funkelnden goldenen Spitze endete. »Und niemand hat je Antworten darauf gefunden? Auch keine Ripari?«

»Nein. Es gibt unzählige Vermutungen und Ansätze über Generationen hinweg, viele basieren auf abstrusen Theorien, aber bisher war keine echte Erklärung darunter.«

»Vielleicht, weil es keine gibt.« Ich drehte mich zu Kasimir um und fing seinen Blick auf. »Weil das hier nichts ist, was sich erklären lässt. Keine Logik.«

»Und das aus deinem Mund.«

»In den letzten Tagen habe ich angefangen, die Welt ein wenig anders zu sehen.«

Bei meinen Worten flog aus irgendeinem Grund ein dunkler Schatten über seine Züge, doch noch bevor ich ihn hätte benennen können, war er auch schon wieder verschwunden.

»Ich denke, wir sollten mit den anderen sprechen«, meinte er leise und fuhr dabei mit seinen Lippen sacht über meine Schläfe. »Über unsere Mission und wie es weitergehen soll.«

Ich konnte mir ein Seufzen nicht verkneifen. »Vermutlich hast du recht.« Auch wenn ich lieber weiter durch die Mondia spaziert wäre und das Unausweichliche hinausgezögert hätte, denn ehrlich gesagt fürchtete ich mich davor, die Antworten zu geben, die ich den Weltenschreibern schuldig war.

»Die Chancen stehen gut, dass uns zumindest in der nächsten Zeit eine ruhigere Phase bevorsteht«, schloss Valentin seinen kleinen Vortrag über die aktuelle Lage in der Welt und faltete die Hände unter dem Kinn. »In den knapp zwei Stunden seit der Öffnung hat sich das Weltgeschehen merklich beruhigt. Vulkanausbrüche sind zum Erliegen gekommen, Wissen ist zurück in das Bewusstsein der Menschen gelangt und die Finanzmärkte haben sich gefangen. Das sind erfreuliche Neuigkeiten.«

Wir saßen mit gut einem Dutzend Weltenschreibern im großen Besprechungsraum zusammen und waren bis jetzt die Ereignisse der vergangenen Tage durchgegangen. Glücklicherweise hatte Kasimir den Großteil unseres Berichts übernommen und dabei kein Wort über die Explosion des Vans verloren. Ich war ihm dankbar dafür, denn vermutlich hätte ich kaum etwas herausbekommen oder wahlweise den Saal in Schutt und Asche gelegt, hätte man mich dazu gedrängt, mit der Sprache herauszurücken. Valentins Bruder Corbin war die ganze Zeit über ungewöhnlich still geblieben, hatte Sim und mir nur immer wieder scharfe Blicke zugeworfen. Ich war froh darüber, dass dieses Mal keine dummen Sprüche gekommen waren und dennoch lief es mir jedes Mal, wenn er mich ein wenig zu lange ansah, eiskalt den Rücken herunter.

»Außerdem haben wir damit begonnen, fehlende Erstausgaben, die sich in unseren Lagern gesammelt haben, einzusortieren«, sagte Valentin dann und sah in die versammelte Runde. »In den nächsten Stunden werden wir gemeinsam einen Plan erarbeiten, um die Mondia schnell wieder in ihren alten Zustand zu versetzen. Dafür benötigen wir alle verfügbaren Hände und ich wäre euch sehr verbunden, wenn ihr andere Aufgaben, die warten können, solange beiseitelegt.«

»Was ist mit den Novas? Gibt es etwas Neues über Zellas Standort?«, erkundigte sich ein Weltenschreiber, den ich auf Mitte dreißig schätzte und vorhin in der Bibliothek gesehen hatte.

Ludwig richtete sich auf seinem Platz auf. »Wir können in dieser Hinsicht vorsichtige Entwarnung geben, Derek. Zella Ramsay wurde vor etwa fünfundvierzig Minuten in London gesichtet. Ich schätze, sie hat ihrem Vater einiges zu erklären, nachdem sie mit leeren Händen nach Hause zurückgekehrt ist.«

Sim und Lu wechselten einen schnellen Blick, dann ergriff Kasimir das Wort: »Was ist mit den vorherigen Aufträgen? Es gibt nach wie vor unzählige Erstausgaben, die in der Mondia fehlen und schnellstmöglich beschafft werden müssen.«

»Spielst du auf deinen Auftrag an, der dich nach London gebracht hat? Interessant, dass es dich, kaum dass die Mondia wieder offen ist, zurück ins Rattennest zieht.« Corbin verzog das Gesicht und hatte damit offensichtlich seine Zurückhaltung abgelegt. »Hängt das eventuell mit Zellas Aufenthaltsort zusammen?«

Wütend funkelte Sim seinen Onkel an und stellte sein Wasserglas ab. »Ich denke nicht, dass du in der Position bist, solche Anschuldigungen auszusprechen, nachdem Remy und ich es gewesen sind, die beinahe draufgegangen wären, während du hier im Warmen gesessen hast.«

»*Tais-toi!* – Sei still, du Idiot«, schoss Eamon zurück, woraufhin ihn sein Vater mit einem gut platzierten Blick zum Schweigen brachte.

»Außerdem geht es mir nicht um London im Speziellen, sondern unsere Vorgehensweise. Also, nehmen wir den bisherigen Normalbetrieb wieder auf?«

Sichtlich unzufrieden mit den Spannungen, die in der Luft lagen, nickte Valentin langsam. »Die Erstausgaben, die nicht automatisch in die Mondia gelangt sind, haben Priorität, da stimme ich dir zu, aber nach den Ereignissen bin ich geneigt, unsere Arbeit neu auszurichten. Wir sollten unser Augenmerk, jetzt, wo uns das Wissen wieder zur Verfügung steht, darauf legen, endlich mehr über die Motive der Novas herauszufinden. Es gefällt mir nicht, dass sie einen Plan verfolgen, von dem wir keine Ahnung haben.« Vielsagend sah er zu seinem ältesten Sohn. »Es muss einen Grund geben, warum sie dich als Geisel nehmen wollen und Dianne monatelang festgehalten und gefoltert haben. Es geht nicht mehr nur darum, uns zu dezimieren und zu schaden. Die Novas planen etwas Großes und solange wir nicht wissen, was es ist, sind wir in jeder Hinsicht verwundbar.«

Ich presste die Lippen aufeinander, als seine unheilvollen Worte in mir nachhallten. Kasimir und ich hatten bereits darüber gesprochen, dass wir einen ausgeklügelten Komplott hinter ihren Handlungen vermuteten, aber es nun laut in der Runde ausgesprochen zu hören, war etwas vollkommen anderes.

Es machte aus Vermutungen Tatsachen und die Gewissheit, dass es noch nicht vorbei war.

»Unabhängig davon werden wir uns um die Ausbildung und Einarbeitung von Aramena kümmern müssen.«

Mit einem Mal lagen alle Augen auf mir. Unwillkürlich rutschte ich auf meinem Platz hin und her. »Einarbeitung?«

Es wunderte mich nicht, dass Corbin das Gespräch übernahm. »Als Ripari ist es deine Pflicht, dich um das Uhrwerk zu kümmern. Das erfordert Wissen, Übung und Hingabe. Es gibt unzählige Aufzeichnungen, die du durcharbeiten musst, ganz zu schweigen von der Etikette und den Abläufen im Untergrund. Dazu kommt die Wartung unserer Duplicatoren und Locatoren und andere Dinge, die anfallen. Du dienst jetzt der Mondia, Aramena, sie steht an erster Stelle.«

Unter dem Tisch ballte ich meine Hände zu Fäusten. Ich verwettete meine Werkstatt in Esthers Blumenladen darauf, dass ich nach meinem ersten Blick auf das Uhrwerk mehr davon verstand, als Corbin es jemals tun würde. Er hatte keine Ahnung davon, wie meine Gabe funktionierte, dass ich keine Erklärungen brauchte, um Beschaffenheiten zu sehen und Schaltkreise zu verstehen. Dass ich nur zuhören musste. Aber ich würde den Teufel tun und mich vor versammelter Mannschaft vor ihm rechtfertigen.

»Natürlich werde ich mit euch zusammenarbeiten«, sagte ich stattdessen und versuchte, meine Stimme fest und unerschütterlich klingen zu lassen, obwohl in mir ein regelrechter Orkan tobte. »Und ich werde lernen, was nötig ist.«

Valentin schenkte mir ein warmes Lächeln. »Daran zweifeln wir nicht, Aramena. Du hast in dieser kurzen Zeit bereits Großes vollbracht.«

Und dabei kennt ihr noch nicht einmal die ganze Wahrheit.

»Alles Weitere kann ich übernehmen«, bot Kasimir in diesem Moment an und lenkte damit die Aufmerksamkeit auf sich. »Ich spreche von zusätzlichem Training und der *Etikette* der Weltenschreiber.«

»Training?« Corbin spuckte das Wort beinahe verächtlich aus und betrachtete mich dabei, als wäre es vollkommen abwegig, mich zu trainieren.

»Ja, Training. Nachdem wir innerhalb weniger Tage mehrfach in Kämpfe verwickelt worden sind, halte ich es für sinnvoll, Remy auch darin zu unterweisen. Oder hast du etwas dagegen, Onkel?«

Corbin murmelte ein paar undeutliche Worte und wandte dann den Kopf zur Seite.

»Und wie wir gerade festgestellt haben«, setzte Sim dann nach und verengte die Augen, »ist dieser Krieg noch nicht vorbei.«

Seufzend strich sich Valentin über das Kinn und nickte. »Ich würde nicht direkt von einem Krieg sprechen, aber ja, uns steht noch einiges bevor und es schadet nicht, unsere einzige Ripari in jeder Hinsicht zu schützen.«

»Danke, Vater.«

»Sofern es deine Pflichten nicht verletzt, Junge.«

»Das wird es nicht«, erwiderte Kasimir ernst und stand auf. »Nachdem das geklärt ist und Zella vorerst keine Gefahr darstellt, würde ich Remy jetzt gerne nach Hause bringen. Wie du selbst gesagt hast, hat sie Großes vollbracht, Vater, und sich etwas Ruhe verdient. Das haben wir alle nach diesem Sturm.«

Denn der nächste wartet bereits vor unseren Toren.

Kapitel 35

1. Arrondissement, Paris

Sim

»Es fällt mir immer schwerer, meinem Onkel nicht einfach den Hals umzudrehen«, sagte ich, als wir den Untergrund über einen der Nebentunnel verließen, der uns nahe des Louvres an die Oberfläche brachte.

Remy zupfte an dem Träger ihrer Reisetasche herum und schenkte mir ein schiefes, wenn auch müdes Lächeln. Nun, wo sie geduscht hatte und frische Kleidung trug, schien sie wieder ein bisschen mehr sie selbst zu sein, auch wenn nach wie vor ein Schatten über dem sonst so hellen Grün ihrer Augen lag. Verdenken konnte ich es ihr nicht. Wir hatten viel erlebt, weit mehr als die meisten Menschen einfach so wegstecken konnten – und das, was Remy in der Parkgarage zustande gebracht hatte, musste ihr tief in den Knochen sitzen. Und auch das verstand ich, ich hoffte nur wirklich, dass sie eines Tages erkennen würde, wie erstaunlich ihre Fähigkeiten waren. Dass sie sie nicht zu einem Monster, sondern nur noch bemerkenswerter machten.

»Er ist nur eingeschnappt, weil wir die Tür geöffnet haben und nicht sein Sohn.«

»Eamon? Der hätte vermutlich nicht mal den Flug nach Rom überlebt. Aus sicherer Quelle weiß ich, dass er unglaubliche Flugangst hat. Deswegen hat er vor zwei Jahren seine erste Mission nicht durchgezogen. Aber an sich ist Eamon echt in Ordnung. Er kann nichts für seinen Vater und es ist sicher nicht leicht, es jemandem wie Corbin recht zu machen.« Ich strich mit dem Daumen über ihren Handrücken. »Bist du sicher, dass ich dich nicht noch bis ins siebte Arrondissement begleiten soll?«

Einen Moment lang blickte sie in den makellosen blauen Sommerhimmel über Paris, Sonnenlicht tanzte über ihre Züge, dann sah sie zu mir. »Danke, das ist lieb, aber ich fürchte, dass mir meine Familie bei deinem Anblick die Geschichte, dass ich in London vom Fahrrad gefallen bin, noch weniger abkaufen wird als ohnehin schon.«

Womit sie absolut recht hatte, meine Begegnungen mit den Novas hatten sichtbare Spuren hinterlassen. Trotzdem erwiderte ich: »Du solltest mal die anderen sehen«, nur um noch einmal in den Genuss ihres Lächelns zu kommen.

»Ich bin mir sicher, sie hatten keine Chance.« Remy tat mir den Gefallen und blieb dann mitten auf dem Platz im Herzen des Louvres, wo die gläserne Pyramide in den Himmel wuchs, stehen. Hitze strahlte vom Boden ab und umgeben von den historischen Gebäuden des Museums schien der Innenhof wie ein überdimensionaler Backofen. »Nach dem, was wir erlebt haben … freue ich mich auf meine Familie«, sagte sie und befeuchtete ihre Lippen. »Es kommt mir vor, als hätte ich sie Jahre nicht gesehen und nicht nur ein paar Tage, aber …«

»Aber?«

»Aber es fühlt sich auch falsch an, jetzt zu gehen. Die Bibliothek, das Durcheinander dort und … dich zurückzulassen. Was ist, wenn Zella doch wieder auftaucht, um zu Ende zu bringen, was sie angefangen hat? Oder sich die Mondia plötzlich wieder verschließt? Wenn alles umsonst gewesen ist?«

Zärtlich legte ich eine Hand an ihr Gesicht und zeichnete ihren Wangenknochen nach. »Hey, das wird sie nicht. Ludwig und die Zentrale haben Zella auf dem Schirm und sobald sich etwas ändert, erfahren wir es als Erste.«

»Weil das letztes Mal ja so gut geklappt hat.«

»Remy, ich werde nicht zulassen, dass dir oder deiner Familie etwas passiert, okay? Das schwöre ich dir bei meinem Leben. *C'est promis.*«

Noch einen Augenblick länger sah sie mich an, dann stellte sie sich auf die Zehenspitzen und küsste mich. Mein Griff um ihre Wange wurde unwillkürlich fester, während ihre Lippen die Welt auf Pause stellten. Die Menschenmassen um uns herum verschwanden, die Gespräche verblassten, das Rauschen des Verkehrs, selbst die Hitze der Junisonne spielte keine Rolle mehr, weil da jetzt nur noch Remy war. Und Remy reichte aus, um jeden Winkel meines Bewusstseins einfach so auszufüllen.

»Ich nehme dich beim Wort, Kasimir«, sagte sie leise, als sie sich von mir löste und einen Schritt zurücktrat.

»Mein Wort gehört ganz dir.«

Noch immer mit leicht geröteten Wangen biss sie sich auf die Unterlippe und wandte sich dann zum Gehen. Ein paar Sekunden lang sah ich sie noch, ihre langen hellbraunen Haare, die ihr in leichten Wellen über die Schultern fielen, das dunkelblaue T-Shirtkleid, das sie mit einem hellen Pullover in der Hüfte zusammengebunden hatte, ihre leicht gebräunten Beine, bis sie schließlich von Paris verschluckt wurde.

Beinahe so, als hätte es die letzten Tage nie gegeben.

Kapitel 36

1. Arrondissement, Paris

Remy

Meine Eltern glaubten mir die Geschichte mit dem Fahrradunfall auf der Westminster Bridge. Allerdings vermutete ich insgeheim, dass sie mir jede Erklärung abgekauft hätten und einfach nur froh waren, dass ich wieder bei ihnen war und mich nicht länger ein Meer und mehrere Hundert Kilometer von ihnen trennten.

Seit dem vermeintlichen Anschlag auf *Notre-Dame* hatten *Maman* und *Papa* die meiste Zeit über bei Esther in der Wohnung über dem Blumenladen gewohnt. Um bei ihren Töchtern zu sein, aber auch, weil sich das siebte Arrondissement ein gutes Stück von der *Île de la Cité* entfernt befand.

Ich saß mit meinen Eltern am kleinen Esstisch in der Küche, während Essie unten im Laden ihrer Blumenleidenschaft nachging, und versuchte immer noch zu begreifen, was geschehen war. Zurück bei meiner Familie fühlte sich das alles an, als wäre es nur ein Traum gewesen. Ein verworrener, schmerzhafter und gleichzeitig unglaublicher Traum.

»Ich freue mich so, dich wiederzuhaben, *mon cœur*«, sagte meine Mutter zum wiederholten Mal und streichelte meine Hand.

»Und dass dir nichts Schlimmeres passiert ist. Ich habe gehört, der Verkehr in London ist pure Kamikaze.«

Beruhigend drückte ich ihre Finger. »Nicht schlimmer als der *Place Charles de Gaulle*.«

Ihr liebevoll tadelnder Blick ließ mich lächeln. »Trotzdem, ich bleibe dabei, ich bin erleichtert, dich hier bei uns zu wissen. Die ganze Zeit über hatte ich kein gutes Gefühl bei der Sache.«

Und das zu Recht. Wenn meine Eltern wüssten, was ich wirklich getrieben hatte … meine Entführung durch die Novas, die Waffen, die Explosion im Parkhaus … *mince*, sie würden mich nicht wiedererkennen.

Das tat ich ja selbst kaum.

Mein Vater räusperte sich vernehmlich und stand dann auf, um den frisch durchgelaufenen Kaffee zu holen. »Und hat dir dein kurzer Ausflug nach London bei deiner Entscheidung geholfen? Konntest du etwas Universitätsluft schnuppern?«

Ach ja, die Sache mit meiner Studiumslüge. Ich hatte keinen blassen Schimmer, wie ich ihnen erklären sollte, dass ich nun Teil einer Geheimorganisation war und dort genügend Arbeit auf mich wartete, um mehr als die vierundzwanzig Stunden eines Tages zu füllen – wenn man diesem *cul* Corbin Glauben schenkte. Und so erschreckend und traumatisierend das alles auch gewesen war, es hatte sich richtig angefühlt, mit Sim auf diese Missionen zu gehen. Das Flüstern zu hören, seine Sprache zu lernen und das Herzstück der Mondia zu betrachten. Als würde ich dort hingehören. Als hätte ich mein Leben lang nur danach gesucht – und es endlich gefunden.

»Ja, ich … ich denke, ich bleibe erst mal doch in meiner Werkstatt.«

Meinen Eltern war anzusehen, dass sie sich eine andere Antwort erhofft hatten.

»Deswegen bin ich auch früher zurückgekommen. Nicht nur wegen des Unfalls. Das war einfach nichts für mich und vielleicht … bewerbe ich mich im nächsten Jahr für ein Studium hier. Aber bis dahin bleibe ich, wo ich bin.«

Papa legte die Stirn in Falten, nickte jedoch. »Warum nur klingen diese Worte so sehr nach dir, Kind?«

Dankbar nahm ich die neue Tasse Kaffee entgegen und schnappte mir einen der Macarons, die *Maman* gebacken hatte. Ihre Form der Stressbewältigung zwischen ihren Schichten im Krankenhaus und den Dauersorgen einer Mutter.

»Habe ich irgendetwas Wichtiges in den letzten Tagen verpasst?«, erkundigte ich mich dann und sah zwischen meiner Mutter und meinem Vater hin und her.

»Nicht viel. Der Zwischenfall in *Notre-Dame* wurde final als Baufehler deklariert. Bei den Untersuchungen des Mauerwerks ist schlampig gearbeitet worden. Das ist uns teuer zu stehen gekommen.« Verständnislos schüttelte *Papa* den Kopf. »Die Kathedrale wird wieder aufgebaut, aber das wird dauern. Und ordentlich was kosten.«

Meine Mutter warf ihm einen sanftmütigen Blick zu. »Zumindest steckt nicht mehr dahinter und die Lage hat sich soweit wieder beruhigt. Wir können alle von Glück sprechen, dass es sich nur um einen Baufehler gehandelt hat.«

»Nur? *Mais non*, das ist mehr als *nur* ein Baufehler. Das ist peinlich für unser ganzes Land. Eine regelrechte Schande, bei der sich unsere Repräsentanten nun um Kopf und Kragen reden.«

»Baptiste, ich bitte dich.«

Ein warmes Gefühl breitete sich in meiner Brust aus, als ihr vertrautes Geplänkel die kleine Küche füllte und sämtliche Dunkelheit vertrieb. Zu Hause. Nach allem, was geschehen war, war ich endlich wieder zu Hause. Bei meiner Familie, in Sicherheit.

Und dieser Gedanke trieb mir die Tränen in die Augen, weil es Momente in Rom, Edinburgh, Mainz und Wien gegeben hatte, in denen ich nicht daran geglaubt hatte, sie jemals wiederzusehen.

»Maman? Papa?«

Die beiden unterbrachen ihre Diskussion, die sich irgendwo zwischen *Mamans* Einsatz im Krankenhaus und der kunsthistorischen Seele meines Vaters verloren hatte, und sahen zu mir.

Sofort rückte meine Mutter näher. »Schätzchen, was ist denn?«

»Ich … ich habe euch einfach schrecklich lieb.«

»Oh Remy, wir dich auch.« Sie drückte mich an sich. »Wir dich auch.«

Später an diesem Abend saß ich unten in meiner Werkstatt und schraubte an einer Teemaschine – bis heute hatte ich nicht gewusst, dass es Tee auch in Kapseln für besagten Automaten gab –, während im Hintergrund leise das Radio lief. Es war seltsam. Jetzt, wo ich wusste, warum sich Reparieren so *richtig* anfühlte, waren die Zeichen eindeutig. Ich erkannte dieses Gefühl, das Summen, das mich jahrelang begleitet hatte, als Flüstern wieder und verstand es. Es war nicht länger unerklärlich, sondern selbstverständlich.

Das Schrauben und Werkeln lag mir im Blut, im wahrsten Sinne des Wortes.

Die Maschine vor mir auf der Werkbank säuselte leise vor sich hin, und kaum dass ich ihre *Frequenz* isoliert hatte, erschien ihr innerer Aufbau vor meinem geistigen Auge. Es war beinahe unheimlich, wie leicht es mir fiel und dabei brauchte ich das Gerät nicht einmal aufzuschrauben. Es war wie in Wien, ich *sah* ihren Schaltkreis und wusste instinktiv, wo der Fehler lag. Was ich tun musste, um das Ding wieder zum Laufen zu bringen.

Ich legte den Schraubendreher zur Seite und fuhr mir durch die Haare. Im Inneren der Maschine hatte sich eine einzelne Schraube und dadurch einer der Anschlüsse gelöst. Keine große Sache, aber eine echte Fimmelarbeit, weil es bedeutete, dass ich das ganze Teil auseinandernehmen musste. Es sei denn …

… es sei denn, du kannst es wie bei dem Motor in der Tiefgarage machen.

Bei diesem Gedanken überlief es mich eiskalt und gleichzeitig packte mich eine unsichtbare Kraft, die stark genug war, um sich über meine Bedenken hinwegzusetzen. Meine Schwester war vorne im Laden, meine Eltern, jetzt, wo alle wohlauf waren, zurück in ihrer Wohnung nahe der *Sorbonne*. Hier war niemand, der etwas mitbekommen würde, und die kleine unschuldige Teemaschine würde sich schon nicht in eine Bombe verwandeln. Oder?

Unschlüssig zog ich die Unterlippe zwischen die Zähne und beugte mich über das Gerät. Wenn ich nun daran *dachte*, dass sich die Schraube samt Anschluss wieder an die richtige Stelle bewegte, so wie ich den Motor in Wien mittels einzelner Gedanken in einen Sprengkörper verwandelt hatte, dann –

»Remy! Du bist ja immer noch hier.«

Esthers Stimme ließ mich so heftig zusammenfahren, dass ich beinahe von meinem Hocker gefallen wäre. »*Dieu*, Essie, willst du mich zu Tode erschrecken?!«

»Ich konnte ja nicht ahnen, dass du ein Rendezvous mit diesem … Ding hast. Was hattest du vor? Wolltest du die Maschine küssen?«

»Was? – Nein!«

»Sah aber sehr innig aus, wie du sie gerade angesehen hast.« Schmunzelnd befreite sich Essie von ihrer Schürze und fuhr sich einmal durch die kinnlangen braunen Haare. »Also, hat es einen Grund, warum du dich hier unten verkriechst?«

»Ich verkrieche mich nicht, ich habe nur einen Moment Ruhe gebraucht.«

»Und deine Höhle um dich herum?«

Ich hob eine Braue. »Was ist so falsch daran? Meine Kunden haben schon oft spontan Blumen mitgenommen, das ist ein Win-win-Szenario für uns beide.«

»Vielleicht war es auch andersherum.« Lächelnd hob sie eines meiner Werkzeuge – eine Abisolierzange – hoch und drehte sie in den Fingern. Dann sanken ihre Mundwinkel ein wenig herab. »Kann es sein, dass du hier unten bist und die Essenseinladung unserer Eltern – in dein Lieblingsrestaurant wohlgemerkt – abgelehnt hast, weil du nicht die ganze Wahrheit gesagt hast?«

Ich bemühte mich um einen neutralen Gesichtsausdruck, doch es war so, wie Sim gesagt hatte: mein Pokerface war miserabel. Mehr als das. »Wie meinst du das?«

Essie schnaubte und setzte sich auf den einzigen freien Fleck meiner Werkbank. »Ein Fahrradunfall und du kommst ohne Ankündigung sofort zurück? Klingt nicht nach meiner Schwester. Eher nach einer schwachen Ausrede, die dir vielleicht *Maman* und *Papa* abkaufen, aber ganz sicher nicht ich.«

Bon sang. Ich schob die Teemaschine ein Stück zurück und sah zu Essie. »Ist es so abwegig, dass ich euch und Paris vermisst habe?« Ihre Miene reichte mir als Antwort. Ich seufzte. »Hör zu, Essie, du kannst glauben, was ich euch vorhin erzählt habe, oder es lassen, aber mehr … mehr kann ich dir nicht sagen.«

Ihre dunklen Brauen wanderten über den Rand ihrer filigranen Goldbrille hinaus. »Also gibt es mehr.«

Ich presste die Lippen aufeinander und hasste es, sie anlügen zu müssen. Doch wenn mir eines nach den letzten Tagen klar geworden war, dann, dass Unwissenheit Leben retten konnte. Selbst wenn das bedeutete, dass ich ihr die Wahrheit verschweigen musste.

»Remy, was ist in London passiert? Falls du überhaupt in London gewesen bist …« Leise Wut regte sich in ihrer Stimme und ich konnte sie ihr nicht einmal verübeln. Ich wäre genauso enttäuscht, würde sie mich plötzlich so offensichtlich anlügen.

Mühsam sog ich Luft in meine verkrampfte Lunge und stand auf. Ich wollte das nicht, ich wollte nicht, dass mein sicherer Hafen, den ich hier hatte, zerbrach, und gleichzeitig … kopfschüttelnd fuhr ich zu Essie herum, die nach wie vor in ihrem Blumenkleid auf meiner Werkbank saß und mich aus zusammengekniffenen hellen Augen musterte, als wäre ich eine fremde Person. Himmel, tat das weh.

Seufzend richtete sie sich auf. »Verstehe schon, wir haben jetzt auf einmal Geheimnisse voreinander. Alles klar.«

»Nein, Essie, ich –« In einer Kurzschlussreaktion griff ich nach ihrem Unterarm und hielt sie zurück, als sie die Werkstatt verlassen wollte. »Warte.«

»Was?«

»Ich … ich habe etwas über meine Eltern herausgefunden.« Die Worte sprudelten einfach so aus mir heraus.

»Was?«, wiederholte Esther und stellte sich dicht vor mich.

»Ich habe etwas über meine Eltern herausgefunden«, erwiderte ich abermals und blickte auf die Spitzen meiner ESD-Schuhe, die ich trug, um Schaltkreise nicht versehentlich durch einen Schlag zu zerstören. Hitze ließ meine Wangen brennen.

»Deine leiblichen Eltern?«

Wie in Zeitlupe nickte ich. Fühlte mich schrecklich und gleichzeitig ein wenig leichter, weil dies zumindest keiner Lüge entsprach.

Behutsam bugsierte mich Esther auf die alte Couch in der Ecke und drehte sich so, dass sie mir praktisch gegenübersaß. »Okay, von vorne. Du hast Antworten gefunden? In London?«

»Ich war nie in London, Essie. Ich war die ganze Zeit … hier. Es tut mir leid, dass ich dich belogen habe, aber … ich meine, ich will unsere Familie nicht verlieren und …« Ich bemerkte die Tränen erst, als meine Schwester sie sanft von meinen Wangen wischte.

»Niemand verliert hier irgendwen. Du weißt, dass wir alle hinter dir stehen. Das haben *Maman* und *Papa* doch gesagt, als wir über deine Adoption gesprochen haben.«

Wieder nickte ich schwach. »Es fühlt sich trotzdem wie Verrat an.«

»Oh, Remy.« Esther zog mich an ihre Brust und legte ihr Kinn auf meinen Scheitel. »Wir könnten dir deswegen niemals böse sein, *oui*? Niemals. Du hättest uns fragen können, wir hätten dir geholfen. Und es verstanden.«

»Das weiß ich, aber ich musste das allein machen. Denke ich.«

Essie nickte und fuhr mir liebevoll über die Haare. »Möchtest du darüber sprechen?«

In diesem Moment hätte ich ihr am liebsten alles erzählt. Von Kasimir, der mir in kürzester Zeit das Herz gestohlen hatte – vielleicht, weil wir gemeinsam so viele Grenzen hinter uns gelassen hatten. Von der Mondia und dem Untergrund. Von meinen Fähigkeiten. Und auch von meinem Bruder und meinen Eltern, über die ich kaum etwas wusste. Außer, dass sie nicht mehr lebten.

Wie konnte der Verlust von Menschen, von denen man bis vor ein paar Tagen noch nicht einmal gewusst hatte, dermaßen wehtun? Wie war das physikalisch überhaupt möglich? Widersprach das nicht jeder Logik?

So funktioniert unsere Welt nun einmal nicht. Wir folgen keiner Logik.

Der Gedanke ließ mich traurig lächeln.

»Sie sind tot, Essie«, flüsterte ich in die Stille hinein. Unter meinem Ohr geriet das Herz meiner Schwester kurz aus dem Takt. »Meine Eltern und mein … Bruder. Sie sind alle tot.«

»Das tut mir unendlich leid.« Sie hielt mich fester. »Ich kann mir nicht vorstellen, wie sehr dich das treffen muss.«

Schweigend schloss ich die Augen. Versuchte mir eine Mutter vorzustellen, an die ich keine Erinnerung mehr hatte. Einen Vater, einen älteren Bruder. Es gelang mir nicht. Sie waren nicht mehr als Schemen, denen ich mein Leben lang nachgejagt war, nur um festzustellen, dass ich sie niemals wirklich erreichen konnte.

»Wie hast du das herausgefunden?«, fragte sie dann kaum hörbar.

»Das ist eine lange, verworrene Geschichte.«

Vorsichtig schob mich Esther ein Stückchen von sich und fuhr über meine Wangen; an ihren Fingern glitzerten ein paar meiner Tränen. Dann sah sie mir eindringlich in die Augen. »Das *Bouquet de la Rose* ist praktischerweise schon geschlossen und es wartet niemand mehr auf uns. Wir haben die ganze Nacht Zeit. Ich bin hier, Remy, und ich werde nicht gehen. Du kannst mit mir sprechen, du kannst schweigen, du kannst all das tun, was du jetzt brauchst, aber ich bleibe bei dir.«

Kapitel 37

1. Arrondissement, Paris

Sim

»Bist du wirklich bereit, wieder auf Tour zu gehen? Krakau ist ein gutes Stück entfernt und nichts für ungut, aber dein letzter Zusammenstoß mit den Novas ist keine fünf Tage her und du siehst nicht aus, als würdest du eine weitere Runde überleben.«

Ich warf Ludwig einen vernichtenden Blick über den Bücherwagen hinweg zu, der zwischen uns stand, und nahm mir das nächste Buch, um es in die richtige Lücke im Regal zu schieben. »Ich bin fit.«

»Ich bin mir ziemlich sicher, dass Manon dir da widersprechen würde.«

»Wieso? Hat sie das Vater gesagt?«

Kopfschüttelnd lehnte sich mein Bruder an das Regal irgendwo in den Tiefen der Mondia. In den vergangenen Stunden, die wir fast ausschließlich damit verbracht hatten, die Bibliothek wieder in ihren Urzustand zurückzuversetzen und abwechselnd nach Anzeichen für neue Nova-Aktivitäten zu suchen, hatte ich jede Art von Orientierung verloren. Mittlerweile hatte ich aufgehört zu zählen, wie viele Romane, Sachbücher und Aufzeichnungen ich aufgeräumt hatte und trotzdem war es in Anbetracht des Chaos in der Mondia nur der Tropfen auf den berühmten heißen Stein.

»Nicht *Papa*, sondern *Maman*. Sie und Manon waren *Kaffeetrinken*.«

»Das erklärt einiges.« Ich pustete mir die Haare aus der Stirn und zog ein weiteres Buch aus dem Stapel. »Wie gesagt, ich komme klar. Es ist mein Job, Erstausgaben zu besorgen, also sollte ich dem auch nachgehen, oder nicht? Zumal wir nicht noch mehr Lücken in den Regalreihen riskieren können, als es ohnehin schon zu stopfen gilt.«

»Es ist dein Leben, Bruderherz, und gegen deinen Sturkopf kommt nicht einmal meine Brillanz an.«

»Wie bescheiden du doch bist.« Heftiger als nötig stellte ich den dicken Wälzer über die Ansätze der Ökonomie im siebzehnten Jahrhundert zwischen seine Brüder und Schwestern und konnte nicht verhindern, dass ich bei der ruckartigen Bewegung eine Grimasse schnitt. Verfluchte Schusswunde. Verfluchte Rippen.

Ludwig seufzte nur. »Hast du etwas von Remy gehört?«

»Wir haben kurz geschrieben, es geht allen gut.«

»Mehr nicht?«

»Mehr nicht.«

»Dann habt ihr keine Liebesgeständnisse und Vermissungen ausgetauscht?«

Abrupt sah ich zu Ludwig, der nun vielsagend mit den Augenbrauen wackelte.

»Ach komm schon, denkst du wirklich, ich wäre so dämlich? Ich habe euch am Sonntag gesehen. Das Händchenhalten, der epische Kuss, nachdem ihr die Mondia geöffnet habt. Ganz zu schweigen davon, dass du mir während eurer Mission quasi ununterbrochen damit in den Ohren gelegen hast.«

»Lu, zwing mich nicht dazu, dir eines der Bücher über den Schädel zu ziehen«, knurrte ich, während mir die Hitze in die Wangen stieg. *Formidable.*

»Bei deinem Zustand? Mach dich nicht lächerlich. Außerdem besteht kein Grund dazu. Ich freu mich für euch, ehrlich, und Remy kann jemanden wie dich an ihrer Seite gebrauchen.«

Etwas an seinem Tonfall ließ mich aufhorchen. »Worauf willst du hinaus?«

»Du hast es doch auch bemerkt? Remy verändert sich, ihre Gabe … sie ist anders als Cassandras und das weißt du. Sie ist genauso besonders, wie es deine Fähigkeiten sind, Sim.«

»Ich habe dir das über mich nicht erzählt, damit du es gegen mich verwendest.« Und gerade zweifelte ich ernsthaft an meiner Entscheidung, Ludwig von meiner Gabe erzählt zu haben. Aber nach allem, was wir durchgemacht hatten, war es mir richtig vorgekommen, meinen Bruder ins Vertrauen zu ziehen und einen Teil dieser Bürde abzugeben, weil ich das Gefühl hatte, sonst den Verstand zu verlieren. Seltsamerweise hatte mich Remy darauf gebracht, obwohl sie selbst nicht über die Vorkommnisse in der Tiefgarage sprechen wollte.

»Hey, ganz ruhig.« Abwehrend hob Lu die Hände. »Niemand verwendet hier irgendetwas gegen irgendjemanden. Ich spreche nur davon, dass ihr einander auf eine Art verstehen könnt, die anderen verwehrt bleibt. Und das ist gut. Wir leben in einer verrückten und instabilen Welt.«

Ich ließ mir seine Worte durch den Kopf gehen und nickte schließlich. »Ich hoffe, dass sie das auch so sehen wird. Remy hat es nicht direkt gesagt, aber sie fürchtet sich davor.«

Lu zupfte an seinen Hosenträgern herum. »Ich weiß.«

»Die Ripari wird ihren wahren Wert erkennen, sobald sie bereit dafür ist.«

Ich fuhr so heftig zusammen, dass ich prompt gegen das Regal stolperte und dabei mehrere Bücher zu Boden gingen, ehe ich herumfuhr …

… und einen weißen Polarfuchs am Ende der Regalreihe erblickte.

Einige Schläge meines rasenden Pulses lang war ich unfähig, mich zu bewegen, dann machte ich vorsichtig einen Schritt in seine Richtung. »Lu, siehst du … siehst du ihn auch?«

»Äh, ja …«

»Ich bin froh, dass du am Leben bist.«

»Gleichfalls«, brachte ich hervor und schüttelte ungläubig den Kopf, ehe ich losstürmte, neben Dot zu Boden ging und die Arme um seinen Hals schlang. Und dabei war es mir egal, dass ich keine sechs mehr, sondern ein erwachsener Mann war, der öfter dem Tod gegenübergestanden hatte, als gesund sein konnte. »Du weißt ja gar nicht, wie sehr.« Ich kniff die Augen zusammen und vergrub die Finger fest in seinem weichen, dichten Fell. Vielleicht kam es mir nur so vor, aber ich hätte schwören können, dass sich der weise, uralte Silbenspringer ebenfalls an mich schmiegte.

Nur würde er das vermutlich niemals zugeben.

»Ich dachte, ich hätte dich verloren, Dot. Als Ludwig meinte, du würdest nicht länger existieren …«

»Da entsprachen seine Worte der Wahrheit. Die Mondia war dabei, zu zerfallen und ich bin ein Teil der Bibliothek, wie du weißt. Ohne ihre Stabilität kann ich nicht sein.«

»Das war ein verdammt mieses Gefühl«, gab ich zurück und richtete mich wieder ein wenig auf. »Meine Gedanken waren plötzlich so leer. Und ruhig.«

»Ich hoffe, du hast dich nicht zu sehr daran gewöhnt. Ich würde nämlich zu gerne erfahren, was du und die kleine Ripari in den vergangenen Tagen erlebt habt.«

Ich wechselte einen schnellen Blick mit Ludwig, der nach wie vor an eines der Regale gelehnt stand und uns beobachtete, ehe ich wieder meinen Polarfuchs ins Auge fasste. »Und ich habe jede Menge Fragen.«

Ich erzählte Dot alles. Jedes noch so kleine Detail und ließ dabei nichts aus. Wir redeten über den Schlüssel, über die Rolle meiner seltsamen Gabe des Metareisens und … Aramena. Mein Silbenspringer zog mich damit auf, aber letztlich hatte er recht, die meiste Zeit über sprach ich von Remy. Davon, wie sie ihre Fähigkeiten entdeckt und zumindest zum Teil akzeptiert hatte. Darüber, wie mutig sie war und über ihren klugen Verstand und dass sie uns instinktiv zu den Bestandteilen des Schlüssels geführt hatte. Ich erzählte Dot von meinen Vermutungen über die Explosion und ihre Bedenken, und er schien seltsamerweise nicht im Geringsten überrascht, dass ihre Kräfte derartige Ausmaße annehmen konnten.

»Du hast recht, ihre Gabe ist bemerkenswert, Kasimir, aber bei ihrer Vorgeschichte habe ich nichts anderes erwartet.«

Ich sah von meinem Sessel aus zu Dot, der es sich auf dem dicken Teppich vor meinem Bett gemütlich gemacht hatte. »Ach ja?«

Der Silbenspringer öffnete träge die Augen, ehe er erwiderte: *»Aramenas Mutter Jeanne ist eine Blindgängerin gewesen, die Ripari-Fähigkeiten haben ihre Generation übersprungen, daher ist es wenig verwunderlich, dass sie bei ihrer Tochter derart mächtig in Erscheinung treten. Ähnlich wie bei Romain.«*

Stirnrunzelnd kratzte ich mich an der Wange. »Was hat Anastasyas Enkel Romain damit zu tun?«

»*Nun*«, Dot gähnte ausgiebig, wobei er seine spitzen, weißen Zähne präsentierte, »*eine ganze Menge. Romains Mutter war ebenfalls eine Blindgängerin. Aus diesem Grund war er einer der begabtesten Weltenschreiber unserer Zeit. Ähnlich wie du, Kasimir, war auch er mit einem Silbenspringer verbunden und besaß die seltene Gabe des Metareisens.*«

Ruckartig riss ich die Augen auf. »Bitte? Warum habe ich nie davon gehört?«

»*Weil Romain genauso verschwiegen war, was seine Fähigkeiten angeht, wie du und tragischerweise nicht lange genug gelebt hat, um seine Meinung diesbezüglich zu ändern. All mein Wissen darüber habe ich von* Anapher.«

Bei dem Namen klingelte etwas. Abwesend stand ich auf und begann in meinem Zimmer auf und ab zu gehen. »Anapher … der weiße Panther. Der andere Silbenspringer, der nie die Mondia verlässt, sich kaum zeigt. Sie gehörte zu Romain?«

»*Das tat sie, ja, und die beiden haben zusammen mit Jeanne weitreichende Entscheidungen getroffen. Und ohne sie würden wir nicht dort stehen, wo wir jetzt sind.*«

Ich blieb stehen und blickte wieder zu meinem Polarfuchs. »Was soll das heißen?«

»*Nun, in meiner Abwesenheit hatte ich die Gelegenheit, ein paar interessante Informationen von Anapher zu erfahren. Über die Freundschaft zwischen Romain und Jeanne und seine Rolle bei ihrer Flucht aus dem Untergrund. Was meinst du, wie es ihr gelungen ist, unterzutauchen? Sich ein Leben mit einem Menschen außerhalb unserer Reihen aufzubauen? Romain hat ihr geholfen. Und Anapher haben wir es zu verdanken, dass Aramena am Leben ist. Was sie übrigens nur zu gerne betont.*« Dot klang bei seinem letzten Satz leicht genervt.

Kopfschüttelnd überging ich seine Differenzen mit dem anderen Silbenspringer und blieb stehen. »Okay, die beiden waren gut befreundet, aber wie genau hängt das mit Remy zusammen?«

»Bedauerlicherweise hört sich Anapher zwar gerne selbst reden, aber sie ist auch verflucht vorsichtig mit dem, was sie von sich gibt. Der Springer sprach von einem Geheimnis. Einem großen Geheimnis, das Romain und Jeanne geteilt haben. Und dieses betrifft unsere kleine Ripari.«

Ich mahlte mit den Kiefern und lehnte mich an meinen Schreibtisch, auf dem es ähnlich chaotisch zuging wie in der Weltenbibliothek. »Und du weißt gar nichts darüber?«

Dot schloss die bernsteinfarbenen Augen. *»Nein, wie gesagt, Anapher wollte nicht mit ihrer hochgestochenen Sprache herausrücken. Aber ich schätze mal, dass besagtes Geheimnis der Grund dafür gewesen ist, dass Romain ihr geholfen hat. Und vielleicht am Ende sogar mit dem Leben bezahlt hat.«*

Es war zum Verrücktwerden. Man sollte meinen, dass ich mich in den vergangenen fast zweiundzwanzig Jahren meines Lebens daran gewöhnt hätte, dass unsere Welt wortwörtlich aus Geheimnissen erwuchs, doch ehrlich gesagt ging es mir immer noch auf den Zeiger. Und gerade hätte ich eine ganze Menge dafür gegeben, nur ein einziges Mal eine schlichte Antwort zu erhalten.

Besonders weil es hierbei um Remy ging und ich nicht wusste, wie viele Offenbarungen sie noch verkraften würde.

»Zerbrich dir nicht den Kopf darüber, Schreiber. Wir werden es erfahren, wenn wir es erfahren sollen.«

»Wie ich deine mutmachenden Glückskekssprüche doch vermisst habe, Dottie.«

Die Zähne gebleckt, kam der Silbenspringer auf die samtigen Pfoten und durchmaß das weitläufige Zimmer, bis er direkt vor mir stand. *»Du wärst überrascht, was euch alles noch bevorsteht.«*

»Ach, die Zukunft kannst du jetzt auch vorhersagen?«

»Sei nicht albern. Ich kann Zeichen deuten, das verrät weit mehr, als jede Kristallkugel es könnte.«

Ich machte mir nicht erst die Mühe, darauf etwas zu erwidern, sondern ging zu meinem Schrank, um mein Shirt gegen ein frisches zu tauschen. »Sobald du bereit bist, kannst du mich ja über diese Zeichen in Kenntnis setzen. Bis dahin werde ich Lu in der Zentrale Gesellschaft leisten und mich vergewissern, dass diese Plage auf ihrer Insel bleibt.«

»Eine Insel, der du zufälligerweise etwas abgewinnen kannst.«

Ich schenkte ihm einen schiefen Blick und schlug dann den Schrank zu. »Ganz sicher nicht wegen unseren Freunden dort.«

»Oder dem Wetter.« Dot schüttelte sich und folgte mir zur Tür – die in diesem Moment ohne Vorwarnung aufgerissen wurde.

»Was willst du denn hier?«, fuhr ich meinen jüngeren Cousin an und verschränkte die Arme. Dann bemerkte ich die weit aufgerissenen Augen, die blassen Züge. »Eamon?«

Er blinzelte. »Du … du musst mitkommen, Sim.«

Bei mir stellten sich sämtliche Nackenhärchen auf, als ich das Zittern in seiner Stimme hörte. Mein Cousin war manchmal ein Schisser, aber so hatte ich ihn schon lange nicht mehr erlebt, zuletzt als … Noch ehe ich den Gedanken zu Ende hätte bringen können, hatte ich ihn auch schon zur Seite geschoben und war auf den Flur getreten. Meine Muskeln und Knochen protestierten, trotzdem rannte ich durch die unterirdischen Gänge, als wäre der Teufel höchstpersönlich hinter mir her, und hielt mich erst gar nicht mit Klopfen oder Ähnlichem auf, als ich die doppelflügelige Metalltür erreichte, hinter der sich die Zentrale des Untergrunds befand.

Und in der der reinste Tumult ausgebrochen war.

Befehle wurden gerufen, jeder Bildschirmplatz war besetzt und mehrere unserer Leute sprangen zwischen den Terminals hin und her. Von der sonst hier herrschenden Ordnung und Disziplin war nichts mehr zu erkennen. Alles ging drunter und drüber, das komplette Chaos, und ich fragte mich unwillkürlich, wie sich die Zentrale innerhalb der zwei Stunden, seit ich das letzte Mal hier gewesen war, in dieses Schlachtfeld hatte verwandeln können.

Was der Auslöser dafür gewesen war.

»Sim! Gut, du bist hier.« Lu trat an meine Seite und packte meinen Oberarm.

»Was ist los? Warum ist Eamon bei mir aufgetaucht, als wären die Knochen aus den Katakomben zum Leben erwacht?«

Die Miene meines Bruders wurde finster, dann schüttelte er den Kopf. »Wir wissen nicht, wie das passieren konnte, aber … wir haben einen Fehler gemacht, Sim. Irgendwo haben wir einen verflucht großen Fehler gemacht. Scheiße noch mal!«

»Ganz ruhig und von vorne. Wo ist Vater?«

Als Lu mich dieses Mal ansah, wirkte er wieder wie der kleine Junge, der erfahren hatte, dass seine ältere Schwester, die er vergöttert hatte, getötet worden war. Verloren, einsam, verzweifelt. Ohne jede Hoffnung.

Mein Herz blieb stehen. »Ludwig, wo ist *Papa?*« Als er nicht reagierte, legte ich meine Hände auf seine Schultern und drückte zu. »Wo verdammt noch mal ist er?«

Mein Bruder schüttelte langsam den Kopf. »Er und *Maman* sind in unserer Wohnung. *Papa* hat gesagt, er bräuchte etwas aus seinen Unterlagen dort und da die Novas nicht hier sind, bestand keine Gefahr, aber …«

Mir wurde kotzübel. »Haben sie unsere Eltern?«

»Ich weiß es nicht. Ich … ich weiß es einfach nicht.« Herrisch fuhr er sich über die Augen und drehte den Kopf zur Seite. »Der Kontakt ist abgebrochen. Ich habe weder *Maman* noch unseren Vater erreicht und dann …«

Ich ließ Lu los und ballte die Hände zu Fäusten. »Sag schon!«

»Es hat eine Explosion gegeben. In unserem Haus.«

Für einen Moment wurde mein Blickfeld schneeweiß, ehe es sich blutrot färbte.

Eine Explosion.

Unsere Eltern.

Kein Kontakt.

Die Gedanken hämmerten einzeln auf mich ein, rissen meine Betäubung auf. Innerhalb eines Sekundenbruchteils stand ich am Hauptbildschirm, der sich aus zwölf Displays zusammensetzte. Mein Onkel hatte sich neben Derek am Pult positioniert und blickte verkniffen auf die Bilder. Ein Reihenhaus, aus dem Flammen und Rauch schlugen, Einsatzkräfte, die die Straße evakuierten, Schutt auf dem Bürgersteig. Obwohl nicht viel von dem Haus zu sehen war, erkannte ich es sofort. Das Schild, das den Namen des Antiquitätengeschäfts meines Vaters verriet, *La Maison Ancienne*, die hellen Sprossenfenster, die nun verrußt waren, die dunklen Ziegel.

Putain de bordel de merde.

»Es tut mir leid, Junge.« In meinem ganzen Leben hatte es nur zwei Gelegenheiten gegeben, bei denen sich mein Onkel empathisch gezeigt hatte. Und trotzdem erreichten mich seine Worte nicht. Nicht dort, wo ich mich gerade befand.

»Ich muss zu ihnen«, murmelte ich mehr zu mir selbst. *Ich muss da hin!*

Corbins schmale Augen richteten sich auf mich. »Den Teufel wirst du tun. Das waren die Novas, Kasimir. Sie sind in Paris, begreifst du es denn nicht? Vermutlich sind sie das die ganze

Zeit über gewesen. Ihre aktuellen Standortdaten waren nichts als Finten und ich gebe dir Brief und Siegel, dass das eine verfluchte Falle ist. Sie wollen uns nach oben locken, Kasimir.«

Ich hörte seine Warnungen und gleichzeitig hörte ich sie nicht. Stattdessen waren da die Schreie meiner Eltern. Das Dröhnen meines Pulses. Kälte, die sich in mir ausbreitete.

»Das ist mir egal«, gab ich tonlos zurück und nahm eine der Waffen vom Tisch neben mir. Die schwarze, todbringende Glock lag schwer in meinen Händen. Doch dieses Mal zitterten meine Finger keinen Deut.

Corbin hielt mich grob zurück. »Ich lasse nicht zu, dass du den Märtyrer spielst, *idiot!*«

»Wie willst du mich aufhalten?«, fuhr ich ihn schroff an. »Freu dich lieber. Wenn sie mich auch noch erwischen, ist der Weg für dich frei, Onkel. Das hast du doch immer gewollt, *non?*«

Entgeistert starrte er mich an, lange genug, um mich loszureißen und aus dem Raum zu stürmen. Hinter mir hörte ich laute Rufe, dann Ludwigs Stimme. »Sim! Sim, bleib … *zut* bleib stehen!« Mein Bruder holte mich kurz vor dem Hauptportal ein und sprang mir in den Weg. »Sim, *bitte*. Tu das nicht.«

»Nicht dieses Mal, Lu. *Je suis desolé.*«

»Sim, du verfluchter –«

Der Rest seiner Worte wurde abgeschnitten, als ich ihn zur Seite stieß. Nicht zurückblickte.

Wie in Trance lief ich den breiten Tunnel entlang, die Glock in der einen Hand, die andere zur Faust geballt.

Und verflucht noch mal bereit, die Novas endlich für das büßen zu lassen, was sie uns genommen hatten.

Selbst wenn es mich umbringen würde.

Kapitel 38

1. Arrondissement, Paris

Remy

»Und du hast diesen Schwur wirklich abgelegt?« Ungläubig hob ich eine Braue und blickte meine beste Freundin von der Seite an.

Ninnie nickte und nahm einen Schluck ihres *Café au lait*. »Ich hatte ja keine andere Wahl. Sie hätten mich nicht gehen lassen ohne diesen Hokuspokus.«

Ich schüttelte den Kopf und rückte etwas näher an sie heran, als es auf dem Bürgersteig am Seineufer enger wurde. Bei dem strahlenden Sonnenschein hatte sich gefühlt ganz Paris nahe dem Fluss versammelt.

»Wie ist das abgelaufen?«

Ein heiseres Lachen sprudelte aus ihr heraus. »Beinahe wäre da gar nichts gelaufen. Ludwig und die anderen haben mich beobachtet wie Gollum seinen Schatz. Ich habe mich wie eine Schwerverbrecherin gefühlt, obwohl ich dabei geholfen habe, euer Rätsel zu lösen – nur mal nebenbei bemerkt. Und niemand hat mir irgendetwas über euch erzählt.«

Ich umfasste meinen To-go-Becher fester. »Sie lieben ihre Geheimnisse.«

»Heiß und innig«, stimmte mir Ninette zu und seufzte schwer. »Jedenfalls habe ich Ludwig die ganze Zeit über in den Ohren gelegen, bis er ein wenig aufgetaut ist und eingesehen hat, dass ich keine Spionin bin. Trotzdem war er wirklich spärlich mit seinen Informationen, bis die Sache mit Wien passiert ist.«

»Wir haben vermutet, dass es einen Maulwurf gibt.«

»Das habe ich mir dann auch zusammengereimt. *Quoi qu'il en soit* – wie dem auch sei, sie waren unsagbar misstrauisch und haben mich nicht aus den Augen gelassen. Allerdings ist mein Vater irgendwann ungemütlich geworden und hat ständig nachgefragt, wo ich stecke. Du bist ja als Ausrede ausgefallen, nachdem du dich alibimäßig nach London verdrückt hast.«

Im Gehen stupste ich sie leicht an. »Glaub mir, mit schwierigen Eltern- und Familiensituationen kenne ich mich aus.«

»*Touché*.« Mitfühlend prostete sie mir mit dem Kaffee zu. »Jedenfalls ist *Papa* im Viereck gesprungen und hat damit gedroht, die Polizei einzuschalten, weil er glaubte, ich sei entführt worden. Ludwig hat das schließlich eingesehen und die anderen überzeugt, mich gehen zu lassen. Allerdings nicht ohne Absicherung. In diesem Fall der bindende Schwur. Ehrlich gesagt klingt das größer, als es letztlich war, und ich habe keine Ahnung, wie ein Tropfen Blut von mir auf der Tür der Weltenbibliothek mich davon abhalten soll, etwas zu verraten. Aber ich denke, ich werde es nicht drauf ankommen lassen.«

»Ist vermutlich besser so.« Ich lächelte schmal, dann deutete ich auf das *Hôtel des Invalides*. »Sollen wir uns auf die Wiese setzen? Ich kann etwas Ruhe gut gebrauchen.«

»Verständlich, nachdem du deine Ninjakräfte entdeckt hast.«

»*Non*, Ninnie, wir werden nicht darüber reden.«

»Dass du eine Tiefgarage in die Luft gejagt hast?«

Stöhnend warf ich meinen Kaffeebecher in den nächsten Mülleimer und schob die Ärmel meiner hellen Leinenbluse hoch. »Es war nur der Van und das ist ein … wunder Punkt.«

Zu meiner Überraschung lenkte Ninnie ein. »Tut mir leid, ich weiß, das hast du gesagt. Und ich kann mir vorstellen, dass es einem eine höllische Angst einjagt.«

»*Merci.*«

»Aber cool ist es trotzdem, das musst du zugeben.«

»Ich ziehe mein *Danke* offiziell zurück.«

Meine beste Freundin schnaubte nur. »Dann verrate mir zumindest ein bisschen mehr über Kasimir. Ihr habt mehrere Nächte zusammen verbracht … du kannst mir nicht weismachen, der Kuss in der Bibliothek wäre euer erster gewesen.«

Es war ja so klar gewesen, dass Ninnie direkt mit diesem Thema weitermachen würde.

»Weißt du, wir waren damit beschäftigt, nicht draufzugehen. Da bleibt wenig Zeit für Romantik.«

»Ganz im Gegenteil, liebste Freundin. Ganz im Gegenteil.«

Wir bogen in die *Avenue du Maréchal Gallieni* ein und waren prompt von unzähligen Gesprächsfetzen umgeben. Wie so oft hatten es sich Menschen jeden Alters auf den Grünflächen gemütlich gemacht, saßen zusammen und hatten teilweise ganze Picknickausrüstungen dabei.

»Und der Kuss?«

Ich ließ die Schultern sinken. »Wir hatten einfach noch keine Zeit, darüber zu sprechen. Aber er … Sim ist mir wichtig und ich glaube, dass da mehr sein könnte.«

»Zum Glück wohnt ihr in derselben Stadt und teilt zufälligerweise eines der größten Geheimnisse miteinander.«

Lächelnd biss ich mir auf die Unterlippe und deutete dann nach links auf ein freies Fleckchen zwischen zwei Gruppen von Studierenden, als plötzlich eine Explosion den Nachmittag erschütterte.

Ninnie schrie auf, so wie viele um uns herum, während ich sie instinktiv hinter mich zog und hektisch unsere Umgebung abzusuchen begann.

Nach dem Ursprung der Detonation.

Nach bekannten Gesichtern.

Nach Zella Ramsay.

Doch die *Esplanade des Invalides* war unversehrt. Stattdessen stiegen Rauch und Flammen aus einer der Seitenstraßen vor uns auf. Eine Straße, die ich sofort wiedererkannte. Mir wurde eiskalt.

»Remy, was war das?«

Mehrere Menschen griffen nach ihren Handys, sprangen auf, begannen in die entgegengesetzte Richtung zu rennen, doch ich war unfähig, mich zu rühren. Wegzusehen. Der Kaffee stieg brennend meine Speiseröhre hoch.

»Remy!« Ninette zog an meinem Arm und riss mich schließlich aus meiner Starre. Als ich mich zu ihr umdrehte, waren ihre Augen schreckgeweitet und ihre Züge blass. »Worauf wartest du noch?«

»Die Straße, Ninnie.«

»Was für eine Straße?! Da ist irgendetwas explodiert! Wir müssen hier weg.« Wieder riss sie an mir, genau dort, wo mich Finlay vor ein paar Tagen gepackt hatte.

Ich zuckte zusammen und machte mich los. »Nein, du verstehst nicht, diese Straße dort … da irgendwo ist auch Valentins Antiquitätengeschäft. Kasimirs Familie hat dort eine Wohnung, ich … Was ist, wenn sie das Ziel gewesen sind?«

»Ziel? Wovon sprichst du, Remy?«

»Von den Novas. Ich spreche von den Novas. Diese Explosion trägt ihre Handschrift. Das hängt irgendwie zusammen.«

Ninette sah mich an, als hätte ich den Verstand verloren. In der

Ferne heulten Sirenen auf und ich fühlte mich in der Zeit zurückkatapultiert, als der Einsturz von *Notre-Dame* den Tag zerrissen hatte. Nur dass ich jetzt von den verborgenen Kämpfen wusste und gelernt hatte, auf meine Instinkte zu hören. Und diese zogen mich in Richtung Explosion.

Die Pupillen meiner Freundin weiteten sich. »Gerade *wenn* sie es sind, kannst du da nicht hin, Remy. Du kannst da nicht hin!«

Ich griff nach Ninnies Hand und drückte sie. »Doch, weil das jetzt auch meine Welt ist.« Noch einen Herzschlag länger sah ich sie an, dann wandte ich mich ab und rannte los.

»Aramena! *Zut, alors!*«

Ich biss die Zähne aufeinander, als ich die Angst in ihren Worten hörte und beschleunigte, lief entgegen dem Strom über den trockenen Rasen, der unter meinen Sneakern knisterte, und schließlich in die Straße, in der das Haus der Abernathys lag. Mein Puls donnerte ungehalten in meiner Brust, Schweiß stand mir auf der Stirn und die Luft wurde immer dicker, je näher ich meinem Ziel kam. Einsatzfahrzeuge mit blinkenden Warnleuchten füllten die Straße, Frauen und Männer der Feuerwehr errichteten Sperrungen, um die sich trotz der Gefahr eine kleine Menschentraube versammelt hatte.

Und ich hatte mich nicht geirrt.

Dort, wo das Antiquitätengeschäft der Abernathys gewesen war, prangte nun ein gewaltiges, zerfranstes Loch in dem alten Reihenstadthaus, die Wohnung darüber war nicht mehr als ein Haufen aus Stein und Holz und Ziegeln, der den Laden unter sich begraben hatte. Tränen brannten in meinen Augen, während ich mich mithilfe meiner Ellenbogen immer weiter nach vorne durchkämpfte.

Sacredieu, war das da vorne ein Krankenwagen? Hatten sie gerade jemanden aus den Trümmern gezogen?

Panik drohte mich zu lähmen, ließ das Summen der Maschinen um mich herum schmerzhaft laut werden, doch ich gab ihr nicht nach. Nicht, wo man mir bereits eine Waffe an den Kopf gehalten hatte. Nicht, wo ich mit Sim durch halb Europa gereist war, um die Welt zu retten.

Gott, Sim. Was war, wenn er oder seine Familie da drin gewesen waren?

Ich presste mir eine Hand gegen die pochende Schläfe, mittlerweile hatte ich begriffen, dass meine Riparigabe direkt auf meine Gefühle reagierte, und schob einen älteren Herrn zur Seite, bis ich unmittelbar an der Absperrung stand. Doch sosehr ich mich auch streckte, ich konnte nicht mehr erkennen. Keine bekannten Gesichter, keinen Hinweis darauf, ob jemand getötet worden war.

Ob die Novas ein weiteres Menschenleben auf dem Gewissen hatten.

Diese beschissenen –

Eine Hand packte mich grob am Unterarm und zog mich zurück. Mir entkam ein gedämpfter Schrei, der im allgemeinen Wirrwarr unterging, dann wurde ich aus dem Gedränge gezogen.

»*Putain*, Remy!«

Ich blickte auf, direkt in Kasimirs braune Augen und schlang im nächsten Moment die Arme um ihn. »Ich dachte schon …«

Sim legte eine Hand an meinen Hinterkopf und drückte mich an sich. In seiner Brust konnte ich sein Herz genauso schnell schlagen hören wie mein eigenes. »Nein, mir geht es gut.« Er schluckte hart und ich vermutete, dass das nicht alles war. »Aber wir müssen verschwinden. Sie sind hier irgendwo.«

Novas. Also hatte ich richtiggelegen.

Forschend suchte ich seine Züge nach weiteren Antworten ab, fand jedoch keine. »Sim, *qu'est-ce qu'il y a?* – Was ist los?«

»Später.« Wieder dieses Zucken an seinem Kiefer. »Und nicht hier.«

Ohne auf eine Erwiderung zu warten, verflocht er seine Finger mit meinen und sah sich um, während er mich von seinem Zuhause wegzog.

»Es gibt nicht weit von hier einen Tunnel, der über Umwege in den Untergrund führt.« Etwas, das ich nicht zu benennen vermochte, schwang in seiner Stimme mit und sorgte dafür, dass sich mein Magen verknotete.

»Sim …«

Statt zu antworten, blickte er zurück zu der Unglücksstelle und schüttelte dann den Kopf. »Ich habe vier von ihnen beim Haus gesehen, hoffen wir, dass sie uns nicht folgen.«

Ich verstand kaum die Hälfte von dem, was er sagte. Was ich jedoch begriff, war, dass unser Leben davon abhing, dass wir es in diese Tunnel schafften. Also hielt ich seine Hand und rannte, obwohl meine Lunge längst brannte. Von der heißen Luft, von dem Rauch und von der Furcht, die mir die Kehle zuschnürte. Immer wieder sah ich zu Sim, unter seinem weißen Shirt konnte ich die Umrisse einer Waffe erkennen, die in seinem Hosenbund steckte, und erwischte ihn dabei, wie er sich mit verschlossener Miene umschaute.

»Hier lang«, murmelte er und lotste mich in die *Rue Saint-Dominique*, vorbei am Verteidigungsministerium und von dort aus in den kleinen *Samuel Rousseau* Park. Der Geruch von verbranntem Gras lag in der Luft, dann erweckte etwas anderes meine Aufmerksamkeit. Ein leises Klicken, das sich wie ein fester Abdruck unwiderruflich in mein Gedächtnis gebrannt hatte.

Eine Waffe, die entsichert wurde.

»Sim …«, setzte ich keuchend an, als mich eine dunkle Männerstimme unterbrach.

»Kasimir, es ist lange her.« Ein britischer Akzent färbte sein Französisch.

Sim erstarrte und fuhr nur einen Sekundenbruchteil später herum, wobei er mich gleichzeitig hinter sich zog. Sein ganzer Körper stand unter Strom und noch nie hatte ich Sim derart … panisch erlebt. Nicht in Mainz, nicht in der Tiefgarage in Wien.

Angespannt schaute ich an ihm vorbei zu dem Mann, der etwa fünf Meter entfernt vor uns stand. Eine Waffe auf uns gerichtet, eine tödliche Ruhe ausstrahlend, die mir versicherte, dass er schießen würde. Ohne zu zögern. Ich hatte ihn noch nie gesehen, dennoch kamen mir seine Züge vertraut vor. Schwarze Haare, grüne Augen, scharfe Züge und ein dunkler Bartschatten oberhalb seiner Lippe. Trotz der Hitze trug er einen makellosen schwarzen Anzug und wüsste ich nicht, dass dieser Kerl zu den Novas gehörte, hätte ich ihn für einen reichen Geschäftsmann gehalten.

»Ich habe gehört, du hast es meiner Tochter nicht leicht gemacht.«

Tochter? Gott, das war nicht irgendein Nova, das war …

»Charles Ramsay«, sagte Kasimir kalt und griff hinten in seinen Hosenbund.

Charles Ramsay, der Anführer der Novas. Derjenige, der Sims Schwester getötet hatte. Der Hugo und Dianne umgebracht hatte. Der Zella angeordnet hatte, uns wie Tiere zu jagen.

»Das lässt du lieber bleiben, Junge. Ich bin nicht allein gekommen und habe kein Problem, deiner kleinen Freundin eine Kugel zu verpassen.«

Wie auf ein unsichtbares Kommando traten in dieser Sekunde ein halbes Dutzend bewaffneter Novas aus den Bäumen und Büschen. Und jeder einzelne Lauf zeigte auf uns.

»Was wollen Sie?«

»Das ist eine Frage, die einer umfangreichen Antwort bedarf, Kasimir«, gab Charles zurück. »Viel wichtiger ist doch aber, was du willst. Waffenstillstand, deine Familie, das Leben der Kleinen hinter dir. Ich bin bereit, mit dir zu verhandeln, deswegen habe ich das alles überhaupt inszeniert. Du warst schwerer aus deinem Kaninchenbau zu treiben, als erwartet. Es hat eine *große Geste* gebraucht.«

Ich wagte kaum zu atmen, sah immer wieder zwischen Charles und den anderen Novas hin und her. Wie konnte das hier geschehen? Nach all dem, was wir durchgemacht hatten.

Kasimir presste die Kiefer aufeinander. »*Fils de Pute!*«

Charles' schmale Lippen verzogen sich zu einem rassiermesserscharfen Lächeln. »Ich bin mir sicher, deine Eltern haben dich besser erzogen.«

»Sprechen Sie nicht über meine Familie, Sie Dreckskerl!«

»Ich werde noch eine ganze Menge mehr tun.« Ohne uns aus den Augen zu lassen, kam der Anführer der Novas einen Schritt näher. »Ich werde tun, was immer ich will. Angefangen damit, dass ich deine Freundin vor deinen Augen erschießen werde, wenn du dich mir widersetzt, Kasimir.«

Sims Griff um meine Hand wurde fester. »Nur über meine Leiche.«

»Was bedauerlich wäre bei all deinem Wissen. Eine Verschwendung.«

Innerhalb eines Wimpernschlags blickte sich Kasimir um, schätzte unsere Lage ein, und auch ohne sein Gesicht sehen zu können, wusste ich, dass er sah, was ich sah: eine aussichtslose Situation. Und dieses Mal gab es keinen Van, den ich in die Luft jagen konnte.

»Remy«, wisperte er dann, den Blick fest auf Charles und seine Waffe gerichtet, »wenn ich es sage, rennen wir.«

»Was?«

»Wir rennen. Sie wollen mich lebend. Sie werden mich nicht erschießen. Ich gebe dir Deckung.« Die Silben kamen ihm gepresst, kaum hörbar über die Lippen.

»Sim, nein –«

»Also was ist? Regeln wir das jetzt wie Erwachsene oder muss es hässlich werden? Du weißt, ich habe kein Problem damit zu töten«, verkündete Charles finster und steckte die freie Hand in seine Hosentasche. »Vielleicht bist du ja klüger als deine Schwester.«

Ein Ruck ging durch Sim, dann drückte er meine Hand. »*Enculé!* – Remy, jetzt!«

Mein ganzer Körper weigerte sich, trotzdem sprang ich in der Sekunde los, in der Kasimir das Zeichen gab. Obwohl es sinnlos war, obwohl unsere Chancen bei null standen. Ich rannte trotzdem, weil Sim an meiner Seite war. Wie durch ein Wunder erreichten wir die Büsche und kämpften uns durch das Blattwerk.

Hinter uns hörte ich Charles Befehle brüllen – nun auf Englisch –, Sim nicht zu töten. Mich schloss das nicht ein.

»Der Tunnelzugang ist nicht weit, Remy. Wir schaffen das. Wir werden das schaffen.«

Hand in Hand rannten wir aus dem Park, auf die *Rue Las Cases* und dann direkt auf die *Basilique Saint-Clotilde* zu. Schwere Schritte donnerten hinter uns und ich rechnete jeden Moment damit, dass sie schießen würden.

»Da rein, drinnen hängen wir sie ab.«

Ungehalten stieß Kasimir die Tür zur Kirche auf und schob mich hinein, ehe er den Mittelgang mit mir entlangstürmte. Dieser einzigartige Geruch alter Gotteshäuser aus Stein umfing uns, eine Mischung aus abgestandener Luft und Weihrauch, der in meiner Lunge stach. Ich geriet ins Stolpern, während Angst in mir hochkochte und mir die Sicht raubte.

Gott, wir werden sterben. Wir haben keine Chance. Wir haben verdammt noch mal keine Chance.

»Der Seitenausgang da vorne, Remy«, ordnete Kasimir an, auch sein Atem kam in unregelmäßigen Stößen. Als würde er nicht genug Luft bekommen, als würde er mit jedem Schritt ein wenig mehr ersticken.

So wie ich.

»Und dann?«, brach es atemlos aus mir hervor, trotz des Flüsterns schien meine Stimme zu laut. »Sie werden uns finden, wir können nicht ewig davon laufen und sie … sie werden –«

Sim stoppte abrupt und drehte mich zu sich um, bis wir einander ansahen, sich das Braun seiner Iriden in mein Grün bohrte. »Das werden sie nicht. Und wenn … sie werden dir nichts tun.«

»Wie kannst du das wissen, Sim? Hast du ihre Waffen gesehen? Wie kannst du dir so sicher sein?«

»Weil ich das nicht zulassen werde, niemals, hörst du?!« Seine Finger gruben sich in meine Haut. »Niemals.«

»Warum?«

»Weil«, er biss die Kiefer aufeinander und lehnte für einen Sekundenbruchteil seine Stirn gegen meine. Ein Sekundenbruchteil, der ausreichte, um seine Gedanken mit mir zu teilen. »Weil wir alle lose Buchstaben in einem großen Buch sind, Remy. Nichts als einzelne, belanglose Lettern. Solange, bis wir Worte daraus formen und ihnen eine Bedeutung geben. Und du … du bist diese Bedeutung für mich. Du bist in jedem einzelnen meiner Worte.«

Sprachlos sah ich ihn an.

»Und aus diesem Grund werden wir das gemeinsam schaffen und nicht aufgeben, okay?«

Mein Herz schlug mir bis zum Hals, angetrieben von meiner

Furcht und dem, was er gesagt hatte. Was er damit in mir ausgelöst hatte. Hoffnung.

Ich nickte. »Okay.«

Sim nickte ebenfalls. »Weiter.«

Unsere Füße donnerten auf dem dunklen Steinboden, hallten von den Wänden wider, als wir auf den Altar zuhielten. Kerzen brannten darauf, ließen das goldene Kreuz beinahe lebendig wirken. Ich fixierte mich darauf, auf den Seitenausgang, auf alles, außer den lauten Geräuschen, die von draußen hereindrangen.

Wir schaffen das.

Kasimir umschloss meine Finger fester, als hätte er meine Gedanken gehört. »Sobald wir draußen sind nach links, danach haben wir es –«

Was auch immer seine nächsten Worte gewesen wären, er bekam keine Gelegenheit mehr, sie auszusprechen – denn in dieser Sekunde schossen zwei Novas von rechts in den Mittelgang und schnitten uns den Weg ab. Die Waffen im Anschlag, die Gesichter grimmige, tödliche Masken. Erschrocken schrie ich auf, während sich Sim fluchend umdrehte – nur um festzustellen, dass wir in der Falle saßen. Charles und die restlichen Novas hatten längst den Haupteingang blockiert, die Seiteneingänge, sämtliche Fluchtwege.

»Das war ja zu erwarten gewesen. Eine dumme Entscheidung, Kasimir. Wie berechenbar du doch bist.« Charles nickte seinen Leuten zu. »Entwaffnet sie und bringt den Schreiber zu mir.«

»Und das Mädchen?«, erkundigte sich eine Nova, als würde es nicht um mein Leben, sondern das Wetter gehen.

»Legt sie um, sie ist nicht von Bedeutung.«

»Nein!« Kasimirs Schrei hallte durch die Kirche, ließ die Wände erbeben. Nur einen Herzschlag später hatte er seine eigene Waffe gezogen und hielt sie sich an den Kopf.

»*Non*, Sim! Was tust du da?!«, rief ich und riss die Augen auf, doch Kasimir stieß mich zurück, ohne den Blick von Charles zu nehmen.

»Du brauchst mich lebend.«

»Was soll das, dummer Junge?« Spott lag in seinen Worten, trotzdem pfiff er seine Leute zurück.

»Ihr lasst Remy gehen. Unversehrt. Oder ich werde das hier und jetzt zu meinen Bedingungen beenden.« Die Waffe an seiner Schläfe zitterte kein bisschen.

Entgeistert starrte ich ihn an. Das konnte nicht real sein. Dann blickte ich wieder zu Charles, sah den Zwiespalt auf seinen Zügen, die nachdenklichen Falten, die sich nun in seine Stirn gruben.

»Sie scheint dir ja mächtig wichtig zu sein, Abernathy.«

»Haben wir einen Deal?«

Nein, nein, nein, das darf er nicht tun, das …

Ein kleines, kaltes Lächeln teilte seine Lippen, dann nickte der Anführer der Novas. »Wie ich sehe, stehst du deiner Schwester in nichts nach. Also gut. Schließen wir diesen sinnlosen Deal, wenn wir diese Sache dadurch endlich zum Abschluss bringen können.«

»Schwören Sie es«, forderte Kasimir laut, ich erkannte ihn kaum wieder. »Ich will es hören.«

Charles gab ein abfälliges Geräusch von sich. »Was hat deinesgleichen nur immer mit seinen Schwüren? Meinetwegen, ich schwöre es. Keiner von uns wird diesem Mädchen etwas tun, solange du dich nicht wehrst und uns freiwillig begleitest. Lebendig.«

Blanker Horror stieg in mir hoch, als ich an Kasimir herantrat, und irgendwie versuchte ihn zu erreichen. »Sim, bitte tu das nicht. Bitte, ich flehe dich an.«

»Geh, Remy. Hau ab.«

»Nein.«

»Verschwinde, verflucht noch mal!«, fuhr er mich an und dieses Mal bebte seine Stimme.

Tränen verschleierten meine Sicht, als ich einen wackeligen Schritt rückwärts machte. Dann einen zweiten, während ich unfähig war, den Blick von Sim abzuwenden. Sim, der da stand, mit seiner Waffe im Anschlag und bereit, sich zu opfern.

Mein Gott.

»Geh«, sagte er wieder, dieses Mal sah er mich an und das … war schlimmer als alles, was er hätte sagen können. Der Schmerz in seinen Augen raubte mir den Atem. »Bitte geh endlich, Remy.«

Und das tat ich. Ich wandte mich um, weil ich seinen Anblick nicht länger ertrug und lief den Mittelgang entlang. Vorbei an Novas, die jede meiner Bewegungen verfolgten, ihre Waffen auf mich richteten, bis ich Charles Ramsay erreichte, langsamer wurde. Sein Blick brannte sich mühelos durch meine Haut.

Ein paar Momente lang sahen wir einander in die Augen, dann musterte er meine Züge, meine ganze Gestalt und griff dann nach meiner Kette. Ich wagte es nicht zu atmen, während er das Zahnrad betrachtete und wieder zu mir aufblickte. Irgendetwas in seinem Gesicht veränderte sich kaum merklich. Doch die Regung verschwand so schnell, wie sie gekommen war. Noch ehe ich etwas hätte sagen können, packte mich jemand von hinten und stieß mich ohne Vorwarnung in Richtung Ausgang. Grob wurde ich durch die Tür geschubst, stolperte über die Stufen und überschlug mich zweimal, ehe ich auf dem Boden aufkam. Ein paar Sekunden, vielleicht waren es auch Minuten oder Stunden, konnte ich nicht atmen. Nicht denken, nicht fühlen. Der Geschmack von Eisen trat mir auf die Zunge. Etwas Warmes lief mir über die Stirn.

Dann hörte ich einen Schuss.

Klar und endgültig.

Sim.

Hinterher konnte ich nicht mehr sagen, wie ich es geschafft hatte, aufzustehen, wie ich zur Tür gekommen war, sie aufgestoßen hatte. Ich wusste nur noch, dass die Kirche verlassen gewesen war.

Und dort, wo Kasimir gestanden hatte, dunkles Blut den Boden tränkte.

á suivre …

Epilog

1. Arrondissement, Paris

vor 20 Jahren

Es ist unheimlich still. Der ganze Untergrund scheint zu schlafen und ich frage mich, ob ich das nicht auch tun sollte. Ob ich das vollkommen Falsche tue. Ob ich mich nicht wieder in mein Bett in diesem Zimmer legen sollte, das so lange alles gewesen ist, was ich gekannt habe. Doch dann denke ich an André, ich denke an unseren Sohn Clément.

Und ich denke an sie.

An meinen größten Fehler, den ich gleichzeitig für nichts auf der Welt ungeschehen machen würde.

Weil ich sie jetzt schon unsagbar liebe. Mehr als ich jemals für möglich gehalten habe.

Ich senke die Lider und lege eine Hand an meinen Bauch. Noch ist die Wölbung kaum zu erkennen, aber ich weiß bereits, dass es ein Mädchen ist. Ich weiß es einfach, genauso wie ich weiß, dass man sie niemals akzeptieren wird. Nicht in dieser Welt, die meine Heimat, aber nie mein Zuhause gewesen ist.

Kummer steigt in mir auf.

Zut, ich habe mich doch schon entschieden. Ich habe diese

Diskussion bereits unzählige Male mit mir selbst geführt, ich habe mich öfter mit *Maman* gestritten, als ich zählen kann.

Und. Ich. Habe. Mich. Entschieden.

Warum fällt es mir dann so schwer, diese Tasche zu packen und endlich zu gehen? Für immer.

Schritte vor der Tür lassen mich abrupt aufblicken, dann erklingt ein vertrautes Klopfzeichen, nur einen Moment später schlüpft Romain ins Zimmer. Dicht gefolgt von seinem Silbenspringer Anapher, einem großen, schneeweißen Panther, dessen Augen im dämmrigen Licht funkeln.

»Bist du bereit?«, fragt er, dann sieht er meinen Gesichtsausdruck, die Hand auf meinem Bauch. »Ist alles in Ordnung? Mit ihr?«

Hastig lasse ich den Arm sinken und nicke. Noch ist meine Tochter zu klein, um ihre Bewegungen zu fühlen, aber ich spüre, dass sie da ist. Dass sie stark ist und ich hoffe, dass diese Stärke für uns beide reicht.

Sei tapfer. Sei mutig. Sei unerschrocken.

Romain entspannt sich ein bisschen und kommt näher. »Jeanne, wenn du Zweifel hast …«

»Die habe ich nicht. Ich kann nicht hierbleiben, das weißt du.«

Ernst nickt er und fährt sich durch die dunkelbraunen Haare, die ein paar Nuancen dunkler als seine Haut sind. Romain ist mein bester Freund, seit ich denken kann. Unsere Geburtstage liegen nur wenige Tage auseinander, wir haben alles zusammen durchgemacht, kennen uns besser, als wir uns selbst – und dennoch trennen uns Welten. Während ihm eine bedeutende Zukunft als einer der begabtesten Weltenschreiber bevorsteht, bin ich eine Blindgängerin. Die Gabe meiner Familie hat meine Generation übersprungen. Ich bin ein Teil der Mondia und gleichzeitig vollkommen nutzlos. Ein Niemand.

Und genau das hat dich in seine *Arme getrieben.*

Dieu, wie ich mich für diese eine Nacht schäme. Für meine Schwäche.

Ich blicke in Romains Züge und weiß, dass er ahnt, in welche Richtung meine Gedanken gewandert sind. Wir sind diesen dunklen Pfad in den vergangenen Wochen oft genug zusammen gegangen.

»Ich denke, dass Cassandra es verstehen würde, Jeanne.«

»Meine Mutter ist die Letzte, die irgendetwas versteht.« Ich schüttelte den Kopf und verschränkte die Arme vor der Brust. »Keiner von ihnen würde meine Tochter auch nur einen Tag leben lassen, wenn sie wüssten –«

»Und wenn sie es nicht erfahren? Du hast doch gesagt, dass dein Mann, André, ein gutes Herz besitzt.«

Meine Kehle wird eng. »Das beste.«

»Dann würde er dir in den Untergrund folgen. Davon bin ich überzeugt. Und Clément und deine … Tochter, sie werden die Gabe besitzen, wertvoll für die Mondia zu sein.« Romain nimmt meine kalten Hände in seine. »Es würde auf ewig unser Geheimnis bleiben, Jeanne, und es wäre mir eine Ehre, es mit ins Grab zu nehmen.«

Eine einzelne Träne entkommt meinem Augenwinkel. »*Er* wird es wissen. *Er* wird es wissen und sie jagen.«

»Wie soll er davon erfahren? Bisher hast du nur André und mir von deiner Schwangerschaft erzählt und nur ich weiß, dass André nicht ihr …«

Ich drücke warnend seine Finger. Es ist zu gefährlich, es auszusprechen. »Vertrau mir einfach, Romain. Er wird es herausfinden. Und ich kann nicht zulassen, dass du diese Bürde ein Leben lang tragen musst. Sollte dir etwas zustoßen … ich könnte mir das nie verzeihen.«

Was auch immer mein bester Freund in meinen Augen sieht, es reicht aus, um ihn schweigend nicken zu lassen.

»André trifft mich um kurz nach vier am *Palais Royal*.«

»Dann werde ich dich dorthin begleiten.«

»Romain …« Ich möchte seine Hände loslassen, doch er gibt mich nicht so einfach frei.

»Ich lasse nicht zu, dass du nachts allein durch Paris streifst.«

Trotz meines schweren Herzens tritt ein kleines Lächeln auf meine Lippen. Darin ist Romain schon immer viel zu gut gewesen. »Das hat dich früher nie gestört.«

»Früher war ein anderes Leben.«

Wie recht er doch hat mit seinen perfekt gewählten Worten, die mir fehlen werden. Der Untergrund hat es mir immer schwer gemacht, mich hier zugehörig zu fühlen. Meine fehlende Gabe, meine Rastlosigkeit, mein Wunsch, die Welt zu sehen, sind mir stets im Weg gestanden. Und vielleicht habe ich das auch selbst getan, mir im Weg gestanden, ohne es zu bemerken. Aber Romain ist immer mein Hafen inmitten dieser stürmischen See gewesen. Ich kann mir ein Leben ohne ihn nicht vorstellen, aber ich werde es lernen müssen.

Ich seufze und wende mich wieder der Tasche zu. »Also gut. Ich lasse mich von dir zum Treffpunkt eskortieren.«

»Das war doch gar nicht so schwer, oder, Jeanne?«

Mince, er würde mir fehlen.

Wir brauchen nicht lange, um meine überschaubaren Besitztümer zusammenzupacken. Es ist beinahe erschreckend, wie wenig von mir in diesem Zimmer gesteckt hat. Natürlich habe ich mir bereits ein Leben in der Wohnung mit André im sechzehnten Arrondissement aufgebaut, aber ich habe trotzdem geglaubt, mehr von mir in diesen Mauern zu finden. Wie sehr man sich doch täuschen kann.

Als Romain und ich auf den breiten Gang hinaustreten, halte ich unbewusst den Atem an, doch alles bleibt still. Nicht einmal Anaphers Pfoten verursachen auch nur den geringsten Laut, während sie neben uns durch den Tunnel läuft, die Ohren gespitzt, die klugen Augen auf ihre Umgebung gerichtet. Durch die indirekte Beleuchtung wirkt es, als würde der helle Sandstein von innen heraus glühen, als würde ihm Leben innewohnen. So wie der Weltenbibliothek, dem Zentrum des Untergrunds, die der Mittelpunkt unserer Welt ist und die ich nie wiedersehen werde.

Obwohl ich dieses *Leben* nie gespürt habe, nicht so wie *Maman* oder ihr Bruder, die beide die Riparigabe in sich tragen, durchfährt mich bei diesem Gedanken unerklärlicherweise ein Stich.

Romain wählt den kürzesten Weg durch die Tunnel, der uns so nah an den *Palais Royal* bringt wie möglich. In den Abschnitten, die nicht mehr zum offiziellen Untergrund gehören und nicht beleuchtet sind, rücke ich dicht an ihn ran, denn im Gegensatz zu Romain und den anderen Weltenschreibern teile ich nicht die Gabe der Nachtsicht.

»Werden du und André in Paris bleiben?«, erkundigt er sich kurz vor dem Ausstieg.

»Ich denke schon. Erst mal jedenfalls. André kann nicht so schnell aus seinem Job raus, außerdem haben wir unsere Wohnung. Clément ist noch zu klein, und auch wenn ich dem Untergrund den Rücken kehre … Paris ist meine Heimat.« Ich atme hörbar aus. Kleine Wölkchen steigen vor mir in der kühlen Luft auf. »Und die Weltenschreiber werden mich schon nicht an den Haaren zurückschleifen.«

»Da kennst du meine Großmutter schlecht.«

»Anastasya ist noch die Entspannteste von allen.«

Wir erreichen den Ausgang und Romain legt seine Hand auf das kühle Metall, wodurch diese und ein Teil der Tür zu glühen beginnen. Dank seines Signos öffnet sich das Portal mühelos. Hinter Romain trete ich aus dem schmalen Durchgang und finde mich in einer Gasse wieder, in der es nach Abfällen und der Abluft eines Restaurants riecht. Ein paar Augenblicke laufen wir schweigend durch das nächtliche Paris, dann durchbreche ich die Stille.

»Irgendwann werde ich untertauchen und Paris verlassen müssen, Romain, spätestens, wenn meine Tochter zur Welt kommt. Ich kann nicht zulassen, dass er sie in die Finger bekommt oder der Untergrund von ihr erfährt.«

»Ich wünschte, es wäre anders, aber ich weiß, dass du es tun musst. Sag mir nur, wie ich den Wahnsinn da unten ohne dich überleben soll, Jeanne.«

Aus einem Impuls heraus bleibe ich stehen und sehe ihn an. »Du wirst deiner Großmutter mit Anapher an die Spitze der Weltenschreiber folgen und den konservativen Haufen revolutionieren. Und eines Tages werden wir uns vielleicht wiedersehen. In einer neuen Welt.«

Seine Mundwinkel wandern ein wenig höher, doch es ist ein trauriges Lächeln. »Und ich werde euch willkommen heißen. Dich, Clément, André und … Genevieve. Euch alle.«

»Genevieve?«

Achselzuckend blickt er zur Seite, wo die Seine träge fließt. Die Lichter der Straßenlaternen lassen das dunkle Wasser leuchten. »Es bedeutet Stärke. Und sie wird stark sein. Nicht nur aufgrund ihrer Gabe, sondern weil du ihre Mutter bist, Jeanne. Sie wird die Stärkste von allen sein.«

Ich antworte nicht, sondern werfe mich nur an seine Brust,

horche auf seinen Herzschlag, der mir so vertraut ist wie mein eigener. Romain legt einen Arm um meine Taille, in der anderen hält er noch immer meine Tasche, und für einen Moment glaube ich seinen Worten.

Dass wir uns in einer Version der Zukunft wiedersehen werden, in der es keine Grenzen gibt, in der Fehler menschlich sind. In der ein kleines unschuldiges Mädchen leben darf.

Und Großes vollbringen wird.

Der Gedanke ist tröstlich und gibt mir die Kraft, mich zu lösen. »Der *Palais Royal* ist nicht mehr weit«, sage ich leise und nehme ihm meine Sachen ab. »Danke, dass du mich begleitet hast, Romain.«

»Du weißt, ich würde alles für dich tun. Solltest du je etwas brauchen oder meine Hilfe benötigen, werde ich für dich da sein.«

Ich blicke zu Anapher, die reglos neben ihm sitzt und mich mit leicht schiefgelegtem Kopf betrachtet, dann wieder zu Romain. »Leb wohl, Romain.«

»Nein, das ist kein Lebwohl. Das ist ein ›bis bald‹.«

Langsam mache ich einen Schritt rückwärts, weg von ihm, weg von meinem alten Leben, und nicke. Die Worte legen sich wie Gewichte auf meine Schultern. »Bis bald, Romain.«

»Bis bald, Jeanne.«

Es fällt mir schwer, doch ich schaffe es, mich abzuwenden und zu gehen. Nach ein paar Metern drehe ich mich noch einmal um, Romain und sein schneeweißer Panther stehen noch immer an derselben Stelle.

Und das werden sie bleiben.

Bis wir uns wiedersehen.

Danksagung

Diese Geschichte zu schreiben war in vielerlei Hinsicht ein Abenteuer.

Ich glaube, ich habe bisher keines meiner Bücher in so wenigen Tagen erzählt, wie dieses – aus dem einfachen Grund, dass mir Remy und Sim und all die anderen keine Wahl gelassen haben. Je tiefer ich in ihre Welt eingetaucht bin, desto mehr hat sie mich verschlungen und nach diesem Ende fällt es mir wirklich sehr schwer, nicht direkt weiterzuerzählen, denn da wartet noch so, so viel mehr, vertraut mir. (Dramatisch anteasern kann ich, aber wir müssen uns noch ein bisschen gedulden, ich hoffe, ihr könnt mir verzeihen.)

Ein Buch über einen Ort der Bücher zu schreiben ist mir schon lange durch den Kopf gegeistert. Bilder einer verborgenen, mächtigen Bibliothek, die die Geschehnisse der Welt lenkt, denn nicht umsonst spricht man davon, dass Worte die mächtigste Waffe sind, oder nicht? Und nun die Danksagung für *Silent Secrets* zu tippen, fühlt sich daher aus einer ganzen Reihe von Gründen sehr surreal an. Zum einen steckt mir das Ende noch in den Knochen, zum anderen ist in der Schreibzeit unglaublich viel passiert, das mich bewegt hat (und es noch tut). Während ich gedanklich irgendwo zwischen dem Hier und Paris steckte, hat sich alles andere um mich herum nur um so schneller gedreht. So vieles ist passiert, so vieles durfte und darf ich erleben und ich bin unsagbar froh, dass ich Menschen habe, die die Welt in Momenten wie diesen für mich anhalten.

Um wieder Luft zu holen.
Und Danke zu sagen.

Danke …

… an meine fabelhafte Agentin Gerlinde Moorkamp – ohne dich hätten es die Weltenschreiber nie aus ihrem geheimnisvollen Labyrinth geschafft.
… an Larissa Stocks für das rekordverdächtige Lektorat und die vertrauensvolle Zusammenarbeit – ab jetzt kann uns keine Deadline mehr etwas anhaben.
… an das gesamte Team des Thienemann-Esslinger Verlags – eure Regalreihen und Geschichten sind eine Weltenbibliothek für sich.
… an Lara – deine Worte zu meinen Büchern, ganz gleich wie roh die Texte noch sein mögen, sind jedes Mal genau das, was ich zu hören (oder lesen) brauche.
… an meine Familie – fürs Zuhören, wenn ich stundenlang über meine Welten spreche, im Schreiben versinke und nach einem langen Tag wortlos auf der Couch einschlafe. Ich liebe euch.
… an Julia Dippel für deine perfekten Worte.
… an Leandra für die endlosen Schreibsessions – ohne dich wäre dieses Buch nicht fertig geworden.
… an Maren – bei unserem nächsten Trip nach Paris werden wir die Mondia finden, versprochen.
… und an meine Leser*innen – ihr seid die vielen Lettern, aus denen Bücher gemacht werden.

Ich freue mich schon jetzt darauf, bald wieder mit euch nach Paris zu reisen, denn auch wenn dieses Ende ein klein wenig fies gewesen ist – ich gebe es ja zu –, hat die Geschichte rund um die

Mondia gerade erst begonnen … (und das ist keine dramatische Floskel zum Abschluss, ihr habt mein Wort).

Alles Liebe ♥
Alexandra
Februar 2024

Flint, Alexandra
Silent Secrets
Mondia-Dilogie
ISBN 978 3 522 50836 0

Umschlaggestaltung: Franziska Stern, coverdungeonrabbit, unter Verwendung von Bildern von Freepik
Absatztrenner: Adobe Stock (GarkushaArt)
Satz und Innentypografie: Kadja Gericke
Reproduktion: DIGIZWO Kessler + Kienzle GbR, Stuttgart
Druck und Bindung: GGP Media GmbH, Pößneck
Page Overlay: Ronja Forleo Design

FSC www.fsc.org MIX Papier | Fördert gute Waldnutzung FSC® C014496